Couverture : **Déodat Roché**, en 1960

Sanguine par Jacques LAMEYRE, artiste périgordin
né en 1934 à Périgueux. Œuvre de 1989
Photographie de fond : massif du Soularac-Barthélémy,
vu de Montségur (Ariège). Photo de l'auteur, 1994.

Ce livre est né de l'histoire d'un homme, exceptionnel, et d'une amitié. En cela, il concerne une destinée particulière, mais qui sut accéder à l'universalité de notre condition.

Ainsi, par son rapport à la vie ésotérique et intellectuelle de notre temps, ce destin manifeste la divergence dramatique affectant la culture contemporaine.

Un millénaire d'oppression religieuse a divisé l'âme européenne en deux pôles déséquilibrés, l'un par fermeture rationaliste, l'autre par l'attrait du mystère à tout prix.

Déodat ROCHÉ fut le pionnier des études cathares renouvelées au XXe siècle, mais dut vivre l'éprouvante incertitude entre ces deux appels.

Il devint ainsi témoin de premier ordre, et acteur sincère, de l'épopée spirituelle qui, depuis les martyrs albigeois jusqu'à nos jours, entreprit de délivrer la conscience occidentale de la tyrannie cléricale et de ses succédanés idéologiques.

Dans la poursuite de cette tâche, jamais terminée, une telle expérience, avec sa vocation idéaliste et les obstacles rencontrés, dissipe des illusions et mérite d'être connue.

Un Cathare au XXè siècle

Déodat Roché (1877-1978)

Sa vie, son œuvre, sa pensée

Du même auteur

Déjà paru :

CATHARISME ET CHRÉTIENTÉ.
La pensée dualiste dans le destin de l'Europe.

560 pages. 15 x 22 cm. Broché 180F. Relié 240 F. Éd. La Clavellerie. 1999.

À paraître prochainement :

Un ouvrage concernant les études cathares.
Deux ouvrages traitant du problème religieux.

Édition : LA CLAVELLERIE
F - 24650 Chancelade

Dépôt légal : juillet 2001 ISBN 2-9513 078-2-9

JOSÉ DUPRÉ

UN CATHARE AU XXe SIÈCLE DÉODAT ROCHÉ (1877-1978)

Sa vie, son œuvre, sa pensée

Étude et témoignage

LA CLAVELLERIE

À

Nicole RAFFI

qui sut, en 1961, porter attention
aux témoins de la conscience humaine
du XIIIe siècle

Marie-Louise BOSSAVY-DUJARRIC (1910-1988)

André Louis DUPRÉ-FONMARTY (1909-1985)

mes parents en cette vie,
avec ma gratitude affectueuse

Josiane PIÉ (1938-1990)

qui était avec nous, comme notre sœur,
à l'Estagnol et lorsque nous gravîmes,
pour la première fois, le Pog de Montségur.

SOMMAIRE DE L'OUVRAGE

"Les anciennes religions se meurent, la vie s'échappe d'elles ainsi que la vérité. Pourquoi s'évertuer à relever ce qui tombe ? Il ne s'agit plus d'user les forces vives de l'humanité à soutenir des murs en ruines, il ne faut pas sacrifier la sève nouvelle pour la transformer en des arbres pourris. N'usons pas nos épaules à étayer les temples branlants.
Puisque la religion est impérissable et universelle, elle doit se retrouver dans toutes les manifestations de l'esprit et sûrement au fond de la pensée moderne.
C'est donc dans l'essence de la vie philosophique et scientifique qu'il nous faut la chercher."

Gnose antique et pensée moderne (1906)

"« Au bout des sept cents , quand le rameau reverdira... »
Une tradition, transmise avec ferveur par nos poètes, veut que le Midi se réveille après un sommeil de sept siècles. Le réveil d'un peuple qui s'est sacrifié à l'esprit doit être essentiellement une renaissance spirituelle."

Le Catharisme (1946)

"Des rites extérieurs, une rénovation religieuse, surtout avec d'anciennes formules, ne feraient que créer une secte de plus, à une époque de division, et desserviraient la fraternité universelle des bons qui se prépare dans tous les milieux en apparence les plus opposés."

Mission de l'Occitanie (1953)

Déodat ROCHÉ

Préface de l'auteur

Sagement ponctuée par les "pilos" de foin longeant, depuis la veille, sa bordure de noyers, la petite combe, à l'aurore, est d'une tendresse déchirante... Il faut pourtant l'abandonner, par ce matin bleu des premiers jours de juillet.

Dans la profusion d'une lumière d'or clair, nous quittons le Périgord en direction du Sud.. Après Villeneuve-sur-Lot et sa fine tour de briques, ce sont les belles pierres de Moissac ; Toulouse, au calme de la méridienne, alors que les derniers marchands de primeurs ramènent leurs "charretous", puis la halte au Seuil de Naurouze,sous la fraîcheur surprenante des platanes tricentenaires légués par Riquet, dans ce parc superbe, au sommet du Canal des Deux-Mers. Il faut ensuite traverser les moissons du Lauragais,brûlantes sous le soleil d'après-midi, passer à Prouille dont le couvent est toujours là, où germa, sous une paix trompeuse, l'atroce perversité de l'Inquisition, avant d'atteindre la haute vallée de l'Aude et les Corbières. Maintenant, sous la chaude lumière qui consent à s'incliner, les terres rouges du bassin d'Arques flamboient douloureusement...

Enfin, le lourd battant, heurté, s'efface sur le vestibule sombre où le regard se reposera un instant de l'incandescence du jour. Derrière la porte ouverte, voici la haute et mince silhouette de DÉODAT ROCHÉ, son fin visage qui s'éclaire... "Ah ! vous voilà... c'est très bien, avez-vous fait bon voyage ?... Bon... Je viens de recevoir une lettre d'Untel, il annonce sa venue dans trois jours, et puis, il faut que je vous dise ..." Et notre vieil ami enchaîne aussitôt sur les perspectives du séjour qui va s'ouvrir à l'Estagnol, sur ses projets et ses préoccupations concernant les "Cahiers", la Société... Nous restons assis un quart d'heure dans son bureau ancien, si émouvant, chargé de livres et de travaux, puis il faut monter au Col du Paradis installer notre campement pour le mois, avant le crépuscule. Demain, seuls, nous ranimerons la vie du Camp. Après-demain, Déodat ROCHÉ pourra monter à son tour et les participants commenceront d'arriver. Il sait tout cela et il s'en réjouit. Ce Camp est l'aboutissement de toute sa vie, il me l'a dit ; et maintenant c'est le temps fort de son année. Il me remet les clés du pavillon, son regard bleu-gris, pâle,encore éclairci par l'âge, scintille d'allégresse : " Alors,c'est entendu, à après-demain ... et bonne nuit !" Sur le pas de la porte, le geste amical de sa main accompagne son clair sourire, alors que nous nous éloignons... Et presque à chacune des années 1960, il y eut, au début de l'été, une semblable journée de voyage dont le terme nous réunit...

L'histoire des siècles, et la nôtre si brève, ont assurément animé les pages qui suivent, mais le regard jubilant de notre vieil ami, en ces jours-là, ne fut jamais absent de leur raison d'être.

* * *

Au cours de sa vie, DÉODAT ROCHÉ s'employa, pour l'essentiel, à rendre justice aux femmes et aux hommes qui, au Moyen Âge, s'efforcèrent sincèrement de vivre selon l'Évangile, indépendamment de la dictature de l'Église romaine, tout en subissant ses répressions cruelles. Entre eux, ils se désignaient simplement comme "Chrétiens" et le peuple, familièrement, en particulier dans le Comté de Toulouse, les nommait souvent "Bons hommes". Mais la force de l'usage et la notoriété du mot obligent, aujourd'hui, à parler de "cathares" pour qualifier un ensemble d'attitudes, de pensées et de personnes, bien que ce terme ne fût pas utilisé par ceux qu'il désignait, mais par leurs adversaires, à partir du XIIe siècle. En outre, il n'est pas certain que le vaste mouvement de contestation religieuse, et de rénovation spirituelle et sociale, que fut le Catharisme, ait eu sa source unique en Bulgarie, sous la forme initiale du Bogomilisme, selon l'hypothèse la plus courante. Son histoire donne plutôt à penser qu'il se manifesta, à des degrés d'affirmation variables, bien sûr, et avec des décalages dans le temps suivant les régions, au moins au cours du Xe siècle, dans une bonne partie de l'Europe, et même plus tôt encore, à mesure que l'Église romaine affirmait son autorité dogmatique et sacramentelle, ainsi que son pouvoir temporel.

S'il est vrai que le premier document dont nous disposons, relatif à l'hérésie Bogomile-Cathare, soit le Traité de COSMAS le Prêtre, contemporain du Pope BOGOMIL, composé au milieu du Xe siècle en Bulgarie, rien n'empêche que la même hérésie se soit développée en d'autres régions d'Europe, sans qu'il nous en soit parvenu de traces, pour le moment. "Hérésie" avons-nous écrit... et dès lors que nous employons ce terme, il convient de rappeler son origine grecque "airesis", signifiant "libre choix". Il désigne simplement une option doctrinale distincte des opinions dites "orthodoxes" promulguées par une institution religieuse, en l'occurence les dogmes votés par les conciles de l'Église. Le mot "hérésie" doit donc être débarrassé, en vue d'une réflexion objective, de la lourde charge péjorative sédimentée par l'action implacable et massive de la papauté au long des seize siècles écoulés. Dans le domaine le plus insaisissable,conceptuellement,de toute la connaissance humaine, qui est celui de la nature de Dieu et de ses rapports avec l'homme, il est inévitable que tout dogme prétendant fixer la vérité, suscite aussitôt une ou plusieurs hérésies. Il en fut ainsi dès que le Christianisme, assimilé par Rome comme religion d'État, devint autoritaire, et condamna aussitôt, en 325, l'hérésie d'ARIUS, c'est-à-dire le "libre choix" de sa conscience. À partir de cette époque, dans un tel contexte de dictature doctrinale, des hérésies se développèrent sans fin. Il ne pouvait en être autrement. Avec l'an Mil, des traces du Catharisme encore appelé "manichéisme" à l'époque, nous sont parvenues, révélant déjà une force et une organisation en Aquitaine, Champagne ou Val de Loire. En 1022, dix chanoines de la cathédrale Sainte-Croix d'Orléans, dont le confesseur de la reine de France, brûlent sur le premier bûcher ecclésiastique connu en Occident. Parmi eux sont des hommes, des plus savants de l'époque,qui déclarèrent au cours de leur procès, avoir été convertis par un "paysan" (rusticus) du Périgord...

La circonstance pourrait surprendre si l'on ne savait, par le développement ultérieur du Catharisme, que la règle était, pour tout "chrétien revêtu", si instruit fût-il, d'assumer sa propre subsistance par un métier manuel, souvent celui de tisserand ou de manouvrier agricole itinérant,ce qui permettait en outre de justifier les tournées de prédication.

Par l'exercice de leur labeur aux deux extrémités du champ des activités humaines, ces hommes étaient les témoins de l'originalité du Catharisme qui, en se référant scrupuleusement, par les Écritures, au Christianisme originel, se préoccupait non seulement de l'avenir d'une réforme sociale concrète, mais aussi des sources vivantes du passé par une interrogation métaphysique intransigeante. La pensée cathare retrouvait alors la sagesse issue des Mystères antiques à travers les œuvres de PLATON puis d'ORIGÈNE, et celle, plus lointaine,de l'Orient dans le Manichéisme.

Le Catharisme réaffirma que le Mal n'est pas un simple épiphénomène résultant du péché et de l'erreur des hommes, mais un Principe fondamental,actif dans la réalité en même temps que le Principe bienfaisant de l'Être et de la vie. Il révéla à tous que l'Évangile — sévèrement dissimulé aux laïcs — était **fondamentalement dualiste** et que l'Ancien Testament célébrait le plus souvent le Principe du Mal sous les traits d'un "Dieu" jaloux,vengeur et ordonnateur de massacres. Les Cathares ne dissimulaient pas que la matière et la chair recèlent des pièges, et qu'il n'est pas innocent pour l'âme humaine d'exister en leur sein. Ils avertissaient solennellement que rien de ce qui assujettit l'homme aux apparences corruptibles et mortelles ne peut être une valeur sûre. Ainsi,le développement sans fin des possessions matérielles, les victoires où l'on s'affirme sur l'adversaire, la domination et le meurtre des créatures vivantes, le pouvoir des hommes les uns sur les autres, la multiplication sans limite des générations..., ne sont pas des valeurs respectables en soi, mais peuvent être aisément les agents du Mauvais. Enfin, disaient-ils, les sacrements que l'Église prétend appliquer à ces actes, ne changent pas leur nature et ne sont que des illusions — certes monnayées — mais sans valeur, d'autant plus lorsqu'ils sont administrés par des prêtres de moeurs indignes.

Ce vaste mouvement qui s'élevait en diverses régions,de Constantinople à l'Allemagne du Nord et à la Catalogne, attirait la sympathie du peuple par son respect social de l'esprit de justice évangélique; par sa réflexion métaphysique très supérieure au dogmatisme romain toujours plus entaché d'arrière-pensées politiques, il recueillait l'adhésion d'une élite intellectuelle composée essentiellement de clercs mais aussi d'une part croissante de la noblesse et de la bourgeoisie instruites. Au XIIe siècle, en Languedoc particulièrement,les églises étaient désertées; d'un bout à l'autre de l'Europe,des couvents,des chapitres collégiaux,des curés, devenaient plus ou moins secrètement cathares... L'Église romaine,dégénérée en une puissance politique et militaire,s'éveilla soudainement comme prise en tenaille depuis la place publique jusqu'au sein des Universités, par un mouvement de fond,spirituel et social. En réalité,ce mouvement,pour l'essentiel de son inspiration,n'était autre que la résurgence du Christianisme des premiers siècles — persécuté avant l'Édit de Milan de 313, mais spirituellement libre en ce temps-là. On constate dès lors — ce qui ne justifie rien,bien sûr — que l'Église de Rome, pour se dégager du péril qui la menaçait en libérant la civilisation médiévale, alluma des bûchers partout, lança la monstrueuse Croisade de 1209 contre le Languedoc, et instaura la sinistre Inquisition à partir de 1227.

Grâce à l'Édit de Milan et surtout à la nomination, par CONSTANTIN IER, du pape SYLVESTRE IER, l'Empire romain, submergé par l'expansion de la nouvelle religion venue de Palestine, avait assuré sa domination sur le Christianisme en lui accordant une fausse victoire. Moins de trois siècles après le sacrifice de leur Maître, les disciples officiels de Jésus succombaient à la première et fondamentale Tentation qu'Il avait repoussée au Désert :

> "Je te donnerai toute cette puissance et la gloire de ces royaumes, car elle m'a été remise, et je la donne à qui je veux. Si donc tu te prosternes devant moi, elle t'appartiendra tout entière."
>
> (Luc, IV, 6-7)

Avec le Catharisme, ceux des disciples demeurés fidèles au long des siècles repoussaient à nouveau l'antique Tentation. Leur manifestation médiévale fut exterminée ; mais, en dépit d'une férocité sans frein, il y fallut trois siècles. Les derniers Cathares brûlèrent à Carcassonne en1329 et les Bogomiles disparurent en Bosnie dans les années 1460 sous la double persécution de Rome et de l'Islam. Le mouvement spirituel identifié au Xe siècle depuis la Dragovitie, au nord du Mont-Athos, jusqu'aux rives de l'Atlantique au XIIe siècle, refluait en Bosnie pour s'y éteindre au XVe.

Mais Jean HUS avait déjà réaffirmé certaines des valeurs du Catharisme, la Réforme allait suivre, et le pouvoir absolu de l'Église de Rome était définitivement ébranlé. Cependant le matérialisme intellectuel qu'elle avait introduit dans la civilisation européenne continuait à faire son oeuvre. Le culte exclusif de la quantité et du pouvoir est ainsi devenu la véritable religion, de fait, en Occident, et la source des plus graves menaces qui pèsent sur l'humanité actuelle, où s'impose la mentalité issue de l'Empire romain.

Il est significatif que ce matérialisme ait pris, au XVIIIe siècle, la forme d'une croyance en un progrès matériel indéfini avec, par exemple, les Encyclopédistes et les Physiocrates, au moment même où, avec VOLTAIRE, justice commençait à être rendue aux martyrs cathares et albigeois, après sept siècles d'occultation systématique, de destruction des documents, et de calomnies fallacieuses diffusées par l'Église romaine et ses partisans. Tout se passait alors comme si l'antidote devait réapparaître au moment même où le matérialisme et le règne de la masse allaient écraser ce que trois millénaires de civilisation avaient patiemment élaboré de meilleur dans nos paysages et notre culture. En France, le broyeur centralisé de la Révolution, puis les guerres de masses de l'Empire, manifestèrent la nuisance de ce règne de la foule , comme l'avaient déjà fait les Croisades, sept siècles auparavant.

Mais, après les guerres napoléoniennes, l'inquiétude des générations nouvelles interrogeant le passé, le souvenir des Albigeois reprit des contours sans cesse plus nets, tout au long du XIXè siècle.

Déodat Roché, participant dès 1891 à ce "réveil albigeois", fut le témoin de sa véritable portée spirituelle, jusqu'à la seconde moitié du XXè siècle. Instruit de l'esprit des Lumières et de l'Idéal laïque, également respectueux de la liberté des consciences, il sut s'affranchir de leur matérialisme naïf et retrouver ainsi la spiritualité cathare, héritière du Christianisme originel et de la Gnose antique.

Aujourd'hui, la quantification économique absolue de toute la vie sociale, la prolifération démographique incontrôlée, la primauté massive accordée à la sensation physique brute sur toute élaboration spirituelle..., montrent, par leur dangerosité, combien les valeurs cathares, violemment éradiquées, par l'Église romaine, de notre civilisation, lui font désormais cruellement défaut.

Pour avoir voulu servir honnêtement une compréhension véritable de cette spiritualité qui est, en réalité, la véritable spiritualité de l'Occident, Déodat Roché a toujours vécu à l'écart des jeux d'intérêts personnels. Il s'ensuit que l'absence éditoriale de son oeuvre est aujourd'hui totale.

Mais c'est aussi pourquoi sa personnalité, sa pensée, et le destin qui les accompagne doivent être, désormais, portés à la connaissance des générations qui vont aborder les grandes houles du troisième millénaire.

"C'est de façon tout à fait décidée que je ne suis pas du côté des gagnants… Et pourtant, il y a une consolation qui m'a atteint, par-delà l'abîme des éons :
« Et là où un homme est seul avec lui-même,
je le dis : je suis avec lui. »

Papyrus Grenfell-Hunt, logion I"
Carl-Gustav JUNG (1949)

Livre Premier

LE DESTIN PARTAGÉ

Avant-propos

Ces pages ne sont pas nées d'un choix délibéré, mais de la nécessité qui s'en fit ressentir, peu à peu, lors de réunions ou de conversations m'amenant à répondre à des questions, ou à donner des informations, au sujet de Déodat ROCHÉ et des "Études Cathares" qu'il fonda sous une triple forme :

1 - Les "Cahiers d'Études Cathares", Revue trimestrielle, en janvier 1949.

2 - Les "Éditions des Cahiers d'Études Cathares", publiant les livres de D. ROCHÉ.

3 - La "Société du Souvenir et des Études Cathares", fondée à Montségur en Ariège le dimanche 30 avril 1950. Elle donna naissance au Camp d'été de l'Estagnol en 1956.

Par ailleurs, l'oubli dans lequel, de divers côtés, on cherche à faire tomber l'oeuvre de D. ROCHÉ dont les ouvrages, en cette fin de siècle, ont disparu des librairies, rend nécessaire de rappeler sa vie, ses épreuves et son oeuvre, face à tous ceux qui veulent éliminer la compréhension spirituelle du Catharisme à laquelle il fit un apport essentiel. Cette occultation n'empêche pas,bien au contraire, d'exploiter sans le dire les fruits de son labeur. Obéissant au mot d'ordre d'un certain ministre "nous devons faire de la culture une industrie rentable." (Radio France-Inter, 4-10-1983), les agents de cette récupération travaillent à défigurer le Catharisme en un objet ambigu et curieux, ne dérangeant plus aucune institution, et réduit à n'être qu'un label utilisé pour la promotion commerciale.

En 2001, quarante ans se sont écoulés depuis que je fis la connaissance de Déodat ROCHÉ. Au fil de ces années, ma conviction s'est renforcée que l'essentiel du Catharisme n'est pas une doctrine, ni un folklore, à quoi nos contemporains tendent à le réduire mais, pour l'être humain, une manière de percevoir sa propre vie intérieure et l'univers sensible, une manière aussi de se comporter à l'égard de ces deux domaines, de concevoir leurs rapports et de reconnaître, avec respect qu'ils ont des sources communes,avec lucidité qu'ils rencontrent des obstacles identiques. Il m'apparut aussi que cette manière d'être et de ressentir faisait tragiquement défaut aujourd'hui dans un monde où elle a été implacablement persécutée,il y a plus de sept siècles,en Europe.

Puis,découvrant que les **événements survenus autour** de Déodat ROCHÉ,dans **leur détail même**, se rattachaient à l'un des drames spirituels les plus déterminants de l'Histoire, et qu'ils en manifestaient les composantes essentielles, j'eus la confirmation que le témoignage, si modeste fût-il, devait en être donné.

Sans m'interdire d'exprimer mes propres réflexions,je m'attacherai donc,dans ces pages, à relater surtout,et le plus scrupuleusement possible : les faits, tels que je les ai vécus ou,pour quelques uns,vérifiés de façon sûre. Cet ensemble d'informations pourra ainsi contribuer à l'histoire des "Études Cathares", au cours de leur période cruciale allant de 1960 à 1971.

Mais le regard posé sur ces années m'a aussi montré qu'elles ne pouvaient,dans ce témoignage,être isolées de mon cheminement précédent,et que la relation tissée avec le Catharisme fut l'aboutissement d'une suite d'expériences vécues depuis l'enfance. On ne s'étonnera donc pas si cet ouvrage débute par l'évocation des circonstances essentielles qui,sur ce chemin de vie,préparèrent ma rencontre avec Déodat ROCHÉ et le Catharisme, et me permirent de les reconnaître.

"L'ouvrage qui nous intéressa au plus haut point fut celui d'Édouard Schuré : Les Grands Initiés. Le courant scientifique moderne procède de la pensée grecque sur laquelle le pythagorisme eut une influence capitale... Schuré montre d'autre part que le christianisme procède des Esséniens. Or il est certain que ces moines juifs avaient les plus étroits rapports avec les pythagoriciens. On peut même dire que l'essénisme fut la forme juive du pythagorisme."

Déodat ROCHÉ (1968)

Première Partie

L'APPROCHE ET LA VIE

"Cet homme, quoique pauvre, est heureux, parce qu'il n'a pas de besoins factices, que peu lui suffit et qu'il est libre."

Eugène LE ROY: **L'année rustique** (1906)

" Il se faut réserver une arrière-boutique toute nôtre, toute franche, en laquelle nous établissons notre vraie liberté et principale retraite et solitude. En celle-ci faut-il prendre notre ordinaire entretien de nous à nous-mêmes..."

Michel de MONTAIGNE, **Essais**, 1, 38 (v. 1573)

Chapitre 1

Sources et recherches

Le village et la province natale, celle qu'Eugène LE ROY appelait "le Pays des pierres", furent d'abord le milieu vital de cette existence.

Au début des années 1950, le Périgord était encore, dans sa presque totalité, une rustique œuvre d'art, relativement peu défigurée, çà et là, par les affirmations brutales de la société industrielle. Dès l'âge de treize ans, j'entrepris de le découvrir peu à peu en de longues randonnées cyclistes, parcourant 120 à 150 kilomètres dans la journée. L'été, le départ se faisait immuablement de nuit, à cinq heures du matin et le retour de vingt à vingt-deux heures le soir. Plusieurs de ces périples s'accomplirent comme des pèlerinages sur les sites où vécurent Montaigne, Brantôme, Maine de Biran, Joubert et d'autres, et sur les lieux où Eugène LE ROY a situé l'action de ses romans. Dans ce dernier cas, l'imagination de l'auteur joue parfois avec les toponymes, il en résultait des incertitudes irritantes, responsables de bien des trajets supplémentaires et apparemment inutiles, mais dont, en définitive, je dois avouer que j'aimais le mystère non résolu... Où est, au juste, le Moulin du Frau ? Et le Gour profond de la Forêt Barade où Lina se jeta, désespérée ? La maison du Docteur Charbonnières ? Encore que, pour ce dernier, le pays de la Double tout entier semblât répondre. Ce "désert" profond dont je traversais le silence médiéval au long d'interminables chemins empierrés, présentait l'austérité convenant à ce personnage que l'ascèse morale et spirituelle conduit, pour finir, à un dénuement et une liberté de cathare. À l'époque, j'ignorais ce dernier mot, mais, çà et là, des expériences comme celle-ci m'initiaient peu à peu à certains aspects de son contenu, je m'en aperçus plus tard.

Le parcours scolaire que je suivais, proposait les “Arts et Métiers”, comme issue la plus honorable. L'admissibilité à l'écrit en fut pour moi le prolongement naturel et non l'effet de l'enthousiasme. Mais, fin juin 1954, la découverte d'Angers, où j'allai passer l'oral du concours d'entrée, m'emplit de tendresse pour cette ville, alors si paisible, qui rêvait dans le bel après-midi d'été ; pour le site de l'École, installée dans l'Abbaye du Ronceray, près de la Maine, face au Château du Roi René et à la Cathédrale Saint-Maurice, sur l'autre rive.

La pierre blanche du Val de Loire et la douceur des paysages, quoique plus urbaines que celles du rustique Périgord, en étaient néanmoins parentes et il me sembla que je trouverai là un élargissement plus élaboré de ce que j'avais appris à aimer.

L'essentiel de la révélation ne vint pas des études, mais ce fut d'abord l'Abbaye elle-même qui me l'apporta... Fondée au Xe siècle à l'intention des filles de la noblesse, ses bâtiments actuels, après les vicissitudes de l'histoire, sont pour l'essentiel des XVIIe et XVIIIe siècles ; la pierre blanche et l'ardoise y abritent notamment une vaste bibliothèque, jadis monastique, et un grand cloître austère aux arcades massives, dominé par le clocheton d'une chapelle mystérieuse.

À la tombée de la nuit, ou bien, tôt les matins de printemps, ou durant les jours d'été lors des révisions d'examen, la vocation millénaire du site affirmait sa permanence par le rayonnement d'une calme poésie conventuelle.

En cette province où l'art est partout : dans une architecture formée au long des siècles, sur l'harmonie organisée des paysages, où la prodigieuse tenture de l'Apocalypse m'interpella dès l'arrivée, le mystère de l'homme m'apparut vite plus préoccupant que les prouesses de la technique moderne...

* * *

Ce fut tout de même une surprise lorsque je découvris, en 1956 lors d'une séance de Bureau d'études consacrée à un projet de chaudière, que mon camarade de promotion C.... s'intéressait à CONFUCIUS... et, d'une manière plus générale, aux questions spirituelles et religieuses. Lors de notre dernier été angevin, en 1957, il nous arriva de passer la moitié de la nuit sur un banc de sable de la Loire ; le large fleuve bruissait auprès de nous, qu'un fourré de jeunes saules séparait des prairies de la rive. Nous parlâmes longtemps dans la pénombre, tranquillement...

C... avait perdu prématurément son père l'année précédente, dans des circonstances pénibles. Ce père, ingénieur des Arts et Métiers, comme nous allions l'être, devenu Directeur de succursale d'une grande société multinationale venait d'accomplir une carrière préfigurant ce que nous pouvions attendre, “au mieux”, pour les nôtres. Subitement, il avait connu des difficultés de santé interprétées par la médecine exclusivement dans l'ordre corporel, et traitées chirurgicalement, alors qu'en fait, mon camarade l'avait perçu ainsi, elles tenaient pour beaucoup à des éléments de destin d'ordre spirituel. Par l'évocation confiante de cette tragique biographie, je compris mieux alors combien cette douloureuse épreuve amenait mon ami à s'interroger sur la signification de l'existence humaine. Engagés, comme nous l'étions désormais, dans l'âge adulte, quelle serait la signification de chacune de nos vies ?

Ce soir-là, loin des plaisanteries d'étudiants, nous nous posions sérieusement la question, ouvertement et avec gravité, pour la première fois.

Maintenant, je sais que cette soirée fut décisive dans mon existence, comme le fut le message de cet aîné que je n'avais pas connu, mais qu'il nous signifiait par la rupture brutale de son destin. Et c'est toujours avec une émotion reconnaissante que je pense à cet homme "inconnu" dont l'épreuve m'aida à identifier les valeurs que le monde proposait en foule, mais toujours masquées.

Après les "Arts et Métiers", puis l'École de l'Institut français du Pétrole à Rueil-Malmaison, je revenais à Paris, à l'automne 1959 afin de compléter mes études au "Centre d'administration des entreprises" ; le Destin passait par ce retour, je devais le constater bientôt. La question du sens de ma profession future s'élargissait maintenant au sens même de la nature et de l'existence humaines. Je pressentais vaguement qu'il avait toujours dû exister des penseurs abordant ces questions de manière libre et profonde, indépendamment des sciences mécanistes de la matière et des mythes dogmatiques des institutions religieuses. Mais je ne savais pas comment trouver de tels hommes ou, tout au moins, reconnaître leurs œuvres. Dans mes premiers tâtonnements, je m'intéressais à MONTAIGNE et aux humanistes de la Renaissance comme ÉRASME et RABELAIS. Il m'apparut alors que les personnalités véritablement préoccupées par le mystère du monde devaient être actives à la fois dans la science, l'art et la métaphysique. Je me tournais ainsi vers LÉONARD DE VINCI à travers son rarissime "**Traité de peinture**" dont je disposais à la bibliothèque de la Cité universitaire, cependant que je découvrais par l'ouvrage d'un presque contemporain, PIERRE LECOMTE DU NOÜY, une remise en cause sérieuse de la conception mécaniciste de l'univers.

Il se trouva alors que mon ami C..., revint à Paris, lui aussi, pour faire des études de droit, et que nous étions encore voisins, à un étage près, dans la même aile ouest (!) de la Maison des provinces de France à la Cité universitaire de Paris...

Un soir, à la fin de l'automne, il me rendit visite et déclara d'entrée, d'un air réjoui, mais au second degré comme souvent : "J'ai enfin trouvé ma voie, je deviens astrologue !" Je le savais mystificateur à ses moments, cependant je compris vite qu'il ne plaisantait qu'à moitié.

Au début du XXIe siècle, les possibilités d'information sur l'Astrologie sont telles que, seuls des ignorants ou des sectaires, en rejettent les fondements. En 1959, hors d'étroits milieux spécialisés, il n'en était pas encore ainsi ; le terme "d'astrologue" évoquait surtout celui que La Fontaine fait tomber dans un puits, et c'est dans ce sens que je le pris au commencement... Mais, lorsque mon ami montra les deux tomes de l'ouvrage de Jean VERDIER : "**Ce que disent les astres**", dont l'auteur était Centralien et produisait une démarche très élaborée conceptuellement, à base de cosmographie, de statistiques et de calculs bien définis, je compris que tout cela ne pouvait être écarté sans examen. L'un des volumes contenant des éphémérides, une table de maisons et diverses données techniques, VERDIER fournissait au lecteur un instrument opératif complet.

La démarche plut d'abord à l'ingénieur, il faut le dire, mais lorsque je vis qu'elle conduisait de la cosmographie au domaine vivant des forces de l'âme, ce fut une révélation : **la frontière entre les deux faces du monde n'était donc pas absolue**.

Au bout de trois jours, j'avais tracé mon thème natal et découvert, par expérience, que l'Univers a aussi une âme dont la mienne était née. Depuis, je n'ai jamais cessé de pratiquer et d'approfondir une Astrologie de connaissance et de méditation qui fut une compagne fidèle de mon existence et contribua sans défaillance à soutenir ma confiance.

Durant l'hiver, C... qui venait de découvrir "**Les grands initiés**" d'Édouard SCHURÉ, me prêta l'ouvrage qui fut pour moi, après tant d'autres, une seconde révélation. La profondeur du monde s'abordait donc par d'autres voies que son apparence et les civilisations trouvaient chacune leur essence particulière par les chemins qu'elles empruntent à la suite de leurs Sages. La nôtre renonçait à la profondeur pour se dissoudre dans la multiplicité de la surface ou se perdre dans l'abîme, oubliant qu'il n'est d'infini que pour la vie de l'esprit.

La prose de SCHURÉ, scientifique à sa manière, mais aussi poétique et dispensatrice généreuse d'une force enthousiaste, me parut un printemps de l'âme, une ouverture lumineuse et libératrice dans l'opaque paroi sociale que l'époque opposait à mon regard.

Le Catharisme

Quelque temps après, C... me communiqua le texte ronéotypé d'une conférence intitulée "**Esclarmonde de Foix, princesse cathare**". Le mot "cathare" était nouveau pour moi, il venait d'entrer dans ma conscience où il éveilla, comme il éveille toujours, une suite complexe et forte d'impressions. La conférence se référait longuement au château de Montségur dont le nom, superbe, m'était connu depuis un an, mais seulement le nom, sans que rien de particulier ne s'y rattachât dans mon esprit... L'année précédente, un de mes camarades à l'École de Rueil était natif de Lavelanet et il lui arriva d'évoquer "Montségur, site de légende..." sans donner aucune précision, mais avec une ferveur que je n'avais pas oubliée et qui s'unissait à l'émotion inhabituelle éveillée en moi par ce nom à la force inexplicablement évocatrice. Puis, tout cela demeura dans ma conscience sans que je cherchasse à l'approfondir davantage pour le moment. À la fin du printemps, je reçus un autre signe à travers une pièce radiophonique dont l'action se situait au XIIIe siècle à Montségur et dans sa région. Par la suite, je compris qu'elle était idéologiquement hostile au Catharisme, mais cela ne m'apparut même pas, sur le moment, et cette dramatique vint nourrir mon attention à l'égard du sujet ; sans plus, cependant, car je n'entrepris pas de recherches précises.

Toutefois, ce qui émanait de ces échos du Catharisme : la simplicité du mode de vie, la distance à l'égard des valeurs matérielles et arrogantes de la société, le goût de la vérité, m'aidaient à faire un cheminement intérieur.

De son côté, mon épouse m'avait fait connaître "**Le pèlerinage aux sources**" de LANZA DEL VASTO, qui allait dans le même sens. Ainsi naquit, peu à peu, une clarté libératrice me permettant de mieux discerner mon chemin de vie.

L'année suivante, nous étions installés en Périgord blanc, lorsque, au printemps 1961, elle trouva dans une librairie — notoirement catholique — de Ribérac, le "**Montségur**" de Lévis-Mirepoix, roman duquel, je le compris alors, avait été tirée la dramatique précédemment évoquée, et dont les pages présentaient le Catharisme d'une manière insidieusement négative qui, cette fois encore, ne me toucha pas... Ce fut bien plutôt un enthousiasme profond pour ces amoureux de la sincérité et de la liberté, que je sentis se développer, à l'image de la sérénité lumineuse des prairies en fleurs qui entouraient le petit village de Celles où nous vivions. À partir de ce moment, la décision se forma de partir à la découverte de Montségur.

Devant un tel enchaînement, qu'il soit permis de le redire... Les voies du destin sont parfois étranges. En l'occurrence, son messager — bien involontaire, et qui en eût été fort contrarié s'il l'avait su — fut donc un homme de lettres mondain, le duc de Lévis-Mirepoix, de l'Académie française, au sujet duquel je dois dire quelques mots.

Après la conquête du comté de Toulouse, au XIIIe siècle, pour le profit du roi de France et de la papauté, sous le prétexte de détruire "l'hérésie albigeoise", les techniques classiques de colonisation, appliquées alors, incluaient la spoliation pure et simple des seigneurs méridionaux, devenant ainsi "faydits", dont les fiefs étaient remis aux conquérants venus du Nord. C'est ainsi que Pierre-Roger de MIREPOIX, le valeureux chef de la garnison et défenseur du château de Montségur durant le siège de 1243-44, fut dépouillé de son fief de Mirepoix au profit du maréchal Guy de Lévis, chef de l'armée royale, qui s'attribua désormais les deux noms, et sa descendance après lui, dont faisait partie, sept siècles plus tard, le duc académicien et historien-partisan de l'Église romaine.

Simone HANNEDOUCHE me parla une fois de ce dernier, vers le milieu des années 1960. Elle se trouvait dans un théâtre parisien, quelques années plus tôt, lorsqu'elle finit par remarquer le manège d'un petit homme, portant cape et bicorne, redressant son épée et sa taille autant qu'il le pouvait, et qui allait d'un groupe à l'autre pour se répandre en mondanités et déplacer beaucoup d'air... "Incroyablement ridicule !" me disait-elle, en riant de bon cœur. À sa question, son amie s'était esclaffée :

"Vous ne le connaissez donc pas ?.. Mais c'est le duc de Lévis-Mirepoix ! Il amuse tout Paris."

De mon côté, vers 1967 à Montségur, je feuilletais, un soir à l'Hôtel Costes, le livre d'Or de la maison, lorsque je tombai sur une inscription qui me frappa de stupeur :

> "Fallait-il donc tant de larmes, de sang et de flammes
> pour qu'un jour je puisse venir signer ici :
> Duc de Lévis-Mirepoix ?"

Par l'enflure des lettres, ces quelques mots occupaient presque toute une page... Renseignement pris, le duc était bien venu ici et les propriétaires me confirmèrent que ces lignes étaient de sa main.

L'inconscience cynique avec laquelle l'un des drames les plus atroces que notre pays ait connu, était ramené au service exclusif de la vanité d'un nobliau papiste, signait le personnage de manière accablante. Mais le destin avait voulu que l'homme qui devait les écrire jouât un rôle, aussi décisif qu'involontaire, dans notre première venue à Montségur...

Lorsque je racontai cette histoire à Déodat ROCHÉ, il hocha doucement la tête et me dit, en esquissant un sourire : "Le manichéisme trouve là une confirmation de plus..."

Nous arrivâmes à Montségur début juillet 1961, en fin de journée, profondément touchés par la vision du Pog surgissant brusquement lorsque l'on vient de Lavelanet, pour disparaître et se redécouvrir, sous des aspects toujours différents, à l'approche du Col du Tremblement. Après le Col, tout au fond de la vallée, les toits de tuiles anciennes du village, rangés en triangle allongé, semblaient attendre depuis des siècles. Ils nous offrirent l'hospitalité sous les traits du petit Hôtel Costes qui devait jouer pour nous, on va le voir, un rôle décisif.

Il était déjà tard, le ciel se couvrait, nous décidâmes de remettre au lendemain l'ascension du Pog et la visite du Château. Mais au matin, un brouillard dense et bas effaçait les montagnes et il pleuvait. Je ne voulais pas découvrir le site dans de pareilles conditions qui supprimaient d'ailleurs, là-haut, toute visibilité au-delà de quelques mètres. Il fallait patienter au village à partir duquel les chemins du fond de vallée, en remontant le cours du Lhasset, ou en descendant vers la Fontaine de Fontestorbes, permettaient de rester sous le plafond de nuages. La présence mystérieuse des sommets, que l'on savait au-dessus, et singulièrement celle du Pog, retiré dans l'immensité blanche et silencieuse de l'espace, manifestait, même physiquement, son appartenance à une autre réalité...

En 1961, les touristes étaient encore rares à Montségur et, par ce temps-là, nous étions les seuls visiteurs. La salle de l'auberge, solitaire, un peu sombre avec ses murs massifs de schistes apparents, veillait au cœur de ce pays hors du temps, dans la lignée des grottes sacrées, des Eyzies à Bethléem. Mais sa bonne cheminée, où brûlait le hêtre des hautes forêts toutes proches, la faisait accueillante aux vivants et, tout au fond de cet antre gardé par deux énormes et hiératiques chiens blancs des Pyrénées, les signes attendaient, pour qui voudrait les voir.

Sur deux petites étagères, des livres étaient en vente. Un assez gros volume présentait l'étude détaillée du site de Montségur et de son histoire ; c'était visiblement le fruit du travail d'un érudit, poursuivi au long de toute une vie. Cet ouvrage de Fernand NIEL avait alors pour titre : "**Montségur, la montagne inspirée**". Depuis, il fut remanié et réédité sous des titres un peu différents : "Montségur, le site, son histoire" en 1962, puis "Montségur, temple-forteresse". J'étudiai attentivement ce livre d'un bout à l'autre... Les brumes et la pluie le voulurent ainsi et me firent découvrir, avant de le parcourir vraiment, ce que l'on savait sur ce haut-lieu. L'expérience vécue là, dans ces circonstances, devait par la suite révéler progressivement son importance.

Mais ce fut un second petit volume de 60 pages, fort mince, celui-ci, qui orienta, de fait, la suite de notre cheminement. "**Actualité du Catharisme**" venait juste d'être publié en 1961 à Toulouse, aux Éditions Crux de Lux, sous le nom d'auteur de Peire-Chabert qui était en fait le pseudonyme du Docteur DURBAN. D. ROCHÉ et Simone HANNEDOUCHE, qui le connaissaient, me l'apprirent plus tard. Vivant et bien documenté, ce petit livre avait le mérite de présenter les associations et les courants culturels du pays qui, aujourd'hui, s'inspiraient de la tradition cathare. Trois directions principales s'en dégageaient, conduisant vers Toulouse, la Haute-vallée de l'Ariège et enfin les Hautes-Corbières.

J'hésitais entre les deux dernières, avec cependant une inclination immédiate pour la troisième que le Docteur DURBAN appelait "l'École d'Arques", ajoutant : "On pourrait... l'appeler « École de Déodat ROCHÉ », tant est puissante sur elle l'emprise de son créateur contemporain de GADAL, lui aussi très digne et d'une vaste culture. Il a fait d'Arques, petit village audois, sis au pied d'une des plus belles forêts des Hautes-Corbières, le pôle principal actuel des Études cathares ; cette école, comme la précédente, dépasse de beaucoup l'audition occitane..." (o.c p. 12) Ce fut ainsi que le nom de Déodat ROCHÉ vint pour la première fois sous mes yeux. Le Dr DURBAN le présentait en sympathie avec Rudolf STEINER et Peter DEUNOV ; de ce dernier, j'ignorais tout, quant à STEINER, c'était la troisième fois que je rencontrai son nom depuis un an, après l'avoir découvert dans le "Que sais-je ?" sur les Gnostiques et "Le matin des magiciens", ouvrage douteux d'occultisme-fiction de Louis Pauwels et Jacques Bergier ; mais aucune de ces mentions n'avait retenu mon intérêt. Par contre, le courant de la Rose + Croix auquel se rattachait Antonin GADAL, signifiait pour moi quelque chose de relativement connu.

En poursuivant cette recherche du Catharisme, **qui fallait-il donc rencontrer** ? Déodat ROCHÉ **ou** Antonin GADAL ? Le raisonnement allait vers le second, une intuition de "préférence" m'inclinait vers le premier, sans doute fortifiée par les indications du Docteur Durban au sujet des réalisations de Déodat ROCHÉ :

a) La Société du Souvenir et des Études cathares, fondée en 1950.

b) Les Cahiers d'études cathares, revue trimestrielle dont je pus lire quelques exemplaires déposés à l'Hôtel Costes, en appréciant leur sérieux. Enfin, et surtout,

c) Le Camp d'été de la haute forêt d'Arques : "Tentative de re-création d'un milieu cathare typique dans un site désertique et grandiose, fortement coloré, sur la ligne de partage des eaux entre les bassins de l'Aude et de l'Orbieu, aux gorges sauvages. Un petit groupe de fidèles y passe les mois d'été dans la méditation de textes anthroposophiques, manichéens, évangéliques, dans la pratique d'une hygiène naturiste bien adaptée. Le végétarisme des principaux initiés est la règle. Mais ici, ni rites, ni dogmes : seule compte la spiritualité." (oc. p. 13)

À cette époque, je souhaitais également trouver un lieu non sectaire, de retraite et d'étude. Ce Séjour d'été semblait répondre à ce vœu, il fut déterminant dans la décision prise alors : c'est Déodat ROCHÉ qu'il faut aller rencontrer.

Pluie et nuages continuant à recouvrir le pays, nous partîmes au bout de trois jours par la nouvelle route du fond de vallée, vers Bélesta, à destination d'Arques...

Ainsi, malgré notre habitude des courses en montagne, le destin voulut que nous ne vîmes pas le Château lors de notre premier séjour à Montségur. Mais nous y pénétrâmes plus tard, dans des conditions prolongeant étrangement ces premières journées de 1961 où les eaux du ciel, en silence, dissimulaient tout...

Ce fut seulement l'année suivante, fin juillet 1962, que nous gravîmes le Pog, en un petit groupe de quatre, dont mon épouse. C'était le soir de notre arrivée, le ciel commençait à se couvrir et il était à craindre que le même empêchement se produisît à nouveau, comme l'année précédente. Nous décidâmes de monter sans attendre, dans une tiédeur immobile et lourde, rare à cette altitude.

Vers 21 heures, nous étions à mi-pente lorsque l'orage commença à rouler, accompagné de brefs coups de vent sous un ciel noir. Il n'y eut pas de pluie, mais tous les dangers contenus par nos destins semblaient peser sur nous, perdus au flanc du Pog, dominés par le mystérieux vaisseau de pierre émergeant des siècles, sous les menaces grondantes qui emplissaient, dans l'air gris, le vaste cirque des montagnes.

Sans excès d'imagination, on peut bien dire que tout exprimait une colère rageuse, une volonté de nous dissuader, de nous empêcher d'atteindre le Château. Mais nous étions si proches et fraternels, si pleins de confiance... Depuis, Josiane a tragiquement quitté ce monde. Ce soir-là, charmante et juvénile, elle montait légèrement, chaussée de fines sandales argentées, comme devaient en porter les jeunes athéniennes dans les processions d'Éleusis...

Enfin, nous pûmes toucher la mystérieuse bâtisse et, la grande porte franchie, grimper au sommet des murailles, puis les parcourir, découvrant le prodigieux paysage développé, depuis le Pic du Soularac jusqu'à Roquefixade, en passant par les Corbières, d'où nous venions, qui mènent à la Méditerranée.

À nos pieds, tout en bas, le village nous attendait... Avec la tombée de la nuit, nous rentrâmes sans dommage à "l'Hestia", la maison de Fanita de PIERREFEU qui nous avait offert généreusement et spontanément l'hospitalité, dans la grande salle du rez-de-chaussée, une heure après avoir fait notre connaissance…

Par la suite, en compagnie de mon épouse, je devais aller bien souvent jusqu'au château de Montségur et dans la forêt secrète qui revêt admirablement la face est du Pog, mais généralement sous un ciel paisible. Une seule fois, au printemps 1966, un orage véritablement meurtrier nous saisit brusquement et de manière totalement inattendue. Nous étions montés par beau temps calme, mais les nuages arrivèrent avec une surprenante rapidité. Debout sur la muraille, à l'extrémité est, là où elle mesure quatre mètres d'épaisseur, je sentis dans mes cheveux le grésillement de l'électricité atmosphérique, "les guêpes" comme disent les montagnards. Il fallait descendre au plus vite. La pluie se mit à dégringoler et l'orage éclata d'un seul coup. Trempés, nous dévalions la pente sud, lorsque la foudre se mit à tomber presque à chaque minute, voire moins. Le trait de feu de l'éclair descendait de l'espace et frappait le sol pierreux parmi les hêtres nains et les buis avec un claquement sec d'une violence terrifiante. Cela frappa plusieurs fois, autour de nous, à une vingtaine de mètres à peine… mais nous fûmes épargnés...

"Le catharisme est-il en train de renaître de nos jours, transposé en théosophie ou réinterprété en fonction des théories anthroposophiques de R. Steiner, sous la forme d'un mouvement « néo-cathare » ou « néo-manichéen » qui se dessine de divers côtés et a, en particulier, à Arques (dans l'Aude), autour de Déodat Roché, un de ses foyers les plus actifs ?"

Henri-Charles PUECH : **Le manichéisme** (v.1967)

Chapitre 2

Déodat Roché, Arques et l'Estagnol

En ce début de juillet 1961, dans l'après-midi, nous venions de Couiza lorsque le village d'Arques nous apparut dans l'ocre gris de ses bâtisses couvertes de tuiles adoucies par les saisons. Un peu plus haut et avant les premières maisons, le château avec son donjon de calcaire dur semble régner encore sur un pays mis à vif, où l'incendie et les combats de la Croisade seraient marqués à jamais dans les violentes terres rouges des collines. Mais ici, comme dans bien d'autres vieux villages occitans, tout aujourd'hui est paisible, presque trop, comme frappé d'une langueur très ancienne.

Il flotte sur le paysage, à l'entour des maisons aux façades austères, dans les ruelles, comme une tristesse venue de sept siècles et plus, un reste lointain de la stupeur qui frappa ce peuple d'antique culture lorsqu'il vit l'Europe du Nord se ruer sur lui pour briser son âme et détruire sa patrie.

Près de la place, je fus renseigné par un villageois d'une soixantaine d'années, au teint bruni par le soleil, sous une forte crinière blanche. C'était le premier habitant que je devais rencontrer et le seul visible dans le moment. Il portait un nom romain : MARIUS, je le sus plus tard, et faisait un peu l'artisan de plusieurs métiers, ainsi que le taxi. C'était lui qui conduisait Déodat ROCHÉ, dans ses déplacements pour les réunions de la Société. Il me montra la maison du philosophe, sur la place, et me dit qu'il n'était pas au village, à cette époque, mais au Camp d'été de l'Estagnol, au-dessus du Col du Paradis, en allant vers Albières.

La route grimpait au flanc d'une vallée solitaire et rocheuse, puis la forêt commençait et l'on arrivait bientôt au Col. L'air frais, d'une grande pureté, soulignait le vaste silence par un murmure à la fois doux et grave, bien particulier aux rudes pins de montagne. Un chemin de terre ocre, bientôt en forte pente, montait vers le Camp.

En le gravissant à pieds, nous rencontrâmes un homme et une femme, approchant la cinquantaine, qui descendaient en semblant se promener. Ils faisaient partie de la petite communauté vivant autour de Déodat ROCHÉ, qui était effectivement au Camp, trois cents mètres plus haut. L'homme prenait un sourire figé et affectait une sorte de bonhomie papelarde. Il eut une expression entendue et importante lorsque, présentant le but de notre visite, je me référais au Catharisme. Ce furent là nos premières impressions, d'autant plus spontanées que nous n'avions aucune idée des personnes que nous venions de rencontrer. Nous achevâmes de monter au camp en compagnie de Madame et Monsieur P... qui nous présentèrent à Déodat ROCHÉ.

Sous les pins qui entouraient de près le modeste bâtiment et les tentes, nous vîmes arriver un grand jeune homme bien droit, dont la minceur rendait la taille plus élancée encore. Il nous accueillait d'un fin sourire dont la lumière paisible éclairait un visage purifié. La chair, en lui, n'avait plus d'épaisseur, comme spiritualisée par une clarté vivante où l'âme affleurait sans obstacle.

La quête où nous étions engagés nous paraissait d'une telle évidence, qu'il me fut tout naturel d'exprimer notre souhait de séjourner au Camp. Les "deux professeurs" parurent acceptables...

Déodat ROCHÉ avait près de quatre-vingt-quatre ans, mais l'expression de "grand jeune homme", à son sujet, n'est en rien un paradoxe recherché ; elle s'impose à mon souvenir tout naturellement, et plus encore, quarante ans après. Évitant l'enchaînement à la matière et à la sensualité, il n'avait pas subi cet épaississement que l'existence et les ans déposent bien souvent sur les personnes. Il gardait cette disponibilité, cette ouverture d'âme propre à l'adolescence, en un mot une liberté, que je n'avais encore jamais rencontrée chez un adulte, et surtout de son âge. Il m'apparut comme une affirmation manifeste de la réalité de l'esprit humain dont la permanence est plus haute que les dérives organiques et les pesanteurs naturelles.

La proximité dans la vie quotidienne, et nos multiples conversations, développèrent cette expérience humaine d'ordre spirituel qui fut et demeure — au-delà de la relation intellectuelle — devenue plus évidente, plus essentielle encore, au fil du temps, le cœur de ma relation avec Déodat ROCHÉ.

Au même instant, nous fîmes aussi la connaissance de Simone HANNEDOUCHE, qui était une amie fidèle et la plus proche collaboratrice de M. ROCHÉ. Âgée de soixante-treize ans à l'époque, cette agrégée de lettres avait accompli une carrière professorale auprès de son époux décédé quelques années plus tôt, qui fut Proviseur en divers Lycées de France. Comme chez Déodat ROCHÉ, mais sous d'autres formes, j'admirais, dès ce premier jour, la liberté intérieure de cette femme et sa disponibilité d'esprit que l'âge n'avait pas atteintes.

Simone HANNEDOUCHE était foncièrement modeste, d'une discrétion un peu rêveuse, mais ouverte et communicative dès que l'on souhaitait la relation. D'une robustesse vitale, elle rayonnait la sagesse et la bonté, un rire bienveillant illuminait facilement son visage légèrement bronzé par l'air de la montagne. Mais son intelligence, sa finesse psychologique, son expérience l'amenaient à porter sur les êtres et les événements un regard lucide, malgré son indulgence. Et, quand c'était nécessaire, elle savait exprimer vigoureusement des vérités, même tranchantes s'il le fallait, surprenant ceux qui confondaient son caractère, le plus souvent débonnaire, avec de l'indifférence. Mais tout cela, bien sûr, je ne le découvris qu'au fil des années...

Pour l'instant, Simone HANNEDOUCHE avait pris les mains de mon épouse : "Mais je sens que vous avez froid, entrez donc vous réchauffer !..." Il est vrai que, si nous avions laissé les pluies et le brouillard en descendant de Montségur, le ciel demeurait couvert et venteux, et nous retrouvions, en remontant à 700 mètres d'altitude, une fraîcheur peu commune en juillet.

Le camp était installé dans une petite clairière, partielle dans la mesure où quelques arbres disséminés : hêtres, charmes et frênes, pins de montagne aussi, la peuplaient en émissaires de la forêt environnante. Deux espaces d'une trentaine de mètres d'ampleur, étaient complètement dégagés. Le premier, à l'ouest, s'ouvrait au débouché du chemin ; le second, au centre, s'étendait devant les bâtiments. À notre arrivée, seul était construit le pavillon principal, en dalles préfabriquées de ciment gris, mais qui, dans sa modestie solitaire ne choquait pas, estompé par quelques arbres tout proches. Durant la quinzaine qui suivit, un bâtiment analogue, mais plus petit, fut érigé à cinq mètres de distance du précédent, à l'ouest, et devint la cuisine. Le pavillon principal offrait, au milieu, une salle commune de jour munie d'un poêle à bois et, de part et d'autre, aux extrémités, deux petites pièces contenant les bibliothèques et servant de cellules, au sens monastique, à Déodat ROCHÉ à l'ouest et à Simone HANNEDOUCHE à l'est. Le sol de la clairière était couvert d'une herbe abondante et serrée sur laquelle on pouvait s'asseoir agréablement et monter les tentes des participants, dispersées entre les arbres.

La famille P... était installée en bordure est du camp, sous ses propres tentes et avec une remorque haute, du modèle utilisé pour le transport des chevaux mais qui, en l'occurrence, avait une fonction de "sanctuaire" : c'était la cuisine familiale. Madame et Monsieur P..., étaient "macro-biotiques", c'est-à-dire disciples du diététicien japonais Oshawa, et cette remorque, organisée comme une sacristie, contenait, rangées sur de méthodiques étagères, les réserves d'aliments recommandés par le "maître" et les substances "sacrées". La préparation et l'absorption cérémonielle de ces nourritures constituaient le centre de l'existence de cette famille. À longueur de journées, on y entendait parler de "goma-sio", de "kasha" ou de "café de riz". Enfin, toute chose était étalonnée par rapport au "yin" et au "yang", à tel point que l'un des fils, probablement déjà un peu saturé, osait, à la dérobée, poser cette devinette : "Quel est l'animal le plus macrobiotique ?"... Réponse : "l'âne, parce qu'il fait yin-yang !"

L'évocation d'un problème quelconque, intellectuel, moral, politique ou social, et surtout de santé, s'achevait invariablement sur le même diagnostic : "C'est une question d'alimentation !", proféré par Madame P... avec un inimitable "acçaeinn..." de Carcassonne. Mais le critère, implacable, sur lequel cette famille établissait son pronostic au sujet des personnes, était le "sampako"...

Malheur à l'individu douteux dont la paupière inférieure, dans sa paresse, laissait apercevoir un peu de blanc sous l'iris de l'œil, révélant ainsi le fatal "sampako".

On avait beau se dire qu'il est naturel, pour des yeux japonais, d'avoir les paupières plus rapprochées, et savoir que les polissons d'Osaka traitent les occidentaux "d'œil de chien", il fallait une grande force de caractère, entre autres raisons, lorsque l'on fréquentait la famille P... pour ne pas traquer, plusieurs fois le jour, en quelque miroir dérobé, l'apparition toujours menaçante du redoutable symptôme...

Au bout de quatre jours, la famille P... leva son camp et prit le chemin de la Suisse pour sa première visite à Dornach. Cela fit un vide : c'étaient sept personnes qui partaient d'un coup, car cinq fils, âgés à l'époque d'environ douze à vingt ans, accompagnaient fidèlement leurs parents. Au total, la famille comportait six garçons, mais l'aîné, que je n'ai pas connu jusqu'à aujourd'hui, s'était affranchi, non sans remous paraît-il, de l'embrigadement familial.

Parmi les personnes séjournant au Camp, seule la famille P... possédait une voiture, hormis nous, dont l'arrivée, à cet égard, fut providentielle, car cette communauté vivait ici, isolée dans la forêt, sans aucun moyen de communication, ni téléphone, à plus de sept kilomètres d'Arques et à dix-huit des véritables secours, au bout d'un chemin difficile et d'une route peu fréquentée... C'était d'ailleurs un sujet d'admiration de plus, à l'égard de la liberté et du détachement de personnes âgées de plus de soixante-dix et quatre-vingts ans qui n'hésitaient pas, dans l'Occident douillet des années 1960, à venir vivre "au désert", comme on le disait jadis, s'accommodant, en fait d'installations de confort, d'un robinet d'eau froide et d'une cabine de douche extérieurs, complétés par... l'étendue des bois, presque illimitée, il est vrai !

Mais il fallait aussi se nourrir, et les artichauts sauvages qui fleurissaient sur le Pech, comme des soleils, n'y suffisaient pas. Ma Panhard PL 17, bleu-atlantide... assura donc l'approvisionnement à Arques et aussi le transport des participants au Camp qui arrivaient ou partaient par la gare de Couiza, à 18 kilomètres de là. Je me chargeais aussi du montage et du démontage des tentes appartenant à la Société, mises à la disposition des séjournants venus, pour la plupart, sans équipement.

La journée commençait à la pointe de l'aube, lorsque Déodat ROCHÉ éveillait le Camp. Il se promenait entre les tentes, en chantonnant doucement, et sa voix était pure et paisible comme le murmure d'un ruisseau aérien descendu de la montagne.

Nous allions à l'orée de la forêt, à l'est de la clairière, en bordure de la grande prairie qui s'inclinait vers Albières et la vallée de l'Orbieu, pour attendre l'apparition sublime, dans une méditation silencieuse... Alors, sur le vaste horizon bleuté des Corbières, par-delà les ruines de Termes et de Durban, un cœur rouge et or, paisible et léger, gonflé d'une vie douce et fidèle, s'élevait irrésistiblement des profondeurs de la Méditerranée. Par les temps les plus calmes, un léger souffle passait toujours dans l'air, à cet instant, et les premiers pinsons saluaient le miracle par des appels menus et respectueux, cependant que, derrière nous, les troncs bruns des grands pins noirs d'Autriche se nimbaient d'un rose céleste.

Quand le disque d'or lumineux s'était bien affirmé, Déodat ROCHÉ, la main gauche tournée vers la terre, élevait le bras droit et, de sa main ouverte, accueillait doucement l'effluve solaire naissant. Alors, sa voix s'élevait, légère comme un fil de rosée matinale, mais qui s'étendait loin dans le silence...

> "Soleil, ô porteur de rayons, ta lumière qui est force et substance, tire la vie des profondeurs insondables de l'homme..."

Puis, nous accomplissions les mouvements purificateurs et propitiatoires que Peter DEUNOV faisait au soleil levant dans les montagnes de Rila. Ensuite, nous écoutions, assis, une méditation commentée par M. ROCHÉ à partir d'un texte de forme poétique et à portée religieuse et morale. Nous revenions alors sur la clairière ouest du Camp pour accomplir, en ronde, la Paneurythmie. La musique était assurée par l'un des fils P... à la clarinette, ou par Simone HANNEDOUCHE avec son violon. Les cimes des pins qui escaladaient la pente du Pech, au-dessus de nous, étaient baignées d'or solaire et, curieusement j'avais toujours l'impression de voir des oriflammes de couleurs flotter sur cette mer végétale qui n'était que verdure. Plus de trente ans après, le souvenir en est vivement identique et ces couleurs me semblent comme les forces des planètes accompagnant le soleil...

Ensuite, chacun allait un peu à ses affaires et nous prenions le petit-déjeuner.

À dix heures et demie, la première conférence de la journée nous rassemblait. Lors de notre arrivée au Camp, Déodat ROCHÉ commentait les conférences faites en 1908 à Hambourg par Rudolf STEINER à propos de l'Évangile de Jean. Ce fut mon premier contact avec l'œuvre de STEINER. Dès le premier matin, l'étude abordait l'évolution de la Terre et des règnes naturels, puis celle de l'être humain à travers ses incarnations successives.

Depuis près de deux ans, j'avais étudié avec ardeur, et mes conceptions provisoires s'esquissaient pour l'essentiel à partir d'une triple base. La première provenait de la tradition hindoue et néo-védantique représentée par RAMAKRISHNA, VIVEKANANDA et leurs disciples, associée à l'ésotérisme traditionnel plus ou moins guénonien qui s'y rattachait en France ; la seconde était l'Astrologie, étudiée mais surtout méditée en l'expérimentant ; enfin, l'œuvre de Pierre TEILHARD DE CHARDIN, découverte au cours des huit derniers mois, constituait la troisième.

En ce premier matin, écoutant Déodat ROCHÉ avec la plus grande attention, je perçus très vite ce qu'il exposait, dans un rapport direct avec mes préoccupations, en profonde sympathie avec ma façon de penser, mais impliquant souvent un retournement complet de mes hypothèses. Je n'en fus pas rebuté, en partie sans doute du fait de la souplesse du jeune âge, mais surtout, je crois, parce que la conception de STEINER me parut plus cohérente, mieux en rapport avec la réalité du monde vivant, plus vraie car plus significative que les théories moins humanistes que je connaissais et qu'elle prenait audacieusement à contre-pied sur des points essentiels.

Le vivant n'était pas né du minéral, mais celui-ci n'en était qu'un rejet ultérieur. Les êtres supérieurs ne provenaient pas d'un perfectionnement des formes vivantes primitives et plus frustes, mais celles-ci étaient des matérialisations prématurées des phases intermédiaires de la genèse humaine... La réalité, toutefois, est moins simple, je le découvris plus tard.

J'occupai ma première journée à libérer toutes les connaissances qui, je le percevais maintenant, s'étaient prématurément structurées dans ma pensée. Le lendemain, ce chaos commençait à se réorganiser. Il m'apparut que l'Anthroposophie, découverte par surprise en cherchant le Catharisme, m'ouvrait la voie qui pouvait permettre à ma représentation du monde et de l'être humain de progresser. Mais il était clair aussi que, si cette rencontre me paraissait immédiatement acceptable, c'était, pour une bonne part, dû au fait qu'elle se situait dans le contexte authentique — et rarissime, je le compris plus tard — du courant cathare, et à travers des personnalités qui le manifestaient réellement. Qu'en eût-il été si j'avais rencontré, pour la première fois, l'Anthroposophie en certains lieux, sous les traits de telles personnes ou de multiples milieux, comme j'en connus suffisamment par la suite et qui prétendent la représenter officiellement ? Mais le destin était autre...

La liberté avec laquelle Déodat ROCHÉ se référait à Rudolf STEINER **et à** Peter DEUNOV, me parut, dès l'abord, une garantie de non-sectarisme et d'une hauteur de vue recherchant l'Esprit là où seulement il peut vivre : au-delà des systèmes. Peu à peu, au cours de nos conversations, je compris, par ailleurs, que sa longue quête à travers les auteurs et les cultures le conduisait à reconnaître l'Anthroposophie comme une éclosion objective, dans le domaine de la pensée, des germes implicites ou d'ordre intuitif, déposés, au long de l'histoire humaine, par tous ceux qui se préoccupèrent, d'une manière ou d'une autre, de l'Énigme du monde et de l'être.

Mais il avait la vivante conviction que cet effort de connaissance claire devait toujours se développer, dans l'âme, sur un fond de purification, de simplicité de vie, de respect des êtres naturels, de pauvreté peut-on même dire, au sens évangélique des Béatitudes, en somme de tout ce qui porte la véritable liberté. Cette attitude fondamentale, qu'il tenait pour manichéenne et cathare, lui paraissait s'être manifestée à notre époque, avec une particulière authenticité, chez Peter DEUNOV. Il convient de dire, ici, que Déodat ROCHÉ était probablement le Français qui connaissait le mieux, et depuis le plus longtemps, l'œuvre de DEUNOV dont il détenait d'importants dossiers de traductions dans notre langue, en dactylographies privées. Cette complémentarité des deux instructeurs me parut profondément satisfaisante, protectrice et féconde, participant de la polarité indispensable à toute manifestation viable. Mais je devais constater, au cours de l'existence, combien sont rares ceux qui cherchent consciemment, comme Déodat ROCHÉ le faisait, à harmoniser les deux courants ; bien plutôt, il m'apparut que les tenants de chacun tendent à dériver sur ce qui devient leur unique versant...

Après la conférence de fin de matinée, suivie d'un moment de détente, la journée à l'Estagnol se poursuivait par le repas de midi pris autour d'une ou deux tables à l'italienne qui s'allongeaient à volonté et pouvaient atteindre, mises bout à bout, une belle longueur suivant le nombre des convives. Le plus souvent, les repas se prenaient dehors, sous l'ombre légère des pins ; s'il le fallait, la salle commune du pavillon nous abritait et l'on pouvait être surpris par le nombre de personnes qu'elle réussit à contenir en quelques occasions, les deux tables étant disposées parallèlement.

Avant le repas, Déodat ROCHÉ prononçait une méditation, à partir de textes divers, mais le plus souvent c'était la strophe suivante, tirée des "**Paroles de vérité**" de Rudolf STEINER :

"Dans la nuit de la Terre, germent les plantes.
Par la force de l'air, croissent les herbes.
Par la puissance du soleil, mûrissent les fruits.
Ainsi germe l'âme dans l'écrin du cœur.
Ainsi croît le pouvoir de l'Esprit à la lumière du monde.
Ainsi mûrit la force de l'être humain dans la clarté de l'Être."

Déodat ROCHÉ disait aussi volontiers le Pater, et de plus en plus à la fin des années 1960, parfois en occitan quand les circonstances s'y prêtaient, et toujours sous la forme qu'il tenait issue de la tradition cathare. Elle comportait ".. notre pain quotidien supra-substantiel", traduction de l'occitan "supra touto causa" et, à la fin "Au Nom du Père, du Christ et de l'Esprit saint, à qui appartiennent le Règne, la Puissance et la Gloire, pour les Siècles des siècles, dans les Éons des éons. Amen !"

Puis le cercle des mains était formé autour de la table, à l'initiative de D. ROCHÉ... Il se nourrissait aussi légèrement qu'un oiseau et, de fait, il aimait les graines, les céréales, le millet notamment, mais il goûtait un peu, très peu, de tout, et après le repas aimait une infusion, qui lui était en réalité nécessaire ; nous la faisions aussi pour tout le monde, à partir des herbes odorantes cueillies sur les pentes pierreuses du Pech, sous l'ardent soleil des Corbières.

Vers seize heures, M. ROCHÉ venait prendre un fruit à la cuisine, le seul de la journée, et pour se justifier de ce qui aurait pu apparaître comme une gourmandise, le cher homme expliquait à chaque fois : "C'est l'heure des fruits !" Il avait ainsi déterminé les précautions qu'une complexion fragile lui imposait depuis sa jeunesse, mais de la sorte il devint centenaire...

Nous étions levés depuis quatre heures au soleil et, après le repas, certains faisaient la sieste. D. ROCHÉ dormait, régulièrement et sans problème, une bonne demi-heure, après quoi il travaillait dans sa chambre. D'autres participants en faisaient autant sous leur tente, ou s'installaient pour écrire aux tables communes ; quelques-uns partaient pour une promenade en forêt ou, par la suite, pour une séance de peinture à l'huile dirigée par Yves POUGET, artiste peintre toulousain et pyrénéiste. Sur demande, il m'arrivait d'animer de petites séances pratiques de travail astrologique.

Vers dix-sept heures, se tenait la deuxième conférence qui pouvait prendre la forme d'un exposé avec échanges. Elle concernait généralement des thèmes d'application de nos principales perspectives philosophiques ou ésotériques. C'était surtout à ce moment que le Catharisme et, plus largement les cultures d'inspiration spirituelle, étaient étudiées en rapport avec l'histoire, l'archéologie, la littérature et les mythes.

Déodat ROCHÉ ou Simone HANNEDOUCHE assuraient ces exposés dans lesquels ils présentaient parfois leurs recherches et leurs travaux en cours. Dans les années qui suivirent, d'autres participants, tour à tour, firent des communications et animèrent ces réunions afin que chacun pût exprimer son expérience et que tous pussent en bénéficier.

Après le repas du soir, la veillée n'avait pas de caractère formel, elle variait avec l'assistance, la fatigue de la journée et surtout l'état du ciel. Parfois, Déodat ROCHÉ s'attardait un peu en évoquant les souvenirs de sa longue vie à travers les événements du passé et toutes ses expériences avec les divers mouvements ésotériques. Nous aimions ces moments où, visiblement paisible et heureux d'être avec ses amis, il acceptait de s'exprimer ainsi librement, de se confier parfois, avec une voix douce, méditative par instants, mais qui pouvait s'enfler à l'occasion et rouler cette rocaille, légère et charmante, de son accent catalan. Quand il le fallait, il savait exprimer l'indignation ou une sainte colère, mais le plus souvent, la tonalité de son récit était un humour léger et tendre accompagné d'un fin sourire et d'un regard qui devenait facilement jubilant pour annoncer parfois un bon rire à l'évocation de certaines prouesses de l'insondable naïveté humaine…

Ainsi, raconta-t-il, un soir, qu'à l'époque de la pénurie alimentaire, au cours de la guerre de 1939-45, alors qu'il occupait encore son poste de magistrat, il dut convoquer dans son bureau un prêtre catholique pour une affaire le concernant. Un moment après le départ de son justiciable, Déodat ROCHÉ, en se levant, découvrit un paquet suspect sur le fauteuil du visiteur. C'était lourd et mou… Bravement, il l'ouvrit pour découvrir… un chapelet de saucisses et quatre tours de boudin, que le brave curé avait amenés, dissimulés entre la cape et la soutane, et déposés là avant de partir, dans l'espoir d'attendrir Monsieur le Président… À l'époque, c'était en effet un cadeau royal, mais ce qu'ignorait le lévite romain, c'est qu'il pouvait en effet séduire ainsi presque tout le monde, sauf… un Cathare, un vrai, et véritablement végétarien, comme celui-ci ! Cependant, le confesseur devenu tentateur, aurait pu tomber plus mal dans sa tentative — aggravée avec un magistrat — de corruption de fonctionnaire, très précisément prévue dans le Code pénal… L'amusement n'avait sûrement pas atténué l'indulgence de Déodat ROCHÉ qui en riait encore, en me prenant le bras : "Vous vous rendez compte, Dupré, un curé qui me laisse un chapelet de saucisses en se levant ! Oh ! alors…"

Parfois, à la veillée, quand le temps était doux, nous ne résistions pas à faire une promenade au crépuscule dans le sentier de la forêt de Rialsesse, ou bien, descendant notre chemin jusqu'au Col du Paradis, nous marchions au large sur la route déserte, en direction d'Albières.

En ce voisinage du Col, l'air était presque toujours parcouru de souffles vivants. Ils murmuraient çà et là, et bruissaient dans le vaste feuillage frissonnant des antiques peupliers d'Italie qui dominaient la route et inscrivaient le geste puissant de leur marnage sur le ciel tout lumineux d'étoiles.

Dans cette nuit d'été, le présent se dilatait comme une éternité et toutes les âmes qui firent ce très ancien pays, au long de son histoire, palpitaient dans les chuchotements mystérieux de l'air tiède.

Déodat ROCHÉ aimait à nous accompagner. Dans ce vaste paysage de collines odorantes, qui était sa terre et celle de ses ancêtres paysans, sa mince et haute taille se dressait parmi nous comme la silhouette d'un berger venu du fond des âges...

Pour remonter au Camp, la dénivellation faisait plus de cent mètres, et notre promenade dépassait les deux kilomètres, mais à plus de quatre-vingt-dix ans, D. ROCHÉ accomplissait tout cela tranquillement, à la fin d'une journée déjà longue.

De même, il montait au Pech, dominant le Camp d'une altitude équivalente, mais par un sentier plus raide et rocailleux, charmant toutefois, tracé parmi les buis touffus. Le pèlerin y était accompagné par leur odeur pascale de résurrection qui manifestait si bien l'éternelle naissance qu'apporte chaque aurore.

Parfois, nous montions au Pech pour le lever du soleil. Il fallait s'éveiller une demi-heure plus tôt, grimper dans la pénombre au risque de trébucher, mais nous savions qu'un des plus beaux rendez-vous de notre existence nous attendait là-haut.

Le sommet, largement arrondi, offrait une vaste aire d'herbe rase avec, au centre, un fort bouquet de buis serré, creusé d'une loge. Le berger y avait installé un rustique petit banc de pierre et il s'abritait là du vent ou du soleil lorsqu'il venait surveiller ses brebis. Au Sud, le pic du Bugarach, où culminent les Corbières, affirmait sa dure muraille grise de calcaire marbrier. À l'opposé, la vallée de l'Orbieu descendait vers Albières et Mouthoumet en s'élargissant à l'Orient. Au-delà, les Corbières bleutées, comme les vagues d'un océan pétrifié bien avant le Déluge, moutonnaient à perte de vue en s'inclinant dans la direction de la mer. Le littoral, paraît-il, pouvait s'apercevoir d'ici, dans les conditions les plus favorables de sèches journées froides d'hiver, mais il est certain que, par ces clairs matins d'été, il se manifestait dans la rectitude de cette ligne d'horizon d'où naissait le globe rouge et palpitant qui s'apprêtait à nous dispenser une nouvelle journée de vie.

L'air, toujours animé de souffles légers aux parfums de buis, de thym et de toutes les herbes de la montagne exaltées par la chaleur des jours, purifiait encore ce lieu élevé, solitaire et secret, qui veillait à la ronde sur une bonne partie des Corbières. Pour la première méditation, la parole de Déodat ROCHÉ s'élevait un peu au-delà de lui-même, comme la voix humble et douce, jadis persécutée, mais éternelle, de ce pays mystérieux, de son souffle pur et de sa lumière renaissante, accédant à l'humanité par le don de cet homme qui, en cet instant où tous l'écoutaient, renonçait tout naturellement à lui. Enfin, le grand cercle de la Paneurythmie posait une couronne vivante sur ce sommet où veillait l'antique conscience de cette terre.

Ceux qui furent là, dans cette pureté lumineuse, ne l'oublieront pas. Puisse le meilleur d'eux-mêmes savoir se retrouver, le moment venu.

Fin juillet 1961, je remontais souvent l'après-midi sur le Pech pour lire "**L'évolution divine. Du Sphinx au Christ**", l'ouvrage que l'œuvre de Rudolf STEINER inspira à Édouard SCHURÉ, et constituant, d'une certaine manière, un développement inspiré par l'Anthroposophie, du contenu des "**Grands initiés**". Cette étude, traversée du souffle dont s'animent les civilisations humaines, se nourrissait ici de la lumière du ciel, immense comme un océan de chaleur, et du paysage grandiose qui se déployait somptueusement, à perte de vue, tout autour. En contrebas, au-delà de la forêt de buis qui descendait du Pech, mes amis, et M. ROCHÉ parmi eux, étaient paisiblement à leurs affaires dans la douce lumière dorée, tamisée par les pins. En fin d'après-midi, je les retrouverai. Avant de redescendre, je ramasserai de ces artichauts sauvages qui incrustent sur le sol leurs corolles d'or, face au ciel, comme de multiples petits soleils reflétant leur astre originel. Au dîner, chacun de nous goûtera un de ces délicats et menus cœurs végétaux, tissés d'invisible lumière…

C'était une de ces périodes de grâce que la vie accorde parfois. Déodat ROCHÉ l'avait rendue possible. Il me raconta qu'il aimait cet endroit depuis que, jeune étudiant, il l'avait découvert en bordure de la forêt de Rialsesse que son grand-père avait fait reboiser au milieu du dix-neuvième siècle. Outre la belle situation au-dessus du Col, la présence d'une source, en haut de la grande prairie au Levant, lui inspira dès cette époque, vers 1895, le projet de vivre là, en une petite communauté érémitique. Il devait le réaliser soixante ans plus tard…

Un soir, heureux de remonter au Camp après avoir dû passer une journée à Arques, il me confia, alors que nous étions seuls dans la voiture : "Savez-vous ce qu'a dit DX… lorsque le Camp a commencé ?..." "Roché va vivre dans les bois, c'est une toquade qui lui passera !..." Il y avait une amertume douloureuse dans la voix de mon vieil ami qui poursuivait : "Une toquade, une toquade ! Vous vous rendez compte ? Alors que c'est l'aboutissement de toute une vie…"

DX… était un membre toulousain de la Société, qui avait fondé, par ailleurs, une autre association, plus exclusivement historique. La spiritualité vécue, la culture ésotérique, l'anthroposophie de Déodat ROCHÉ, dérangeaient des milieux pour qui le Catharisme devait rester un piment culturel, de salon le plus souvent, ne contrariant en rien le train bourgeois de leurs existences citadines. Lorsqu'il fonda les "**Cahiers d'études cathares**", quelqu'un, de ces milieux, avait parlé d'une "revuette", me disait-il avec cette esquisse de sourire où l'on discernait une ombre de douleur, derrière l'humour dont il enveloppait toujours la banalité. Ces trajets en voiture étaient propices aux confidences… Il me dit un autre jour, presque parlant pour lui-même : "Bien peu de personnes auront compris ce que j'ai voulu faire…". Trente ans plus tard, cher vieil ami, comme je vous entends mieux encore, même si à l'époque je voyais et je comprenais déjà…

Quelques personnes, cependant, aidèrent M. ROCHÉ à rendre ce Camp possible, en particulier deux habitants d'Arques bien représentatifs de ce pays des Hautes-Corbières, que j'ai eu la joie de revoir en février 1993 et qu'il convient de saluer parmi les plus nobles figures qui peuplaient discrètement, mais solidement, le monde rural lorsque la technocratie ne l'avait pas encore détruit.

Madame et Monsieur Pierre PAGÈS tiennent toujours, en 2001, leur propriété de Perruche, en apiculture, vergers et sylviculture, où ils vivent seuls dans un paysage superbe, à l'est de la commune, à trois kilomètres seulement de l'Estagnol. Monsieur PAGÈS, né en 1919, accomplit une carrière d'instituteur puis de maître itinérant d'enseignement agricole, et fut Maire d'Arques autour de 1974. Il avait accepté, dans les années 1950, de vendre à la Société d'Études Cathares, le terrain occupé par le Camp d'été, en faisant ainsi le sacrifice de créer cette enclave au cœur d'une grande parcelle forestière qui lui appartenait. Ami de Déodat ROCHÉ, il l'était devenu naturellement de notre petite communauté qui se réjouissait de la bienveillance de ce propriétaire limitrophe, veillant sur le Camp à longueur d'année.

Pierre PAGÈS nous rendait, en voisin, d'amicales visites à l'Estagnol, parfois montant sa fine jument blanche... C'était un bonheur de voir ainsi le cavalier apparaître en haut du chemin et tourner vers nous dans la clairière. En de tels moments, la vie intemporelle du Camp, simple et rustique, prenait une plénitude familière et joyeuse.

Par contre, une nuit, vers 1968, je fus éveillé par le bruit d'un véhicule puissant qui s'arrêta en plein milieu de la clairière à quinze mètres de ma tente, puis... plus rien, aucun bruit. Dans cette obscurité complète, les minutes passaient sans que personne ne se manifestât : aucune hypothèse simple et rassurante ne me permettait d'expliquer cette intrusion à pareille heure. Personne dans le Camp ne bougeait, ni ne semblait éveillé... Il eût été irresponsable d'écarter l'éventualité d'une équipée venant faire un mauvais coup "chez les cathares". Je m'habillai rapidement et sortis. Au même moment, Monsieur ROCHÉ ouvrait bruyamment la grande porte de fer du bâtiment central et s'esclaffait sereinement : "Ah ! Vous êtes déjà arrivé, Monsieur PAGÈS !" Alors, je devinai la silhouette de ce dernier, immobile près de sa "Jeep" tout-terrain. Surpris de trouver le Camp endormi, l'excellent homme n'avait plus osé bouger par crainte d'éveiller intempestivement tout le monde. M. ROCHÉ m'expliqua alors qu'il avait convenu avec M. PAGÈS de ce rendez-vous à quatre heures du matin pour monter en "Jeep" sur le Pech avant le lever du soleil. Il avait seulement oublié... de nous avertir !

En fait, Déodat ROCHÉ grimpait encore très bien, mais de jour. Sa vision nocturne s'était affaiblie et il redoutait de gravir le sentier ténébreux sous les buis. Quand il lui avait expliqué ceci, M. PAGÈS, pour lui être agréable et aussi parce qu'il avait envie de vivre une fois avec nous le lever de soleil sur le Pech, avait proposé à M. ROCHÉ cette expédition motorisée. J'indique, au passage, que la vision diurne restait bonne, à quatre-vingt-dix ans passés, chez notre vieil ami. Il prétendait même que la presbytie avait réduit sa myopie avec l'âge !

Peu à peu, tout le monde s'éveillait et nous montâmes à pieds sur le Pech, y parvenant avant la “Jeep” devant accomplir sur les pentes sauvages et les pistes de débardage, une circulation compliquée et surtout très lente pour ménager son passager qui, néanmoins, s'exclamait en descendant : “Oh là ! Ça secoue, cette carriole !”

C'était un de ces moments que l'on n'oublie pas. Dans la pénombre animée par les souffles mystérieux de l'aube, sur ce sommet battu par l'océan confus des collines livides, ce grand vieillard mince se dressa dans la “Jeep” en un puissant anachronisme.

L'un des derniers diacres cathares qui nous serait arrivé du treizième siècle par le Débarquement du 6 juin 1944, n'eût pas été plus surprenant que cet homme venu d'un autre siècle, qui amenait toujours avec lui une sorte de permanence intemporelle et se mettait à vous parler tout naturellement d'ORIGÈNE ou d'ÉVAGRE le Pontique, comme de vieux amis revus le matin même... Nous étions tous autour de l'étrange machine, la première sans doute à venir sur ce sommet, depuis les origines du monde, contemplant l'ascète qui en descendait comme un général de son “command-car”, pour aller méditer devant l'aurore et saluer le soleil à son lever...

Cette fraîcheur d'âme, cette disponibilité enthousiaste, cet art de se dresser de jour en jour sur le grand âge, c'était sublime dans ce vaste théâtre où, sur les ténèbres vaincues, allait renaître la lumière... Les bourgeois de Toulouse ou de Carcassonne, qui dormaient encore, n'auraient vu là qu'une “toquade” de plus, mais cet homme connaissait le secret de la pureté, qu'il aimait et savait retrouver dans chaque renaissance. Il vivait autant de l'aurore que de son modeste pain quotidien.

Sa discrétion personnelle laissait tout de même percevoir, au fil des jours et des années, que sa vie intérieure était pour lui une source de régénération. Je compris que chaque jour, il menait outre le matin et le soir, après son repos de l'après-midi également, une période de méditation qui prenait, le dimanche matin, une forme particulière et plus développée. Vers 1969, une famille de trois médecins homéopathes, membres de la Société, passant au Camp plusieurs jours, avaient donné une consultation à M. ROCHÉ qu'ils vénéraient. S'inquiétant de le trouver si maigre, ils lui avaient discrètement suggéré de consommer tout de même un peu de nourriture animale, ce qu'il refusa sans appel. Cette perspective l'avait même irrité, au point qu'il m'en parla en privé : “Vous voyez, Dupré, on ne comprend pas comment je suis soutenu... Ainsi, à Pentecôte, au cours d'une journée harassante à Montségur, après le déjeuner où je n'ai pris que très peu, je me retire dans ma chambre et là, tout à fait tranquille et allongé, je sens peu à peu dans ma bouche, que je suis nourri !...” Il insistait sur ce dernier mot, en disant cela, et me regardait intensément avec un émerveillement qui transfigurait son visage soudain coloré d'une légère émotion. Et il est exact que ces journées à Montségur étaient très lourdes pour un homme de son âge, avec l'aller-retour depuis Arques, la montée à pieds à la Stèle et l'allocution qu'il y prononçait, une première conférence avant le déjeuner, puis un exposé suivi d'échanges dans l'après-midi, et parfois, en plus, l'Assemblée générale de la Société...

En juillet 1961, j'écrivis la nouvelle de cette rencontre, et de ma découverte, à mon ami C... qui effectuait alors son service militaire dans les transmissions à Agen, avant de partir pour l'Algérie, où la violence lui fut heureusement épargnée. Il vint passer une permission à l'Estagnol. J'allai le chercher à la gare de Couiza, puis il fit la connaissance de Déodat ROCHÉ, Simone HANNEDOUCHE et... de l'Anthroposophie. C'était un germanisant par goût spontané ; l'Allemagne l'intéressait, l'attirait, il y avait voyagé et en étudiait constamment la langue. Depuis des années, il disait en souriant — mais il mêlait volontiers sérieux et sourire — qu'il épouserait une Allemande — ce qu'il fit au début des années 1970. Il devait percevoir assez vite l'ampleur de l'œuvre de Rudolf STEINER et comment sa quête personnelle pouvait y aboutir, jusqu'au choix qu'il fit, par la suite, d'une profession à portée sociale et religieuse, directement inspirée par l'Anthroposophie. Le cercle de notre relation se complétait ainsi : il m'avait indiqué l'entrée du Sentier, je lui fis connaître ce carrefour, caractéristique à notre époque. Mais, plus tard, je dus poursuivre seul mon chemin vers la liberté de l'esprit dans la recherche.

Le souvenir très net m'est resté de certains de nos entretiens, en ce mois de juillet 1961, dont je vois encore les scènes, en gardant à l'oreille le son des paroles de Monsieur ROCHÉ. Après le repas de midi, dans le pavillon central, la conversation roulait sur le dualisme manichéen et cathare. Cette notion embarrassait un peu C... qui demanda à M. ROCHÉ si le Bien et le Mal ne devaient pas être considérés comme l'expression, dans l'ordre moral, de la polarité qui apparaît universellement en toutes choses, comme nécessaire pour que l'existence puisse se manifester, se reproduire et s'entretenir : polarité du masculin et du féminin, du haut et du bas animant la chute d'eau, de l'acide et des bases, de l'électron et du proton animant toute l'électricité, etc...

Alors, Déodat ROCHÉ répondit : “Partout où la polarité entre en jeu, le résultat qu'elle produit est la synthèse des deux pôles, mais, dans l'ordre des forces morales, on **ne fait pas la synthèse du Bien et du Mal**. Le Bien fortifie l'Être, le Mal le détruit. Le Bien, lorsqu'il se déploie, renvoie le Mal à sa vraie place où il s'anéantit...”

Ce furent deux belles journées où, dans la paix de l'été, cet Ancien transmit sa lumière à deux jeunes hommes qui avaient cherché ensemble durant leurs années d'étudiants.

C... considéra comme remarquable — il me le dit en privé — et combien rare, cette liberté de l'esprit que Déodat ROCHÉ manifestait à l'égard de toutes choses, et qu'il admira d'autant plus que l'âge n'y portait pas atteinte.

Ce séjour d'été 1961, le premier auquel je participai, se poursuivit paisiblement et s'acheva au 15 août. Le temps commençait à se troubler, un vent, violent parfois, secouait les dernières tentes que j'aidais à ranger ainsi que le matériel, puis j'assurais les transports.

De retour en Périgord, je poursuivis la découverte de l'œuvre de STEINER avec un intérêt et une ardeur qui me permettaient parfois d'étudier, de près, trois ou quatre conférences par jour. Je gardai la relation par correspondance avec Déodat ROCHÉ et, vers Pâques 1962, nous lui rendîmes visite chez lui à Arques. Ce fut l'occasion d'un long entretien, dans son bureau, au rez-de-chaussée, qui était en fait l'ancienne Étude notariale de son père, restée en l'état, pour l'essentiel, depuis les années 1880...

Au milieu, trônait le monumental pupitre à double pente, en vieux bois brut, sur lequel des générations de clercs avaient griffé le papier timbré. Monsieur ROCHÉ l'utilisait toujours pour y écrire, ainsi qu'une table longue couverte de livres et de brochures qu'il recevait, et une autre petite table sur laquelle il écrivait également.

Les murs disparaissaient derrière de hautes étagères, protégées par des rideaux beige clair, montant jusqu'au plafond et garnies de livres, anciens, rares ou précieux pour un bon nombre, éditions devenues introuvables allant des Pères de l'Église à l'Anthroposophie. Concernant l'œuvre de STEINER se trouvait là tout ce qui avait été publié en français, de nombreuses éditions en allemand que Déodat ROCHÉ lisait très bien, mais aussi des cycles entiers, en liasses dactylographiées bien classées, inédits en français et qui contenaient des traductions privées accumulées depuis quarante ans. Au fil des années qui suivirent, j'eus accès à ces documents, mais hélas, trop peu, car j'étais largement occupé par la vie et les activités du Camp. Je devais tout de même trouver le temps de lire certains de ces cycles inconnus en France, vers le milieu des années 1960, en particulier des conférences explicites et fortes, consacrées aux courants et organisations occultes qui agiraient à la fin du XXe siècle, c'est-à-dire à l'époque où les présentes lignes sont écrites.

Lorsque l'on prend la peine et la responsabilité d'identifier le réseau social politico-technocratique à l'œuvre dans le monde pour décomposer le corps social et détruire toute vie culturelle autonome en chaque individu, on constate la justesse de certaines extrapolations de Rudolf STEINER, ainsi que le discernement de Déodat ROCHÉ qui avait extrait lui-même ces cycles de conférences de sa bibliothèque pour me conseiller de les lire. Ces quelques indications permettent de mieux comprendre combien il est significatif qu'une grande partie de cette bibliothèque ait disparu progressivement, à la fin des années 1970, par l'intermédiaire de Mme V....,pour aboutir dans les archives de son milieu.

Mais, en ce printemps 1962, tout était encore en place, comme ce cartonnier à tiroirs, vert foncé, avec ses étiquettes, occupant la moitié d'un des murs, et dont le modèle participait à l'ambiance balzacienne des Études de province depuis près de deux siècles. Son père y conservait les minutes d'actes, Déodat ROCHÉ y avait rangé les liasses de conférences anthroposophiques et celles de Peter DEUNOV. Un poêle à bois en fonte émaillée brun roux chauffait, à la saison froide, cette haute pièce où se trouvait, à gauche de la porte, en entrant, l'antique téléphone à manivelle et coffret de bois vernis. Tout près, fidèlement accroché au mur, le calendrier de carton blanc de l'imprimerie GABELLE de Carcassonne, dénombrait chaque année. Les "**Cahiers d'Études Cathares**" et les livres des Éditions s'imprimaient dans cette entreprise où l'on travaillait avec une souplesse artisanale, mais aussi le respect d'un métier qu'honore sa tradition de qualité.

Vers 1967, j'eus le plaisir, lors d'une Assemblée générale de la Société, où elles étaient présentes, de faire la connaissance des demoiselles GABELLE, deux sœurs nées vers la fin des années 1910, qui dirigeaient cette affaire familiale dont elles avaient hérité. Leur gentillesse et l'amabilité de leur abord s'exprimaient aussi dans les relations de travail. Elles consentaient à M. ROCHÉ des tarifs très modérés, livrant ainsi vers 1965, les 800 exemplaires d'un "**Cahier**" de 64 pages pour moins de 1200 francs, et faisant patiemment preuve d'une grande compréhension pour les tirages successifs. À cet effet, elles acceptaient parfois de conserver, des mois durant, les "plombs" d'imprimerie c'est-à-dire le stock de dizaines, voire de centaines, de blocs de caractères linotypiques, chaque bloc imprimant une page, afin d'effectuer, à la demande de M.ROCHÉ, des tirages supplémentaires ou des "tirés à part" de chapitres et d'articles importants, formant brochures.

Nous étions donc dans le lieu central où la pensée de Déodat ROCHÉ s'unissait aux aspects les plus techniques de ses réalisations, qu'il contrôlait entièrement encore.

Pour l'instant, bien installé dans sa chaise longue ancienne en rotin, il nous parlait avec humour et animation de ses démêlés avec René NELLI, qui prenaient corps à cette époque.

NELLI, professeur de philosophie au Lycée et conservateur au Musée de Carcassonne, voyait, dans la pensée cathare, un élément — certes important pour lui, mais tout de même partiel — d'une phénoménologie plus large de la condition humaine, alors que D. ROCHÉ, en idéaliste, considérait le catharisme comme l'avatar médiéval de la grande chaîne des Spirituels qui progresse au cours des âges.

Par un après-midi de fin juillet 1961, Madame et Monsieur NELLI étaient venus à l'Estagnol rendre visite à Monsieur ROCHÉ. J'étais absent du Camp, et mon épouse les avait vus. Simone HANNEDOUCHE les reçut d'abord, mais son caractère et son maintien modestes donnaient aisément le change à une observation superficielle. Elle me raconta en riant, lorsque je descendis du Pech : "Monsieur NELLI m'a regardée rapidement, avec un air de penser : « Qu'est-ce que c'est que cette vieille dame ?... » J'allai chercher Monsieur ROCHÉ à qui seulement M. NELLI consentit à accorder quelque existence !..." En fait, cette rencontre était l'une des dernières entre eux, et probablement même la dernière, en privé du moins.

On ne pouvait guère imaginer deux hommes plus dissemblables. NELLI, le corps un peu lourd, le teint coloré et le regard sombre, aimait la cigarette, le verre de cognac et les viandes des bons repas. Il avait épousé une de ses élèves du Lycée et possédait le château de Bouisse, à seulement douze kilomètres au nord-est d'Arques, dans les Corbières.

À l'inverse, Déodat ROCHÉ, dans ses yeux clairs et sa minceur d'ascète, avait décliné l'offre d'un sourire affectueux, lorsque sa secrétaire, de quarante ans plus jeune que lui, avait proposé de l'épouser au magistrat veuf qu'il était, vers 1940...

Néanmoins, ce mouvement d'une âme l'avait profondément touché, et lorsqu'il m'avait confié ce détail de sa vie, alors que nous étions tranquillement assis à l'écart, sur l'herbe de l'Estagnol, son visage s'illuminait d'un bonheur léger, et le rose d'une charmante confusion venait animer son teint... "J'ai d'ailleurs eu raison, ajouta-t-il, elle a fait par la suite un très beau mariage...". Beaucoup plus tard, je compris pourquoi, en apprenant son nom, Madame B... avait toujours reçu le service des "**Cahiers**"...

Quant à René NELLI,en ce printemps 1962, il venait de prononcer une de ces conférences traitant,en principe, du Catharisme, mais où il aimait à mêler l'existentialisme, HEIDEGGER et la psychanalyse freudienne. Des membres de la Société d'Études Cathares, dont NELLI était aussi adhérent et se réclamait à l'époque, avaient assisté en famille à cette conférence. "Alors,vous comprenez,nous disait Déodat ROCHÉ — ce sont ses paroles exactes — il s'est mis à expliquer des saletés de sexualité, il y avait là des jeunes filles et leurs parents qui ne s'attendaient pas à cela dans une conférence sur le Catharisme, et ils m'ont fait connaître leur désappointement devant cette orientation d'un membre éminent de la Société." Généralement, René NELLI réservait la philosophie du Néant et des pulsions nocturnes à ses exposés devant des cercles limités de gens connus et à des publications "intellectuelles". Il adoptait un tout autre style,simplificateur, où son accent d'Oc épanouissait une pointe de faconde populaire, lorsqu'il s'adressait au grand public. Ses enregistrements à la Radio en témoignent d'ailleurs.

Au cours d'une de ses conférences ordinaires, à laquelle j'assistai, un soir d'été vers 1966, dans la salle de la Mairie de Montségur, René NELLI parlait familièrement,en fumant sa cigarette, le visage empourpré par le bon repas qui avait précédé. Il était question, devant ce public de vacanciers, de la vie quotidienne au château de Montségur, avant le drame de 1244. "Des parentes de Ramon de Perelha, seigneur de Montségur, venaient, disait-il, séjourner au château,à la belle saison. On dirait aujourd'hui qu'elles venaient en vacances... Les Ministres cathares venaient aussi, mais il ne faudrait pas croire qu'ils imposaient à tout le monde leurs mœurs ascétiques. Des gens très différents étaient habitués à se côtoyer dans la société languedocienne,et à se tolérer. Ces visiteuses étaient de rieuses et bien vivantes jeunes femmes..." En prononçant cette dernière phrase — et ce sont ses paroles exactes — l'orateur s'enthousiasmait plus encore et s'attendrissait à l'évocation de cette "vitalité" féminine, vis-à-vis de laquelle Déodat ROCHÉ, par contre, avait toujours gardé ses distances.

À la fin des années 1970, toute la France put entendre un soir à la Radio, sur France-Culture, René NELLI parler de "l'amour", au sens de la sexualité, et de la psyché. "Il ne faut pas se représenter,disait-il, le désir amoureux parmi les besoins naturels comme la faim ou la soif. Il s'agit d'une chose dont la source est entièrement psychique et mentale. Ce sont nos représentations qui nourrissent le désir. Il faut pour cela qu'elles aient suffisamment de temps et de latitude pour se développer. La vie moderne précipitée et les formes artistiques violentes et mécaniques imposées à nos contemporains risquent de produire des femmes frigides et des hommes peu puissants... Au risque de choquer sans le vouloir, je dirai que des formes d'art comme le chant grégorien, par leur ampleur sereine, sont une bonne préparation érotique..." Le philosophe carcassonnais avait, d'ailleurs, raison, ainsi que nul ne peut en douter, un quart de siècle plus tard, alors que les femmes et les hommes d'Europe, de plus en plus stériles, se laissent suicidairement submerger par la vague démographique issue des populations sous-développées.

C'était une démarche naturelle pour NELLI que d'associer les extrêmes en une phénoménologie sans dogmes où Lumière et Ténèbres se mélangent. Le monde demeurait pour lui, une énigme complexe, où l'homme n'avait pas de place prédéterminée et devait affronter un chaos persistant dans l'intimité de la manifestation.

Pour Déodat ROCHÉ, au contraire, notre chemin allait des ténèbres naturelles et collectives, vers la lumière de l'Être, par le chemin de la conscience. Ce chemin avait pour lui la rectitude de la flèche du Sagittaire, où le soleil rayonnait dans son ciel natal, juste au "Fond du Ciel", au cœur de l'âme...

Vers 1966, j'eus un entretien avec René NELLI, après une conférence privée qu'il venait de donner,à Montségur,chez Fanita DE PIERREFEU. Je lui parlai d'un article qu'il avait publié dans la revue "**Planète**",dirigée par Louis Pauwels, et dont une phrase me semblait problématique : "Dans la nuit de l'amour, la femme est la conscience du couple." Je le lui dis et la conversation s'engagea aisément, car il était aimable et d'un abord facile. Mais il ramenait tout à l'importance des facteurs organiques dans la vie de l'âme.

— Voyez, me disait-il, je ne suis jamais bien le matin après le réveil, mon humeur n'est pas bonne,ni mon goût au travail, aussi vaut-il mieux que je me lève tard... C'est notre physiologie qui décide de tout, et il en est ainsi à partir de la vie sexuelle et de toute la sensualité.

— Tout de même, lui dis-je, il a toujours existé des êtres qui, pour leur idéal moral, esthétique ou cognitif, ont plus ou moins maîtrisé,par leur conscience, ces déterminations naturelles.

— Pensez-vous, me répondit-il, vous en connaissez, vous, des gens comme ça ?...

— C'était, en tout cas, l'idéal des Cathares, répondis-je, et de tous les spirituels. Dans notre pays, quelqu'un,connu de tous, a vécu cette maîtrise, au moins jusqu'à un certain point, je pense à Déodat ROCHÉ...

Avec un haussement d'épaules, NELLI prit un air de commissération et de dédain en s'exclamant :

— Pauvre homme... !

C'était avouer implicitement méconnaître la biographie et la manière de vivre de D. ROCHÉ, car celui-ci s'était appliqué sincèrement à réaliser par l'esprit cette expérience de l'être, à laquelle aspire chaque vivant, même s'il n'en a pas clairement conscience.

Un soir, à l'Estagnol, j'avais vu le coucher du soleil depuis le sommet du Pech, après qu'un voile d'or lumineux eut reflué en rougissant sur le vaste moutonnement bleu sombre des Corbières, et j'en disais la splendeur à Déodat ROCHÉ qui me répondit : "Oui, mais le soir ce sont des forces de déclin qui émanent du coucher solaire, il n'est pas vivifiant d'y participer et je préfère me tenir à l'écart de ce naufrage... Vous savez ce que Victor Hugo en disait : « Le vieillard contemple le soleil qui se couche et le soleil regarde le vieillard qui se meurt... ». Ce sont les forces de l'aurore qu'il est bon de fréquenter," ajouta mon vieil ami,puis, après un silence, avec un sourire léger, un peu désabusé en l'occurence, annonçant l'imminence d'une confidence : "Savez-vous que NELLI se lève assez tard, mais qu'il est amateur des couchers de soleil ?..."

Jusque dans leurs apparences physiques, D. ROCHÉ longiligne et d'une extrême maigreur, R. NELLI prenant une très forte corpulence vers la fin de sa vie ; et dans leurs morts, comme un retrait naturel progressif de la matière pour le premier, l'épreuve cruelle — d'autant plus chez un homme de grande intelligence — d'un cancer généralisé, pour le second, tout opposait les deux hommes et leurs chemins divergeaient complètement... Et pourtant, c'était la même question de l'Être qui les interpellait, mais chacun réagissait avec une personnalité bien différente.

Déodat ROCHÉ, heureux dans la vie simple et pauvre de la montagne, eût été au XIIe siècle un de ces "bons omes" parcourant les collines pierreuses, en route vers l'horizon lumineux; René NELLI aurait pu être un de ces évêques sceptiques,vivant à l'aise dans leurs châteaux, sans éprouver la nécessité de déranger les Cathares, mais cultivant plutôt une certaine compréhension de leurs options métaphysiques .

Après avoir témoigné comme je le devais, il me reste le souvenir d'un homme qui a sa place dans la fraternité humaine de ceux que j'ai connus autour du Catharisme. En 1993, je voulus voir son château, archaïque, étonnamment austère, et le village de Bouisse où je n'étais jamais allé. René NELLI y a laissé, parmi les ruraux, le souvenir d'un homme simple,discret et affable, apprécié de tous.

Son œuvre écrite, déjà imposante par l'ampleur, donne le témoignage d'un esprit libre, demeuré indépendant même si, parfois, il a traversé des influences. Parmi des redites et certains développements utilitaires, elle contient de précieux aperçus dont la force et l'originalité justifient l'effort de les rechercher.

Si Déodat ROCHÉ fut réellement un ascète dans la tradition du Catharisme, René NELLI, lorsqu'il atteint les sommets de son œuvre, se révèle comme un véritable penseur cathare.

Mais, dans le siècle, la lutte continue. Si l'on refuse d'adorer la Bête, on ne peut être indifférent au brouillage culturel que des milieux snobs et politico-médiatiques déploient pour étouffer, dès qu'il reparaît, le courant spirituel de conscience, férocement arraché à notre civilisation, au Moyen Âge, et qui, aujourd'hui,lui fait si dramatiquement défaut. Les pseudo-amis du Catharisme font plus, parfois, pour dénaturer son rayonnement, que ses adversaires déclarés...

"Il ne serait pas étonnant qu'un beau jour je fasse du végétarisme une condition essentielle, sine qua non, de ma religion."
"« Le moindre manquement à nos exercices ne se passe guère sans que l'âme s'en ressente » , dit « l'Imitation de Jésus-Christ », sauf, ajouterait le Bouddha, quand nous manquons un exercice par charité, pour rendre service à l'un de nos frères."

Déodat ROCHÉ : **Lettres à son père** (1898)

Chapitre 3

L'obstacle du sectarisme

Pour l'été 1962, la famille P… avait convenu avec M. ROCHÉ de demeurer au Camp durant la totalité du séjour d'un mois, et d'en assumer le fonctionnement matériel, c'est-à-dire, essentiellement, la cuisine. Dans cette petite communauté,ces sept personnes pesaient d'un poids certain, encore que les garçons fussent agréables, un seul mis à part qui manifestait déjà la mentalité du père. La famille P… était essentiellement naturiste et, on l'a vu, disciple de la "macro-biotique" d'Oshawa .

Madame et Monsieur P… apportaient leurs dogmes et ne venaient pas vraiment pour l'enseignement de Déodat ROCHÉ ; mais ils espéraient amener la communauté à vivre selon leurs préceptes. Ils avaient, d'ailleurs,l'ambition déclarée de "soigner" les gens, physiquement et psychiquement, par leur panacée : le régime Oshawa et l'équilibre du Yin et du Yang. Rendre dépendant autrui dans le domaine le plus immédiat de l'existence : la santé, est évidemment un moyen efficace d'exercer, sur lui, pouvoir et autorité, ce qui était la pulsion fondamentale de Monsieur P… Il s'efforçait de la dissimuler sous un faux-air de bonhomie paternaliste, mais elle transpirait de toute sa personne avec la discrétion de la queue du renard...

Dès le début, assis en lotus, Monsieur P… déclara devant un petit groupe de participants, quelque peu ébahis : "Depuis que je suis céréalien macro-biotique, j'ai acquis une maî-aî-trise, une maî-aî-trise... extraordinaire !..." Ce furent ses paroles exactes. Ce disant, il roulait les épaules,comme pour occuper tout l'espace, et s'abîmait dans la béatitude d'un sourire d'auto-satisfaction figée... Je compris qu'il faudrait patience et abnégation pour rester auprès de Déodat ROCHÉ, en pareille compagnie.

Pour être sûrs d'avoir sous la main quelqu'un qui se laisserait "soigner", M. et Mme P... avaient amené au Camp une jeune fille,de leur connaissance,qui avait quelques difficultés de santé et d'existence. Âgée de dix-neuf ans, un peu corpulente, silencieuse et complètement effacée, elle se tenait à l'écart des activités, "bénéficiait" seulement de toutes les prescriptions d'Oshawa revues par Monsieur P... mais ne semblait pas se réjouir d'être dans ce Camp où, visiblement, elle n'avait guère idée de ce qu'elle venait faire.

Parlant de la vie à l'Estagnol, Madame P... me dit un jour : " Pour vivre vraiment en harmonie, il faudrait pratiquer le véritable naturisme, incluant le nudisme intégral... mais les anthroposophes pousseraient des hauts-cris !..." Incapables de comprendre qu'il est dans le destin de chacun d'exister avec une certaine autonomie et que l'on ne peut tout mettre en commun dans un milieu ouvert, les P... comme tous les fanatiques, tenaient pour pleinement justifié d'imposer aux autres de vivre exactement comme eux et avaient bien l'intention d'y parvenir ici.

Un matin, une jeune femme qui séjournait au camp, eut la stupéfaction, en circulant dans la clairière, de se trouver devant un participant complètement nu, près de sa tente, qui se livrait à des exercices naturistes sous les regards de la jeune fille "à soigner", immobile à quelques pas. Cette jeune femme, en venant rejoindre un séjour d'études cathares et anthroposophiques, n'avait pas eu l'intention de participer à un camp de nudistes. Elle le dit à son époux qui vint me demander mon avis sur l'opportunité d'en avertir Monsieur ROCHÉ. Je lui répondis de faire selon sa conscience, mais qu'il me semblait périlleux qu'une situation de fait se développât insidieusement à l'insu de Déodat ROCHÉ, qui passait l'essentiel de son temps libre à travailler dans sa cellule. Il fut donc averti par ce participant.

Un moment après, Déodat ROCHÉ sortit du pavillon, le visage grave et soucieux. Il passa près de moi, en boutonnant sa veste grise et me dit : "Ah... Il faut donc aller mettre de l'ordre...", en se dirigeant vers le quartier de la famille P...

Deux heures plus tard, en revenant de la forêt avant la conférence de onze heures, j'entendis des éclats de voix en bordure de la clairière, là où était le campement de la jeune femme, près de l'aboutissement du sentier que je suivais. Je la vis, assise devant sa tente, un livre à la main, cependant que le nudiste du matin l'invectivait violemment, et même l'insultait, avant de s'éloigner, en riant "jaune" vers moi, quand il me vit approcher. Il avait attendu qu'elle fût seule pour venir la traiter de "vicieuse cherchant à l'épier..." Déjà, au fil des jours précédents, un autre participant "tournait autour" de cette jeune femme, charmante, qui avait espéré trouver la paix ici, et lui confiait avec abondance de détails, qu'il aimait aller en forêt et, là, se mettre nu...

Il n'était pas question de discuter le bien-fondé du nudisme, mais celui-ci ne figurait pas dans le programme annoncé du Camp de l'Estagnol, qu'il convenait de respecter, par simple honnêteté, si l'on ne voulait pas mettre en fuite la quasitotalité des participants présents et potentiels. Le naturisme de la famille P...

était légitime dans le cadre de sa vie privée, et pouvait n'avoir rien de malsain, mais son prosélytisme agressif, autoritaire et indélicat, posait problème. Elle était connue, sous ce jour, dans la région et l'opinion commençait à se répandre que l'Estagnol était un Camp de nudistes... J'en eus des échos affligeants qui s'ajoutaient aux malveillances que le milieu "catharo-bourgeois" colportait au sujet de l'attachante et modeste initiative de Déodat ROCHÉ, cet ancien Magistrat, Maire et Conseiller général non-conformiste, dont la sincérité dérangeait.

Ainsi, par la suite, en 1966, une très sympathique participante, de profession médicale, séjourna au Camp avec ses deux grands enfants, un garçon et une fille d'environ douze et quatorze ans. Le troisième matin, après son arrivée, alors que j'étais seul, occupé à faucher dans la clairière, elle s'approcha pour me dire : "Vraiment, je suis très heureuse d'être ici ; le paysage, l'ambiance, la vie du Camp me plaisent au-delà de ce que j'espérais, et surtout, j'éprouve le besoin de vous le confier : je suis maintenant pleinement rassurée..." Devant mon air interrogatif, elle poursuivit : "Oui, j'étais très inquiète en arrivant et j'ai beaucoup hésité à venir, malgré le désir que j'en avais et mon estime respectueuse pour Monsieur ROCHÉ. Tous mes amis me déconseillaient ce séjour en me disant : ne va surtout pas là-bas avec tes enfants, c'est un camp de nudistes !... J'ai tenu bon, en faisant confiance à Monsieur ROCHÉ, mais j'étais très soucieuse en m'installant ici, le premier jour. Maintenant, je suis rassurée, vous comprenez ma joie..."

Et de fait, la joie de cette amie demeure, trente ans après, un de ces souvenirs lumineux qui donnent son sens au travail accompli, dix années durant, à l'Estagnol.

Mais, en juillet 1962, les difficultés ne faisaient que commencer avec l'altercation évoquée plus haut. Le nudisme ne réapparut pas, mais la famille P... en ressentit probablement une frustration qui accentua son volontarisme tyrannique en matière de régime alimentaire. Il fallait manger exactement comme ces gens et ne rien faire paraître de différent sur la table. Pour imposer cette dictature exorbitante et en donner un semblant de justification, ils avaient trouvé cet argument : "Si des choses incorrectes sont servies, cela va tenter les enfants et détruire les bienfaits de notre patiente action éducative...". Ainsi donc, le menu était strictement végétarien, nous étions tous d'accord là-dessus, mais les P... imposaient la méthode Oshawa, telle qu'ils la concevaient.

Il fallait très peu de crudités, tous les légumes cuits et surtout des céréales à l'oignon et à l'ail qu'ils assaisonnaient d'une sauce tomate acide, le "Tomata", laquelle incommodait beaucoup de monde, dont Monsieur ROCHÉ, ce qui contribua à le faire réfléchir par la suite... Tout devait être salé, y compris le "café de riz" du petit-déjeuner et, éventuellement, l'infusion à la fin du repas, seule boisson permise. Il ne fallait pas boire en mangeant et toute bouteille était proscrite sur la table. Les fruits frais, réputés trop "Yin", étaient rigoureusement interdits, ainsi que fromages et beurre.

Ce dernier fut à l'origine d'un second esclandre mais, cette fois, devant tous. Un matin, l'époux de la jeune femme que le nudisme avait choquée, entreprit de beurrer son pain selon son habitude, au petit-déjeuner, à partir d'une plaque de beurre qu'il avait achetée la veille. Brusquement, les parents P... explosèrent de colère et se mirent à l'invectiver... Il y eut un frisson de malaise et chacun commença à penser que cette intransigeance dépassait les limites du tolérable. L'argument des enfants tentés par le beurre, lassait, et l'on commençait à penser que, si le régime familial était parfait, on ne voyait pas pourquoi les "enfants" — qui avaient tout de même entre douze et vingt ans — auraient voulu y manquer.

En fait, ce régime étouffant, lourd et sec, les frustrait comme les autres... On le vit bien quand ils découvrirent les cerisiers de montagne qui venaient de mûrir dans le ravin, en contrebas de la route d'Albières !... Ils grimpaient fort bien sur les arbres où les parents ne venaient pas leur dire de cuire les fruits et de les saler...

Alors, ils s'offrirent des ventrées pantagruéliques de ces petites cerises sucrées et d'excellent goût, mais terriblement laxatives au bout de quelques heures. On devait bien le voir aux allées et venues répétées que les gaillards durent effectuer entre le Camp et la forêt où chacun prenait ses aises...

La gastronomie selon Monsieur P... atteignait ses sommets avec d'énormes pâtés de céréales, bourrés d'oignons et de tomates, et cuits au four rustique, fort bien aménagé par les garçons, avec des pierres plates recouvertes de terre et chauffé au bois de la forêt. Un jour où nous avions invité la comtesse Fanita de PIERREFEU à passer la journée et donc, à déjeuner, les P... décidèrent de produire un de ces pâtés. La venue de cette grande dame les flattait et ils voulurent se surpasser... Le four fuma et chauffa depuis les aurores et un vaste pâté, le plus gros jamais enfourné, y prit place en milieu de matinée... Vers midi, la comtesse arriva, très élégante, comme toujours, dans sa toilette d'été, avec une amie parisienne, Élucina, conduisant son superbe cabriolet "Floride-Renault" blanc. Élucina, qui fréquentait, à Paris, des princesses russes, nous fit part de sa préoccupation majeure du moment : deux jours plus tôt, un garagiste rustique avait remplacé, sur sa voiture, un pneu à flanc blanc éclaté, par un pneu ordinaire et l'aristocratique cabriolet souffrait, en ce moment même, la roture d'un pneu noir parmi les trois nobles roues à flancs blancs. Comment serait-il possible, dans de pareilles conditions, de se réjouir encore de l'existence ?...

La comtesse s'entretint avec Déodat ROCHÉ — qui méritait considération, car il était célèbre — et visita le Camp où Monsieur P... tint à la guider. Enfin, il fut temps d'accomplir les rites macro-biotiques : nous passâmes à table.

Après la méditation du début, Monsieur ROCHÉ rappela que nous observions la règle du silence au cours des repas. Madame de PIERREFEU parut stupéfaite, mais ne dit rien, elle rentra un sourire sous cape après avoir coulé un regard entendu à son amie Élucina.

Depuis plusieurs jours, nous avions en effet établi cette règle, à l'initiative de Déodat ROCHÉ, pour éviter les conflits que les P... occasionnaient en faisant des réprimandes aux uns et aux autres, et en suscitant des polémiques sur les sujets les plus divers et en toute occasion. Par ce moyen, Monsieur ROCHÉ avait trouvé une manière de dire : "Taisez-vous !..." Ce silence "thérapeutique", bien différent du silence des Trappistes, était, dans une certaine mesure, une manifestation d'échec communautaire, et je fus surpris que notre vieil ami le rappelât en présence d'invitées, avec une rigidité qu'il ne savait pas toujours éviter... Aussi, pour assouplir un peu la rigueur de l'ambiance, me suis-je permis d'adresser à Madame de PIERREFEU, quelques paroles à justification utilitaire... Après tout, nous étions tous co-responsables de la manière d'accueillir des invités.

Pour avoir séjourné plusieurs jours chez la comtesse, à Montségur, la semaine précédente et eu le temps de bien faire connaissance, je voyais qu'elle avait envie de rire... Dans son milieu de la noblesse mondaine, on reconnaît tout de suite son monde ; les "autres" sont des paysans ou, de quelque manière, des serviteurs, depuis la femme de ménage jusqu'à un ministre. L'important, c'est qu'ils rendent les services que l'on attend d'eux ; alors, on peut être aimable avec chacun et d'une simplicité... mais toujours un peu... décalée, juste de ce qu'il faut...

Avant le repas, P... avait montré le four à la comtesse en lui expliquant mystérieusement que le plat principal était là... Elle, avisant l'énorme masse poussiéreuse de pierraille et de terre, n'avait pu dissimuler, dans son regard, le voile fugitif d'une inquiétude. Et maintenant, l'instant suprême arrivait. Deux des garçons manœuvraient virilement les pierres et sortaient le grand plat de terre vernissée, brûlant, où s'arrondissait le volumineux pâté céréalier à la croûte dorée.

Après qu'il eut été découpé tout fumant, sur la table et sous les yeux des convives, Monsieur P... en saisit, entre pelle et fourchette, un énorme morceau et le posa dans l'assiette de Madame de PIERREFEU, pour l'honorer, si rapidement qu'elle ne put réagir que d'un geste effaré. Le pâté était trop massif, il apparut alors que l'intérieur n'était pas tout à fait assez cuit, bien que le dehors en fût aimablement doré !

La comtesse, habituée à grignoter au cours de ses réceptions dans son hôtel parisien du boulevard Saint-Michel, sembla terrifiée de se voir attribuer un tel monceau de nourriture qui, à l'intérieur, faisait plutôt "étouffe-chrétien". À sa mimique bouleversée, on voyait qu'elle oscillait entre l'envie de rire et celle de pleurer, les deux s'annulèrent sans doute car elle surmonta l'épreuve... À l'issue du repas, on retira son assiette à peine touchée.

Déodat ROCHÉ percevait douloureusement cette dérive : toute sa vie, il avait souhaité faire vivre une petite communauté de conscience et de culture, apprenant à développer des relations fraternelles, respectueuse de chacun, et le Camp, maintenant, s'obsédait sur le régime culinaire... De plus, il fallait observer le silence, par échec relationnel, c'était un comble.

Depuis longtemps, dans ses écrits et plus concrètement au cours de ses conférences, M. ROCHÉ avait parlé de la nécessité de former de telles rencontres humaines, libres et spirituelles, pour préparer l'avenir. Il ne recueillait guère d'écho, eu égard à la mentalité du monde moderne, sceptique, égoïste et matérialiste, mais aussi aux milieux dans lesquels il s'exprimait : associations laïques et maçonniques, courants ésotériques citadins, bourgeois amateurs d'érudition et d'histoire locale...

Puis, un beau soir des années 1950, après une conférence, il avait lancé : "Je suis prêt à aller vivre et méditer, dans la voie de la simplicité cathare en un bel endroit de la forêt de Rialsesse, au-delà d'Arques. Ceux qui voudront partager cette expérience sont invités à me rejoindre..." L'audace d'une telle proposition ne manquait tout de même pas d'allure, de la part d'un homme de soixante-quinze ans. Après la conférence, Monsieur P... s'approcha avec sa famille et dit à Monsieur ROCHÉ : "Eh bien, voilà, nous venons répondre à l'invitation que vous venez de faire ; nous sommes prêts à tenter de vivre un tel séjour d'été avec vous et ceux qui s'y joindront..."

C'était la première fois que le destin donnait une réponse concrète et positive, Déodat ROCHÉ en fut profondément touché et réconforté. Il faut savoir cela pour comprendre le déchirement que lui causait l'évolution de la vie à l'Estagnol durant l'été 1962. Sept ans plus tôt, il avait vu venir à lui les forces jeunes d'une famille qui avait pris en charge l'aménagement, rustique et minimal, mais efficace, du Camp. P... et ses fils avaient capté la source, à trois cents mètres de la clairière, vers le sud-est, au flanc du Pech, posé et enterré la canalisation amenant l'eau, installé les réservoirs de mise en charge, veillé à l'aménagement du pavillon et des abords, enfin rendu possible à Déodat ROCHÉ, alors âgé de près de quatre-vingts ans, de venir vivre "au désert".

Certes, ce dernier ne s'était pas posé la question du caractère et de la qualité humaine réelle de son collaborateur... Il n'avait d'ailleurs pas le choix, et il faut bien dire que l'ascète et l'érudit du Catharisme vivait surtout dans les pensées et les idéaux, qui étaient pour lui des êtres. Quant aux humains, s'il les enveloppait d'une bienveillance générale, il ne les percevait pas d'une manière très précise. Monsieur ROCHÉ était souvent peu psychologue et il lui arrivait d'accorder témérairement sa confiance à des quasi-inconnus, sur des critères peu consistants, voire illusoires, et, à l'inverse, de se défier de ses vrais amis...

Monsieur P... n'était pas seulement fanatique, il avait une forme d'ambition personnelle, une prétention médiocre et vulgaire à s'imposer, à faire l'important. Il régnait déjà chez lui comme "pater familia", il voulait étendre son pouvoir aux "Études Cathares" et, comble de stupidité, il ambitionnait de se glisser dans le sillage de Déodat ROCHÉ afin, le jour venu, d'être en situation de "prendre sa place"... Mme V... lui entendit affirmer un jour "Nous serons les successeurs de Monsieur ROCHÉ, c'est nous qui aurons les documents !..." "Pauvres malheureux ! — ajoutait-elle, avec raison, en me rapportant ceci — ils feraient comme moi, ils seraient bien incapables de les utiliser, les documents !..." Ce qu'elle ne disait pas, c'est qu'elle les convoitait, elle aussi, les documents. Elle devait d'ailleurs, au cours des années 1970, s'en faire remettre de pleins cartons par Monsieur ROCHÉ, lors des visites qu'elle lui faisait.

La "bibliothèque ésotérique" du "Maître d'Arques" faisait rêver beaucoup de gens qui eussent été bien incapables d'en rien faire, mais il y avait cette illusoire fascination matérialiste pour les supports physiques du travail "d'un homme qui n'était pas ordinaire" selon l'expression très juste de sa gouvernante, Madame CABRÉRA. Quant à Mme V..., elle n'appréciait pas les P... — et il y avait à cela des raisons générales, évidentes — mais aussi parce qu'elle voyait en eux des concurrents, bien que peu crédibles, à la "succession"...

Pour se valoriser aux yeux de Monsieur ROCHÉ, P... avait réussi à se mettre en mémoire quelques rudiments schématisés de conceptions anthroposophiques, il finit même par adhérer à la Société Anthroposophique, ainsi que son épouse, parrainés bien généreusement, voire légèrement, par notre vieil ami. Chaque fois qu'il le pouvait, P... dogmatisait... Un jour, l'occasion s'en présenta, vers dix-huit heures, au cours de la conférence de l'après-midi. Pour animer la Paneurythmie du matin, une ancienne élève directe de Peter Deunov séjournait au Camp, chaque été. D'origine bulgare, elle s'était réfugiée en France lorsqu'en 1944, les communistes avaient pris le pouvoir à Sofia. Depuis, elle vivait modestement à Paris, du métier de couturière, en compagnie de son père. En Bulgarie, elle était jeune professeur de Sciences naturelles, mais Peter Deunov conseillait à tous les intellectuels d'apprendre aussi un métier manuel, afin d'équilibrer leur activité, mais également en prévision de l'adversité que le destin peut réserver.

Après son arrivée en France, Anna BERTOLI s'en était bien trouvée. À Paris, elle s'appliquait avec son père, autour de la petite Revue "**Le Grain de Blé**", qu'ils animaient, à faire connaître l'enseignement et l'œuvre de Peter Deunov. Ils accomplissaient cette tâche d'une manière fidèle et honnête qui, bien sûr, ne les conduisait pas à faire fortune. Ces personnalités estimables étaient bien différentes d'un certain personnage qui exploita l'œuvre de Deunov et se composa caricaturalement une apparence physique "à la ressemblance du Maître"

— barbe et cheveux longs, blancs, costume blanc — à ceci près que l'orgueil et la dureté sournoise du regard ne pouvaient être confondus, par un observateur tant soit peu attentif, avec la bonté solaire qui rayonnait du visage de Peter Deunov... Porté et supporté par des centaines de naïfs, dont certains étaient fortunés, mais tous insensibles à l'imposture, S.B. R... vivait princièrement à leurs frais, sur son domaine de la Côte d'Azur...

Dans les années 1940, ce dernier, réfugié lui aussi en France, chercha immédiatement à développer un "enseignement" susceptible de plaire à la mentalité de l'Europe occidentale. Il voulut connaître Déodat ROCHÉ et obtint de lui rendre visite. Déjà, il aimait à se faire appeler "Maître" et lorsque son hôte lui exprima son désaccord sur cette appellation, à notre époque, S.B.R... lui répondit : "Vous aussi, si vous le voulez, vous serez "Maître" un jour !..." Déodat ROCHÉ écarta toujours ce genre d'acceptation, voire d'auto-proclamation abusive, en répondant non sans humour : "Non, les Maîtres ne sont qu'au nombre de Douze. Toutes les places sont prises..." S.B.R... voulait obtenir que Monsieur ROCHÉ consentît à lui prêter des cycles de conférences de Rudolf Steiner, inédits, ce qui lui fut refusé, car il souhaitait introduire certaines données anthroposophiques dans "son" enseignement, afin de mieux attirer son public potentiel ; bien entendu, il le fit malgré tout par la suite. Déodat ROCHÉ avait jaugé le personnage, mais on mesura la mansuétude de l'ancien magistrat — pas vraiment placée au mieux, une fois encore — lorsqu'il témoigna favorablement pour S.B.R..., contribuant ainsi à le faire sortir de prison, où il était pour une affaire de mœurs et probablement pour d'autres motifs, étant donné l'itinéraire, pour le moins douteux, de l'individu...

À l'inverse, sans avoir cherché à s'imposer, Anna BERTOLI témoignait, simplement, par sa présence calme, sereine, et la force paisible qui émanait d'elle. Il était naturel et compréhensible qu'elle fût essentiellement attachée à l'œuvre de Peter Deunov, qu'elle servait, mais toujours discrètement, ne faisant aucun prosélytisme et répondant sobrement lorsqu'on la questionnait. L'anthroposophie inspirait fondamentalement la vie culturelle à l'Estagnol et l'enseignement de Déodat ROCHÉ, mais Anna vivait paisiblement dans ce milieu et assistait à toutes les conférences. Elle rayonnait une sorte de santé un peu rustique, fréquemment perceptible, même parmi les citadins, chez les peuples balkaniques, et, par sa présence silencieuse, donnait un exemple bienfaisant de sagesse et de stabilité. Extérieurement, on aurait pu considérer que son intervention, limitée à une heure de Paneurythmie le matin, était fort brève, mais elle se prolongeait en fait sur l'ensemble de la vie du Camp qu'elle contribuait favorablement à harmoniser...

Cependant, au cours d'une conférence — nous y revenons — Monsieur ROCHÉ avait assez longuement présenté, à partir d'un texte de Steiner, les natures de "Lucifer" et d'"Ahriman" et leurs modalités d'action. On pouvait comprendre qu'Anna BERTOLI, extérieure à l'anthroposophie, eût trouvé cela compliqué et un peu long. Elle intervint, ce qui était exceptionnel, pour dire de sa voix calme, à notre vieil ami, qu'elle était surprise de cette dualité car le Maître Deunov n'avait jamais parlé de Lucifer et d'Ahriman, mais du Mal dans son ensemble...

Déodat ROCHÉ n'eut pas le temps de commencer une de ses paisibles explications qui avaient l'art de mettre tout le monde d'accord, en invitant à considérer les problèmes d'un point de vue plus élevé.

Lucifer et Ahriman ! Pensez donc... un thème de combat par excellence pour anthroposophistes militants, purs et durs, soldats permanents de "Michaël" ! Monsieur P... avait bondi : on allait apprendre à comprendre ! ! !

Il expliqua violemment à la pauvre Anna que "les peuples de l'Est en étaient restés au stade du sentiment, mais que les peuples de l'Occident étaient plus avancés dans leur évolution qui atteignait maintenant le développement de l'Âme de conscience. Ainsi, le plus grand des Maîtres, Rudolf Steiner, avait pu révéler à ces peuples occidentaux les mystères de Lucifer et d'Ahriman, qu'ils étaient les seuls à pouvoir bien comprendre..." Et ainsi de suite... Déodat ROCHÉ essayait d'apaiser P... en disant : "Voyons, voyons, du calme, restons fraternels pour nous expliquer..." Mais en vain.

Quand P... s'arrêta, il y eut un silence. Anna, immobile et très calme, le teint coloré par l'émotion, ses grands yeux sombres plus brillants, semblait abasourdie. Elle s'exprimait bien, en français, mais assez lentement, il lui était impossible de répondre rapidement à cette phraséologie dont elle ne possédait d'ailleurs pas toutes les clés.

Il est probable qu'en un tel moment elle revivait l'harmonie paisible de jadis lorsque Peter Deunov, à l'aurore sur la Montagne de Rila, prenait son violon et accompagnait doucement les oiseaux pour appeler le soleil ; et maintenant... elle était devant ce furieux ! Ce fut sans doute ce contraste qu'elle voulut exprimer en répondant, après le silence et très simplement : "D'abord, Steiner, ce n'est pas un Maître, et il n'a jamais dit qu'il l'était." (Il est exact, en effet, qu'il ne l'a jamais dit, mais l'ensemble de son discours le signifie implicitement). Alors, ce fut l'explosion... Mme P... joignit ses criailleries aux vociférations de son mari, et l'on aborda les rives du grotesque : "C'est Deunov qui n'est pas un Maître, justement parce qu'il l'a dit ! D'ailleurs, Steiner a dit qu'il ne faut pas le dire, à l'époque de l'âme de conscience, quand on est un vrai Maître !" Etc.... Cette "commedia dell'arte" aurait pu être hautement comique, mais on n'avait pas le cœur à en rire devant les décharges d'agressivité haineuse que projetaient les P... Déodat ROCHÉ, élevant le ton, réussit enfin à arrêter cette scène lamentable, et tout à fait exceptionnelle, qui mit fin à la réunion.

Chacun éprouvait le besoin de s'éloigner pour respirer, le groupe se dispersa ; M. ROCHÉ dit quelques mots aimables à Anna, puis alla raisonner les P...

Au bout de la clairière, vers l'Orient, les ombres s'étaient allongées sur la grande prairie dorée par le soleil couchant ; la brise du soir murmurait doucement dans les hauts pins noirs, et le bleu lavande des collines s'éteignait peu à peu en s'éloignant vers Mouthoumet... Ce trésor de paix nous était offert et, même ici, la guerre pouvait s'enflammer d'elle-même...

Madame P... disait maintenant que l'on avait tous été joués par les forces adverses et qu'il fallait faire une grande "réconciliation-ein". Se souvenant de rites qu'elle avait dû pratiquer dans quelque secte, elle proposa : "Tous ensemble, on devrait chan-einter un chan-ein..." Quelques-uns chantèrent, Anna était là avec son impénétrable et léger sourire oriental, puis tout ce monde s'embrassa... Les autres participants, qui n'étaient pas concernés, mais les plus nombreux, s'interrogeaient de plus en plus.

Déodat ROCHÉ restait serein, mais ces absurdités lui étaient douloureuses. Cette scène fut probablement, en lui, le début de la fracture qui allait l'éloigner de ses premiers collaborateurs. Par la suite, il devait me confier, au sujet d'Anna : "On n'avait pas le droit de traiter ainsi cette charmante fille..."

Fort heureusement, bien qu'ils fussent "permanents", les P... n'étaient pas seuls ; d'autres participants, dont le nombre variait, faisaient des séjours d'une semaine environ, en moyenne, et les personnalités se renouvelaient. Ainsi, l'ambiance du Camp se modifia sensiblement selon les départs, les visites et les arrivées dont certaines apportaient de la vitalité et un souffle de liberté. Les P..., voyant qu'ils ne pouvaient imposer totalement leurs dogmes et leurs manies, ainsi qu'ils l'avaient projeté, durent bien s'accommoder, non sans rancœur, d'un "modus vivendi" qui s'établit, à peu près, jusqu'à la fin du séjour.

Au temps de Pâques 1963, j'allai m'établir à Rivesaltes, en Roussillon, pour y accomplir jusqu'à la fin de l'année, la dernière partie de mon service militaire. Le destin disposait ainsi un rapprochement avec Déodat ROCHÉ, dont je me réjouissais, et qui me permit, en effet, de lui faire plusieurs visites à Arques au cours des mois qui suivirent.

Durant l'été, à la faveur d'une permission, nous passâmes deux journées au Camp où les P... régnaient toujours sur la cuisine. Après l'épreuve d'une année de vie militaire tardive, ce fut une joie de quitter la plaine brûlante du Camp Joffre pour la lumière tamisée et l'air léger de l'Estagnol, afin de revoir mes vieux amis. En arrivant, je trouvais Simone HANNEDOUCHE et Déodat ROCHÉ dans la grande salle du pavillon central. Un même mouvement joyeux nous rapprocha et Madame HANNEDOUCHE s'exclama, en nous tendant les mains : "Enfin, voici que se retrouve, à nouveau réuni, le petit noyau du Camp !..."

Monsieur P..., surveillant, selon son habitude, les uns et les autres, venait de faire son entrée. J'avais toujours évité le moindre différend personnel avec lui mais, aussitôt, il enchaîna en grommelant dans un sourire jaune : "Ah... Ouais... mais il y a des noyaux amers !..."

Simone HANNEDOUCHE, ordinairement si paisible et bienveillante, se raidit brusquement, ainsi que cela se produisit en de rares occasions où il lui apparut clairement que l'inacceptable était atteint... Plus d'un en fut surpris, qui la connaissait mal. Ce fut le tour de P..., ce jour-là, qui s'entendit répliquer d'une voix tranchante, à la fermeté inconnue : "C'est vous, Monsieur P..., le noyau amer ! Vous êtes toujours ainsi à lancer des piques. Maintenant, cela suffit !" Simone HANNEDOUCHE, tendue, les yeux grands ouverts, le regardait fixement et, dans le silence qui s'abattit, elle vibrait tout entière au-delà de sa voix. Alors, nous pûmes voir P... se tasser en silence, tourner les talons et s'éloigner...

La prise en charge permanente des enfants de harkis, tout au long de l'été, nous avait pratiquement privés de nos permissions qui nous furent rétrocédées en une bonne quinzaine de jours, fin août - début septembre 1963. Monsieur ROCHÉ accepta que nous les passions, mon épouse et moi, à l'Estagnol, maintenant désert jusqu'en juillet prochain. Ce fut notre première expérience de vie solitaire en ce lieu exceptionnel où la brise franchissant le Col du Paradis, et les parfums de la forêt, purifiaient le corps et l'âme ; où le temps s'élargissait, offrant à la méditation tout son espace.

Bien sûr, ce qui avait été vécu précédemment ici, laissait partout des échos, des images, des souvenirs. Maintenant, ils se décantaient et se mettaient paisiblement en perspective. Du passé, des leçons émergeaient, des indications invitaient à préparer l'avenir sous des formes renouvelées.

* * *

Illusions successorales

Au début de ce séjour, nous allâmes à Montségur, vers la fin août, pour l'Assemblée générale de la Société d'Études Cathares qui se tint à l'Hestia, chez Mme de PIERREFEU.

J'y fis la connaissance de Pierre LIENHARD, filleul de la Comtesse, qui fut élu, en cette occasion, membre du Comité administratif de la Société, et sur lequel Monsieur ROCHÉ fondait alors l'espoir de trouver, dans une certaine mesure, un continuateur, au moins pour le travail de publication de ses ouvrages et des "**Cahiers**".

M. LIENHARD, après que Déodat ROCHÉ l'eut présenté, déclara, devant l'Assemblée, qu'il reconnaissait l'importance spirituelle du courant qui se manifesta sous les traits du Catharisme. Il affirma que la "substance culturelle et humaine élaborée par le travail de la Société, devait être préservée", et l'activité de cette dernière maintenue.

Alors, Monsieur ROCHÉ expliqua combien il était devenu nécessaire que la gestion administrative des "**Cahiers**", devenue trop lourde pour lui, fût assumée par d'autres personnes. "Monsieur LIENHARD et son entourage, dit-il, sont prêts à s'en charger à Paris ; d'ailleurs, ajouta-t-il, aujourd'hui un nombre croissant de publications est géré depuis la région parisienne, c'est dans l'évolution du monde actuel...". Il disait cela avec un sourire pâle et un geste résigné de la main...

Il était certes compréhensible qu'à quatre-vingt-six ans, Monsieur ROCHÉ voulût transmettre son œuvre. Cela n'empêchait pas d'être surpris et attristé par cette attitude de renoncement, prête à expatrier les "**Cahiers**", tellement liés pourtant au destin de la terre d'Oc, et à les remettre à un milieu dont les préoccupations se déployaient dans un registre bien différent, même si elles se référaient, en principe, au même domaine. Durant l'été 1962 déjà, j'avais compris que M. ROCHÉ avait établi une relation avec Pierre LIENHARD, dont il lui arriva d'attendre avec préoccupation "une lettre importante", me confia-t-il. Mais il ne nous avait jamais parlé de son projet, avant cette Assemblée générale d'août 1963.

Par la suite, je devais mieux comprendre que ce milieu parisien n'était pas indifférent au "ralliement" d'une personnalité de la stature de Déodat ROCHÉ et aussi à la "substance" que représentaient concrètement les centaines d'adhérents et d'abonnés de la Société et des "**Cahiers**".

Le jour de cette Assemblée, j'eus une assez longue conversation privée avec Pierre LIENHARD ; lorsque je lui demandai si, effectivement, il allait prendre en charge les "**Cahiers**", il me répondit : "Oui, oui... on va s'en occuper..." avec une conviction qui me sembla très relative. Ce projet, appris le jour-même, paraissait plutôt irréaliste et l'on voyait mal pourquoi le milieu de M. LIENHARD aurait assumé ce travail. Effectivement, ce projet ne connut jamais le moindre commencement de réalisation...

Par la suite, j'appris que Gérard KLOCKENBRING vint, sur sa moto, à Arques où il examina, avec Monsieur ROCHÉ, le fichier, la comptabilité et les dossiers des "**Cahiers**" et des Éditions. Certes, la gestion était saine — je la connus par la suite — mais elle n'engendrait aucun bénéfice significatif. Les comptes s'équilibraient parce que les aimables demoiselles qui dirigeaient l'Imprimerie Gabelle, à Carcassonne, consentaient des prix très modérés et d'excellentes conditions générales, ainsi qu'il a été dit précédemment. De plus, le travail de Monsieur ROCHÉ était bénévole et il payait de ses propres deniers le salaire de sa secrétaire-gouvernante qui l'assistait.

Ce fut au temps de Pâques 1964, à Paris, rue de Montyon, en compagnie de mon ami C..., que je fis la connaissance de Gérard KLOCKENBRING. Nous nous rencontrâmes à nouveau, sur plusieurs jours, durant la seconde semaine de juillet de la même année, à Sainte-Foy-la-Grande en Gironde. Avant de quitter l'Estagnol, pour nous rendre directement à Ste-Foy, Déodat ROCHÉ me confia les espoirs qu'il fondait également sur M. KLOCKENBRING et me dit, un peu solennellement : "Puisque vous allez le rencontrer, nous vous donnons mission de lui représenter à nouveau la nécessité que le relais soit pris, du travail que je mène depuis bien longtemps, et d'obtenir, si possible, une réponse qui me permette de savoir à quoi m'en tenir."

Gérard KLOCKENBRING m'accorda l'entrevue que je lui demandai, m'écouta avec une parfaite attention et toutes les apparences d'un réel intérêt, mais demeura, quant aux "Études cathares", aussi lisse et impénétrable qu'un miroir massif d'acier inoxydable...

Il apparut alors évident que Monsieur ROCHÉ n'avait rien à attendre de ce côté-là.

Au-delà de son engagement clérical et steinérologique — comme prêtre de la Communauté des Chrétiens et, durant les années 1980-90, l'un des trois co-directeurs du Séminaire de Stuttgart — Gérard KLOCKENBRING manifestait un sens profond du mystère du monde et de l'évolution. C'était particulièrement vrai lors de ses prédications et de ses causeries où l'approche vivante du réel revêtait toujours une pureté délicate et sincère. Mais, du fait de cet engagement, il ne pouvait rejoindre Déodat ROCHÉ dans l'ordre de la spiritualité véritablement libre — c'est-à-dire non institutionnelle — que celui-ci avait entrevue à ses meilleurs moments.

Peu à peu, je découvrais que l'anthroposophie, malgré le niveau auquel la concevait Déodat ROCHÉ, ne suffisait pas à réunir tous ceux qui s'en réclamaient, dans l'espace spirituel et lumineux d'une coopération affranchie des cloisonnements personnels et institutionnels. Il était visible que mon vieil ami, malgré son grand âge et son expérience, voulait encore affirmer, en l'espérant, que cette réunion était possible. Cette fraîcheur d'âme ne laissait pas d'être émouvante et même admirable, à certains égards, mais aussi empreinte, à son revers, d'un irréalisme dont les inconvénients existentiels se dévoilaient peu à peu, au fil des événements.

Les "**Cahiers**" restèrent donc à Arques jusqu'en 1965, lorsque Mme V... prit en charge leur administration. Mais il est essentiel de connaître les tentatives que fit auparavant Déodat ROCHÉ, d'une manière presque pathétique, dans d'autres directions, avant de se résigner à confier le travail à Mme V..., bien qu'il la connût depuis 1929, ou plutôt, **à cause de cela même...**

Pour le moment, en cette fin de l'été 1963, je découvrais la solitude dans laquelle se trouvait Déodat ROCHÉ, et sa recherche — où perçait, malgré sa discrétion, une anxiété résignée — de ceux qui pourraient continuer la tâche qu'il avait entreprise. Il vivait son idéal, plus encore qu'il ne le pensait, et bien peu, pour ne pas dire aucun, étaient à même de le servir, parmi ceux qu'il croyait apercevoir.

En quittant Montségur, nous retournâmes à notre ermitage de l'Estagnol d'où nous descendions tous les deux ou trois jours pour retrouver Déodat ROCHÉ, chez lui, à Arques. Il me prêtait des livres devenus introuvables que j'avais seulement le temps de feuilleter. Mais je lus entièrement, durant ce séjour pour la première fois, l'"**Autobiographie**" de Rudolf Steiner dont l'édition française était alors épuisée.

Comme souvent à cette époque, sur les Hautes-Corbières, le temps s'était brusquement gâté. Il faisait frais et humide, nous étions parfois dans la brume qui s'étendait de la forêt vers le col en nous plongeant dans un univers où s'éployait seulement la fumée odorante et bleutée de notre cheminée, comme unique signe, et tellement réconfortant, de la présence humaine. Les pluies devinrent plus fréquentes et finalement diluviennes, selon ce régime méditerranéen qui peut être si violent. Ce fut alors le cas : dans la vallée descendant vers Arques, la terre rouge, là où elle était à nu, teintait violemment les torrents sauvages qui l'emportaient de partout, Les fossés de bord de route, devenus de forts ruisseaux, gonflés à déborder, recouvraient par endroits la chaussée et grossissaient dangereusement les rivières.

Par la suite, en 1969, un ingénieur des Ponts et Chaussées me dit que l'on exploitait trop les forêts des versants et que l'on finirait par provoquer ainsi des inondations catastrophiques… Ceci se réalisa effectivement en 1992 lorsque les rivières en crue causèrent des ravages dramatiques, et des victimes, dans la région de Couiza et de Rennes-les-Bains, durant la même période qu'à Vaison-la-Romaine. Déodat ROCHÉ, qui avait œuvré pour le reboisement, à la suite de son grand-père, connaissait ce risque et souffrait de voir les forêts (mal) traitées en coupes rases pour produire la pâte à papier honteusement gaspillée en supports publicitaires. "C'est la futaie jardinée en coupes progressives, qu'il faudrait appliquer, me disait-il, mais les Eaux et Forêts ne sont plus capables de l'imposer à leurs clients…"

À l'Estagnol, nous devions chauffer le poêle. Le merveilleux arôme, résineux et vif, du pin de montagne se répandait autour du pavillon et la bonne chaleur du bois faisait le charme des longues veillées, car le ciel sombre et l'approche de l'automne raccourcissaient déjà les jours. Ce fut la plus longue période solitaire que nous passâmes à l'Estagnol et mon âme rencontra jusque dans les profondeurs du corps, l'âme de ce lieu que mon vieil ami aimait depuis l'enfance.

> *"Cette impulsion vers un avenir meilleur, donnée par les cathares, a été telle que nous l'avons retrouvée chez un philosophe qui fut un grand orateur du Midi, Jean Jaurés... Préoccupé du problème du mal dans le monde, il voit que bâtir une société fraternelle « c'est faire de la spiritualité profonde » et s'emparer « de tous les éléments du monde naturel pour les transfigurer » et remonter des ténèbres vers la lumière de l'Esprit !"*
>
> Déodat ROCHÉ : Allocution à la Stèle (1966)

Chapitre 4

Clarification et renaissance

En juillet 1964, nous décidâmes d'aller au Camp seulement pour quelques jours, dans la mesure où les P... continueraient à y imposer leur système ; de plus, nous avions résolu de camper en totale autonomie matérielle. Bien nous en prit, car la situation n'avait fait qu'empirer.

Au cours des mois précédents, l'un des fils P... avait emprunté une voiture, appartenant à son père, me semble-t-il, sans avoir son permis de conduire, et il avait causé un accident matériel. Dans ces conditions, l'assurance ne remboursait pas les frais et la famille avait décidé que le fils coupable fournirait, durant ses vacances d'été, un travail rémunéré pour payer les dégâts qu'il avait perpétrés. Décision sage assurément ; mais où allait-on trouver cet emploi ? Bien qu'à l'époque — celle de l'expansion économique — ceci ne fût vraiment pas difficile, le père ne chercha pas plus loin : "Mais au Camp, voyons !..." C'est ce que Monsieur ROCHÉ fut chargé de m'expliquer dès notre arrivée. Il le fit, gêné d'intervenir dans ce genre d'affaire et conscient du caractère douteux des motifs pour lesquels on me demandait, et on me redemanda, de rejoindre la vie matérielle de la communauté.

Il faut préciser qu'il était parfaitement admis, dans les principes du Camp, que des participants pussent être matériellement autonomes, s'ils le souhaitaient. De plus, tout esprit chicanier aurait pu constater que nous campions en zone communale, hors la propriété du Camp !...

Le fils fautif avait été promu Chef-cuisinier et son frère cadet, aide-cuisinier. Du même coup, cela faisait un second salaire ; quant au père, auto-proclamé Directeur technique du Camp, il surveillait tout, mais son emploi lui permettait de garder les mains derrière le dos. Bien entendu, les salaires devaient être prélevés sur les prix de journées payés par les participants, devenus ainsi très supérieurs à ceux que nous avions établis en 1961... La tournure que les P... avaient donnée au Camp en 1962 et 63, n'avait guère attiré de participants cette année-là, et leur nombre réduit ne permettrait pas, à l'évidence, les bénéfices espérés par le "Directeur"... qui devint furieux en apprenant, qu'avec notre autonomie, deux clients potentiels s'évanouissaient. Cette mainmise d'une famille — en fait, essentiellement du père — afin de soumettre toute la vie du Camp à ses propres intérêts idéologiques et matériels, créait à l'évidence une situation malsaine et sans avenir.

Depuis 1963, Déodat ROCHÉ m'avait demandé de collaborer aux "**Cahiers d'Études Cathares**" pour lesquels j'avais fourni des comptes rendus de livres, ce qui avait excité l'hostilité de P... et de l'un de ses fils qui ne faisaient pas ce genre de travail.

Ce fils, précisément, venait juste de se marier et de commencer à gagner de l'argent. Il avait fait, cette année-là, avec son épouse déjà enceinte, une arrivée sensationnelle au Camp, coiffé d'une casquette à carreaux dans le style "english-sportman" et pilotant un superbe cabriolet découvert où il haussait autant que possible sa taille moyenne, l'air important, et savourant visiblement un effet longuement calculé d'avance. À pieds ou en voiture, on voyait que celui-ci marchait résolument sur les traces du père, qu'il promettait même de dépasser...

Ainsi, les quelques participants communautaires payaient pour tout ce monde, mais devaient aussi faire le travail d'épluchage, de ménage et de vaisselle, sous les ordres du "Directeur"... La plupart, bien entendu, étaient nos amis des années précédentes...

À la fin de notre semaine de séjour, après le repas de midi, mon épouse alla aider, par amitié, les personnes qui lavaient la vaisselle. D'autres desservaient les tables, tout le monde était affairé, seul P..., affectant son air patriarcal, se promenait comme surveillant tout... Lorsqu'il passa près de la cuisine, on lui tendit un torchon par la fenêtre en disant : "Tenez, Monsieur P... voilà pour nous aider à essuyer la vaisselle !..." L'humble torchon gris eut encore plus d'effet qu'une "muleta" dans les arènes de Pampelune... P... entra immédiatement en fureur et se mit à invectiver les gens en déversant pêle-mêle tous les griefs qu'il avait ruminés, assaisonnés d'une phraséologie moralisatrice. Au début, j'étais près de ma tente, à cinquante mètres de là, mais en m'approchant, j'en entendis suffisamment pour comprendre... P... s'éloigna.

Le lendemain, nous levâmes notre campement afin de partir pour Ste-Foy-la-

Grande, puis pour Dornach. Depuis trois ans, j'avais patiemment évité toute altercation avec P..., mais cette fois-ci, la mesure était comble. Il devenait nécessaire de le signifier clairement, par une situation de fait, à l'intéressé et à Monsieur ROCHÉ.

Au moment de notre départ, après le déjeuner, les participants étaient plus ou moins dispersés autour de la grande table, dans la clairière. J'allai saluer chacun, puis Monsieur ROCHÉ, avant de regagner mon véhicule. Probablement pensait-il que je finirai par exprimer quelque chose, d'une manière ou d'une autre. Il me suivit pour me rejoindre, juste avant que je n'entre dans la voiture. Je le regardai... "Et P... ?" me dit-il, l'air inquiet. "Je lui souhaite bonne santé et bonne chance..." répondis-je simplement. Le fin et cher visage de mon vieil ami s'inclina imperceptiblement, soudainement abattu et voilé de tristesse. Il respira d'un souffle infime, comme l'esquisse d'un soupir, je lui serrai de nouveau la main et nous partîmes...

Ce premier jour de voyage me fut douloureux, la tristesse de Déodat ROCHÉ, de qui j'aurais souhaité écarter les épreuves, à son âge, pesait sur mon âme et aussi, bien sûr, cette forme de rupture muette qu'il m'avait fallu signifier par notre retrait momentané... C'était pourtant la moins mauvaise des solutions, la plus inoffensive pour prendre ma responsabilité à l'égard d'une situation devenue intolérable. Les années qui devaient suivre, au cours desquelles le Camp vécut enfin et respira librement, justifièrent ma décision de façon évidente.

Dans les jours qui suivirent notre départ, Monsieur P... connut un autre passage difficile, par sa faute, car tout naturellement ce pouvait être un joyeux moment...

Un après-midi de fin juillet, Mme V... accompagnée de ses amis, vint à l'Estagnol visiter Monsieur ROCHÉ. Elle apportait, comme présent, un vaste cageot de ces excellentes pêches vendues à profusion au long des routes du bas pays. Déposées sur la grande table qui restait à l'extérieur, les pêches furent offertes à la ronde à tous les participants, soumis, depuis des jours, au régime céréalier sec, et sévèrement privés de fruits, jugés trop "yin"... Nul n'aurait pu empêcher la joyeuse agape qui advint et à laquelle se mêlèrent quelques "enfants" P... Cet événement, où leur autorité chancela, fut dramatique pour la stabilité de M. et Mme P... qui ne purent, cette fois encore, contrôler leur fureur selon les témoignages concordants des personnes présentes. Il apparut ensuite que leur attitude en cette circonstance, devant tous, y compris des visiteurs non participants, acheva d'alerter Monsieur ROCHÉ de manière décisive.

Durant l'automne et l'hiver 1965, sa correspondance me montra qu'il comprenait la nécessité de réorganiser la vie du Camp sur des conceptions plus saines, et l'impossibilité de le faire avec la famille P... Il m'avait demandé d'être membre adjoint du Comité administratif de la société ; je participai donc, au temps de Pâques 1965 à la réunion de ce Comité qui se tint à l'Hôtel Bristol de Carcassonne, à laquelle assistait aussi Pierre LIENHARD ; ce fut, me semble-t-il, la dernière réunion de la société où il se trouva. Nous eûmes une brève conversation privée au cours de laquelle je remarquai combien Déodat ROCHÉ avait rencontré d'obstacles dans sa tentative de vivre, avec un groupe humain, l'idéal et la recherche dont il témoignait. M. LIENHARD me regarda avec un sourire énigmatique et répondit : "Si l'on prend les choses d'un autre point de vue, peut-être faudrait-il dire qu'il aurait dû tout simplement faire partie d'une communauté..."

Cette réponse me surprit d'abord, car elle impliquait, au fond, la négation de toute l'entreprise de Déodat ROCHÉ, commencée avant la création de la Société anthroposophique en 1913, et même avant le début du siècle, et qui pourtant, sous sa forme actuelle, nous réunissait officiellement ici. Mais, à la réflexion, elle éclairait les motifs du rapprochement momentané, un peu surprenant, lequel d'ailleurs, ne mena à rien, de M. LIENHARD et son milieu avec la Société d'Études Cathares.

En fait, Déodat ROCHÉ s'était lié à de nombreuses communautés depuis sa jeunesse : associations culturelles diverses, sociétés ésotériques et initiatiques, franc-maçonnerie et courants politiques... détaillés dans ses ouvrages, ses articles et sa correspondance. C'est précisément cette longue expérience du formalisme, du pouvoir et de la pétrification institutionnelle qui l'avait amené à comprendre la nécessité de petits groupes, à une échelle perceptible par la conscience de chacun des participants, libres et informels, où la structuration, minimale, ne deviendrait jamais une fin en soi et serait maintenue dans les limites de ce qui est indispensable.

Mais dans les milieux "anthroposophiques", Monsieur ROCHÉ était souvent considéré par les "dirigeants" comme un marginal qui aurait mieux fait de marcher dans les rangs des institutions "anthroposophiques" plutôt que de s'égarer avec "ses Cathares". Curieusement, c'étaient souvent les mêmes "dirigeants" qui ne voyaient pas d'inconvénients à "s'égarer" eux-mêmes en compagnie de sectaires devenus parfois d'implacables persécuteurs comme Bernard de Clairvaux, Alain de Lille, voire l'Ordre dominicain dans sa "plénitude" médiévale...

Au cours de cette réunion du Comité, vers Pâques 1965, il fut essentiellement question de l'avenir du Camp de l'Estagnol. Monsieur ROCHÉ déclara qu'il signifierait à Monsieur P... l'incompatibilité avérée de ses conceptions avec le projet du Séjour d'été, et lui demanderait de s'abstenir d'y participer. Puis il posa la question de l'organisation du prochain séjour et demanda qui s'en chargerait. Le silence qui suivit m'amena tout naturellement à dire que j'étais prêt à assurer de nouveau les mêmes services que j'avais spontanément rendus, déjà, en 1961 ; à la condition expresse, toutefois, que la situation nouvelle précédemment indiquée, fût une réalité effective. Elle le fut et, à partir de là, j'assumai bénévolement l'organisation et les services du Camp jusqu'en 1970.

* * *

Trois mois plus tard, au début de juillet 1965, nous arrivâmes au Camp à la fin d'une belle et chaude journée : Déodat ROCHÉ en bras de chemise — ce qui était rare du fait de sa frilosité — apparut, le visage soucieux, à la fenêtre de sa chambre. En nous reconnaissant, il s'éclaira d'un sourire... Dans la splendeur dorée du soir, je retrouvai le murmure éternel des pins sous la brise légère du Col ; l'immense paix, revenue, baignait souverainement ce lieu splendide qui avait connu tant de vaines agitations.

Au cours de la soirée, Simone HANNEDOUCHE me dit en privé : "Monsieur ROCHÉ est inquiet pour l'avenir du Camp, il attendait votre arrivée avec anxiété...". Depuis la veille, ils étaient seuls ici. Marius les avait amenés en voiture avec leurs bagages, après avoir ranimé le branchement de la source, quelques jours plus tôt, et accompli les plus gros travaux matériels. Ces deux personnes de soixante-dix-sept et quatre-vingt-huit ans, perdues au milieu de la forêt, sans voiture ni aucun moyen de communication, ce n'était pas banal dans la civilisation du confort et de la sécurité... Ce détachement, cette liberté, survolant les différences de génération, étaient une des bases de mon estime et de notre amitié.

Pour ma part, j'étais bien décidé à faire mon possible pour que le Camp reprenne vie et pour que notre vieil ami retrouve la confiance.

Quelques années plus tard, en 1968 ou 69, un soir après la réunion de fin d'après-midi et avant le dîner, en revenant du grand chemin où j'étais allé faire quelques pas, je rencontrai Déodat ROCHÉ qui faisait de même à l'orée de la clairière. L'ultime lumière dorée du couchant baignait les arbres dans une paix absolue. Il s'arrêta, me regarda avec son imperceptible sourire intérieur, puis contempla un instant les frondaisons doucement illuminées ; enfin, ramenant sur moi son regard, il dit simplement : "Tout de même, on est bien, ici..." Jamais, il n'abordait les choses sous l'angle d'une satisfaction personnelle, et cette confidence est la seule expression de cet ordre que j'ai recueillie de lui en dix années de proximité. Le souvenir, net et vivant, qui demeure de cet instant, m'est particulièrement précieux, car il rappelle qu'après les chagrins et les épreuves d'une longue vie, il arriva à notre vieil ami d'être heureux, à plus de quatre-vingt-dix ans d'âge, dans cette petite communauté, qu'il appelait de ses vœux depuis si longtemps.

En ce début de juillet 1965, réorganisé, quant à la vie pratique, sur des bases claires destinées à la faciliter au maximum, le Camp vit et respire librement, dans une ambiance où les regards de chacun reflètent quelque émerveillement. C'est vrai des anciens participants qui connurent la caricaturale situation antérieure, mais aussi parfois des nouveaux, justifiés avant leur venue, par les échos des années précédentes, à redouter les pesanteurs sectaires.

Sur ma proposition, nous avions engagé une personne de service, Madame Jeanine Cross d'Arques. Chaque matin, montée et ramenée chez elle par le taxi Auriol, elle assurait le ménage et la préparation des repas. Nous lui versions dix francs par matinée et le taxi coûtait environ douze francs pour les deux voyages. En outre, Mme Cross assurait les achats courants d'approvisionnement chez les commerçants d'Arques, et les montait par le taxi. Il y avait à Arques, à l'époque, deux petits commerces d'alimentation : chez Mme Boffeli et chez Mme Monnié, ainsi qu'une bonne petite boulangerie ancienne, chauffée au bois, dont le patron, en maître artisan, travaillait avec conscience. Monsieur P... avait eu le mérite de l'initier à faire du pain complet de farine biologique, qu'il revendait avec un fort profit à Carcassonne... Mais ainsi, nous avons bénéficié, jusqu'en 1970, de la production, rare à l'époque, de cet excellent pain dont la tourte de 500 g nous était vendue 90 centimes en 1965... Le boulanger, M. Boussieux, son épouse et leur fillette étaient tous les trois de petite taille, minces, vifs, actifs et très aimables. Leur teint d'ivoire clair et leurs yeux gris, quelque chose d'hispanique dans les traits, manifestait l'émouvante pérennité des antiques races occitanes. Leur petite boutique s'ouvrait en haut d'un perron de pierre, voisine, une maison plus haut, du logis de M. ROCHÉ, et je dois avouer que j'aimais y aller pour enlever les grands sacs de pains chauds et odorants, surtout les jours de pluie où l'appréciable tiédeur du four s'agrémentait du fumet croustillant de la boulange et du bois de chauffe...

Suivant leurs productions du moment, des agriculteurs-maraîchers, Mme et M. Raynaud nous fournissaient d'excellents légumes frais ; et c'était un autre plaisir, par les chaudes journées de grand soleil, d'entrer dans leur vaste et antique cuisine dont le rez-de-chaussée revêtu de terre cuite conservait toute la fraîcheur de la haute maison serrée au cœur du village. La grande cheminée de pierre, les ustensiles désuets sédimentés là depuis un siècle ou deux, la table de bouvier massive et, par la fenêtre, le jardin immuable à travers les petites vitres anciennes, faisaient de cette maison où l'on était accueilli par une jeune fermière, comme un témoin rustique et pluriséculaire de la chaîne vivace des générations paysannes, de la fidélité même de la vie.

D'autres villageois encore nous vendaient des fruits, du lait... ou rendaient des services divers de voirie, d'élagage... Je ne puis tous les évoquer individuellement, mais c'est avec une amicale reconnaissance qu'il convient de penser à tous ces gens du pays qui nous aidaient, sans esprit de profit, et grâce auxquels j'équilibrais le budget du Camp à un prix de revient des plus modestes pour les participants : sept francs par jour pour une personne, ce qui à l'époque représentait le premier prix d'un repas simple au restaurant.

Dans ces conditions, la vie culturelle avait pu prendre enfin, durant le Séjour d'été, toute la place qui devait lui revenir. Réorganisée par thèmes de réflexion ou de conférences pris en charge par un responsable, et développés, le plus souvent, sur des périodes d'une semaine, elle prenait forme, chaque jour, en séquences de temps dont le programme était affiché. Le soin de l'organisation dans tous les domaines : la réception des personnes, les explications, l'intendance et divers travaux... s'était, par une pente naturelle — ne serait-ce que par ma présence sur l'ensemble du Séjour — concentré sur moi et occupait la quasi-totalité de mon temps. C'est ainsi que, trente ans plus tard, en 1993, découvrant le splendide pays qui s'étend au-dessus d'Arques, vers Missègre, Bouisse et Valmigère, je pris conscience que je n'avais pas eu le loisir de le visiter durant les dix années où j'allais à l'Estagnol. Mais ce fut bien, ainsi : au cours des années 1960, en ce lieu qui résumait le mystère lumineux des Corbières, se vivait d'abord une expérience humaine. Les destins qui s'y rencontraient, tissaient leurs lignes en une écriture dont le langage clos révélerait peu à peu son murmure au long des décennies qui suivraient. En cette fin de siècle, il est toujours temps de venir l'écouter dans la splendeur solitaire de ces paysages, miraculeusement préservés à ce jour...

Tout le travail de ceux qui portaient l'existence spirituelle et physique de cette petite communauté, était **bénévole**. Pour tous, cela allait de soi, il n'en fut même jamais question ; mais c'était à l'évidence, même informulé dans la conscience de chacun, **une des conditions** pour que ce que nous vivions tende vers, et parfois peut-être, effleure, l'ordre spirituel. Nous étions alors bien loin de ces séminaires au prix fort et au caractère industriel sous des aspects "gentils", qui se multiplient en cette fin du XXe siècle, y compris dans le milieu dit "anthroposophique"...

Au cours de ces années 1960, séjournèrent à l'Estagnol des dizaines de participants, quelques jours ou presque le mois ; passèrent aussi des dizaines de visiteurs, pour une heure ou pour une journée. Je me souviens de chacun, mais il est impossible de les évoquer tous et je rappellerai simplement trois d'entre eux, qui les représenteront en quelque manière.

C'était de loin que venait Christiane MANIER : elle était née à Boulogne-sur-Mer et y vivait toujours. Cette âme de bonté, de lumière et d'idéal, quitta ce monde le lendemain de Noël 1986, âgée de près de soixante-dix ans. Sa douceur naturelle et sa bienveillance constante rayonnaient avec une modestie exceptionnelle, ce qui n'excluait pas une fermeté et un courage réels. Durant la guerre de 1939-45, infirmière dans un hôpital du Pas-de-Calais réquisitionné pour les soldats allemands, elle participait à la Résistance française, en recopiant, au péril de sa vie, l'état du registre des entrées et sorties quotidiennes, qui permettait aux Alliés de connaître les positions de divers régiments ennemis.

Dès sa jeunesse, elle s'était intéressée aux mouvements spirituels libres, persécutés par l'Église romaine et qui existaient aussi dans le nord de la France et de l'Europe, au Moyen Âge, simultanément avec le Catharisme méridional. Elle avait appris ainsi qu'à Montwimer, en Champagne, s'était déroulé en 1239 un drame comparable à celui de 1244 à Montségur. Enfin, disait-elle, le Catharisme lui apparaissait comme la meilleure approximation culturelle et historique de son idéal de bonté, de véracité et de respect des êtres.

Aussi, lorsqu'elle vint, en 1968, séjourner à l'Estagnol, c'est avec une dévotion profonde qu'elle approcha ce pays de lumière, cette petite communauté-témoin et surtout Déodat Roché, qui représentait pour elle la permanence du Catharisme. On ne saurait oublier l'attention émerveillée et reconnaissante de cette femme, venue des dunes nordiques de la Picardie, découvrant, sous le fort soleil occitan de juillet, après Couiza où j'étais venu l'accueillir, la vallée d'Arques aux terres rouges, puis la route de montagne s'élevant, parmi les rochers blancs et gris, vers cet espace hors du temps, retiré au-dessus du Col du Paradis... Quelques paroles brèves et discrètes, ferventes comme autant d'actions de grâce, ponctuèrent paisiblement, de loin en loin, ce voyage d'une âme...

Une dizaine d'années avant de quitter ce monde, Christiane Manier, au prix de multiples efforts, parvint à donner forme à sa contribution spirituelle au Souvenir Cathare. Sans doute, pensa-t-elle qu'il lui appartenait de s'adresser aux enfants, ce qui était bien dans sa nature affectueuse et pure ; elle réussit donc à composer et à faire publier la BT 2.de Février 1975. n°66. "**Bibliothèque de Travail de la pédagogie Freinet**", intitulée "**Le Catharisme**" (Édition CEL. BP 282. 06403 Cannes). Il importe de préciser que Christiane Manier fut le seul auteur de cette étude, bien que son nom figure après celui d'une collaboratrice habituelle de la "BT", qui fut seulement l'introductrice et aussi, quelque peu le censeur, de son projet dans le milieu Freinet... Christiane Manier concevait douloureusement une sorte de culpabilité héréditaire à l'endroit de la ruée des troupes nordiques sur le Midi, au XIIIe siècle, et n'ignorait pas les "exploits" des rudes chevaliers picards. La publication de cet ouvrage contribua à apaiser cette âme claire.

Pierre Delacroix participa au camp d'été de 1966 à 1970. À l'époque, ce capitaine aux longs cours de la Marine civile avait décidé de "mettre sac à terre" et préparait l'Agrégation de géographie, qu'il obtint, pour devenir professeur à Bordeaux. Cet ami, énergique et généreux, avait été attiré vers le Catharisme par sa connaissance de l'histoire dont il nous faisait bénéficier dans ses exposés solides et documentés, et par sa révolte devant l'intolérance et les persécutions générées par les pouvoirs centralisés, comme celui de l'Église romaine. Son amour et son respect de la vie étaient sensibles à l'idéal des Cathares et s'orientèrent naturellement, à notre époque, vers l'écologie militante, où il débuta à la SÉPANSO de Bordeaux. (Société pour l'Étude, la Protection et l'Aménagement de la Nature dans le Sud-Ouest). Sa grande valeur m'était rapidement apparue et je pensais, et lui dis, qu'il devait parvenir aux plus hautes responsabilités, dans ce domaine. Ce fut ce qui se produisit, vers la fin des années 1980, lorsqu'il devint Président de "**France - Nature, Environnement**", Fédération Française des Sociétés de Protection de la Nature, FFSPN, organisme coordonnant l'ensemble des Associations écologiques françaises)

J'eus la joie de participer à l'Assemblée Générale de "**France-Nature**" du samedi 6 mai 1989, à Bordeaux, et de voir Pierre DELACROIX mener de main de maître cette lourde journée. L'après-midi, il accueillit officiellement Antoine WAECHTER, le responsable du parti écologiste des "Verts", et le Ministre de l'Environnement de l'époque : le fade, incertain et arriviste Brice Lalonde, "récompensé" d'avoir permis les élections de Mitterrand à l'Élysée, en vendant ses 2 % de voix entre les deux tours, **contrairement** à ses engagements réitérés de ne jamais donner de consigne de vote. Pierre était, à l'évidence, au faîte de sa maîtrise. Son discours, solide, compétent et implacable, prononcé avec la puissance calme que donnent seulement le labeur sans faille et la véracité authentique, fut celui d'un responsable sans agressivité, mais écrasant pour les visiteurs qu'il dépassait visiblement à tous égards. Cependant, on n'offre jamais les Ministères à des hommes de cette trempe, si ce n'est quand tout s'écroule et que les politiciens s'enfuient. Nous n'y sommes pas encore tout à fait…

Enfin, j'évoquerai le souvenir d'un artiste : Yves POUGET, peintre toulousain et pyrénéiste passionné, amical et vivant, amoureux de la beauté et de la splendide nature des Corbières. Chaque année, il était à l'Estagnol durant une bonne partie du Séjour d'été, et très généreusement, donnait bénévolement, en début d'après-midi, des leçons de peinture à l'huile, aux participants qui le souhaitaient, fournissant même le matériel : chevalet, panneaux, couleurs, dont on ne parvenait pas toujours à lui faire accepter le paiement… Inlassablement, il offrait à ses élèves son aide et ses conseils compétents, avec une constante bonne humeur et sa vivacité d'occitan brun et mince, toujours mobile comme un adolescent, malgré l'approche de la soixantaine. Grâce à lui, les moins habiles parvenaient à peindre de jolies pochades qui demeurent toujours de fidèles et émouvantes images de ces étés lumineux et colorés, qui se succédèrent ainsi jusqu'en 1970…

En un pareil lieu, relativement ouvert et publiquement connu, vivant sur l'arrière-plan d'un mythe prestigieux, comme le Catharisme, que divers milieux utilisent et exploitent dans toutes les directions possibles, il était inévitable qu'apparussent des personnalités inattendues, pouvant devenir encombrantes, voire importunes... C'est ainsi qu'à l'été 1965, par une chaude fin d'après-midi, nous vîmes émerger, dans la clairière, une luxueuse automobile d'où sortit un personnage exubérant que j'avais déjà rencontré à Montségur, chez Mme de PIERREFEU, fin août précédent. Il s'agissait de J-J C-H, auteur d'un ouvrage de métaphysique dont j'avais donné un compte rendu publié dans le dernier "**Cahier d'Études Cathares**". Après avoir fait fortune outre-mer, cet homme, allant vers la cinquantaine, s'était installé dans un château de l'Aude où il hébergeait, à l'époque, l'alchimiste Eugène Canseliet, une petite cour de jeunes hommes et femmes qui devaient, en principe, faire du théâtre, et des... chevaux dans ses écuries. Déodat ROCHÉ me dit :

"Oh !.. On me rapporte qu'il a toute une cavalerie là-bas..."

Pour le moment, le mécène, bras levés, se dirigeait vers nous en s'exclamant : "Voici enfin ce mystérieux Camp cathare, que je ne parvenais pas à trouver et que je désespérais d'atteindre jamais !" Au timbre excessif et comme mécanique de son enthousiasme, on voyait immédiatement qu'il était complètement saoul... D'ailleurs, après s'être lamenté sur le voyage torride qu'il venait d'accomplir depuis Toulouse, il demanda tout de suite de l'eau, "de cette merveilleuse eau cathare issue de la fameuse source de ce haut-lieu du Paradis..." selon ses paroles exactes, car la scène me fut inoubliable...

On lui montra le robinet de la cuisine où il disparut pour un moment, avalant, à la suite, un nombre incroyable de verres d'eau, comme on pouvait le voir par la petite fenêtre ouverte au-dessus de l'évier.

Ce répit me permit d'aviser que Paul ROCHÉ, le fils de Déodat, était arrivé en même temps que C-H, et je lui demandai si c'était un de ses amis. "Pas du tout, me dit-il, l'air complètement dépassé, et presque indigné par mon hypothèse, je ne le connais pas, c'est la première fois que je le vois !" Il m'expliqua alors que C-H tournait dans le pays depuis le milieu de l'après-midi, à la recherche du Camp, pour finalement aboutir à la maison ROCHÉ, d'Arques. Il avait tellement importuné le malheureux fils, que ce dernier avait compris qu'il ne pourrait s'en défaire à moins de le conduire jusqu'ici...

Bien lesté d'eau, le pèlerin nous revenait déjà... Il apparut d'abord qu'il avait un compte à régler avec moi, pas méchamment, mais tout de même, à propos de mon compte rendu de son livre. "Pourquoi, me dit-il d'emblée, ne voulez-vous pas comprendre le vampirisme dans les relations entre les êtres ?" Je lui répondis que je le constatais bien, hélas, mais que je ne le considérais pas comme le fondement des rapports humains. Le "métaphysicien", pourtant de profession déclarée, ne jugea pas opportun, dans l'état où il était, de poursuivre la controverse...

Déjà, Paul ROCHÉ parlait de retourner chez lui, après une journée pénible, dont il avait consacré une longue matinée à aider son père pour extraire le miel de ses ruches. Sur ces mots, C-H l'avisa en ricanant et lui lança, devant tous, en insistant lourdement : "Alors, comme ça, vous êtes em… miellé ?" Le Président de la Cour d'Appel de Bordeaux se contenta de le jauger d'un air sombre, sans répondre. L'autre continua, à droite et à gauche, à lancer des sottises de ce genre à tous propos et à faire des politesses appuyées aux dames les plus jeunes. Enfin, s'adressant à moi, à plusieurs reprises et, pour finir, à genoux et les mains jointes, il répétait, en feignant la supplication : " Cher Monsieur D…, me ferez-vous la grâce et l'immense honneur de m'accepter ici, comme hôte pour la soirée et pour la nuit ?" La question m'embarrassait, car il était aussi gênant de le relâcher sur les routes en pareil état, que de le garder ici, dans la mesure où cet homme solide, toujours agité et tracassier, même à jeun, n'avait rien de l'ivrogne qui s'endort dans un coin. Monsieur ROCHÉ, lui aussi, était perplexe ; attristé autant qu'amusé par ce personnage qui s'ajoutait à tous les histrions que sa longue vie lui avait fait rencontrer. Il vint me dire, avec un sourire de complicité rentré : " Ça, c'est embêtant, ce qu'il nous demande… Ce serait ennuyeux de le renvoyer au volant dans cet état, mais ce l'est aussi, d'une autre manière, de le garder ici…"

Ce fut Simone HANNEDOUCHE qui trancha, assumant la responsabilité de l'Ancienne pour régler, en dernier recours, la vie domestique. Comme elle s'amusait parfois à le remarquer, les visiteurs ne prêtaient ordinairement pas attention à cette "vieille dame" discrète, à l'écart. J-J C-H la découvrit brusquement lorsqu'elle se planta devant lui, les yeux grands ouverts et la voix ferme, pour lui répondre, sans appel : " Non, vous ne pouvez pas rester ici ! Vous allez rentrer chez vous et demain, vous saurez pourquoi vous ne pouviez pas rester."

Le "métaphysicien" fut pétrifié, et comme en partie dégrisé sur le coup. Il revint autant qu'il le pouvait à lui-même et, prenant bientôt congé, se dirigea d'une démarche raide et mal assurée vers sa voiture. Nous avions tous le cœur serré en le voyant disparaître, mais on nous apprit, quelques jours après, qu'il était bien rentré chez lui, ce qui fut confirmé par un article de journal relatif aux activités "alchimiques" au château de Montmaur… Nous ne devions jamais revoir le châtelain ; sans doute avait-il compris qu'il n'ajouterait pas les "cathares de l'Estagnol" à la galerie d'amuseurs qu'il pouvait se payer…

Cet épisode était une indication de ce qui gravite, dans un certain milieu semi-mondain, autour d'un ersatz de "catharisme" que l'on retrouve douloureusement, mêlé au bric-à-brac d'un pseudo-ésotérisme de salon. Il révélait aussi le caractère de Simone HANNEDOUCHE qui s'affirmait parfois, quand il le fallait.

Paul ROCHÉ fit, en août 1966, une autre rencontre, fortuite et, visiblement, fort déplaisante pour lui, au cours d'une visite qu'il rendait à son père au camp de l'Estagnol. Il y venait très rarement et je ne l'ai vu là que quatre fois en dix ans. Mais, en cette occasion, il tomba face à face avec Mme V... qui le salua d'un air contraint. Lui, proférant un son étouffé, s'immobilisa comme un auroch à l'orée d'une forêt antique, le front assombri, et demeura sans mot dire, massif... La tension était palpable... Mme V..., affectant toujours l'aisance, à l'ordinaire, était, pour une fois, vraiment "dans ses petits souliers", reculant, se tournant de côté et d'autre, ne sachant que faire dans la grande pièce dont Paul ROCHÉ tenait l'unique entrée....

Évidemment, la scène se grava dans mon souvenir, mais je ne pus la comprendre que plusieurs années plus tard... Paul ROCHÉ, lui, avait au moins le mérite de la franchise et, très vraisemblablement, de l'honnêteté.

"Le mont semble, en effet, peuplé de ces ombres imprécises qui, depuis les Velleda des temps préhistoriques jusqu'au pâle visage d'Esclarmonde de Péreilhe, ont parcouru la mystérieuse forêt et sont venues interroger le ciel sur la terrasse sommitale. S'il est des lieux où souffle l'esprit, Montségur en est un..."

Fernand NIEL : Montségur, le site . . . (1962)

Chapitre 5

Les "Études Cathares" à Montségur

À l'issue du séjour à l'Estagnol de 1965, après le 15 août, j'allai, avec mon épouse, camper sur le Pré des Brûlés, au pied du Pog de Montségur. Un public croissant escaladait quotidiennement la montagne depuis que plusieurs émissions de Radio et de Télévision, au début des années 1960, avaient fait connaître largement l'histoire du Catharisme et de Montségur. Déodat ROCHÉ, avec sa Société, était actuellement le plus ancien et le plus important acteur de ce ressouvenir, mais il restait à l'arrière-plan, trop peu connu, comme le demeurait aussi le véritable enjeu spirituel de ce drame européen.

J'avais donc décidé d'aller sur les lieux mêmes, à la rencontre du grand public, pour présenter la Société, proposer l'adhésion, vendre les "**Cahiers**" et les livres de Déodat ROCHÉ

C'était un effort et un sacrifice, lorsqu'on n'allait camper habituellement que sur des endroits solitaires et paisibles, de s'installer ainsi, à longueur de journée, sur un lieu de grand passage. Mais tout se passa bien, avec un public fréquentable, souvent intéressant, parfois même émouvant. Cependant, certaines nuits étaient bien étranges, entre le Ciel et le Pog de Montségur...

La première le fut tout particulièrement : la lune, déjà assez haute avait passé le plein depuis peu, l'air était doux et sec, mais agité de souffles irréguliers qui faisaient bruire et trembler les toiles de la tente et chuinter l'herbe de la montagne. De l'intérieur, on ne percevait pas la continuité d'un vent, mais comme les soubresauts frondeurs de milliers de présences aériennes... Au milieu de la nuit, la lune couchée et l'obscurité venue, l'air se calma et de longs silences s'établirent. Alors, commencèrent des frôlements brusques et vigoureux, interrompus par une ou deux minutes de calme absolu. On aurait dit que quelque chose se décidait soudainement à se précipiter sur la tente ou à se glisser dessous... puis, plus rien... Je pensai d'abord que, le vent étant tombé, il en subsistait encore d'intermittentes bouffées, comme cela se produit sur les hauteurs. J'avais déjà rencontré ce phénomène, mais ici, c'était tellement localisé dans l'espace et le temps, et si proche, que l'on percevait tout autre chose... À deux reprises, ce fut à ce point évident que je me levai, sortis et ne vis rien... Je finis par m'endormir, mais ce fut notre plus étrange nuit sous la tente, parmi de fort nombreuses.

Les nuits suivantes furent normales. Il y eut bien du vent parfois, de la pluie, d'étranges brouillards, mais plus rien d'inexplicable.

Dès vingt heures, le soir, le lieu était généralement désert, mais il arrivait qu'au petit matin, et même au milieu de la nuit, quelqu'un passât sur le sentier, à sept mètres de nous, pour monter vers le fascinant vaisseau de pierre...

Ne parcourant les chemins du Pog, que tôt le matin ou le soir seulement, je me tenais fidèlement à mon poste au moins dix heures par jour. La grande tente bleue avec son auvent levé, l'éventaire de livres exposé devant, les pancartes bleues fort bien peintes par mon brave oncle Robert Neycensas, artiste et peintre en lettres, la Panhard bleu-atlantide sagement garée près de la tente d'où elle ne bougeait plus, tout cela avait bonne allure, simple mais accueillante et sérieuse. Par les après-midi de beau temps, mon épouse s'asseyait à l'extérieur, pour lire, dans un fauteuil de toile bleue. Coiffée avec les cheveux relevés et vêtue de sa robe blanche d'une seule pièce, sa présence s'accordait à ce qu'il y a de secrètement féminin dans cette montagne au mouvement âpre et tendre à la fois...

Les visiteurs s'approchaient presque tous, à la montée ou à la descente, s'arrêtaient, achetaient parfois un livre, une revue, ou s'abonnaient aux "**Cahiers d'Études Cathares**" ; quelques-uns adhéraient à la Société. Je demeurais discret, attendant toujours que l'on m'adressât la parole, ce qui se produisait souvent, et les conversations les plus diverses s'engageaient. Les êtres et leurs motivations se révélaient fort différents, mais c'était toujours intéressant de les rencontrer autour de cette montagne et du souvenir des événements, qui impressionnaient chacun et dont la gravité ennoblissait la plupart. C'est, hélas, moins vrai trente ans plus tard...

Vers la fin d'un bel et calme après-midi, Fernand NIEL s'approcha, portant dans son sac à dos un instrument de topographie optique. Je le reconnus, me présentai et lui fis compliment — sincère — de son livre "**Montségur, le site,**

son histoire" que j'avais précisément sur les genoux, à l'instant même, et que je lisais. C'était un homme de taille moyenne, représentatif de ces montagnards méridionaux minces et agiles, d'un abord aimable, modeste et ouvert. Très gentiment, il me dédicaça son ouvrage et nous eûmes une conversation au sujet du château d'où il revenait de faire encore des relevés ; puis sur sa collaboration, maintenant tarie, avec les "**Cahiers d'Études Cathares**". Il l'évoqua spontanément, le premier, discrètement et d'un air un peu désabusé. C'était la Société d'Études Cathares, devant laquelle il avait fait ses premières conférences en 1950, qui avait commencé à le faire connaître, mais je savais le différend qui le sépara de Déodat ROCHÉ à propos d'un caractère oriental et non-chrétien de la "religion cathare" que soutenait Monsieur NIEL, en particulier dans son livre "**Albigeois et Cathares"** de la Collection "Que sais-je ?". Déodat ROCHÉ avait méthodiquement réfuté ce point de vue dans le "Cahier d'Études Cathares" N° 27 de l'automne 1956, à l'occasion du compte rendu de trois pages, assez sévère, qu'il fit de cet ouvrage, vendu depuis à plusieurs dizaines de milliers d'exemplaires en France, et bien d'autres en traductions dans le monde, contribuant indiscutablement ainsi à façonner l'opinion du public à l'égard du Catharisme. Les tenants des religions "chrétiennes" dogmatiques et autoritaires, comme les historiens et les philosophes matérialistes, tous adversaires du Catharisme dans sa nature spirituelle, trouvaient là un appui, sans doute involontaire, mais utile à leurs causes, dans cette négation d'une métamorphose évolutive du christianisme à la recherche de formes plus authentiques au cours du Moyen Âge. Fernand NIEL avait pris là une responsabilité qu'il n'avait peut-être pas mesurée à l'avance, et, assurément, il était plus historien et archéologue que philosophe, mais cette rupture, pour des raisons idéologiques, entre deux hommes sérieux et estimables, ne laissait pas d'être affligeante. Ce n'était pas la dernière que je devais connaître... Le refus de compromission, de concession, qui honora Déodat ROCHÉ, ne fut pas étranger à la solitude croissante, spirituelle et intellectuelle, dans laquelle s'avança et s'acheva sa longue existence...

Un autre après-midi, bien ensoleillé, une petite foule était autour de mon éventaire, silencieuse, et je vis s'approcher, de manière très effacée, René NELLI, qui examina attentivement les livres depuis le dernier rang. Par discrétion, je ne m'adressai pas à lui en public, mais nous eûmes par la suite une conversation privée chez Fanita de PIERREFEU, ainsi qu'il a déjà été rapporté.

Certains jours, les visiteurs affluaient, surtout entre quinze et seize heures ; ils formaient un cordon humain, continu et multicolore, circulant dans les deux sens, qui serpentait au flanc du Pog jusqu'à l'entrée, à peine perceptible, du château, après être passé près de nous. Pour représenter les multiples souvenirs laissés par les visiteurs qui s'intéressaient à nos livres, je n'en retiendrai qu'un, le plus émouvant et le plus significatif, à mon sens, car il traduit l'essentiel de ce que j'avais voulu rendre possible en venant ici.

Un dimanche après-midi, je vis s'approcher un homme d'une soixantaine d'années, visiblement un paysan, mais avec cette nuance villageoise et réfléchie qu'ont souvent ces vignerons que je connaissais bien, entre Rivesaltes et les Corbières. Un garçonnet d'une dizaine d'années, aux yeux noirs et graves, au teint clair d'une finesse d'ivoire, sous les longs cils et les cheveux sombres, le tenait sagement par la main. À l'évidence, c'était son petit-fils. On sentait que l'homme respectait les livres, mais qu'ils l'intimidaient un peu. En arrivant, il dit à l'enfant, avec une nuance interrogative : "Je vais t'acheter un livre ?..." Le petit acquiesça de la tête en se plantant devant le modeste éventaire disposé sur le dossier amovible de la voiture. L'ancien regarda les livres avec attention et, sans hésiter, en sortit un grand à la couverture bise, en disant simplement : "C'est celui-ci, qu'il te faut..." L'enfant le reçut avec respect et contempla pensivement le titre : c'était "**Survivance et immortalité de l'âme**" par Déodat ROCHÉ...

Le prix affiché me fut réglé : dix francs, pour la plus "chère" de nos publications... Puis, le petit et l'ancien s'éloignèrent en silence par le sentier de Montségur qu'empruntait, ce jour-là, le chemin de leurs vies...

Quel âge, cet enfant aura-t-il dû attendre pour vraiment pouvoir lire cet ouvrage que Déodat ROCHÉ avait médité au soir d'une existence déjà longue ? C'était le secret de cette jeune destinée qui venait d'apparaître à mes yeux, sur le Pog des Brûlés, confirmant qu' "Au bout des sept cents ans, le rameau reverdira", selon la prophétie du troubadour.

Depuis le temps des bûchers et de l'extermination méthodique, les familles s'étaient néanmoins relevées et succédées sur cette terre splendide et torturée. Je venais de voir la dernière génération de ce peuple, conduite par une précédente, venir à la rencontre de sa mémoire, de sa culture, de son trésor spirituel, que lui restituait le Sage d'Arques, fils d'une modeste paysanne illettrée, au prix de toute une vie de recherche et d'un long travail d'explication...

Par discrétion, par respect, je n'avais pas voulu prendre l'initiative de m'adresser au grand-père et à l'enfant... Sans doute aussi parce qu'ils m'apparurent comme la réalisation miraculeuse d'un archétype sacré, parent de l'indéfectible mémoire, ou de la première fleur, victorieuse de l'hiver. J'ai souvent regretté ma réserve, tout en pensant que c'était pourtant plus beau ainsi. Maintenant, quand leur souvenir me revient, je me dis que cette conversation en suspens se fera peut-être, le moment venu, s'il se doit, en autre temps et autre lieu...

Malgré les rudes conditions climatiques, au-dessus de ce Col à plus de mille mètres d'altitude : parfois la pluie et le vent, le froid, le brouillard persistant qui trempait tout, ou alors la chaleur en ce lieu sans ombre, ce fut une expérience superbe que de vivre sans interruption, au fil des jours et des nuits, la vie secrète du Pog.

Par beau temps, sa silhouette sombre se détachait à l'aurore sur le ciel d'un rose léger qui bleuissait vers le zénith. Le soir, au contraire, le couchant baignait la face sud-ouest, où nous étions, dans la plénitude d'une lumière d'or qui s'empourprait délicatement d'abord, puis en s'intensifiant, donnait au vaisseau de pierre allongé au sommet, l'aspect d'un bloc de fer rouge, assombri peu à peu jusqu'à l'ultime lueur du crépuscule. Cependant, la majestueuse écharpe de la forêt de hêtres, où se drape la montagne sacrée, passait de l'or vert à la ténèbre mystérieuse de la nuit.

À la fin du séjour, notre réserve de livres était presque entièrement écoulée, et je fus heureux, dès notre retour en Périgord, d'envoyer l'intégralité de la recette à Monsieur ROCHÉ, accompagnée d'un bon petit paquet de Bulletins d'abonnement et d'adhésion.

Durant l'été, tout notre temps et nos forces étaient ainsi consacrés aux "Études Cathares". Des circonstances professionnelles nous conduisirent à nous installer près de Périgueux, avant le 16 septembre 1965. De retour en Périgord, fin août, il me fallait trouver et acheter une maison. Sans m'être occupé de rien, à l'avance, ce fut fait en deux jours... Je pris cela comme une grâce du destin, car, en d'autres circonstances, j'aurais pu chercher vainement, durant des mois, sans trouver l'équivalent. Après une petite semaine, utilisée à régler l'achat et le déménagement, nous repartîmes à Montségur, où aurait lieu l'Assemblée Générale de la Société. Très généreusement, Fanita de PIERREFEU, retenue à Paris, nous proposait de loger chez elle, dans une chambre de l'étage, alors que l'Assemblée se tiendrait dans la grande salle du rez-de-chaussée. Ainsi, deux jours durant, nous fûmes les seuls habitants de "L'Hestia"...

L'année suivante, fin août 1966, nous étions à nouveau au pied du Pog, pour accomplir le même service. Mais nous arrivâmes pour trouver une boutique de cafetier établie exactement à l'endroit où, l'année précédente, se dressait notre campement... qui avait donné des "idées" — si l'on peut dire — à ce marchand ambulant. Je décidai donc de nous installer de l'autre côté du sentier, à une cinquantaine de mètres de l'emplacement précédent. Le Pré des Brûlés surplombe la route par un fort talus et le seul accès consistait en un court chemin de terre fort incliné, coupant ce talus, pierreux et profondément raviné par les pluies du dernier hiver. Je fus bien près de ne pas parvenir à faire monter la voiture et je dus arranger un peu le chemin et m'y reprendre à plusieurs fois. Enfin, nous installâmes le campement sous les regards furtifs des cabaretiers...

Le lendemain, en fin de matinée, je lisais tranquillement dans la tente ouverte, derrière mon éventaire, lorsqu'une jeune femme, qui s'était approchée latéralement, apparut soudain et me dit : "S'il vous plaît, est-ce que vous pouvez me dire ce que vous faites là ?..." Le ton était précipité, comme d'une personne qui n'en peut plus de garder sa question sur le cœur... Amusé, je l'avoue, je lui répondis que c'était bien facile, mais surtout largement visible, et d'ailleurs, que tous les passants le comprenaient fort bien ! Trois pancartes bleues étaient en effet tournées vers le sentier, la plus grande portait : "**Société du Souvenir et des Études Cathares**", les deux autres, plus petites : "**Éditions. Groupes d'études**", et "**Vente de livres. Adhésions**". Enfin, je demandai, à mon tour, à la visiteuse, à quel titre elle m'interrogeait... Elle m'expliqua alors qu'elle faisait partie des cabaretiers et qu'ils avaient loué tout l'emplacement, le pré entier à son propriétaire... Le Pré des Brûlés, "el prat dels crémats ", était la propriété privée d'un agriculteur du village de Montségur ! On n'y pensait pas spontanément...

Je lui expliquais alors, plus en détail, les raisons de ma présence, et comment je ne faisais aucun commerce lucratif. Ses yeux s'agrandissaient à mesure qu'un monde nouveau de préoccupations semblait entrer dans le champ de sa conscience. Puis, je lui parlais de Déodat ROCHÉ, connu dans tout le pays, dont l'œuvre avait beaucoup contribué à faire connaître le Catharisme et, finalement, à lui amener aujourd'hui des clients à son débit de boissons. Tout s'arrangea et nous fûmes tolérés ; il n'y eut aucune gêne réciproque et ce petit commerce resta calme et convenable. Par moments, il diffusait une musique, toujours la même, sur un haut-parleur, et le patron devait avoir un conseiller culturel, car il s'agissait de l'ouverture de "Tannhaüser", que l'on avait peut-être confondue avec le Prélude de "Parzival" ? Montségur étant, pour beaucoup, un des "Châteaux du Graal"...

Toujours est-il, que cela méritait d'être vu, ce défilé de touristes allongeant majestueusement le pas, sur le sentier du Pog, comme enlevés par les solennelles pompes wagnériennes... Quand on restait là, comme nous, c'était autre chose, si mélomane fût-on. Les douze premières fois, cela pouvait aller. Ensuite, le roi de Bavière lui-même, aurait fini par dire, comme ces impertinents de français après la "première" parisienne de l'opéra, en 1861 : "Il nous tanne aux airs..." Cependant, pour accepter cette musique, il suffisait de penser qu'à sa place, nous aurions pu avoir une cacophonie afro-américaine pour pithécanthrope électronisé, et que personne n'aurait pu l'empêcher, dans la mesure où les ondes nationales elles-mêmes, la déversent officiellement sur nous par kilomètres cubes, comme sur un champ d'épandage...

* * *

Le courant des visiteurs allait croissant. Sensiblement supérieur à celui de l'année précédente, il devenait, le dimanche, un véritable flot. Alors, plus de deux cents voitures pouvaient stationner sur le parc aménagé au Col du Tremblement : l'exploitation commerciale de cette situation devenait inévitable.

Aujourd'hui, en 2001, elle aboutit à l'apparition, dans le village, d'une hôtellerie plus luxueuse, de trois librairies et à l'aménagement de nombreux gîtes ruraux dans les anciennes maisons de paysans, car il ne reste plus que deux agriculteurs à Montségur. Par ailleurs, en haut sur le sentier du Pog, à cent cinquante mètres au-dessus de la Stèle, la Commune prélève un droit de passage pour monter au Château.

En 1966, un commerçant du village prit l'initiative d'installer un petit chalet commercial, au Col, mais au bord de la grand-route venant de Lavelanet. Il vendait là des boissons, des produits régionaux et des livres, dont ceux de Déodat ROCHÉ. N'allant jamais de ce côté-là, je ne l'avais même pas remarqué. Un jour, en tout début d'après-midi, il vint me demander le prix de revient, au revendeur, du livre de D. ROCHÉ : "**Contes et légendes du Catharisme**", que nous venions de rééditer. Je lui indiquai le prix de 5,50 francs auquel je le vendais, fixé en accord avec Monsieur ROCHÉ. Mais il insista ; "C'est le prix de revient que l'Éditeur va vous facturer, que je veux savoir, car j'ai reçu les livres sans la facture." Je lui répétais que je n'en savais rien, et que la question ne se posait pas à nous, car je vendais les livres pour le compte de la Société d'Études Cathares, que je représentais ici, et à qui, en la personne de Monsieur ROCHÉ, je remettais l'intégralité de la recette. Il me regarda d'un air incrédule et tourna les talons en disant : "Quel normand alors, celui-là !" Je compris seulement après, et tristement, je dois le dire, qu'il ne me croyait pas et pensait que nous étions ici en commerçants pour réaliser un bénéfice. Peu à peu, il m'apparut que la plupart des gens, non seulement ne pouvaient pas croire que l'on puisse travailler gratuitement pour une cause, mais surtout étaient incapables de s'en représenter les motivations.

À la fin de l'été suivant, je fis une expérience, dans le même registre, avec Mme de PIERREFEU. Elle avait accueilli, aimablement et généreusement, chez elle à "L'Hestia", un Congrès de la Société au cours duquel nous avions tenu, comme à l'accoutumée, un petit éventaire de nos éditions. Le dernier soir, après la clôture du Congrès, je rangeais les livres restants lorsqu'elle vint me regarder faire et me dit avec un sourire ambigu et insistant : "Tout de même, vous avez dû faire une belle recette !" Je lui répondis que la recette était acquise intégralement à la Société, pour qui la vente était faite bénévolement. Son expression inchangée donnait à voir qu'elle ne m'entendait pas...

Un autre soir, nous nous trouvions au dîner, chez Fanita de PIERREFEU, en compagnie, parmi d'autres, de Madame et Monsieur Effimof, russes "blancs" devenus anthroposophes, et d'un universitaire anglais, M. Gerald Gough. La conversation porta sur les tendances de la civilisation actuelle. Je dis, à un moment, que le techno-matérialisme dominant la civilisation américaine, affaiblissait culturellement et spirituellement les peuples, et que l'Amérique était un géant aux pieds d'argile. Mme de PIERREFEU réagit vivement en disant : "Les Américains sont tout de même les défenseurs de l'Occident !" Certes, sur le plan militaire face au bloc communiste, lui répondis-je, mais dans l'ordre civilisateur et spirituel, ils ont un rôle dissolvant. Par ailleurs, se trouvait parmi les publications que j'avais vendues au pied du Pog, une brochure de Déodat ROCHÉ intitulée "**Mission future de la Russie, mission actuelle de l'Occitanie**". Des visiteurs m'avaient interrogé d'un air sourcilleux sur ce titre et il me fut rapporté que l'on avait dit, chez Mme de PIERREFEU, qu'il y avait là-haut sur le Pog, un "communiste" qui vendait des livres... Il faut se souvenir qu'à l'époque, la "guerre froide" se prolongeait et que la tension était menaçante entre les deux blocs américain et soviétique, qui entretenaient et fomentaient, partout où ils le pouvaient dans le monde, des conflits locaux.

Il fallait aussi savoir que Déodat ROCHÉ envisageait une mission très future de la Russie, dans l'esprit de Vladimir Soloviev et dans la perspective où Rudolf STEINER prévoyait une civilisation, encore lointaine, dont les Slaves seraient les principaux inspirateurs, à partir du XXXVIe siècle, précise-t-il même... Ils avaient donc le temps d'ici là, de se débarrasser du communisme et de faire d'autres expériences, ce qui est d'ailleurs commencé en 1993, dans un chaos inquiétant, il est vrai, mais qui ne saurait surprendre lorsqu'on a enfin reconnu l'insondable et mystérieuse activité du Mal dans l'évolution, comme l'avait identifiée les Cathares.

Mme de PIERREFEU qui, très jeune fille, avait rencontré Rudolf STEINER, et connaissait depuis longtemps son œuvre, dont elle s'inspirait, devait également savoir cela... Ces incompréhensions étaient d'autant plus pénibles pour moi que j'avais toujours été un opposant au stalinisme, comme à tous les totalitarismes, et que je devais lui faire face tous les jours, dans mon milieu professionnel, à travers les menées malhonnêtes et destructrices des staliniens de l'Établissement où j'enseignais... Mais tous ces malentendus, que seule la malveillance pouvait complaisamment développer, nourrissaient certaines conversations, chez Mme de PIERREFEU, à Paris boulevard St-Michel... Cela fut déploré, auprès de Simone HANNEDOUCHE, par Madame Elvire HEWITT, qui l'assura, d'ailleurs, qu'elle ne croyait rien de ces calomnies, et me faisait confiance.

J'avais fait la connaissance de Madame et Monsieur Maurice HEWITT, à Montségur, chez Fanita de PIERREFEU. Musiciens professionnels, ils étaient membres de la Société anthroposophique et m'avaient laissé l'impression d'âmes idéalistes et nobles. Je m'étais entretenu assez longuement, surtout avec Madame HEWITT qui paraissait comprendre dans quel esprit je collaborais avec Déodat ROCHÉ et avait bien voulu me l'exprimer par des paroles cordiales que je n'oublie pas. Cette aînée, qui avait connu Rudolf STEINER, me confia des souvenirs, à son sujet, dont l'intérêt, pour une libre recherche, n'a fait que croître aujourd'hui.

Durant le séjour que firent M. et Mme HEWITT à l'Hestia, j'assistai à une conversation au sujet de Monsieur ROCHÉ. Certains en vinrent à dire qu'il avait des manières rudes et qu'il n'apportait pas assez d'attention aux personnes. Mme de PIERREFEU déclara que c'était d'abord un savant qui avait développé la connaissance, mais pas suffisamment l'amour... Et Mme E... ajouta qu'elle avait eu à faire avec lui, qu'il n'avait pas été aimable et qu'en fait, "il était imbuvable..." Ce jour-là, c'était distribution générale, et il fut aussi question de Monsieur K... qui se dévouait bien, lui aussi, pour tous ces gens. Mme E..., qui n'avait pas le sou, et profitait de la charité des uns et des autres dans le milieu péri-anthroposophique, affirma que seules les personnes qui pouvaient donner de l'argent, comptaient aux yeux de Monsieur K.... Peu d'années plus tard, cinq ou six environ, Mme E..., tomba gravement malade et mourut au bout de quelques mois. Je fus alors témoin du dévouement de Monsieur K... lui rendant visite chaque soir, après qu'il eut accompli sa lourde journée, au service des autres...

Ainsi, je découvris, à l'époque, ces milieux — dits "spiritualistes" — où l'on médisait des "amis", dès qu'ils avaient le dos tourné, avec injustice et, souvent, une incroyable ingratitude. Je devais, mon tour venu, expérimenter aussi ce genre de traitement...

Au cours de cette conversation, Madame HEWITT n'intervint pas, dans ce registre médisant ; par contre, elle tint à visiter Monsieur ROCHÉ, qu'elle n'avait pas vu depuis longtemps, et chez qui elle se rendit le lendemain, avec Mme de PIERREFEU. J'étais à "L'Hestia" lorsqu'elles revinrent, en fin d'après-midi, émerveillées et comme transfigurées... Mme HEWITT s'extasiait sur la sagesse bienveillante du maître d'Arques, et Fanita de PIERREFEU trancha "définitivement" : "Ah !... C'est un très grand être !" Évidemment, Déodat ROCHÉ leur avait consacré le plus clair d'un après-midi, n'existant alors que pour elles... Ce dont je puis témoigner, c'est qu'il ne pratiquait pas, pour sa part, ce genre de médisance, se limitant, quand il le fallait, à dire ce qui ne convenait pas dans les actions concrètes des gens. À l'occasion, il aimait à rappeler : "Nous pouvons juger les actes, mais pas les personnes..." et aussi : "N'insistons pas sur le négatif." Au long de sa vie, il avait maîtrisé sa vivacité de caractère et un tempérament colérique — de son propre aveu. Il semblait que, pour faire place à l'indulgence réservée aux êtres, il eût porté toute sa combativité, métamorphosée en intelligence, dans le débat qu'il affrontait autour du Catharisme, dans les "**Cahiers**" ou par ses livres, ses conférences et les prestations qu'il accordait aux médias, car... les journalistes le visitaient, et il lui arrivait d'apparaître à la télévision.

"Depuis près de vingt siècles, depuis l'apparition du christianisme, le manichéisme est sans doute ce qui s'est produit de plus merveilleux sur le globe terrestre dans l'histoire spirituelle de l'humanité. Les connaissances spéciales que vous possédez dans ce domaine vous donnent aussi des responsabilités particulières à l'égard de vos contemporains. "

Simone WEIL : 2e lettre à D. Roché (juin 1941)

Chapitre 6

Le philosophe, le réel et l'avenir

Cette indulgence avait son revers : trop souvent, il appréciait mal les gens, se défiant un peu de ses vrais amis, parce qu'il les côtoyait, et donnant toute sa confiance à de quasi-inconnus sur des critères abstraits, voire irréels.

À la fin du séjour de 1967, à l'Estagnol, je me trouvais un matin en train de converser avec Simone HANNEDOUCHE, lorsque Monsieur ROCHÉ s'approcha pour régler ses frais de séjour. Gérant l'intendance, je tenais la caisse du Camp. Lorsque chacun avait acquitté son modeste écot, nous restions deux ou trois jours après la clôture, mon épouse et moi, pour tout ranger, fermer, et payer les fournisseurs ; après quoi, j'étais heureux de verser le surplus de l'exercice à Monsieur ROCHÉ, pour la caisse de la Société, à la réserve ; auparavant, je lui avais remis les comptes qu'il approuvait, ainsi que Madame HANNEDOUCHE. Cette année-là, je m'en souviens, Monsieur ROCHÉ devait deux cent cinquante francs pour avoir été nourri et servi, un peu transporté, durant un mois. Habituellement, cette somme ne lui faisait pas la semaine à Arques... Il était d'ailleurs conscient de la modicité du prix de revient que nous parvenions à maintenir, car ce fut une somme arrondie à trois cents francs qu'il me remit, en disant : "Je donne un peu plus, mais c'est pour la Caisse du Camp, n'est-ce pas !" Bien sûr, Monsieur ROCHÉ, lui dis-je, la somme sera inscrite intégralement aux recettes, comme tous les versements des participants. Alors, il éprouva le besoin d'insister de manière pesante : "Oui, parce que je donne cinquante francs de plus, mais c'est pour la Société, c'est bien entendu ?..."“Mais oui, Monsieur

ROCHÉ, c'est entendu, répondis-je à nouveau, tout sera versé à la Société, y compris le surplus ; c'est toujours ce que je fais, en inscrivant chaque fois la somme sur le cahier de comptes, sous les yeux de la personne qui verse. D'ailleurs vous allez venir à l'instant quand je vais l'inscrire...".

Cette insistance naïve m'amusait plutôt, et je connaissais suffisamment mon vieil ami pour ne pas m'en offusquer. Mais Simone HANNEDOUCHE, qui avait assisté à la scène, sans mot dire jusque-là, intervint brusquement d'une voix forte : "Monsieur ROCHÉ !" dit-elle simplement en le regardant fixement, les yeux fortement ouverts, et elle hochait rapidement la tête, comme en une série d'exclamations silencieuses prolongeant sa voix... Lui, la regarda tranquillement... "Monsieur ROCHÉ !", répéta-t-elle, encore plus fort. Il commença à avoir l'air un peu inquiet. "Eh bien ?" dit-il... "Est-ce que vous vous rendez compte ?..." lui demanda-t-elle enfin, tout en haut de son registre indigné.

Non, sans doute, il ne se rendait pas compte de ce que son insistance pouvait avoir de blessant, d'insultant même ; il ne se rendait pas compte que nous donnions tout notre été pour rien, au service de tous ceux qui séjournaient là... Mais au fond, lui aussi, depuis longtemps, donnait beaucoup à tous, à travers le service d'un idéal, et je savais combien il était détaché de tout, vivant de presque rien, mais payant beaucoup les services qu'on lui rendait et soucieux de l'équilibre financier de la Société, des Éditions et des "**Cahiers**", dont les tarifs étaient maintenus au plus juste : la cotisation annuelle à la Société, incluant l'abonnement aux "**Cahiers**", n'était que de quinze francs, ce qui représentait le prix, très modique, de deux journées à l'Estagnol ou d'un repas courant au restaurant ; de quinze litres de supercarburant...

Cependant, une pareille scène et une insistance aussi déplacée révélaient une faille dans le jugement, une perception insuffisante du réel, qui aurait d'autres conséquences.

Ainsi, Madame HANNEDOUCHE proposait l'entrée, au Comité administratif de la Société, d'une dame cultivée et de bon conseil qui participait régulièrement, depuis plusieurs années, au Camp et aux Assemblées générales. Monsieur ROCHÉ éludait toujours avec un sourire... Mais un jour, il s'enthousiasma brusquement au sujet d'un brave homme qu'on lui avait présenté à Carcassonne, essentiellement parce qu'il était franc-maçon. Je le compris aisément à ce que m'en dit Monsieur ROCHÉ qui voyait là une "préparation"...

Lors de l'Assemblée générale au cours de laquelle il devait être présenté et élu, on attendit vainement le "valeureux maçon" qui ne vint pas et que l'on ne devait, d'ailleurs, jamais voir... Mais cette dame, elle, était là.

Il n'était pas facile, pour un idéaliste comme Déodat ROCHÉ, de faire partager à ses contemporains cette pure lumière qu'il pressentait dans son âme.

C'était aussi cette clarté, diffusée par l'histoire, le mythe et les lieux qui attirait les visiteurs de Montségur et de "L'Hestia". Mais ceux-ci, trop souvent, s'imaginaient pouvoir éclairer leur étroite personne à cette lumière empruntée, afin de paraître briller aux yeux de tous. Ils ne devenaient ainsi que des caricatures vaniteuses. Ce n'était pas le cas de Déodat ROCHÉ, à qui il arrivait de manifester cette paisible lumière, précisément parce qu'il savait, en certaines circonstances, dépasser et oublier sa personne. Ceux qui l'approchaient alors, pouvaient s'en trouver, sur le moment du moins, éclairés et ennoblis, comme le furent — tout à leur honneur d'ailleurs — les deux visiteuses précédemment évoquées.

D'autres, par contre, insensibles à la qualité humaine et spirituelle, ne considéraient que l'image et la notoriété d'un homme connu et ne songeaient qu'à utiliser à des fins personnelles le prestige de Déodat ROCHÉ et le respect qui l'entourait. On devait bien le constater par la suite.

En 1967 et 1968, l'activité du Camp se développa. Le nombre des participants, la durée des séjours augmentaient. Le travail de réflexion, mieux structuré, s'approfondissait et se diversifiait. Lors de chaque séjour, nous organisions une excursion vers les grands sites : Montségur, Quéribus, Peyrepertuse, Puivert, le Bugarach... surtout à l'intention des participants venus de loin et qui découvraient ainsi la région et les témoignages de son histoire. Pour tous d'ailleurs, vivre ensemble une journée en de pareils lieux, furent des expériences qui ne s'oublient pas.

Le Séjour de l'Estagnol connut alors son meilleur accomplissement, au cours de ces deux étés. La charge accrue qui en résultait pour moi, jointe au développement touristique autour de Montségur, firent que nous ne revînmes plus disposer notre éventaire au pied du Pog. Par ailleurs, au fil de l'année, je consacrai un temps croissant à la Société et aux "**Cahiers**", en écrits divers, en démarches de communication, pour en soutenir et faire connaître les activités.

Au cours de l'hiver 1964, Monsieur ROCHÉ s'était rendu en Belgique, où il avait été invité, pour donner des conférences. Dans le train du retour, il prit froid en se déplaçant dans le couloir de la voiture, et dut s'aliter longuement, dès son retour à Arques. Il souffrit alors d'une pleurésie d'autant plus grave qu'elle affectait un homme approchant les quatre-vingt-dix ans. À l'époque, je ne fus pas averti de la gravité de son état, car il ne voulait pas la divulguer, et on peut le comprendre.

Entre les malveillants et les profiteurs, trop de personnes s'impatientaient, en secret, de la longévité de cet homme occupant un terrain qu'elles convoitaient. Une personnalité connue avait déclaré "qu'après Déodat ROCHÉ, on créerait une grande Revue internationale consacrée au Catharisme et aux Hérésies en général."

Un jour du temps de Pâques 1968, nous nous trouvions dans un hôtel de

Montségur et l'un des épigones de cette personnalité venant d'arriver, demanda brusquement au patron : "Et le Pape, il n'est pas encore mort ?" Je devinai, autant que je l'entendis, un "Chuuut..." invitant à la discrétion, car on me savait dans la salle voisine... Cette appellation provenait des journalistes, à la recherche d'effets faciles, qui s'acharnaient à présenter Déodat ROCHÉ comme le "Pape du Catharisme", ce qu'il démentait constamment, mais en vain. Il s'en attristait, et les malveillants reprenaient ce vocable...

Cependant, bien soigné au cours de sa maladie par sa gouvernante, Madame Clémentine CABRÉRA, née RIVIÈRE, Monsieur ROCHÉ guérit. Il avait retrouvé ses forces pour le séjour d'été qui suivit, au cours duquel il me raconta cette épreuve en disant, avec un sourire paisible : "Cette fois-ci, j'ai bien cru que c'était la fin, et je me suis dit : Eh bien, c'est la clôture... J'étais prêt à quitter ce corps, comme on quitte un vêtement... Mais pourtant, non, ce n'était pas encore le moment... nous allons donc continuer !..." Puis avec ce sourire d'humour mystérieux qui annonçait les rares confidences personnelles, il me fit signe d'approcher, en me montrant sa main droite largement ouverte. Je savais qu'il connaissait la chirologie ; il y faisait parfois allusion, en semblant toujours plaisanter à demi, mais en fait, il en parlait plutôt sérieusement... Pour le moment, il me désignait une petite ligne transversale, coupant, vers le bas de la main, sa longue ligne de vie. "Vous voyez, me dit-il, cette coupure exprime la maladie qui faillit tout arrêter, l'hiver dernier, mais si elle est franchie, alors, c'est indéterminé !..." Il prononçait les dernières paroles avec l'amusement étonné de celui qui entrevoit soudain la perspective d'un bon tour, tout innocent, à jouer à quelques-uns...

En 1969, l'astrologue belge Édouard MAGNÉE vint passer quatre journées à l'Estagnol. Cet homme aimable, modeste et très compétent, que nous fûmes heureux de connaître, me confia avoir déjà indiqué à Déodat ROCHÉ qu'il deviendrait centenaire, tout comme il l'avait prédit à Alexandra DAVID-NÉEL. Avec dix années d'avance, il avait donc vu juste.

Cependant, dès 1967, alerté de s'être ressenti si près de quitter cette vie, Monsieur ROCHÉ se préoccupa de donner des formes juridiques susceptibles de lui survivre, aux Éditions, à la Société, au Camp et, de manière générale, à tout ce qui portait concrètement son œuvre. Depuis que je le connaissais, je le savais soucieux des obstacles risquant de surgir, après sa disparition, du fait de son fils Paul Roché, magistrat à Bordeaux, philosophiquement matérialiste et hostile aux activités de son père, d'abord parce qu'à ses yeux, elles interféraient avec l'ordre familial, tel qu'il le concevait,

Au fil des années, Monsieur ROCHÉ avait reçu des relations dans sa maison d'Arques : chercheurs, philosophes, historiens, souvent anthroposophes et étrangers, ainsi que certains amis de la Société, surtout Simone HANNEDOUCHE.

Son fils détestait cela, considérant déjà la maison, où il venait passer l'essentiel de ses congés, comme son bien propre, et il n'admettait pas que des étrangers pussent y loger. Ainsi, vers 1967, il était resté en fureur, durant tout un séjour, du fait de l'odeur — persistante selon lui — d'un cosmétique renversé dans une chambre par un hôte de son père...

Lors des quelques visites qu'il venait faire à l'Estagnol, il inspectait subrepticement les torchons, de vieux couteaux et quelques objets divers, pour reconnaître et revendiquer le matériel appartenant à son père et que celui-ci avait amené au Camp, lors de sa création dans les années 1950. Depuis, la Société avait acheté son propre matériel, mais il était resté quelques éléments de ces débuts héroïques où, en l'absence de bâtiments en dur, Déodat ROCHÉ vécut sous la tente, à près de quatre-vingts ans.

Par ailleurs, une autre personne de sa famille était membre d'un Tiers ordre de l'Église romaine, bien contrôlée par ses confesseurs et convaincue du caractère hérétique et néfaste des Études Cathares, qu'elle surveillait dans les limites de ses possibilités, heureusement réduites.

Il existait donc, objectivement, un faisceau convergent de motifs d'inquiétude pour Déodat ROCHÉ, à l'égard de la pérennité de son œuvre, après lui. Motifs douloureux, d'abord dans sa propre famille, mais aussi en provenance de certains “catharisants”, de milieux scientifiques ou “spiritualistes” qui voulaient nier cette action de l'Esprit, à travers l'histoire, qu'il s'était attaché à montrer. Il fallait aussi compter avec l'insidieuse puissance du monde catholique dans la vie culturelle, acide appliqué en permanence à dissoudre la compréhension du Catharisme, dès que l'on travaillait à la dégager des caricatures sédimentées au cours des siècles.

Enfin, un autre milieu le guettait de près, que Déodat ROCHÉ, pourtant ne redoutait pas, sur lequel il accepta même de s'appuyer un peu, à la fin de sa vie, mais dont il sous-estima le pouvoir de banalisation et le vulgaire appétit de digestion réductrice, à l'égard de son œuvre.

* * *

À la même époque, dans le milieu anthroposophique français, Simonne RIHOUËT-COROZE (1892-1982), placée dans une situation comparable, préparait sa succession en créant une Société à Responsabilité Limitée : SARL “Centre Triades”. Ceci conforta Monsieur ROCHÉ, qui me le dit lui-même, dans son projet de créer une SARL “Éditions des Cahiers d'Études Cathares”. La propriété du stock de livres existant serait transférée à cette SARL dont Monsieur ROCHÉ deviendrait, par cet apport en nature, un associé parmi d'autres, puis il céderait ses parts en les vendant aux jeunes associés et remettrait son droit de publication à un membre de la SARL, et ses droits d'auteur à cette Société. En définitive, il donna son droit de publication à deux personnes ; l'une faisait partie de ses proches, l'autre était Mme V...

Les travaux de préparation de la SARL furent menés durant l'hiver 1967-68 ; cette Société fut constituée le 30 avril 1968 et enregistrée le 13 mai 1968. Elle réunissait quatre associés fondateurs : Déodat Roché, né en 1877, Simone Hannedouche née Piettre en 1888, Mme V... et José Dupré.

Les apports de Monsieur ROCHÉ et Madame HANNEDOUCHE étaient égaux, en nature de stocks de livres, ceux de Mme V... et M. Dupré, égaux en numéraire.

Lors de l'Assemblée générale de la "Société d'Études Cathares" à Montségur, début septembre 1963, tenue à l'Hestia, j'avais fait la connaissance de Mme V... Son intervention, en séance, aimable et mesurée, favorable au maintien des études historiques et archéologiques dans les travaux de la Société, m'avait fait bonne impression. Si Monsieur ROCHÉ, dans l'aboutissement d'une longue vie et de nombreuses recherches, donnait, à juste titre, la priorité à l'ouverture spirituelle qui en résultait, il convenait de ne pas oublier que le public venait à nous, le plus souvent, à partir de l'interrogation qu'un document archéologique ou un récit historique, avait suscitée en lui. Il m'apparut alors que ces deux personnes, collaborant de longue date, réalisaient une nécessaire complémentarité. Mme V... avait été jeune institutrice dans le village d'Arques, où elle connut en 1929, Monsieur ROCHÉ qui en fut le Maire. Dans les années 1960, elle achevait sa carrière dans un Collège. Elle me parut sympathique et vivante, éclairant la relation d'un humour méridional agréable à partager pour ses amis, et, en un mot, bien représentative, me sembla-t-il, de ces dames occitanes qui contribuèrent jadis à une civilisation moins dure. Je lui accordais alors, et lui gardais jusqu'en 1970, ma confiance et ma sympathie.

Tant que la famille P... vint à l'Estagnol, Mme V... n'y voulut pas demeurer, mais dès 1966, elle y passa quatre journées. Ceci l'obligeait à renoncer à ses habitudes de confort dans sa belle maison neuve, mais elle ne voulait pas camper sous la tente. La Société fit donc l'acquisition d'un bon lit que je lui installai dans la grande salle du pavillon central, circonstance qui devait s'avérer fortement symbolique...

Depuis quelques années, Monsieur ROCHÉ trouvait excessivement lourd le travail d'administration et de gestion des "**Cahiers d'Études Cathares**". Assisté seulement de sa gouvernante-secrétaire, il assumait tout : la Rédaction et son secrétariat, les relations avec l'Imprimerie Gabelle de Carcassonne, l'expédition des "**Cahiers**", l'administration du fichier et des abonnements, la correspondance avec les lecteurs et les chercheurs. On conçoit qu'il tînt légitimement à contrôler ce travail le plus longtemps possible, mais cette charge, devenue trop lourde, l'empêchait de se consacrer, comme il l'eût voulu, à la rédaction de ses ouvrages, et il souhaitait en être déchargé. Mme V... voulut bien assumer ce travail à partir de l'été 1965, et lorsqu'elle commença à venir séjourner à l'Estagnol, la vie concrète des "**Cahiers**" était déjà entre ses mains. À partir de juillet 1968, la SARL d'édition étant constituée, Mme V... se préoccupa des deux opérations suivantes qui devaient assurer la succession de Monsieur Roché : d'abord, le transfert des parts de ce dernier aux autres associés, complété par un élargissement du cercle des membres de la SARL, souhaité par Déodat Roché et les autres fondateurs ; ensuite, concernant la "Société d'Études Cathares", la désignation d'un nouveau Secrétaire général, en remplacement de Monsieur Roché qui deviendrait Fondateur et Secrétaire général d'Honneur.

Cette dernière opération avait pour but d'éviter les risques de remous et d'incertitudes susceptibles de se produire dans le désarroi d'une première Assemblée générale qui suivrait la disparition de Monsieur Roché. À ce sujet, Mme V... me dit, un jour de 1968 : "Je vous avoue que je suis inquiète à l'idée du jour où il nous faudra annoncer cette nouvelle dans les "Cahiers". Nous risquons ensuite d'avoir une Assemblée générale houleuse et, ce que je crains, c'est l'apparition d'un groupe bien organisé qui vienne nous dire : "Maintenant, nous voulons Nelli !..."

À ce point, je dois conter une anecdote étrange, probablement relative à une circonstance fortuite, mais qui pouvait donner à réfléchir. Au printemps 1968, nous tenions une réunion du Comité administratif de la Société d'Études, à l'Hôtel Bristol de Carcassonne, face à la gare. Ensuite, nous devions réunir les associés de la SARL. Mais les deux groupes ne coïncidaient pas exactement. Alors, Déodat Roché, avec son aisance très directe, en pareils cas, d'ancien Président de Tribunal, invita une personne qui n'était pas membre de la SARL, à se retirer après la clôture de la première réunion, afin que la seconde, "d'ordre privé", dit-il, puisse se tenir... L'intéressé, DX..., fut visiblement surpris et quelque peu décontenancé... Alors, nos amis, pour assouplir ce congé, eurent une petite conversation particulière avec cette personne qui, d'ailleurs, descendit bientôt.

Pendant ce temps, j'étais sorti prendre l'air et j'eus la surprise de voir René Nelli qui passait, sur le trottoir, devant l'Hôtel... Par quel "hasard" était-il là, juste au moment où notre réunion devait s'achever, et où sortait cette personne impliquée dans divers milieux intéressés au Catharisme, où son action causait depuis longtemps des soucis à Monsieur Roché ?

Ainsi, notre petit groupe faisait siennes les préoccupations de ce dernier, relayées par celles de Mme V...

Mais, si Monsieur Roché, poussé par la nécessité, s'était déchargé sans atermoyer du lourd travail de gestion des "**Cahiers**", on le sentait moins empressé, bien que théoriquement décidé, à transférer ses parts dans la SARL, et, surtout, sa fonction de Secrétaire général de la Société d'Études. Il ne manquait pas de percevoir, bien évidemment, combien ces décisions allaient, pour lui, dans le sens de la désincarnation. Or, nous le savons maintenant, il avait encore dix années à vivre, et visiblement, le goût demeurait intact, en lui, de poursuivre sa tâche. Lorsque nous abordions ces problèmes, en réunion, il restait vague, acquiesçait, mais éludait les décisions, et le temps risquait de passer sans que les choses ne se réglassent. Mme V... s'en inquiétait, m'en parlait en privé, puis, fin août 1968, m'invita, avec mon épouse, à passer une journée chez elle, pour examiner ensemble les diverses possibilités d'évolution de la situation, suivant les éventualités envisageables.

"Sur ton chemin, quand vient le soir,
Garde-toi du chien blanc et noir. "

Adage languedocien.
(Origine probable XIIIe siècle)

Deuxième Partie

L' ADVERSITÉ

" Au sein de tous les groupements humains, des forces obscures amplifient les égoïsmes qui dissolvent les familles, les nations, les partis politiques, les Églises ou les Sociétés de culture. Partout s'affirme une volonté de puissance qui cause les meurtres et les guerres, directement contraire au désir de paix généralement affirmé comme un idéal que les volontés humaines sont incapables de réaliser."

Déodat ROCHÉ. Allocution à la Stèle (1965)

Chapitre 7

Le milieu successoral et la banalisation

Au cours de cette journée, on pouvait être surpris par le nombre des personnes qui firent de brèves visites inopinées à Mme V.... Ces gens avaient un trait commun, difficile à identifier de prime abord, mais semblant provenir d'une pratique définie, et dont l'apparence était celle d'un "copinage" faussement détendu, sous lequel se percevait une vanité égoïste. C'était une moyenne bourgeoisie, quelques fonctionnaires... Ainsi, l'un des plus représentatifs fut le Bibliothécaire. Sans savoir qui j'étais... il parla, avec condescendance, de Déodat ROCHÉ : "il est donc enfin délivré de ce bonhomme qui passe son temps à regarder son caca !..." (désignant ainsi Monsieur P...), de l'Estagnol : "Je croyais qu'il s'agissait de braves gens qui venaient en vacances se reposer autour de leur grand-père..." (Pas du tout, crut devoir rectifier Mme V... on vient là pour méditer et travailler, et de citer le programme du dernier été...), des "**Cahiers d'Études Cathares**" : "Il serait temps de donner l'aspect d'une Revue à ces malheureuses feuilles enveloppées dans du papier de boucherie !..." (Toutes ces paroles sont exactes)

En fait, la couverture des "**Cahiers**" était en papier épais beige clair, sobre mais de bon goût, qui leur donnait un aspect classique de publication universitaire. La faconde vulgaire du visiteur montrait qu'il était sûr de l'ascendant acquis par lui dans les chapelles qu'il fréquentait... Il apparut ensuite que tous ces gens étaient des membres du milieu auquel appartenait Mme V... En fait ils constituaient "son" milieu. À l'époque, je n'attachais guère d'importance à cette situation, inclinant à considérer que ledit milieu n'était pas pire que d'autres...

Je faisais confiance à Mme V..., comme éducatrice de ces gens, et elle me semblait désignée par le destin pour prendre les responsabilités de la Société ; j'étais heureux de collaborer avec elle, tout en cherchant à l'aider de mon mieux. Sur ma proposition, nous décidâmes que je ferais les étiquettes d'expédition des "**Cahiers**". De retour en Périgord, je les composai toutes en dactylographie, ce qui fut un gros travail, assurai leur duplication héliographique, la mise à jour trimestrielle des matrices, puis l'expédition à Mme V... qui les collait sur les bandes d'envoi des "**Cahiers**".

Au cours de l'hiver 1968-69, sollicité par Mme V..., encouragé par Simone HANNEDOUCHE, Monsieur ROCHÉ se décida à réaliser le transfert-vente de ses parts dans la SARL. Il était convenu que nouveaux et anciens associés paieraient effectivement en numéraire les parts acquises, mais que ces liquidités, propriété privée des cédants : Monsieur ROCHÉ et Madame HANNEDOUCHE, seraient en fait reversées par eux sur le compte de la SARL, à titre de dons au fonds de roulement. Ces opérations se feraient pendant le séjour d'été 1969, à l'Estagnol, où seraient réunies les personnes concernées.

Il en fut bien ainsi, ce qui m'amena à consacrer une bonne partie de mon temps libre à la dactylographie des multiples actes de transfert qui furent signés, fin juillet, au camp et enregistrés le 7 août 1969, par les soins de Mme V...

Désormais, Déodat ROCHÉ ne conservait plus que la fonction de Secrétaire général de la "Société des Études", mais c'était la plus symbolique, celle qui rassemblait toute la force morale et spirituelle orientant l'ensemble des "Études Cathares". Il était compréhensible qu'il souhaitât remettre cette responsabilité à la personne bénéficiant au plus haut degré de son estime et de sa confiance.

Depuis quelques années, il avait laissé entendre, et me l'avait dit explicitement en privé, qu'il souhaitait que ce fût Simone HANNEDOUCHE. Celle-ci, toutefois, ne manifestait pas d'enthousiasme pour se charger de cette responsabilité. Un jour, elle finit par me le dire très nettement : "Monsieur ROCHÉ le souhaite, je le sais, mais je ne peux pas porter sa Société..." Pour ma part, j'étais de son avis, même si, sur le plan de la qualité humaine, j'approuvais sans réserve le choix de Monsieur ROCHÉ. Mais serait-ce vraiment réduire les aléas de l'âge que de transférer les fonctions d'une personne de quatre-vingt-douze ans, à une autre âgée de quatre-vingt-un ans ?..." Par ailleurs, Madame HANNEDOUCHE vivait près de Bordeaux, loin de cette terre cathare où la Société trouvait son sol nourricier. Au cours d'une conversation privée avec Simone HANNEDOUCHE, nous aboutîmes facilement, et en plein accord, à la conclusion que Mme V... était la personne possible, convenant le mieux pour occuper cette fonction.

À partir de ce moment, lorsque l'on abordait devant moi la question de la succession de Monsieur ROCHÉ, j'exprimais, qu'à mon sens, il revenait à Mme V... d'assumer le Secrétariat général. Ainsi, j'eus l'occasion de le faire à Montségur, chez Madame de PIERREFEU qui s'interrogeait sur un futur titulaire possible de cette fonction.

J'eus l'occasion d'en parler à Mme V..., en lui disant mon opinion. Visiblement, elle retint toute réaction, et me dit : "Il vaut mieux que l'on ne parle pas aux gens de tout cela. Si vous voulez que je puisse rendre quelques services, ne me mettez pas en avant..." Il y avait là une prudence, une habileté politique, dont l'urgence, voire l'opportunité, n'apparaissaient pas à l'évidence... car, tout de même, pour être un jour élu à une fonction, il est nécessaire de s'être fait connaître, au moins quelque peu, auparavant. Cependant, ce qui m'étonnait plus encore, c'étaient la réserve, **le silence, l'absence d'empressement** de Déodat ROCHÉ lorsque je suggérais, devant lui, que Mme V... pût assumer un jour le Secrétariat général, bien qu'il la connût depuis 1929...

Durant le Séjour d'été 1969, devant l'inertie de Monsieur ROCHÉ pour régler ces questions — y compris, jusqu'au dernier moment, celle du transfert des parts de la SARL — nous fûmes conduits à tenir de nombreuses réunions officieuses, afin de chercher ensemble les moyens de faire avancer les décisions. Réunissant, en général, Simone HANNEDOUCHE, Mme V..., Pierre DELACROIX, mon épouse et moi-même, ces conversations se déroulaient au cours de promenades en forêt, en début d'après-midi — nous disparaissions alors tous du camp, pendant une heure et plus — ou dans un coin écarté de la clairière, ce qui finissait par se remarquer...

Au cours de ces conversations, Mme V... nous faisait surtout le tableau des problèmes qui se posaient, ou risquaient d'apparaître, et de ses inquiétudes. Nous étions ainsi amenés à nous exprimer, en recherchant des solutions. Par la suite, il apparut que la réserve observatrice, dominante dans son attitude, n'était pas due seulement à l'apparence de modestie dont elle se revêtait... Elle manifestait d'ailleurs la même réserve à l'égard des travaux d'études dans la Société.

À plusieurs reprises, je lui suggérai amicalement de présenter, lors des Séjours d'été, une série d'exposés, ou, à tout le moins quelques-uns, sur l'histoire, l'archéologie, par exemple, ou la culture régionale, tous sujets dont elle aimait, à l'occasion, rappeler l'importance. Elle ne l'acceptait que très rarement et finit par me répondre : "Ne comptez pas sur moi, pour cela !" Pourtant, les nombreuses conversations informelles montraient qu'elle avait l'art de parler, de conter, de plaire avec une jovialité de bon aloi, et j'aurais sincèrement apprécié qu'elle prît sa place dans l'animation culturelle des séjours. De même, elle écrivait peu dans les "Cahiers"...

Mais, dans son milieu, elle ne craignait pas d'exercer des fonctions didactiques. Ceci ressortait d'un faisceau de détails, au fil de nos entretiens, montrant qu'elle appréciait d'aller de ville en ville, pour donner des conférences devant des groupes... Un jour, faisant l'apologie de l'Anthroposophie, elle me confia : "C'est véritablement un enseignement d'une valeur exceptionnelle. D'ailleurs, je vois bien avec quel intérêt sont accueillies, partout où je vais, les quelques petites choses que je puis apporter en m'en inspirant..."

Alors, pourquoi, me demandais-je, n'accepte-t-elle pas de coopérer plus, avec nous, à l'Estagnol où nos relations étaient simples, proches — et amicales — du moins, je le croyais ?... La réponse, une partie du moins, que je n'imaginais pas à l'époque, s'imposa à travers la suite des événements. Il y avait au Camp, dans notre groupe d'animation, outre l'éminente personnalité de Déodat Roché, trois professeurs de Lettres, dont deux agrégées et un professeur agrégé d'histoire. Cela gênait Mme V... que d'être en face de personnes qui voulaient vraiment travailler à faire avancer la compréhension de ce qu'était le Catharisme dans l'histoire et la conscience humaine, au lieu de se contenter de répéter toujours les mêmes choses.

Au contraire, elle apparaissait particulièrement à l'aise dans la platitude des conversations faites surtout de bavardages insipides que suscitaient parfois certains visiteurs venant passer la journée. On y retrouvait de ces gens qui aiment agrémenter leurs passe-temps relationnels d'une ambiance "cathare", "spiritualiste" ,ou "ésotérique" et disent, en prenant congé : "On a passé un bon moment !" Je devais comprendre, par la suite, que c'était cela, le milieu de Mme V...

* * *

À l'été 1970, nous retrouvâmes la situation inchangée, quant aux décisions en suspens. Déodat Roché, dans sa quatre-vingt-treizième année, gardait une santé correcte, magnifique même pour son âge, mais cependant ses forces diminuaient peu à peu. L'été précédent, il me l'avait confié, un après-midi, alors que nous étions tranquillement assis, à l'ombre des pins, comme pour transmettre un secret rassurant à l'homme jeune que j'étais alors et qui aurait pu, à la limite, être son arrière petit-fils... "Cela se fait tout naturellement de vieillir, savez-vous... On reste en état de vivre normalement et cela n'a rien de terrifiant". Il ajouta, d'un air plus confidentiel encore... "Simplement, ce sont les forces qui diminuent... Il faut savoir en tenir compte et ne vouloir faire que ce qui est possible." Il me disait cela avec un clair sourire juvénile, à la fois timide et complice, sur lequel l'âge n'avait pas de prise...

En 1963, il m'avait dit : "Il faut écrire dans les "Cahiers", nous avons besoin de la relève, vous en êtes !" pour me confier la rédaction d'un premier compte rendu de livre. En 1966, à l'issue d'un entretien que nous avions eu dans le pavillon, il déclara : "Maintenant, il faut que vous preniez votre part du travail, que vous fassiez des conférences...” Cela m’avait surpris, car je n’y pensais pas, revenant toujours ici dans l’esprit où j’y étais venu : pour apprendre et, parallèlement, aider, par reconnaissance à l’égard de mes vieux amis, à faire vivre ce Camp d’été, aboutissement pour Déodat ROCHÉ de sa longue vie et qui, peut-être, je le souhaitais, en éclairerait le terme. J’avais même calculé que le débit en eau de la source pouvait assurer les besoins de près de deux cents personnes... car je savais combien la vitalité de cette communauté avait de part dans les dernières joies de son existence.

Bien sûr, je menais une élaboration intérieure, que stimulait la vie à l’Estagnol et que je partageais en conversations, parfois intenses, avec nos amis, des participants et certains visiteurs, en début d’après-midi, le plus souvent. Mais je ne souhaitais pas donner d’exposés programmés. J’y fus cependant amené, à la demande de Déodat ROCHÉ, et j’acceptai, pour le décharger d’une partie de ce travail devenu pesant pour lui.

En 1969, j’assumai donc, sur une période de dix jours, l’exposé du matin à dix heures trente. Une famille de trois médecins, notamment, participait à ce séjour et nous eûmes des échanges — intéressants, me sembla-t-il — au cours de ce travail, que je ne concevais pas comme un monologue. Pendant ce temps, Monsieur ROCHÉ pouvait rester tranquillement à travailler dans sa chambre, ce qui était une bonne chose pour lui et ses travaux en cours.

Mais, un matin, à la fin d’une réunion, il nous rejoignit, avec un air sévère et préoccupé, qu’il ne prenait que rarement, et déclara sans préambule : “Oh... mais, j’ai entendu dire des choses qui n’étaient pas très exactes...” Inoubliables furent les yeux ronds, le regard stupéfait et l’attitude pétrifiée des participants ! En particulier du plus âgé des trois médecins, digne vieillard à longue barbe blanche qui vénérait Déodat ROCHÉ et tenait à l’appeler “Maître”, malgré les dénégations de celui-ci...

Connaissant la situation, je perçus immédiatement là un mouvement d’humeur, rarissime chez Monsieur ROCHÉ, tenant au fait de s’être retiré de l’activité du matin, bien qu’il l’eût souhaité pour des raisons pratiques. Comprenant que ce retrait lui fût douloureux, je ne songeai nullement à lui tenir rigueur de ce manquement. Cependant, il fallait bien dénouer la situation devant tous. Je le regardai en souriant et lui dis : “Nous faisons ce que nous pouvons, Monsieur ROCHÉ, et vous constatez seulement combien vous nous manquez. Il n’est pas trop tard pour rectifier ce qui a pu être dit d’incorrect. Nous sommes prêts à vous écouter avec intérêt.” Passant son chemin, il écarta la proposition d’un geste de la main, en disant : “Nous verrons cela une autre fois...” On ne devait jamais “voir cela”, et, sans doute, n’y avait-il rien de particulier “à voir”... Mais cette réaction était révélatrice de la difficulté douloureuse, et compréhensible, qu’il y avait, pour Déodat ROCHÉ à renoncer peu à peu à toutes ses fonctions.

Il en était ainsi, tout particulièrement, pour la principale : celle de Secrétaire général de la Société d'Études, qu'il conservait toujours en ce début d'été 1970. L'année précédente, le transfert de ses parts s'était fait dans une ambiance un peu tendue et amère, et maintenant, on sentait qu'il en résultait pour lui une certaine blessure plutôt que la libération qu'il en avait attendue. Notre crainte était que le Séjour s'achevât sans qu'aucune décision ne fût préparée à l'Estagnol, ni approuvée à l'Assemblée générale qui devait se tenir en août à Carcassonne. Et pourtant, il était visible que Monsieur ROCHÉ s'affaiblissait peu à peu ; à tout instant, il pouvait être empêché d'assurer ses fonctions. Déjà, cette année-là, vivre et séjourner au Camp lui devenait, à bien des égards, plus difficile. Il avait froid dès que le ciel se couvrait, supportait mal la plupart des nourritures et souffrait de l'inconfort.

Au début du séjour, nous eûmes à tenir, comme l'an passé, quelques réunions discrètes pour tenter d'aviser. Depuis que nous le faisions, Monsieur ROCHÉ percevait nos préoccupations et nos conciliabules, en négligeant seulement le fait essentiel : il voulait nous remettre sur les bras le fardeau terrestre de sa tâche, sans nous donner franchement les moyens de l'assumer ; et cela, malgré notre amitié et notre bonne volonté, ne laissait pas de nous inquiéter légitimement. C'était à Simone HANNEDOUCHE qu'il se confiait le plus ouvertement. Elle me dit un jour : “Il sent que nous sommes préoccupés, que nous parlons de choses diverses, et il est inquiet…” Voyant qu'il serait probablement impossible d'aborder en réunion plénière, avec Monsieur ROCHÉ, la question du renouvellement du Secrétaire général, je dis à Madame HANNEDOUCHE que la seule possibilité de débloquer le processus, était qu'elle lui suggérât nettement, en tête-à-tête, la solution qui paraîtrait acceptable à tous, c'est-à-dire, à mon sens, Mme V… ; ce qu'elle approuva, mais sans enthousiasme particulier. Je le lui avais déjà dit, mais alors que rien n'avançait, tout était constamment à redire…

Il me semblait acquis que Mme V… ne serait pas difficile à convaincre et, d'ailleurs, qu'elle n'en aurait pas réellement besoin. Mais elle s'était imposé une réserve sans faille sur ce point, et encore fallait-il obtenir son accord explicite, et celui de l'ensemble du Comité, qui ne me semblait pas douteux.

Un matin, me trouvant seul avec Mme V… dans le pavillon central, j'abordai directement la question : l'échéance de l'Assemblée générale approchait, Monsieur ROCHÉ affirmait vouloir remettre sa fonction, il fallait tout de même, à l'avance, décider à qui.

Je lui dis, qu'à mon sens, ce devait être à elle et, pensais-je, nos amis étaient probablement du même avis.

Elle ne répondit rien, me regarda, puis, après un silence, me dit d'une étrange voix neutre et impersonnelle, comme si elle voulait retenir ce qu'elle disait, avec une sorte de réticence inquiète : “**À moi, il me semble que ce devrait être**

vous, le nouveau Secrétaire général..." Elle me regardait fixement, avec une attention intense, pour ne rien perdre de ma réaction... qui fut une totale surprise.

Il n'avait jamais été question de cela, je n'y avais jamais pensé, et je ne m'attendais pas à un tel propos. Aussi, répondis-je en souriant que cette éventualité était à écarter sans idée de retour, et que j'étais simplement surpris de l'entendre évoquer.

Puis, je rappelai à Mme V... toutes les raisons qui, me semblait-il, la désignaient naturellement pour occuper ce poste.

Elle consentit enfin à exprimer son acceptation, pour rendre service, bien sûr, tout en soulignant le poids supplémentaire que représentait cette fonction nouvelle...

Notre petit comité partiel accepta cette candidature. Madame HANNEDOUCHE la soumit à Déodat ROCHÉ qui finit par admettre le principe de proposer ce renouvellement le 9 août prochain, lors de l'Assemblée générale.

* * *

Tout, enfin, était en voie de règlement ; Mme V... pouvait être rassurée... Et pourtant, commença, peu après cette prise de décision, un étrange ballet de visiteurs dont le comportement me surprit d'abord, puis obligea à se rendre à l'évidence.

Dans l'après-midi du 27 juillet arriva, seule à bord d'un luxueux cabriolet décapoté, une jeune fille blonde et élégante : A.T., amie de Mme V... qui l'avait invitée à séjourner au Camp, et nous l'annonça comme "une abonnée à « Triades »..." Dès son arrivée, cette jeune personne, étudiante en médecine, qui pouvait avoir autour de vingt-trois ans, commença à créer des difficultés en déclarant qu'il lui était impossible de loger sous la tente, et d'ailleurs "qu'elle n'avait pas été élevée comme ça !" Il fallut donc l'installer dans le pavillon central, auprès de Mme V... Puis, elle demanda à la cantonade "qui avait décidé que l'on ne fumerait pas au Camp, et que la nourriture serait végétarienne ?..." Évidemment, cela avait toujours paru aller de soi, dans l'esprit de purification du Catharisme, tel que Déodat ROCHÉ l'avait interprété et proposé pour cette communauté.

Dès lors, on pouvait commencer à s'interroger sérieusement sur l'irresponsabilité — ou pire — dont faisait preuve Mme V... en invitant une petite bourgeoise prétentieuse et gâtée, dépourvue de tout intérêt véritable pour ce qui se faisait ici, et sans lui avoir précisé les conditions très simples de vie matérielle du Camp. L'interrogation se renforça lorsque la jeune virago — que je ne connaissais pas auparavant — adopta d'emblée un comportement hostile par de stupides et désobligeantes remarques en public, tendant à interrompre les conversations et par d'autres sottises du même acabit.

Cela n'eût été que grotesque si ces manières avaient pu sembler spontanées. Mais à l'évidence, par son caractère systématique et caricatural, ce comportement révélait une intention, voire un plan préconçu.

Le dimanche qui suivit, en début d'après-midi, une voiture se fit entendre dans la forte montée, puis apparut à l'entrée de la clairière. Comme à l'accoutumée, je m'avançai pour accueillir les arrivants inconnus. Je me présentai et entrepris de les saluer, mais ils ne m'opposèrent que des visages fermés. Sans répondre à mon salut, et grognant "C'est Mme V... qu'on est venu voir !...", ces visiteurs — comme je n'en avais jamais vu, d'une telle grossièreté, en dix ans — me passèrent à côté, pour foncer derrière moi, vers les bâtiments... Peu après, avec un sourire artificiel — que je découvris ce jour... — et auquel les yeux refusaient de participer... Mme V... me présenta ses amis. Monsieur S... était un petit homme, à l'air sournois et suffisant, qui se composait une tête à la Badinguet — alias Napoléon III — ; chevelure mi-longue savamment ondulée, moustache allongée et apprêtée, commerçant de son état. Madame et Monsieur Y... l'accompagnaient ; leur banalité s'affirmait, chez Madame, qui était fonctionnaire, dans une lourdeur générale et un visage sans finesse.

Ces gens pouvaient avoir autour de trente-cinq ans, mais possédaient pleinement déjà l'art de perdre leur temps en conversations insipides, décousues et cependant prolongées. Ils vinrent passer la journée à deux ou trois reprises, et Mme V... trônait parmi eux, encensée par un "copinage" déférent. De même, elle apprécia beaucoup les venues d'un groupe de visiteurs, plusieurs jours de suite, dont la platitude m'empêche sans doute de retenir les noms...

Cette humanité formait le "milieu" de Mme V..., dont elle nous gratifiait de la révélation soudaine. Ces personnes faisaient volontiers "longue table", n'avaient cure des activités prévues dans la vie normale du Camp, qu'elles empêchaient parfois et gênaient toujours par leur inertie, voire leur hostilité. Ainsi, après l'étude d'une conférence de Rudolf Steiner où sont évoquées les forces supra-sensibles agissant dans les organes du corps humain, comme dans les domaines planétaires du Cosmos, l'étudiante en médecine A. T... — pourtant abonnée à "Triades" ! — alla se plaindre à Mme V... d'avoir entendu des "énormités".

Le lendemain, elle infligea un cours intégral, et archaïque, de physio-psychologie matérialiste, à Madame Jeanine Cross, pendant que cette dernière préparait les légumes du repas. L'étrange "abonnée" expliquait avec conviction que notre vie mentale était le résultat du fonctionnement de nos cellules cérébrales dont l'activité se ramenait à un ensemble de réactions — complexe, certes —

mais appartenant exclusivement au domaine physico-chimique. Dans ces conditions, concluait-elle, on doit parvenir, à force de recherches, à soigner et régler tous les problèmes mentaux et psychiques, par des moyens techniques relevant de ce domaine matériel, et par des remèdes chimiques.

Sans doute, ses études ne permirent pas à cette émule objective de la psychiatrie soviétique de l'époque, d'avancer suffisamment sa propre recherche pour régler ses problèmes comportementaux, car cette enfant prolongée et gâtée manifestait la même arrogance sur la route qu'en société. Alors qu'elle achevait sa médecine, il advint qu'au volant de sa voiture, et entièrement par sa faute, elle causa la mort d'une personne.

Le scandale qui s'ensuivit l'obligea à renoncer à s'installer dans sa ville natale, où sa famille était connue, pour aller tenter ses débuts de médecin à un autre bout de la France.

Déjà, en 1969, Mme V... avait amené au Camp une de ses "amies", Madame N. O..., inaugurant dignement une pareille série ; mais, croyant à un cas isolé, nous l'avions simplement considérée "atypique" ; un an plus tard, nous constations qu'il n'en était pas ainsi... Cette dame, qui avait passé la soixantaine, ne manifestait rien, par l'esprit ni autrement, susceptible de charmer ; cependant, elle se croyait être une poétesse et cherchait à fourguer, à toute victime potentielle, une plaquette de vers de mirliton qu'elle avait produite à compte d'auteur, et dont elle colportait un stock visiblement inépuisable...

À toute occasion, elle arrachait l'accord de l'assistance pour lire en public, d'une voix grise et hachée, quelques strophes de son cru, inconsciente, la malheureuse, que ces prestations étaient la pire des contre-publicités s'opposant à l'écoulement de son fonds de librairie... Indifférente à l'effet qu'elle produisait sur les autres, cette personne affectait une haute opinion d'elle-même, ne se levait jamais de table, où il fallait la servir, fût-ce pour quérir une cuillère manquante, et déclarait très sérieusement que son idéal était d'être reconnue, ainsi que les troubadours d'antan, et d'aller, comme eux, de maison en maison, chanter sa poésie.

Au bout de quelques jours, les moustiques nous en débarrassèrent... La poétesse déclara que les piqûres provoquaient, dans sa nature sensible, des réactions allergiques ; chacun s'empressa autour d'un cas aussi intéressant. Une participante, espérant peut-être tarir d'incessantes récriminations, révéla même une précieuse essence de lavande, aussi coûteuse, paraissait-il, que le parfum de Marie de Magdala, et souveraine, en de pareils cas, disait-elle. Rien n'y fit, et la versificatrice affirma, haut et fort, son désir de s'en aller. Mme V... qui l'avait invitée, crut devoir s'en charger et, passés six jours, la ramena chez elle, pensant revenir bientôt. Mais la dame s'incrusta six jours de plus en Languedoc...

En fait, elle n'avait jamais paru réellement malade. Le plus probable, c'est que, voyant le milieu de l'Estagnol allergique à ses plaquettes, elle affirma l'être aux moustiques, afin de tenter sa chance dans le milieu urbain de Mme V... Cette dernière ne revint au Camp qu'au bout d'une semaine, excédée d'avoir dû attendre, jour après jour, que l'artiste consentît enfin à monter dans le train. Comme elle s'en plaignait auprès de moi, en me contant la mésaventure, je m'étonnai en disant qu'elle aurait pu faire état de ses responsabilités au Camp, de la nécessité, où elle se trouvait, d'y revenir. Elle me répondit sèchement qu'elle avait "une autre conception de l'hospitalité !"

Ce qui l'avait contrainte était bien plutôt que Mme N. O..., comme tous les amis de Mme V... faisait partie de son milieu où la devise opérative est : "Passe-moi la casse et je te renverrai le séné..." Mme V... vivait aussi de cet encens — complètement illusoire d'ailleurs — car chacun, dans ces milieux, ne feint de s'intéresser aux autres, que pour que l'on feigne de s'intéresser à lui... Pour pouvoir, elle-même, aller de maison en maison, dans les groupes, faire ses conférences, il lui fallait bien parfois, à son tour, recevoir des personnes disposant de quelque influence.

Au début d'août 1969, au cours d'une conversation privée concernant les problèmes de la SARL, elle me dit : "Que voulez-vous, il faut foncer et avoir confiance, sinon, on ne ferait jamais rien ! Et puis, vous êtes là, vous êtes de bon conseil. S'il y a une difficulté, je saute dans le train, et j'arrive à Périgueux !..."

Nos problèmes n'avaient tout de même pas l'ampleur de ceux du gouvernement de la France... et nos réunions, à peu près trimestrielles, suffisaient largement à les traiter. Si nécessaire, courrier ou téléphone, permettraient de les régler rapidement ou, tout au moins, de s'accorder sur la conduite à tenir. Notre préoccupation essentielle était d'ailleurs la vente des livres avec un écoulement suffisant pour faire face aux frais de fonctionnement et de fiscalité qui, eux, n'avaient rien d'aléatoire. Mais la réponse ne viendrait qu'au fil du temps, en fonction de notre efficacité à faire connaître nos Éditions.

"... Et j'arrive à Périgueux !" me disait-on. Devant cet appel implicite, ma réponse fut aimable, mais n'eut sans doute pas le degré d'enthousiasme, codifié en pareil cas dans les milieux de Mme V..., et la voyageuse fut probablement déçue...

Désormais, un an plus tard, au cours de l'été 1970, je découvrais que l'austère travail de recherche de la vérité et de publication des résultats, qui demeurait la préoccupation première de Déodat Roché, et que je partageais, n'était pas celle de Mme V... En tout cas, elle ne lui accordait pas la priorité, réservée plutôt, à l'évidence, à des satisfactions existentielles, au jour le jour, qu'elle espérait, à l'avenir, moissonner plus abondamment dans un champ élargi, de son milieu, aux "Études Cathares".

Il apparaissait ainsi que son orientation fondamentale n'était pas celle de

Déodat ROCHÉ et de ses amis spirituels les plus proches. J'eus en tête-à-tête, quelques conversations avec Mme V... qui me le confirmèrent explicitement. De plus, elle en donnait la preuve en entreprenant, c'était clair, de submerger le Camp avec la troupe sectaire de ses "amis" vacanciers, qui constitueraient un milieu où elle serait enfin à l'aise et pourrait régner sans complexe. Par la même occasion, cette force du nombre parviendrait à m'éliminer.

Je n'avais fait que servir, sans manifester aucune ambition personnelle, me chargeant des besognes que personne, parmi les présents, n'était en mesure d'accomplir, soutenant Mme V... pour qu'elle accédât à la place centrale... mais, révélant sa nature politicienne avide de pouvoir, elle avait néanmoins besoin de m'éliminer parce que, ce que j'étais, simplement, la gênait... Il fallait bien me rendre à cette évidence, en constatant l'hostilité a priori des "amis" qu'elle faisait venir, et que je n'avais pourtant jamais vus auparavant. Pour sa part, lorsqu'elle était derrière ses troupes, elle révélait maintenant un visage nouveau, autoritaire et fermé, qui était celui du pouvoir, tout à l'opposé de l'idéal qui nous avait rassemblés ici.

Ce fut ainsi qu'en quelques jours une toute nouvelle configuration se mit en place, à mes yeux. Déodat ROCHÉ diminuait en forces et en présence, et d'ailleurs le règlement des questions socio-juridiques lui donnait enfin cette tranquillité relative, qu'il souhaitait depuis plus de dix ans. Il la mettait à profit, le plus souvent retiré dans sa petite cellule, pour travailler à ses articles, à la réédition de son livre "**Le Catharisme**" et à la mise en ordre de sa correspondance à publier.

Par moments, il sortait au dehors, sous les arbres et dans la clairière, déployant sa haute et mince silhouette, encore bien droite, et venait vers nous, son fin visage doucement illuminé par un sourire candide et bienveillant, quelquefois aussi, voilé d'une inquiétude... "Eh bien... que faisons-nous, maintenant ?..." interrogeait-il parfois, en s'approchant. Ou bien, s'adressant à l'un d'entre nous, il se mettait à lui parler d'un sujet auquel il venait de penser. Il n'était pas question, il n'était plus question maintenant, pour moi, de m'entretenir du fond de mes préoccupations, avec mon vieil ami, âgé de quatre-vingt-treize ans, qui méritait bien un peu de paix, enfin, depuis qu'il avait "passé la main". Désormais, il serait une autorité morale pour les meilleurs, une effigie seulement pour les autres, les plus nombreux...

Il était clair qu'à brève échéance, le "clan V..." allait prendre le pouvoir que s'était naguère arrogé le "clan P..." Cette petite communauté n'aurait respiré librement que durant les cinq années où Déodat ROCHÉ et Simone HANNEDOUCHE, que j'assistais, avaient assuré l'équilibre d'un milieu où aucun groupe de pression ne s'était constitué.

Maintenant, il y en avait un, appuyé sur les inépuisables réserves d'un milieu extérieur.

"Seuls (les gnostiques, les manichéens, les cathares) ils ont vraiment échappé à la grossièreté d'esprit, à la bassesse de coeur que la domination romaine a répandues sur de vastes territoires et qui constituent, encore aujourd'hui, l'atmosphère de l'Europe."

Simone WEIL. I[e] lettre à D. Roché (janvier 1941)

Chapitre 8

Intrigues et bassesses : la fêlure

Ma présence, ici, n'avait pas pour but d'entrer dans des luttes sourdes, il m'apparut donc nécessaire, pour un temps et dans ces conditions, de prendre une distance par rapport à ce qui voulait se produire. Cette lourde charge qui nous prenait tous les étés, depuis dix ans, n'était acceptable qu'assumée dans un contexte culturel et spirituel auquel je puisse adhérer, ainsi que mon épouse. Celle-ci avait toujours coopéré efficacement, de bon cœur et avec une amabilité qui éclairait la vie communautaire où lui revenait la responsabilité de l'organisation domestique. Elle avait renoncé, déjà, à bien des choses, pour donner ses étés au Camp, mais je ne lui demanderai pas de continuer dans une ambiance hostile. Personnellement, je repoussais depuis longtemps un projet de voyage long à l'étranger, que je n'avais plus de raison d'éluder, dans ce nouveau contexte.

D'autre part, Déodat ROCHÉ, qui s'accommodait plus difficilement de l'inconfort du Camp, ne nous avait pas rejoints à l'ouverture, pour la première fois, mais seulement six jours plus tard, **ce qui eût été impensable auparavant**, alors que le Séjour d'été occupait le centre de son existence. À plusieurs reprises, il descendit à Arques, passer chez lui une partie de la journée ; de petits désagréments de santé, sans gravité, devinrent vite pénibles au milieu de cette forêt. Il était fort probable que, l'an prochain, sa présence à l'Estagnol dût être sensiblement réduite.

À l'évidence, nous arrivions à un tournant... Il fallait savoir le prendre, fût-il douloureux, car nul n'avait vécu le Camp, au cours de ces dernières années, d'une manière plus totale que je ne l'avais fait.

Au début, nous arrivions seuls. Par la source, je ranimai le fil de la vie, puis je luttais contre l'invasion de la nature, rouvrais les bâtiments et les choses. À la fin, nous restions seuls, deux jours après les derniers départs ; alors, je rangeais et fermais tout. Le dernier soir, dans la grande prairie parsemée de petites meules de regain odorant, je m'accordais un repos, à la tombée de la nuit, sur cette terre tiède comme le dos d'une brebis maternelle... Ce lieu, animé durant un mois, était redevenu désert... Disparus tous ces amis avec qui, et pour qui, l'on avait travaillé et vécu ; disparue la haute silhouette rassurante de Déodat ROCHÉ... Les Corbières étaient là, autour de nous, comme il y a mille ans, comme il y en a cent mille. Ce foin parfumé de montagne, dont la senteur est plus émouvante qu'aucune autre, n'était déjà plus que le souvenir de l'été... Il nourrirait, cet hiver, le grand troupeau que le berger avait conduit à travers notre clairière, dans le vif soleil d'après-midi, sous nos regards émerveillés. C'était... il y a quinze jours, à peine, mais c'était sur une autre planète... Maintenant, les étoiles affirmaient leurs regards aigus, venus du fond des âges et partis vers d'autres millénaires. Nos vies n'étaient qu'un souffle devant cet immuable pays, pour lequel nous paraissions n'avoir même pas existé... En de tels instants, devant la solitude impassible et son indifférente beauté, le cœur faiblit parfois ; et comme nous étions seuls, subitement, parmi les peuples mystérieux de la montagne, et les fantômes suscités...

Demain, pourtant, le soleil se lèverait et, l'été prochain, nous nous retrouverions ici et, même, de nouveaux destins nous rejoindraient... alors, commençait une renaissance, mais c'était une petite mort qui venait de passer...

Venu de ces années si proches, tout cela vivait en moi ; revivait, peut-être... déjà. Pourrait-il ne pas y avoir d'été suivant ?

Au bout de trois jours, la décision, mûrie dans la solitude, fut enfin prise, sans plus d'hésitation et, ce soir, en écrivant, vingt-trois ans plus tard, je m'avise que ce fut dans la grande prairie que j'invitai nos amis à me suivre, en un début d'après-midi de la fin du mois de juillet 1970.

Simone HANNEDOUCHE, Pierre DELACROIX, Mme V... et mon épouse, étaient là avec moi : c'était le petit groupe qui avait assuré les changements internes voulus par Déodat ROCHÉ, aux Études Cathares.

Je rappelai d'abord à nos amis, que ces processus étant aboutis, la vie matérielle et culturelle du Camp organisée de manière éprouvée, bien installée dans le pays, nos activités disposaient des conditions nécessaires à leur bon déroulement.

Pour ma part, après avoir consacré bénévolement mes étés à l'Estagnol, depuis dix ans, je souhaitais pouvoir disposer de l'été 1971, pour effectuer un voyage à l'étranger différé depuis longtemps. Dans ces conditions, il convenait d'envisager dès maintenant l'animation du Séjour de l'an prochain sans ma participation.

Cette décision ne pouvait manquer d'affecter ce groupe, c'était compréhensible, mais je n'imaginai pas une réaction aussi personnelle... sans que soit envisagé le respect de ma propre existence... Mme V... ne dit rien, tout d'abord, puis, révélant un visage gris et fermé que je ne lui connaissais pas encore, elle proféra calmement, d'un ton mielleux : "Ce que vous nous dites là, va évidemment nous poser de sérieux problèmes..." C'était jeter l'huile sur le feu !

Il apparut alors que c'était l'ouverture et la réanimation du Camp, en début de Séjour qui inquiétait le plus. Chacun était habitué à séjourner le temps qui lui convenait, à venir quand il voulait et, surtout, à trouver toutes choses en bon ordre d'activité. C'était devenu naturel comme l'air que l'on respire, mais on prenait conscience d'une manière subite... que je l'assumais depuis des années. Conscience toute relative d'ailleurs, qui n'impliquait pas la moindre reconnaissance de ce qui avait été fait, mais seulement le reproche amer à l'égard du voeu exprimé d'en être déchargé durant un été...

Et pourtant... dans quelques jours, Mme V... n'hésiterait pas à s'absenter pour retourner à son domicile, où elle vivait depuis longtemps avec ses amis, Mme et M. E... car... leur chien était malade d'indigestion, et la présence de notre future Secrétaire générale, indispensable, paraissait-il, en cette circonstance... D'ailleurs, Mme V... n'était venue au Camp que depuis 1966 et pour quatre jours seulement, puis cinq jours en 1967, neuf en 1968 et douze en 1969.

Tout cela m'apparaissait, sans illusion, mais la perspective d'un conflit destructeur, pour ce lieu et cette communauté que j'aimais, m'apparut douloureusement aussi...

Je proposai donc de venir durant trois jours, pour ouvrir le Camp et réanimer son activité, mais cela ne suffisait pas... Alors, j'offris d'assumer entièrement, du début à la fin, une période d'une durée de huit jours. C'était pour moi un sacrifice, car j'amputai ainsi notre voyage d'une quinzaine de jours, en incluant les préparatifs, sur le moment le plus propice de juillet.

Mais on voulait "tout", et cette proposition ne satisfaisait pas encore quand la réunion prit fin. Alors, se produisit ce que je n'aurais pas imaginé ici : Mme V... exploita à fond la situation, en attisant le désappointement de nos amis.

En fait, les choses tournaient comme elle le souhaitait, c'est-à-dire dans le sens de mon élimination ; mais elle n'avait pas l'initiative, **car c'était trop tôt d'un an, à ses yeux**, et ma décision inattendue la prenait au dépourvu. Il apparut ensuite, effectivement, qu'elle aurait souhaité me voir assumer le travail encore une fois, l'an prochain, cependant que le commando de ses amis serait devenu opérationnel, en séjournant et en apprenant comment la vie du Camp s'organisait.

Mme V... entreprit donc, à la dérobée, d'empoisonner nos relations humaines et de dresser contre moi tous mes amis. Son procédé, bien connu, était d'exercer, en m'isolant, une pression psychique destinée à me faire céder. Cependant, Mme V... qui mesurait les autres — je l'avais déjà constaté — à l'aune limitée de sa propre psychologie, avait sous-estimé la valeur humaine de mes amis et leur intelligence. Lorsque leur surprise fut dépassée, ils découvrirent le visage obscur que Mme V... croyait pouvoir désormais ne plus dissimuler. Ils comprirent alors son jeu, soudainement et d'eux-mêmes, accédant à une vision objective de la situation où mes droits de personne trouvaient leur place.

Pierre DELACROIX vint spontanément s'en ouvrir auprès de moi, par une fin d'après midi, devant ma tente, en faisant une allusion attristée aux manœuvres, décidément trop grosses, de Mme V... Celle-ci comprit le retournement et changea aussitôt d'attitude, revenant, avec une aisance révélatrice, aux apparences d'un comportement amical et naturel. De son côté, Simone HANNEDOUCHE vint me dire : "Eh bien, c'est fait, je suis allée préparer Monsieur ROCHÉ à l'idée des changements prévus pour l'été prochain. Je lui ai expliqué dans quelles conditions le Camp ne durerait que dix jours. Il a pris cela calmement, sans avoir l'air affecté, d'abord, puis il a semblé devenir un peu soucieux, mais n'a pas élevé d'objection..." C'était là, bien sûr, un des aspects les plus pénibles de cette situation.

Le lendemain, Monsieur ROCHÉ vint m'en parler spontanément : "Alors, me dit-il, nous écourtons le Camp, l'année prochaine, à ce qu'il paraît ?..." Son sourire léger se voilait de mélancolie et aussi, d'une certaine lassitude. Je percevais que la perspective de rester moins longtemps ici le rassurait d'une certaine manière car, de plus en plus, la vie à l'Estagnol le fatiguait. Mais, d'un autre côté, le début de son retrait du Camp — et d'autant plus qu'il était conduit à le souhaiter en quelque sorte — l'attristait, et raidissait même en lui l'esquisse d'un refus.

Enfin, il ajouta après un silence : "C'est que, voyez-vous, je profite habituellement de cette période pour accorder ses congés à ma servante-secrétaire..." Ce vieil homme courageux, persévérant, mais fragile, redoutait de s'assumer lui-même pendant quelques jours... Ses besoins en train de vie et nourriture étaient infimes, légers comme ceux d'un oiseau ; il n'aimait rien tant que déjeuner de simples flocons d'avoine, ou de millet cuit à l'eau, qu'il savait préparer lui-même... Mais c'était autre chose, bien sûr, lorsqu'une amie le lui servait gentiment à table, ainsi que l'infusion de plantes de la montagne, à la fin du repas.

“L’homme ne vit pas seulement de pain...”

Cet aveu d’humaine faiblesse était douloureux, cette fragilité me touchait... C’était aussi la faille qu’allait utiliser Mme V... pour amener Monsieur ROCHÉ à servir, en partie involontairement d’ailleurs, les projets qu'elle voulait réaliser.

* * *

Les membres de la Société d’Études Cathares avaient été avisés, par circulaire, de l’importance de la prochaine Assemblée Générale au cours de laquelle Monsieur ROCHÉ souhaitait remettre son mandat de Secrétaire général. Dans le cas où il lui était impossible d’y assister, chacun était invité à **retourner son pouvoir** au membre présent de son choix ou à l’un des membres du Comité administratif lequel comptait principalement, à l’époque, M. ROCHÉ, Mme HANNEDOUCHE, Mme V..., Pierre DELACROIX et l’auteur.

Des pouvoirs nous parvenaient tous les jours et, au début d’août, nous en détenions plusieurs centaines, assurant au total la majorité absolue des Sociétaires, donc la validité de l’AG ; mais les pouvoirs étaient adressés à des mandataires différents : surtout à Déodat ROCHÉ, puis à Simone HANNEDOUCHE. Au cours de l’AG, en cas de désaccord, entre les présents, sur un point de l’ordre du jour soumis au vote, il serait nécessaire de recourir aux pouvoirs et de les compter. La veille de l’AG, dès après l’arrivée du dernier courrier, j’avais achevé de classer les derniers pouvoirs, d’abord par sections au nom des principaux mandataires et par ordre alphabétique d’après les signataires, à l’intérieur de chaque section. Ce travail nécessitait quelques heures et je l’avais fait progressivement ; puis j’avais communiqué, sur sa demande, le paquet à Pierre DELACROIX, qui souhaitait en prendre connaissance. En fin de journée, alors que chacun se retirait pour la nuit, Mme V... lui demanda le paquet de pouvoirs pour le consulter, dit-elle, bien qu’elle ait eu tout l’après-midi pour le faire...

Je n’y prêtais pas attention : la seule décision importante à prendre devait être son élection au Secrétariat général et nous étions d’accord sur ce point. Il n’était plus question d’y revenir, même si nos relations avaient beaucoup changé en peu de temps, sans détruire complètement, pour ma part, je dois le dire, tout ce que plusieurs années de collaboration amicale et confiante avaient construit. Il me semblait encore improbable que le temps et la patience ne parvinssent pas à surmonter ce qui m’apparaissait comme un malentendu, sans que j’eusse beaucoup d’illusions, cependant, à l’égard d’une situation devenue péniblement incertaine.

L’AG devait s’ouvrir ce dimanche 9 août 1970, à l’Hôtel de Ville de Carcassonne. Il suffisait de partir en début d’après-midi. C’est ce qu’aurait fait normalement Monsieur ROCHÉ, conduit par le taxi de Marius, car il souhaitait que ses déplacements fussent les plus brefs possible, à son âge on le comprenait ; d'autre part Marius, qui le ramènerait, devait l'attendre à Carcassonne. Ce fut donc avec surprise que je vis le taxi arriver au Camp en début de matinée. "Vous partez déjà ?" m'étonnais-je auprès de Déodat ROCHÉ.

Il me répondit, un peu confusément, que oui... Mme V... le lui avait demandé avec insistance car, disait-elle, il y avait certaines choses à régler à Carcassonne. Sur ce, les voilà partis tous les deux, nous disant : "Alors, rendez-vous à quatorze heures !..."

L'eussé-je voulu, il nous était impossible de les suivre, car le Camp me restait "sur les bras" comme à l'accoutumée ; il me fallait procéder aux ultimes rangements et aux dernières fermetures. Je m'y employais donc, lorsqu'en fin de matinée, j'avisai le paquet de pouvoirs que Mme V... avait laissé sur la table du pavillon central. Avait-elle eu l'intention de l'emporter avec elle à Carcassonne, puis oublié là ? Je me le demande encore...

Toujours fut-il que, compulsant la liasse pour la vérifier, je vis immédiatement que les pouvoirs n'étaient plus dans l'ordre alphabétique où je les avais classés ! Stupéfait, je précisais mon examen pour constater qu'il ne s'agissait pas d'un simple désordre fortuit dû à une négligence, d'ailleurs fort improbable — Mme V... était une administratrice soigneuse et avertie — mais d'**un brouillage total et systématique du classement** qui avait dû lui demander une assez longue veillée... Pierre DELACROIX, déjà parti, me confirma à Carcassonne qu'il **avait remis le paquet en ordre** à Mme V....

Il m'était évidemment impossible, faute de temps, de procéder à un reclassement. Il me fallait plutôt surmonter au plus vite l'émotion générée par tout ce qui émanait de pénible, de cet acte bizarre, pour consacrer le meilleur de mon attention à la suite des opérations que j'avais juste le temps d'accomplir avant de confier l'Estagnol, jusqu'à l'année prochaine, aux esprits des arbres, du vent et de la montagne...

La dernière Assemblée Générale.

Quatre heures plus tard, à l'Hôtel de Ville de Carcassonne, je retrouvai Déodat ROCHÉ, grand et mince dans son costume bleu-nuit des grands jours, qui rehaussait encore la pureté diaphane de son visage. Indéfectiblement, il gardait une sorte de nuance juvénile et je pensais à quelque grand élève sérieux de Terminale, habillé pour la distribution des prix. C'était toujours surprenant de le voir dans un contexte mondain... Monsieur le Président de la Première Chambre, Monsieur le Conseiller général, M. le Maire et M. le Secrétaire général, ne l'avaient jamais emporté.

Chercheur du Dieu inconnu, de mystère et d'idéal, c'était dans cette lumière légère, venue par la Grèce antique, depuis les îles préhistoriques de l'Égée, pour se poser sur ces Corbières immuables allongées dans le temps, c'était là, dans une solitude sans âge, qu'il se révélait au plus vrai de lui-même. Les combinaisons des hommes, même si le flux du destin l'avait, sans qu'il l'eût voulu, porté parmi elles, étaient toujours demeurées un peu floues à ses yeux clairs, dont on comprenait, en le connaissant, qu'ils ne voyaient bien qu'à l'intérieur, ou très loin...

Immédiatement, je le perçus changé, depuis ce matin, préoccupé, anxieux même ; il avait le visage tendu des jours où pèse quelque fatalité sur laquelle il n'a pas directement prise, **une invisible prison semblait déjà l'enfermer...**

L'Assemblée commença... Depuis que les journalistes et les photographes nous en avaient fait la demande, quelques années auparavant, le Comité administratif était assis à la tribune, autour de Déodat ROCHÉ. Avant, nous le laissions y présider seul et le Comité s'asseyait dans la salle, au premier rang. L'ordre du jour prévu se déroula normalement : Rapport moral, puis financier, d'activité des groupes locaux, des **Cahiers d'Études**, des Éditions, du Camp d'été... Nous arrivions à la reconduction du Comité, où aucun changement n'était prévu dans sa composition, Mme V... devait, en fait, simplement permuter avec Monsieur ROCHÉ, au poste de Secrétaire général.

À la tribune, Mme V... était assise à sa droite, et j'étais à la gauche de Déodat ROCHÉ. De si près, je le percevais presque comme moi-même, avec une précision immédiate. Il était nerveux et comme concentré sur une préoccupation centrale.

Soudain, comme on se jette à l'eau, il annonça : "Maintenant, comme chaque année, Mesdames et Messieurs, nous allons proposer à votre approbation le Comité administratif de notre Société. Mais, auparavant, je vous propose d'élargir ce Comité par l'entrée d'un membre supplémentaire en la personne de Monsieur S..., ici présent. Et, de la main il désignait, vers sa droite, le milieu de la salle... J'étais stupéfait, ainsi que les autres membres du Comité : Pierre DELACROIX, assis à ma gauche, et Simone HANNEDOUCHE, à l'autre extrémité, à droite de Mme V... Nous nous regardâmes avec des yeux inutilement interrogatifs, car **il n'avait jamais été question de proposer un nouveau membre**, entre nous à l'avance, comme cela eût été indispensable, à l'initiative de Monsieur ROCHÉ.

Cependant, tout avait été bien "préparé" : à l'endroit désigné par ce dernier, un petit homme se leva vivement, comme s'il n'attendait que cela, s'efforçant à pousser sa courte taille. C'était le commerçant S... et son faux air de Badinguet...

Aussitôt, il enchaîna avec une fausseté prometteuse : "J'accepte la proposition que vous me faites et je vous en remercie car elle m'honore. Je suis prêt à servir le Catharisme et je le fais déjà en travaillant à lui redonner sa place dans la vie ésotérique. De plus, je tiens à ajouter que toute ma considération est acquise à l'Anthroposophie. D'ailleurs, une de mes tantes était abonnée à la Revue "**Triades**" et, tout enfant, j'en lisais déjà les exemplaires entreposés au grenier, où je les avais découverts !

Comme c'était émouvant... bien sûr ! Le personnage récitait sa leçon d'un trait, ignorant, toutefois, que "Triades" n'existait que depuis 1953... mais dûment chapitré, à l'avance, par Mme V... Celle-ci gardait, pendant ce triste épisode, un visage fermé et un regard dérobé qui n'avait, bien sûr, aucune surprise à manifester, car elle avait dû dire à son candidat qu'il fallait complaire "aux anthroposophes"...

En fait, tous les membres du Comité, ici présents, étaient membres de la Société anthroposophique, y compris Mme V.... qui, de plus, était aussi membre de la Première Classe de l'Université libre de Science de l'esprit du Goetheanum de Dornach, en Suisse près de Bâle. Simone HANNEDOUCHE me l'apprit peu après, me faisant remarquer avec une indignation profonde mais contenue, que Mme V... était parjure en cela, car, en entrant dans "la Classe", on s'engage obligatoirement à ne pas appartenir simultanément à aucune autre organisation initiatique, en particulier, celle dont elle était membre.

Pour l'instant, Monsieur ROCHÉ nous proposait l'accession au Comité d'un individu qu'il avait à peine entrevu à l'Estagnol — ou même pas remarqué peut-être — et qu'il ne connaissait pas. On aurait pu en être surpris, en pensant à la circonspection et aux longs délais qu'il jugeait habituellement nécessaires pour admettre un nouveau membre, après des années de collaboration constituant une manière d'épreuve probatoire, bien légitime, d'ailleurs.

Les raisons pour lesquelles Déodat ROCHÉ paraissait anxieux et tendu, s'éclairaient soudainement, celles aussi du départ matinal où Mme V... l'avait entraîné. Elle venait d'utiliser cette demi-journée pour le convaincre d'intégrer S... dans le comité, et surtout lui présenter un ultimatum. Désormais, elle avait tout en mains, et il dépendait d'elle pour tout le travail qu'il ne pouvait plus assumer. C'était donc là le premier camouflet qu'elle l'obligeait, sans plus attendre, à imposer à ses véritables amis : l'irruption, sans préavis, d'un individu, étranger en fait à notre travail, quoi qu'il voulût en dire, et hostile à nos personnes.

En quelques secondes, il m'avait bien fallu juger de la situation et conclure qu'il n'était pas opportun d'ouvrir, au sein du Comité, un conflit public qui ne changerait rien à une réalité que je connaissais dans son ensemble. Simone HANNEDOUCHE et Pierre DELACROIX, qui ne manquaient pas de caractère et savaient, à l'occasion, intervenir avec fracas s'il le fallait, jugèrent apparemment de même, car ils ne réagirent pas davantage. Je pensai alors que si nous avions voulu faire obstacle à l'intrusion de cet arriviste, par la procédure normale, c'eût été le moment d'utiliser les "pouvoirs" que j'avais amenés là, devant moi, sur la table...

Subitement, s'éclairait aussi la raison du brouillage de leur classement par Mme V... qui aurait rendu maintenant impossibles, dans les limites horaires de l'Assemblée Générale, leur contrôle nominatif et leur pointage exact, que Mme V... n'aurait pas manqué d'exiger. J'aurais pu alors témoigner, et Pierre DELACROIX avec moi, que Mme V... avait délibérément, et **avec préméditation**, détruit in extremis le classement que nous avions laborieusement établi... Mais je ne voulais pas qu'expirât, en public et sous les yeux de la Presse, dans une tragi-comédie grotesque, la Société d'inspiration spirituelle qu'avait créée et servie notre vieil ami ; quoi qu'il m'en coûtât. Le recul du temps m'a confirmé qu'il s'agissait bien de la bonne attitude.

On se limita donc à voter à main levée, sur proposition de Monsieur ROCHÉ. Comme elle l'avait accoutumé depuis vingt ans, l'assistance lui fit confiance, une fois encore, et approuva... Pourtant, la plupart des personnes présentes ne connaissaient pas S..., à l'exception du petit commando de son milieu qui l'accompagnait.

De profil, je voyais le visage de Déodat ROCHÉ, tout près de moi. Il le gardait baissé vers ses papiers, ou regardait droit devant lui, avec une expression contractée... C'était pour moi le début d'un chemin douloureux... pour lui aussi, visiblement.

Lorsque ce vote fut acquis, il reprit, **en faisant un lapsus** : "Maintenant, Mesdames et Messieurs, comme vous le savez, je demande à être déchargé de la responsabilité centrale dans notre Société, aussi je vous propose d'accepter Mme V... comme Secrétaire générale **adjointe**." Je sursautai. Allait-il revenir, au dernier moment, sur sa décision ? Ce ne pouvait être le cas, tout de même, car il venait de dire qu'il souhaitait être "déchargé". C'était donc, probablement un lapsus. À moins qu'il ait pensé, au fil des derniers jours, voire ce matin seulement, qu'une "adjointe" suffirait à le décharger ? Ces incertitudes, ces questionnements intérieurs subits, firent de ces instants un des moments pénibles de mon existence, car il fallait être au clair là-dessus et savoir exactement sur quoi on allait voter.

Bien qu'à la tribune, et conscient de défendre, par rectitude, la promotion de Mme V... je me permis de murmurer à Monsieur ROCHÉ : "Ce n'est pas « adjointe », c'est Secrétaire Générale en titre..." Depuis le début de la séance, il devait redouter une intervention de la part des autres membres du Comité, c'était la cause principale de sa tension intérieure. En m'entendant, il réagit vivement, croyant, semble-t-il, que je proposais la création d'un poste d'Adjoint, et répondit à voix haute, sans se contrôler, à l'adresse de tous : “Pour la nomination d'un Secrétaire Général adjoint, nous verrons plus tard !” C'était une seconde incorrection à notre égard, car l'assistance put croire que je réclamais un “poste” pour un ami, ou pour moi-même... J'aurais pu, bien sûr, et plus confortablement, me taire, mais, jusqu'au dernier moment, il me paraissait juste d'accomplir ce qui avait été décidé, bien que ce fût au profit de Mme V... Déodat Roché reprit, correctement cette fois : “Je vous propose donc d'approuver la désignation de Mme V... au poste de Secrétaire Générale de notre Société.” L'approbation fut donnée à main levée comme la précédente...

Après la clôture de l'Assemblée, je fis remarquer, en tête-à-tête, à Monsieur Roché qu'il avait proposé la nomination de S... comme membre du Comité, à notre grande surprise et sans nous en avoir parlé, au préalable. Il était visiblement très gêné et, sous son teint pâle, devint rouge de confusion, comme un adolescent pris en faute. “Ah oui, c'est vrai ; j'ai oublié, excusez-moi...” me répondit-il simplement. Ce furent ses paroles exactes. **Ce devait être aussi notre dernière conversation en cette vie.**

Cette phrase pouvait être considérée comme un mensonge, hypothèse que l'absence d'explication réelle, et la confusion, venaient confirmer. Je le pensai d'abord, durant une assez longue période, sans m'étonner, au fond, que les forces dominant en ce monde aient mis fin de la sorte, à notre relation terrestre, et sans que des familiers de la pensée cathare puissent en être surpris... Cependant, à la réflexion, il est probable que Déodat Roché n'avait pas pris cette décision au Camp de l'Estagnol, mais qu'elle lui avait été arrachée, voire imposée par Mme V... ce matin, après leur départ du Camp, ou seulement à Carcassonne, après lui avoir présenté S... et les autres complices, chez qui il avait probablement déjeuné, sur leur invitation.

Je n'avais pu être là que peu de temps avant l'ouverture de l'Assemblée générale, à quatorze heures ; il est concevable que, dans le mouvement des arrivées de membres, dans son état de préoccupation, Monsieur Roché — amené d'ailleurs au dernier moment par son entourage d'intrigants — n'ait pas trouvé les circonstances propices pour nous parler, à la sauvette, d'un tel sujet, et qu'il l'ait, sinon vraiment “oublié”, car ce ne pouvait être que son premier souci, du moins, omis, d'une manière en partie involontaire.

Au sortir de la Salle d'honneur de l'Hôtel de ville, je vis au-dessus de moi, en descendant le grand escalier, la superbe fresque de Jean-Paul Laurens : “La délivrance des emmurés de Carcassonne” où le Frère Bernard Délicieux parle à la foule, cependant que deux libérateurs descellent les pierres de la prison inquisitoriale. J'avais découvert, à l'âge de huit ans, dans une Encyclopédie, cette image que je ne comprenais pas alors, mais qui m'avait profondément impressionné. Et voici qu'elle surgissait, maintenant, dans sa plénitude, à la fin de ce jour qui marquerait ma vie...

Les prisons, fussent-elles invisibles s'emploient toujours à se reformer, pour nous enserrer ; et toujours, il faut à nouveau travailler inlassablement à desceller leurs pierres sépulcrales...

Maintenant, l'étrange rencontre que j'avais faite, juste avant le début de cette dernière Assemblée, prenait soudainement une signification qui n'a pas fini de m'interpeller, aujourd'hui encore. La personnalité en cause, dont le rapport avec les circonstances de cette AG apparaîtra ensuite, peut aussi se percevoir en polarité, en opposition totale, avec le mécène qui fit irruption comme un bouffon, à l'Estagnol, en 1965 (cf. p. 75)...

Voici l'histoire de l'étrange visiteur...

Le vendredi 17 juillet 1970, j'étais encore seul avec mon épouse, au Camp qui "ouvrait" ce jour-là. Quelques participants s'étaient annoncés pour l'après-midi, et nous étions arrivés depuis l'avant-veille au soir, pour mettre tout en service. Le matin, vers onze heures, la fourgonnette 2 CV Citroën jaune des PTT émergea dans la clairière. Le facteur en descendit pour ouvrir la double-porte arrière. Aussitôt, je vis bondir hors du petit véhicule un homme robuste, énergique, et muni d'un simple sac ; il vint à moi et se présenta d'un mot : "TCHOLAKOV !", où je reconnus le nom d'un membre de la Société qui s'était entendu correctement avec nous, par courrier, sur les conditions de son séjour, mais sans en préciser exactement les dates. Depuis la gare de Couiza, il était venu jusqu'ici en auto-stop, à pieds et, pour finir, avec le facteur, sans lequel il n'aurait probablement pas trouvé le Camp...

Avec lui, nous déjeunâmes donc à trois et notre disponibilité passagère nous permit de l'écouter assez longuement raconter sa vie, jusqu'au milieu de l'après-midi, lorsque les participants commencèrent à arriver. Âgé de près d'une soixantaine d'années, fils de Russes émigrés après la révolution bolchevique de 1917, c'était un artisan en ébénisterie installé depuis longtemps dans un département limitrophe de Paris. Son atelier s'abritait dans un hangar construit sur un terrain, jadis plus ou moins vague, et contenait aussi la précieuse collection de meubles destinés à la vente, exécutés selon son inspiration et les meilleurs matériaux qui se présentaient. On comprenait que l'indépendance de ce caractère d'artiste n'acceptait pas de travailler uniquement sur des commandes définies, il lui fallait aussi imaginer librement.

Mais, en cette fin des années 1960, "grande" époque d'urbanisation sauvage et d'affairisme immobilier, le bout de terrain de cet artiste ne put échapper à la convoitise des promoteurs, et son hangar les gênait... Lui, refusait de vendre. Alors, un commando, envoyé par les hommes gris, bâtisseurs de banlieues, était venu en son absence pour briser sauvagement une partie des meubles et emporter le reste.

Il racontait cela, sous les pins qui murmuraient doucement, dans la paix de la clairière et le grand silence lumineux de l'après-midi... "Pensez qu'il y avait là plus de vingt années de travail, les fruits de toute une vie : des meubles en bois fruitiers ou exotiques, en ébène, acajou, teck, en bois de rose, surtout en bois de rose..." Il insistait sur ceux-ci. "Tout a été brisé, pillé, volé !..."

Chez cet homme solide, à la poitrine massive sous des muscles durs, on sentait une révolte froide et une désespérance noire. C'était une manière de cosaque, venu de l'espace et de la liberté des steppes. Ne demandant rien à personne, il exigeait qu'on le laissât "chez lui", travailler dans le modeste domaine auquel il avait droit, comme tout être humain. On comprenait qu'il n'avait pas le caractère à transiger, à déménager, ou à soutenir des procédures. Comme le chêne, il resterait sur place, dût-il être déraciné ou foudroyé.

En fin d'après-midi, il nous demanda : "qu'est-ce qu'on fera ici, comment cela se passe ?" Je lui indiquai l'organisation des journées, le programme des entretiens et des activités prévues. "Ah, je vois — répondit-il aussitôt — ça va être comme partout, chacun va faire son petit discours et on sera content avec ça ! Pour moi, je n'en ai rien à faire, je repartirai demain matin..." Je lui répondis qu'il ne serait obligé d'écouter personne, ni de participer à rien, mais que la possibilité lui était offerte de passer tranquillement quelques jours ici, où nous serions plusieurs, en outre, que le récit de ses expériences intéresserait.

Rien n'y fit ; il s'enferma dans un retrait, non pas hostile, mais solidement défensif, et surtout désespéré, qu'il était véritablement douloureux de percevoir. N'acceptant aux repas qu'un minimum de nourriture, il refusa énergiquement, le soir, malgré mon insistance, d'être logé sous une tente avec le matériel de couchage. Je finis par lui dire que, de toute façon, pour cette journée d'arrivée, nous n'accepterions aucun paiement de participation. Ce fut inutile... La tente avec le couchage se payaient d'ailleurs un franc cinquante par jour ! Il fallut se résigner à le voir s'installer pour la nuit dans l'herbe haute, épaisse, aux tiges plates et souples, qui garnissait la bordure de la forêt, à l'entrée de la clairière. Couché, il y disparaissait entièrement... et je le savais à la merci des insectes et de tous les animaux nocturnes.

Si grands étaient le dénuement de cet homme, et sa solitude, que notre petit groupe, avec son installation spartiate, semblait, auprès de lui, une société de nantis... Monsieur TCHOLAKOV m'avait confié, le soir, qu'il songeait, s'il y était contraint, à se retirer en Périgord, où les taillis de châtaigniers l'intéressaient ; ce que l'on appelle les "caudres", dans le pays... "Avec les tiges souples, expliquait-il, on peut tricoter aisément une hutte, et ensuite, projeter du mortier pour la rendre étanche. J'irai peut-être vivre là-bas..." Il était, en effet, bien possible qu'il fût de la race de ces ermites retirés dans les forêts de la "sainte Russie", dans la société des ours qui les acceptaient et les respectaient comme leurs staretz ; de même qu'il s'en trouvait aussi parmi les Cathares réfugiés dans les forêts du Languedoc où les disciples de Bernard de Clairvaux et de Thomas d'Aquin les traquaient à mort comme des bêtes de terrier, au long du terrible XIIIe siècle...

Dans la matinée, le tragique et mystérieux visiteur disparut, comme il était arrivé, par la fourgonnette du facteur qui accepta de le redescendre.

Mais, ce ne fut pas tout...

Trois semaines plus tard, le 9 août 1970, un peu avant quatorze heures, j'arrivai devant l'Hôtel de Ville de Carcassonne où devait donc se tenir l'Assemblée générale de la Société d'Études Cathares ; la dernière à laquelle je participerais, mais je ne le savais pas encore... Nous étions déjà tout un groupe de sociétaires, devant l'entrée d'honneur, attendant que le concierge vînt ouvrir à l'heure dite, en ce dimanche après-midi. Alors, un homme s'approcha de moi, soigneusement vêtu d'un costume impeccable, comme pour une réception. C'était Monsieur Tcholakov... **revenu depuis la région parisienne pour assister à cette Assemblée**. Sa réapparition pathétique me bouleversait, mais je parvins à l'accueillir avec naturel et une cordialité sincère.

Après les salutations, nous échangeâmes quelques mots. Il semblait toujours tendu, en quête de l'inaccessible... On sentait qu'il n'acceptait plus les approximations, les passe-temps et les faux-semblants par lesquels les hommes meublent ordinairement la durée de leur incompréhensible présence dans ce monde énigmatique, à l'intolérable mutisme... Il regarda, à la ronde, les personnes présentes qui attendaient dans le calme dominical, puis se tournant vers moi, dit enfin : "Bon, ça va, j'ai vu, je n'ai rien à faire là... Je m'en vais, au revoir !.."

Sans que j'aie eu le temps de parler à mon tour, sans qu'il fût possible de le retenir, il s'éloignait déjà, résolument ; dans sa déchirante solitude. Nous ne devions jamais le revoir... mais Simone Hannedouche savait qu'à Paris, c'était un artiste réputé en ébénisterie fine. Les longs déplacements que s'imposait cet homme pour aller à nous, l'espoir qui le portait, sans cesse déçu, ne sauraient s'oublier...

Au-delà de son mouvement personnel, de son étrangeté, ne venait-il pas, à travers son extrême sincérité, nous signifier que notre Société ne trouvait plus sa voie véritable ? **Cet homme qui ne calculait, ni ne transigeait, n'était-il pas le**

vrai Cathare, en cette éprouvante période ? Chassé de sa patrie, repoussé de son aire de vie et de travail, n'était-il pas au plus près de ceux dont le Royaume n'est pas de ce monde ?

Aux yeux des gens raisonnables, il pouvait passer pour fou. **N'était-il pas aussi le plus sage d'avoir su, au dernier moment, ne s'être point mêlé à cette triste procédure où la Société perdit son âme** ?

À ceux qui la vécurent consciemment, cette pénible Assemblée générale ne pouvait que laisser une impression de malaise qui m'accompagna au long du voyage de retour en Périgord. Nous fîmes étape, pour la nuit, dans une petite ville méridionale. En marchant, au soir, le long de son avenue couverte d'énormes platanes, je pensais à la pureté lumineuse des Hautes-Corbières, déjà lointaine, et à l'amicale confiance, désormais altérée, qui éclairait naguère notre petit groupe de responsables, comme une grâce fugitive qui, pour un temps, aurait habité parmi nous...

"Je connais gens de toutes sortes
Ils n'égalent pas leurs destins"
Guillaume APOLLINAIRE (1913)

Chapitre 9

Un masque au pouvoir

Cependant, au cours des mois qui suivirent, je m'appliquais à demeurer en collaboration et en correspondance cordiale avec Monsieur ROCHÉ et Mme V..., décidé à faire ce qui me serait possible pour, qu'avec le temps, ces péripéties pussent être surmontées.

Au printemps 1971, dans une lettre où elle m'informait de la vie de la Société, Mme V... me dit être allée avec des amis voir l'état du Camp. Depuis l'été dernier, nous savions que des manœuvres militaires devaient concerner la région du Col du Paradis. Nous avions même eu une altercation provoquée par un civil rapatrié d'Algérie qui guidait — mal — deux colonels, jusqu'à circuler en "Jeep" sur le terrain du Camp en activité. Cette lettre confirmait ce que je craignais depuis lors : la soldatesque avait causé certains dégâts aux bâtiments, en particulier à une paroi de protection translucide que j'avais bâtie au cours du séjour 1970. Elle ajoutait un détail laconique, dont je fus touché, comme par un pressentiment funeste : "L'arbre, devant la chambre de Madame HANNEDOUCHE, est mort..."

Cette nouvelle était attristante, mais aussi surprenante : dans cette forêt saine, nous n'avions jamais constaté la mort spontanée de jeunes arbres rustiques comme ce beau frêne, qui fut attentivement préservé lors de la construction du pavillon, puis soigneusement élagué à trois mètres du sol. Un hêtre poussait, dans les mêmes conditions près de l'autre extrémité des bâtiments, âgé probablement, comme le frêne, d'une bonne trentaine d'années, et fort de même, d'un tronc de quelque vingt-cinq centimètres d'épaisseur, à hauteur d'homme. Nous admirions toujours la santé parfaite et la vigueur de ces deux arbres qui croissaient visiblement d'année en année, en offrant une ombre légère et frémissante de vie.

Simone HANNEDOUCHE aimait à s'installer sous le frêne, lorsqu'elle nous avait lu et commenté, avec beaucoup de poésie et de profondeur symbolique, les "Continuations " du "Perceval" de Chrestien de Troyes, où la nature et les arbres ont un important rôle expressif. Ces "Continuations" de l'histoire de Perceval, composées par un auteur anonyme, après la mort de Chrestien vers 1183, furent transcrites en prose du XXe siècle par Madame HANNEDOUCHE, à partir du manuscrit français n° 12577 de la Bibliothèque Nationale, et publiées en 1968 dans le Supplément N° 27 à la Revue "Triades". Indépendamment de l'idéologie, la littérature médiévale, en ce début du XIIIe siècle, atteint un sommet formel avec ces textes où, par-delà les mots, les qualités secrètes des couleurs, des substances et des objets usuels ou sacrés, des êtres de la Nature : animaux, plantes et arbres, deviennent éléments directs d'un langage mystique. Durant l'été 1967, à mesure qu'elle établissait son manuscrit, Simone HANNEDOUCHE nous le lisait, il faudrait dire : le vivait devant tous avec une conviction totale qui la menait des commentaires les plus sérieux, jusqu'au rire et, parfois, au bord des larmes... Elle était là, pleinement dans son univers : celui de l'Imagination poétique, guidée par la conscience. En cette occasion, elle nous offrit l'un des grands moments que le Séjour d'été connut au fil des ans. Ainsi, ce frêne devenu "son" arbre, et le hêtre qui se dressait un peu plus loin, s'étaient révélés peu à peu comme les génies accompagnateurs de notre vie au Camp de l'Estagnol ; ce qui les atteignait, affectait aussi cette vie même... En réalité, ces mauvaises nouvelles étaient des **mensonges** à vocation démoralisatrice... Vingt-quatre ans plus tard, en 1994, je le constatai : le frêne était bien vivant et fortement développé, la paroi intacte.

Dès le "**Cahier d'Études Cathares**" du printemps 1971, Mme V... prit l'initiative d'annoncer que le Séjour de l'été prochain durerait bien un mois au total. Les dix jours de la période active qui avait été annoncée, seraient complétés par vingt jours consacrés "aux libres propos et au repos"... Comment ne pas être consterné par cet aveu de vacuité ? Les dix premiers jours seraient-ils si éprouvants qu'il en faudrait vingt pour s'en remettre par le "repos" ? En ne prenant même pas la peine de proposer un programme d'activités, fût-il minimal, Mme V... révélait objectivement sa conception du Camp : bavardages et farniente...

Mais enfin, nous n'allions pas discuter à Monsieur ROCHÉ le droit d'aller avec elle séjourner au Camp comme ils l'entendaient. Encore que... toute décision ou communication dans les "**Cahiers**", concernant la vie de la Société et du Camp, devait statutairement, c'est-à-dire légalement, être examinée et arrêtée avec l'ensemble du Comité.

Surtout, il y eut plus grave. Courant juin 1971, Mme V... composa **de sa seule initiative** une circulaire, à propos du Camp, qu'elle adressa à tous les adhérents de la Société. Elle y précisait **unilatéralement** sa conception des deux séjours. Au cours du premier, écrivait-elle, la nourriture serait strictement végétarienne ; le niveau des activités et des conférences rendrait souhaitable que les participants aient déjà séjourné au Camp dans les conditions — préparatoires — du deuxième séjour. En effet, ce dernier serait d'un abord beaucoup plus facile. Chacun pourrait y poursuivre son régime alimentaire habituel, fut-il carné, y amener ses animaux de compagnie, bref, y vivre de sa manière habituelle. Les exposés y seraient surtout des entretiens faciles, à la portée de tous.

Le premier séjour était ainsi présenté comme une austère et astreignante réunion de spécialistes, ce qui tendait, évidemment, à décourager tout nouveau participant, et l'incitait à venir lors du deuxième séjour. Cette présentation tendancieuse et malveillante était d'autant plus inacceptable que Mme V... la publiait sans avoir pris l'avis des trois animateurs du premier séjour : P. Delacroix, J. Dupré, S. Hannedouche. C'était à leur égard, un véritable sabotage de leur travail, et cette "torpille" était lâchée au dernier moment, ce qui leur interdisait de mettre les choses au point dans les "**Cahiers**". D'ailleurs, une telle mise au point, ou une contre-circulaire, eussent produit un effet déplorable, révélant une dissension au sein du Comité. Mais, d'autre part, nous ne pouvions qu'envisager douloureusement d'aller accomplir, sous le coup de ce discrédit, tout le travail nécessité par le Camp, et, de plus, parmi certaines gens hostiles...

Fin juin 1971, j'allai à Bordeaux, pour les jurys d'examens, où je rencontrai Pierre Delacroix. Nous décidâmes de nous rendre à Arcachon auprès de Simone Hannedouche qui y résidait, pour examiner la situation avec elle. Nous fûmes spontanément et sereinement d'accord pour considérer la manœuvre de Mme V... comme inacceptable. Dans ces conditions — et pris de court — nous ne pouvions que refuser d'assumer le premier séjour et donc, d'aller au Camp cette année. En conséquence, il fut convenu de rédiger une brève lettre, cosignée par nous trois, **pour avertir les trois personnes** — trois **seulement** cette année, dans ce contexte — qui m'avaient déjà exprimé, pour le moment, leur intention de participer au premier séjour. Cette lettre indiquait simplement que la circulaire adressée par la nouvelle Secrétaire générale, de sa seule initiative, remettait en cause les fondements mêmes de la retraite spirituelle que Déodat Roché avait voulue en instituant le Camp de l'Estagnol. Par conséquent, les trois membres, soussignés, du Comité considéraient qu'ils ne pouvaient pas participer au Camp, et invitaient les personnes désirant y séjourner, à se mettre en rapport avec Mme V... qui avait pris la responsabilité de définir l'ensemble du séjour.

Deux de ces lettres furent envoyées dans deux foyers, **ce fut leur seule diffusion**. Simultanément, j'écrivis à Monsieur ROCHÉ, à Mme V..., pour les informer de notre décision, ainsi qu'à Madame Jeanine CROSS, notre dame de service, pour lui dire que nous ne serions pas là, simplement. Par la suite, j'appris que, dans ces conditions, elle n'était pas revenue au Camp.

Parmi les deux foyers de Sociétaires recevant notre lettre, se trouvait celui de Mme et M. Germaine et Julien Le Guen, que je devais retrouver par la suite, au début des années 1980, dans les réunions amicales, en Périgord, auxquelles je participais. M. Le Guen comprit bien la banalisation démagogique entreprise par Mme V... et l'exprima sans détour dans une lettre qu'il lui adressa et dont il me communiqua le double, bien que nous ne nous soyons jamais rencontrés auparavant. Il y désapprouvait cette dégradation et concluait en écrivant que "le Camp de Monsieur-Tout-le-monde ne l'intéressait pas."

Cette lucidité qui visait directement et perçait à jour l'intention centrale, mais inavouée, de Mme V..., la rendit furieuse. Elle entreprit d'influencer fallacieusement Déodat ROCHÉ afin de le détacher de ses véritables amis, et de l'inquiéter par des risques imaginaires.

Pierre DELACROIX et Simone HANNEDOUCHE surent prendre leurs responsabilités et adressèrent des lettres explicatives fermes, lucides et sévères à Monsieur ROCHÉ et à Mme V... Ils m'en communiquèrent copies. Mais Mme V... les ignora, et Déodat ROCHÉ ne sut pas tenir compte, au moins des éclaircissements que lui donnait Simone HANNEDOUCHE, sa plus fidèle amie qui avait tellement travaillé pour lui et donné pour son œuvre ; elle, dont il avait voulu faire son successeur...

Oralement et en privé, elle s'exprima plus sévèrement encore au sujet de la nouvelle Secrétaire générale et nous révéla des circonstances passées qui ne laissaient pas de doutes sur la nature de ses comportements. À l'égard de Monsieur ROCHÉ, sans qu'il y eût de rupture déclarée, Madame HANNEDOUCHE prit douloureusement ses distances et ne le vit plus qu'à une ou deux reprises en cette vie...

Vers 1969, elle avait quitté son château solitaire des "Trois-Moulins", à Macau-Médoc en Bordelais, pour s'installer à Arcachon dans un appartement situé non loin du logis d'un ami très cher : Guy AMANIEU. Cet homme grand et mince, dont le fin visage reflétait une délicatesse d'âme que sa fréquentation confirmait, avait séjourné à quelques reprises à l'Estagnol où sa présence discrète et digne fut bienfaisante. Nous eûmes personnellement des preuves incontestables de la faculté de clairvoyance authentique et spontanée dont il était doué. Sa vision suprasensible lui permettait de connaître l'état organique des personnes, ce qui était à la base de sa profession : il tenait un cabinet de consultation où, en relation avec des médecins, il contribuait aux diagnostics et conseillait ses visiteurs sur leur demande. Et ce qu'il voyait lui devenait charge...

Sa perception s'étendait, en fait, à la personne entière et, dès qu'on le connaissait un peu, on pouvait comprendre combien cela lui pesait, cette irruption que faisait en son individualité, chaque être rencontré. On s'expliquait alors pourquoi il mettait une telle réserve dans la relation, refusant par respect, de percer trop à jour les âmes qui s'offraient à sa conscience.

Déodat ROCHÉ, découvrant la très grande considération affective et spirituelle de Simone HANNEDOUCHE pour Monsieur Amanieu, en était un peu agacé, en grande partie probablement, du fait d'une certaine dépendance de ce dernier à l'égard du très douteux S.B.R... qui s'était composé une tournure de gourou en contrefaçon grotesque de Peter Deunov. Un jour, mon vieil ami me dit, quelque peu excédé : “Elle est coiffée de cet Amanieu...” Il est vrai que ce dernier était resté dans l'incapacité quasi totale, d'appliquer ses facultés à la direction de sa propre existence. Il le reconnaissait, à l'occasion et le déplorait avec une totale modestie. D'ailleurs, cet homme né probablement un peu avant 1920, avait entrepris ses études tardivement, passant son baccalauréat et sa licence de lettres à près de cinquante ans... Il voulait, par là, se forcer à prendre son destin en main, au prix de la diminution partielle de sa clairvoyance qui en résultait. Cet effort peu commun montrait une valeur morale réelle ; il confirmait aussi, par sa nécessité, qu'il y avait eu faiblesse lorsque cet être sensible avait laissé, comme tant d'autres, S.B.R... “habiter” indûment son destin à sa place.

Mais cela n'empêchait pas Guy Amanieu de percevoir clairement le destin des autres. Il avait très vite compris ce qui se tramait autour de Déodat ROCHÉ à partir de Mme V... et de son milieu. Très discrètement, trop sans doute, il communiquait un peu de circonspection à Madame HANNEDOUCHE, que Déodat ROCHÉ percevait confusément comme un éloignement de cette dernière, mais à tort...

Enfin, en 1970, Guy AMANIEU parla clairement à Simone HANNEDOUCHE, mais il était fort tard. S'élevant au niveau du Destin, il lui dit, simplement mais avec la force d'un coup de tonnerre, au sujet de Déodat ROCHÉ : “**Il a vécu assez vieux pour détruire son œuvre...**” Lorsque l'on voit ce qu'il est rapidement advenu de la coque juridique de la Société, on peut le penser, en effet. Dès lors, il appartient à ceux qui l'ont reconnu, de se relier à l'esprit vivant des "Études Cathares" et de surmonter sur terre l'obstacle formé par ces cadavres sociaux. D'ailleurs, n'en est-il pas de même pour la Société anthroposophique à l'égard de l'esprit vivant qui fut en Rudolf Steiner et, d'une manière générale de toutes les institutions à vocation spirituelle après la disparition de leur fondateur ?...

* * *

Au cours de l'été 1971, dans l'incapacité où elle était de se représenter chez autrui des mobiles et des comportements d'un autre niveau et d'une autre nature que les siens propres, Mme V... s'inquiétait des réactions que nous pourrions avoir et des entreprises que nous pourrions mener. Elle s'employa à convaincre Monsieur Roché de ces "dangers" supposés à l'égard de la Société — mais en réalité dans sa pensée, à l'égard d'elle-même — et l'amena à faire adresser, aussi bien à Simone Hannedouche qui m'en fit part, qu'à moi-même, des lettres irréalistes témoignant des affabulations de Mme V... qui les inspirait, voire les composait, et d'une représentation fausse des événements et de nos intentions. Par ailleurs, elle déploya une campagne de calomnies mensongères, dans la Société et dans son milieu, à notre encontre, dont certains échos me parviennent encore, plus de vingt ans après. Enfin, elle nous fit éliminer, tous les trois, du Comité administratif de la Société, de manière complètement illégale car nous n'avions pas démissionné, en nous "remplaçant" par le commerçant S..., le fonctionnaire Y... et l'artisan T..., au cours d'une Assemblée générale Extraordinaire convoquée subrepticement le 7 novembre 1971. En cette occasion, elle fit voter de nouveaux Statuts pour la Société — illégalement rétroactifs — qui lui permettaient d'asseoir son pouvoir personnel. Ainsi, l'article IV permettrait désormais, très facilement, d'exclure tout membre "gênant" de la Société. L'article VI, surtout, était exorbitant, le voici pour l'essentiel : "Le Secrétaire général dirige la Société. **Il est élu à vie** par l'Assemblée générale, comme pour toute Société philosophique, dans un but de continuité. Il est assisté par un **Comité consultatif** de six membres **élus pour deux ans**, afin de refléter plus souvent l'opinion générale de la Société."

Cette élection "à vie" révélait la mégalomanie de la nouvelle Secrétaire générale et, contrairement à ce qui était affirmé dans cet article VI, n'était en rien une règle dans les "Sociétés philosophiques", mais seulement dans les dictatures, où le principe de "continuité" s'est tristement illustré. Par contre, une telle disposition traduisait la rupture complète avec l'esprit de liberté et de droit qu'avait toujours servi Déodat Roché en proposant périodiquement à l'Assemblée générale de se prononcer sur son mandat et celui du Comité. Ce dernier, d'administratif auparavant, devenait seulement "consultatif" et devait être réélu tous les deux ans. Ses membres, eux, ne participaient donc pas au "but de continuité". Cet article **impliquait**, par conséquent, que la Secrétaire générale était d'une essence supérieure à eux !... En fait, elle montrait par là que dans la Société d'Études Cathares, comme dans son milieu sectaire, ou dans le Parti politicien qui l'avait portée, après la Libération, au Conseil municipal de sa ville, elle servait d'abord sa vanité et son ambition personnelle.

Dès 1970, cette perversion et ce renversement de l'esprit de liberté, de simplicité et de recherche que Déodat Roché avait défendu en prolongement de l'idéal du Catharisme, furent les conséquences les plus néfastes des procédures politiciennes menées par cette caricaturale Secrétaire générale d'une Société dite encore d'"Études Cathares"...

Dans l'ordre des contingences, l'affaiblissement de Monsieur ROCHÉ, dû à son âge, avait rendu possible le parasitage de sa Société par des forces étrangères et même hostiles. En 1971, il eût sans doute été préférable que cette Société disparût avec le retrait de son fondateur qui l'avait portée lui-même jusque-là. Dans ces conditions, il m'apparaissait vain de lutter directement contre la médiocrité qui venait habiter la coque vide d'une institution perdant sa raison d'être, alors que Déodat ROCHÉ s'en retirait. Mais, dans l'ordre spirituel, le mensonge et la perversion du réel étaient inacceptables et c'eût été une faute que de s'y résigner en silence.

Ce devait être avec une perception claire de la vérité que chacun, s'il était de bonne volonté, devait s'efforcer de poursuivre son chemin sur les voies de sa propre destinée.

Peu à peu, s'imposa à ma conscience la nécessité d'expliquer à Monsieur ROCHÉ l'ensemble du processus qui avait conduit à la cessation de notre collaboration extérieure et dont bien des éléments essentiels lui étaient inconnus, ou lui avaient échappé. Dans les mois qui suivirent cette Assemblée générale Extraordinaire de novembre 1971, je composai à son adresse une longue lettre dactylographiée d'une dizaine de pages où je lui exposai méthodiquement tout ce qui s'était passé. Je lui rappelai d'abord que nous avions travaillé pour donner satisfaction à sa volonté de maintenir son œuvre après lui. Puis, ma lettre expliquait en quoi les conceptions de Mme V... et ses amis étaient contraires à ce qu'il avait souhaité, concernant le Camp, en accord avec ceux qui l'avaient aidé à le faire vivre, essentiellement Simone HANNEDOUCHE et moi-même. Enfin, je lui dis combien l'élection "à vie" de la Secrétaire générale, qui rappelait celles du Pape de l'Église romaine et des plus implacables dictateurs de ce siècle d'impostures, était contraire à son idéal de liberté et à celui des Cathares. N'avait-il pas publié la deuxième édition, en 1963, de son livre "L'Église romaine et les Cathares albigeois" muni d'un bandeau rouge portant l'inscription : " Martyrs de la Liberté " ?... En terminant, je disais à Déodat ROCHÉ qu'il savait, comme moi, que toute vérité devait être manifestée, tôt ou tard, et que le plus tôt était le mieux. Par ce message, je m'efforçais d'y contribuer avec sincérité et exactitude, effaçant pour ma part, **et avec le pardon**, les ombres que l'on avait fait passer entre lui et moi.

Déodat ROCHÉ ne répondit pas à cette lettre, **ainsi qu'il aurait dû le faire**. Il faut évidemment faire la part, dans cette faute, de la lassitude, du chagrin et de l'inquiétude d'un homme âgé de plus de quatre-vingt-quatorze ans, encore mêlé — trop tardivement et trop concrètement — à ce combat terrestre de la lumière et des ténèbres, autour de la Société qu'il avait créée. En fait, sans répondre directement à cette lettre, il le fit implicitement, d'une manière détournée, en **m'adressant lui même d'Arques, signée de sa propre main,** ma carte renouvelée de membre de la Société d'Études Cathares et une invitation à la prochaine Assemblée générale. Et pourtant, il ressortait des dispositions prises précédemment à l'instigation de Mme V..., que je n'étais plus considéré par elle et son entourage, comme membre du Comité ni de la Société. Il en était d'ailleurs de même pour Simone HANNEDOUCHE et Pierre DELACROIX, tout au moins en ce qui concernait le Comité.

Il n'en restait pas moins que Monsieur ROCHÉ, en ne répondant pas clairement, demeurait dans l'ambiguïté où il s'était placé en laissant se développer une campagne de calomnies et de contre-vérités à notre égard, qui révélait la bassesse et la déficience morale du nouveau Comité, Secrétaire générale en tête.

Ainsi, avait-il, par son silence, cautionné — ou, au minimum, laissé faire — des injustices. En ne me répondant pas, il rendait impossible la reprise de relations extérieures normales. Intérieurement, c'était différent ; le rapport existant entre nous allait bien au-delà de ces pauvres péripéties et ma pensée se tournait quotidiennement vers lui. Je le sentais douloureux, inquiet, solitaire, car maintenant il était isolé de ses véritables amis spirituels, à commencer par Simone HANNEDOUCHE. Alors que je m'étais promis de le visiter et de contribuer à le soutenir durant ses dernières années, cette situation ne pouvait qu'être pénible pour moi également.

Peu après, dans le courant de 1972, j'appris que, le 6 février de cette année-là, Monsieur ROCHÉ avait fait une chute en se fracturant le col du fémur, la nuit, seul dans sa maison. Il dut attendre sur le sol carrelé, sans pouvoir se relever, que sa voisine, la boulangère, Madame Boussieux l'entendît gémir, au matin, depuis la rue, et que sa servante, avertie, vînt le délivrer. Cependant, après une opération réussie, à l'âge de quatre-vingt-quinze ans, et une rééducation courageuse, il put reprendre une existence normale, mais de plus en plus réduite.

Durant l'été 1972, il ne montait plus à l'Estagnol que pour quelques heures, et seulement certains jours. Dès juillet 1971, il avait cessé d'y séjourner en permanence, et passait la nuit à son domicile d'Arques, ne remontant que par les belles journées. **Ce fut donc l'été 1970 qu'il vécut à l'Estagnol son dernier séjour permanent**. Le Camp, lui-même, cessa de s'y tenir après 1973.

Le Destin me fit rencontrer en juillet 1979, en Alsace, une dame, d'une soixantaine d'années à l'époque, membre de la Société d'Études Cathares et connaissant personnellement Monsieur ROCHÉ. Elle m'avait reconnu à mon nom et à un petit exposé affectueux que j'avais fait publiquement devant une assemblée, en mémoire de notre ami récemment disparu. En fin de journée, elle vint spontanément m'interroger, et aussi m'informer car elle avait séjourné à l'Estagnol en 1971 et 1972. Lorsqu'elle y demandait, ainsi que nombre de visiteurs, pourquoi Simone HANNEDOUCHE, Pierre DELACROIX et moi-même n'étions plus au Camp, on répondait : “Nous ne savons pas, ils sont partis... Voilà tout...”. Alors, cette dame finit par me dire : “Mais vous, vous savez, vous pouvez m'expliquer ce qui s'est passé...” Le nombre des présentes pages montre que ce n'était pas possible brièvement et sérieusement à la fois. C'était d'ailleurs trop tôt. Je répondis avec réserve, et seulement sur les grands traits des événements, sans entrer dans les questions de personnes. “Mon impression, dit-elle, fut que Monsieur ROCHÉ a été mal conseillé pour accepter une pareille évolution. Sa situation au Camp le montrait d'ailleurs assez. On allait le chercher à Arques dans l'après-midi, puis on l'installait dans un fauteuil, surtout pour le montrer aux visiteurs qui venaient, le plus souvent, dans l'espoir de le rencontrer. Il parlait un peu, répondait à quelques questions, mais j'ai été frappée de la manière rude, parfois peu respectueuse, dont son entourage le traitait, plus ou moins à la dérobée. On lui parla durement, il arriva même qu'on le fit taire, car c'était essentiellement Mme V... qui parlait et faisait la plupart des exposés.” Cette dernière phrase me fut confirmée, elle pouvait surprendre alors que Mme V... opposait toujours des difficultés, lors de nos Séjours d'été, pour accepter de faire des exposés quand nous le lui demandions, pourtant bien amicalement...

En cette occasion, j'appris aussi qu'il venait beaucoup de “visiteurs” au Camp, passagers curieux, bien plus nombreux que les véritables participants. Ces derniers, citadins du milieu, et “cathares” d'occasion pour la plupart, ne purent s'acclimater à ce site splendide des Hautes-Corbières, mais où l'existence était austère, rustique et inconfortable. Aussi, au bout de trois étés abandonnèrent-ils l'Estagnol pour aller, près de Puivert, dans un lieu beaucoup plus banal, mais proche d'un village, de la vie touristique, dans l'ambiance de leur genre de vie habituel.

Même là, ces nombreux “responsables” n'assumèrent pas longtemps le Séjour d'été qui fut supprimé, après 1978, “en raison des difficultés matérielles (préparation des repas, approvisionnements quotidiens, etc...) — surtout de l'indifférence de la plupart de nos membres pour cette forme d'activité très lourde pour les responsables : moins de 1 % de nos membres sont fidèles au Séjour d'été.” (CEC 79, p. 55) Et pourtant... les années précédentes, les comptes rendus de ces “responsables”ne tarissaient pas d'enthousiasme en évoquant la fréquentation croissante et la vitalité de leur Séjour d'été.

Et **pourtant**, leur dirigeante, Mme V... n'admettait pas en 1970, que le “responsable”, pratiquement unique à l'époque, eût droit à un été de répit après dix années de service...

Le Camp de l'Estagnol, avec ses bâtiments, sombra dans l'abandon au cœur de la forêt, mais il restait propriété de la Société, constituant une enclave dans une grande parcelle boisée, appartenant à Monsieur Pierre PAGÈS. Lorsque ce dernier, vers 1955, avait accepté de vendre ce terrain à la Société, ce fut par gentillesse et reconnaissance à l'égard de Monsieur ROCHÉ qui avait jadis rendu service à sa famille dans des démarches administratives. Mais c'est une gêne et un sacrifice pour un propriétaire que de mutiler ainsi son bien. Aussi avait-il été moralement convenu, dans l'hypothèse où le Camp deviendrait inutilisé, de le revendre à son propriétaire initial. Les membres du Comité, informés par Monsieur ROCHÉ de cette disposition, se la transmettaient.

Dès lors qu'il vit le Camp à l'abandon, Monsieur PAGÈS demanda à la Société, vers la fin des années 1970, à racheter cette enclave. Mme V... et le Comité de l'époque refusèrent toujours cette vente de rétrocession, Déodat ROCHÉ ne put les convaincre **d'honorer sa parole** et celle de la Société. Voyant cela, Monsieur PAGÈS participa aux opérations du remembrement communal pour échanger la grande parcelle contenant l'enclave du Camp.

Une quinzaine d'années plus tard, vers 1992, la Société d'Études Cathares s'avisant, enfin, qu'elle payait inutilement des impôts pour ce Camp abandonné, en proposa la vente à Monsieur PAGÈS qui répondit, évidemment, n'être plus intéressé. Enfin, un membre du Comité vint pour identifier cette propriété de la Société, mais il fut incapable de trouver le Camp de l'Estagnol, suscitant l'ironie des gens du pays qui gardaient le souvenir des Séjours vivants de jadis...

Dans le domaine éditorial, la situation ne devint pas plus brillante. Ouvrant chaque "**Cahier**", apparut un Éditorial verbeux de la Secrétaire générale, où elle démarquait, à un niveau très inférieur, les anciens éditoriaux de Simonne RIHOUËT-COROZE dans la Revue "**Triades**", assaisonnés des grands sentiments universalistes et "fraternels" que l'on fait ordinairement ronfler dans les milieux sectaires et les sections politiciennes, où les clients sont souvent les mêmes. Bien sûr, ces "soufflés" débordants, gonflés d'un idéalisme creux, se dégonflent immédiatement aux yeux de qui **en connaît** les auteurs et leurs pratiques... Compensant parfois le "mal de copie", d'anciens articles furent réimprimés, **sans qu'on le mentionnât** ; tel auteur défunt — ce que rien n'indiquait — "délicatement" placé, dans un périodique, au milieu des vivants....

Enfin, le plagiat ne fut pas dédaigné. Ainsi, une "Communication" qui eut, paraît-il, du succès, sur "Pythagore", apparaît composée pour l'essentiel de pages d'Édouard Schuré dans "**Les Grands Initiés**", au chapitre Pythagore, utilisées sans la moindre indication d'origine, intégrées froidement au texte et sous la signature de "l'auteur" !... Cette pratique est assez habituelle dans certains milieux où les gens sont astreints à présenter des études sous forme d'exposés écrits à l'avance. Beaucoup étant incapables de produire la réflexion personnelle normalement exigée, tous les moyens leur sont bons pour dérober la production intellectuelle d'autrui.

En 1990, je fis une expérience significative à cet égard. Une personne inconnue, Mme E..., avait été invitée par une participante, quelques années auparavant, à assister aux conférences organisées sur mon initiative. Mme E..., très discrète, vint à de nombreuses réunions ; elle tenait à s'installer près d'une table, au fond de la pièce, où elle passait la plus inaperçue possible, et surtout pouvait écrire à son aise. Car elle écrivait sans arrêt... Certes, les participants prenaient des notes, mais avec cette détermination, c'était inhabituel. Ce comportement pouvait intriguer d'autant plus que cette personne apprêtait des yeux fort grands ouverts par cette fausse candeur des gens qui veulent dissimuler une intention cachée...

Indirectement, j'appris alors qu'elle connaissait Mme V... et qu'elle travaillait sur des "études" à préparer. Comme elle avait largement dépassé l'âge estudiantin et que la situation aisée de son mari la dispensait de tout "recyclage" par nécessité, il m'apparut qu'elle présentait un "profil" connu. Cette attitude consommatrice et profiteuse, mais demeurant étrangère et méfiante, car Mme E... ne participait jamais à nos échanges, devenait suspecte et désagréable. Pour en avoir le cœur net, je fis lors d'une réunion, en rapport avec mon exposé, quelques remarques sans complaisance au sujet de certaines pratiques, puis je rappelai, à l'occasion, qu'une vie culturelle honnête invite à penser individuellement d'une manière active et non pas à intégrer un ensemble de données que l'on peut manipuler et régurgiter comme des éléments préfabriqués.

Lors de la réunion suivante, Mme E... n'était plus là, et on ne la revit jamais...

Elle avait disparu, sans juger nécessaire de dire au revoir, ni... merci pour avoir été reçue gratuitement aussi longtemps et avoir pu remplir de pleins cahiers...

Voici donc entre quel genre de mains et dans quel milieu étaient tombés les "**Cahiers**"que notre vieil ami, si souvent solitaire, avait créés en 1949 pour exprimer les résultats de soixante années de méditation et d'étude...

"Déodat ROCHÉ était sans doute un des mystiques les plus discrets et les plus humbles de son temps... Engagé par la foi puissante et mystérieuse qui avait conduit les Cathares albigeois à tous les renoncements, il s'efforçait de découvrir le chemin du perfectionnement spirituel auquel ne prédispose guère notre époque.

Sa loyauté lui interdisait de se vouloir autre chose qu'un chercheur patient, qu'un religieux original ayant établi sa propre règle. Magistrat intègre et courageux... connaissant toutes les roueries des Inquisiteurs, Déodat ROCHÉ s'était retiré à Arques, dans sa modeste maison où il priait à sa manière."

Maurice DENUZIÈRE
Journal "Le Monde" 14-1-1978

Troisième Partie

UNE AUTRE LUMIÈRE

"C'était un homme austère, long et sec, aux yeux brillants dans un visage d'ascète... et dont la personnalité rayonnait à travers le silence et l'isolement à l'abri desquels il poursuivait sa quête spirituelle...
Le fruit de ses méditations se retrouvait dans les Cahiers d'Études Cathares, qui font autorité en ce qui concerne l'« hérésie » albigeoise..."

Maurice DENUZIÈRE
(14-1-1978) - Journal "Le Monde"

Chapitre 10

Dernières années de Déodat ROCHÉ

Après son accident au fémur, en 1972, Monsieur ROCHÉ comprit qu'il était risqué, pour lui, à l'âge de quatre-vingt-quinze ans, de rester seul dans sa maison. Il souhaita que vînt y loger sa servante secrétaire qui vivait jusqu'alors en haut du village, à une centaine de mètres de chez lui ; pour cet arrangement, le dernier héritier, vivant à Arques, de la famille ROCHÉ, lui légua sa maison, son rucher et tous ses biens en viager. Elle habita donc, avec sa famille, la maison de Déodat ROCHÉ qu'elle servit et assista chez lui jusqu'à sa mort. Simone HANNEDOUCHE me tenait au courant de tout cela et je pensais au fils de Monsieur ROCHÉ qui s'opposait toujours à la moindre dépense, faisant une scène de reproches à son père lorsque celui-ci voulut installer le chauffage central dans sa demeure, vers 1963. Il redoutait naguère la moindre intrusion dans cette maison et craignait que la Société bénéficiât de quelque torchon appartenant au patrimoine familial... Maintenant, c'était ce patrimoine tout entier qui lui échappait.

En 1965, Déodat ROCHÉ m'avait dit : "Quand je suis malade, ce n'est pas lui qui vient me soigner, ni ma belle-fille, mais c'est ma servante, Madame CABRÉRA..."

Paul ROCHÉ avait trois enfants, nés approximativement entre 1950 et 1955 : une fille, la plus jeune et deux garçons ; ces deux derniers avaient passé une semaine au Camp en juillet 1961, puis au fil des années, ils étaient venus y faire, à leur grand-père, de courtes visites. Je me souviens de la dernière, vers 1969, que fit l'aîné devenu un grand et solide jeune homme. Son frère, plus mince, avait un air fin et intelligent.

Aura-t-il hérité, à défaut de biens terrestres, des orientations de son grand-père ROCHÉ ? Ces petits-enfants aimaient leur aïeul et découvrirent avec une grave surprise le respect dont Monsieur ROCHÉ était entouré au camp, avant 1971, et qu'ils ne retrouvaient pas dans la famille... Ils séjournèrent ainsi, lors des vacances scolaires, dans cette maison familiale, jusqu'à un âge allant de quinze à vingt ans environ ; mais, désormais, pour eux également, il n'y aurait plus de maison à Arques...

Déodat ROCHÉ avait suivi, au fil des ans, la pente naturelle qui a pu le conduire à se remettre entièrement à la famille qui le servait. Pensant à lui, au cours des années 1970, il m'apparaissait rassurant de savoir qu'il achevait son existence dans sa propre maison et dans les meilleures conditions possibles. En esprit, je l'accompagnais dans cette ascension vertigineuse vers le centenaire, et lorsqu'il l'eut accomplie, le 13 décembre 1977, il devint évident que les péripéties de cette vie devaient être dépassées... Même unilatéralement, je situerai désormais notre relation dans cet espace qui domine nos existences. Au temps de Noël 1977, je me trouvais, au début de la nuit, dans un village désert du Quercy, où grondaient les eaux pures descendues des Causses. À ce moment, il m'apparut combien il était parfois nécessaire de savoir poser des repères à travers le flot ininterrompu de nos destinées. Ce fut alors que j'adressai à Déodat ROCHÉ un message d'affectueuse amitié et de bénédiction, à l'occasion de cet anniversaire prodigieux.

Vers la fin de janvier 1978, dans une lettre sereine et amicale, Simone HANNEDOUCHE m'apprenait le grand Départ de notre vieil ami, le 12 du mois. Ce fut un coup très douloureux et je constatai encore combien il est impossible de concevoir à l'avance la disparition d'êtres auxquels nous sommes profondément liés. Madame HANNEDOUCHE avait appris cette mort par un article de “La Dépêche du Midi”, envoyé de Foix par Madame Suzanne Pujol, une amie, membre de la Société anthroposophique et de la Société d'Études Cathares, qui avait bien connu, jadis, Déodat ROCHÉ.

Ni Mme V... ni personne de la Société n’avait averti Simone HANNEDOUCHE, sur le moment, pas plus que je ne le fus moi-même...

Madame CABRÉRA me donna, très amicalement, par courrier, en avril 1978, tous les renseignements que je lui demandai, et d’autres encore. En février 1993, lorsque je revins, pour la première fois depuis 1970, au pays d’Arques, elle nous reçut fort aimablement dans la grande et belle maison neuve qu’elle a joliment aménagée en bordure d’une petite ville peu éloignée du village. Elle nous parla longuement de Déodat ROCHÉ ; depuis sa naissance jusqu'à son dernier instant et nous montra les souvenirs lui ayant appartenu. Alors, se renouèrent en cette occasion les relations amicales et confiantes que nous avions toujours eues avec elle durant la décennie 1961-1970.

Le 11 décembre 1977, une délégation de la Société d'Études Cathares était venue participer à la petite fête organisée en l'honneur de Déodat ROCHÉ qui avait alors improvisé un bref discours très émouvant. Durant son dernier mois, il se leva tous les jours et garda sa lucidité jusqu'à sa mort, mais à partir de son anniversaire, il refusait de s'alimenter et ses forces déclinèrent.

Seule, Madame CABRÉRA parvenait, en insistant, à lui faire accepter un peu de nourriture. Ses brèves confidences, au fil des années, me donnent clairement à penser qu'il voulait atteindre son centenaire et qu'il a mobilisé ses forces jusque-là. Après, il s'est mis tout naturellement en "endura", dont il avait toujours dit qu'elle était le plus sage comportement pour faciliter le Passage, lorsque le moment en est venu. Le fait qu'il ait encore vécu un mois exactement après son centième anniversaire, permet d'envisager qu'il pût même "décider" implicitement du Jour, par cette maîtrise de la conscience qu'il avait depuis longtemps fait pénétrer dans les mystères de la vitalité.

Il ne manifesta jamais d'inquiétude, demeurant serein jusqu'à la fin, et confia seulement au fils de Madame CABRÉRA, début janvier, que maintenant il "s'en allait..." Vers le 9 du mois, Monsieur ROCHÉ eut à donner une signature au facteur mais, pour la première fois, sa main, glissant sur le papier, ne put la former... Sa gouvernante en fut impressionnée, et plus encore trois jours après, en l'aidant à mieux s'installer dans son lit... Quinze ans plus tard, elle évoque le souvenir de cette expérience avec une émotion que le temps n'affaiblit pas : le corps de Déodat ROCHÉ lui sembla n'avoir plus de poids, elle le mouvait presque sans effort...

Cependant, ce 12 janvier 1978 au matin, il parlait paisiblement, citant même quelques vers de Lamartine, un des poètes de sa jeunesse... Peu après, il demanda à boire, puis devint silencieux. Madame CABRÉRA le vit alors faire, de ses deux mains, les gestes pour grimper, comme à une corde... Un peu plus tard, elle dut aller répondre au téléphone à son propre fils qui demandait, précisément, des nouvelles de Monsieur ROCHÉ.

Elle s'était absentée à peine cinq minutes, mais ce bref instant suffit à notre vieil ami pour clore, **dans le secret**, une si longue vie... Il était 9 heures 45.

Les obsèques, **civiles**, eurent lieu dès le lendemain après-midi, alors que le pays était couvert de neige, et par un froid noir. Le cortège fit le tour de la place, s'arrêta pour une allocution devant la Mairie, puis se dirigea vers le petit cimetière d'Arques. En ce même vendredi 13 janvier 1978, le Conseil général de l'Aude rendait, en séance, un hommage solennel à Déodat ROCHÉ. Son Président, également député, M. CAPDEVILLE, assistait en personne aux obsèques à Arques, ainsi que M. COURRIÈRE, sénateur, et des personnalités de la magistrature. Le vieil érudit mystique, dont l'âme secrète avait assez protégé la lumière de l'enfance pour couronner sa carrière dans l'humble solitude de l'Estagnol, conservait l'estime de ses pairs... Au cimetière, Mme V... prononça quelques paroles d'adieu, ainsi que le représentant de la Loge maçonnique "Les vrais amis réunis", de Carcassonne.

Certains reconnurent, anonymes dans l'assistance, deux des petits-enfants de Déodat ROCHÉ : le cadet des garçons et sa sœur, âgés à l'époque de vingt-cinq et vingt-trois ans environ. Seuls, dans la neige, comme des inconnus parmi la foule, ils étaient l'ultime présence d'une famille qui cessa de venir à Arques dès lors qu'elle n'y eut plus de maison... Leur père, Paul ROCHÉ, mourut l'année suivante, le 18 mai 1979, au Raincy, seize mois après leur grand-père.

En 1979, la maison de Monsieur ROCHÉ fut mise en vente. L'intérieur avait été entièrement rénové et amélioré après 1972 et, finalement la Commune d'Arques l'acheta pour trois cent quatre-vingt mille francs, dans le but d'y installer un musée de Déodat ROCHÉ et du Catharisme. En 1993, ce projet restait en attente et la maison n'était utilisée qu'épisodiquement pour des expositions temporaires.

Les gens du village, où l'on maintient encore le culte des patrimoines familiaux, jugèrent sévèrement cette dépossession qu'avait acceptée leur ancien Maire... Mais, parvenu à l'âge de quatre-vingt-quinze ans, comment cet homme, demeuré seul face à l'inexorable défaillance des forces physiques, aurait-il pu résister aux conditions nécessaires pour pouvoir achever son existence dans sa maison ? Fallait-il qu'il partît finir ses jours dans quelque hôpital de retraite, pour laisser une maison à ses descendants, dispersés à travers la France, qui n'avaient pu assister sa vieillesse ? Que serait devenue cette maison, peut-être vouée à rester inhabitée et fermée à longueur d'année ?

Plus d'un devait rouler ces pensées en lui-même cependant que l'ultime cortège conduisait la dernière trace terrestre de Déodat ROCHÉ, sous le ciel gris et dans la neige glacée. Son rucher, où jadis j'allais avec lui en été, dans l'air lumineux et brûlant sur la terre rouge, devait se réduire maintenant à quelques bosses neigeuses, figées çà et là, comme des pierres sous le gel. Et pourtant... au cœur de la ruche veillait la tiédeur obscure de la vie, et le labeur d'une prodigieuse conscience. L'âme de ces abeilles qu'il avait si bien aimées, comprises et soignées, ne fut-elle pas la première à connaître le Passage, pour accueillir, derrière les apparences, le pèlerin ami, désormais délivré de toute pesanteur ?

N'avait-il pas fait de son mieux pour offrir aux âmes rencontrant son chemin, cette nourriture d'esprit, faite de lumière, tissée au long des paroles, des pages et de longues patiences, comme ses infatigables ouvrières accomplissaient le miracle de l'or liquide ?

Sur ce vieux pays, recru d'histoire, où la mort hivernale semblait l'emporter, c'était seulement au cœur de la ruche que pouvait éclore, déjà, la méditation féconde d'où naîtrait, de la saison défunte, la saison à venir...

Déodat ROCHÉ avait demandé à Madame CABRÉRA, qui me le confia, de lui lire chaque jour, après son Départ, la Prière Sacerdotale du chapitre 17 de l'Évangile de Jean, d'où peut s'élever une méditation semblable. Cette demande ne peut que s'adresser, bien sûr, à tous ses amis également...

> "Père, l'heure est venue, glorifie ton Fils pour que ton Fils te glorifie...
> Je t'ai glorifié sur la terre ; j'ai achevé l'œuvre que tu m'avais donnée à faire...
> J'ai manifesté ton nom aux hommes que tu as tirés du monde pour me les donner...
> Maintenant, ils savent que tout ce que tu m'as donné vient de toi...
> Quand j'étais avec eux, je gardais en ton nom ceux que tu m'as donnés...
> Je leur ai donné ta parole et le monde les a pris en haine, parce qu'ils ne sont pas du monde.
> Je ne te prie pas de les retirer du monde, mais de les garder du Mauvais...
> Je leur ai révélé ton nom et le leur révélerai, pour que l'amour dont tu m'as aimé soit en eux et moi en eux."

"C'est à Déodat Roché et à quelques uns de ses disciples que l'on doit le renouveau d'intérêt pour le Catharisme et les pèlerinages mystiques de Montségur où, le 16 mars 1244, furent livrés au feu deux cent dix parfaits.."
Maurice DENUZIÈRE, "Le Monde" (14-01-1978)

Chapitre 11

Le pays et les âmes

Par la relation avec Déodat ROCHÉ, j'avais toujours perçu une réalité grande et lumineuse qui ne pouvait s'inscrire pleinement dans l'extériorité vécue. À travers la distance prise depuis 1970, il m'accompagnait d'une manière apparemment ténue, mais touchant toujours à l'essentiel. Après son Départ physique, il en fut ainsi plus encore. Dans les épreuves qu'entraînent, en ce monde, le refus des compromissions, la solitude acceptée, ou les incompréhensions, son souvenir m'aidait à discerner le réel et à faire tomber de vieilles écorces. Quand l'occasion se présentait, il m'arrivait de parler de lui, en m'efforçant d'expliquer ce qu'il avait cherché à faire. Et il avait sa place lorsqu'on me demandait une conférence pour présenter le Catharisme.

En janvier 1985, survint une période hivernale très rigoureuse, amenant des froids exceptionnels, que je vécus retiré, durant deux semaines, dans notre vieille maison. Avec cette intériorisation, la présence d'âme de mon ami disparu devint plus intense et me fit réaliser un projet remontant à plus de quinze ans : parcourir et lire à nouveau ma collection des "**Cahiers d'Études Cathares**" pour constituer une table analytique, par thèmes, de l'ensemble des articles qu'ils contiennent.

Dès le début de ce travail, le premier "Cahier" me ramena en janvier 1949 ; puis, en avril 1950, commençait l'histoire de la Société. Un intérêt croissant, une émotion sereine mais profonde, s'éveillèrent en moi, à mesure que je relisais

— vingt ans après ma première lecture — les articles, les communiqués, les conférences et les allocutions de Déodat Roché. Le soir, alors qu'au dehors la blancheur de la neige s'évanouissait dans la nuit, cette époque lointaine, où je ne connaissais pas encore la Société, prenait vie en mon âme, à l'évocation de ces récits et de ce que j'avais vécu à partir de 1961.

La présence de mon vieil ami devint plus intense, et aussi d'une autre nature. Elle n'était plus seulement intérieure, mais prenait une réalité objective, comme à la lisière de l'espace. Elle semblait répondre à une ressouvenance vécue, portant un acte qui devait être accompli. À travers cet acte, le lien vivant avec le fondateur des "Études Cathares" se manifestait. La joie paisible émanant de cette présence donnait à penser que l'imagination, par un vivant, sept ans après sa mort, de ce qu'il avait vécu quelque vingt et une années avant celle-ci, participait de manière bienfaisante à l'expérience de sa vie passée.

Autour de l'année 1957, se situait en effet la période la plus intense de fondation des "Études Cathares", de leur incarnation peut-on dire. Le premier Séjour d'été à l'Estagnol eut lieu en 1956, et le Mouvement se développait avec la souscription qui devait aboutir à l'érection de la Stèle sur le Pog de Montségur et son inauguration à Pentecôte 1960. Enfin, je m'aperçus d'avoir entrepris tout naturellement ce travail, non seulement sept années après la mort de Monsieur Roché, mais à l'anniversaire exact, car l'ensemble du fichier est daté du 10 au 14 janvier 1985. La fiche intitulée "Activités de la Société", relatant, au plus près, les actes de Déodat Roché, est marquée du 12 janvier 1985... Enfin, dans ma propre existence, l'année 1957 fut celle des premières recherches objectives qui devaient m'amener par un cheminement assez compliqué à rencontrer le fondateur des "Cahiers d'Études Cathares".

En cette soirée du 12 janvier 1985, je ne pensais pas à cette chronologie, mais vivais simplement la présence d'âme de notre vieil ami... Depuis quelques jours, à ma table de travail, je le percevais un peu en arrière de moi, à ma gauche ; mais, dans le moment, c'était une évidence, je ne formulais pas cette perception. L'eussé-je fait, que sa disparition en serait probablement résultée... Vers la troisième soirée, qui était précisément celle du 12 janvier, une circonstance précise m'obligea bien, cependant, à prendre conscience que je vivais un événement singulier. C'est la **réalité objective**, indiscutable, du fait suivant, qui, seule, me décide à le relater car je n'ai jamais recherché cette catégorie d'événements, ni basé sur eux, a priori, aucune conviction spirituelle.

J'avais établi vingt-six grandes fiches thématiques, au format 21 x 15 cm. En travaillant, je m'efforçais de leur conserver un certain classement, mais, peu à peu, j'étais amené à les étaler au fur et à mesure que je renseignai l'une, puis l'autre... et elles recouvraient toute ma table. Il me fallait donc retrouver, à chaque fois, la fiche dont la rubrique correspondait à la nature du texte — toujours aléatoire — que je venais d'identifier en le parcourant. Vers la fin de la soirée, je m'avisai, assez subitement, que ma main gauche allait tout naturellement chercher la "bonne" fiche, perdue parmi les autres, sans que j'eusse besoin de lire les intitulés, d'ailleurs cachés pour la plupart. Et cette expérience ne se produisit pas deux ou trois fois, mais à une bonne douzaine de reprises... Je me rendis compte, ensuite, qu'à l'arrière-plan de ma conscience, le phénomène m'était légèrement apparu, dans le domaine des actes, mais pas dans celui de la pensée. Tout à ma lecture, dans cette manière de résurrection, partagée avec un "présent" — de ceux dits ordinairement "absents" — j'avais accepté naturellement cette inspiration de la main qui facilitait mon travail, connaissant dans l'informulé qu'il ne fallait pas remarquer ce petit "miracle", pour qu'il pût se prolonger.

Vint le moment, cependant, où la conscience prit ses droits et manifesta ses exigences, échappant, selon sa nature, à l'état d'innocence, et je contemplais enfin ce qui venait de se passer... Il importait de l'identifier bien clairement ; depuis, j'ai même calculé qu'une telle série de dix tirages exacts consécutifs, a seulement une chance sur un million de milliards d'être due au hasard, un seul tirage exact ayant une chance sur vingt-six...

Sans calculer, sur le champ, mais en méditant ce qui venait de se produire, il me sembla qu'un autre domaine, sensible et animé, s'était ouvert pour un moment sur l'espace où je vivais. Il m'apparut aussi que mon regard conceptuel venait de refermer le passage entre les deux et qu'il était impossible de poser l'irrespectueuse et dérisoire question : "Cela peut-il continuer ?..." Il ne s'agissait pas d'une "expérience" avec laquelle on pouvait jouer, mais d'un fait qui s'était donné, par surcroît, et devait être accueilli comme un trésor venu "d'ailleurs", ou "d'autrement", que le monde apparent et qu'il ne fallait pas confondre avec quelque bricolage psychométrique. Aussi m'appliquai-je, en reprenant mon travail, à rechercher méthodiquement chaque fiche. Un signe s'était manifesté... C'est uniquement parce qu'il est objectivement communicable que je l'ai rapporté ici, mais l'essentiel était, à cette époque, l'expérience intérieure d'un compagnonnage spirituel.

Cette "présence" de mon vieil ami m'accompagna, en ce début de 1985, dans ma détermination d'entreprendre, à Périgueux, une série de conférences publiques pour une culture spiritualisée. J'accomplis seul la totalité des tâches nécessaires : affiches, tournées dans plus de cent communes pour apposer ces dernières, communiqués et émissions pour la presse et les radios, enfin les sept conférences elles-mêmes. Cette "présence" et l'idéal que nous avions partagé, firent que je n'étais pas réellement seul lorsque, le 17 mars 1985, alors qu'un peu de neige recouvrait les premières fleurs, j'animai enfin la première réunion. Pierre DELACROIX était venu de Bordeaux, partageant le souvenir de Déodat

ROCHÉ. Mon ami Jacques LAMEYRE, artiste et artisan quasi universel, était là également. Il eut alors l'initiative du premier groupe d'étude, et m'offrit par la suite un superbe portrait "à la sanguine" de notre vieil ami. Il sut y exprimer la ferveur douloureuse du père des "Études Cathares", debout près de la Stèle de Montségur, levant son regard vers le sommet du Pog. À partir de ces conférences, naquirent en Périgord des groupes d'étude d'orientation spirituelle, de rencontre et d'échange, sous une forme bénévole, libre et gratuite, dans l'esprit où Déodat ROCHÉ avait conduit son travail.

Un après-midi de juillet 1967, à l'Estagnol, nous parlions de la vie anthroposophique en France, centralisée à Paris autour de Mme RIHOUËT-COROZE. Il n'existait pas, à l'époque, de branches locales. "Depuis longtemps, dit Monsieur ROCHÉ, j'aurais souhaité constituer une branche d'inspiration manichéenne, pour équilibrer la tendance dominante en France qui ne voit que par l'École de Chartres et Alain de Lille..." Puis, avec un geste de la main exprimant plus le détachement qu'une lassitude, il ajouta : "Mais dans notre pays, Mme COROZE ne veut pas de Branche, alors je n'ai pas tenté de réaliser ce que l'on aurait présenté, bien à tort, comme une dissidence... Et puis, cette Branche, c'est peut-être vous qui la réaliserez un jour !..."

Restant songeur, je n'eus rien à répondre à mon vieil ami qui avait été assez seul et marginalisé dans le milieu anthroposophique français, du fait de son esprit de liberté. Maintenant, un quart de siècle plus tard, il apparaît clairement qu'elle existait de fait, cette Branche anthroposophique libre, d'orientation manichéenne et cathare, à l'intérieur de la Société d'Études Cathares et au Camp de l'Estagnol. Plus exactement, elle voulait exister... mais on a pu voir l'adversité qu'elle dut subir, à peine sa naissance fut-elle esquissée...

Depuis, la certitude s'est confortée en moi que la vie spirituelle ne pouvait être régentée par aucune organisation juridiquement structurée. Les tentatives qui allèrent dans ce sens au sein des "Études Cathares" ne firent naître que des obstacles manifestant la caricature plutôt que l'idéal. La liberté à laquelle aspire la conscience moderne, ne peut s'accommoder, dans l'ordre spirituel, que de courants culturels, de familles d'âmes sachant se reconnaître en évitant l'illusion funeste de vouloir s'identifier par des dogmes ou des révélations, des statuts, des structures institutionnelles et hiérarchiques. Par sa nature, Déodat ROCHÉ vivait cette vérité ; il l'entrevoyait aussi, mais avec des défaillances ; nous y reviendrons... Les expériences que je fis à ses côtés, l'histoire et les pratiques de la Société anthroposophique, découvertes par la suite, m'en donnèrent l'absolue confirmation.

À la même époque, vers la fin des années 1960, Monsieur ROCHÉ me parla de conférences qui avaient été organisées, à Paris, sur l'initiative conjointe de la

Société d'Études Cathares et d'un organisme d'orientation anthroposophique. Cela avait déplu dans les "sphères dirigeantes" où Mme COROZE, élevant ses deux mains — "en œillères", disait Déodat ROCHÉ — de part et d'autre de son visage, avait signifié : "Mon Dieu... quel mélange !..." "Lorsque l'on m'a rapporté cela, ajoutait-il, j'ai répondu : s'il y a une chose que je n'admets pas, c'est le sectarisme, et chez les anthroposophes moins que partout ailleurs, car eux n'ont pas d'excuse !..." Et sur la dernière phrase, enflée par l'indignation, sa voix devenait rocailleuse et roulait comme les pierres marbrières dans les éboulis du Bugarach...

Dès l'enfance, Déodat ROCHÉ avait découvert, sous la forme des atrocités organisées, dans son pays natal, par l'Église romaine au XIIIe siècle, le visage monstrueux du sectarisme et du Pouvoir. Il en retrouvait aussi, par la suite, les manifestations affaiblies mais permanentes, dans les mouvements ésotériques rencontrés, côtoyés ou traversés. Il tenait à ses idées et les défendait énergiquement, mais il n'en faisait pas un système dogmatique ; il ne conçut jamais la Société d'Études Cathares comme un appareil idéologique destiné à répandre un tel système. Bien au contraire, en plaçant la liberté et le respect des opinions d'autrui, en tête des principes inspirant la Société il voulait qu'elle fût ouverte à une libre réflexion où chacun admettait la discussion de ses idées. Lui-même ne se privait pas de discuter les publications avec lesquelles il était en désaccord. Bien des auteurs n'acceptaient pas cette confrontation, indispensable pourtant à la recherche de la vérité. Ainsi, René NELLI, Fernand NIEL, et à un moindre degré Jean DUVERNOY, chercheur intègre de grande qualité, après avoir collaboré aux "Cahiers", s'en éloignèrent, préférant développer leurs œuvres personnelles...

Déodat ROCHÉ insistait souvent sur la nécessité d'une "Gnose", d'une spiritualité qui ne fût pas seulement une théologie et un moralisme formels, mais une recherche active, une étude, une expérience de la présence et de l'action de l'Esprit dans la réalité du Cosmos. Il s'appliquait à montrer comment cette "Gnose" cheminait au long de l'histoire humaine, sous des formes diverses, mais avec une orientation constante, et l'anthroposophie était à ses yeux, au XXe siècle, son aboutissement le plus explicite.

Il montrait aussi comment d'importants éléments de cette Gnose éternelle se trouvaient dans le vaste corpus traditionnel des Églises chrétiennes, mais volontairement laissés dans l'oubli, atténués, réduits à des abstractions et des symboles désormais incompris. Non sans quelque amertume, il rappelait à l'occasion : "Vérité à l'intérieur de l'Église, erreur à l'extérieur, aux yeux des clercs..." Cette sentence pourrait être une définition du sectarisme, comme perversion où, finalement, l'institution a plus d'importance que la vérité.

L'ouvrage du catholique Charles Pfleger, "Aux prises avec le Christ", publié avec l'Imprimatur en 1949, à Mulhouse (Éditions Salvator), illustre cette maladie du sectarisme, même chez des penseurs de qualité. C'est le cas de cet auteur lui-même qui fournit dans ce livre des études remarquables, par leur hauteur de vue et leur compréhension, sur des personnalités aussi diverses que Charles Péguy, Léon Bloy, André Gide ou Nicolas Berdiaev (1874-1948). C'est aussi le cas de ce dernier, à la recherche d'une Gnose chrétienne, dont Pfleger montre la nécessité et affirme :

"Il nous manque en Occident, au fond du subconscient, ce substratum particulier, spirituel et émotionnel, qui constitue en Orient, un terrain favorable à la Gnose." (oc p. 257)

Mais l'inconscience et "l'amnésie" historique sont énormes, chez un "bon catholique", dans une telle affirmation... Ce "substratum" ne nous manque aucunement en Occident, mais il a été **méthodiquement et implacablement persécuté, interdit et refoulé** hors de notre culture, par l'Église institutionnelle, dès les premiers siècles. La condamnation de la pensée d'ORIGÈNE par le Concile de 553, l'inexpiable massacre de la sage et noble HYPATHIE en 415 à Alexandrie par ordre de l'évêque Cyrille, sont des jalons parmi une multitude, sur cette voie funeste de l'automutilation spirituelle de l'Occident, en attendant le crime absolu de l'extermination du Catharisme, perpétré deux siècles durant...

PFLEGER a cependant le mérite de respecter la position du philosophe russe à ce sujet :

"Mais BERDIAEV rend l'agnosticisme de l'Église directement responsable d'avoir donné libre cours, dans le domaine cosmique déserté par elle, aux déprédations des fauteurs de l'occultisme, de la cosmosophie, et de l'anthroposophie à la manière de Rudolph STEINER. Endiguer ce désordre païen, combler cette grave lacune de la spéculation cosmologique du christianisme, voilà précisément à quoi tend, à quoi aspire ardemment la sophiotique russe." (oc p. 259)

Nicolas BERDIAEV a connu Rudolf STEINER, assisté à certaines de ses conférences, il en parle d'ailleurs dans son "Autobiographie spirituelle". Pourquoi ce chantre de la "liberté", sans tout admettre et en faisant son "tri", refuse-t-il l'effort de reconnaître au moins une part d'authentique "Gnose chrétienne" dans l'œuvre de STEINER ? Hors de "son" Église, de "sa" tradition culturelle et de "ses" caractères ethniques, il ne supporte pas — lui non plus — de retrouver la vérité, ou sa pathétique recherche... "Vérité à l'intérieur, erreur au dehors !" Et pourtant... Jamais "les fauteurs de l'occultisme" n'ont infligé à des peuples entiers la tyrannie séculaire et les massacres par quoi les Églises au pouvoir les ont écrasés spirituellement, paralysant ainsi l'âme de l'Occident, depuis lors, à la dérive.

Mais **les véritables** occultistes furent toujours, par nature, des esprits libres. S'ils ont su communiquer entre eux et former des courants culturels, ce ne fut jamais dans des structurations rigides. Toute institution, fût-elle, à l'origine, d'inspiration spirituelle et occultiste, dès lors qu'elle s'organise juridiquement et hiérarchiquement, est menacée par le sectarisme, et la Société anthroposophique comme les autres... On le voit, par exemple, à travers l'hostilité que toute une partie des membres y manifestent à l'encontre d'études astrologiques sérieuses, dont ils avouent cependant ignorer les fondements. Le prétexte de cette hostilité est que Rudolf STEINER a fait des réserves, justifiées dans leurs limites, au sujet de l'égoïsme superstitieux et déterministe de certaines pratiques "astrologiques".

Les mêmes sectaristes ne sont pas gênés, pourtant, par le fait que toute la cosmosophie de STEINER soit largement bâtie sur la tradition astrologique occidentale, du moment que "le Docteur a dit..." De même, les études astrologiques menées par des personnalités officielles de la Société anthroposophique, comme Élisabeth Vreede ou G. Wachsmuth, bien qu'on ne les comprenne pas toujours, sont acceptées parce qu'issues de l'intérieur de la Société, dont on fait ainsi une secte.

Ce dernier risque est permanent dès que les humains se laissent aller à codifier leur légitime coopération dans l'ordre spirituel. Si une Église cathare avait pu s'organiser solidement et durablement au XIIIᵉ siècle, elle n'aurait pas échappé à cette tendance universelle. Pas plus que la jeune Église chrétienne qui affirma la liberté de conscience, et la dignité humaine, face à la sectaire religion impériale de la Rome des premiers siècles, n'y échappa ensuite. Le Catharisme est esprit, il ne saurait se confondre avec une institution. C'est pourquoi il est sacrifié lorsqu'il se manifeste dans le monde, mais il ressuscite toujours. "L'Esprit est comme le vent, il souffle où il veut...", notre devoir est de le reconnaître là où il passe et non de prétendre limiter sa source, ou son passage, à une institution. La pureté (katharos) n'est-elle pas la conséquence de la véritable liberté — tout intérieure — à l'égard des puissances qui veulent nous manipuler ? L'amour lucide et sincère de la liberté, dans son exigeante plénitude, ne serait-il pas la véritable face cathare de la Gnose ? Déodat ROCHÉ devait le penser en 1963 à l'occasion de la seconde édition de "**L'Église romaine et les Cathares albigeois**", lorsqu'il ramassa la substance de son livre sur le bandeau dont chaque exemplaire était revêtu, et qui portait simplement : "Martyrs de la liberté..."

La première édition vit le jour en 1957 ; trente-cinq ans plus tard, en 1992, la nécessité de commencer le présent ouvrage s'imposa, sept années après les circonstances de janvier 1985 et quatorze ans après la mort de Déodat ROCHÉ. Quarante-deux années avant le terme de sa longue existence, commençait pour son épouse et lui-même une épreuve majeure : Madame ROCHÉ, atteinte d'un cancer, devait mourir en 1938. Cette époque fut probablement la plus douloureuse de la vie de notre vieil ami, je le compris à une allusion discrète mais significative qu'il me confia, une seule fois, à ce sujet... "C'est terrible de voir souffrir quelqu'un autant et aussi longtemps..."

Puis, à la fin de l'hiver 1993, le temps était venu de retourner au pays de Déodat ROCHÉ, après vingt-trois années d'éloignement.

Cependant, la lecture des nouveaux "Cahiers" — souvent affligeante —, les informations qui me parvenaient, adressées généralement par des amis, certaines publications, m'avaient permis d'observer de loin l'utilisation faite "au pays", du Souvenir Cathare et de la mémoire de Déodat ROCHÉ.

Lui, était un spirituel autant qu'un érudit. Son expérience intérieure lui permettait de comprendre les recherches et les efforts de spirituels d'autres époques, face aux puissances à l'œuvre dans le monde et dans l'homme. À travers des civilisations diverses, le courant est identifiable et permanent, des humains en quête de leur liberté d'être, et affrontant ces puissances. Pour Déodat ROCHÉ, le Catharisme médiéval fut, dans ses formes particulières, une des manifestations de ce courant spirituel irriguant — sans se réduire à aucune d'elles — le Bouddhisme, le Zoroastrisme, le Manichéisme, la Gnose, l'Origénisme, le Bogomilisme, pour ne citer que les principales.

On a souvent reproché au fondateur des "**Cahiers d'Études Cathares**", son intérêt pour l'Anthroposophie et même de l'avoir "amalgamée" au Catharisme. Mais on retrouve dans la pensée de Rudolf STEINER les grandes questions portées par la Gnose et le Catharisme au sujet de l'énigme du Mal, de l'évolution des créatures, de l'exil de l'homme dans la matière ; et les mêmes propositions de réponse comme le travail purificateur sur soi-même, la nécessité des vies successives, la dualité de ténèbres et lumière des puissances spirituelles... STEINER n'a pas inventé arbitrairement tout cela. Il était l'héritier de ce courant spirituel venu à lui à travers la culture européenne la plus profonde, le goethéanisme, la philosophie idéaliste, l'ésotérisme occidental et celui de l'Orient. Loin d'être un fait culturel isolé, le Catharisme fut inspiré par ce même courant, à l'œuvre dans les consciences depuis les origines. Si l'on veut en juger, il ne suffit pas de considérer les prestations de ceux qui se donnent, le plus souvent trop vite, pour "anthroposophes". Il est nécessaire d'étudier de près et de vivre le riche corpus, certes inégal et composite, laissé par STEINER. Fort peu, véritablement, des "catharisants" en vue, du XXe siècle, l'ont fait réellement, hormis Déodat ROCHÉ. Pour commencer à clarifier, dès maintenant, cette question sur laquelle nous reviendrons, par la suite, il importe de discerner deux aspects essentiels de l'Anthroposophie steinérienne. Le premier est un système syncrétiste, d'inspiration originelle théosophiste-blavatskienne, ne pouvant qu'apparaître pour le moins douteux à tout chercheur libre et sérieux. Le deuxième, au contraire, constitué par un sens profond de la métamorphose et de l'évolution, est l'un des apports les plus précieux de la culture allemande, par le goethéanisme. Que l'évolution organique des êtres vivants, depuis le ver de vase jusqu'à l'homme de génie, ait un sens, orienté vers l'accroissement de la conscience, ne fait plus de doute aujourd'hui. De même, chercher à saisir une telle évolution métamorphique dans la succession des courants culturels de type religieux et philosophique, est parfaitement fondé. En vue de cette recherche, et considérée avec circonspection, l'œuvre de STEINER peut être un stimulant utile ; elle inspira largement Déodat ROCHÉ. Ce qui devint problématique, avec lui, c'est qu'il glissa rapidement vers **l'acceptation intégrale** du système.

L'auteur des "**Études manichéennes et cathares**" se référait aussi à Peter DEUNOV, héritier, sur leur propre terre, des Bogomiles de Bulgarie et des Manichéens. On le lui a moins reproché... Sans doute, l'Anthroposophie attire-t-elle plus l'hostilité par son auto-affirmation d'omniscience intégrale. En n'oubliant pas que les sectaires — nombreux — dans le milieu dit "anthroposophique", reprochaient avec condescendance, à Déodat ROCHÉ, de perdre son temps avec "ses Cathares", on comprend qu'il était de ces chercheurs honnêtes, attaqués depuis les bords les plus opposés, manifestant par là qu'ils sont probablement les moins éloignés de la vérité...

En fait, le rapprochement comparatif de toutes ces formes culturelles est aussi indispensable, pour comprendre le Catharisme, que l'exploitation des documents textuels et archéologiques intrinsèques, car il s'agit alors d'une archéologie de l'esprit, complément obligé de celle des objets matériels.

Certes, la nécessité en échappe à ceux qui ont évacué de leur culture une composante, platonicienne peut-on dire, parce qu'ils sont incapables de la vivre. Au cœur de l'attitude cathare — et c'est probablement l'essentiel — se trouve une tension de l'entité humaine pour se saisir, et se maintenir, dans son intégrité. Comment pourrait-on la comprendre si l'on postule que l'être humain n'est qu'une illusion fantômale produite par la complexité existentielle ?

* * *

Et sur le grand site... celui où, en définitive, les choses semblent s'achever, et par lequel tout recommence, que s'était-il passé au long de ces vingt-trois années ? Que devenait Montségur ? Depuis environ 1955, Fernand COSTES continuait à restaurer le château, examinant chaque pierre et contribuant aux fouilles archéologiques. Il connaissait, ainsi que son ami Monsieur Armand DESCHAMPS, les traces et les preuves du siège de 1243-44 infligé à ce **château-là**.

Les recherches archéologiques sur le Pog avaient pris de l'importance au cours des années 1960, sous la direction compétente de Madame DURAND. Un milieu, surtout de jeunes étudiants pour la plupart, se réunissait là, chaque été pour la campagne de fouilles.

Au village de Montségur, une certaine faune, caractéristique de la fin du XXe siècle, s'était développée, cependant que disparaissaient les derniers paysans... Des illuminés et des charlatans "Nouvel-âge", des trafiquants de drogue — efficaces, ils ne furent jamais découverts — sévirent tour à tour, et simultanément. Mais, durant près d'une trentaine d'années, "L'Hestia" fut le principal lieu de rencontre, généralement de bon aloi d'ailleurs, tout au moins au cours des vingt premières...

Fanita de PIERREFEU avait acheté cette ancienne maison paysanne au début des années 1950 et Fernand COSTES l'avait fort bien restaurée. Elle manifesta bientôt l'intention de réaliser là un "Centre d'Études Cathares" et voulut convaincre Monsieur ROCHÉ d'y appliquer les forces et les ressources de la Société, qui aurait eu son siège à "l'Hestia". Comme Secrétaire général, il en fut tracassé un certain temps, puis il écarta le projet. Ses relations ultérieures avec la comtesse, tout en restant bonnes, n'en furent pas moins quelque peu altérées. Au "Catharisme" mondain, il préféra, à partir de 1956, se consacrer, en y invitant la Société, à une tentative de retraite spirituelle, humble et rustique, à l'Estagnol.

La comtesse passait l'été à "l'Hestia" et quelques périodes en cours d'année, vivant le reste du temps à Paris ; puis, dans les années 1970, elle se fixa à Montségur. Née VAN HOOT-HORN, en 1899, Fanita était issue d'une grande famille de la noblesse des Pays-Bas qui avait donné des Gouverneurs à ce pays. Au cours d'une vie assez aventureuse, elle épousa d'abord le marquis Régis de MALESSIS dont elle eut un fils qui vécut longtemps aux États-Unis et n'en revint qu'après la mort de sa mère. Ses enfants sont les deux petites-filles qui visitaient parfois leur grand-mère à Montségur. En secondes noces, Fanita épousa le comte de PIERREFEU.

Élevée dans un pareil milieu, sur le train d'une grande maison, elle prit l'habitude, et le goût, de vivre au centre d'une petite cour, en accord d'ailleurs avec sa nature généreuse, ouverte, un peu ostentatoire... Simone HANNEDOUCHE, qui s'était rendue, à Paris, à quelques-unes de ses invitations, m'avait dit, d'un air lassé : "Oh... chez Mme de PIERREFEU, on rencontre toutes sortes de gens !..." Il en fut de même à Montségur. À notre époque, il n'est pas facile de trouver beaucoup de personnes fréquentables, disposant de leur temps pour séjourner à longueur de mois dans un fond de vallée pyrénéenne... C'est ainsi que la "cour" de la pauvre Fanita se réduisit peu à peu en nombre et — ce qui fut plus grave — en qualité.

Vers la fin des années 1970, elle hébergeait une compagnie plus que douteuse qui lui valut de finir ruinée. En dix ans, elle avait dilapidé trois millions de francs...

Son ultime et dérisoire entourage n'était plus constitué que de parasites et quand l'occasion s'en présentait, il vendait carrément un des meubles précieux venus des antiques maisons nobles de la famille, pour échouer à Montségur...

En 1980, l'ultime et fatal charlatan fit son entrée sur ce pauvre théâtre... Lui, se présenta d'emblée comme un mage guérisseur au nom macaronique. Mme de PIERREFEU souffrait de rhumatismes cruels, elle fut réellement soulagée et le mit au crédit des pouvoirs du thaumaturge. Dès lors celui-ci devint tout-puisaant dans la maison.

Vers la fin août, la comtesse fit, chez elle, une mauvaise chute dans des conditions qui ne furent pas éclaircies. Elle se trouva très vite dans un état inquiétant, mais le mage prétendit se charger de la guérir. Aucun des profiteurs présents ne prévint le médecin. Ils ne le firent qu'au bout de deux jours, en voyant s'aggraver l'état de la blessée. Le médecin fit alors transporter en urgence Fanita de PIERREFEU à l'hôpital de Toulouse. On y constata qu'il était trop tard... Elle fut ramenée chez elle pour y mourir aussitôt.

Ses obsèques eurent lieu à Montségur, le 28 août 1980, célébrées par son filleul P.L... Une semaine plus tard, le curé de Montségur, toujours vigilant face à l' "hérésie", célébrait un office catholique à l'intention de la comtesse...

Il se fit une enquête de gendarmerie, étonnamment molle, car personne ne fut inquiété. Et pourtant... il y avait eu non-assistance à personne en danger, et... lorsque les gendarmes arrivèrent, peu après le retour de l'hôpital, ils se heurtèrent littéralement à l'une des parasites qui emportait précipitamment un service en cristal !...Les derniers rongeurs achevaient de vider la maison. Mais certains n'étaient-ils pas déjà protégés ?

Les deux petites-filles de Fanita, habituées à remettre de l'ordre... le temps de leurs visites, arrivèrent bientôt. Ces jeunes personnes de dix-huit à vingt ans, énergiques et lucides, expulsèrent enfin cette faune funeste, mais... trop tard, là encore...

Devant tout cela, une question se pose alors. Le fondateur de la Société d'Études Cathares, avec toute sa bonne volonté d'éveiller dans le public la conscience du drame cathare, ne s'engageait-il pas dans une voie dangereuse en créant une Institution ? Un tel engagement ne pouvait qu'offrir beau jeu au "Prince de ce monde" — passions, vanités, intérêts — pour masquer la pure figure du maître d'Arques et le charisme de son message. C'est tout de même une leçon qu'il nous donne à méditer...

Désormais, il est impossible de trouver en librairie le moindre ouvrage de notre vieil ami. Tous les tirages en sont épuisés, et la situation créée par Mme V... stérilisa toute réédition. La "machine" cultureuse a le champ libre pour défigurer, et même calomnier, le souvenir et l'œuvre de l'homme qui, au début du XXe siècle, aura compris avec le plus de sérieux, de pénétration spirituelle et d'honnêteté, la force libératrice du Catharisme.

Au détour d'un chapitre, dans un livre, un article ou quelque conférence, on place un coup de patte pour déconsidérer le travail de Déodat ROCHÉ... Et rien, en face, ne répond. Ses livres ne sont même plus offerts pour témoigner.

Il existe, maintenant, de grandes et bonnes librairies, spécialisées en Histoire, Philosophie, Esotérisme... Ici, le vendeur me dit : "Souvent, on nous demande les ouvrages de Déodat ROCHÉ. Comment se fait-il qu'ils ne soient pas réédités ? Ils se vendraient, vous savez..." Je n'en doute pas, bien sûr...

Mais avec le temps, on les oubliera et ils ne seront plus demandés. Alors, Mme V... aura achevé sa véritable besogne... Un autre libraire me répond : "Oui, ils sont épuisés. Il faut bien dire aussi que ces livres sont obsolètes... Je ne dis pas qu'ils sont mauvais, mais ils sont dépassés. Nous devons beaucoup à Déodat ROCHÉ, mais avec tout ce que l'on fait aujourd'hui, son œuvre est devenue obsolète..." Il n'était pas hostile pourtant et jugeait lucidement un certain milieu "cathariste". Pas hostile mais, pire peut-être : il s'était laissé convaincre, à son insu, par le milieu ambiant, de l'inutilité que l'œuvre de l'érudit spirituel d'Arques demeurât présente, elle aussi, avec sa propre lumière, cependant que les générations suivantes poursuivent leurs recherches.

Sourdement repoussée par l'univers des affairistes, la mémoire de notre vieil ami devait être cherchée ailleurs...

* * *

Nous arrivâmes de Couiza sous un ciel gris, un vent aigre et un froid noir. Dans ce pays, comme inhabité, ne se voyait âme qui vive ; ce n'était pas seulement à notre première arrivée ici, trente-deux ans plus tôt, que nous étions ramenés, mais subitement à des siècles anciens... En montant vers le château et son donjon, la vallée d'Arques se découvrait avec le village, qui me parurent immuables. Dans cette solitude, sous la lumière grise et froide, ce pays devenu essentiel, sortait du monde changeant, et semblait appartenir à l'éternité.

Souvent, Déodat ROCHÉ m'avait parlé des hivers glacés au village et des longues soirées passées, une couverture sur les genoux, à terminer son livre "**Survivance et immortalité de l'âme**". Maintenant, il était là, dans l'ampleur austère de ce paysage splendide, intemporel, de l'hiver, qu'il avait habité plus d'un siècle durant, à travers les saisons de la vie et celles du temps. Dans sa présence spirituelle, par-delà cette majesté de l'espace, cette force de l'air et la permanence de la terre, il se révélait plus vrai sans doute que je n'avais pu le connaître et, peut-être, que lui-même ne se manifesta jadis, uni maintenant à l'âme mystérieuse de ce pays meurtri ; de même nature qu'elle...

Au village, désert à cette heure, l'extérieur de la maison était absolument inchangé, avec le soubassement de blocs aux joints soulignés, le crépi et les volets gris. Ceux-ci étaient fermés, bien sûr, mais j'avais accoutumé de les voir ainsi lorsque Monsieur ROCHÉ était à l'Estagnol et que je passais par là. Tout apparaissait dans un éternel présent. Seule, la plaque bleue, fixée à l'entrée de la "rue D. Roché 1877-1978", semblait étrangement anachronique...

Le lendemain, nous fûmes à Montségur. Le temps hivernal s'assombrit encore et, vers midi, la neige s'annonça. Au village, nous prîmes la route gelée et à demi-enneigée, puis, du Col du Tremblement, je montais à pieds jusqu'à la Stèle par le sentier verglacé. Le vent froid et vif menait de biais les fines parcelles de neige dure, encore clairsemées. Tout était désolé, immobile et silencieux autour du monument.

Dans cette solitude glacée que je n'avais jamais vue, car pour la première fois, je venais ici en hiver, la présence d'un autre espace transparaissait avec une réalité peu commune, de même que Déodat ROCHÉ "était"derrière moi en janvier 1985...

Ici, nous avions connu les matins de Pentecôte où la lumière du printemps réunissait les membres les plus convaincus de la Société autour de son fondateur, de sa haute et fine silhouette dressée là, sur cet emplacement un peu rehaussé, à droite de la Stèle. Nous avions rencontré, en ces occasions, des Sociétaires que l'on ne voyait qu'ici, graves et porteurs d'une émotion contenue lorsque Déodat ROCHÉ, de sa voix légère et purifiée, ferme pourtant, insistant sur les mots, appelait à la mémoire et à l'avenir.

Il y avait eu là Simone HANNEDOUCHE, discrète à son habitude et fidèle, qui s'appuyait à mon bras pour redescendre le sentier périlleux ; et nombre de nos amis...

Mais aujourd'hui, les présences étaient autres et plus que le souvenir, elles étaient réalité dans l'instant et force qui m'enlevait au-dessus de la nostalgie que le passé ferait naître.

Vingt et un ans après la séparation physique, je retrouvai le compagnonnage spirituel qui avait éclairé ma voie à travers un monde avide, sectaire, et calculateur. Sur la montagne, nulle fleur ne s'offrait pour être déposée sur le petit monument, ainsi que je le faisais jadis. Cueillant de grandes tiges sèches de graminées émergeant de la neige et qui vibraient sous le vent, j'en fis une croix égale, maintenue par une pierre. Ses bras ténus frémissaient interminablement sur la Stèle qui témoigne sans défaillance, ferme et droite, depuis trente-trois ans ; respectée de tous, comme par miracle, gardée par l'amour... "Als catars, als martirs del pur amor crestian".

Là-haut, derrière la blancheur et la multitude oblique des flocons, le grand vaisseau de pierres grises allonge son mystère sur un ciel qui, aujourd'hui, est à sa couleur, celle qui persiste au-delà de toute mort.

Maintenant, le vent a diminué. Sous l'averse immaculée, le Pog blanchit résolument ; peu à peu, le chemin se recouvre et disparaît. Une fois encore, il est temps de redescendre, l'obscure et chaude vie du sang est d'en-bas, et la tâche n'est pas achevée...

Au bas du Prat, je me retourne. La Stèle, déjà loin, la forêt, le château des solitudes, s'estompent dans l'autre monde, derrière le voile blanc. Sur la neige, mon unique trace arrive jusqu'à moi, et pourtant... je ne redescends pas seul.

[illegible] la Seine qui [illegible] sous [illegible], ferme et droite, depuis [illegible] [illegible] de [illegible] gardée par l'amour. [illegible]

[illegible] multitude oblique des flèches, le grand [illegible] [illegible] [illegible]

[illegible] [illegible] Il [illegible] est [illegible] le sang est [illegible]

[illegible] la Seine [illegible] la forêt [illegible] des [illegible] blanc. Sur la [illegible] je [illegible] descends pas seul.

“Mon père, libre-penseur spiritualiste, ne cessa de rechercher, dans les sciences morales, un fondement nouveau à la foi profonde qui l'animait ; il m'a enseigné, de bonne heure, la vanité des récompenses enfantines, comme celle des gloires humaines. Il me rappelait souvent les paroles de l'Ecclésiaste, en plusieurs langues : « Mataïotèta mataïotétès kaï panta mataïotèta » — « Vanitas vanitum et omnia vanitas » — « vanité des vanités, tout n'est que vanité », et ceci, je l'ai trouvé rappelé de sa main sur un palmarès qui porte la preuve de ses succès scolaires.”

Déodat ROCHÉ (1968)

LIVRE SECOND

LA BIOGRAPHIE ANTÉRIEURE

Préliminaire

Dans la perspective où fut commencé le présent ouvrage, il devait s'achever sur les pages précédentes... Il s'agissait alors uniquement de donner le récit de ce que j'avais directement vécu, concernant l'activité des "Études Cathares" et l'existence de Déodat ROCHÉ.

En fait, par ses nécessités rétrospectives et documentaires, par les entretiens significatifs et les témoignages recueillis, par des informations que le Destin, curieusement, fit converger vers moi, ce travail évoqua bientôt, constamment, la profondeur temporelle de ces quatre-vingt-quatre années vécues par mon vieil ami, avant notre rencontre.

Lorsque, après une longue absence, je revins dans son pays, l'accueil amical et ouvert reçu de la part de ceux qui l'avaient longtemps côtoyé, rendit force et vie aux souvenirs lointains de cette grande période, précédant pour l'essentiel ma propre naissance... Tout cela complétait mes connaissances personnelles, les confidences que me fit naguère Déodat ROCHÉ, les petites phrases murmurées çà et là...

Peu à peu, je perçus intérieurement une volonté autonome de prendre forme, non seulement de ce qui s'était passé, mais de la personnalité même qui fut celle de notre vieil ami. L'éclat du souvenir se ranimait progressivement en remontant vers les racines de son destin, puis l'évidence m'apparut en pleine lumière : il fallait — aussi — dire clairement la totalité de sa vie, car elle avait autant d'importance que son œuvre extérieure ; elle était, peut-être même, la part essentielle et la plus significative, quoique la plus secrète, de son œuvre de vivant dans son accomplissement humain.

Je revois très exactement cet instant d'un tiède et lumineux après-midi de juillet 1962, dans la clairière de l'Estagnol. Ce fut simplement une évidence intérieure qui s'éleva sans que je n'y sois pour rien, peut-être aussi une injonction : “Le jour venu, tu auras le devoir d'écrire l'histoire de Déodat ROCHÉ...” Sur le moment, cela me parut hors de portée, et, de toute façon pour un avenir très lointain, mais je pensais tout de même alors : il faudra entreprendre avec Monsieur ROCHÉ des entretiens réguliers au cours desquels il me racontera peu à peu son existence passée.

Mais, si notre vieil ami avait une présence physique légère et aussi peu matérielle que possible, il semblait néanmoins installé dans la permanence ; les années se succédaient, et chaque été nous réunissait, actifs, à l'Estagnol où nous le retrouvions apparemment inchangé. De mon côté, j'étais encore assez jeune pour qu'un cycle annuel me parût alors une existence à lui seul, et rien ne pressait, me semblait-il...

Parfois, lorsque la haute silhouette de Déodat ROCHÉ traversait la clairière sous les pins, sa présence purifiait et ennoblissait le site avec une telle force paisible, que ce bonheur ouvrait sur une interrogation douloureuse : le jour où il ne sera plus là, que deviendra ce lieu, comment y vivrons-nous ? Mais cela me semblait irréel, devant la vie présente, intense et assurée, et mes interrogations s'évaporaient... Monsieur ROCHÉ lui-même, d'ailleurs, ne les suscitait pas.

Contrairement aux gens qui atteignent un grand âge, il n'évoquait presque jamais le passé. Entièrement adonné à son œuvre, il vivait essentiellement le présent, comme toute personne active, en se préoccupant de l'avenir que la nécessité imposait sans cesse de préparer : le prochain numéro des “Cahiers”, les Éditions, l'Assemblée suivante de la Société ou le futur Congrès... Pour lui, comme pour moi, les journées étaient bien remplies et, durant la période libre de 15 à 17 heures, où nos entretiens pouvaient trouver place, nous avions le plus souvent, l'un et l'autre, quelque chose d'immédiat à faire. Lui, écrivait souvent à cette heure-là, sur d'étroits papiers qu'il couvrait de son écriture anguleuse et menue avant de les porter, en traversant le Séjour du Pavillon central, à Simone HANNEDOUCHE qui dactylographiait ses manuscrits, avec une inépuisable gentillesse et un dévouement sans limite... Et l'on entendait la voix de Déodat ROCHÉ qui l'interpellait : “Madame HANNEDOUCHE, pourriez-vous faire ceci... Il faudrait modifier cela. Avez-vous vu ce qu'a écrit untel ? Oh ! Alors, qu'est-ce qu'il barbouille celui-là ! Eh bien, voici ma réponse, pour le prochain “Cahier”...Croyez-vous ? Encore de la polémique va-t-on dire ? Cela s'appelle tout simplement “répondre” et c'est un devoir. Si on ne le fait pas, on donne raison aux adversaires et ils continuent d'occuper le terrain, depuis sept siècles et plus... D'ailleurs, STEINER répondait, lui aussi !" Et le temps, bien employé, passait toujours assez vite, car cet homme de grand âge et d'apparence fragile était habité par l'un des grands courants spirituels de l'histoire des hommes, et il le servait de tout son être, autant qu'il le pouvait. Il est vrai que, dans ces conditions, la disponibilité qu'auraient nécessitée des entretiens systématiques nous était arrachée par le flux de la vie quotidienne.

Voici, par exemple, une journée, pas essentiellement différente de beaucoup d'autres, mais dont je garde un souvenir particulièrement vif. C'était en juillet 1966. Monsieur ROCHÉ était descendu par la voiture du matin, vers 9 heures, car il avait à faire à Arques, notamment réceptionner un premier paquet de son petit livre "**Contes et légendes du Catharisme**", en cours de réimpression. Mais il avait bien d'autres choses à traiter et il en marquait à l'avance la liste sur des chutes de papier étroites et longues, tombées du massicot de l'Imprimerie Gabelle, qu'il utilisait pour tout, et même pour établir certains de ses manuscrits... Il avait ajouté, ce matin-là, à sa liste, le "pique-faux" que je lui demandais et qu'un voisin nous prêtait. C'est ainsi que l'on nommait, dans le pays, la petite enclume nécessaire pour battre la lame dont je fauchais la clairière. À midi, le taxi Auriol émergeait sous les arbres. Déodat ROCHÉ en sortit vivement et vint à moi, son sac à dos de vieille toile grise à l'épaule ; encore à dix mètres, il me cria : "Catastrophe à l'Imprimerie !" Quand il finit d'approcher, je vis son teint, toujours pâle ordinairement, rosi ce matin-là, sans doute par le fait qu'il s'était activé, et aussi de l'émotion... Cette fraîche couleur, son allure aventureuse, ce léger sourire d'humour par lequel il se distançait toujours de ce genre de "catastrophes", lui redonnaient son allure charmante d'adolescent. C'était un de ces brefs instants miraculeux où l'on perçoit le pouvoir latent de l'Esprit à faire reculer la vieillesse et la mort, en attendant de les vaincre dans un futur mystérieux, aussi incompréhensible que l'origine de la vie et pourtant, comme elle, qui ne peut pas ne pas être...

En approchant, il m'expliqua : "J'ai reçu un premier paquet des "**Contes**"... Ils ont mis les clichés à l'envers. J'ai aussitôt téléphoné pour faire arrêter le tirage. J'espère qu'ils avaient attendu mon avis pour continuer. De toute façon, l'erreur sera à leur charge, mais elle va nous retarder..." Il y avait effectivement quatre pages de clichés-documents sur papier couché. Le résultat, à l'envers, était grotesque... Alors, l'après-midi se passa à mettre au point une maquette corrigée pour qu'il n'y eût plus de malentendu. Le tirage correct s'effectua dans la quinzaine suivante et je pus amener, en août, la nouvelle édition pour la vendre à Montségur. Au bout de quelques minutes, après m'avoir montré le "désastre", notre vieil ami, sans se laisser troubler, ouvrait son sac et me tendait le "pique-faux"...

Un autre jour, nous avions étudié, le matin, les rapports entre les trajectoires planétaires et les formes organiques. L'après-midi, Monsieur ROCHÉ m'en reparla. Dans sa jeunesse, il avait aimé la géométrie et s'en souvenait, mais ses études littéraires et juridiques ne l'avaient pas conduit à la cinématique des courbes roulantes, qui l'intriguait cependant... Si vous voulez, lui dis-je, je peux vous faire un petit exposé sur la question. On le sait, avec l'âge, la plupart des gens deviennent essentiellement émetteurs de souvenirs, incapables d'assimiler quelque chose de nouveau, voire simplement d'écouter quelqu'un. Lui, n'était pas dans ce cas... Il me regarda d'un air intéressé, aussitôt enthousiaste, et me dit : "Allons-y !" Quand nous fûmes à la grande table, devant une feuille de papier, dans le calme vespéral de la clairière, il fut, inversant nos rôles en cette occasion unique, le doyen et le plus génial de mes élèves...

Ainsi passaient les jours, consacrés au présent. À partir de 1967, Déodat ROCHÉ nous fit partager sa préoccupation de l'avenir qui aboutit, on l'a vu, au travail absorbant d'aménagement des deux Sociétés. Le soin que nous apportâmes alors à ce qui devait se révéler, par la suite, des **leurres**, acheva de nous détourner du travail — qui, lui, eût été pérenne — de restitution du cheminement personnel du philosophe d'Arques.

Certes, il nous a laissé, fort heureusement, dans son œuvre écrite, un certain nombre d'indications autobiographiques, mais toujours très sobres et d'un point de vue aussi impersonnel que possible. Nos conversations montraient que l'échange amical l'amenait à révéler tout autrement, de manière proche et confiante, sa précieuse expérience vécue. Mais elles ne furent pas assez méthodiques pour déployer l'ensemble du tableau de sa vie. Il y eut cependant, à cet égard, une clémence du Destin...

Quelque trente années plus tard, des réponses commencèrent à m'arriver par bribes, aux questions que je n'avais pas posées en temps utile. Ces dons m'amenèrent alors à chercher par moi-même. Ce fut ainsi que des pans lointains de l'existence de Déodat ROCHÉ, se déployant sur les deux siècles, émergèrent peu à peu de l'ombre du passé, pour soutenir, éclairer aussi, ce que j'en avais connu, révéler enfin sa personnalité, plus complètement et dans son devenir.

"Le souvenir le plus vif qui me soit resté de ma jeunesse est celui des promenades matinales que je faisais avec mon père, quand je n'avais pas encore quitté le village natal pour la ville... L'impression de ces sorties matinales ne s'est jamais effacée de ma mémoire. J'ai perdu la compagnie de mon père, mais j'aime encore à suivre le chemin fleuri, puis rocailleux, et à monter vers le soleil dans la fraîcheur de la rosée avant de me laisser absorber par les travaux du jour.
Je sens alors la présence aimée de celui qui a échappé à l'emprise de la matière comme la nature aux ombres de la nuit."

Déodat ROCHÉ (1968)

Quatrième Partie

UNE SI LONGUE VIE...

"Les Albigeois sont les derniers Aquitains. Leur histoire renferme une épopée chevaleresque et un martyrologe patriotique et religieux. L'épopée, c'est la guerre romane, la triple défense du ciel, du sol et de la cité; du territoire contre la croisade, de l'indépendance nationale contre la monarchie capétienne, de la liberté religieuse et de l'affranchissement de l'esprit humain contre la théocratie romaine."

Napoléon PEYRAT. (1870)

Chapitre 12

Les origines

Marie DELFOUR naquit à Arques, le soir du 25 novembre 1859 à 21 heures. Son père, Jean, était cultivateur et berger sur la commune de Belcastel, à une douzaine de kilomètres au nord du village, mais sa mère, Céleste née PEYRARD, demeurait à Arques, ce qui valut à la fillette d'échapper, par la suite, au rude travail de la vigne ou de l'élevage des moutons, qui faisaient vivre, avec la forêt renaissante, les habitants de la région. C'était alors, depuis 1852, le temps du Second Empire où régnait Napoléon III-Badinguet, dans la phase la plus autoritaire de son régime. À l'époque, on devait encore présenter réellement le nouveau-né à l'Officier d'État-civil, qui fut, en l'occurrence, Hubert ROCHÉ, Maire d'Arques et principal négociant du village.

Ce Maire n'avait pas été élu, mais désigné par le Préfet de l'Aude, lui-même nommé par l'Empereur, procédures révélatrices de ce que pouvaient être l'autoritarisme et la rigidité de la société bourgeoise officielle de ce temps.

Hubert ROCHÉ, né en 1816 au début du règne de Louis XVIII, vécut sa jeunesse sous les trois derniers rois que la France ait connus : deux Bourbons, frères de Louis XVI et un d'Orléans.... Il devait être aussi le maître de maison dont dépendrait la petite Marie DELFOUR lorsqu'elle entra, vers l'âge de treize ans, au service de la famille ROCHÉ. Cette dernière occupait une vaste demeure, sise au milieu du village, sur la rue principale, à droite, en montant vers le Col du Paradis. En 1994, l'Office des Forêts en occupe une petite partie. Hubert ROCHÉ, important commerçant en situation de monopole, tenait dans cette maison un Magasin universel où l'on vendait tous les biens nécessaires à la vie dans une contrée isolée : depuis les tissus et les vêtements jusqu'à la nourriture, en passant par la quincaillerie.

Les douze kilomètres séparant Arques de Couiza se faisaient par un chemin pierreux suivant le lit de la Sals qui prend sa source au pied de l'Estagnol et va se jeter dans l'Aude. Les inondations, qu'aggravaient les pentes dénudées par le pâturage séculaire des moutons, en emportaient périodiquement des tronçons entiers et les convois de mulets devaient alors emprunter les sentiers des collines pour atteindre Arques, devenu, en ce temps-là, un centre forestier actif voué au reboisement de la forêt de Rialsesse, sous l'autorité d'Hubert ROCHÉ. La commune comptait 550 habitants en 1859 et 530 en 1873, effectifs proches encore du maximum historique de 601 en 1846, alors qu'en 1992, elle n'en a plus que 210, ce qui ramène exactement au dénombrement de 1366...

La maison, comme la famille ROCHÉ, était la plus riche, la plus puissante du village, et Hubert, le principal notable. Ce dernier avait trois fils, Numa né en 1841, Léon qui fut médecin et conseiller général de l'Aude et Omer-Paul, le plus jeune, né le 5 juin 1848, à 2 heures du matin à Arques. Dans une telle famille, on jugea que l'aîné hériterait de l'entreprise familiale et que le cadet se devait d'aller faire des études à la ville. Ce fut ainsi que le jeune Omer-Paul ROCHÉ se retrouva élève au Lycée impérial de Carcassonne. Les photos anciennes le montrent sanglé dans la redingote paramilitaire à double rangée de gros boutons de cuivre, soutenant un collet haut et raide.

Il fut décidé que le jeune homme serait notaire, une profession considérée et qui pourrait s'avérer bien utile dans une pareille famille. Lorsqu'il eut achevé son apprentissage de clerc, on lui ouvrit une Étude dans la grande maison familiale.

En mars 1877, à la fin de l'hiver, Marie DELFOUR était une très jeune fille de dix-sept ans, à la taille élancée, grande et mince ; et, au village, le souvenir s'est gardé qu'elle était belle... Dans ce pays où les sommets atteignent entre six cents et mille mètres, sur le village situé à quatre cents mètres d'altitude les hivers sont rudes et amènent de la neige avec des vents violents et glacés. Mais le printemps arrive d'un seul coup, dans la tiédeur soudaine où s'épanouissent les fleurs roses des pêchers et les couronnes des amandiers. Alors, le plus humble des besogneux se réjouit en ressentant sa condition s'améliorer un peu, sous un ciel de lumière. Mais en ce mois d'avril 1877, Marie ne pouvait pas se réjouir d'un cœur léger, car ce printemps-là amenait dans son corps un étrange événement que la société d'alors, napoléonienne encore, et victorienne, flétrissait d'un implacable opprobre. Bientôt, sa fine taille de jouvencelle s'alourdirait et sa "faute" apparaîtrait au grand jour, en permanence, aux yeux de tous...

Elle assuma son destin et, trois semaines après ses dix-huit ans, à l'approche de Noël, au cœur de la nuit, le jeudi soir 13 décembre 1877 à minuit, elle mit au monde un petit garçon qui fut déclaré le lendemain "fils de Marie DELFOUR, âgée de dix-huit ans et de père inconnu", sous les prénoms et nom de Déodat, Étienne, Jean-Baptiste DELFOUR, lesquels sont rappelés, sur le registre de l'État-civil, en une grosse écriture marginale complétée de la mention "illégitime" doublement soulignée.

Ce qualificatif, pesant car il signifie à un être que sa naissance est contraire à la loi, et son existence même réprouvée par la société, apparaît sur les registres d'Arques dans un cas sur dix environ, à cette époque.

La déclaration était faite par l'épouse du frère de la mère de Marie, en présence d'Antoine DELFOUR, son frère et son aîné de six ans, maréchal-ferrant de son état, lequel signe d'une très belle écriture, ferme et régulière, la déclarante ne sachant pas écrire.

En réalité, le père du petit Déodat n'était inconnu que de l'État-civil, et il veillait sur sa jeune compagne. Il avait même acheté la maison de Théodore Monge, sur la place principale où il avait installé la future jeune mère et où venait de naître son enfant. Omer-Paul ROCHÉ, fils de la première famille du village, bachelier en droit et jeune notaire depuis 1873, était un "Monsieur", mais surtout les témoignages sont unanimes pour reconnaître sa bonté, son humanisme et sa douceur bienveillante. Sa photographie, que son fils garda pieusement sur son bureau, durant toute sa vie, montre un visage, aux traits nobles, dont le regard ouvert exprime l'idéalisme.

Comment la petite paysanne de dix-sept ans aurait-elle pu résister à ce prince de vingt-huit ans ? Elle-même pensa, durant toute sa vie, qu'elle ne le pouvait pas... Car ces événements la préoccupèrent jusqu'à la fin de ses jours, tellement cette année 1877 la marquera profondément. Âgée de plus de quatre-vingt ans, elle éprouvait encore le besoin de se justifier auprès de son fils, devenu magistrat en retraite ! "Tu sais, ce qui est arrivé... ce n'était pas de ma faute..." Enfin, se ravisant, elle ajoutait : "Et puis, maintenant que tu es là... tu ne me reproches pas de t'avoir mis au monde !.."

Déodat ROCHÉ, avec sa sérénité naturelle et, sans doute aussi, sa première éducation stoïcienne, prenait cela avec un humour détaché. Il n'avait guère apprécié sa grand' mère Nathalie, plus sévère qu'affectueuse et s'amusait à rappeler : "Elle était bien fière de son nom de ROCHÉ qu'elle ne voulait pas accorder à son petit-fils naturel, mais elle oubliait qu'elle aurait dû s'appeler BERNU, avec toute la lignée de son mari, jusqu'à moi compris... Car une demoiselle

ROCHÉ se trouva enceinte, à l'époque de la grande Révolution, des œuvres d'un BERNU, mais lui ne reconnut jamais l'enfant, un garçon qui garda le nom de sa mère..." Les archives d'Arques révèlent que la famille BERNU donna des notables à la commune, avec Jean-Étienne notaire en 1786, Jean-Antoine Maire en 1800 et Jean-Baptiste BERNU, notaire et maire en 1815. Sous le nom de ROCHÉ, la tradition fut maintenue...

L'obstacle au mariage qui aurait légitimé la naissance du petit Déodat était venu, en effet, de Dame Nathalie AZAÏS, née en 1822 et mère d'Omer-Paul ROCHÉ. Son époux, Hubert ROCHÉ, devait être d'accord avec elle sur ce point car, Maire et Officier de l'État-civil, rien ne l'obligeait à insister lourdement en laissant répéter cette mention marginale, sur le registre des naissances, soulignée d'un double trait, "illégitime", comme pour rejeter définitivement, hors de la famille, son petit-fils nouveau-né.

Dans les actes d'État-civil d'Arques, la famille ROCHÉ est une des rares dont les noms soient précédés révérencieusement de "Dame" ou de "Monsieur"... Et Madame Nathalie, épouse du Maire et homme le plus important de la Commune, n'entendait pas que son fils, brillant notaire, épousât une petite paysanne, servante de surcroît, dans sa propre maison de famille.

On n'épousait pas les petites bonnes, surtout lorsqu'on les avait engrossées !... C'était ce que cette mère tentait d'expliquer à son fils, en ajoutant que, dans les bonnes maisons, on renvoyait toujours les filles enceintes, ce qui n'empêchait pas de leur donner, incognito, un peu d'argent... "Regarde le fils untel — ajoutait-elle à l'appui de ses dires — c'est ce qu'il a fait, et celui-ci, et celui-là, c'est ce qui se fait partout !..." Alors, le père de Déodat eut cette réponse : "Cela se fait peut-être partout, mais s'il y en a un qui commence à faire autrement, ce sera moi." Et il vécut, jusqu'à sa mort prématurée en 1906, comme mari et épouse, avec Marie DELFOUR.

Cependant, sa mère s'opposa implacablement au mariage et à la reconnaissance de l'enfant, et elle disposait de moyens de pression affectifs, économiques et juridiques suffisants pour qu'Omer-Paul ROCHÉ attendît, durant dix ans, de pouvoir reconnaître son fils. Il le fit seulement après la mort de sa mère, à l'occasion du dixième anniversaire du petit Déodat, le 14 décembre 1887.

Cet enfant qui lui avait été envoyé sans qu'il l'eût délibérément souhaité, il l'avait fait prénommer, à défaut de le pouvoir nommer à la naissance, d'une manière qui rassemblait tous ses vœux. Par "Déodat", il voulait le consacrer à Dieu, à la vie de l'Esprit, ce qui s'accomplit. Il était audacieux d'ajouter le nom d'Étienne, le premier martyr chrétien, lapidé à Jérusalem, peu après la mort de Jésus, en témoignant de sa foi : "Je vois les Cieux ouverts et le Fils de l'homme debout à la droite de la majesté de Dieu...". Déodat ROCHÉ acheva paisiblement sa longue vie, mais il fut un témoin public et sans faiblesse de ses convictions ; et dans les présentes années 2000, ne cherche-t-on pas à faire disparaître son œuvre sous les contresens, les incompréhensions et les falsifications qui s'entassent comme des pierres lancées ? Jean-Baptiste, le "Prodromos", disent les Grecs, c'est-à-dire le Précurseur, celui qui est "en avant sur la route", Déodat ROCHÉ lui fut également fidèle, en précurseur des Études Cathares, à la fois érudites et spirituelles. Tous ceux qui s'éloignèrent ultérieurement du fondateur des "**Cahiers d'Études Cathares**", pour le dénigrer ou l'ignorer ensuite, commencèrent par s'instruire auprès de lui et le fréquenter comme des élèves. Ce père avait vu juste, ou ses vœux ne furent pas déçus. Sans doute, faut-il penser les deux à la fois...

* * *

Cependant, Omer-Paul ROCHÉ n'épousa jamais Marie DELFOUR et mourut "célibataire", selon son acte de décès du 1er février 1906... De leur vivant, ses parents, eu égard à la législation en vigueur à l'époque, avaient le pouvoir d'interdire d'abord, puis d'opposer de graves difficultés au mariage de leur fils. Par la suite, ses convictions de libre penseur lui firent refuser, touchant à sa vie privée, un acte officiel où l'Église romaine avait encore un pouvoir jusqu'en décembre 1905, et où, d'une manière générale, il n'admettait pas l'intrusion de l'État. Ce Notaire, poète et philosophe, qui fut Maire de sa commune vingt-cinq ans durant et jusqu'à sa mort, mais aussi Conseiller général et Officier d'Académie, entièrement dévoué à la cause publique et au service de ses concitoyens, se méfiait de tous les pouvoirs et connaissait leur caractère maléfique, à commencer par le pouvoir politique central. Il se souvenait du temps de son enfance où les argousins de Badinguet venaient dans les campagnes les plus reculées, arrêter brutalement, chez eux, d'honnêtes citoyens, au seul motif qu'ils étaient d'authentiques républicains, pour les envoyer pourrir au bagne de Cayenne.

Né dans une famille catholique, Omer-Paul souhaita ardemment, très jeune, se consacrer par la prêtrise au service d'autrui. Devenu lycéen par la volonté de ses parents, il lui arriva, un jour, de vouloir rendre visite, au Séminaire de Carcassonne, à de jeunes amis qui s'y préparaient au sacerdoce. À la vue de son uniforme de lycéen — obligatoire pour les sorties — le Père portier refoula avec aigreur cet élève de l'École publique. Pour sa nature sensible et idéaliste, ce choc entraîna un bouleversement profond et une blessure qu'il n'oublia pas. Étonné que l'Église, en qui il avait mis toute sa jeune confiance, pût n'avoir pas un visage chrétien, il en étudia l'histoire et découvrit très vite les atrocités perpétrées par l'Inquisition, au XIIIe siècle, dans la Cité même de Carcassonne, puis l'épouvantable déchaînement criminel de la Croisade et de la répression qui s'abattit durant plus d'un siècle sur son pays natal et sur ses ancêtres.

Ce père choisit donc résolument, et en conscience, de rester "naturel", mais il sut aussi être spirituel et, la vive affection portée à son fils aidant, il sut guider le jeune Déodat, dont l'âme éveillée et sensible ne demandait qu'à s'ouvrir à la connaissance et à discerner un idéal authentique.

Dès l'âge de quatorze ans, en 1891, comme il le disait lui-même, Déodat ROCHÉ put ainsi "retrouver le souvenir Cathare". Lorsque l'enfant arriva à Carcassonne pour y devenir lycéen à son tour, son père lui avait déjà expliqué ce qui s'était passé là. Aussi soixante-dix ans plus tard, achevant son ouvrage "**L'Église romaine et les Cathares albigeois**", il le fit sous la forme d'entretiens entre son père et deux camarades de Lycée, en souvenir de la source première de sa vocation cathare.

Vers 1890, c'était encore une expédition que d'aller d'Arques à Carcassonne et le jeune Déodat ne revenait guère à la maison que deux fois chaque année. Déjà, la vie était austère pour cet enfant qui ne l'était pas moins de nature et le resta jusqu'à la fin de ses jours. Son père fut un des rares notaires de tous les temps qui ne fit pas fortune et Déodat ROCHÉ se souvenait qu'il croquait, au temps de Noël, des châtaignes rôties, dans la cour du Lycée, cependant que ses condisciples, fils pour la plupart de riches viticulteurs, dégustaient des chocolats, excellents mais coûteux à l'époque.

L'affection et l'harmonie intellectuelle entre ce père et son fils donnèrent naissance, entre eux, à une correspondance fournie où, avec une égale spontanéité, révélatrice de la fraîcheur d'âme que le père avait su garder, les deux grands amis se communiquaient les fruits de leurs méditations, de leurs recherches, de leurs rencontres. On trouvera une partie de cette correspondance publiée par Déodat ROCHÉ dans les "Cahiers" et dans la dernière édition de "**L'Église romaine**" (1969). Avec les grandes vacances, arrivait pour eux l'immense bonheur de se retrouver et de reprendre leurs promenades philosophiques, les matins et les soirs d'été, au flanc des collines, sur les chemins qui dominent le bassin d'Arques. La hauteur de La Tapie était leur endroit de prédilection, ce fut là que Déodat ROCHÉ eut, par la suite, son rucher qu'il visitait, tous les jours où le temps le permettait, jusqu'en 1972.

Lors de l'été 1893, la Receveuse des Postes d'Arques accueillit, pour un séjour de vacances, sa nièce âgée de quinze ans. C'était une demoiselle éduquée dans une institution catholique, mais le jeune Déodat se lia d'une amitié toute platonique avec la jeune fille, et leurs promenades, en fin de journée, sur l'allée des platanes conduisant au Moulin, étaient des plus sages. À seize ans, Déodat ROCHÉ pensait déjà sa vie avec gravité et finit par dire, tout naturellement pour lui, à la jeune fille : “Si je me décide un jour à me marier, c’est à vous que je demanderai de m’épouser...” Les vacances passèrent, puis quelques années, et les deux jeunes gens se perdirent de vue.

Pour le jeune Déodat, après le baccalauréat, il fut nécessaire de s'installer à Toulouse, en novembre 1896, afin d’accéder aux études supérieures. Il aurait souhaité, par idéal, à l'époque, devenir médecin. Cette vocation philanthropique était d’ailleurs dans la famille ; son père la manifestait comme élu, elle s'épanouit pleinement chez le docteur Léon ROCHÉ, exerçant à Couiza, fils du cousin germain de Déodat, mort dans les années 1980 et que tous les témoignages donnent avec ferveur comme un saint homme, excellent médecin, rendant de multiples services et acceptant d’aller à toute heure de la nuit — à bicyclette durant la guerre de 1939-45 — dans les hameaux les plus reculés de la montagne.

Par goût personnel, Déodat ROCHÉ était attiré par la philosophie, mais il suivit les conseils de son père et entreprit ses études de Droit pour se destiner à la Magistrature. Cet excellent père lui accorda tout de même satisfaction en lui permettant de compléter son Droit, à la suite, d’une Licence de Philosophie qu’il acheva par un Mémoire intitulé : “**Plotin a-t-il simplifié le système des valentiniens ?**”. Ce texte, présenté devant le Jury en Juin 1903, semble être son premier écrit d’érudition qui nous soit resté. Il a été publié dans le “**Cahier d’Études Cathares**” N° 77.IIème série. Printemps 1978 (p. 13 à 64). Ainsi, Déodat ROCHÉ passe plusieurs années dans la ville rose, au tournant des deux siècles. En janvier 1899, l'une de ses lettres nous indique son adresse, à Toulouse, au 26 de la rue des Changes...

La correspondance avec son père montre que le jeune homme est très tôt préoccupé par les questions ésotériques et spirituelles, mais aussi par les problèmes sociaux, avec le souci de les aborder pratiquement, dans sa propre existence, même si, un peu paradoxalement, cette bonne volonté réalisatrice reste toujours assez théorique du fait d’un certain manque de sens du réel. La petite brochure “**L’évolution individuelle et l’harmonie sociale**”, contenant une conférence de 1956, témoigne de la permanence de cette double et complémentaire préoccupation.

"La vie est mêlée de larmes et de rires. Il faut apaiser les unes et modérer les autres pour trouver une sphère plus calme ; il faut se dégager des passions : passion et pâtir et souffrir, c'est tout un, mais l'amour est joie, l'amour vrai est bonheur intérieur à l'abri des tempêtes..."

Déodat ROCHÉ (1947)

Chapitre 13

La leçon des années

Au début du XXe siècle, le jeune Déodat ROCHÉ pense à l'organisation de son existence en fonction de ses idéaux. Il veut fonder une famille, cellule de base de la société, sans doute pour accomplir à son tour une œuvre éducative semblable à celle dont il bénéficia de la part de son père. Celui-ci, par exemple, se chargea au sortir de l'école primaire, de diriger ses premières années d'études secondaires, ce qui permit à l'enfant, de santé délicate, de retarder son départ du foyer familial. Peut-être aussi veut-il compenser une certaine solitude de fils unique, car il n'aura ni frère ni sœur, ce qui surprend un peu ou, en tout cas, montre que sa naissance procéda d'une forte volonté du Destin... De plus, bien que fils du Maire aux yeux de tous, il aura été, dix années durant, Déodat DELFOUR, à l'école en particulier et auprès de ses jeunes camarades, pour devenir subitement, le 14 décembre 1887, Déodat ROCHÉ, à un âge où les éléments d'identification ont une grande importance et où toute perturbation en ce domaine est vivement ressentie.

Toujours est-il qu'il veut fonder une famille, et assez nombreuse, il pense à cinq enfants, au moins. Le destin lui répond car, voyageant dans l'Hérault, il rencontre à nouveau, fortuitement, la jeune fille avec laquelle il se promenait, huit ans plus tôt, dans l'Allée des platanes d'Arques... Il lui déclare qu'il souhaite maintenant se marier et qu'il est prêt à honorer sa promesse.

Eugénie Emilie Marie-Louise LAGRIFFOUL accepte. Elle épousera Déodat

ROCHÉ le 22 octobre 1901, à Pomérols dans l'Hérault. Née en 1878, la jeune fille a vingt-trois ans. Ses parents sont d'importants viticulteurs, apparemment riches, qui la dotent largement en biens fonciers divers.

En fait, Déodat ROCHÉ s'apercevra bien vite qu'ils sont tous hypothéqués et fondent les uns après les autres, dans le gouffre sans fond des dettes de son beau-père. Celui-ci, familier du Casino de Monte-Carlo et des fastes de la Côte d'Azur, a dilapidé toute sa fortune. Rapidement, le jeune juriste se mettra à l'écart de ces affaires pourries, après avoir dû cependant éponger quelques dettes... Bien que son épouse fût irréprochable, très digne et tenant parfaitement sa maison, il devait retrouver indirectement plus tard, les conséquences de l'hérédité de ce beau-père égocentrique et jouisseur.

Pour le moment, son projet de fondation familiale se réalise. Son fils Paul naît sans retard, à Arques, un an après le mariage, le 30 octobre 1902, à 9 heures du matin. Mais, avec ce jour-là, se présentait déjà la coupe d'amertume : l'accouchement fut exceptionnellement difficile et les plaintes de la pauvre jeune femme bouleversèrent la maisonnée, à commencer par son époux. Soixante-cinq ans plus tard, Déodat ROCHÉ me confia discrètement les pensées douloureuses qui roulaient dans son esprit, devant les affres vécues par son épouse au cours de cette nuit terrible qui ébranlait déjà son espoir familial. “Comment pourrait-on, me disait-il, envisager d'imposer cela, une seconde fois, à une femme ?... Et pourtant, regardez le bord de ma main fermée... Trois enfants au moins y étaient inscrits...” Il me montrait alors les trois plis bien marqués à la base du petit doigt... Chez ce très vieil homme, derrière le sourire si doux d'une longue sagesse résignée, on sentait encore l'écho d'une ancienne nostalgie.

Mais, en ce début de novembre 1902, l'épreuve n'était pas achevée, le pire allait venir sous la forme d'une fièvre puerpérale qui faillit emporter la jeune mère, quasiment seule, à l'époque, à lutter contre la mort devant la septicémie menaçante. Aussi, après sa guérison et ses relevailles, déclara-t-elle, sans appel, qu'il n'était plus question, pour elle, d'avoir un autre enfant, car elle y perdrait la vie.

Ainsi, Déodat ROCHÉ se trouvait douloureusement frappé, dès son entrée dans ce domaine par lequel se succèdent les vivants, où il avait tout fait, cependant, pour être irréprochable. Il est hautement probable qu'il arriva au mariage en ayant observé une chasteté totale. Dans ses écrits de jeunesse, d'ailleurs, il exprime des positions très nettes en ce sens. Au cours de nos conversations, j'ai pu comprendre qu'il n'avait jamais accepté de subir — et encore moins de rechercher — les sensations violentes, sexuelles notamment, chassant la soi-conscience de l'âme, alors abandonnée à la sensorialité sans limite. Son registre d'existence, naturel et permanent, se situait à l'altitude, sereine et pure, de la lumière de l'Esprit où l'entité humaine est appelée à reconnaître sa véritable patrie. Dans le mariage, ce fut certainement comme un devoir et non comme un désir, qu'il avait abordé, avec le plus grand respect, le mystère, qu'il tenait pour sacré, de la transmission de la vie. Et voici qu'il était brutalement chassé, par le Destin, de l'accomplissement, auquel il aspirait, de ce qui lui semblait la première des responsabilités sociales...

À l'âge de vingt-cinq ans, il voyait son espoir familial considérablement et définitivement amenuisé. Son affection et sa loyauté lui interdisaient de reconstruire un foyer avec une nouvelle épouse, mais, d'un autre point de vue, il ne pouvait envisager de poursuivre avec la sienne une vie conjugale comportant des relations sexuelles qui auraient soigneusement évité la procréation. Les photographies dont nous disposons depuis sa jeunesse témoignent, avec une rare évidence, d'un homme libéré de toutes les pesanteurs de la sensualité. Durant ses fiançailles, il avait vécu une relation délicate et poétique, où les sentiments que la jeune fille lui inspirait furent un printemps de l'âme, dont il lui arriva de me parler avec une discrète émotion, certains soirs de juillet 1965, mais le désir physique n'avait plus de place chez un être éveillé à la vie de l'esprit, et à sa véritable liberté.

Il se maria et voulut des enfants pour participer à la grande communauté de l'évolution humaine, et non par satisfaction personnelle. Que son épouse attendît un fils, trois mois seulement après leur mariage, montre à l'évidence qu'il n'était nullement empêché à cet égard, et coupe court à toutes considérations que certains adversaires n'osent pas faire ouvertement, mais laissent traîner en dessous....

Le juriste savait que l'époux est dans son tort, qui refuse le devoir de corps, mais il peut y être justifié si l'épouse refuse d'abord la procréation qui en est la finalité. Alors, pour que tout soit clair, Déodat ROCHÉ réunit un conseil de famille devant lequel les époux exposèrent leur situation. Chacun dut reconnaître que la décision de ce mari était légitime et, en tout cas, légale. Dès lors, les époux firent chambre à part. Lorsqu'ils étaient à Arques, ils occupaient deux chambres communicantes, mais, chaque soir, le jeune philosophe fermait à clé la porte qui les séparait...

L'épouse accepta cette situation avec dignité et une parfaite loyauté, mais elle souffrit de cette solitude intime. Une personne, qui fut très proche de cette famille, me confia, en 1969, que Madame Eugénie ROCHÉ lui dit un jour en soupirant : "Croiriez-vous qu'il existe des hommes qui, dans le mariage, choisissent la chasteté pour des raisons spirituelles ?... Eh bien, je puis vous dire que cela existe, et que l'épouse est alors bien seule..."

De mon côté, en diverses circonstances, à travers de brèves conversations, je compris peu à peu comment Déodat ROCHÉ s'était situé par rapport à ces questions. Un après-midi de juillet 1965, à l'Estagnol, il voulut connaître le livre que j'avais à la main : c'était un volume de PLATON à la "Pléiade", et la conversation s'engagea, car il me dit aussitôt : "Vous tenez là une œuvre d'un des plus grands, et probablement du plus grand de tous les philosophes..." Nous en vînmes à parler de la Grèce classique, de son esthétique délicate et austère, de son miracle d'harmonie. Constatant la finesse et la grâce hellénique par rapport à la virilité plus rude des cultures environnantes, je m'étonnais alors que la femme fût, tout de même, au second plan dans la civilisation grecque, où éphèbes et athlètes inspirent la plupart des oeuvres d'art et où, même les philosophes préféraient les jeunes garçons... Ce qui nous conduisit à l'esthétique des corps. À un moment, Déodat ROCHÉ en vint à me dire : "... Et d'ailleurs, le corps de la femme n'est pas beau, la silhouette est inversée : le buste est trop étroit et les hanches s'élargissent là où il ne faudrait pas..." Et de la main, il esquissait dans l'air cette courbe à la fois anémiée et hypertrophiée, à ses yeux.

Je ne discutai pas ce genre de confidence, rarissime chez mon vieil ami, mais la retins précieusement. J'y repensais souvent au fil des années, pour finalement découvrir son rapport avec le fait que, chez le jeune garçon, l'appréciation esthétique du corps féminin connaît, en général, un retournement à l'époque de la puberté. Avant cette dernière, il tend plus ou moins consciemment à trouver ridicule ce renflement du corps au niveau des hanches, dont le soulèvement alterné à chaque pas lui semble une démarche de canard. Mais, après la puberté, avec cette force qui afflue de ses membres vers le centre de son corps, la forme féminine commence à lui apparaître comme une amphore mystérieuse, protectrice et attirante, et son balancement comme le rythme même de la vie...

Il n'est pas facile de démêler objectivement l'entrelac formé, dans l'âme humaine, entre le sens esthétique individuel et le torrent psychique des puissantes forces, extérieures et cosmiques, qui la pénètrent alors, en vue de la reproduction.

"Pour le crapaud, a-t-on dit, rien n'est plus beau que sa crapaude... "

Plus tard, je contemplai, avec un sentiment tragique, le suicide objectif des grands saumons du Pacifique, remontant les rivières bouillonnantes de l'Ouest canadien, pour se reproduire, et mourir... La passion — inconsciente chez ces animaux — se manifeste physiquement par l'étonnante coloration rouge et verte qu'ils revêtent alors, exprimant à la fois **la frénésie du désir et la mort qui lui est associée**. Le mâle se presse parfois contre la femelle pour stimuler la ponte des œufs prêts à isser. Ce résultat obtenu, les infimes substances actives accompagnant le frai, déployées fugitivement dans l'eau torrentueuse, vont déclencher par leur goût et leur fragrance, l'orgasme du saumon mâle qui répand alors sa semence... Dès qu'ils ont quitté le Pacifique, ces poissons, pouvant atteindre jusqu'à un mètre et plus, ne se nourrissent pas et parviennent près de la source des impétueuses rivières, à la limite de l'épuisement, intoxiqués par l'effort terrible, parfois à demi-décomposés et encore vivants... On peut en voir, énormes dans d'étroits cours d'eau de quinze à vingt centimètres de profondeur, se traîner, ventre dans le gravier et dos émergé, avançant par des spasmes au long d'arabesques insensées... C'est alors que les ours, sortis de la forêt voisine, viennent courir dans ces rivières, affolés par le lourd fumet des poissons et, comme de sombres puissances maléfiques, capturer dans leurs gueules les énormes saumons que l'on entend craquer sous les dentures formidables. Et l'ours, le grizzly surtout, dans son jeu effrayant, en tue dix fois plus qu'il n'en dévore vraiment...

Dans un de ses romans, qui témoignent si bien du XXe siècle, l'écrivain Bernard CLAVEL décrit avec une pénétration saisissante, l'idylle charnelle de deux jeunes gens. Les baignades et les jeux dans la rivière y extériorisent les processus cosmiques se saisissant d'eux, dans une licence panique, où la totale inconscience mènera vers une grossesse non souhaitée, et refusée, qui s'achèvera tragiquement. "Histoire d'eau" pourrait-on dire, ou quand l'être humain redevient saumon...

De telles réflexions, parmi d'autres, m'aidèrent, au fil des ans, à mieux comprendre mon vieil ami. Bien sûr, à notre époque freudiste et "techno-sexualisée", il se trouvera toujours quelqu'un pour dire : "Eh bien, il n'aimait pas les femmes... Peut-être aimait-il les hommes, après tout on sait qu'il existe dans toute population environ dix pour cent d'homosexuels, déclarés ou latents... Ou bien, tout simplement était-il impuissant ?" Ces hypothèses ne tiennent pas devant la dignité de l'existence de Déodat ROCHÉ, vécue entièrement à l'écart de ce genre de préoccupations, mais au cours de laquelle son fils naquit dès le début de son mariage.

En fait, il était évident pour lui que toute pratique sexuelle "récréative", en dehors de la finalité procréative, égarait l'être humain dans les processus animaux et régressivement cosmiques, évoqués précédemment. Il connaissait ces forces du monde psychique et "astral" comme disent les hermétistes, et les avait identifiées par sa méditation et son expérience intérieure. Il n'était pas envisageable, pour lui, de s'y abandonner, alors que son accomplissement personnel l'amenait déjà, par l'éveil spirituel de son âme, dans le domaine lumineux de l'Être, au-delà des nuages troubles et confus des passions. Avant la puberté, l'enfant humain a la possibilité de vivre dans une indépendance provisoire à l'égard de ces forces composites. Par son éveil de conscience et sa participation lucide aux travaux évolutifs de l'humanité, l'adulte peut développer une liberté véritable à leur égard. C'est assurément ce que fit, de longue date et en prolongement d'un lointain passé, l'auteur de "**L'évolution individuelle et l'harmonie sociale**".

Un jour de Juillet 1970, à l'Estagnol, une conversation se développa dans un petit groupe où se trouvait Déodat ROCHÉ. Une participante, ignorant ce qu'était le Yoga tantrique, avait posé la question à l'un de nos amis qui était informé sur ce sujet. Il venait d'expliquer que l'un des aspects, seulement, du Tantrisme développe une ascèse sexuelle progressive dans laquelle le Yogi doit devenir suffisamment maître du rapport entre son organisme physique et son corps astral, pour dominer ses réflexes, lors de l'union, et interdire à l'orgasme et à l'émission séminale de se produire en lui. À la fin, Déodat ROCHÉ intervint pour dire : "Tout de même, la sensation est là, et le jeu qui consiste à tourner autour n'est ni sans danger, ni véritablement moral car, tout au plus, il permet éventuellement d'acquérir une maîtrise psycho-physiologique, c'est-à-dire un "pouvoir" qui n'assure aucune valeur spirituelle particulière, mais peut s'utiliser égoïstement".

On comprenait, en le fréquentant, que ce domaine de la sexualité, qui fit l'objet, au XXe siècle, en Occident, d'une véritable pseudo-religion, n'était pas, à ses yeux, celui où la créature humaine peut s'humaniser véritablement. Certes, il ne demandait pas à autrui de le suivre sur ce point, dont il ne parlait pas généralement, car il savait que chacun doit faire son propre chemin en son temps. Mais il était clair que lui, vivait déjà dans un ordre véritablement humain, supra-animal pourrait-on dire.

Les personnes avec qui j'ai pu m'entretenir en confiance, ressentaient en séjournant à l'Estagnol, la purification libératrice que Déodat ROCHÉ rayonnait en ce lieu, où la nature elle-même, par ce fait, s'orientait en ce sens.

Généralement, ceux qui l'approchaient, percevaient en lui cette verticalité pure, et même s'ils ne le comprenaient pas entièrement, reconnaissaient que ce n'était pas là "un homme ordinaire"... Simone HANNEDOUCHE, qui fit sa connaissance vers 1948 — et il paraissait quinze ans de moins que son âge, alors — me disait : "Quand Monsieur ROCHÉ entrait au Goetheanum, toujours modeste et discret, mais bien droit, sa présence en effaçait beaucoup d'autres, et les regards le suivaient. On sentait qu'avec lui apparaissait autre chose..."

Pour le moment, en ce début du XXe siècle, autour de sa vingt-huitième année, cet homme jeune faisait l'expérience douloureuse des mystères de l'incarnation, de ses obstacles, ses froissements et ses contradictions. Éveillé par son père, dès l'enfance, à une sagesse stoïcienne, il s'était élevé, étudiant, vers une contemplation platonicienne éclairée par le christianisme évangélique, libre de tout dogmatisme institutionnel.

Maintenant qu'il voulait vivre son idéal dans la réalité humaine, les premières souffrances ne manquaient pas d'apparaître.

À peine plus de trois ans après la dramatique naissance de son fils, Déodat ROCHÉ connut sa première grande douleur en perdant ce père tellement aimé auquel l'unissaient, outre les liens du sang, ceux du cœur et de l'esprit, dans une plénitude qu'il ne retrouva sans doute jamais.

Omer-Paul ROCHÉ mourut à Arques, dans sa maison, le jeudi 1er février 1906, à 12 h 30. Depuis 1881, et jusqu'à sa mort, il avait été, sans interruption, Maire de sa Commune. Le 19 novembre 1905, il présidait pour la dernière fois la Réunion du Conseil municipal. La suivante n'eut lieu qu'après sa mort, le 22 février 1906.

Durant les vingt-cinq années de son action municipale, ce Sage porté à la tête des affaires publiques, avait considérablement amélioré les conditions de vie dans la commune. Le village fut assaini, et c'était nécessaire... À l'époque de sa naissance, au milieu du XIXe siècle, une épidémie de choléra avait fait perdre à la commune seize pour cent de ses habitants, en dix années, de 1846 à 1856. Les Maires de l'époque, M. CARLA, puis à partir de 1852, Hubert ROCHÉ, père d'Omer-Paul, avaient dû prendre des mesures élémentaires d'urgence, comme le nettoyage des rues et l'enlèvement des fumiers qui les encombraient, à la porte des étables... Le père de Déodat ROCHÉ prolongea cette action et fit construire, sur la place du village, le beau bâtiment communal qui abrite toujours, en 2001, la Mairie, l'École et le logement de l'instituteur.

Au premier étage, il avait prévu une salle de réunion où il donna, un quart de siècle durant, des conférences vouées à l'éducation des habitants. Ainsi, la vocation de prêtre de ce philanthrope, rendue irréalisable par la nature de l'Église romaine, ressurgissait-elle sous une forme laïque... Dans le village, le souvenir s'est transmis, confirmé par les archives municipales, des discours superbes, tissés d'intelligence, de cœur et d'humanisme, que cet homme de bien prodiguait à l'occasion des événements de la vie communale et familiale, en particulier lors de certaines obsèques.

Il fut aussi l'initiateur d'associations mutuelles d'entraide, tellement nécessaires et bienfaisantes en ces temps où l'existence pouvait être si dure, en l'absence totale de protection sociale. Il créa une "Bibliothèque populaire et scolaire" à laquelle il donna une impulsion décisive en novembre 1887, en demandant au Ministre de l'Instruction publique, par l'intermédiaire du Préfet qui approuva, le soutien de l'État. Cette Bibliothèque, fort bien pourvue pour une commune de 210 habitants, fonctionne toujours en 2001.

Avec ce père, Déodat ROCHÉ perdait le guide, l'ami, le collaborateur exceptionnel qui avait partagé, jusqu'alors, sa recherche la plus profonde. Cette année 1906 fut, pour lui, celle du chagrin écrasant. Lorsqu'il revenait à Arques, les promenades qui, naguère, illuminaient sa vie, se muaient en douloureux pèlerinages, surtout celle qui mène au sommet de la colline de La Tapie, où le père et le fils aimaient à s'arrêter pour deviser en contemplant le bassin de la Sals... Au Moyen Âge, lorsque les seigneurs d'Arques avaient droit de Haute justice, c'était l'endroit où se dressaient leurs fourches patibulaires ; le Golgotha du village, en quelque sorte... C'était là, maintenant, que Déodat ROCHÉ connaissait l'amertume solitaire des larmes. Et pourtant, ce fut en ce même endroit, à la fin de l'année, à l'époque de son vingt-neuvième anniversaire, qu'une aurore nouvelle, se leva en son âme lorsqu'un jour, il perçut nettement la présence, intérieure et objective à la fois, de son père lui affirmant avec la force paisible et la douceur qu'il lui connaissait si bien : "Maintenant, il ne faut plus me pleurer, je suis encore là... Tu vas faire ton chemin terrestre et moi, je serai toujours à ton côté..."

Ce chemin, ils l'avaient entrepris, étroitement unis, faisant ensemble les mêmes découvertes, peu à peu s'instruisant même réciproquement.

Dès 1891, Déodat ROCHÉ avait retrouvé, avec son père, le Souvenir cathare, à travers les ruines parsemant le pays, et par l'histoire de la croisade. En 1897, il eut connaissance du passé médiéval de la Seigneurie et du village d'Arques.

Un premier château fort avait été construit là au VIe siècle par les Wisigoths, à douze kilomètres seulement de leur capitale, aujourd'hui Rennes-le-Château. Le lieu avait été nommé Arces, mot latin venu du grec signifiant "commandement", qui devint Arcas en langue d'Oc et Arques en français.

La Croisade contre les Albigeois avait débuté en 1209, mais ce n'est qu'en 1210 que l'armée de Simon de Montfort envahit le Razès et conquit, très difficilement, le château de Termes. Elle prit ensuite Arques, dont Guillaume et Raymond de Termes étaient co-seigneurs. La rage, la haine et la folie des chefs de cette armée et des religieux cisterciens qui les accompagnaient et les "inspiraient", étaient telles qu'ils firent détruire entièrement le château et le village, dès lors nommé Fontoise.

Arques, érigé en baronnie, échut, vers le milieu du XIIIe siècle, à Pierre des Voisins, un seigneur du Nord venu naguère avec Simon de Montfort et confirmé par Louis IX en 1260.

La population avait été impitoyablement chassée du bourg rasé, et vivait dans les forêts, réduite quasiment à l'état sauvage, et cela durant plusieurs dizaines d'années... Pierre des voisins, devenu Sénéchal de Carcassonne, s'appliquait à établir son pouvoir par la terreur sur ses vastes domaines. Il vint à Arques en 1265, perpétra immédiatement d'affreux massacres sur les bandes de malheureux qui erraient dans la montagne et survivaient dans les forêts, puis, fit arrêter de pauvres faméliques hallucinés qu'il accusa de sorcellerie et condamna à être brûlés vifs sur des bûchers dressés en divers lieux de la paroisse ruinée, pour frapper de crainte les pauvres gens. L'histoire nous a transmis le nom d'une de ces malheureuses, âgée de soixante ans, ANGÈLE, du lieu-dit Labarthe, qui fut brûlée sur la place d'Arques, devant l'endroit, six siècles plus tard, de la maison où devait naître et vivre longuement Déodat ROCHÉ, qui découvrait ce terrible passé en cette année 1897.

Dès le 6 juin, il donnait à l'École publique d'Arques, une conférence, la première qu'il consacra à l'histoire du Catharisme, intitulée : "**La Croisade contre les Albigeois et la destruction de la ville de Fontoise.**" C'était en ce même lieu qu'il avait prononcé, deux ans plus tôt, la première de ses conférences, à l'âge de dix-huit ans, intitulée : "**Méthode critique et idéal laïque**".

Aussi, fonda-t-il en 1900, alors qu'il était étudiant à Toulouse, la Revue "**Le Réveil des Albigeois**", qui devint en 1901, "**La Gnose moderne**". Depuis 1890, il étudiait avec son père les auteurs ésotériques et occultisants de cette époque féconde dont il faudrait citer tous les noms aux côtés de Fabre d'Olivet, Édouard Schuré, le Dr Gérard Encausse, Allan Kardec, Sédir, Fabre des Essarts chef de l'Église gnostique...

L'histoire du Catharisme prit ainsi place, à ses yeux, tout naturellement, dans le vaste mouvement philosophique des questionnements et des combats de l'âme humaine, en quête de son mystère et de son destin. En 1899, il entre dans l'Ordre Martiniste auquel il va initier son père. Soixante-dix ans plus tard, en me confiant ce souvenir, il riait de bon cœur, doucement et avec tellement de tendresse... "Figurez-vous que l'initiation devait se faire avec le candidat revêtu d'une cape noire, coiffé d'un tricorne, masqué d'un loup noir et muni d'une épée !..... Quand le matériel fut réuni, j'entraînai mon père dans le donjon d'Arques, reconstruit vers 1300 par Gilles des Voisins. Il était minuit et un flambeau nous éclairait... Avant le début de la cérémonie, mon père s'assura que les environs étaient déserts, et ne put s'empêcher de sourire en me disant simplement : « Nous avons l'air de conspirateurs !..... » Puis la célébration du rituel se déroula."

On imagine la tête des administrés s'ils avaient découvert Monsieur le Maire et Conseiller général s'employer de la sorte, au milieu de la nuit, en un cérémonial d'apparence magique, flamboyante et fuligineuse à la fois, dans le Monument historique de la Commune !..... On mesure aussi l'ouverture d'esprit et la disponibilité de cet homme d'expérience, à l'égard de ce fils attachant, fin et spirituellement précoce, mais qui, à vingt-deux ans, ne pouvait éviter d'emblée toutes les naïvetés.

Par la suite, il se libérera vite de la ritualisation institutionnelle et du symbolisme extérieur pour ne retenir, comme seules valeurs opératives, que la purification, la métamorphose et l'éveil de conscience résultant d'un travail uniquement spirituel et intérieur.

Déodat ROCHÉ ajoutait : "Nous sommes plus ou moins repassés, avec mon père, par toutes les formes d'enseignement des diverses civilisations successives, depuis l'Inde ancienne jusqu'à la Grèce classique. Nous avons même pratiqué l'Alchimie..." Un jour de mi-août 1965, en quête d'archives, nous avions grimpé en haut de son grenier. Au milieu, je découvris une imposante construction de briques, surmontée d'un conduit qui traversait la toiture. "Voici, me dit-il, le fourneau alchimique construit par mon père, à ma demande... C'est là que nous poursuivions nos recherches nocturnes..."

Infinie patience et bonté de ce père...

* * *

De son côté, le fils répondra exactement aux vœux paternels en s'engageant, dès 1901, dans une carrière d'avocat, puis en 1906, de magistrat qu'il accomplira consciencieusement jusqu'à son terme normal. À l'égard du Service militaire, sa fragilité physique — qui ne l'empêcha pas de devenir centenaire — le dispensa de la corvée. Il mesurait un bon mètre quatre-vingt, mais le rapport de son poids à sa taille demeurait insuffisant. En 1914, on l'incorpora dans le service auxiliaire, mais la chambrée empestée de fumée de tabac lui provoquait des malaises, et la nourriture, des troubles digestifs, qui furent médicalement reconnus. On eut alors la sagesse de réformer cet homme trop légèrement lié à la matière, au goût des militaires.

Dans la Magistrature, il débutera à Limoux pour quelques années, puis restera assez longtemps à Carcassonne où il entrera dans la franc-maçonnerie, au "Grand Orient de France". Il y deviendra "Vénérable" de Loge et occupera ensuite des fonctions supérieures. Cinquante ans plus tard, il me parlait de temps à autre de ces choses-là...

Ensuite, il sera Président du Tribunal de Castelnaudary où il réside à partir de juin 1923 et, pour aborder le couronnement de sa carrière, il sera nommé à Béziers. Lorsqu'il arriva pour y prendre la vice-présidence, en 1935, il trouva tout un amoncellement de dossiers qui l'attendaient : un énorme travail, dont le retard s'était accumulé, "aimablement" laissé à l'intention du successeur... Au cours des années 1960, il me parla à plusieurs reprises de cette époque particulièrement éprouvante de son existence. Lorsqu'il l'évoquait, le même accablement semblait à nouveau passer dans sa voix et sur ses épaules... "Ce fut une période terrible pour moi, on m'avait laissé tout le travail, une foule d'affaires embrouillées. Je n'en sortais jamais, cela me suivait nuit et jour, je ne parvenais plus à faire surface... Pendant des mois, je suis resté dans le noir, oui c'était cela, le noir me submergeait..." En l'écoutant, je prenais conscience de toute la laideur et des abominables bassesses qu'un Magistrat est amené à examiner et à démêler. Un Tribunal n'est-il pas, au fond, une manière de collecteur d'égout psychique et social ? Destin de ce Pur, que d'affronter cela, d'y appliquer la Loi, de l'exorciser peut-être...

Enfin, il sera Président à Béziers, et la guerre de 1939 arrivera, mais il restera jusqu'en 1943 dans la Cité martyre du 21 Juillet 1209.

* * *

Au cours de sa carrière, Déodat ROCHÉ garda toujours un lien étroit avec Arques, où vivait sa mère avant d'aller s'installer chez lui, à Béziers. Les vacances des Magistrats, analogues à celles de l'École publique, la proximité d'abord, à Limoux et Carcassonne, puis le développement de l'automobile lorsqu'il fut à Béziers, lui permirent de séjourner régulièrement dans son village natal. Dans le sillage de son père, il continuait d'accomplir là des tâches sociales au profit de sa petite patrie.

Ainsi, en 1924, il inaugurait par une conférence, la fondation à Arques d'une "Société régionale d'éducation et d'action populaire". On trouvera pages 378 et 379 la reproduction du compte rendu de cette réunion adressée aux Services préfectoraux. Ce document, écrit recto verso, manuscrit à la plume, est conservé dans les archives de la Mairie D'Arques. Rédigé à la troisième personne, il n'en est pas moins **de la main** de Déodat ROCHÉ. Lorsqu'on me le montra, en octobre 1993, je reconnus immédiatement, avec une profonde émotion, l'écriture de mon vieil ami, plus jeune de quarante ans, par rapport à celle qu'il m'adressa au cours de nos dix années de correspondance. Plus jeune, plus ferme, mais d'essence identique et parfaitement reconnaissable, confirmée en outre par certaines formes bien particulières comme, par exemple, les C et D majuscules.

Dans cette Mairie, où son père et lui avaient présidé, ce fut à mes yeux comme si sa présence se révélait soudainement, persistant en ce lieu, impalpable mais bien réelle. Et pourtant... les responsables mêmes de la municipalité, qui l'avaient bien connu, ne connaissaient déjà plus son écriture et pensaient que ces lignes, non signées, étaient d'une autre main que la sienne... Mais, en outre, pour un familier de sa pensée, ses préoccupations essentielles s'expriment à l'évidence dans ce texte : l'amour, vivant et douloureux, pour ce père disparu dix-huit ans plus tôt, la nécessité, dans l'existence individuelle et sociale, d'équilibrer la vie spirituelle et l'organisation terrestre qui doivent faire l'objet du même respect. Cet équilibre, cultivé dès l'enfance en harmonie avec son père, vient de s'affermir, à cette époque, dans la conscience de Déodat ROCHÉ, d'un apport culturel décisif et nouveau.

* * *

Depuis 1921, il a découvert l'œuvre de Rudolf STEINER et cela se perçoit dans la vitalité de certaines formulations de ces deux pages. À plusieurs reprises, au cours des années 1960, il me parla de la curieuse manière dont le Destin avait usé — après une longue hésitation de vingt ans — pour le mettre en rapport avec l'Anthroposophie de STEINER. Plus d'un demi-siècle après cette époque, on sentait toujours frémir en lui un étonnement, et quelque regret, à cet égard... "Figurez-vous, Dupré, qu'après avoir fondé mon « **Réveil des Albigeois** », devenu « **La Gnose moderne** » en 1901, l'échange s'établit avec la Revue autrichienne « **Die Gnosis** » publiée à Wien par M. Rappaport. Malheureusement, je dus interrompre ma publication, ce qui supprima l'échange... Peu après, en 1904, sur proposition de M. Rappaport, Rudolf STEINER accepta de fusionner avec sa Revue, la publication mensuelle théosophique « **Luzifer** » qu'il avait fondée en Juin 1903.

Si j'avais persévéré un peu plus dans ma publication, ou seulement mon abonnement à « **Luzifer-Gnosis** », je découvrais l'œuvre de STEINER vingt ans plus tôt !....."

En 1921, Déodat ROCHÉ, devenu un chercheur expérimenté, découvrit enfin en librairie quelques ouvrages de STEINER, en particulier : "**Le Mystère chrétien et les Mystères antiques**", ainsi que "**L'Initiation**", ce dernier publié en français depuis 1910 par les théosophes.

Enthousiasmé par l'ampleur, la clarté et la hauteur de vue que ces œuvres manifestaient, et dont il estimait n'avoir jamais rencontré l'équivalent, il adressa, dès le 1er novembre 1921, une première lettre à Rudolf STEINER, inaugurant une relation entre les deux hommes qui aboutit à leur rencontre initiale du Jeudi 14 septembre 1922, à 11 h 45 du matin, dans la menuiserie du Goetheanum, à Dornach en Suisse, devant le Groupe : "Christ - Lucifer - Ahriman", que STEINER était occupé à sculpter.

Au cours de cette entrevue, celui-ci proposa à Déodat ROCHÉ, sur sa demande, la pratique de méditations sur les scènes principales de la vie de Jésus-Christ, décrites par l'Évangile de Jean. C'était une manière de se placer, pensait-il, dans la filiation de l'Initiation cathare que le Destin avait originellement présentée à Déodat ROCHÉ, en cette vie.

Ce dernier connut alors le premier Goetheanum, exceptionnelle et grandiose œuvre d'art architectural, entièrement construit en bois massif sculpté à la main, parvenu, à l'époque, au meilleur de son accomplissement, car il disparut, trois mois et demi seulement, plus tard, dans la nuit du 31 décembre 1922, au cours d'un incendie d'origine criminelle, suscité par les violentes invectives de l'Église romaine... Grande fut l'émotion de Déodat ROCHÉ, en apprenant cette nouvelle tragique, où il reconnaissait, à nouveau, les bûchers qui martyrisèrent jadis sa patrie occitane, à peine avait-il retrouvé "un courant spirituel manichéen" sous une forme contemporaine, ainsi qu'il l'a écrit à plusieurs reprises.

Un mois après le Congrès de Noël 1923, dès qu'il eut connaissance de la réorganisation de la Société Anthroposophique par Rudolf STEINER, qui la présidait désormais, il lui écrivit, le samedi 9 février 1924, pour solliciter son admission dans la Première Classe de l'École supérieure libre de Science spirituelle, Section générale, qui venait d'être fondée. Il y fut aussitôt admis et y demeura jusqu'à sa mort, ce qu'il m'est possible d'affirmer, pour avoir vu et tenu en main depuis, sa carte bleue de Membre de la Classe, signée de la main de Rudolf STEINER, ainsi que sa Carte rose de Membre de la Société anthroposophique Universelle.

À partir de février 1924, Déodat ROCHÉ devait normalement cesser de faire partie de la franc-maçonnerie, pour respecter les Statuts de la Classe, et ses engagements.

Sa loyauté, sa profonde admiration pour Rudolf STEINER et son estime pour son œuvre étaient assez grandes, ainsi que son intégrité juridique — essence même de sa profession — pour que l'on puisse penser qu'il prît définitivement ses distances à l'égard de la F.M. Les Statuts disposaient en effet, et disposent toujours, que l'on ne peut pas, **à la fois**, faire partie de la Classe et de la franc-maçonnerie, ou de toute autre organisation à prétention "initiatique". En réalité, Déodat ROCHÉ demeura franc-maçon jusqu'à la fin de sa vie. Quelques semaines avant sa mort, les frères de sa loge de Carcassonne vinrent lui offrir, à l'occasion de son centenaire, la "pierre cubique", attestant qu'il avait bien œuvré pour dégrossir l'humaine nature. J'ai tenu en main, par la suite, ce cube de pierre d'environ sept centimètres d'arête, portant des inscriptions.

Il convient de noter que ce fut l'échec de la première occasion de rencontrer l'œuvre de STEINER en 1904, offerte par le Destin, qui amena Déodat ROCHÉ, toujours en recherche, à entrer au Grand Orient de France, obédience républicaine, propre à notre pays et qui n'est reconnue par aucune obédience traditionnelle internationale, anglo-saxonne-en particulier. Pourquoi, se demandera-t-on, cet échec dû à l'abandon prématuré, après deux années seulement d'existence, de sa Publication "**La Gnose moderne**" ?

À l'époque où je l'ai connu, certains de ses comportements permettaient encore de comprendre cela. Sur le fond, absolument net et solide, de son orientation spirituelle, on percevait parfois, à court terme, à l'échelle de quelques mois, des atermoiements, des méfiances ou des engouements qui pouvaient être aussi injustifiés les uns que les autres. Il lui arrivait de trop attendre de formes constituées, de personnes, et de s'y vouer trop légèrement. Peut-être faut-il voir là, pour une part au moins, un prolongement de l'habitude rassurante de suivre la voie ouverte par un père estimé, dont un substitut aurait été recherché de manière subconsciente par Déodat ROCHÉ, malgré sa personnalité volontaire et déterminée.

On peut envisager qu'il eût probablement été juste qu'il poursuivît la publication de sa petite Revue, en 1902, si modestement que ce fût : sa recherche en eût été rendue plus ferme, plus libre, et il aurait expérimenté l'œuvre de STEINER, dès l'âge de vingt-huit ans, au lieu d'attendre celui de quarante-quatre, "en piétinant dans des mouvements archaïques et décadents" ainsi qu'il l'écrivit, tout en éprouvant parfois le besoin de se justifier. (Voir sa lettre du 18-10-1942, à son fils Paul. CEC N°24. Ière série. Hiver 1955) Mais il préféra, à l'époque 1905, s'éloigner de l'Église gnostique, qui l'avait déçu, pour se tourner vers la franc-maçonnerie...

* * *

Parallèlement, sur le plan professionnel, ce "brillant sujet" reçut des propositions flatteuses telles que la perspective d'une carrière préfectorale et des distinctions honorifiques. Son père, dont il respecta toujours les conseils, et qui était une manière de philanthrope anarchiste, lui déconseilla en bloc d'accepter tout cela, en disant simplement pour conclure : "Tu ne vas pas te mettre à servir le Pouvoir !....." Il ne faut pas oublier que, dans la République, l'exercice de la Magistrature est indépendant, en principe, du Pouvoir politique exécutif. Ce père ne voulut jamais, dans ses mandats électifs, dépasser le niveau de Conseiller général, le dernier qu'il estimât encore à l'échelle humaine. Déodat ROCHÉ observa la même attitude et refusa toujours de se présenter à la députation, qu'il eût emportée sans problème, soutenu par les Radicaux, alors dominants dans le département de l'Aude.

Ce fut seulement en 1931 qu'il accepta d'être élu Maire d'Arques, à l'âge de cinquante-quatre ans. Il présida son premier conseil municipal le samedi 30 mai 1931 et démissionna après sa dernière séance du mardi 22 octobre 1935. Pourquoi cette démission ? Il avait certainement un caractère, dont il reconnaissait lui-même la "vivacité", moins accommodant que celui de son père, qui occupa le fauteuil durant un quart de siècle. Mais probablement, faut-il penser aussi, qu'en ces années 1931-35 où se nouait le destin tragique du monde, les pressions politiciennes, dans une société déjà en décomposition, étaient beaucoup plus insidieuses que dans le même village isolé, à la fin du XIXe siècle, et surtout que sa charge excessive de travail à Béziers l'absorbait entièrement.

Mme V... débuta comme institutrice à Arques en 1929 à l'âge de vingt-deux ans et y demeura jusqu'en 1938, en vivant avec sa mère dans l'appartement de fonction attenant à la Mairie, dont elle assura le Secrétariat. Elle eut ainsi des relations de travail, proches et suivies, avec Déodat ROCHÉ et connut alors très bien son fils Paul, de cinq ans plus âgé qu'elle. Celui-ci, autour de la trentaine à cette époque, semblait tenté par la carrière de "séducteur"... Cependant, quelques années plus tard, il décida d'épouser une jeune fille d'Arques. Bientôt, la fiancée et sa famille reçurent des lettres anonymes dénigrant le fils ROCHÉ avec une précision documentaire assez efficace pour faire casser définitivement le mariage, sur le point de se faire. Paul ROCHÉ ne le pardonna jamais.

Quelques années plus tard, une amie de Mme V... fut sollicitée par un garçon, en vue du mariage. Les fiançailles étaient faites lorsque la famille de la jeune fille commença, elle aussi, à recevoir des lettres anonymes destinées à faire casser le mariage. Cette fois, il se fit malgré tout, mais après un retard important et des perturbations néfastes. Une enquête avait été décidée dans la commune. Déodat ROCHÉ — avec la même bonté qu'il aura plus tard pour S.B.R... dans son affaire de mœurs — parvint à arrêter la procédure... Mais il se trouva que sa secrétaire de Mairie tint à rester dans le sillage de cet homme important. Dans les années 1960, elle sut se placer, on l'a vu, pour recueillir — enfin — la fonction qui lui permettrait de jouer un rôle, comme elle le voulait, malgré le manque d'empressement, voire la réserve, de Déodat ROCHÉ pour lui transmettre le Secrétariat général de la Société du Souvenir et des Études Cathares.

* * *

Pour mieux connaître Paul ROCHÉ, il nous faut maintenant revenir au début du XXe siècle ; son père avait reporté sur ce fils, unique par la force des circonstances, son affection et le projet idéal, comme idéel, formé à l'égard de la descendance qu'il souhaitait. Bien qu'il fût d'un caractère plus "théorique", probablement, que son père Omer-Paul, plus déterminé par ses propres impulsions — pas toujours réalistes — moins lucide sur la nature des autres, en un mot plus "uranien" que "jupitérien" nous le verrons, Déodat ROCHÉ s'efforça d'accomplir pour son fils, ce que son père avait fait pour lui. Il s'y dévoua certainement et y réussit plutôt bien, car ce fils parvint à développer, à certains égards, de bonnes attitudes durant sa jeunesse. Il réussit ses études de Droit qui le conduisirent à la même carrière que son père, et montra, alors qu'il était étudiant, des goûts pour la vie culturelle, de l'intérêt pour la poésie, dont Monsieur ROCHÉ, qui avait inspiré et guidé son éducation, put se réjouir.

Mais, rapidement, dès qu'il s'éloigna de l'orbe paternel protecteur, le fils révéla une nature tout à l'opposé de celle de son père. Ce dernier me dit un jour : "Il est enfermé dans les sens..."

Paul ROCHÉ accomplit l'essentiel de sa carrière au Maroc, jusqu'à la fin des années 1950, lorsqu'il fut nommé à Bordeaux. Très attaché à la maison familiale, en partie comme à un bien personnel, il revenait régulièrement à Arques, mais sa conception de l'existence divergeait radicalement de celle de son père.

Dans un tel contexte, il n'est que trop facile d'imaginer ce que fut la longue déception de Déodat ROCHÉ qui lui enleva très vite l'espoir de retrouver une belle amitié rappelant celle qui l'avait uni à son propre père.

Ce fut alors, en 1938, durant sa Présidence à Béziers, qu'il eut la douleur de perdre son épouse. Que restait-il maintenant de cette famille, vivante et spirituelle, modèle en quelque sorte, qu'il avait espéré fonder au début au siècle ? Le moment était venu pour qu'intervienne cette personnalité discrète et digne, celle-là même par qui débuta toute cette histoire... lorsque la petite Marie DELFOUR n'avait que dix-sept ans. Maintenant, elle approchait les quatre-vingt, mais elle était toujours ce visage de la femme dispensatrice de vie, d'espoir, d'apaisement, ce visage de l'être féminin que Déodat ROCHÉ avait préféré entre tous. Cette mère quitta donc son village d'Arques et vint à Béziers tenir la maison de son fils de soixante et un ans, durant les quelques années le séparant de sa retraite.

Après la défaite de 1940 et l'armistice, commencèrent, sous le Gouvernement de Vichy, certains procès dont la coloration politique était intolérable pour l'intégrité de Déodat ROCHÉ. En ces temps délétères, où les reptations les plus flexibles étaient recommandées aux carriéristes, il se fit alors remarquer par un manque de souplesse qui parut inconvenant. Déjà, près de quarante ans plus tôt, le jeune Magistrat débutant à Limoux s'était signalé d'emblée pour avoir résisté aux pressions d'un politicien local nommé Dujardin-Baumès ; maintenant, son passé maçonnique le rendait indésirable dans la fonction Publique de l'État vichyssois.

Il fut donc mis à la Retraite d'office en 1943, après que les Allemands eurent envahi la Zone sud de la France, dite "Libre" jusqu'alors. Comme il n'était plus actif dans la franc-maçonnerie, on prétexta qu'il s'occupait "de philosophie des religions et de spiritisme", pour "justifier" cette mesure autoritaire et, bien sûr, arbitraire.

"... pour approfondir les études cathares, les membres de la Société suivront des méthodes modernes : ils prendront pour point de départ les documents, ils suivront la méthode comparative pour préciser le sens des doctrines...

La Société rappellera le souvenir des cathares et honorera leur mémoire, elle offrira en exemple leur sens de la liberté de pensée et leur parfaite pureté de moeurs. Elle s'efforcera de réaliser un foyer de fraternité sur la base d'une vie spirituelle profonde. Elle évitera, dans ce but, tout sectarisme confessionnel ou politique."

Déodat ROCHÉ, statuts de la SSEC (1950)

"Au moment où un homme serait tenu d'avoir une conviction exigée par la Société en question, il s'agirait d'une Secte. Lorsque l'on recherche quelque chose dont on ne dit pas que l'on va trouver ceci ou cela, mais qu'avant tout, on CHERCHE, cette recherche est ce qui est commun à tous ; c'est ce que doit avoir une Société qui ne veut pas être une secte."

Rudolf STEINER, GA 135 (5-03-1912)

Chapitre 14

Les Études Cathares

Alors que déferlait sur l'Europe, sept siècles après la Croisade satanique des Cisterciens, une autre invasion démoniaque, à croix gammée, celle-ci, l'ancien franc-maçon se retrouvait, dans une certaine mesure, parmi tous les relégués et les proscrits de cette époque, où les Juifs étaient les plus visés.

Dès 1941, une Juive inconnue alors, mais dont la renommée, depuis, n'a cessé de grandir, écrivit spontanément à Déodat ROCHÉ et correspondit avec lui jusqu'à son départ de France, le 17 mai 1942. Ces deux êtres exceptionnels avaient en commun leurs études supérieures de philosophie, l'amour de l'antique sagesse méditerranéenne, ainsi qu'une position singulière à l'égard de l'appartenance qui leur était reprochée. La jeune femme, née dans une famille intellectuelle et athée, complètement détachée du Judaïsme, détestait le nationalisme religieux de l'Ancien Testament et, comme l'ex - franc-maçon, vivait dans une atmosphère spirituelle beaucoup plus élevée que celle des institutions humaines où l'on prétendait les enfermer...

Dans une longue lettre du mardi 23 janvier 1941, Simone WEIL exprimait sa reconnaissance à Déodat ROCHÉ, avec enthousiasme et compréhension, après la double lecture de sa première brochure intitulé "**Le Catharisme**", que Monsieur Jean BALLARD, Directeur des "**Cahiers du Sud**" à Marseille, lui avait communiquée, et de son Étude récente : “L'amour spirituel chez les Cathares” pour “**le Génie d'Oc**”, numéro spécial à paraître.

La brochure “**Le Catharisme**”, publiée en 1937, contenait le texte d'une conférence donnée par Déodat ROCHÉ le vendredi 7 mai 1937 à Montpellier ; complétée ultérieurement, elle fut la base de son livre, paru sous le même titre en 1947 à “L'Institut d'Études Occitanes” de Toulouse. Aux “Cahiers du Sud”, Simone WEIL connut ainsi un milieu avec lequel l'auteur du “Catharisme” eut des relations approfondies, notamment par René NELLI et Joë BOUSQUET. Le départ de Simone WEIL, de Marseille pour les États-Unis, puis sa mort en Angleterre le mardi 24 août 1943, mirent fin à cette phase terrestre d'une relation dont Déodat ROCHÉ connaissait l'importance et sur laquelle nous reviendrons dans la suite et à la fin du présent ouvrage.

* * *

En 1943, il est définitivement réinstallé à Arques, avec sa mère qui devait vivre encore assez pour avoir connu la guerre de 1870 et les deux guerres mondiales.

Maître désormais de son temps, revenu dans ce village dont l'histoire tragique l'avait mis en quête d'une libre spiritualité, il se trouve plongé à nouveau dans une histoire monstrueuse où l'invasion barbare menace, toujours venue de la même direction... Dans cette ambiance dramatique, Déodat ROCHÉ se consacre, enfin, entièrement à ses études et à ses travaux destinés à ramener au grand jour le visage, naufragé et mutilé, du Catharisme. Toute sa vie durant, il a consacré l'essentiel de son revenu disponible à l'érudition ; maintenant, la documentation et les livres continuent d'affluer et achèvent de garnir l'ancienne Étude paternelle.

Il me raconta qu'à cette époque, il dut aller un jour à la gare de Couiza prendre livraison de la volumineuse édition de la Bible du Centenaire, qu'il ramena sur la charrette d'un villageois d'Arques. “Je n'oublierai pas ce voyage, me disait-il ; qui se fit par une belle journée d'été ; j'étais assis sur le plateau, près de la caisse de livres, quand j'avisai, après que nous l'eûmes un peu dépassée, une femme couchée au bord d'un champ, sous un arbre, à peu de distance de la route. Elle ne demandait rien, mais semblait occupée d'une manière peu ordinaire. Je fis arrêter et m'approchai pour découvrir qu'elle enveloppait un nouveau-né dans un de ses vêtements... Elle s'était délivrée elle-même et avait lié le cordon, après cette naissance survenue brusquement alors qu'elle travaillait, seule, à cet endroit. Elle nous dit que tout allait bien, et qu'elle ramènerait l'enfant. J'envoyai tout de même mon charretier prévenir la famille et je tins compagnie, en attendant, à la mère et son enfant...”

Admirable paysanne qui nous révèle comment, malgré les siècles de misère, nos aïeules surent, en les traversant, nous transmettre de si loin la vie...

Ainsi, la dernière période d'existence de Déodat ROCHÉ, la plus féconde car elle porta fruit, s'inaugurait par une nativité, surgie en été et sous le grand soleil, à la fois semblable dans son plus grand dénuement et en complémentarité saisonnale à celle que relatait la grosse Bible qui l'avait conduit jusque-là...

Contrastant avec les mœurs littéraires d'une époque où l'on "sort" un premier ouvrage au berceau et qui nous accable de "livres sur le Catharisme" écrits après un été passé à gambader entre Montségur et Quéribus, Déodat ROCHÉ ne s'est jamais précipité pour sortir "son" livre. Pourtant, que de volumes a-t-il annotés en détail, combien de notes de lectures, d'esquisses de la dimension, déjà, d'un chapitre, a-t-il rédigées ? Et surtout, combien de lettres a-t-il écrites ? De ce courrier qui ronge le temps, forme une œuvre secrète généreusement dispersée, dont les pièces sont réservées à un seul lecteur, où l'auteur renonce pour longtemps, parfois pour toujours, à une communication plus large, sinon à une reconnaissance publique... Cette tâche obscure, mais source de lumière pour chaque destinataire, il s'y consacre au cœur de la période sombre de l'Occupation ; dans cette existence érémitique, il n'oublie pas les âmes rencontrées, parfois même, peut-on dire, apprivoisées, au long d'un demi-siècle vécu dans les grandes villes occitanes, au centre de la vie culturelle et aussi... de multiples affaires.

Vingt ans plus tard, combien de visiteurs ai-je vus, à l'Estagnol, chez qui l'on percevait la reconnaissance pour avoir été spirituellement accompagnés à un moment de leur existence où c'était important...

Durant l'Occupation, Déodat ROCHÉ doit pourtant se faire "oublier". Au début, il a dispersé des archives maçonniques, peu en sécurité à son domicile, tout désigné aux yeux des Renseignements Généraux. Il se déplace à bicyclette pour les transporter, non sans inquiétude, avouait-il, car à l'époque on disparaissait facilement pour moins que cela et les Camps nazis ne refusaient personne. Mais il restait ferme quand il le fallait. Après l'invasion de la Zone Sud par la Wehrmacht en 1943, un officier allemand en uniforme vint à Arques dans le but de rencontrer, à titre personnel, Déodat ROCHÉ. C'était un anthroposophe allemand qui ne voyait que des avantages à agrémenter culturellement une facile promenade militaire. Il souhaitait rencontrer le seul anthroposophe français véritablement compétent dans le domaine du Catharisme, et connu dans le milieu anthroposophique pour ses articles dans la Revue "La Science spirituelle", dès 1925, et ses conférences au Goetheanum. Monsieur ROCHÉ fit répondre à l'officier qu'il ne pouvait pas le recevoir. Celui-ci n'eut pas l'idée de revenir sans uniforme...

* * *

Dire que Déodat ROCHÉ fut un philosophe mystique serait sans doute une des moins mauvaises approximations si l'on voulait le caractériser d'une formule, également applicable, d'ailleurs, à Simone WEIL. Mais on ne saurait trop insister sur sa volonté de réaliser son idéal dans le domaine "pratique" — mot qu'il employait d'autant plus que son objet ne lui était pas naturel — et de participer à la vie des hommes. Simone WEIL, incurablement maladroite manuellement, portait la même volonté, mais avec un tel excès d'ardeur qu'elle en mourut prématurément... Déodat ROCHÉ œuvrait patiemment et se résignait à endosser, non sans humour, le rôle de notable local. Jusqu'en 1940, il assuma, durant de nombreuses années, les fonctions de Conseiller d'Arrondissement et, après la Libération, fut élu en 1944 Conseiller général, ce qui lui permit d'agir pour ces Hautes-Corbières, toujours déshéritées, avec un dévouement qui lui valut l'estime de tous, au-delà des horizons politiques.

Lorsque je connus Monsieur ROCHÉ, une dizaine d'années après qu'il eut cessé de remplir tout mandat électif, il ne parlait jamais de cet aspect de son activité passée. Non par dissimulation, mais il est clair que tout cela ne pouvait que glisser sur lui. Il avait accompli son devoir sans attachement, ni vanité, ni ambition personnelle. Seul comptait à ses yeux, le chemin idéal et libérateur par lequel, en chacun, l'être spirituel s'éveille peu à peu dans son humanité.

Dès la Libération, il fut proposé à Déodat ROCHÉ de le réintégrer dans la Magistrature, où la retraite peut être tardive. Son passé le situait naturellement dans le camp des "vainqueurs", mais il refusa ce rôle en demandant que sa retraite fût définitive. Il me dit lui-même : "Je vis immédiatement que des iniquités analogues à celles que j'avais refusé de cautionner de 1940 à 43, se produisaient en sens inverse. Un collègue me dit : « quelle sale besogne on attend de nous !.....» Je lui répondis que je ne me mêlerais pas aux infamies de l'Épuration, et je demeurai définitivement à Arques."

* * *

Mais, alors qu'approchant les soixante-dix ans, il se consacrait encore au service de la population, dans une France exsangue et meurtrie, la solitude se fit totale dans son existence personnelle lorsque, le 27 janvier 1946, à 18 heures, sa mère quitta ce monde, dans sa maison d'Arques.

Après le père, puis l'épouse et maintenant la mère, tous les êtres chers avaient disparu de cette maison. Il restait un fils, mais vivant loin, au Maroc, et surtout à une infranchissable distance spirituelle... Inévitablement, Déodat ROCHÉ devait se poser une question. Pourquoi, malgré la droiture de sa vie, son idéal d'une communauté familiale n'avait-il pu se réaliser ? Ce n'était pas un désir personnel, étranger probablement à cet ascète, qui s'exprimait là, mais l'appel d'un devoir mystérieux, social et humain. L'évolution spirituelle, il en était convaincu, nécessitait que l'être humain se formât progressivement au cours d'existences terrestres successives, nécessitant la continuité des familles.

Souvent déjà, il avait répété publiquement ceci et, à chaque occasion, écrit, en ajoutant que seule une incompréhension malveillante avait pu accuser les Cathares de vouloir l'abolition des familles et l'extinction de la génération.

Certes, depuis l'âge de soixante-deux ans — et il en paraissait quinze de moins — il aurait pu se remarier. Les propositions n'avaient pas manqué ; la plus belle étant probablement celle de sa Secrétaire au Tribunal, qui conduisait aussi la voiture de fonction dont il disposait à Béziers, et qui avait quarante ans d'âge de moins que lui... Mais ce sage délivré des passions, attira néanmoins des prétendantes — bien malgré lui — jusqu'à un âge avancé...

Ainsi, je fus témoin en 1961, à l'Estagnol, de la scène de dépit que lui représenta une de ces dames, de vingt-cinq ans plus jeune que lui. Depuis quelques années, elle dissimulait de moins en moins son projet, absurde aux yeux de tous, sauf des siens, d'épouser notre vieil ami. À cet effet, voulant faire l'importante, elle était le plus souvent importune dans son désir de paraître indispensable. Mlle L..., institutrice en retraite, membre de la Société anthroposophique, venait au Camp depuis sa fondation. Elle finit par s'irriter de la stagnation de son projet, en déplorant que l'on ne s'intéressât pas suffisamment à elle, malgré tous ses mérites et son dévouement.

Par une fin d'après-midi, en descendant du Pech, j'entendis les éclats de sa voix, invectivant avec véhémence Monsieur ROCHÉ qui tentait de l'apaiser en vain : "C'est froid votre Camp, c'est sec, il n'y a pas d'amour. Il y a trop d'intelligence et pas assez de cœur...!" Quand elle parlait de Monsieur ROCHÉ et Madame HANNEDOUCHE, elle disait : "L'Olympe..." La pauvre femme était jalouse de leur collaboration sereine faite d'estime, d'amitié et d'harmonie spirituelle, mais qui valait surtout à Simone HANNEDOUCHE de consacrer beaucoup de temps, avec une inépuisable bonne volonté, à dactylographier les travaux du Directeur des "Cahiers". Deux jours plus tard, cette discrète et subtile amie réussit à convaincre Mlle L... que le Camp la fatiguait et qu'il lui fallait du repos. Je la conduisis à la gare de Couiza avec un ineffable soulagement...

Après cet épisode, Déodat ROCHÉ, perplexe, me dit : "Eh bien, vous savez Dupré, il est plus facile d'écrire des livres que de faire vivre des gens ensemble..."

* * *

Au cours des années 1940 déjà, il n'était plus temps pour lui de se charger d'une famille. Une autre tâche, désormais, l'appelait entièrement. Par contre, le moment était largement venu, pensait-il, pour son fils Paul, d'assurer la continuité familiale. C'était à son tour, désormais, d'avoir une descendance. Déodat Roché estima qu'il avait déployé suffisamment de patience devant la manière de vivre de son fils pour pouvoir se permettre de lui imposer, un beau jour, cette alternative surprenante : "Maintenant, lui dit-il, nous ne restons plus que deux hommes, vivant loin de surcroît. Cela ne fait pas une famille. À ce jour, tu as mené une existence désordonnée pendant assez longtemps ; alors voila : ou bien tu te maries et tu as des enfants, ou bien c'est moi qui vais me marier, si tu ne le fais pas."

Le fils, éberlué, prit la "menace" au sérieux. Attaché et possessif, il put craindre que le patrimoine familial allât à une étrangère, et il se décida...

Le 17 novembre 1950, il épousait à la Mairie de Rabat, au Maroc, une veuve de guerre d'une vingtaine d'années moins âgée que lui. Cette jeune femme avait eu, très brièvement, pour premier mari, un officier de l'armée française qui, démobilisé en 1940, devint un Héros de la Résistance. Arrêté par la Gestapo, torturé par les Allemands, il mit fin à ses jours avec l'ampoule de cyanure qu'il portait, scellant par sa mort tout ce qu'il savait. Sa jeune épouse avait eu, de loin, la vision psychique de sa fin : il était à genoux et on le frappait... Elle garda le regret douloureux de ce jeune et noble époux et donna son prénom au deuxième de ses fils.

L'existence de cette femme ne fut pas facile avec Paul Roché. Ce mari, beaucoup plus âgé qu'elle, fixé parfois sur des manies, ne fit pas oublier le jeune héros dont elle parlait avec émotion lorsqu'il lui était possible de se confier... Nous la rencontrâmes en plusieurs occasions à Arques, ou à l'Estagnol lors des visites qu'elle y faisait.

Pour servir la lignée familiale, Déodat Roché avait accompli ce qui lui était possible. Sa maison fut toujours ouverte à la famille de son fils qui en usa largement jusqu'aux années 1970. Et pourtant, l'arrivée de ce perfectionniste, souvent mécontent et tracassier, était visiblement une source de trouble pour ce vieil homme qui fit preuve d'une infinie patience à l'endroit de son fils, alors qu'à l'évidence il avait besoin de paix. Ce fut ainsi que, durant l'été, l'Estagnol joua, peu à peu, le rôle de refuge pour lui, alors que sa maison était occupée.

* * *

Après la Libération, le temps de l'engagement politique et familial étant révolu pour lui, les libertés publiques rétablies, il put commencer une seconde carrière, presque aussi longue que la première, où il apparut, dès 1950, comme la personnalité la plus compétente et la plus représentative de ce "Réveil des

Albigeois" auquel il avait appelé, un demi-siècle plus tôt.

À cette époque, Déodat ROCHÉ donne des conférences dans diverses villes, dont Paris, à partir de 1946. Il participe à "l'Institut d'Études Occitanes" (IÉO) de Toulouse, à l'intérieur duquel il dirige le "Centre d'Études Cathares". C'est l'IÉO qui va publier, en 1947,la deuxième édition, augmentée, de son ouvrage "**Le Catharisme**". Une troisième édition, en deux tomes, encore élargie, verra le jour en 1973 (T. I) et 1976 (T. II). Elle sera épuisée à l'automne 1987.

En 1948, du 5 au 8 août, se tient le premier Congrès d'Études Cathares, organisé par l'IÉO, sous la Présidence de Déodat ROCHÉ et coprésidé par Fanita de PIERREFEU et René NELLI. Les travaux ont lieu dans les salons du "Grand Hôtel du Parc" à Ussat-les-Bains en Ariège, non loin de Montségur, gracieusement mis à la disposition du Congrès par Monsieur Antonin GADAL, Directeur des Thermes.

Les "**Cahiers d'Études Cathares**" (CEC), sont fondés à cette époque par Déodat ROCHÉ, mais édités d'abord par le Centre d'Études Cathares de l'IÉO. La très jeune Madame Suzanne NELLI, alors âgée de vingt ans, en assure, durant l'année 1949, le Secrétariat administratif à Carcassonne. Déodat ROCHÉ se charge, à Arques, de la Rédaction et des envois aux abonnés et acheteurs.

Le numéro 1 des "Cahiers" paraît en janvier 1949. Dès le début de 1950, Madame NELLI remet l'administration à Monsieur ROCHÉ qui assumera désormais, jusqu'en 1965, la totalité du travail nécessité par l'existence de la Revue et des Éditions qui vont naître.

La **"Société du Souvenir et des Études Cathares**" est fondée à Montségur le dimanche 30 avril 1950. Déodat ROCHÉ en est le Secrétaire général, l'organe de la Société sera les "**Cahiers d'Études Cathares**". Dès l'automne 1951, les "Cahiers" deviennent indépendants de l'IÉO. Désormais, Déodat ROCHÉ a la maîtrise complète — mais aussi la charge — de ses moyens de travail et d'expression : les "Cahiers" et la Société.

Le "Cahier" du printemps 1950 témoigne d'un double événement significatif dans le domaine de la collaboration féminine, dont bénéficia, durant toute sa vie, Déodat ROCHÉ. Dans ce numéro 5, où s'efface déjà la participation de Madame NELLI, apparaît, pour la première fois, celle de Simone HANNEDOUCHE, sous la forme modeste d'un compte rendu de l'ouvrage de Jacques Madaule : "L'angoisse contemporaine". Très vite, sa collaboration va s'élargir et devenir un soutien essentiel de l'activité de Déodat ROCHÉ, en particulier pour la tenue des Congrès de la Société qui se déroulent, chaque année, sur plusieurs jours. Cette femme d'expérience, âgée de soixante-deux ans en 1950, apporte sa compétence littéraire et culturelle, son dévouement désintéressé, mais aussi des moyens financiers qui aideront à la naissance des Éditions et du Camp de l'Estagnol.

Il se trouve qu'à l'époque, Simone HANNEDOUCHE vient d'être dégagée de ses obligations familiales, à la suite d'un événement douloureux. Elle est désormais disponible pour d'autres tâches. Son époux vient de mourir, et elle se retrouve à la tête du château des Trois-Moulins à Macau dans le Médoc et du domaine viticole qui en dépend. Cet homme d'origine modeste avait acquis, par ses qualités et son travail, une confortable situation sociale ; mais un de ses travers avait pesé sur sa compagne durant toute leur vie commune : maladivement jaloux de sa belle épouse, il chronométra son emploi du temps, à la minute près, tous les jours de son existence. C'était d'ailleurs un amateur de réveils, dont il avait constitué une prodigieuse collection, qu'il aimait à réparer et à régler... Il était ainsi très difficile, pour Simone HANNEDOUCHE, de s'attarder dans un magasin ou une librairie, en revenant du Lycée, et tout à fait impossible évidemment, de faire un voyage à Dornach, bien qu'elle eût découvert l'œuvre de Rudolf STEINER vers 1930, alors qu'elle vivait à Nice, où son mari était Proviseur. Désormais, il lui est possible de se rendre au Goetheanum ; elle y rencontrera Déodat ROCHÉ vers 1949, et fréquentera régulièrement Dornach pendant plus de trente années.

Le fondateur des "Études Cathares" vit alors sa période la plus active. Les Congrès se succèdent chaque année, relayés au fil des mois par les conférences qu'il donne dans des villes où il est invité. Il passe néanmoins la plupart de ses jours dans sa maison d'Arques où il se consacre à l'administration des "Cahiers", à la rédaction de ses articles et de ses ouvrages. Dès sa jeunesse, il a écrit des notes, des fragments, sans chercher, le plus souvent, à les publier, à part quelques articles. Ce n'est que maintenant, après sa soixante-dixième année, au terme d'une longue maturation d'un demi-siècle, qu'il va entreprendre de donner forme de livres à l'expression de sa pensée.

En 1951, il achève son ouvrage essentiel : "**Études Manichéennes et Cathares**", où il explique le profond courant de pensée qui circule à travers toutes les cultures. Ne se limitant pas à le présenter comme une doctrine particulière, il montre comment il est, à chaque époque, au cœur de l'interrogation des hommes. Cette ampleur de vue, inaccessible aux esprits dogmatiques, toujours prêts à la combattre encore, est un des aspects les plus remarquables du génie de Déodat ROCHÉ, avec sa quête de la pure liberté intérieure, les deux démarches étant d'ailleurs liées. Le livre est publié au début de 1952. Dès 1954, preuve de son succès, il connaîtra sa deuxième édition, bientôt épuisée, elle aussi, à l'automne 1957. Les tirages étaient évidemment trop faibles, ce qui révèle, une fois encore, l'insuffisance de sens pratique de Déodat ROCHÉ, malgré les indications de l'expérience, ainsi qu'un caractère trop timoré à l'égard de l'incarnation de son travail... Une troisième édition fut annoncée, mais ne vit jamais le jour, ce qui rend cet ouvrage aujourd'hui rarissime.

Alors qu'il s'appliquait à montrer le cheminement du Manichéisme dans la culture savante, l'auteur des "**Études Manichéennes et Cathares**" n'oubliait pas son lien originel avec la tradition populaire de la terre d'Oc. À travers diverses conférences, dont la principale fut donnée le dimanche 30 novembre 1947 à la Faculté des Lettres de Toulouse et publiée dans le "Cahier d'Études Cathares" N° 1, janvier 1949, il montra comment la sensibilité dualiste s'exprime dans les Contes traditionnels occitans. Augmenté, le texte de cette conférence fut réédité au début de 1951 sous le titre : "**Contes et Légendes du catharisme**". Épuisé au commencement de 1961, l'ouvrage connut en 1966 une troisième édition (voir p. 226), épuisée à son tour à l'automne 1986.

Après l'étude du Catharisme sous sa forme historique en 1947, puis philosophique et doctrinale en 1952, Déodat ROCHÉ aborde enfin sa conception fondamentale de l'être humain et de son devenir spirituel. Durant l'hiver 1954, il achève son ouvrage : "**Survivance et immortalité de l'âme**" qui paraît au début de 1955. Épuisé au printemps 1960, il sera réédité à la fin de 1961. Par l'étude des grandes traditions et des observations scientifiques récentes, l'auteur y donne, sur la réalité permanente de l'individualité humaine, un aperçu où les conceptions de Rudolf STEINER apportent une cohérence. Par ailleurs, l'ouvrage contient un chapitre sur Victor Hugo qui demeure apprécié, à juste titre. Mais la deuxième édition sera épuisée à l'été 1976 ; l'ouvrage n'est toujours pas réédité en 2001. On peut dire qu'avec "**Survivance et immortalité de l'âme**", Déodat ROCHÉ livre le fruit de recherches et de méditations qui commencent autour de 1897 à 1900 lorsqu'il se lie activement aux mouvements psychistes et occultistes. Par la suite, durant sa Magistrature à Carcassonne, il a d'ailleurs constitué vers 1920, et animé, une "**Société de Culture Morale et de Recherches Psychiques**" dont le Siège était au 60, rue de la Liberté, fondée le 14 mars 1920, quittée le 16 avril 1922.

Le moment est enfin venu, pour lui, d'exprimer la perception de ses racines les plus profondes, rencontrant, dès 1891, le drame qui fit de sa patrie languedocienne une terre martyre. À cette expérience de l'Histoire, se relie tout naturellement l'épreuve intérieure vécue jadis par son père, renonçant à sa vocation de prêtre lorsqu'il découvrit le visage dissimulé du catholicisme. Déodat ROCHÉ donne enfin sa forme définitive à l'ouvrage qui s'esquisse dans ses papiers depuis 1928 : "**l'Église romaine et les Cathares Albigeois**" paraît en 1957. Il prend l'aspect d'entretiens réunissant trois lycéens : le père de l'auteur et deux de ses amis. À partir de l'épreuve conduisant le jeune Omer-Paul à réorienter ses perspectives d'avenir, l'histoire de l'Église de Rome, des Cathares et de leur persécution, va être entièrement réexaminée. Le succès du livre épuise la première édition en 1963 mais, fait exceptionnel, la deuxième assure alors la continuité sans rupture, cependant, une fois encore, avec un tirage trop faible. Elle sera épuisée rapidement au printemps 1966. La troisième édition, considérablement augmentée de 120 pages, contenant un nouveau dialogue, des témoignages autobiographiques et de la correspondance, paraît à l'été 1969. Nous avions insisté, cette fois, auprès de Monsieur ROCHÉ pour qu'il prévît un assez fort tirage ; cette édition sera épuisée seulement à l'automne 1987

* * *

Bien que le présent ouvrage soit consacré à Déodat ROCHÉ et à son œuvre, il convient, à titre exceptionnel, de mentionner, au printemps 1967, la parution aux Éditions des Cahiers d'Études Cathares, de l'ouvrage de Simone HANNEDOUCHE : "**Manichéisme et Catharisme**", avec un Avant-propos de Monsieur ROCHÉ. La plupart des chapitres avaient été publiés en articles dans les "Cahiers", mais ils constituent un ensemble clair et cohérent de bonne qualité. Ce livre a aussi l'intérêt de montrer comment Simone HANNEDOUCHE a uni l'enseignement de Déodat ROCHÉ à sa propre recherche, en une élaboration personnelle souvent plus proche du lecteur non spécialisé. L'ouvrage sera épuisé à l'automne 1977. En voici le sommaire :

* * *

Déodat ROCHÉ ne tenait pas pour suffisant d'écrire et de publier des livres, il n'oubliait pas son projet de réalisation communautaire et, dès 1956, il invita les adhérents de la Société à se réunir, durant la seconde quinzaine de Juillet, en bordure de la forêt de Rialsesse, à l'Estagnol. En ces temps héroïques, le groupe ne pouvait pas vivre en permanence dans la nature ! On montait, tôt le matin, passer la journée à l'Estagnol et on logeait à Arques ; Monsieur ROCHÉ hébergeant lui-même plusieurs personnes dans sa propre maison. À la suite de ses conférences, données à Carcassonne en mai et juin 1956, portant sur le Naturisme, la Science spirituelle et les forces formatrices de vie, il avait rencontré (voir p. 57) la famille P... qui contribua à organiser matériellement le Camp d'Été où Déodat ROCHÉ séjourna vraiment sous la tente dès juillet 1957. Ce ne fut certainement pas un hasard si le Destin disposa que la même année où il publierait son livre sur "**L'Église romaine et les Cathares Albigeois**" serait aussi celle de la véritable naissance de la petite Communauté où il s'efforcerait de vivre son idéal humain et spirituel. Celle-ci ne manqua pas, d'ailleurs, de subir très vite l'adversité des forces que le philosophe d'Arques avait si bien identifiées dans l'ordre métaphysique. Nous l'avons vu dans la Deuxième partie...

Il faut un effort pour se représenter les sacrifices et les obstacles matériels que cet homme de quatre-vingts ans eut le courage et la patience de supporter pour donner forme à son projet, alors qu'il avait vécu jusque-là dans le confort et les commodités d'une existence bourgeoise. Bien que son sens pratique fût souvent un peu flou, **il osait entreprendre**, et il y avait là d'autant plus de grandeur qu'il était fragile.

En ces modestes débuts du Camp, il accepta que certaines personnes continuent à loger dans sa maison à Arques, autrement elles ne seraient pas venues... Cela lui valut toutes sortes de désagréments et, après chaque séjour, il lui fallait régulièrement réexpédier par poste des objets, des livres oubliés... Un anthroposophe allemand tomba malade et resta, deux mois durant, dans la maison de Monsieur ROCHÉ... Ce n'était d'ailleurs pas si grave, le fils du malade, médecin, l'avait visité, mais il restait là et on dut lui faire comprendre que sa convalescence pourrait se passer à son domicile...

* * *

Après 1957, ses principaux ouvrages étant publiés, Déodat ROCHÉ se consacra au Camp et aux “Cahiers” où son travail fut contraint à devenir plus polémique à mesure que, le Catharisme revenant au jour, les mêmes mensonges séculaires tentèrent de le discréditer. L'incompréhension et la calomnie rivalisaient chez les adversaires, recevant parfois le renfort affligeant de certains qui avaient fait carrière dans le sillage de Monsieur ROCHÉ et sur le fonds de sympathie du public à son égard. Ces dérives lui étaient douloureuses et les controverses suscitées par ces divergences le préoccupaient.

La plus représentative de ces polémiques fut probablement celle qu'il dut soutenir, et il le fit brillamment, contre un dénommé J-L. Riol, producteur en 1956 et 1965 de pamphlets agressifs, discourtois et d'une grossière partialité contre le Catharisme et contre Déodat ROCHÉ lui-même. Ce dernier répondit par de magistrales Études dont le premier mérite fut de ramasser, avec force, l'essentiel de sa pensée et de son érudition à propos du Catharisme. Elles figurent dans les deux “**Cahiers**” N°32, Hiver 1957-58 et N°25 (2ème série) Printemps 1965, sous les titres que Riol donna à ces communications publiées dans un Bulletin de Société savante, à Albi : “Tels furent les cathares, d'après les textes de l'époque et les traditions populaires” en 1956 et “Dernières connaissances sur des questions cathares” en 1965.

Cependant que Déodat ROCHÉ faisait naître le camp de l'Estagnol, certains de ses premiers collaborateurs se détachèrent de cet idéaliste qui persistait à vivre ce qu'il pensait. Maintenant, ils avaient retiré de lui la documentation utile et le fruit de son expérience, généreusement communiqués lors de la préparation des congrès et des premiers "**Cahiers**"... Alors que ces nouveaux "spécialistes" s'installaient dans le satisfecit des tirages confortables, Déodat ROCHÉ montrait, par sa simplicité de vie, qu'il avait toujours été "dans le monde sans être du monde". C'est probablement le matin, au soleil levant, inaugurant avec ses amis une journée de purification, de travail et de méditation, qu'il fut le plus lui-même, avec la modestie d'une âme limpide devant le mystère d'une nature grandiose.

Mais la sincérité et le désintéressement ne sont appréciés que du petit nombre... Les fidèles qui le composaient alors, en 1958, durent avoir un serrement de cœur en lisant la première page du "**Cahier**" N°35, de l'automne : "La publication des "**Cahiers**" devant être arrêtée après le N°36 de l'année 1958..." Il était ensuite expliqué par Déodat ROCHÉ qu'après une augmentation régulière du nombre des abonnés depuis 1949, des réticences se faisaient sentir pour régler l'abonnement annuel de 8 francs, (prix de neuf litres d'essence, à l'époque). Un déficit faible mais endémique risquant de s'accroître, il apparaissait que l'augmentation nécessaire de l'abonnement ne serait pas acceptée et ferait diminuer dommageablement le nombre des abonnés. Cependant, les lecteurs furent en partie rassurés en apprenant que la Société publierait dans son Bulletin trimestriel, des articles analogues à ceux des "Cahiers" actuels, et qu'il suffirait d'être adhérent pour les recevoir. Ce qui fut également possible par abonnement simple, très rapidement. Ce Bulletin devint alors "**Cahiers d'Études Cathares**", organe intégral de la Société qui put, dès lors, les financer par des ressources un peu plus larges, à commencer par la cotisation de 10 francs. Toutefois, pour réduire leur prix de revient, les "**Cahiers**" se firent plus modestes : agrafés au lieu de cousus-brochés, réduisirent leur format de cm 24 x15,5 à cm 21x 13,5, et ils restèrent ainsi une trentaine d'années durant...

Depuis, ils survécurent sans interruption à travers maints aléas et ils existent encore en 1994, retrouvant d'ailleurs, en 1990, leur format et leur aspect originels. Cependant, "l'esprit" du contenu est totalement différent de celui des débuts, bien que ces "Cahiers" revendiquent toujours, en principe, la "défense" du Catharisme. Cette pérennité, au-delà de l'exploitation souvent affligeante d'un mythe, montre tout de même à quelle profondeur sut agir Déodat ROCHÉ par sa vie et son œuvre.

Ainsi, au printemps 1959, grâce à la Société, avec le N°1 de la Nouvelle série, les "**Cahiers**" continuent, et le Camp de l'Estagnol aussi, invitant, dans une simplicité toute spartiate, les Sociétaires à y participer. Par le "**Cahier**" N°6, Été

1960, p.2, ils sont avertis qu'"Ils devront se munir d'une tente et faire leur cuisine." !..... Ils eurent toutefois le réconfort de voir bâtir le pavillon central au cours de cette année 1960, dont le Destin fit, pour la Société, une année de construction. Elle vit en effet l'achèvement de la "**Stèle du Souvenir aux Martyrs Cathares de Montségur**" qui se dresse toujours en 2001, au pied du Pog, en haut du "Pré des Brûlés", et dont l'inauguration par Déodat ROCHÉ, entouré de la société, eut lieu le lundi de Pentecôte 6 juin 1960.

À cette époque, je vivais encore à Paris, où je venais de lire la conférence sur : "**Esclarmonde de Foix, princesse Cathare**", qui devait contribuer à m'orienter, en juillet 1961, jusqu'à Montségur, puis vers le philosophe d'Arques. Dès lors, cette biographie de Déodat ROCHÉ se poursuit à travers le témoignage direct fourni dans les parties I à III du présent ouvrage

* * *

En hommage à l'initiateur du "**Réveil des Albigeois**" et à sa fidélité au Souvenir Cathare, cette IVᵉ partie, qui lui est personnellement consacrée, s'achèvera par l'évocation d'un de ses derniers et de ses plus beaux gestes, dont le récit m'a été rapporté par Monsieur Armand DESCHAMPS (1914-2000), qui en fut le témoin. Ce dernier, qui accomplit une carrière de responsable d'entreprises et sut, parallèlement, acquérir une solide culture historique, philosophique, archéologique, fut un ami discret, mais fidèle, de Monsieur ROCHÉ depuis environ 1950. Très attaché à Montségur, où il possédait une maison jusqu'en 1999, il y résida chaque fois que ses activités le lui permettaient.

Ce fut le cas, en ce dimanche 26 juin 1966, près du Solstice d'été. Monsieur DESCHAMPS était monté au Château une bonne heure avant le lever du soleil, d'abord pour arriver seul, puis contempler la majestueuse métamorphose de la nuit en aurore.

L'Orient, sur les Corbières, s'éclairait faiblement, mais le Col du Tremblement était encore dans les ténèbres, lorsque les phares d'une voiture sortirent des lacets montant du village, accompagnés du battement laborieux d'une "deux-chevaux" Citroën qui s'arrêta bientôt sur le parc du Col. Monsieur DESCHAMPS, qui avait tout observé depuis le sommet, et noté l'heure d'arrivée de la voiture, eut la surprise, une demi-heure plus tard seulement, assure-t-il, de voir arriver Monsieur ROCHÉ dans la cour du Château... Il pense que ce dernier avait été amené en voiture depuis Arques par Marius. Mais évidemment, ce fut par ses propres moyens que Déodat ROCHÉ monta — très probablement pour la dernière fois — au château de Montségur. Il y parvint avant le lever du soleil qu'il put contempler sereinement, en compagnie d'un véritable ami dont l'heureuse rencontre était imprévue, et de Simone HANNEDOUCHE venue d'Arques avec lui. Le rendez-vous avec les membres de la Société avait été fixé à 10 heures, à la Stèle. Mais en ce temps du Solstice, il avait voulu faire là un pèlerinage purement privé, pour honorer, une fois encore en ce haut lieu, les forces de la Lumière, sous leur apparence sensible. Il avait alors quatre-vingt-neuf ans...

Bien peu de pèlerins, au cours des siècles, auront pu monter au château de Montségur, à cet âge et seulement par eux-mêmes. Lui, avait une relation élective avec les forces lumineuses de l'air qui semblaient aider son corps, tellement allégé, à s'élever vers l'appel du Soleil. Il donnait aussi cette impression en montant sur le Pech de l'Estagnol. Bientôt, les êtres les plus aériens de la création allaient saluer, sur les pentes du Pog, la clarté renaissante ; pour ce bref moment de grâce, il serait leur conscience humaine. À maintes reprises déjà, en cette circonstance, Déodat ROCHÉ, berger d'abeilles à l'heure de midi, nous était apparu comme celui des oiseaux à la naissance du jour... En ce premier jour de l'été, au sommet de Montségur, il avait rendez-vous, une fois encore, avec le reflet du grand amour de sa vie. Cette Lumière d'esprit, dont l'âme sincère peut s'illuminer, il savait que, fugitivement, elle rayonne jusque dans la nature, à l'instant de l'aurore...

“ Il ne s’agit pas, pour nous, de reconstituer, sous son ancienne forme, un mouvement disparu, mais d’aider à la compréhension de l’histoire tous ceux qui, en dehors de toute considération de parti ou d’Église, veulent pénétrer le sens de l’évolution religieuse et philosophique pour recueillir, au milieu de ce qui est périmé et tué, le germe de l’avenir, et pour cultiver ce germe avec des méthodes scientifiques et philosophiques conformes à l’esprit de notre époque.”

Déodat ROCHÉ (1946)

Cinquième Partie

L'ŒUVRE DE DÉODAT ROCHÉ

Présentation

C'est avec respect qu'il convient de traduire, dans la mesure du possible, les processus par lesquels cet homme, sincère et désintéressé, a inscrit les signes de sa recherche dans la réalité, au cours de sa longue vie. Pour l'essentiel, ce n'est qu'après l'âge de soixante-dix ans qu'il écrit ses principaux livres, dernière partie de l'œuvre qui nous laisse les traces les plus complètement perceptibles. Auparavant, il a publié un certain nombre de textes de dimensions plus modestes, mais surtout, il a échangé une importante correspondance, dont une faible part seulement a été publiée. Tout le reste se trouve aujourd'hui épars dans maintes archives personnelles et familiales, dont il faut espérer qu'une partie au moins, sortira un jour, et qu'elle sera préservée.

Enfin, la part la plus insaisissable de son œuvre fut accomplie par Déodat ROCHÉ au jour le jour, au fil de son existence, à travers les multiples rapports humains qu'il eut l'occasion d'établir. Certes, il n'était pas exempt de travers, ni même de quelques défauts sans doute, et le propos de ces pages n'est pas de suggérer de lui une image abusivement idéalisée, mais il était capable d'éveiller les forces de la dignité humaine chez ceux qui l'approchaient d'un cœur ouvert. Sa quête intérieure de la pureté n'était autre que l'accès à la véritable liberté : celle de l'être humain face, en lui-même, à toutes les énergies mystérieuses, étrangères et contradictoires qui le traversent afin de l'utiliser. Si Déodat ROCHÉ accomplit ses tâches de magistrat et d'élu avec une intégrité qui lui valut le respect de ses contemporains, ce fut aussi parce que le service des libertés publiques était, pour lui, l'extension de cette liberté intérieure, née d'une spiritualité authentique et active.

Cette part relationnelle de son œuvre, purement humaine et spirituelle, chemine aujourd'hui mystérieusement dans les existences et les destinées. Ceux qui ont connu Déodat ROCHÉ peuvent, dans le secret de leurs âmes, apprecier la portée de sa rencontre.

Il arrive aussi que des membres des générations suivantes, sans avoir pu le connaître, n'en aient pas moins reçu, par le témoignage de son action, une lumière significative sur leur chemin de vie. Une telle face, invisible, de l'accomplissement terrestre ne saurait être décrite par un récit. Peut-être, cependant, un reflet sera-t-il suggéré de ce troisième aspect de l'activité, à travers et par-delà l'ensemble du présent ouvrage...

Cette cinquième Partie présentera donc, avec l'objectivité d'un répertoire, les deux premiers aspects de l'œuvre : celle qui fut parlée, les Conférences et les Congrès ; et celle qui fut écrite, la Correspondance, les Livres et enfin l'ensemble des Articles publiés dans les "**Cahiers d'Études Cathares**".

La liste des Conférences n'est pas exhaustive. Nous indiquons celles qui sont mentionnées dans les publications de Déodat ROCHÉ, essentiellement les "**Cahiers**". Elles y sont situées, commentées, parfois même publiées in extenso. Elles peuvent être considérées comme les principales.

La liste des Correspondances est beaucoup plus incomplète car Déodat ROCHÉ, très discret, n'en a publié certaines qu'à la fin de sa vie.

Chaque fois qu'une référence existe, nous la mentionnons. Généralement, elle concerne les "**Cahiers d'Études Cathares**" (CEC), numérotés en deux séries successives. La première Série va de la Fondation : N° 1 Printemps 1949, au N° 36 Hiver 1958 (L'hiver désignant le numéro paraissant en principe le 21 décembre, donc à la fin de l'année mentionnée). La deuxième Série commence au N° 1 du Printemps 1959. Nous ne signalerons dans nos références que la première série, par exemple N° 7, 1è S. La simple référence N°7 indique la deuxième série, dont la même numérotation se poursuit en 1994 dans la 3è Série qui a retrouvé le format et la présentation de la 1è Série, à partir du N° 125, Print. 1990.

" Le problème le plus important pour les cathares, celui dont la solution commandait leur attitude morale et religieuse, est le problème du mal et de la rédemption."

Déodat ROCHÉ, (1931)

Chapitre 15

L'œuvre parlée

I - Les Conférences.

1895. École publique d'Arques. Première conférence de sa vie donnée par Déodat ROCHÉ. "Méthode critique et idéal laïque" (Reprise en 1912),

1897. 6 juin. École publique d'Arques. Deuxième conférence de sa vie et première sur le Catharisme : "la Croisade contre les Albigeois et la destruction de la ville de Fontoise" (nom de la Cité d'Arques au XIIIe siècle). CEC 48, H 1970.

1912. 4 décembre. Siège de l'Amicale laïque de Carcassonne : "Méthode critique et idéal laïque" mise en forme développée et définitive de la 1e conférence de 1895.

1920. 15 mai. Carcassonne. "De la nécessité morale des recherches psychiques"

1921. Janvier et février. Carcassonne, à la Société de culture morale et de recherches psychiques : Conférence de 1912 développée en une série de causeries.

1932. Paris : "Le trésor spirituel des Cathares"

1933. Toulouse : conférence précédente.

1937. 7 mai. Faculté des Lettres de Montpellier au Congrès des Sciences Historiques : "**Le Catharisme**" (premier texte original dans CEC 138, Été 1993)

1938. Dornach. Goetheanum : "la Cosmogonie de Manès à Rudolf Steiner" (à voir dans : "**Études manichéennes et cathares**". 1952. p. 40).

1938. 7 septembre. Pog de Montségur : Déodat ROCHÉ lit les textes du Consolamentum sur le Pré des Brûlés parmi un cercle d'amis et de sympathisants.

1946. 23 mai. Paris. Centre international de synthèse. Fondation pour la science. Communication : "Catharisme et néo-Manichéisme. Genèse de la religion Cathare et État actuel des connaissances qui s'y rapportent" publié dans "**Le catharisme**" 1976, Tome II. (pp. 5 à 22)

1946. 22 et 23 juillet. Pog de Montségur : réunion commémorative analogue à celle de 1938

1947. 30 novembre. Toulouse. Faculté des Lettres, grand amphithéâtre : "**Contes et légendes du Catharisme**" (publié par la suite, voir p. 226)

1947-1948. Marseille, au Centre Provençal et Albi, aux Veillées albigeoises : Conférence précédente qui sera d'abord publiée dans le CEC N°1. Ière série. Print. 1949.

1948. 24 juin. Carcassonne, à la Cité. Congrès de "La renaissance spirituelle". Communication : "La Parousie, présence du Christ, ou la Saint-Jean d'Été dans l'Esprit cathare de la Pentecôte". (Publié dans "**Le Catharisme**" 1976. Tome II. pp. 23 à 30)

1950. 20 mai. Paris, "Les Cathares, et les Platoniciens de l'École de Chartres".

25 mai. Bruxelles (Belgique), même Conférence, publiée dans CEC 8, 1e S, 1950 et dans "**Études Manichéennes et Cathares**" (pp. 255 à 275), faite à la Faculté des Lettres de Bruxelles, sur invitation du Professeur Henri Grégoire.

1953. 7 novembre. Toulouse. Faculté des Lettres. "Le Catharisme tel qu'il a été : un pur Christianisme" (voir CEC 16. 1e S. publié pp. 247 à 251)

21 novembre. Toulouse. Cercle "Minerva" de la Ligue de l'Enseignement : "**Les Cathares, précurseurs des temps Modernes**". (Publié dans CEC 18. 1e S. 1954. pp. 71 à 80)

5 décembre. Toulouse. Faculté des Lettres, Salle des Arts : "Le Catharisme tel qu'il a été. Initiation chrétienne et vies successives" (résumé CEC 18. 1e S. pp. 131-3)

1954. 3 avril : Toulouse. (même lieu) "Constitution de l'homme et survivance de l'âme".

15 mai : "L'âme après la mort et l'immortalité"

19 juin : "Preuves et buts des réincarnations". (résumé de ces 3 conférences, CEC 18. 1e S. pp. 133 à 136.)

26 juillet. Castres. VIIIe Congrès d'Études Cathares : "Maurice de Guérin et le Manichéisme." (résumé. dans CEC 23. 1e S. Aut. 1955. p. 165-6)

1956. 17 mars. Toulouse. Faculté des Lettres, rue du Taur. Salle des Arts : "La médecine Cathare." (publié dans CEC 26. 1e S. 1956)

9 mai. Carcassonne : "Naturisme et science spirituelle" (publié dans CEC 26. 1e S)

6 juin. Carcassonne : "Les forces de vie, formatrices de l'organisme humain, et l'art de vivre" (publié dans CEC 26. 1e S) (NB : en juillet début Camp de l'Estagnol).

28 novembre. Toulouse : "Passé et avenir du catharisme" (publié CEC 31 et 36. 1e S)

1959. 21 mars. Carcassonne : "Nécessité d'une science de l'esprit pour la formation d'un nouvel homme". (Publié dans CEC 1. Print. 1959)

1960. 25 mai. Toulouse. Faculté des Lettres, Salle des Arts : "Maurice Magre et le Catharisme". (Publié dans CEC 7. Aut. 1960. pp. 29 à 35)

1960. 30 novembre. Toulouse. même lieu : "La tragédie Cathare". Réfute un article du duc de Lévis-Mirepoix, dans la revue Historia n°168. (Publié dans CEC 8, H 1960. pp. 23 à 42) sur cet auteur, voir p. 29, 30 du présent ouvrage.

1961. 22 mars. Toulouse même lieu. "Prosper Estieu, poète occitan, chantre de Montségur" (publié dans CEC 9. Pr. 1961. pp. 3 à 20.)

1961. 9 juillet au 17 août. L'Estagnol, séjour d'été. Exposés du matin. Au lever du Soleil "La transformation des énergies, selon Peter Deunov". À 10 h 30 : "Conférences sur l'Évangile de Jean, d'après Rudolf Steiner" (publié dans CEC 11 A 61.pp. 3 à 29)

22 novembre. Carcassonne. Hôtel de Ville, grande Salle des fêtes : "**Les Cathares, précurseurs des temps modernes**", suite de nov. 1953 (dans CEC 12, p.41-7, 13, p.3-15)

1963. 22 septembre. Roquecourbe (Tarn), devant le groupe de la SSEC de Sainte-Juliane : "L'attitude morale et sociale des Cathares"

1965. 1 mai. Toulouse : "L'ascétisme Cathare et l'ascèse moderne"
30 mai. Bordeaux : sur le même thème.

1967. 21 mai. Montségur, à la Stèle, allocution : "Dominicains et cathares" (dans CEC 34)

1968. 26 mai. Même Lieu : Allocution, puis Colloque à l'Hestia. "Maine de Biran et les deux révélations, Socrate et Jésus". (Publié dans CEC 38. E 68)

1969. 18 mai. Même lieu. **Dernière allocution de Déodat ROCHÉ à Montségur** : "La doctrine de l'Église et ses contradictions" puis colloque à l'Hestia. (dans CEC 42. E 69)
Le 26 Juin 1966, pressentant probablement que ses forces ne lui permettraient bientôt plus cette prouesse à Montségur, Déodat ROCHÉ accomplit son ultime ascension du Pog, avant le lever du soleil. (Voir p. 198 et CEC 30).

1975. 12 juillet. Arques, du perron de la Mairie, dernière Allocution publique, à la demande d'« ARCASI » (Association touristique et culturelle du canton de Couiza) :
"L'origine Manichéenne du Catharisme".

1977. 11 décembre. Arques, dans sa maison : Allocution demi-publique devant une cinquantaine de membres de la Société, venus célébrer son Centenaire. Il parle avec confiance de son Départ prochain et de la réalité du monde spirituel.

II - Congrès et rencontres

1948. 5 au 8 août. Ussat-les-Bains (Ariège), Grand Hôtel des Thermes. Le 8, à Montségur "**1er Congrès d'Études Cathares**". Présidé par Déodat Roché, assisté par René Nelli et Fanita de Pierrefeu. (compte rendu dans le CEC N°1. 1ère Série. P. 1949)

1949. 27 au 31 juillet. Ussat-les-Bains. Le 31 à Montségur.
"**2ème Congrès d'Études Cathares**". Présidé par Déodat Roché, René Nelli et Fanita de Pierrefeu, avec la participation de Monsieur Henri Corbin, Professeur au Collège de France, Orientaliste et spécialiste de l'Iran. Fernand Niel expose les premiers résultats de ses travaux sur le site et l'histoire de Montségur. Le texte de sa Communication, achevé à Béziers en février 1949, sera publié par l'IÉO (1, rue Lafaille, Toulouse) dans la série "Documents de l'IÉO" en 1949, à l'Imprimerie Subervie de Rodez. (CR du Congrès dans le CEC N° 3. 1ère S juil-sept 1949)

1950. 12 au 17 septembre. Ussat-les-Bains. Le dimanche 17, à Montségur.
"**3ème Congrès d'Études Cathares**". Présidé par Déodat Roché, René Nelli, Fanita de Pierrefeu. Déodat Roché présente la Fondation de la "Société du Souvenir et des Études Cathares", le 30 avril 1950, et lance le projet d'élever une Stèle à la mémoire des Martyrs Cathares et des défenseurs du Château de Montségur. (CEC 7. IS)NB : Ces 3 premiers Congrès furent organisés par le Centre d'Études Cathares de l'IÉO. Tous les suivants le furent par la "Société du Souvenir et des Études Cathares" (SSEC).

1951. 13 au 16 mai. Carcassonne. Mairie, grande Salle des fêtes.
"**4ème Congrès du Souvenir et des Études cathares**". Présidé par Déodat Roché, René Nelli, Fanita de Pierrefeu. En présence de Madame Marie-Madeleine Davy, qui présente deux communications. Simone Hannedouche prononce, en cette occasion, sa première conférence aux "Études cathares". Le congrès inclut deux visites : l'une aux châteaux de Lastours en Cabardès, l'autre à Montségur. (CR dans CEC 9-10. 1e S.)

1952. 6 au 9 avril. Béziers. Chambre de Commerce. Visites à Minerve (34) et Quéribus (11)
"**5ème Congrès du Souvenir et des Études Cathares**". Présidé par Déodat Roché, assisté de René Nelli, Fanita de Pierrefeu, Simone Hannedouche, Fernand Niel, Charles Delpoux, Paul Conte, Fernand Lequenne etc... (Actes du Congrès dans CEC 12. 1e S. H 51)

1953. 16 au 20 juillet. Cordes (Tarn) Mairie. Visites à Albi et aux fouilles de Ste Juliane.
"**6ème Congrès du Souvenir et des Études cathares**". Présidé par Déodat Roché, assisté de René Nelli, Fanita de Pierrefeu, Simone Hannedouche, Charles Delpoux, Mme Koumchatsky membre de la Société Anthroposophique (et mère de Mme Violetta Riviérez, connue pour ses publications de conférences de Rudolf Steiner en petits fascicules très appréciés.) (Actes dans le CEC N°16. 1e S. H 1953)

1953. 20 septembre. La distance ayant empêché la visite de Montségur durant le 6ème Congrès, un groupe de participants décide de la réaliser à cette date. Ce sont, pour la plupart, des Toulousains qui vont constituer, à cette occasion, autour de Charles Delpoux, le Groupe de Toulouse de la SSEC. Essentiellement intéressé par l'Histoire, les Sites et l'archéologie, ce groupe garde ses distances à l'égard des recherches philosophiques et spirituelles de Déodat Roché. En 1956, il prend son autonomie et se constitue, sous la Présidence de Charles Delpoux, excellent historien, en "Institut d'Études Médiévales et Cathares". Déodat Roché fut affecté de ce qui lui parut une dissidence. En réalité, la sagesse de Charles Delpoux et son amitié pour Déodat Roché, surent maintenir de bonnes relations entre l'IEMC et la SSEC... Lorsqu'il me conta cette péripétie, en 1965, Déodat Roché s'y était résigné et me dit : "Delpoux m'assure que cette séparation de ceux qui ne veulent pas entendre parler de questions spirituelles, était dans l'air, et qu'elle se serait réalisée de toute manière. Il valait mieux, dit-il, qu'elle se soit faite sous sa direction ! Sans doute, a-t-il raison..."

1954. 13 au 22 avril. **Voyage d'Études en terre cathare** d'un groupe d'anthroposophes allemands et de membres français de la SSEC. Déodat Roché fera pour eux :
le 17 : Exposé dans la Grotte de Bethléem à Ussat-les-Bains.
le 18 : causerie dans la cour du Château de Montségur
le 19 : visite conférence de la Cité de Carcassonne.

1954. 25 au 28 juillet 1954. Lavelanet. Mairie. Le 27 à Montségur, le 28 à Montréalp-de-Sos
"**7ème Congrès de la Société du S. et des Études Cathares**". Présidé par Déodat Roché, organisé par Mme et M. Tricoire et M. Charles Delpoux. (CR. CEC 19. 1e S. 18 pages)

1954. 17 novembre. Toulouse. Réunion du Groupe de la Société. Conférence de Déodat Roché "Initiation antique, Initiation Christique".

1955. 24 au 28 juillet. Castres. Hôtel de Ville. Simultanément avec une exposition sur le Catharisme au Musée Goya.
"**8ème Congrès du Souvenir et des Études Cathares**". Présidé par Déodat Roché, assisté de René Nelli, Simone Hannedouche, Charles Delpoux, Fernand Costes.
Visites à Sainte-Juliane, au Sidobre et au Château du Cayla où vécut Maurice de Guérin. (Actes du Congrès dans CEC 23. 1e S. A 55. pp. 156 à 167)

1956. 25 au 27 mars. Narbonne. Palais du travail, Salle du Dr Lacroix.
"**9ème Congrès de la Société du S. et des Études Cathares**". Présidé par Déodat Roché, assisté de René Nelli, Simone Hannedouche, Charles Delpoux, Fernand Lequenne, en présence du Maire-adjoint de Narbonne et des Conservateurs des Musées de la Ville. Ouverture par l'évocation et une large citation du rapport fait par "le grand et regretté Journaliste Léon Dupré sur "Les atrocités, à Béziers, de la répression ordonnée par le Pape". Puis le Thème central du Congrès fut "Les rapports de la Franc-Maçonnerie avec le Manichéisme et le Catharisme". Visites à l'Abbaye cistercienne de Fontfroide et à l'Oppidum d'Ensérune. (CR. CEC 25. P 56)

1957. 24 au 26 avril. Carcassonne. Chambre de Commerce, Salle des Corporations. Présidé par Déodat Roché. Réservé aux adhérents munis de leur Carte et aux personnes expressément invitées. Thème central : "Une vie saine, condition de l'harmonie sociale".

"**10ème Congrès de la Société du S. et des Études Cathares**". (CEC 27-8.)
NB : À la suite de la Scission du Groupe de Toulouse (voir plus haut, en 1953), on constate un repli sur la Société et sur le thème central de préoccupation de Déodat Roché, qui l'amenait, simultanément, à ouvrir le Camp de l'Estagnol.

1958. 20 au 22 juillet. Carcassonne. Mairie. Salle des Jeux et Grande Salle des fêtes. "**11ème Congrès de la Société du S. et des Études Cathares**". Présidé par Déodat Roché, assisté de Simone Hannedouche, Fanita de Pierrefeu, Urbain Gibert, Raymond Dorbes. Au cours d'un exposé sur la "Défense de l'Esprit Cathare", Monsieur Roché évoque le courant d'hostilité, qui est apparu, à une recherche spirituelle de la signification du Catharisme, dans la Presse et dans la Société du SEC, elle-même. Il regrette la création de l'« Institut d'Études Médiévales et Cathares » de Toulouse, dont les membres, rappelle-t-il, avaient toute latitude pour travailler comme Groupe de la Société, et publier leurs travaux dans les "Cahiers" et dans le bulletin de la SSEC. (CR dans bulletin 8-9, supplément au CEC 34. 1e S. (cf. CEC 32. 1e S)

1959. 5 au 7 juillet. Carcassonne. Mairie. (CR dans CEC 2. E 59. Actes dans CEC 3-4. A. 59)
"**12ème Congrès d'Études Cathares**". Présidé par Déodat Roché, assisté de Simone Hannedouche et Fanita de Pierrefeu. Monsieur Roché y donne la Conférence : "Le Catharisme en évolution : Science spirituelle et communautés fraternelles".

1960. 5 et 6 juin. Carcassonne. Mairie, le 5. (CR dans le CEC 8. H 60)
"**13ème Congrès de la Société du Souvenir et des Études Cathares**". Présidé par Déodat Roché, assisté de René Nelli et Fanita de Pierrefeu. Monsieur Roché donna la Conférence : "Monisme et Dualisme chez les Cathares". (publiée dans CEC 8)
Montségur, lundi de Pentecôte 6 juin : **Inauguration de la Stèle du Souvenir aux Martyrs Cathares du 16 mars 1244**, en présence de la Société et du Maire de la Commune de Montségur. Allocution de Déodat Roché. (dans CEC 7.A 60)

1961. 21 mai, dimanche de Pentecôte. Montségur. (CR dans CEC 9. P 61. pp. 21 à 35)
"**14ème Congrès de la Société du S. et des Études Cathares**". Présidé par Déodat Roché, assisté de René Nelli, Fanita de Pierrefeu, Jean Duvernoy, Simone Hannedouche. Le matin : Allocution à la Stèle. L'après-midi : à la Mairie, les travaux. (CEC 9)

1962. 10 juin, dimanche de Pentecôte. Montségur : Commémoration à la Stèle le matin.
16 septembre. **Montségur : Assemblée générale de la Société.**

1963. 2 juin, dimanche de Pentecôte. Montségur. (CR dans CEC 18.E 63.pp. 3 à 12) Le matin : **Commémoration à la Stèle**. Charles Delpoux lit la trentaine de noms que l'on a pu retrouver parmi les quelque 210 martyrs de 1244. Puis, Déodat Roché prononce son allocution. Enfin un Sociétaire, Monsieur Roger Camboulives déclame admirablement, avec force et avec une profonde émotion parfaitement maîtrisée, deux superbes et assez longs poèmes dont il est l'auteur : "Le Bûcher de Montségur" et "Les trois Dames de Montségur". Il fut écouté, comme Monsieur Roché, dans un silence absolu et avec une véritable attention, qui se prolongèrent après la lecture des poèmes... (J'étais présent à cette cérémonie, simple et belle, dans ce Site splendide, devant le recueillement, l'émotion et la gravité des participants, nombreux ce jour-là. En descendant, Déodat Roché, le teint clair et pur, si mince et naturellement élégant dans son beau costume bleu-sombre, me dit, sur un léger sourire, parlant avec une admiration émue de Monsieur Camboulives : "Je ne le connaissais pas sous ce jour-là... C'est une découverte !..."J. D)
L'après-midi : colloque à l'Hestia. (CR et textes poèmes : CEC 18. E 63)

1964. Dimanche de Pentecôte. Montségur, à la stèle. Simone Hannedouche lit l'allocution écrite par Monsieur Roché, absent, insuffisamment remis de la grave pneumonie qui fut sur le point de l'emporter durant l'hiver précédent. (CR dans CEC 21. P 64)

1964. 13 septembre. Montségur, à l'Hestia. Présidé par Déodat Hoché. (voir CEC 22 et 23) Le matin : **Assemblée générale de la société**. L'après-midi : Conférence de Monsieur Roché : "La philosophie platonicienne des manichéens et des Cathares".

1965. 7 juin. lundi de Pentecôte. Montségur, à la stèle. (voir CEC 26. E 65) Déodat Roché prononce l'Allocution : "Christianisme et humanisme". L'après-midi, à l'Hestia, exposé de Monsieur Roché sur "L'ascèse Cathare". Monsieur Armand Deschamps présente une Communication sur les "Dernières découvertes archéologiques à Montségur".

1965. 19 septembre. Carcassonne. Hôtel de Ville, Salle des fêtes. (CR dans CEC 27 et 28) Le matin : **Assemblée Générale**. Présidée par Déodat Roché, assisté de S. Hannedouche. L'après-midi : **Colloque d'Études Cathares**. Présentation de Déodat Roché. Exposés de Jean Duvernoy sur "La vie des Cathares d'après les documents de l'Inquisition" et de Jean Tricoire sur "L'archéologie de Montségur". (J'étais présent à cette journée, après avoir réussi à décider Monsieur Roché, durant le Camp, à inviter ces personnalités. Au Camp, j'étais parvenu à lancer les invitations aux membres après avoir polycopié les programmes. L'assistance, nombreuse et de qualité, fit de ce Colloque un des plus réussis. René Nelli, non invité par M. Roché, était cependant aimablement venu dans le public, au premier rang. Il posa à M. Duvernoy, à l'issue de son exposé, une question sur "l'endura" (prétendu suicide par le jeûne), commençant par : "À ce sujet, avez-vous jamais trouvé dans les textes... ?" à laquelle le conférencier répondit à peine et d'un air très froid. Ces deux hommes étaient aux "antipodes" ; l'amabilité florentine ne séduisait pas le rigoureux savant protestant.) J. D

1966. 22 mai. Montségur, le matin à la Stèle : Allocution de Déodat Roché. (CR. CEC 29-30). L'après-midi : à l'Hestia, **Réunion d'information avec réponses** aux questions du public, par Monsieur Roché. (Un envoyé spécial du "Figaro Littéraire" assista, "sans écouter" écrivit-il, à cette journée, c'était M.G.L. qui pontifie encore sur la Radio France-Culture. Il fit dans le "Fig. Lit" un compte rendu malveillant, fallacieux, discourtois et de mauvaise foi, que Déodat Roché rectifia par un article du CEC 30. E 66. pp. 32-33)

1966. 26 juin. Montségur, au sommet, dans le château. Déodat Roché et Simone Hannedouche, partis d'Arques à 2 h 30 du matin, assistent au Lever du Soleil, en compagnie de M. Armand Deschamps. (CR. CEC 30. pp. 39-41)
À 10 h, cérémonie à la Stèle. Ensuite, à L'Hestia, entretien avec Déodat Roché, puis exposé, avec projection, de Raymond Dorbes, sur les châteaux qui résistèrent à la croisade dirigée par les cisterciens et commandée par Simon de Montfort.

1967. 21 mai. Montségur, le matin à la stèle : Allocution de Déodat Roché. (CR. CEC 34). "Dominicains et cathares", thème : La réalité du Mal dans la création. L'après-midi : Réunion d'information à l'Hestia. Réponses de M. Roché aux questions.

1967. 17 et 18 août. Montségur, à l'Hestia dans la grande salle supérieure de réunion nouvellement aménagée sur l'initiative de Mme de Pierrefeu. (CR dans CEC 35-36)
"**15ème Congrès de la Société du S. et des Études Cathares**". Présidé par Déodat Roché, assisté de Fanita de Pierrefeu, Simone Hannedouche et José Dupré.
Communications de Gerald Gough, professeur anglais d'Université, Fanita de Pierrefeu consacrée à sa sœur : "Le message pro-cathare de Maria Le Hardouin", Simone Hannedouche en deux exposés, les 17 et 18, "Le Rituel Cathare et le consolament", Déodat Roché : "Fauste de Milève le Manichéen et Augustin", et "Alain de Lille et les Cathares" le 18. Visite, commentée par M. Armand Deschamps, du Musée archéologique de Montségur. (L'assistance, nombreuse, emplissait la grande salle et suivait les travaux avec un intérêt évident. On remarquait, malgré sa totale discrétion, la présence de Monsieur René Jentet, à l'époque Réalisateur à la Radio France-culture d'émissions

profondes et spirituelles. L'admirable attention, faite de respect et d'intelligence, avec laquelle il écouta d'un bout à l'autre, les exposés de Déodat Roché, montrait clairement qu'il avait une parfaite conscience de vivre un moment exceptionnel devant un homme qui l'était aussi et qui exprimait du profond de son être, une longue expérience et un destin mystérieux. Ce contemplatif des sons, qui avait alors la trentaine, fut un des pionniers à la Radio de "l'écriture par le son", il savait très subtilement s'effacer en apparence et révéler son sujet par la pure écoute. C'était le fils de Madame Jacqueline Jentet, membre de la Société anthroposophique et de la SSEC. La dégradation lamentable de France-culture depuis 1982, s'abandonnant en partie à une grossière vulgarité par démagogie pour augmenter son "audience", a dû contribuer à écarter de la Radio cet homme trop subtil pour cette fin de siècle.) J. D (CR aussi, CEC 34)

1967. 20 août. Carcassonne, Mairie, Salle des fêtes. Présidée par Déodat Roché. (CR CEC 34) "**Assemblée Générale de la Société du S. et des É. Cathares**", le matin.

L'après-midi : conférence de Monsieur Roché "Du Catharisme aux initiations spirituelles modernes", suivie d'un échange avec l'assistance. (CR CEC 34)

Au cours de l'Assemblée, sur proposition de M. Aimé Saulière de faciliter son organisation, il est décidé que le Congrès de 1968 se tiendrait à Lavaur (Tarn). (CEC 36)

1968. 26 mai. Montségur, à la Stèle le matin. Commémoration et Allocution de Déodat Roché, en rapport avec le philosophe français Maine de Biran (1766-1824). L'après-midi : Colloque à l'Hestia, réponses aux questions... (CR CEC 38. E 68.pp. 3-12)

10 au 12 août. Lavaur (Tarn), Grande Salle des fêtes de l'Hôtel de Ville.

"**16ème Congrès de la Société du S. et des Études Cathares**". Présidé par Déodat Roché, assisté de Simone Hannedouche, José Dupré et Fernand Gaulhet, Magistrat à la cour d'Appel de Bordeaux, Président du Syndicat d'Initiative de Lavaur.

Visite de la Cité martyre de 1211. Exposés de Déodat Roché "Du Catharisme aux initiations modernes", de M. Gaulhet "Lavaur, Cité Cathare", Simone Hannedouche "L'initiation Cathare", José Dupré "La réincarnation et les vies successives", Henri Coltel spécialiste des prodigieux souterrains-refuges nombreux dans la région, sur le thème "Les souterrains cultuels". Le 12, visite en car du Vaurais et de la Montagne Noire, commentée par Déodat Roché et Fernand Gaulhet. Ce congrès, préparé dès avril 1968 par une première réunion entre MM. Saulière et Dupré, avec M. le Maire de Lavaur, fut une réussite par le nombre et la qualité de l'assistance, la tenue des travaux et du public, le cadre d'une magnifique Salle du XVIIIe siècle et d'une Ville où l'Histoire affleure avec force. **Depuis ce Congrès**, les responsables de Lavaur ont accoutumé d'organiser une Commémoration annuelle du Martyre de leur Cité, à l'initiative de M. Fernand Gaulhet et de M. Fèvre, Secrétaire du S.I. Comme à Montségur, Déodat Roché et sa Société avaient réveillé le Souvenir... (Le premier matin, à la fin de la visite de la Cité, sous un chaud soleil, Monsieur Roché ressentit sa fatigue. Je l'accompagnai pour nous asseoir, dans la vaste et sombre Cathédrale du XIVe siècle, élevée par les "vainqueurs" sur les pas des bourreaux. Aujourd'hui, déserte et silencieuse, elle servait de halte d'occasion au vieux Cathare qui cheminait encore à 91 ans, comme ce chemineau de Jean Richepin, qu'il affectionnait... Nous demeurâmes tous deux seuls, un long moment en silence. C'est avec une force étonnante que je ressentais combien mon vieil ami était étranger à ce lieu vide mais écrasant. **Entre sa fragilité consciente et cette puissance morte, c'était la rencontre de deux orientations humaines radicalement opposées**. Il me faudrait la suite de ma vie pour en saisir les racines, les conséquences et les choix à déduire. Mais je vécus là une silencieuse et forte leçon. J.D.)

1969. 18 mai. Dimanche de Pentecôte : Montségur, le matin commémoration à la stèle. Allocution de Déodat Roché, sur les actualités de la théologie romaine. (CEC 42. E 69).

L'après-midi, devant une nombreuse assistance, Colloque à l'Hestia : développement du thème de l'allocution et réponses à diverses questions. Le matin, après l'allocution de Monsieur Roché, un très beau discours, fort bien venu en cette circonstance, fut prononcé par le commandant Maurice Garnier, en langue d'Oc, le langage de ce pays avant la conquête et l'occupation franques.

Voici une citation qu'il donne au cours de son propos :

"Lo parlar de PARIS, es pas nostre lengage
E l'occitan pairal de nostra amma es l'image
Car es tu, lenga d'oc, qu'a ligat como Ariana
L'Ocean Biscaian e la Mar Miegterrana."

(Discors prononciat à Montsegur per l'encausa de la cérémonia anadiera del 18 Mai 1969 del record catar)

1969. 10 août. Carcassonne. Hôtel de ville. Présidée par Déodat Hoché, assisté de Simone Hannedouche et José Dupré. **Assemblée Générale de la Société du SEC**. (CEC 43)

Le 24 mai 1970, Simone Hannedouche préside la commémoration à la Stèle et le colloque de l'après-midi à la Mairie de Montségur, car Déodat Roché, trop fatigué, n'a pu venir, à son grand regret. Mme Hannedouche, le matin, a lu le texte de l'allocution écrite par M. Roché : "Comment l'Église catholique romaine évolue". À l'issue de la journée, l'assistance exprime ses félicitations à Déodat Roché qui vient de se voir décerner, par l'Académie française, le Prix Broquette-Gonin pour son livre "**L'Église romaine et les Cathares albigeois**" récemment paru dans sa dernière édition, la troisième, de 1969.

1970. 9 août, dimanche. Hôtel de ville de Carcassonne, Présidée par Déodat Hoché, assisté de Simone Hannedouche, Pierre Delacroix, José Dupré, Mme V... (CR. CEC 46. E 70) "**Assemblée Générale de la Société du Souvenir et des Études cathares**". À la totale surprise et consternation de ses amis du comité de la Société, Monsieur Roché propose, brusquement, et sans préambule, d'élire comme membre de ce Comité, un certain S..., inconnu de tous. Cette manière de procéder, discourtoise, inamicale et illégale, ne peut s'excuser que par son grand âge, ses inquiétudes à l'égard de l'avenir de la Société, et les pressions de Mme V...

Ensuite, Déodat Roché déclare son intention d'être déchargé du Secrétariat Général, et propose, pour cette fonction Mme V... qui est élue à main levée.

1971. 25 juillet. Carcassonne, Hôtel de Ville sous la Présidence d'Honneur de Déodat Roché : "**Assemblée générale ordinaire de la société du S. et des E.C.**" (CEC 50)

1971. 7 novembre. Carcassonne, Hôtel de ville sous la Présidence d'Honneur de Déodat Roché : "**Assemblée Générale Extraordinaire de la Société du Souvenir et des Études Cathares**", ayant pour but de faire voter de Nouveaux Statuts. (CEC 52)

Déodat Roché préside encore, et pour la dernière fois il participe à une manifestation de la Société, mais il n'est plus qu'une effigie utilisée par Mme V... pour cautionner ses agissements personnels. Elle lui fait accepter une modification des Statuts qui permettra à Mme V... d'être Secrétaire Générale inamovible, à vie, ce qui est fondamentalement contraire à l'idéal de respect du droit des gens qui anima constamment Déodat Roché durant sa longue carrière de Magistrat et de Fondateur des Études Cathares. De plus, la rétroactivité de cette disposition est illégale en Droit français.

Spirituellement, la "Société du Souvenir et des Études Cathares", entrée en agonie le 9 août 1970, est morte ce 7 novembre 1971. Trois mois **exactement** plus tard, Déodat Roché devait être frappé d'un accident au fémur, le 6 février 1972. Dès son retour d'hôpital, il ne quittera plus Arques jusqu'à sa mort le 12-1-1978.

"Les cathares posaient le problème du mal de la même manière que les manichéens, mais on a dit qu'ils le faisaient tout naturellement en méditant sur les données du christianisme et comme si, de leurs méditations, les mêmes idées avaient surgi par une sorte de génération spontanée. "

Déodat ROCHÉ (1942)

Chapitre 16

L'œuvre écrite

I - La Correspondance.

Lettres à son père, Omer-Paul Roché. Envoyées de Toulouse.

1897. 5 décembre. Sur une conférence à propos du spiritisme donnée par Léon Denis, à Toulouse dans l'amphithéâtre, comble, de l'ancienne Faculté des Lettres.

1897. 13 décembre. Sur le Professeur Rauh, philosophe.

1898. 8 janvier. Sur le Professeur Rauh, spiritualiste très estimé par Déodat Roché, Maître de conférences à l'École normale supérieure.

1898. 14 février. Chasteté, végétarisme, Gnose et religion, Victor Hugo.

1898. 2 mai. Morale et pratique religieuse.

1898. 15 mai. Offrande au Bouddha, suivie d'une Note de son père sur le Bouddha.

1898. 30 mai. Bouddhisme et Christianisme.

1898. 6 juin. Renoncement et action altruiste. Bouddhisme et Mazdéisme : synthèse du Christianisme. (**Cette lettre, écrite à 21 ans, est essentielle** pour comprendre la personnalité de Déodat ROCHÉ. Sa biographie ultérieure montra qu'il a, dès cet âge, pris clairement conscience de son degré d'évolution et de sa vocation terrestre en cette vie. La suite de son existence prouve qu'il y sera fidèle. Voici les passages les plus significatifs :

> "... J'ai trouvé la voie du salut. La nature pour atteindre son but attire tous les êtres par l'appât du plaisir. Ses lois sont mathématiques, elles ont pour conséquence le développement des formes et leur évolution, leur retour au sein de Dieu. Ces lois sont relatives, phénoménales comme nous, mais elles sont la VÉRITÉ que nous pouvons connaître et aimer, cependant il y a une

chose illusoire, c'est le plaisir. (...) Mais le plaisir est une illusion telle, qu'il est insaisissable, le Sage déchire le voile qui l'aveuglait et cachait la Vérité, il déchire le voile de Maya. Il renonce au désir, à l'instinct, à tout ce qui est illusion par rapport au relatif, il renonce même à sa volonté propre, mais il se met dans l'obéissance de la Raison, de l'Intelligence, il agit pour accomplir directement et sans illusions les lois naturelles, « car il n'est pas possible que l'homme doué d'un corps s'abstienne absolument de toute action, mais s'il est détaché du fruit de ses actes, dès lors il pratique l'abnégation », dit Krishna." (...)

1898. 19 juin. Socialisme et liberté individuelle (altruisme). Suivie d'une lettre de son père de janvier 1899, sur la violence et la charité.

1899. février. Nationalisme et internationalisme.

1899. 5 février. La Gnose, le Démiurge, la Chute et le Mal.

Lettres avec le "Groupe Indépendant d'Études Ésotériques", des Amitiés spirituelles.

Du 26 mai 1897. Lettre de Sédir à Déodat Roché, sur le travail occulte intérieur.

1899. 7 janvier. Réponse à Rosabis. (des Amitiés spirituelles) suivie d'une lettre du 17 janvier 1899, en réponse, conseillant l'étude de l'Évangile ; de Sédir.

NB : Ces premières lettres sont publiées dans "**L'Église romaine et les Cathares Albigeois**". 3ème Édition 1969. pp. 314 à 324.

1924. 9 février à Rudolf Steiner. Demande son admission dans la Première Classe. Fait allusion à sa lettre du 1er novembre 1921. (CEC 51. A 1971. p. 4).

1932. 6 juin. à Monsieur R... du Groupe des "Amitiés spirituelles" de Sédir. Soutient l'Anthroposophie devant les réticences de M. R... (CEC 49 et 77. Pr. 78)

1946. 21 décembre. à M. G... sur la fête de Noël. (Idem)

1947. 17 janvier. à Mme R. C... Sur la vie fraternelle, la préparation de l'humanité future et la recherche de Manès. (CEC 51)

1947. 8 février. à Monsieur R... Communauté et fraternité chrétienne. (ces let. CEC 51)

1947. 17 février. à Mme R. C... Sur la préparation de la prochaine époque, non seulement par des disciplines spirituelles, mais aussi par la pratique de la fraternité.

1943. 15 août. à Mme R... de Toulouse. De l'Hindouisme au Christianisme, sur le Problème du Mal. (CEC 52. E 1971 pp. 3 à 6)

1942. 18 octobre. À son fils Paul. Sur les étapes de son ascèse spirituelle. (CEC 24. IS)

1943. 24 janvier. à Madame O... Au sujet de l'étude des philosophies et des religions par la science spirituelle ; particulièrement sur la survivance de l'âme et les recherches psycho-spirituelles. (Depuis la précédente, ces 17 lettres ds. CEC 24. IS)

1943. 14 février. à Mme O... En philosophie, conseil d'aller directement aux auteurs.

1943. 22 juillet. à Joë Bousquet. Sur le "Génie d'Oc" aux "Cahiers du Sud", et particulièrement ses articles. Influence de Schelling sur lui. Schelling a annoncé le nouveau christianisme ésotérique. Rudolf Steiner a réalisé son vœu.

1943. 15 octobre. à Mme Ripert. Sur les deux écoles principales de philosophie Védanta : Connaissance et Amour. Distinction entre la Bagavad-Gitâ (salut individuel) et le christianisme ésotérique (salut de toute l'humanité et du monde) par le Christ incarné et ressuscité. (pp. 218-21).

1943. 16 octobre. à Monsieur d'E... Sur l'hindouisme : Râmânoudja et Aurobindo, redressant l'illusionisme de l'Absolu (philosophie Çankara) - Sur le Swami Siddheswarananda.

1943. 26 octobre. à Mme Ripert. Sur les mêmes sujets et sur le christianisme historique à élargir et à approfondir par l'ésotérisme. Note sur le péché originel et le dualisme.

1944... 6 janvier. à Monsieur L... Sur un passage du "cantique du Soleil" de François d'Assise ; le renoncement cathare comparé à celui de Thomas d'Aquin ; les évasions de François d'Assise et de Claire.

1944. 6 février. à René Nelli. Sur la littérature cathare, le Félibrige et l'Église romaine ; à propos de son étude sur l'amour provençal ; le problème de la liberté et de l'Unité.

1944. 28 février. au Docteur Max Rouquette. Sur la légende de Daphné, son origine dans les Mystères de Delphes. Décadence de la mantique (divination ancienne). (N. de l'A.) La nouvelle clairvoyance et la métamorphose de Daphné.

1944. 7 mars. à M. P. Basiaux. Sur l'ouvrage de Paul Le Cour : Dieu et les dieux, sur Manès et la future Russie, sur le cantique du frère Soleil de François d'Assise.

1944. 12 avril. à René Nelli. Pour une catharsis des "Amis de Montségur" (c'est le nom d'une association. N. de l'A.) ; Plotin et le christianisme ésotérique ; les critiques de A. Cl. dans la revue "Espoir" ; les contes du serpent et Kundalini.

Ce passage commence d'une manière prémonitoire :

> "... Essayons d'opérer une catharsis des Amis de Montségur. « Diu es caritatz. Et tot lo mon es pausat en malignitat". Ce texte cathare de la première Épître de Jean nous affermira dans la pensée qu'il faut éviter tout bluff et surtout celui d'une prétention à la puissance et au succès. Il ne faut dès lors compter que sur les bonnes volontés et discerner au milieu des adversaires et des sceptiques." (...)

À la suite de la lettre, réponse : Au sujet d'un article de A. Cl... dans la revue "Espoir"du 5 février 1944.

1944. 19 novembre. à Mme G. Sur la lecture d'Édouard Schuré et l'étude de la science spirituelle ; sur l'ouvrage de Charles Morgan "Fontaine" : Amour platonicien. Voici trois passages de cet extrait de lettre :

> "...Schuré s'était mis en effet avec une grande modestie à l'École de Steiner. Je le rencontrai un jour, comme auditeur, et lui parlai dans le grand amphithéâtre du Goetheanum. Ce fut pour le remercier de nous avoir réveillés en France et de nous avoir montré le chemin de Dornach..." (...)
>
> "Je viens précisément de lire d'un bout à l'autre l'ouvrage de Morgan : « Fontaine ». Il est rare que je puisse lire un roman, mais celui-ci n'est pas seulement un chef-d'œuvre littéraire ; on y sent une flamme spirituelle alimentée par une expérience personnelle. L'amour platonicien s'y dégage de l'amour sentimental comme un papillon de sa chrysalide. J'ai vu d'innombrables passages que la science spirituelle développe et explique, en partant des données sensibles, pour les approfondir en esprit. Ainsi cette phrase « L'amour est nécessaire sur la Terre à la naissance de l'âme », trouve sa justification dans des développements précis sur le rôle de la Terre comme cosmos de l'amour. (...) C'est pourquoi je serai heureux de vous voir puiser, dans une connaissance spirituelle précise, la volonté de tenir pure cette force unique de l'amour. C'est elle qui s'épanouit dans les forces éthériques, ou vivantes, et qui maintiendra votre santé comme votre beauté..."

1946. 21 décembre. à Mme G... "Sur la fête de Noël ; l'humanité nouvelle et le pur amour." Voici quelques extraits de cette belle lettre offerte à une âme douloureuse :

> "..... tôt ou tard on arrive à cette solitude qu'il s'agit de surmonter, et, pour

cela, il faut trouver par l'amitié, par l'amour vrai et profond, une plus grande famille dans laquelle on situe tout d'abord la sienne. On y arrive précisément en pénétrant ce mystère de la fête de Noël qui approche... (...) C'est une nouvelle humanité dégagée des liens du sang que fonde le Christ. (...) Pour cela méditer et lire au sujet de la vie et de son but ; purifier l'amour tout d'abord intérieurement par le calme, la sérénité, la maîtrise des passions. (...) Puis, peu à peu, se libérer des actes sexuels qui n'ont plus de sens, par une technique de la respiration et de l'alimentation qui rende plus facile cette libération. Oui ! Comme Marie-Madeleine qui a été la première par le cœur auprès du Christ, en avant vers le pur amour qui, seul, donne une joie durable.

La grande place et les toits du village, couverts de neige, rayonnent, cet après-midi, de soleil et de lumière, espoir des prochains beaux jours."

1947. 3 février. à Mme G... "La passion est souffrance - L'amour est bonheur ; espoir et joie dans la solitude glaciale." Extraits de la lettre de cet homme, désormais seul dans la maison familiale, ayant perdu, son père, son épouse et sa mère...

"La vie est mêlée de larmes et de rires. Il faut apaiser les unes et modérer les autres pour trouver une sphère plus calme ; il faut se dégager des passions : passion et pâtir et souffrir, c'est tout un, mais l'amour est joie, l'amour vrai est bonheur intérieur à l'abri des tempêtes. (...) Méditez ceci avec moi. Aimer en Dieu, pour nous élever à l'amour spirituel qui ne craint ni l'absence et la solitude, ni la présence et la compagnie.

La neige est tombée ici pendant plusieurs jours par un vent glacial. Tout est blanc. Dans cette solitude glacée je contemple de ma fenêtre la nappe blanche qui couvre les arbres et la place publique. Les arbres secouent leurs branches, de petits oiseaux s'envolent... Et pourtant, dans cette neige glacée, les cristaux blancs sont comme le reflet des forces solaires ; au milieu des ténèbres de la nuit, la plus pure blancheur resplendit encore et je chante des chansons de jeunesse..."

1947. 14 juin. à Mme de Pierrefeu : "Connaissance spirituelle et fraternité." (CEC 24. IS)
NB : sur les 16 lettres précédentes (CEC 24. IS), six ont été rééditées. (CEC 49, Pr. 1971 celles des 18-10-42, 22-7-43, 6-2-44, 7-3-44, 28-2-44, 12-4-44.)

1944. Noël. à Monsieur N... (probablement René Nelli). Intéressante lettre concernant Montréalp-de-Sos et les traditions du Graal, contenant de nombreux détails de technique archéologique. (CEC 49. P 1971. pp. 26-7).

1946. 7 février. à Monsieur L... Professeur à la Faculté des Lettres de Toulouse. Présente Peter Deunov, Maître Bogomile comme équivalent et complémentaire du "Maître Hongrois", Rudolf Steiner, annoncé par les Théosophistes. (CEC 49 p. 27-8)

1942. 1 novembre. Destinataire non indiqué au sujet des difficultés et des expériences psychiques d'une amie. Contrôle conscient des "voyances". (CEC 53. p. 72)

1942. 5 décembre. (ibidem)

1943. 31 janvier (Id°) maîtrise des processus visionnaires, dangers et précautions.

1942. 6 décembre. À Mlle P... Au sujet de la correspondance avec mon fils, difficile pendant la guerre. Aide apportée par sa mère défunte, mais toujours très proche. (ces 4 lettres. CEC 53)

1954. 2 juillet. à Mlle S.R... Spiritualisation intérieure et accompagnement des défunts.

1959. juillet. Réponses, dans le CEC 2. Été 1959, à deux lettres de Sociétaires venant résilier leurs adhésions. L'un n'admettant pas "l'orientation, de plus en plus marquée, des

Cahiers vers la science spirituelle". Le second, professeur de philosophie, se détachant désormais de "toutes les manifestations historiques de l'enseignement essentiel." Très amicales, ces lettres expriment leur respect pour Monsieur ROCHÉ. Ce dernier qui a toujours clairement indiqué son intention de ne pas se limiter à l'étude statique d'une situation passée (par exemple les XIe - XIIe siècles) mais de s'intéresser au courant culturel et spirituel, dont le Catharisme fut un avatar, jusqu'à son aboutissement contemporain, répond par deux lettres ouvertes dans ce "Cahier" N° 2, en pp.24-5.

1959. 20 juillet et après. Lettre ouverte répondant à la lettre — dont l'essentiel est publié — d'un visiteur anarchiste, disciple de Bakounine. (CEC 2. pp. 25 à 27)

1970. 15 juin. Lettre à M. le Rédacteur de la "Revue Spirite" au sujet de l'article de Émile Moreau sur "L'Église Romaine et les Cathares Albigeois"dans la Revue Spirite de Mai-Juin 1970. (CEC 48. H 1970. pp.72-3) Déodat ROCHÉ est obligé de mettre au point, une fois encore, la différence entre la nécromancie spirite et des relations spirituelles saines entre les humains incarnés sur la Terre et ceux qui ne le sont plus. On admirera, une fois encore, la vigueur intellectuelle et celle des convictions, chez le Directeur des "Cahiers", alors dans sa quatre-vingt-treizième année.

Correspondance avec Simone Weil (1909 Paris - 1943 Londres)

En 1940, Simone Weil, fuyant la persécution allemande, en raison de son origine juive, s'était réfugiée à Marseille. Monsieur Jean Ballard, Directeur-Fondateur de la Revue "**Les Cahiers du Sud**", préparait à l'époque un numéro spécial qui s'intitula "**Le Génie d'Oc et l'homme méditerranéen**", et parut seulement pour la livraison d'Août-septembre-octobre1942. Simone Weil, sous le pseudonyme d'Émile Novis, écrivit deux longues études pour ce numéro spécial : "L'agonie d'une civilisation à travers un poème épique : La Chanson de la Croisade", et "L'inspiration occitanienne". Jean Ballard lui communiqua alors le manuscrit de l'Étude que Déodat ROCHÉ avait faite pour ce même numéro spécial : "Les Cathares et l'Amour spirituel", après lui avoir fait connaître son ouvrage "**Le Catharisme**" dans la première édition de 1937. Simone Weil, enthousiasmée par cette découverte, écrivait spontanément le 23 janvier 1941, une belle lettre, désormais célèbre, à Déodat ROCHÉ, puis une seconde en juin. **Nous les publions** ci-après, ainsi que, tout d'abord, la liste des articles des CEC concernant Simone Weil et sa relation avec le Catharisme et Déodat ROCHÉ. On trouvera les lettres p. 218 à 222

À la différence de la première partie du répertoire, il s'agit donc ici de **lettres reçues** par Monsieur ROCHÉ :

1941. 23 janvier. Marseille. Première lettre de Simone Weil à Déodat Roché. (CEC. 2, 19.IS)

1941. 21 juin. Id° deuxième lettre (CEC 77)

1942. Août, septembre, octobre. Marseille. "Cahiers du Sud", Numéro spécial : "Le Génie d'Oc et l'homme méditerranéen", contenant des Études de Déodat Roché et Simone Weil, parmi d'autres.

1949. avril, juin. CEC n° 2, 1ère série. Publication de la première lettre de Simone Weil, présentée par Déodat Roché

1950. Automne. CEC n° 7, 1ère série. Article de Marcel Carrières : "Simone Weil et nous"

1951. Hiver. CEC n°12, "compte rendu de Romain Goldron sur l'ouvrage de Gustave Thibon et J.M. Perrin (O. dominicain) : "Simone Weil, telle que nous l'avons connue" Éd. La Colombe. Paris.

1954. Automne. CEC 19. Ière série. Étude par Déodat Roché : "Catholicisme ou Catharisme de Simone Weil (pp.169-82). Avec le texte complet de la première lettre.

1978. Printemps. CEC 77. Publication de la deuxième lettre de Simone Weil à Déodat Roché (pp. 69-72)

Première lettre de Simone Weil à Déodat Roché.

Monsieur, 23 janvier 1941.

Je n'ai pas le plaisir de vous connaître, et je le regrette vivement ; mais je viens de lire chez Ballard votre belle étude sur l'amour spirituel chez les cathares, pour le N° d'Oc. (J'ai fait moi-même, pour ce numéro, un article sur la *Chanson de la Croisade*, qui paraîtra sous le pseudonyme d'Émile Novis, sous lequel parait aussi en ce moment, dans les *Cahiers*, une étude sur l'*Iliade* ; il a semblé opportun, dans l'intérêt de la revue, que je prenne un pseudonyme, en raison des circonstances.) J'avais déjà lu auparavant, grâce à Ballard, votre brochure sur le catharisme. Ces deux textes ont fait sur moi une vive impression.

Depuis longtemps déjà je suis vivement attirée vers les cathares, bien que sachant peu de choses à leur sujet. Une des principales raisons de cette attraction est leur opinion concernant l'Ancien Testament, que vous exprimez si bien dans votre article, où vous dites si justement que l'adoration de la puissance a fait perdre aux Hébreux la notion du bien et du mal. Le rang de texte sacré accordé à des récits pleins de cruautés impitoyables m'a toujours tenue éloignée du christianisme, d'autant plus que, depuis vingt siècles, ces récits n'ont jamais cessé d'exercer une influence sur tous les courants de la pensée chrétienne ; si du moins on entend par christianisme les églises aujourd'hui classées dans cette rubrique. St François d'Assise lui-même, aussi pur de cette souillure qu'il est possible de l'être, a fondé un Ordre qui, à peine créé, a presque aussitôt pris part aux meurtres et aux massacres. Je n'ai jamais pu comprendre comment il est possible à un esprit raisonnable de regarder le Jéhovah de la Bible et le Père invoqué dans l'Évangile comme un seul et même être. L'influence de l'Ancien Testament et de l'empire romain, dont la tradition a été continuée par la papauté, sont à mon avis les deux causes essentielles de la corruption du christianisme.

Vos études m'ont confirmée dans une pensée que j'avais déjà avant de les avoir lues ; c'est que le catharisme a été en Europe la dernière expression vivante de l'antiquité, (j'entends de l'antiquité pré-romaine). Je crois qu'avant les conquêtes romaines, les pays méditerranéens et le Proche-Orient formaient une civilisation, non pas homogène, car la diversité était grande d'un pays à l'autre, mais continue ; qu'une même pensée y vivait chez les meilleurs esprits, exprimée sous diverses formes dans les mystères et les sectes initiatiques d'Égypte, de Thrace, de Grèce, de Perse et que les ouvrages de Platon constituent l'expression écrite la plus parfaite que nous possédions de cette pensée. Bien entendu, vu la rareté des documents, une telle opinion ne peut pas être prouvée ; mais entre autres indices Platon lui-même présente toujours sa doctrine comme issue d'une tradition antique, sans jamais indiquer de pays d'origine ; à mon avis, l'explication la plus simple est que les traditions philosophiques et religieuses des pays connus par lui se confondaient en une seule et même pensée. C'est de cette pensée que le christianisme est issu, mais les gnostiques, les manichéens, les cathares semblent seuls lui être restés vraiment fidèles. Seuls ils ont vraiment échappé à la grossièreté d'esprit, à la bassesse de cœur que la domination romaine a répandues sur de vastes territoires et qui constituent encore aujourd'hui l'atmosphère de l'Europe.

Il y a chez les manichéens quelque chose encore de plus que dans l'antiquité, du moins l'antiquité connue de nous, quelques conceptions splendides, telles que la divinité descendant parmi les hommes et l'esprit déchiré, dispersé parmi la matière. Mais surtout ce qui fait du catharisme une espèce de miracle, c'est qu'il s'agissait d'une religion et non simplement d'une philosophie. Je veux dire qu'autour de Toulouse au XIIe siècle la plus haute pensée vivait dans un milieu humain et non pas seulement dans l'esprit d'un certain nombre d'individus. Car c'est là, il me semble, la seule différence entre la philosophie et la religion, dès lors qu'il s'agit d'une religion non dogmatique.

Une pensée n'atteint la plénitude de l'existence qu'incarnée dans un milieu humain, et par milieu j'entends quelque chose d'ouvert au monde extérieur, qui baigne dans la société environnante, qui est en contact avec toute cette société, non pas simplement un groupe fermé de disciples autour d'un Maître. Faute de pouvoir respirer l'atmosphère d'un tel milieu, un esprit supérieur se fait une philosophie ; mais c'est là une ressource de deuxième ordre, la pensée y atteint un degré de réalité moindre. Il y a eu vraisemblablement un milieu pythagoricien, mais nous ne savons presque rien à ce sujet. À l'époque de Platon il n'y avait plus rien de semblable ; et l'on sent continuellement dans l'œuvre de Platon l'absence d'un tel milieu et le regret de cette absence, un regret nostalgique.

Excusez ces réflexions décousues ; je voulais seulement vous montrer que mon intérêt pour les cathares ne procède pas d'une simple curiosité historique, ni même d'une simple curiosité intellectuelle. J'ai lu avec joie dans votre brochure que le catharisme peut être regardé comme un pythagorisme ou un platonisme chrétien ; car à mes yeux rien ne surpasse Platon. La simple curiosité intellectuelle ne peut mettre en contact avec la pensée de Pythagore et de Platon, car à l'égard d'une telle pensée la connaissance et l'adhésion ne sont qu'une seule opération de l'esprit. Je pense de même au sujet des cathares.

Jamais il n'a été si nécessaire qu'aujourd'hui de ressusciter cette forme de pensée. Nous sommes à une époque où la plupart des gens sentent confusément, mais vivement, que ce que l'on nommait au XVIIIe siècle les lumières constitue — y compris la science — une nourriture spirituelle insuffisante ; mais ce sentiment est en train de conduire l'humanité par les plus mauvais chemins. Il est urgent de se reporter, dans le passé, aux époques qui furent favorables à cette forme de vie spirituelle dont ce qu'il y a de plus précieux dans les sciences et les arts constitue simplement le reflet un peu dégradé.

C'est pourquoi je souhaite vivement que vos études sur les cathares trouvent auprès du public l'attention et la diffusion qu'elles méritent. Mais des études sur ce thème, si belles qu'elles soient, ne peuvent suffire. Si vous pouviez seulement trouver un éditeur, la publication d'un recueil de textes originaux, accessible au public, serait infiniment désirable.

Je n'ai lu, je l'avoue, aucun texte gnostique, manichéen ou cathare, excepté les hymnes manichéens trouvés il y a quelque temps, en langue copte. Votre brochure et votre article me font regretter très vivement cette ignorance. Je vous serais extrêmement reconnaissante si vous pouviez me fournir des renseignements bibliographiques et m'indiquer où et comment on peut mettre la main sur ces textes.

Je vais bientôt quitter Marseille pour Alger. Je désirais beaucoup, avant de partir, pouvoir aller à Béziers pour avoir la grande joie de faire votre connaissance et de regarder un peu vos livres, si vous voulez bien y consentir. Je ne sais s'il me sera possible de faire ce voyage ; mais en ce cas, j'espère que vous voudrez bien me permettre d'aller vous voir et de vous poser quelques questions. J'en serais extrêmement heureuse.

Veuillez croire, Monsieur, à l'expression de ma très vive sympathie.

Simone Weil.

Deuxième lettre de Simone Weil à Déodat Roché

Mlle Simone Weil
8, rue des Catalans, Marseille — Vendredi 21 Juin 1941

Monsieur,

Je ne connaissais pas le n° d'"Yggdrasil" où est la traduction de Benveniste. Je l'ai trouvé chez Ballard et l'ai prié de vous l'envoyer, ce qu'il va faire. Les textes sont splendides, la traduction semble de premier ordre. Ce sont bien des textes du Turkestan, en langue parthe.

Les hymnes manichéens que je vous disais avoir lus sont ceux qui sont traduits du copte. Je les avais trouvés à la Bibliothèque Nationale, dans une édition en *deux volumes*, avec texte copte, glossaire, traduction en *allemand* dans un volume, en *anglais* dans l'autre. Je suppose que ce sont là les volumes de la collection Chester Beatty ?

Je n'ai pas trouvé chez Ballard d'autre n° d'"Yggdrasil" où il soit question des manichéens. Il n'a pas la collection complète.

Je ne suis pas de votre avis sur la nécessité de publier des études pour préparer la publication des textes. Sans doute, il faut publier des études sur ce sujet, et ce que j'ai lu de vous montre que vous êtes particulièrement qualifié pour en écrire qui soient de premier ordre. Mais je ne crois pas que ce travail doive précéder celui de la publication des textes ; je crois qu'ils doivent se faire parallèlement, ou que même les textes doivent venir les premiers.

Je pense qu'il existe quelques esprits faits comme le mien. Pour moi, en toute matière, rien ne vaut les textes originaux, nus et sans commentaires. Seuls ils me procurent le contact avec ce que je désire connaître. Peu m'importe si je ne les comprends que partiellement. Ensuite seulement j'ai recours aux études et commentaires, s'il y en a qui m'inspirent confiance, puis je reviens aux textes. J'avoue, non sans honte, que j'ignorais l'existence des Chapitres et des Homélies, ainsi que celle du rituel cathare. Sans quoi j'aurais lu tout cela depuis longtemps, à la Nationale, et n'en serais pas réduite au désir impuissant.

Un recueil de textes comprenant la traduction des Chapitres et des Homélies, d'un choix des hymnes trouvés en langues parthe et copte, de textes arabes, et les textes cathares, ce serait là quelque chose d'incomparable ; non seulement à cause de l'extraordinaire inspiration commune à tous ces textes, mais à cause des colorations diverses prises par cette inspiration à travers des pays si variés.

La question de la traduction serait difficile à résoudre. À mon avis, il faudrait absolument publier les textes cathares dans l'original, qui est facilement accessible aux lecteurs français, avec une traduction en face ou en appendice. Des paroles aussi merveilleuses que «... aias merce del esperit pausat en carcer » doivent être données elles-mêmes au lecteur.

Mais quant aux textes de Manès, aux hymnes en langue copte, les traduire de l'anglais ou de l'allemand serait une solution médiocre. Des hymnes déjà traduits en copte, puis du copte en allemand, puis de l'allemand en français, ne peuvent pas garder grand-chose de leur valeur première. Le mieux serait de pouvoir faire traduire tous ces textes directement en français, et aussi littéralement que possible. Peut-être y aura-t-il lieu de communiquer à ce sujet avec Corbin ? Ne travaille-t-il pas à la Nationale ? Je crois que j'ai entendu prononcer son nom par une de mes amies qui y travaille, et avec qui je pourrais sans doute au besoin correspondre.

Mais même une traduction faite sur les traductions en allemand et en anglais serait de loin préférable à l'absence d'un recueil accessible au public.

Quant aux Arabes, n'y a-t-il pas une encyclopédie du Xe siècle, des « Frères de la pureté » dont vous me parliez, qui contient l'exposé de la doctrine ismaïliste ? Je ne sais rien là-dessus, sinon ce qu'en dit le volume de la collection Armand Colin sur l'Islam. L'influence manichéenne semble en effet évidente. Certainement Dermenghem peut fournir des renseignements là-dessus. Si je vais à Alger, ce qui devient douteux, vu la difficulté d'obtenir l'autorisation, je m'occuperai certainement de cela, malheureusement je ne sais pas l'arabe, quoique j'aie l'intention de l'apprendre au cas où je passerais quelque temps en Afrique du Nord.

À mon avis, un recueil de textes manichéens pourrait être publié sans aucun commentaire ; simplement une sorte de glossaire à la fin pour les noms propres et les mots intraduisibles. Il est vrai que la doctrine est à certains égards obscure ; mais l'inspiration est lumineuse et répond avec une intensité poignante au sentiment de la condition humaine que tout être humain éprouve au moins à certains instants. Il est vrai que la complication des symboles voile parfois l'inspiration aux yeux du lecteur ignorant, aux miens par exemple. Mais l'inspiration est rendue sensible par la merveilleuse poésie qui enveloppe ces textes. Cette poésie entraîne l'esprit, le fait passer par-dessus les obscurités, et le met directement en contact avec ce qu'il y a d'essentiel dans la doctrine.

Les esprits sensibles à ce genre de poésie n'ont pas besoin de commentaires pour sentir immédiatement que ces textes renferment quelque chose de grand ; ils ne sentent le besoin de commentaires qu'après s'être imprégnés des textes eux-mêmes. Les esprits qui n'y sont pas sensibles ne s'intéresseront jamais, je crois, au manichéisme.

Dans ce n° d'"Yggdrasil", par exemple, les commentaires de Corbin et de Benvéniste n'ajoutent rien, à mon avis, au texte, et on pourrait facilement s'en passer, sauf quelques renseignements qui prendraient place dans l'espèce de glossaire que je suggère.

Sans doute, la situation actuelle rend très grande la difficulté de toute entreprise de ce genre. Mais il s'agit de difficultés matérielles ; moralement au contraire, jamais les esprits n'ont été préparés comme à présent. Il y a 10 ans, quand les gens vivaient, du point de vue spirituel, calfeutrés dans une espèce d'ouate, très peu de gens étaient susceptibles de s'intéresser à de telles doctrines. Aujourd'hui, les mots mêmes de mal et de souffrance éveillent déjà par eux-mêmes un écho.

D'autre part, les préoccupations intellectuelles et littéraires d'avant 1940 semblent à tout le monde aujourd'hui quelque chose de lointain, de fantomatique et d'irréel ; et pour plusieurs raisons, il y a peu de chances pour que surgissent dans un avenir prochain beaucoup d'œuvres originales qui répondent au besoin présent des esprits. Les esprits des hommes de notre époque n'ont la possibilité de trouver une nourriture que dans le passé. Ainsi même des gens de second ordre vont se trouver rejetés par force vers des modes de pensée qui leur étaient restés étrangers jusque-là.

Depuis près de vingt siècles, depuis l'apparition du christianisme, le manichéisme est sans doute ce qui s'est produit de plus merveilleux sur le globe terrestre dans l'histoire spirituelle de l'humanité. Les connaissances spéciales que vous possédez dans ce domaine vous donnent aussi des responsabilités particulières à l'égard de vos contemporains.

J'ai parlé, entre autres, à Daumal (un collaborateur des *Cahiers du Sud* également, qui s'occupe particulièrement des choses Hindoues) de l'intérêt qu'il y aurait à publier un recueil de textes manichéens et cathares ; car il est en rapport avec les éditions du Sagittaire, et je pensais que cela pourrait être utile. Je me suis permis de lui donner votre adresse. La sienne est : Campagne Dalmasso, Allauch (Bouches-du-Rhône).

Jusqu'ici, je n'ai pas pu m'arranger pour aller à Béziers.

J'espère que ce sera possible.

Veuillez agréer, Monsieur, l'expression de ma sympathie.

Simone Weil.

* * *

Simone Weil, qui pratiquait en toutes circonstances la véracité cathare, ne passait pas inaperçue ; ceci lui valut , à Marseille , d'être arrêtée par la police du gouvernement de Vichy, mais rapidement relâchée. Cette alerte, et le contexte de plus en plus menaçant de l'époque, finirent par la convaincre de s'embarquer, avec sa famille qui la pressait, début mai 1942 pour l'Afrique du Nord, d'où elle gagna les États-Unis et enfin l'Angleterre, car son but était de participer à la Résistance contre l'Allemagne.

Engagée dans les services de Maurice Schuman, à Londres, elle voulait être parachutée sur la France, au service de l'Armée Secrète... Aux yeux de tous les spécialistes, elle n'était, à l'évidence, pas faite pour cela !.. Mais elle n'accepta jamais de rester à l'écart des épreuves et de la lutte du peuple français. Dès les débuts de l'Occupation, elle s'était imposé de ne pas consommer plus de nourriture que le rationnement ne le permettait en France. Son état de santé s'aggrava et elle mourut, près de Londres, en 1943. Au-delà d'une situation corporelle qui eût été privilégiée pour bien d'autres, cette grande âme ne pouvait que partager le sort de ces millions d'êtres humains qui, à cette époque, mouraient de misère, de violence et d'horreur.

* * *

À la suite de cette part de chapitre consacrée à la Correspondance, nous pensons être fidèle aux intentions de Déodat ROCHÉ en rappelant les noms d'amis qui lui furent particulièrement chers et qu'il honora, pour la plupart, dans les "Cahiers" à l'occasion de leur Départ de l'apparence sensible.

François CANAVY (1881-1914) . En 1921, Déodat Roché lui consacra une brochure intitulée "**Mon ami François Canavy**". Imprimerie de Pierre Polère. Carcassone. (voir p. 226-250)

Charles DAURE . Issu d'une famille fondatrice de l'industrie lainière de Mazamet, c'était un homme d'une grande culture et d'une remarquable ampleur de vues. Diplômé de HEC , il s'était consacré à l'industrie familiale. Décédé en 1961. CEC-10)

Pierre LANTA. (18-5-1888 - 12-10-1957). Issu d'une très ancienne famille protestante de l'Ariégeois, cet industriel du textile à Roquecourbe (Tarn) était un ami de Montségur et suivait de près les activités de la Société S.E. Cathares.

Gérard ESPARBÈS. (1935 - 1959). Encore étudiant, ce jeune juriste, de Toulouse avait adhéré à la Société SEC. Mobilisé en 1955, il trouva la mort en 1959 dans les Aurès maghrébins, comme sous-lieutenant. En novembre 1956, il adressa, à Déodat Roché, une lettre d'un idéalisme ardent où il écrivait notamment :
"La sublimité du martyre cathare ferait plus, je crois, pour un réveil albigéiste, que l'exaltation du miracle… Sept siècles plus tard, la vieille terre d'Oc doit vibrer à nouveau. Dans la communauté fraternelle que vous vous êtes donné pour mission de regrouper, je suis prêt, Monsieur, à entrer et à vous offrir tout mon humble dévouement". Si cette guerre absurde, inutile et criminelle, des deux côtés, n'avait pas fauché ce jeune homme d'élite, sa présence aurait pu changer le destin des Études Cathares.

Maria SIRE . Écrivain, folkloriste, historienne du Catharisme, elle avait reçu avec son époux des réunions d'un groupe de la Société du S. et des É.Cathares. Décédée en 1960, un article lui est consacré dans le CEC 8. E 60. p. 53

Achille MESTRE. Professeur honoraire des Facultés de Droit de Toulouse et Paris, catholique pratiquant, mais d'un esprit large, ouvert et généreux, c'était un sympathisant du Catharisme qu'il avait toujours défendu ; même en public. Décédé en 1960, il est évoqué dans le CEC 8, E 60, p. 53.

Louis PALAUQUI . (1888-1967) Écrivain, poète et grand journaliste, il termina sa carrière comme Secrétaire Général du Journal "Sud-Ouest", à Bordeaux. Il fut l'auteur, en 1932, d'un ouvrage : "La vérité sur l'Albigéisme, précis de métaphysique et de morale". C'est avec Louis Palauqui, que Déodat Roché alla pour la première fois de sa vie à Montségur. Il consacra un article à son ami dans le CEC 35. Automne 1967.

Voici comment celui-ci termina son "Précis de la métaphysique et de la morale des Cathares ou Albigeois" :

"Ému, depuis que nous avons l'âge d'homme et que nous avons appris l'histoire du pays d'Oc, par l'effroyable injustice dont les Albigeois ont été les victimes, nous avons toujours, depuis lors, lutté pour la Vérité dans la faible mesure de nos forces.

Notre peine a toujours été plus grande devant l'indifférence et l'incompréhension en matière d'Albigéisme, que devant l'hostilité ou le ricanement de la sottise. Mais notre récompense est déjà belle d'avoir trouvé, le long de notre route, quelques hommes de cœur et de raison, qui pensent, avec nous, que la Justice est éternelle et qu'un exemple, même vieux de sept siècles, est toujours un exemple."

Professionnellement au moins, Louis PALAUQUI connaissait mieux la réalité du monde que D. ROCHÉ refusant de siéger en Assises pour ne pas avoir à prononcer de condamnation à mort, ce qui n'exclut pas celle des futures victimes innocentes des assassins récidivistes... Le 1-10-1957, à la suite de la lecture d'un article, L. P. écrivait à D. R : "Je n'aime pas la chasse et j'ai toujours été écœuré par la conduite des bêtes vers l'abattoir. Mais hélas ! Pourquoi l'Être suprême a-t-il voulu que le lion mange la gazelle, que le loup égorge l'agneau, etc... Le Monde est une vaste boucherie.

Revenons à la doctrine cathare : ce monde est en quelque sorte, un enfer, un enfer transitoire, si je puis dire, qui, après plusieurs réincarnations, nous permettra d'accéder aux sphères supérieures. Certes, le "noumène" (l'absolu) est inconnaissable..."

Dans le Supplément au CEC IS-30 (12-1957), Déodat Roché répond par quelques paragraphes apaisants de catéchisme anthroposophiste et conclut : "En somme, la Terre actuelle n'est qu'un purgatoire assez rude..." Avait-il jamais pensé qu'à chaque minute de nos existences paisibles, plus d'un enfant, d'un innocent, quelque part dans le monde, est violé, torturé, atrocement assassiné ? Louis Palauqui l'a bien pressenti : l'insondable abîme du Mal est un enfer absolu qui fait partie de l'"Être suprême". La naissance du "dieu" d'amour **est à venir**. Seul l'être humain, éveillé en esprit, pourra l'assumer.

Simone HANNEDOUCHE. (1888-1985) Professeur de Lettres et Agrégée, ancienne élève de l'École Normale Supérieure de Sèvres, elle fut la plus proche collaboratrice de Déodat Roché, dont il souhaitait qu'elle prît sa succession dans la fonction de Secrétaire Général de la SSEC. À partir de 1970, sa collaboration avec les "Études Cathares", nouvelle direction se tarit très vite. Elle consacra ses dernières années à ses travaux de traduction et d'édition, à Arcachon, où elle s'était retirée, au service de l'œuvre de Rudolf Steiner.

Samuel MARC. (1901 - 1959). Agriculteur à St-Martin-Roquecourbe (Tarn). Croix de guerre de 1939. Initiateur et responsable des fouilles de Ste-Juliane, sur sa propriété ; époux de Mme Alice Marc-Manoël, écrivain. D'origine protestante (son père était pasteur), il trouva sa voie dans la spiritualité cathare. Déodat Roché évoqua sa mémoire dans le CEC 2. Été 1959. p. 27.

Armand DESCHAMPS. (1914-2000). Ce fidèle ami de Déodat Roché, depuis environ 1950, devint le nôtre en 1965. Il nous revient donc, désormais, d'honorer sa mémoire parmi les compagnons spirituels des "Études Cathares".

Né en Vendée, A. Deschamps était devenu Directeur d'une importante entreprise traitant le bois et ses dérivés, propriété de son oncle. Celui-ci avait certainement trouvé dans cet homme énergique et de forte personnalité, grand et solide au physique, un excellent responsable pour son affaire. À la fin des années 1950, il eut l'idée de visiter son neveu dans sa maison récemment acquise à Montségur (Ariège). L'oncle, très catholique, était accompagné d'un chanoine de ses amis. Ce dernier, flairant l'"hérésie", avisant la croix de Toulouse, dite "Cathare", sur le manteau de la cheminée, interpella avec aigreur M. Deschamps : "Vous auriez mieux fait de mettre là, le Sacré-Cœur vendéen !..." Quelque temps après, l'intervention du chanoine auprès de l'oncle et sa famille suffit à faire renvoyer le Directeur "hérétique". L'entreprise, prospère jusque-là, était en faillite un an plus tard... Monsieur Deschamps retrouva une place d'Inspecteur commercial dans la filière "Bois", mais il se méfiait de l'Inquisition toujours à l'œuvre, et demandait l'envoi des "Cahiers d'Études Cathares" sous double enveloppe anonyme.

Depuis 1993, nous rencontrions M. et Mme Deschamps, environ deux fois par an. La dernière visite était de mai 2000. Notre ami avait acquis le livre "Catharisme et Chrétienté", dès parution, avant même que nous eussions pu intervenir... L'état de son exemplaire montrait avec quelle ardeur il l'avait lu... Cette ardeur même des propos qu'il nous tint à son sujet. Je pris cela comme un viatique remis par le dernier grand ancien de Montségur à l'époque héroïque de la fondation des "Études Cathares".

Armand Deschamps était gêné, depuis un an, par des douleurs pectorales intermittentes inexpliquées ; mais, alors que nous pensions le revoir le mois suivant, son Départ, au soir du 6 septembre 2000, fut une poignante surprise. Au cours de sa vie, il avait vécu des expériences spontanées de conscience hors de son corps. Aussi, gardait-il une confiance totale et sereine dans la persistance de l'entité humaine, soutenue par son érudition et sa vaste culture gnostique. Enfin, nous exprimons aussi, par ces lignes, notre sympathie amicale à l'égard de Mme Marcelle Deschamps, courageuse et digne, en harmonie profonde avec les orientation de son époux.

II - Publications chez divers Éditeurs.

1925 - "**L'Initiation spirituelle des chrétiens albigeois**" Étude pour la Revue : La science spirituelle. N°4. Paris, 90 rue d'Assas, VIème.
NB : Cette dernière adresse était celle d'Édouard Schuré jusqu'à sa mort au printemps 1929. Elle devint ensuite celle de Mme Simone Rihouët-Coroze, Directrice de la Revue anthroposophique française "La science spirituelle".
Déodat ROCHÉ réédita cette Étude en 1952 dans ses "Études Manichéennes et Cathares". Chapitre I d'introduction (p. 12 à 22).

1928 - "**Victor Hugo - poète et philosophe**" dans la même Revue. Paris. Étude rééditée dans "Survivance et immortalité de l'âme". 1955. Chapitre IV (p. 96 à 118)

1931 - 1932. "**La doctrine des Albigeois sur le problème du Mal et sur la Rédemption**". Même revue. Réédité en 1952 dans "Études Man. et Cath." Chapitre VI (p. 185-228)

1934 - "**Le sens ésotérique des Contes populaires de la Gascogne**". même Revue. Paris.
Repris ensuite dans les "Contes et légendes du catharisme" en 1949, 1951 et 1966.

1942 - "**Les Cathares et l'amour spirituel**". Étude publiée dans "Le Génie d'Oc et l'homme méditerranéen"* N° spécial des "Cahiers du Sud". Marseille. (Août, S, Oct. 1942).
Rééditée dans "Études Man. et Cath." Chapitre V (p. 148 à 173) en 1952.et CEC 4-1è S.

1946 - "**Catharisme et néo-Manichéisme**". Texte de la communication du 23 mai 1946 au Centre International de Synthèse - Fondation pour la Science, Paris. Le titre de la Communication était "Cath. et néo-Manich. - Genèse de la religion Cathare et État actuel des connaissances qui s'y rapportent". Réédité dans "Le catharisme". 3ème édition. Tome II. 1976. Éd. des CEC.

1947 - "**Le catharisme**" 2ème édition revue et augmentée du premier ouvrage de 1937. La longueur du texte est multipliée par 2,5. Éditeur : Institut d'Études occitanes. Toulouse, 11, rue Fermat. La publication a été subventionnée par le Conseil Général de l'Aude, qui distribuera dans les Bibliothèques Municipales du Département, la part des exemplaires lui

---

* Le groupe d'écrivains de Carcassonne, dont Joë Bousquet et René Nelli, collaborait régulièrement avec "Les Cahiers du sud". Ce numéro spécial, où figure le texte : "L'agonie d'une civilisation" qu'écrivit Simone Weil, sous le pseudonyme d'Émile Novis, ranimait le souvenir de la tyrannie césaro-papiste sur la patrie occitane martyrisée. Il fut perçu, à l'époque, comme une Résistance culturelle à l'invasion germanique, et devint un titre d'héroïsme pour les "Cahiers du sud" après la Libération. Mais, durant l'occupation allemande, il valut quelques persécutions et de violentes attaques à ses auteurs et aux collaborateurs de Jean Ballard. En 1944, l'appartement de René Nelli fut perquisitionné, avec quelques autres, dont la célèbre chambre obscure où Joë Bousquet, impotent, vivait reclus mais intensément, et très visité.

Quant à Simone Weil, bien qu'ayant échappé aux Allemands, par amour pour ses parents, elle avait déjà quitté ce monde... librement.

revenant. Il avait été décidé en séance d'aider ainsi la population à découvrir son histoire.

1954 - "Spiritualité de l'Hérésie : le catharisme". Ouvrage collectif, Privat. Toulouse et PUF. Étude de Déodat Roché : **"Le problème du Mal et du Salut - De la Pistis-Sophia aux Manichéens. Prolégomènes à l'étude du Catharisme"**. (Ds "Le Catharisme". T. 1. 1973)

1964 - "Les cathares". Ouvrage collectif : Jean Duvernoy, René Nelli, Fernand Niel, Déodat Roché. Éditions de Delphes. Paris. (Table des matières dans CEC 23. A. 64. p. 62) Étude de Déodat Roché : **"La Philosophie platonicienne des Gnostiques, des Manichéens et des Cathares.** Complément : la première lettre de Simone Weil".

1982 - "**Gnose antique et pensée moderne** : (Essais de Solution de la Crise Religieuse)" Rédigé de 1904 à 1906. Révisé sans modification par Déodat Roché en septembre 1976. (dans CEC 93. Print. 1982. p. 5 à 41)

III - Les livres de Déodat Roché.

Les premières publications se font d'abord à compte d'auteur, puis après 1944, à l'IÉO. À partir de 1951, Monsieur Roché publie au titre des "Éditions des Cahiers d'Études Cathares" (Éd. des CEC), qui sont, en fait, son affaire personnelle.

Le 13 mai 1968, on l'a vu, ces Éditions deviennent une S A R L, qui sera dissoute par décision du 25-7-1976, à Puivert.

1921 - "**Mon ami François Canavy"**. À compte d'auteur. Imprimerie Pierre Polère. Carcassonne. (voir p. 223, 250 et chap. 22). L'histoire d'une grande amitié spirituelle et des réflexions partagées. Le destin tragique et la fin prématurée de cet ami.

1922 - "**Méthode Critique et Idéal Laïque**". À compte d'auteur, au Siège et au Profit de la Société de Culture Morale et de Recherches Psychiques. 60, rue de la Liberté, Carcassonne. Imprimerie de Pierre Polère. 28 pages. Texte de février 1921.

Cette brochure présente l'intérêt, entre autres, de traduire l'état de la pensée de Déodat ROCHÉ, l'année même, et **juste avant**, où il rencontre, personnellement Rudolf Steiner et son œuvre, auxquels il se référera par la suite constamment, jusqu'à la fin de sa vie.

1937 - "**Le Catharisme. Son développement dans le Midi de la France et les croisades contre les Albigeois.**" à compte d'auteur. Texte de la Communication faite le 7 mai 1937 au Congrès des Sciences Historiques, à la Faculté des Lettres de Montpellier (représente 80 pages dans l'Édition de 1947).

1947 - "**Le Catharisme**". Éditeur : l'IÉO. Rappel, pour mémoire, de l'ouvrage présenté à la page précédente. Réédition revue, et augmentée par des "Documents et commentaires", de l'ouvrage de 1937, avec une riche bibliographie. 206 pages.

1951 - "**Contes et Légendes du catharisme**". 2e édition après une première parution dans le CEC N°1, janvier 1949. Éditions des CEC, Arques, Aude. 40 pages en cm 18 x 14. En fait, le volume résulte de l'addition de l'article des CEC N°1, de l'article de la Revue "La science spirituelle" de janvier 1934 (page précédente), et du Conte Languedocien du Serpent, recueilli en 1893 à La Nouvelle, Aude (épuisée au début de 1961).

1952 - "**Études manichéennes et cathares**". Éditions des CEC. Imprimerie Gabelle, 42 rue Barbès, Carcassonne. Dépôt général à l'IÉO, 1, rue Lafaille, Toulouse, et à Librairie Véga, 175 Bd St-Germain, Paris VIe. Éd. des CEC, Arques, Aude.
286 pages en cm 24 x 16, épaisseur 2 cm. 2e Éd. en 1954, épuisé en 1957. Non réédité.

1966 - 3e Édition complétée de l'ouvrage "**Contes et légendes du Catharisme**" précédée d'une

Introduction de 9 pages d'un anthroposophe allemand, le Professeur Conrad Sandkühler, spécialiste des contes populaires, complétée d'un article du même auteur sur le Conte du Pou, et d'une note de Déodat Roché sur le poème de Boèce. 4 pages de photographies. 79 pages 21 x 14 cm. Imprimerie Gabelle Carcassonne. édition épuisée à l'automne 1986. (broché, couverture jaune paille)

1955 - "**Survivance et Immortalité de l'âme**". Achevée à Noël 1954, la première Édition paraît début 1955. Éd. des CEC, Arques, Aude. Dépôt général : Librairie Véga, à Paris. Imprimerie Gabelle, Carcassonne. Épuisée au printemps 1960.

1961 - 2e Édition du précédent ouvrage, fin 1961, dépôt légal Ier trimestre 1962. Éd. des CEC, Arques, Aude. Dépôt général : Librairie Véga, Paris. Imprimerie Gabelle, Carcassonne. Le texte de la 1ère édition est légèrement revu, mais surtout augmenté d'une quarantaine de pages formées des nouveaux appendices III à VI, au total, 270 pages cm 22 x 14, épaisseur 1,6 cm. épuisée à l'Été 1976. Non réédité en 2001. (broché, couverture beige clair)

1957 - "**L'église romaine et les Cathares Albigeois**". dépôt légal 2e trimestre 1957. Éd. des CEC, Arques, Aude. Imprimerie Gabelle, Carcassonne. 1ère Édition 206 pages en cm 21 x 15,5, épaisseur 1,4 cm. broché, couverture verte, épuisée en 1963.

1963 - 2e Édition, sans rupture, de l'ouvrage précédent, épuisée au printemps 1966. Éd. des CEC. Imprimerie Gabelle. broché, couverture verte, livré revêtu d'un bandeau rouge portant l'inscription "Martyrs de la Liberté".

1969 - "**L'Église romaine et les Cathares Albigeois**". 3e Édition. dépôt légal 4e trimestre 1969. Éd. des CEC. Imprimerie Gabelle, Carcassonne. Couverture blanche, lettres rouges et noires. 327 pages en cm 25 x16, épaisseur 2,8 cm. broché.

Le texte des deux premières éditions est augmenté de 120 pages formées d'un dialogue supplémentaire et nouveau : "Vers St-Michel", concernant le christianisme Johannite dans l'histoire de l'Église romaine, des Appendices II à IV relatifs à : La liberté et la conscience, le cheminement spirituel de Déodat Roché dans sa jeunesse, 16 lettres extraites de sa correspondance. (Nous les avons détaillées p.214 à 216). Cette 3e édition fut épuisée à l'automne 1987.

Cet ouvrage représente le dernier travail écrit important accompli par Déodat ROCHÉ. À l'Estagnol, durant les séjours d'été de 1967 et 1968, il nous lisait et commentait son manuscrit, à mesure de son avancement. Nous l'avons aidé dans la relecture du manuscrit et des épreuves.

1973 - "**Le Catharisme**". Tome I. Bien que portant le même titre, il s'agit d'un ouvrage très différent, dans sa composition, du livre publié en 1947. Cette remarque s'applique également au Tome II de 1976, bien que le contenu des deux volumes soit essentiellement des rééditions. Donc, pour ce Tome I : Éditions des CEC, Inprimerie Gabelle, Carcassonne. broché, couverture blanche, lettres rouges et noires, 225 pages en cm 16 x 25, épaisseur 1,6 cm.

Le texte de ce premier volume est constitué pour moitié de parties des "Études Manichéennes et Cathares" 1952, pour 1/10ème du "Catharisme" 1947, 1/10e de l'Étude de D. Roché dans : "Spiritualité de l'hérésie" (Privat, Toulouse et P U F), le reste de divers articles publiés au fil des années dans les "Cahiers".

1976 - "**Le Catharisme**". **Tome II.** Éditions des CEC. Imprimerie Gabelle. broché, couverture blanche, lettres rouges et noires. 145 pages en 15,5 x 22 cm, épaisseur 1 cm.

Ce volume est donc d'un format nettement plus réduit que le Tome I, ce qui n'est pas heureux. Il est composé pour les 2/3 de dix parties du "Catharisme", 1947, disposées dans un ordre **entièrement anarchique** par rapport à l'Édition originale, 1/5e est formé par les deux communications de Déodat Roché : du 23-5-1946, au Centre International de Synthèse, Paris, et du 24-6-1948, à la Cité de Carcassonne (voir pour ces communications p. 205). Le reste est constitué par une communication du 10-6-1964 devant la Fédération historique du Languedoc, et un article. L'ouvrage fut épuisé, pour les deux Tomes, à l'automne 1987.

Mise au point : Certes, il est préférable que l'on ait réédité ces ouvrages, tels qu'ils sont, plutôt que rien. Des textes de Déodat ROCHÉ devenus introuvables, ont ainsi été diffusés à nouveau. Cependant, les assemblages hétéroclites constituant ces deux volumes donnent une impression navrante. Les parties qui les composent, arbitrairement juxtaposées, ne constituent en rien les chapitres d'un livre qui se développent organiquement de manière significative. Il est **impensable** que Déodat ROCHÉ ait délibérément ravaudé, pour les livrer au public, de pareils manteaux d'arlequin. D'ailleurs, après son accident de 1972, bien qu'il ait gardé jusqu'à sa mort toute sa lucidité, il resta faible et il ne lui était plus guère possible de travailler, surtout avec l'ampleur que nécessite la composition d'un ouvrage en deux Tomes. Son entourage, Mme V... en tête, qui voulait un livre à publier, fut largement, voire totalement, partie prenante dans ce bricolage éditorial. Nous avons vu (page 131) que le contrôle des "Cahiers" avait échappé, dès 1972, à Monsieur ROCHÉ, sans pouvoir éviter, bien sûr, une incohérence révélatrice.

Ainsi, dans la cassette vidéo de mai 1993, où elle est l'unique "vedette"... Mme V... affirme que Monsieur ROCHÉ n'a jamais voulu rééditer son ouvrage de 1947, "Le Catharisme", car "il n'était plus actuel". Cela ne l'a pas empêchée — elle — de publier en 1976, le Tome II du dernier "Catharisme", fabriqué aux deux tiers avec cet ouvrage ! Comme si la mise en désordre de ses chapitres le renouvelait ! En fait, c'est, une fois de plus, un camouflage grotesque et inopérant, qu'elle a tenté de la sorte, dans la triste lignée du brouillage des Pouvoirs en vue de l'Assemblée Générale du 9 août 1970. (voir pp. 112, 113, 116)

Bien plutôt, l'honnêteté et l'intelligence auraient commandé de revoir la 2e Édition de 1947 pour l'actualiser, mais en respectant sa composition, et en la complétant, ainsi que l'avait fait Déodat ROCHÉ pour la 3e Édition, en 1969, de "L'Église romaine et les Cathares Albigeois", donnant un beau livre pleinement abouti.* Pour la 3e Édition du "Catharisme", la personne qui avait fait main basse sur la Société, si elle en avait été digne, aurait pu faire ce travail en demandant régulièrement directives, conseils et finalement accord, à Monsieur ROCHÉ, mais elle n'en était pas capable, même avec son aide. Ces ouvrages recousus dans l'incohérence en sont la preuve.

Comme la Société d'Études, comme les "Cahiers", les Éditions sombraient dans le dilettantisme exhibitionniste et sous une caricaturale incompétence... La "composition" inepte de cette publication, qui fut la décomposition de son travail, **ne doit pas être attribuée à Déodat ROCHÉ**, mais à celle qui, l'utilisant comme une effigie, se dissimulait derrière sa signature.

* * *

* Début 1970, l'Académie française décerna le "Prix Broquette - Gonin" à Déodat ROCHÉ, pour son dernier ouvrage : **"L'Église romaine et les Cathares albigeois"**.

Cette heureuse et ultime consécration du Philosophe d'Arques, où il vécut tellement retiré du "monde", par une Instance aussi officielle, témoignait de la valeur réelle d'une œuvre mûrie quarante années durant. (CEC 45, p. 2)

III bis - Les Brochures de Déodat Roché.

Ce sont des "tirés à part" d'articles publiés précédemment dans les "**Cahiers d'Études Cathares**" auxquels Monsieur ROCHÉ attachait une importance particulière. Minces par leur volume, ces petits ouvrages sont en effet d'un grand intérêt ; en voici la présentation, indiquant le "Cahier" de publication initiale.

1953 - "**Mission future de la Russie, Mission actuelle de l'Occitanie**". Éditions des CEC, Arques, Aude. Dépôt légal Ier trim 1953. Imprimerie Gabelle, Carcassonne. Agrafé, couverture beige, 24 pages en cm 19 x 14. Dans CEC 13.1è S. Print.1953.

Développement, de Déodat Roché, en prolongement du Roman spirituel de Barlaam et Josaphat. (voir CEC 12. 1è S, CEC 1 et 9-10. 1è S, "Le Catharisme" 2è Éd.1947, p.122 à 134, "Études Manichéennes et Cathares".1952, pp.30 à 32 et 276-7.

Complété d'un article de Paul Bühler : "Le motif manichéen du Graal dans son développement d'ouest en est", paru initialement dans "Das Goetheanum" du 1er juin1952. (Hebdomadaire anthroposophique de Dornach) traduction Simone Hannedouche. Plus du tiers de son Étude, est consacré par Déodat Roché au philosophe russe Vladimir Soloviev (1851 - 1900, Moscou), esprit remarquable, chercheur d'une Gnose chrétienne. Il termine en évoquant Prosper Estieu (1860 - 1939, Pamiers), qu'il a bien connu, le poète de Montségur dont l'œuvre fervente appelle son peuple au Réveil...

"Occitans remembratz vos !"...
"Montségur ! de tos Faidits
La grana s'es pas perduda.
Sèt sècles, s'era esconduda ;
Mas ara grelha e grandis
Dins novèls cors ardorozes..."

Et Déodat ROCHÉ redit :

"Quand la vieille grand-mère centenaire berce son petit-enfant et lui raconte les malheurs de la croisade et des bûchers, ainsi que les ruines du Lauragais où son père mourut à grand courage, elle dit : que fera-t-on du cher petit enfant ? - ni un capitaine qui ferait trop pleurer les mères, ni un prêtre qui n'aimerait pas assez Dieu... Mais un laboureur qui ensemencera ses grands champs et elle s'arrête :

"Mas muda encara es la l'alauzeta...
Som-Som ! minhot dusqua l'albeto."

Mais l'aube paraît ; l'Occitanie a tout d'abord retrouvé son âme par sa langue et son histoire ; cette âme continue à vibrer en des chants nouveaux par la voix de ses poètes. Maintenant, c'est au soleil levant que nous allons voir Montségur et les lieux saints du Catharisme. (...) Il s'agit de prendre conscience, par-delà les ruines, de ce qu'il y a eu d'essentiel, de vrai, d'efficace pour l'avenir, chez les Cathares. (...) C'est ainsi que l'Occitanie prendra conscience de l'Esprit pour lequel elle s'est sacrifiée, il y a sept cents ans, de son Esprit qui est dans la philosophie manichéenne-cathare, aux splendeurs platoniciennes et à la douceur évangélique".

Déodat Roché (CEC 13, 1è S.)

1955 - "**Catharisme et Science spirituelle**". Éditions des CEC. Arques, Aude. Imprimerie Gabelle, Carcassonne ; agrafé, couverture beige, 24 pages en cm 20 x 14,5. Dans CEC 22. 1è S, Eté 1955. Déodat Roché montre d'abord que les Cathares étaient authentiquement chrétiens mais qu'avec leur foi, ils développaient aussi une connaissance, une Gnose. Il expose ensuite les témoignages de la Gnose de Paul, et son cheminement par le Manichéisme cathare, les Rose+Croix, jusqu'aux écoles spirituelles modernes.

1956 - "**L'évolution individuelle et l'harmonie sociale**". Éditions des CEC. Arques, Aude. Imprimerie Gabelle, Carcassonne ; agrafé, couverture beige, 16 pages en cm 20 x 15. Dans CEC 25, 1e S. P 1956, p 5I.

Il s'agit du texte de la Conférence donnée par Déodat Roché le mardi soir 27 mars 1956, en clôture du 9e Congrès de la Société du S. et des É. Cathares, tenu à Narbonne. Après avoir rappelé l'importance essentielle de la compréhension des vies successives pour se représenter l'évolution humaine, Monsieur Roché aborde la réalité du Mal dans le monde matériel. L'homme social se confronte au Mal. Pour qu'il en résulte un progrès des consciences, un effort constant est nécessaire afin d'améliorer les communautés sociales par la fraternité. Il conclut alors :

"Nous suivrons ainsi l'exemple des Cathares. Comme nous l'avons écrit dans "Survivance et Immortalité de l'âme" : "Ces héros manichéens, livrés aux flammes des bûchers, ont fait passer, par leur sacrifice, sur les pays d'Occitanie et sur toute l'Europe, un souffle éthérique puissant. Ils sont réincarnés parmi nous, ou présents dans l'atmosphère qui nous baigne de lumière, ils donneront à tous ceux qui les vénèrent, la force féconde de leur pur amour".

La brochure contient enfin, en seconde partie, le dernier chapitre intitulé : "Les Cathares, précurseurs des temps modernes", du texte de la Conférence du 21 novembre 1953 donnée par Déodat Roché au "Cercle Minerva", à Toulouse. Ce texte est **différent** de celui, plus tardif, contenu dans la brochure suivante de 1962. Dans son entier, il se trouve dans le CEC 18, 1e S, Été 1954. p. 71 à 80.et "**L'Égli. rom.**" 3ème Éd. p. 151.

Dans le texte de 1953, Déodat Roché rappelle la qualité, pour l'époque, de la vie sociale que les Cathares surent organiser, le haut degré atteint par leur culture philosophique et religieuse, qui faisait reculer la théologie romaine. Il cite Charles Molinier, qui fut Professeur aux Facultés des Lettres de Toulouse et Bordeaux, dans son livre "L'Église et la société Cathare" (Revue Historique tome 94-95, année 1907) : "La faveur dont ont joui les croyances cathares et leur force ne viennent pas seulement de leur protestation contre les tendances mondaines et politiques de l'Église romaine, protestation qui prépare l'amoindrissement du pontificat. Ces doctrines sont en même temps "un essai de libération de la pensée humaine" ; elle n'est sans doute que dans le domaine religieux, mais "Dans cette rupture de l'unité romaine à laquelle vise le Catharisme, de l'unité qui n'est, quoi qu'on puisse dire, que l'oppression de la pensée, du droit indestructible de tout homme à organiser sa vie morale et intellectuelle de la façon qui lui convient, un premier pas a été fait, timide assurément, mais décisif". Dès le XVIème siècle, "le mouvement arrivera à prendre son caractère définitif. Il s'étendra dès lors dans un sens purement laïque et humain. Sur les conquêtes, chaque jour plus marquées et plus sûres de la pensée presque adulte, il fondera l'empire de cette force irrésistible qui est l'esprit moderne".

1962 - "**Les Cathares, précurseurs des temps modernes**". Éditions des CEC. Arques, Aude. Imprimé en 1963, chez Gabelle. Conférence du 22 novembre 1961. Carcassonne ; agrafé, couverture beige, 24 pages en 21 x 13,5 cm. Dans CEC 12 et 13, H. 61, Print. 62.

Après avoir montré l'action régénératrice du Catharisme dans la société médiévale, par son attitude morale et sociale, Déodat Roché traite de l'ascèse régénératrice de l'individu lui-même. Dans des perspectives analogues à celles des Cathares, il indique trois grands courants spirituels toujours actuels : Ismaélien avec le Pr Henri Corbin, manichéen avec Peter Deunov, rosicrucien-anthroposophique dans l'œuvre de Rudolf Steiner.

IV - Textes de Déodat Roché dans les "Cahiers d'Études Cathares"

A - Articles de fond : total 110 textes, 1460 pages

Avant-propos (au 1er numéro)	
Contes et légendes du Catharisme (conférence du 30.11.1947)	
Les documents cathares, l'origine manichéenne et les deux principales Écoles du Catharisme	1949 (1)
Le premier congrès d'Études Cathares à Ussat (Ariège) Août 1948	1949 (1)
Saint Augustin et les Manichéens de son temps.	1949 (2)
Le Graal Pyrénéen : Cathares et Templiers	1949 (3)
Les Cathares et l'amour spirituel. Textes manichéens et cathares, suivis du conte languedocien du Serpent	1949 (4)
Pistis-Sophia ou l'enseignement du Ressuscité. Esquisse de l'Évolution de la Gnose	1950 (5) (6) (7)
Les Cathares et les Platoniciens de l'École de Chartres,	1950 (8)
L'Église romaine et les Cathares albigeois	1950 (9-10) 1953 (14) (15) 1954 (17) (18) (20)
Actes du Vème Congrès de Béziers, avril 1952	1952 (12)
À propos de Barlaam et Josaphat. Mission future de la Russie ; mission actuelle de l'Occitanie	1953 (13)
Le Catharisme tel qu'il a été : un pur Christianisme	1953 (16)
Les Cathares, précurseurs des temps modernes	1954 (18)
Preuves et buts des réincarnations. (Conférence à la faculté des Lettres des Toulouse)	1954 (18)
Catholicisme ou Catharisme de Simone Weil	1954 (19)
La Croisade contre les Albigeois et l'unité de la France	1954 (20)
Rituel cathare	1954 (20), 1955 (21)
VIIIème congrès d'Ét. Cath. À Castres en juillet 1955	1955 (23)
Catharisme et science spirituelle	1955 (22)
L'Empereur, sa fille et les trois prétendants (conte bosniaque)	1955 (22)
Fauste de Milève, chapitres de la Foi Chrétienne et de la Vérité	1955 (23), 1956 (25) (28), 1957 (32)
IXème congrès d'Ét. Cath. à Narbonne, mars 1956	1956 (25)
Le Catharisme, par la science spirituelle et pour la fraternité (correspondance 1942-47)	1955 (24)
La médecine cathare (conférence à Toulouse)	1956 (26)
Naturisme et science spirituelle (conf. à Carcassonne)	
Les forces de vie, formation de l'organisme humain et de l'art de vivre (conf. à Carcasonne)	1956 (26)
Peter Deunov et la Fraternité Blanche universelle	1956 (27)
Sainte Juliane et Saint Pierre de Messenac	1957 (29)
Chapitres manichéens ; sur l'Amour, sur le Soleil et les Envoyés (traduction et commentaire)	1957 (30)

Le passé et l'avenir du Catharisme (les R+C de Hollande)	1957 (31)
Le Catharisme selon Arno Borst	1958 (36)
Réponse à un pamphlet de J.L. Riol : tels furent les Cathares d'après les textes de l'époque et les traditions populaires	1957 (32)
La Vision d'Isaïe (commentaire de la traduction de René Nelli)	1958 (33)
Un ouvrage d'Henri Corbin : l'imagination créatrice dans le Soufisme d'Ibn'Arabi	1958 (34)
Recherches mithriaques	1958 (36)
Nécessité d'une science de l'Esprit pour la formation d'un nouvel homme	1959 (1)
Une stèle du Souvenir au camp dels cremats de Montségur	1959 (2)
Visite à Sainte-Juliane, Saint-Martin (Tarn)	1959 (2)
Le Catharisme : science spirituelle et communautés fraternelles	1959 (3-4)
Éducation et besoins spirituels de l'humanité	1960 (5)
Le Catharisme et le problème de la connaissance	1960 (5)
Cathares et Rose-Croix	1960 (6)
La spiritualité française et l'âme de conscience : Maine de Biran	1960 (7)
Maurice Magre et le Catharisme	1960 (7)
À propos des fouilles de Montségur	1960 (7)
Théologiens protestants et réincarnation	1960 (8)
La tragédie cathare	1960 (8)
Prosper Estieu, poète occitan, chantre de Montségur	1961 (9)
Allocution près de la Stèle du Souvenir, à Montségur.	1961 (9)
L'Évangile de Jean (conférences au Camp d'été des Corbiéres)	1961 (9) (11)
Un traité cathare inédit du début XIIIe siècle, d'après Le "Liber contra Manicheos" de Durand de Huesca	1961 (9)
La conversion spirituelle selon le philosophe Georges Bastide (retraite d'été des Corbières, 1961)	1961 (10)
La transformation des énergies, selon Peter Deunov (retraite d'été des Corbières)	1961 (11)
Survivance et immortalité de l'âme	1961 (11)
Résurgences du manichéisme : Cathares, Ismaliens, Rose-Croix, Francs-maçons et sciences spirituelles modernes	1961 (12), 1962 (15) (16), 1963 (20), 1968 (40), 1969 (41) (43), 1970 (48)
À propos du Traité cathare du XIIIe siècle	1961 (12)
Les Cathares précurseurs des temps modernes	1961 (12) 1962 (13)
Pentecôte 1962 à la Stèle de Montségur	1962 (14)
Catholicisme et Franc-maçonnerie	1962 (14)
Pentecôte 1963 à la Stèle de Montségur	1963 (18)
Le Moyen Âge chrétien selon le Professeur Morghen	1963 (18)
Pentecôte 1964	1964 (21)
Découverte à Montségur (avec A. Deschamps)	1964 (24)
Deuxième réponse à un pamphlet renouvelé : J.L. Riol : "Dernières connaissances sur les questions cathares"	1965 (25)

Christianisme et Humanisme : Pentecôte 1965	1965 (26)
De Platon aux Chrétiens cathares, par les Origénistes et les Manichéens	1965 (26)
Le "Contra hæreticos" d'Alain de Lille	1965 (28), 1966 (29)
Les Écritures cathares et le Phénomène cathare, de René Nelli	1966 (29)
Après la récente évocation du drame cathare à la télévision	1966 (30)
À Montségur : Pentecôte 1966	1966 (30)
Réponse au "Figaro littéraire" du 25 mai 1966	1966 (30)
Manifestation du parti national occitan à Montségur	1966 (30)
Le rôle des entités sataniques et l'organisation du monde matériel	1966 (31)
Popovo (Sefik Beslagic - Sarajevo, 1966)	1967 (33)
Dominicains et Cathares (allocution)	1967 (34)
Recherche sur la vie religieuse en pays d'Oc	1967 (34)
Cahiers de Fanjeaux	1967 (35)
"Archeologia" et les Cathares	1967 (36)
Sur la question de Parcival	1968 (37)
Le problème du Mal selon Étienne Borne	1968 (37)
La liberté de pensée est une méthode	1968 (39)
À le recherche d'un idéal	1968 (39)
Les origines du Catharisme, de Marcel Dando	1968 (40)
Actualité du Catharisme, par Pierre Durban	1969 (41)
Exposé et commentaire du Cahier de Fanjeaux : "Cathares du Languedoc"	1969 (42)
Contes de Gasconha (J.F. Bladé)	1969 (43)
Schiboleth, de J. Corneloup, 1963, et Franc-maçonnerie	1969 (44)
La Cosmogonie de Manés à R. Steiner ; extraits des Kephalaïa de Manès	1970 (45)
Comment l'Église romaine évolue	1970 (45)
Un recueil cathare : le manuscrit A6. 10, de la "Collection Vaudoise" de Dublin	1970 (46)
Les Cathares, les Templiers et le Graal	1970 (47)
L'"année Saint Louis"	1970 (47)
Comment j'ai retrouvé le Catharisme	1970 (48)
Lettre à M. le rédacteur de la "Revue spirite"	1970 (48)
Rapports du Catharisme avec divers mouvements spiritualistes	1971 (49)
Paracelse, Robert Fludd et la Franc-maçonnerie manichéenne, d'après R. Steiner	1971(50)
Allocution au pied de la Stèle de Montségur	1971 (50)
Catharisme et science spirituelle (correspondance)	1971 (51), 1973 (60) 61)
À propos du problème du Mal (correspondance)	1971 (52)
Au sujet d'expériences spirituelles	1972 (53)
Le Graal pyrénéen : Cathares et Templiers	1972 (54) (55)
L'initiation cathare	1973 (59)
Les Cathares, précurseurs des Temps modernes	1974 (62)

Autour de Montségur	1975 (68)
À propos de Zarathoustra (correspondance)	1976 (69)
À propos de la rencontre avec l'Étoile (correspondance)	1976 (69)
À propos de l'Union	1977 (74)
Plotin a-t-il simplifié le système des Valentiniens ? (Mémoire pour la licence de Philosophie)	1978 (77)
Mise au point au sujet de la Franc-maçonnerie	1978 (77)
Correspondance de Déodat Roché :	
- Avec R	
- avec Simone Weil	1978 (77)
Gnose antique et pensée moderne	1982 (93)
Parabole du Moissonneur	1987 (116)

Au total, Déodat ROCHÉ a publié 110 articles dans les "Cahiers", sur 1460 pages, soit, de 1949 à 1972, une moyenne de 4,5 articles et de 60 pages par an. La moyenne par article est de 13,5 pages. Ces nombres deviennent, pour la 1ère Série des Cahiers, jusqu'à fin 1958 : 35 articles de 19 pages en moyenne sur un total de 660 pages ; pour la 2ème série : 73 articles de 11 pages en moyenne sur 800 pages.

Les années où Déodat ROCHÉ a publié le plus de textes, sont : 1949 avec 7 articles sur 160 pages, 1961 avec 9 articles sur 117 pages, 1954 et 6 articles sur 85 pages. À partir de 1971, la production d'articles est pratiquement terminée.

L'ensemble des textes de Déodat ROCHÉ ; comptes rendus **et** articles confondus, s'élève à 220, (les deux catégories sont en nombres égaux : 110 chacune), sur un total de 1760 pages, pour une moyenne de 8 pages par texte.

Sur ce total, 17 articles, sur 340 pages, sont des chapitres de livres de Déodat ROCHÉ, pré-publiés dans les "Cahiers". Sa contribution nette aux "Cahiers" est donc de 203 articles exclusifs sur 1420 pages, soit l'équivalent de **six ouvrages de 236 pages chacun**, qu'il convient d'ajouter aux quatre principaux livres de Déodat ROCHÉ, pour apprécier son œuvre.

B - Comptes rendus de livres et de revues par Déodat ROCHÉ, dans les "Cahiers d'Études Cathares". Textes divers. (Total : 110 textes sur 298 pages.)

Pour chaque texte, nous indiquons : le N° du "Cahier" - la saison et l'année - le nom de l'auteur - le titre de l'ouvrage. Pour une Revue, après l'année du CEC, son titre.

NB - Certains comptes rendus importants, constituant de véritables articles, figurent dans les deux listes. A - articles, et B - ci-après.

"Cahiers" Ière série. Années 1949 à 1958. (59 textes sur 156 pages)

1. P 49 - Le premier Congrès d'Études Cathares, du 5 au 8 août 1948 à Ussat-les-Bains.
   - Simone Pétrement : Le dualisme dans l'histoire de la philosophie et de la religion. (page 79)
2. E 49 - Paul Coroze : Le mystère de la rédemption du corps. Éd. Science spirituelle.
   - Goethe et notre temps. - Revue de Synthèse. - Revue de l'Histoire des Religions
3. A 49 - Études Théologiques et Religieuses. - Revue d'Histoire et de Philosophie Religieuse. - Le problème du Mal, par Stanislas de Guaïta et Oswald Wirth.

- Psyché-Sôma, été 1946. - La Bonne Espérance, 15 mars 1947. - Études traditionnelles. (p. 45)
- Vigiliae Christianae. - The medieval manichee (Dr Wiersma-Verschaffelt)
- Die Christengemeinschaft. (p. 62)

5. P 50 - Pierre Bayle : choix de textes. (Érudit, philosophe et historien 1647-1706) (p. 64)

6. E 50 - Alfaric : Le catharisme. (in "Mois d'ethnographie française" Nov.1948) (p. 124)
Jean Doresse : Une bibliothèque gnostique copte découverte en Haute-Égypte. Académie de Belgique, 1949. (p. 126)
- Mgr Gillet (OD) : La gloire de St Dominique. dans "Ecclesia", août 1950. (p. 129)

7. A 50 - H. Ch. Puech : Le Manichéisme, son fondateur, sa doctrine. (p. 199)

8. H 50 - H. Grégoire : Précisions géographiques et chronologiques sur les pauliciens. Les Cathares d'Asie-Mineure, d'Italie et de France. (p. 264)
- A.V. Solovjev : Les Bogomiles vénéraient-ils la Croix ? - La doctrine de l'Église de Bosnie. (Bull. de l'Acad. royale de Belgique. 1949-1,1948-10-II) (p. 267)
- Raymond Abellio : Vers un nouveau prophétisme. Gallimard, 1950. (p. 269)
- Simonne Rihouët-Coroze : L'expérience intérieure du Christ. (Éd. Sc. spirit.)

9-10. P-E 51- Revue du Moyen Âge latin : "À la recherche d'une littérature cathare", par Paul Imbs (Nov. Déc. 1949) (p. 117)

13. P 53 - Annales de l'Institut d'Études Occitanes. (Août-Nov. 1952) Recherches sur le Catharisme : - Beneditto Croce : Notes de méthodologie historique. (p. 61)- Charles P. Bru : Notes en vue d'une interprétation sociologique du Catharisme

14. E 53 - Henri Corbin : Œuvres philosophiques et mystiques de Shihabaddin Yahya Sohrawardi. (Prolégomènes en français). Institut franco-iranien, Paris. Éd. Adrien Maisonneuve. (p.114)
- Serge Hutin : Les sociétés secrètes. Éd. P.U.F, 1952. (p.119)
- Emmanuel Aegerter : Les hérésies du Moyen Âge. Éd. Ernest Leroux, Paris 1939.
- Annales de l'Institut d'Études Occitanes. (Août-Nov. 1952 suite) (p. 121)
- Luciano Sommarival : Les travaux les plus récents sur les hérésies du bas Moyen Âge, 1939-1951.
- Du libre arbitre : petit traité contenu à la fin du "Livre des Deux Principes" traduit et présenté par René Nelli. (p. 123)
- A. Laumonier : Yoga hellénique. Annales de la Faculté des Lettres de Toulouse. Juin 1952. (étude sur "Les techniques spirituelles d'union avec le Dieu intérieur"
- Études Traditionnelles, déc. 1952. (s/l'art. de M. Carrières, s/Simone Weil) (p. 130)

15. A 53 - Walter Nigg : s/"Die Katharer" d'Arno Borst. in Neue Zürcher Zeitung, 16-5-53.

16. H 53 - Henri Corbin : Étude préliminaire pour le Livre réunissant les deux sagesses de Nâzir-e-Khosraw. Téhéran, Institut franco-iranien. Paris, Adrien Maisonneuve 1953. (**Importante et remarquable étude** par D. Roché sur 6 pages, p. 252-7)
- Sophia, Jan. Mars. 1953, Revue, Pavie. Ermene-Gildo Bertola : La dottrina dello spiritto in S. Tomaso. (p. 259-60)

17. P 54 - Neue Zürcher Zeitung : Découvertes et recherches sur la Gnose. N°313,14-11-53. Études des Prs. H. Ch. Puech, du Collège de France, et Gilles Quispel, d'Utrecht.
- Alexandre Soloviev : Autour des Bogomiles. (Extrait de "Byzantion" T.22, 1952).
- Giovanni Gonnet : Notes et Documents sur les Vaudois, in "Revue d'Histoire et de Philosophie Religieuse de la Fac. de Théol. protestante de Strasbourg" n°3, 53

20. H 54 - Jean Bonnafous, Rédacteur en chef, dans "La France Latine.", Jan. Fév.1955. (p. 263)

21. P 55 - René Nelli : Spiritualité de l'hérésie. Le Catharisme. Éd. Privat et P.U.F. (p.49)

- Fernand Lequenne : Le Drame Cathare ou l'Hérésie Nécessaire. Éd. Julliard (p. 54)
- Jean Girou : Simon de Montfort. Du Catharisme à la Conquête. Éd. La Colombe, Paris

22. E 55 - Henri Corbin : Rituel Sabéen et exégèse ismaélienne du Rituel. Rhein-Verlag, Zürich, 1950. (p. 122-6)
- Rudolf Steiner : Les Manichéens, conférence du 11 nov. 1904. (p. 126-8)

23. A 55 - Marguerite Cléry : Le dolmen de cristal, Poèmes. Éd. Psyché, Paris, 1955. (p. 192)

24. H 55 - Lettre fraternelle de la Société des Amis (Quakers), oct. 1955. - Le règne de Justice et de Vérité (Les Amis de l'Homme), 4-12-55. S'expriment s/Catharisme.
- La revue Spirite, Nov. Déc.1955. S/les Instructeurs et le Christ. (p.250-2)
- Dr Gérard Schmidt : La question de l'alcool, Revue "Triades." T. III N°2 (p.252-4)
- Edmond Bailly : La légende de Diamant. Lib. de l'Art Indépendant, Paris 1909. (Druidisme)
- La Société du S. et des Ét. Cathares : Travaux de l'année 1956. (p.257)

26. E 56 - J.G. Gichtel : Theosophia Practica, traduction de l'éd. de 1736. Chacornac, Paris.

27. A 56 - Denis de Rougement : L'amour courtois et les Hérésies de la passion. La Table ronde (n°97, Jan. 1956) Lib. Plon. (p. 185-9). Dans ce même n° de la Revue :
- Robert Amadou : Les théories dualistes et la sexualité. (p. 187-9)
- Fernand Niel : Albigeois et Cathares. coll. QSJ, P.U.F, Paris. (p.189-92)
- Maurice Gay : Note a/s de "Survivance et Immortalité de l'âme" de D. Roché. in La Revue Spirite, Bibliographie (Juil-Août 1956) Paris. (p. 192-4)

28. H 56 - Naze Starine : Annuaire de l'Institut pour la protection des Monuments Historiques et de la Nature de Bosnie-Herzégovine. III. Sarajevo, 1956. (p. 247-8)
- Bulletin de la Société d'Histoire du Protestantisme Français. Av-Juin 55, Paris
- Raoul Manselli : Una designazione dell'eresia catara : "Ariana Heresis", in Bull. de l'Instit. Hist. italien p. le Moyen Âge. p. 233, n°68, Rome. (p. 249)
- Sophia. Revue de philosophie et d'histoire de la philos. n°3-4, 1956. Padova, It.
- François Brousse : Ezéchiel, Mage chaldéen. Éd. Agni, Imp. Viers, Perpignan. p. 252

29. P 57 - Dr Émile Laffont : À Montségur. Éd. de l'auteur. (p. 64)

31. A 57 - René Nelli : Arma de Vertat. Messatges. (Poèmes). Éd. IÉO, Toulouse. (p. 184)

32. E 57 - Pierre Ponsoye : L'Islam et le Graal. Éd. Denoël, Paris. (p. 256)

33. P 58 - Serge Talbot : La tentation charnelle. Revue "Arcadie", Paris. Av. 1958. (p. 63)

34. E 58 - Le Maître Peter Deunov. Éd. des Champs-Élysées, Omnium Littéraire, Paris. (p. 130)

36. H 58 - Erwin Schuhle : Gnose et connaissance spirituelle moderne. Revue "Die Drei" (Juil-Août 1953) Trad.S. Hannedouche, commentaires D. Roché. (p. 230-40)

"Cahiers" 2ème série à partir de l'année 1959. (51 textes sur 142 pages)

2. E 59 - Anonyme : la Chanson de la Croisade Albigeoise. T. II. Éd. Belles-Lettres, Paris, 1957
- G.F. Ravasini : La Mission de la Gnosis. La France Latine, mars 1959.

7. A 60 - Raymond Oursel : Le Procès des Templiers. Éd. Denoël, Paris. (p. 41-4)
- À propos des fouilles de Montségur. Journaux divers. (p. 46-8)

8. H 60 - Louis Coulon : Testament spirituel. "Cahiers des amis de l'Islam", Mostaganem.

9. P 61 - Th. Venckeleer : Un recueil cathare : Le Manuscrit A.6.10 de la "collection Vaudoise" de Dublin. in Revue de Philologie et d'Histoire, T. 38, n°3, Bruxelles. 1960

10. E 61 - Anonyme : "La Chanson de la Croisade des Albigeois".T. III, Bel. Lettres.
- Jean Reyor : Le "Mysterium Crucis." Éd. Le Symbolisme, Laval (Mayenne) (p. 54-5)

- "Azur", Revue bimestrielle à Serres-s-Arget (Ariège), s/n° 44, Juil-Août 1961.
- En Mémoire de Charles Daure, de Mazamet (Tarn) (p.55-6)

11. A 61 - Ugo Bianchi : Le Dualisme en Histoire des Religions. Revue de l'Histoire des Religions, Jan-Mars 1961. (p.51-4)
- Note sur le Manichéisme. (a/s de la Revue "L'Âge Nouveau", Paris. C-R précédent.)

12. H 61 - Peire-Chabert : Actualité du Catharisme. Éd. Crux de Lux, Toulouse. (Dr P. Durban) Jean Duvernoy : La noblesse du comté de Foix, au début du XIVe siècle. Auch, 1961. Imp. Cocharaux

14. E 62 - Jacques Magne : Montségur, jeune comme la Mort. Série d'émissions de Radio-France III (devenu France-Culture), le 2, 3, 4, 5, 6, 9, 10, 11, 12, 13 avril 1962 (11 p.)
- Jacques Madaule : Le Drame Albigeois et le Destin français. Éd. Grasset. (p. 52-6)

16. H 62 - J. Madaule : Pourquoi l'Inquisition ? (Miroir de l'Histoire, janvier 1963, Paris) (p. 69)

19. A 63 - Pierre Mariel : Rituels des sociétés secrètes. Éd. La Colombe, Paris. (p. 51-6)
- Anonyme : Les Authentiques Fils de la Lumière. Éd. La Colombe, Paris (p. 56-8)

22. E 64 - René Nelli : l'Érotique des Troubadours. Éd. Privat, Toulouse 1963. (p. 51-6)
- Robert Laffont : Sud ou Occitanie. (Cahiers du Sud, n° double 373-4) (p. 56-7)
- Colloque international de l'IÉO, les 9, 10, 11 sept. 1963 in "Annales de l'IÉO", 62-63

24. H 64 - Maurice Denuzière : Les Cathares sans légende. "Le Monde", 12, 13, 14-8-1964 (p. 36-38)

27. A 65 - Die Drei. Revue, Stuttgart. Juil-Août 1965 : Gerhard Borne : Réflexions sur la littérature cathare. - Sept-Oct 1965 : Wilhem Rath : Graal et Église (p. 53-60)

29.P 66 - René Nelli : Les Écritures Cathares. Éd. Denoël, Paris, 1959. (p. 39-44), suite CEC N° 30. et pp. 44-53 : Le Phénomène Cathare. Éd. Privat. Toulouse et P.U.F., Paris. 1964

30. E 66 - René Nelli : Réflexions sur le dualisme, le Principe du Mal et l'Éternité du monde dans le Catharisme médiéval. (Cahiers du Sud, n° 387-8) (p.47à51)
- Manifestation du Parti National Occitan, à Montségur, le Dim. 14-08-1966. (p. 68)

33.P 67 - Sefik Beslagic : Popovo-Sarajevo 1966. Stèles et nécropole de Stécaka. Annuaire illustré

34.E67 - Recherches sur la vie religieuse : en pays d'Oc ; Annales de l'IÉO, aut. 1965 (p. 46).

35. A 67 - Cahiers de Fanjeaux : I. St Dominique en Languedoc. 2.Vaudois languedociens et Pauvres catholiques. Éd. Privat, Toulouse. (p.61-4). Déodat ROCHÉ commence son étude par la révélation des circonstances suivantes, bien caractéristiques :

"Disons tout d'abord que je fus invité par M. le chanoine Delaruelle à assister à ces colloques. Empêché par mes occupations d'assister au premier colloque, je m'abstins d'assister aux autres, mon offre d'une communication sur le Catharisme n'ayant pas été acceptée. Quand donc acceptera-t-on un dialogue pour ne pas s'enfermer dans la théologie aristotélicienne de Thomas d'Aquin qui ne permet pas de comprendre la philosophie platonicienne des Manichéens et des Cathares ?" (p.61).

(Ainsi, à Fanjeaux où le couvent de Prouille fut, en 1206, la première fondation du futur Ordre dominicain, bien avant de brûler, à son tour, en 1991, on tenait encore, sept siècles et demi après le viol et le meurtre d'une civilisation, des colloques où l'on refusait d'entendre, ne fût-ce qu'une seule fois, l'ultime porteur de la voix des emmurés vivants et des brûlés vifs.

Et pourtant... en 1967, Déodat ROCHÉ, âgé de 90 ans, mais toujours en possession de son érudition et de toutes ses capacités, était par lui-même un "miracle" bien réel dont l'audition eût été une expérience exceptionnelle pour l'aréopage réuni à Fanjeaux. Alors que les prétendus "miracles" de Dominique, comme ceux du fallacieux "livre incombustible", ou des "épis sanglants", ne sont que des **mensonges avilissants pour la conscience humaine**, destinés à maintenir le peuple dans une superstition néfaste et toujours dangereuse. J. D - NDL'A)

- Louis Palauqui (1888 - 1967), page en mémoire du défunt, et son poème "Pentecôte future"

40. H 68 - Marcel Dando : Les origines du Catharisme. Éd. du Pavillon, Paris. (p.56-7)

- J. Corneloup : D'Alpha à Oméga. La Vie. Éd. Véga, Paris. (teilhardien) (p.57-61)

41. P 69 - Pierre Durban : Actualité du Catharisme. Cercle d'études et de recherches de psychologie analytique. Toulouse-Bordeaux. (p.61-4)

43. A 69 - Joan-Francès Bladé : Contes de Gasconha. (Prumiera causida). Éd. Lo libre occitan. Toulouse, 1966. Présentés en traduction française par Max Roqueta. (p. 71)

46. E 70 - Luciano Montoneri : Le Problème du Mal dans la philosophie de Platon. Revue Sophia. Padoue, Éd. Dott à Milan. Juil-Déc. 1969. (p.63-4)

- Jean d'Arques : La Foi pour tous. Promotion et Édition. Paris 6ème. (p.64-6)

- À Budapesti Egyetemi Könyvtar Kiadvanyai. Éd. Tankönyvkiado, Budapest.1964.

- Catalogue franco-hongrois : bibliographie a/s du Catharisme, du XIVème s. à 1960.

47. A 70 - Au sujet de Louis IX dans le cadre de l'année dite "St Louis". (p.68-71)

48. H 70 - Lettre à M. le Rédacteur de La Revue spirite. a/s de l'article de Émile Moreau sur "L'Église romaine et les Cathares Albigeois" (n° Mai-Juin 1970), du15-6-70.

53. P 72 - Bulletin de l'Institut historique pour les archives du Moyen Âge n°81, Rome 1969.

56. H 72 - Jean-Pierre Dubuc : Histoire du Christianisme Cathare du Ier au XXe siècle. Éd. Croix de Vie, Narbonne. (p.60-2)

59. A 73 - Serge Hutin : Robert Fludd (1574-1637) Alchimiste et philosophe rosicrucien. Éd. Omnium littéraire, Paris. (p.57-69)

66. E 75 - Francois Decret : Aspect du Manichéisme dans l'Afrique romaine. Éd. Études augustiniennes, Paris, 1970. (p. 82-8)

68. H 75 - Autour de Montségur : mise au point a/s de 4 feuillets diffusés.

70. E 76 - Annales de l'École Normale Supérieure de Pise. Planches et Bibliographie. 1975.

72. E 76 - E. Roll : Le Monde des Troubadours et le royaume de la "Minne". Manuscrit allemand confié à D. Roché par l'auteur en visite à l'Estagnol. (p.74-7)

74.E 77 - L'Union. Revue catholique. article de l'abbé Albert Mathieu.

Ce texte est le dernier publié de son vivant, dans les "Cahiers d'Études Cathares", par Déodat Roché, **alors dans sa centième année**. Il relève une "affirmation gratuite" de l'abbé, relative à son "grand âge" :

"...je suis loin d'être « considérablement diminué » car en bonne santé physique et mentale, je continue ma collaboration aux « Cahiers d'Études Cathares ». Seuls mes yeux, qui ont beaucoup travaillé, sont fatigués." (p.81-2)

* * *

On trouvera, ci-après, une suite d'extraits, dans l'ordre, d'un compte rendu bien représentatif de la démarche, rigoureuse et sans compromis, de Déodat ROCHÉ.

René NELLI : **l'Érotique des Troubadours**. Éd. Privat, Toulouse, 1963.Thèse de Doctorat. (CEC. 22) (...)

« M. Nelli sait bien (p.196, note 47). que "l'ancien Manichéisme vénérait la beauté et ne la considérait pas comme l'œuvre du Mal, mais comme un reflet du Bien, emprisonné dans la matière". Mais les Cathares aussi : le corps angélique ou corps de lumière vient du Ciel. "La contemplation de la femme nue", telle qu'elle était souhaitée par certains troubadours, a été une profanation sensuelle de la contemplation pure du corps de Lumière. (...) M. Nelli est amené à "préciser ici rétrospectivement les rapports de l'amour et de l'hérésie". Il affirme que "presque toutes les Dames du Toulousain, de l'Albigeois, du Carcassés, du Comté de Foix, qui accueillaient et protégeaient les troubadours, étaient, à la veille de la Croisade, sinon "parfaites", du moins "croyantes" (p. 229) (...) l'attitude purement chrétienne des Cathares, conforme aux Écritures, n'excluait pas le mariage, mais la concupiscence. On sait d'ailleurs que leur critique portait sur la théorie catholique du sacrement du mariage considéré comme un signe sensible qui possède la puissance de **produire** la grâce et la sainteté (ainsi que tous les autres sacrements). Les Cathares, comme tous les platoniciens chrétiens, et St-Augustin lui-même, admettaient la nécessité de l'acte procréateur, mais voyaient qu'il est inséparable de la concupiscence qui est toujours un mal dont un sacrement ne change pas la nature. (...). Nous rappelons donc que René Nelli n'ignorait pas ceci avant d'élaborer sa thèse de 1946 à 1962, quand en 1945, il publiait aux Éditions de l'IÉO, en les traduisant du catalan du XVe siècle, "**Cinq poèmes d'amour de Jordi de Sant Jordi**". Il voyait en lui "comme le continuateur des troubadours et comme le symbole de l'occitanisme éternel" (p. 5) et il ajoutait (p. 15) : "Il nous plaît que l'amour s'arrête au cœur parce que, quand il descend plus bas, il ne demeure pas tout à fait lui-même". »(...)

D. Roché (1964)

"...le monisme (spirituel), pour expliquer l'être humain, n'a que faire de l'idée d'une création surnaturelle, de même, il n'a pas à expliquer l'ordonnance morale universelle à partir de causes qui ne se trouveraient pas dans le domaine de l'expérience.

La nature morale du vouloir ne trouve pas son explication satisfaisante dans une influence surnaturelle continue (règne de Dieu gouvernant l'univers de l'extérieur), ou dans une révélation historique particulière (octroi des Dix commandements), ou encore dans une apparition de Dieu sur terre (Le Christ)"

Rudolf STEINER, Philosophie de la liberté. (1894)

Sixième Partie

LE DESTIN ET L' ACCOMPLISSEMENT

"Je me dévêts de la poussière qui me couvre, et, purifié, j'offre des aubépines, fleurs blanches et douces, au sage de Kapilavatsou. J'attends, en récompense de ce sacrifice, la foi pure qui soutient dans les épreuves, la volonté pure qui détache des choses terrestres et douloureuses. Le Bouddha au mystique sourire se souviendra de nous, car je lui offre, ce soir, des fleurs aux suaves parfums."

Déodat ROCHÉ (1898)

Chapitre 17

Premiers dons et rencontres

Déodat Roché : une personnalité sous le ciel

Dès le premier été passé auprès de lui à l'Estagnol, en 1961, Déodat Roché m'avait confié ses données de naissance, où l'heure se remarquait : minuit exactement. De retour en Périgord, à la fin août, j'avais tracé son Ciel natal qui, à partir de ce moment, contribua peu à peu à éclairer sa personnalité à mes yeux. En juillet 1965, dans le calme d'un après-midi, notre conversation en tête-à-tête venant à rouler sur l'astrologie, je lui proposai d'examiner son thème natal. Sans hésiter, il accepta avec entrain et ce sourire charmant, teinté d'une légère confusion juvénile qui lui venait, les rares fois où il était question de lui. Il n'avait jamais étudié l'astrologie avec la précision nécessaire pour une pratique véritable. Mais son ample et subtile culture, son étude approfondie de l'anthroposophie qui repose en grande partie sur une connaissance astrologique, lui permettaient de bien percevoir ce que je lui indiquai alors.

Comme je le fais parfois avec des amis proches, à titre de réciprocité dans la confidence, je lui dis, à la fin, un détail de mon propre thème en rapport avec le sien. Après avoir quitté notre banc pour faire quelques pas dans la clairière, il posa affectueusement sa main légère sur mon épaule et me donna son interprétation de ce détail en une phrase brève que "j'entends" toujours... À l'époque, je n'avais pas encore pensé ce qu'il me dit alors. Mais peu à peu, son intuition se révéla exacte et devint une source de confiance, comme un viatique donné, en cet instant heureux, par mon vieil ami. Au cours des dix années que dura notre collaboration terrestre, il eut, en deux autres circonstances comparables, le même geste affectueux — signifiant une proximité particulière dans le moment — exceptionnel chez lui, car tout en étant d'un comportement simple et modeste, il excluait toute familiarité dans le langage et les gestes.

Un jour de 1967, des amis qui avaient un peu dépassé la soixantaine, évoquaient discrètement, sur nos questions, les voyages lointains qu'ils avaient accomplis dans le monde. Monsieur ROCHÉ avait assez peu voyagé, n'étant guère allé, pour l'étranger, qu'au Maroc, en visite à son fils. À la fin de la conversation, il nous dit en souriant : "Pendant ma vie terrestre, je n'ai guère quitté le Languedoc, mais chaque nuit, j'ai voyagé très loin, comme chacun de nous d'ailleurs, jusqu'aux confins du Système solaire !" Devant le silence un peu surpris de l'assistance, il ajouta : "Eh oui, dans le sommeil, nous nous déployons à travers le monde intérieur des astres.... Il m'est arrivé de m'en rendre compte, c'est un magnifique voyage. De la même manière, quand j'étais lycéen à Carcassonne je "revenais" à la maison presque toutes les nuits...

Le samedi 19 juillet 1969, le soir, pour la première fois des hommes devaient se poser sur la Lune. Mis à part l'exploit technique et humain, ce genre d'expérience n'impressionnait pas Déodat ROCHÉ. "Le monde physique est partout de même nature, disait-il, c'est la découverte des forces psychiques à l'œuvre dans le domaine de chaque planète qui révèle quelque chose à l'homme, de son propre mystère. Mais on ne les découvrira pas au moyen de machines ; c'est avec les propres organes de l'âme, lorsqu'on veut bien les éveiller, qu'il est seulement possible d'y parvenir. Notre civilisation fait fausse route en s'égarant dans l'espace et en s'abandonnant à la fascination de la matière, alors qu'elle ignore le mystère des forces qui agissent dans les âmes. Pourtant, ces forces, si elles sont incontrôlées, et subies dans l'inconscience, peuvent provoquer, à travers les masses humaines, les plus épouvantables catastrophes..."

L'évocation de ces quelques circonstances montrera l'accord profond de Déodat ROCHÉ avec la connaissance intérieure et psychique du monde des astres. C'est l'assurance de cet accord partagé qui permet de tenir pour légitime et souhaitable l'exposé de l'écriture céleste concernant notre ami, son destin et son œuvre.

Dans l'étude qui va suivre, le lecteur non informé de l'astrologie ne doit pas se laisser rebuter par les termes spécifiques dont il peut ignorer le sens exact et les implications. La plus grande partie de l'exposé est accessible à tous et le non-spécialiste y trouvera des indications complétant utilement sa lecture de l'ouvrage.

* * *

Au cœur de l'âme...

" *Je pense aux blés coupés qui ne sont pas les nôtres,*
Et dont les épis mûrs font du pain pour les autres. "

Jean RICHEPIN. Le Chemineau (1897)

" *Est-ce un pressentiment ? Ma destinée n'est-elle pas comme la sienne ?*
Je vais toujours, marchant sans fin, sur les eaux de l'Idéal. "

Déodat ROCHÉ. Feuillet personnel (automne 1918)

Au début des années 1960, à L'Estagnol, il est arrivé, à deux ou trois reprises, lors de nos tête-à-tête, au crépuscule, que mon vieil ami murmurât ces deux premiers vers de RICHEPIN. Il évoquait, en ces instants, l'archétype du Chemineau, détaché de tout, allant d'une ferme à l'autre, offrir son travail, et poursuivant sa route après s'être restauré.

Trente ans plus tard, j'ai su, par Madame Cabréra, qu'il avait noté ces pensées, à l'automne 1918, sur un feuillet pieusement conservé au cours du siècle, tout comme cette petite fleur fragile, d'un bleu passé, que j'ai tenue en main, en 1994, avec un sentiment bouleversant de tendresse et de profanation. Sur la carte qui la maintient, de son écriture anguleuse et fine, Déodat ROCHÉ avait écrit :

" Ceci est la fleur cueillie, en compagnie de Marie-Louise, dans l'allée du Moulin, en juillet 1893. "

Cet homme tendre mais secret, qui préserva jusqu'au grand âge un sourire d'enfant timide et pur, était aussi un non-conformiste à tendances “uraniennes” et révolutionnaires. En 1907, à Limoux, alors tout jeune magistrat, il avait refusé de poursuivre les ouvriers, grévistes par misère, et résisté aux pressions du politicien local, député, sénateur cumulard, ministre de Clémenceau et ami de la famille Roché...

Jean RICHEPIN (1849-1926) avait touché son âme par sa compassion pour les humbles hommes, pour les humbles et tendres choses du monde. Son premier Recueil poétique, " La Chanson des gueux ", lui avait valu, en 1876, un mois de prison et cinq cents francs d'amende, de la part de la République des nantis, simplement pour avoir dit la détresse des pauvres.

Offert à l'âme de notre vieil ami, en voici un extrait :

" *Ce chemin est très loin du bourg et des grand'routes.*
Comme il est mal commode, on ne s'y risque pas.
Et du matin au soir, les heures passent toutes
Sans qu'on voie un visage ou qu'on entende un pas.

C'est là, le front couvert par une épine blanche,
Au murmure endormeur des champs silencieux,
Sous cette urne de paix dont la liqueur s'épanche
Comme un vin de soleil dans le saphir des cieux,

C'est là que vient le gueux, en bête poursuivie,
Parmi l'âcre senteur des herbes et des blés,
Baigner son corps poudreux et rajeunir sa vie
Dans le repos brûlant de ses sens accablés.

Et quand il dort, le noir vagabond, le maroufle
Aux souliers éculés, aux haillons dégoûtants,
Comme une mère émue et qui retient son souffle,
La nature se tait pour qu'il dorme longtemps. "

Jean RICHEPIN. Le chemin creux (1876)

Le ciel natal de Déodat Roché (1877-1978 à Arques)

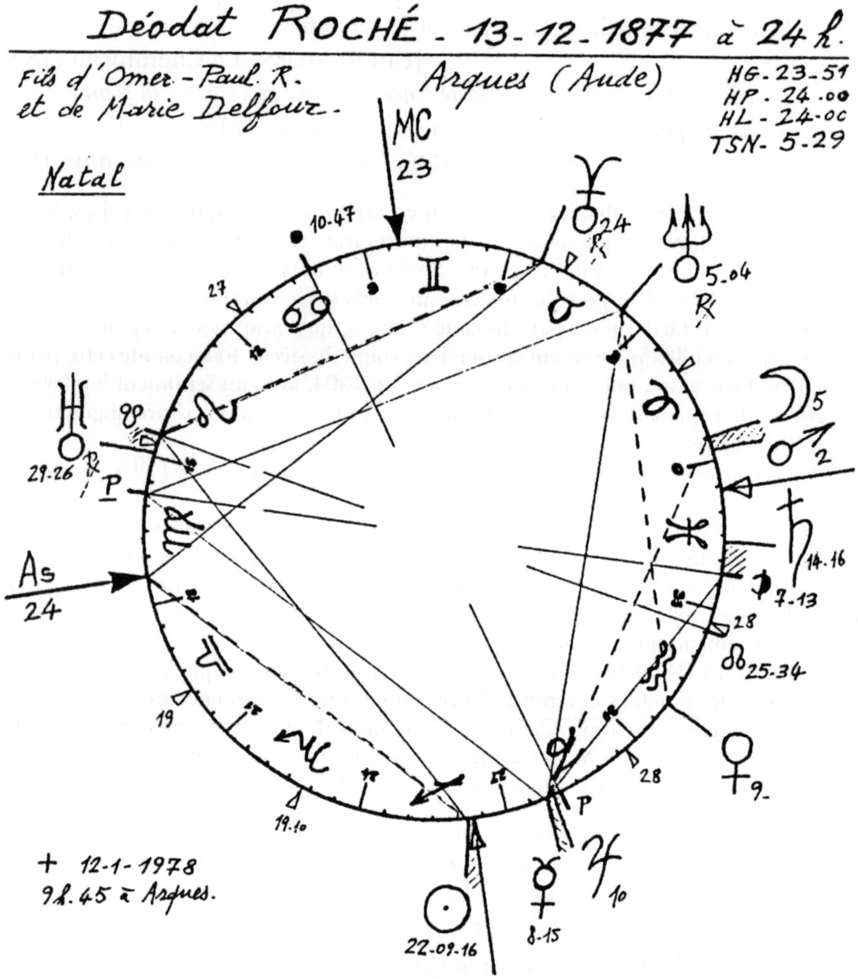

La naissance à minuit place **le Soleil exactement au Fond-du-Ciel** qui exprime, dans le domaine intime de l'âme, ce qu'elle souhaite réaliser par son destin. Cette configuration, fondamentale ici, indique l'orientation introspective de la conscience solaire, dans le registre idéaliste et entreprenant du Sagittaire.

Jupiter maîtrisant le signe du Soleil, conduit aussitôt à ces **valeurs saturniennes** qui vont caractériser la réalisation, par Déodat ROCHÉ, de son idéalisme sagittarien. En effet, Jupiter se trouve dans le signe saturnien du Capricorne, lien encore confirmé par la réception réciproque Jupiter/Saturne, ce dernier étant, à son tour, dans le signe jupitérien des Poissons. La hauteur de vue qui dissipe les illusions, la quête de vérité à travers les structures essentielles du réel, sont du domaine de Saturne et caractérisent la démarche libertaire du natif.

Nous découvrons maintenant **la polarité Saturne/Uranus**, des Poissons au signe de la Vierge où doit, en fait, être considérée la deuxième planète. Contrairement au retrait, voire l'immobilité, saturniens, c'est, avec Uranus, l'élan de la curiosité, de la novation, qui apparaît ; l'impulsivité, la contestation aussi. Ce dynamisme se mettra volontiers au service de l'idéal sagittarien profond d'un philosophe dont la sensibilité manifestait le caractère des deux planètes. Vénus, significateur sensible de premier ordre, se trouve en effet dans **le signe aérien du Verseau**, le plus libéré de la sensualité terrestre, dont la maîtrise appartient conjointement à Saturne et Uranus. Le face à face affirmé de celles-ci équilibra leurs tendances dans ce qu'elles auraient pu avoir d'excessif et, en outre, **le signe rationnel et méthodique de la Vierge** disciplina les excentricités uraniennes.

Ainsi, nous en venons à l'importance du signe de **la Vierge à l'Ascendant**, et de celui des **Gémeaux pour le Milieu du Ciel**, caractérisant principalement le natif lui-même pour le premier, et les circonstances de sa destinée pour le second. L'unité, l'harmonie entre la personnalité de Déodat ROCHÉ et son destin, s'expriment dans le fait qu'une seule et unique planète : Mercure, maîtrise ces deux signes. Sa conjonction avec Jupiter, en Capricorne, refermant la chaîne des significateurs précédemment examinés, traduit, chez cette personnalité, **la cohérence** qui lui permit d'accomplir une œuvre importante et originale. Les deux signes mercuriens favorisèrent l'activité intellectuelle et littéraire mise au service de la vie juridique avec Jupiter et le Sagittaire, et l'érudition dans le domaine du Catharisme avec Saturne, et Vénus en Verseau.

L'importante conjonction Lune-Mars, dans le signe martien du Bélier, révèle la combativité et l'énergie mises par le natif au service de la cause — si longuement et injustement défigurée — qu'il défendait. Cette vigueur prit parfois un tour — bien compréhensible — mais excessivement polémique, vis-à-vis d'auteurs contemporains, dont la diffusion des thèses de Déodat ROCHÉ put se ressentir. Le carré dissonant de Lune-Mars avec Mercure-Jupiter révèle cet obstacle.

Enfin, il convient de remarquer **la présence de Neptune et Pluton**, planètes "mystique" et "initiatique", dans les Maisons VIII (la métamorphose initiatique) et IX (la contemplation philosophique), en signe de Terre du Taureau, persévérant et raisonnable, qui manifeste le bon sens que Déodat ROCHÉ garda toujours au long de ses explorations des expériences et des doctrines ésotériques, où le meilleur peut côtoyer le pire. Ce bon sens, à l'égard des risques de l'irrationnel, est confirmé par le trigone, dans les signes de Terre, de Mercure-Jupiter à Neptune, fermé en Vierge sur le Périgée P du Grand-Axe lunaire, significateur de la vie psychique du natif et axe de symétrie de tout le dispositif planétaire. **La position-clé de ce Grand-Axe** complète la configuration solaire au Fond-du-Ciel pour indiquer la prééminence de la vie intérieure et de la quête spirituelle, dans la manière dont le natif conduisit sa vie et ses travaux.

La cohérence de la personnalité avec son destin, le bon sens métaphysique dont nous venons de voir l'indication, favorisèrent un labeur, certes plutôt solitaire du fait de la dominante saturnienne, mais efficace et courageusement assumé. Ainsi, par exemple, Déodat ROCHÉ fut son propre éditeur pour les "**Cahiers**" et l'essentiel de ses livres. Cette cohérence, cette fermeté intérieure frugale et terrienne, contribuèrent assurément à la longévité de ce philosophe pratiquant, chez qui la présence de l'esprit du Catharisme s'exprimait à travers les valeurs du Sagittaire et du Capricorne, dans les forces d'Uranus et Saturne. Par son exigence intellectuelle et morale d'interpeller, quant au fond, l'insondable énigme du Mal, dès qu'il est question de Dieu, ce révolutionnaire uranien rejoignait, avec le Catharisme médiéval, **la grande pensée dualiste** assez courageuse pour arracher le masque du Maître d'un monde charnel, dont le désir aveugle et brutal, le meurtre et d'effroyables fléaux naturels sont les ressorts essentiels. Ne pas tomber dans leurs pièges fut le but de toute Sagesse saturnienne dans sa quête d'une pureté dont l'essence n'est autre que liberté spirituelle. L'élan du Sagittaire — **où l'homme émerge de la bête** — depuis le fond de son Ciel, s'est naturellement reconnu, chez Déodat ROCHÉ, dans celui des Cathares, convaincus d'assumer par leur métamorphose héroïque et souvent terrible, une deuxième création — spirituelle — de l'homme par lui-même, et d'un monde de lumière où le Mal n'aurait pas de part.

NB : On trouvera une deuxième étude du Ciel natal de Déodat ROCHÉ, beaucoup plus détaillée, suivie d'une analyse astrologique approfondie de son plan de vie, dans un autre ouvrage de l'auteur, à paraître prochainement.

Les compagnons de vie

Le chemin vécu, précédemment esquissé, montre ce que Déodat ROCHÉ devait à ses deux parents qui le reçurent sans l'avoir délibérément appelé, comme "un enfant de l'amour", selon l'intuition populaire. À la tradition des notables et à l'aisance de la famille paternelle, il dut d'échapper aux servitudes terriennes d'alors. Son père lui fit le don inestimable d'une ouverture précoce à la vie de l'esprit, à l'amour de la vraie liberté, tout intérieure, et à la quête jamais achevée, de la sagesse. Les dons d'Omer-Paul ROCHÉ à son fils furent clairement signifiés dans l'instruction qu'il donna lui-même à l'enfant, dans leur correspondance affectueuse et culturelle à la fois, dans le cursus universitaire où il engagea et soutint le jeune homme et qui porta le petit villageois, venu du cœur des Hautes-Corbières, au niveau de la plus haute culture de son temps.

L'apport de la mère, discret et plus diffus, n'en eut pas moins d'importance. La ressemblance physique avec son fils — frappante sur les photographies — dans les traits du visage et la minceur élancée de la silhouette, traduit une similitude dans le tempérament porté à l'existence modeste, plus qu'à la manifestation sociale. Déodat ROCHÉ ne ressemblait pas à son père, plus court de taille, de corpulence assez forte, mais au caractère plus sociable, qui resta un élu, Maire et Conseiller, durant plus d'un quart de siècle et jusqu'à sa mort. À cette mère, qui vécut silencieuse et retirée, il devait son goût de la vie simple et méditative, qui lui fit couronner son existence par l'ermitage rustique de l'Estagnol. D'ailleurs, le véritable accomplissement — tardif selon la modalité saturnienne — de Déodat ROCHÉ, commença en 1947, avec la publication de son ouvrage complété "**Le Catharisme**", lorsqu'il se fut définitivement réinstallé à Arques.

Avec sa confortable retraite de magistrat, sa surprenante jeunesse physique, et la jeune épouse possible qui s'offrait à lui en 1940, il aurait pu mener l'existence raffinée d'un bourgeois cultivé dans une de ces grandes cités occitanes qu'il connaissait bien : Toulouse, Béziers ou Narbonne... Il vint, au contraire, se retirer en ermite dans la vieille et inconfortable maison familiale, pour méditer, solitaire, à cette place même que sa mère venait de quitter au pied de l'âtre. Les longues soirées silencieuses des rudes hivers de six mois sur les Hautes-Corbières ne l'effrayaient pas. Et ce fut là, sans témoin, qu'il prolongea d'un quart de siècle les méditations secrètes de la défunte, veuve quarante années durant, cependant que les vents glacés descendus de la Montagne Noire et du Bugarach, gémissaient interminablement sous le manteau de la grande cheminée rustique.

Lorsque l'on a connu Déodat ROCHÉ à l'Estagnol, vers la fin de sa vie, s'accommodant de conditions d'existence primitives et rudimentaires, se présentant avec une modestie et une simplicité totales — qui, cependant, n'excluaient jamais la dignité — il faut un effort pour imaginer que le même homme fut

Président du Tribunal de Béziers et se montra, jadis, sous les élégantes apparences dont témoignent ses photographies du début du XXe siècle...

S'il garda toute sa vie durant — avec toutefois un certain affaiblissement à partir de 1963 — l'élan philosophique et libertaire éveillé en lui par son père, Déodat ROCHÉ manifesta, à partir de 1947, cette résurgence de la vie des origines, de l'univers maternel qui, tout naturellement, se fait sur le dernier versant de l'existence. Cette complémentarité de la solidité philosophique et de la simplicité paysanne, chez une individualité spirituellement affirmée, était particulièrement attachante pour tous ceux qui estiment et recherchent la sincérité authentique. Elle fut, pour cette raison même, largement incomprise et méprisée par les arrivistes et les exhibitionnistes en tous genres qui sévissent dans les milieux "catharisants" et "anthroposophants"...

Ainsi, les deux premières "rencontres" humaines que fit Déodat ROCHÉ, en cette vie, celles de ses deux parents, furent à l'évidence les plus importantes et, probablement, les seules qui contribuèrent véritablement à son accomplissement personnel. Les autres lui furent seulement plus ou moins utiles, soit pour l'aider prosaïquement dans ses travaux, ou pour l'encourager et baliser un itinéraire dont il portait les orientations essentielles au plus profond de son être.

Pendant sa vie d'étudiant, vers 1897 et même avant, Déodat ROCHÉ rencontrera les personnalités marquantes des organisations spiritualistes et occultistes de l'époque. Il traversera ces mouvements pour les éliminer de sa vie progressivement, les uns après les autres. Seule, la franc-maçonnerie, dont il se distance en 1923, restera dans sa destinée.

Concernant Rudolf STEINER, sa rencontre principale fut avec l'œuvre qui clarifiait, organisait et rationalisait l'ensemble des doctrines théosophiques foisonnant depuis le dernier quart du XIXe siècle. Mais, si Déodat ROCHÉ, toujours modeste bien que ferme sur ses convictions, ne cherchait jamais à impressionner quiconque, il ne se laissait guère impressionner. À plusieurs reprises, il me parla de ses entretiens avec Rudolf STEINER : il en ressortait clairement qu'il n'avait pas été subjugué personnellement par un homme qui, ordinairement, fascinait beaucoup de monde. Sur ce dernier point convergent tous les témoignages des contemporains qui ont approché Rudolf STEINER, sans être eux-mêmes inféodés au mouvement anthroposophique, par exemple : Nicolas Berdiaev, Andréi Biély, Franz Kafka, Maurice Maeterlinck ou Stefan Zweig. De son côté, Monsieur ROCHÉ, tout en gardant une profonde admiration pour l'œuvre et la personne de STEINER, ne versa jamais dans l'idolâtrie dont ce dernier fut accablé par nombre de ses fidèles inconditionnels, et continue de l'être par certains de leurs successeurs.

Dans un registre plus modeste, mais aussi plus intime et tout à l'honneur de Déodat ROCHÉ, il convient de souligner l'amitié élective qu'il porta, dans sa jeunesse, à François CANAVY. Ce jeune homme, né dans une famille bourgeoise, fortunée, très catholique, rejeta, à la fin de son adolescence, le catholicisme conventionnel des siens et leurs valeurs conformistes. À son tour, il fut rejeté par sa famille et connut simultanément la gêne matérielle et la maladie. Il mourut prématurément, de tuberculose ganglionnaire, alors qu'il était jeune marié. Déodat ROCHÉ prit sa défense et signifia même à la famille du jeune homme qu'elle s'exposait à des poursuites judiciaires si elle persistait à refuser assistance à ce fils dans la détresse. En 1921, il réalisait, à la mémoire du défunt une brochure intitulée : "**Mon ami François Canavy**". Ainsi, la première publication de Déodat ROCHÉ fut consacrée au souvenir d'un ami, victime, encore à notre époque, de l'intolérance sectaire générée par l'Église romaine.

D'autres amitiés, bien sûr, accompagnèrent la longue carrière du magistrat philosophe, comme celle de Louis Palauqui, premier compagnon à Montségur. Mais aucun de ces amis, du fait des distances diverses, des servitudes de l'existence et surtout de l'âge, ne fut réellement présent pour collaborer, à partir de 1947, à l'œuvre essentielle du Directeur des "**Cahiers**". Lorsque vint le tardif moment de fonder les "Études Cathares", les amitiés solides qui naissent au cours de la jeunesse ne purent donc être présentes.

Certes, une fragile base sociale avait été posée, pour un tel travail, en 1937, par Maurice MAGRE fondant les "Amis de Montségur". Mais ceux qui l'avaient suivi ne possédaient pas le génie du poète philosophe disparu peu après, en 1941... Fort peu, sinon aucun, étaient en mesure de maintenir l'étonnant équilibre entre une quête de la pure liberté et l'adoration païenne des sensuelles divinités, que l'auteur de "**La beauté invisible**" avait tenté dangereusement.

Depuis longtemps, Déodat ROCHÉ n'avait plus d'illusion sur une large part du public, constituant les milieux occultisants. Dès la fin du XIXe siècle, il s'était trouvé dans des réunions spirites où, dans l'obscurité, l'assistance formait la chaîne des mains autour d'une table. Lorsqu'il avait perçu un chatouillement au visage, censé annoncer l'incorporation d'une entité désincarnée, un geste vif de sa main lui avait permis d'intercepter un plumeau léger fixé à l'extrémité d'un double mètre manœuvré par un mystagogue bricoleur... "Ne coupez pas !", lui avait-on intimé avec autorité... La même mentalité, qui fut celle de H-P Blavatsky pour la création de la Société théosophique, régnait souvent autour de Montségur. Aussi, au début des années 1940, Déodat ROCHÉ, inaugurant sa relation avec René NELLI, affirmait-il la nécessité d'une "catharsis" des "Amis de Montségur"... Nécessité bien réelle, comme il s'avéra par la suite... NELLI était un intellectuel, un homme de culture qui s'intéressait sérieusement à l'histoire et la littérature occitanes, au Catharisme surtout. Une vingtaine d'années durant, il le fit d'ailleurs dans une tonalité philosophique accordée à celle du maître d'Arques lequel, bien naturellement, accepta cette collaboration qui se proposait de la part d'un homme jeune qui était aussi son élève au titre du Catharisme. Par la suite, cette collaboration faiblit avant de se rompre en 1962, nous l'avons vu.

À l'époque de cette précédente et problématique confluence de destins, s'esquissa, en contrepoint, au début de 1941, ce qui aurait pu être, pour Déodat ROCHÉ "la grande rencontre de sa vie" comme elle le fut, de son propre aveu, pour Gustave THIBON. Simone WEIL, on le sait, se mit en rapport avec l'auteur du "**Catharisme**", sans pouvoir le rencontrer du fait du malheur des temps... Trois ans après, au plus sombre de la guerre, cette jeune femme encore pleine de vie en 1940, mourait, intérieurement consumée par l'intelligence, la passion spirituelle et le spectacle universel du Mal à l'œuvre dans le monde... Aujourd'hui, il est clair que Simone WEIL fut une des grandes figures prenant place, au XXe siècle, dans le courant cathare, en donnant à ce mot la plénitude de son sens universel et intemporel. Le Destin voulut qu'elle adressât un signe à Déodat ROCHÉ qui le toucha profondément, mais ne permit pas que s'établît entre eux une collaboration dont on ne peut être qu'impressionné à seulement entrevoir ce qu'elle aurait pu devenir...

À ce point, il faut constater que Déodat ROCHÉ devait rester très seul, en fait, de sa famille spirituelle, au long de son aventure des "Études Cathares". Et pourtant, le moment venu, il fut bien obligé de travailler avec les collaborateurs qui se présentèrent... Ainsi, les premiers Congrès, les "**Cahiers**", puis la "Société d'Études Cathares", se fondèrent-ils, entre 1948 et 1950, avec l'assistance de René NELLI et de Fanita de PIERREFEU. L'ascète érudit du Catharisme se trouvait, d'emblée, flanqué par le monde universitaire d'un côté, l'ostentation mondaine à la culture superficielle, de l'autre.

Dans ce contexte, potentiellement porteur, dès l'origine, d'une forte part des difficultés à venir, une lumière discrète vint, en 1949, cheminer fidèlement auprès du fondateur des "Études Cathares", tant qu'il voulut bien ne pas la décevoir. Simone HANNEDOUCHE était, en réalité, la seule collaboratrice sincère et désintéressée, en harmonie spirituelle véritable avec Déodat ROCHÉ, lorsque nous fîmes leur connaissance en 1961. Bien plus qu'à toute autre personne, ce dernier portait une grande estime à cette amie. De même, se confiait-il à elle et tenait-il compte de ses avis, mais jusqu'à un certain point cependant, au-delà duquel il gardait ses opinions et arrêtait ses décisions de manière solitaire. Il y avait, chez Simone HANNEDOUCHE, un côté rêveur et résigné, malgré sa lucidité. Aussi, en dehors de quelques vives réactions ponctuelles, se comporta-t-elle le plus souvent en auxiliaire obéissante plutôt qu'en partenaire soutenant son point de vue dans les prises de décision. Son univers était tout intérieur, elle y vivait dans une mythologie idéaliste et morale, d'une réelle valeur symbolique, tissée à partir du corpus anthroposophique et des archétypes de la littérature française, surtout médiévale et classique. **L'incarnation sociale des valeurs spirituelles** qui fut, sa longue vie durant, le but de Déodat ROCHÉ, malgré ses maladresses irréalistes et les embûches disposées par le Destin, était, au fond, étrangère à Simone HANNEDOUCHE à propos de qui il faut bien parler, dans ce domaine, de passivité.

De son côté, Mme V... dissimulant au mieux sa véritable nature, et cachant son "jeu", n'avait qu'un seul but : recueillir, le moment venu, la "succession" des "Études Cathares" et se parer de leur prestige. Elle connaissait depuis suffisamment longtemps la vivacité du caractère de Déodat ROCHÉ et les méfiances secrètes qu'il pouvait nourrir, pour savoir éviter de le contrarier sur l'essentiel. S'efforçant de paraître s'adapter à ses initiatives, elle s'appliquait à les utiliser au profit de son projet, en un parcours sinueux qui, sous couleur de complaire à Monsieur ROCHÉ, permettrait de mettre progressivement la main sur l'ensemble de ce qu'il avait organisé.

Seule, Simone HANNEDOUCHE eût été en situation de se poser en vis-à-vis, reconnu par Déodat ROCHÉ, pour éclairer ses orientations concernant les deux Sociétés. Elle le fit parfois, faiblement et sporadiquement ; mais, pour l'essentiel, elle n'en avait certainement pas la capacité et ne sut pas le faire efficacement. Dès lors, notre vieil ami dériva dans l'irréalisme que l'on a vu au sujet de la transmission de son œuvre.

Sans doute, n'avait-il pas l'art de retenir les collaborateurs de qualité, mais il faut aussi reconnaître que le Destin ne lui accorda guère la grâce de les placer sur son chemin. Son propre fils, qu'il avait appelé pourtant de ses vœux, fut une incontestable déception. Lorsqu'en 1929 une nouvelle institutrice vint à Arques, assurant par la suite le secrétariat de Mairie, alors qu'il était Maire, il n'eût pas été très difficile que se présentât là une âme plus claire...

Déodat ROCHÉ, lui, était sincère. Parmi les arrivistes ménageant la puissance catholique qu'il connaissait bien, il ne joua jamais le jeu de l'arrivisme, mais il fut, en réalité, très seul, pour cela même. Depuis, certains se sont ligués pour éliminer son œuvre, effacer son souvenir, après, souvent sans le dire, avoir utilisé ses travaux.

Dès 1952, sa solitude familiale l'amena à s'assurer les services de Madame Clémentine CABRÉRA comme "servante-secrétaire" selon son expression, et l'on peut dire, gouvernante à partir de 1972 lorsqu'elle s'installa, avec sa famille, dans la maison de Monsieur ROCHÉ. Celui-ci bénéficia ainsi, un quart de siècle durant, des services quotidiens, puis des soins attentifs, jusqu'à sa mort, de cette femme intelligente, dévouée, active et soigneuse dans son travail. En retour, elle reçut l'assurance de l'emploi, bien rémunéré par Monsieur ROCHÉ et, en viager, la totalité de son patrimoine.

À la fin de sa vie, Déodat ROCHÉ donna par écrit à deux personnes le droit d'éditer ses œuvres. En particulier, il insista pour que l'on republiât au moins ses "**Études Manichéennes et Cathares**". Trente ans après, ce n'est toujours pas fait... Et pourtant, la somme à investir pour rééditer au moins les deux livres essentiels : "**Études Manichéennes...**" et "**L'Église romaine...**", serait infime, pour ces personnes ; d'autant plus que cet investissement, loin d'être à fonds perdus, se récupérerait largement, et avec fruit, car les livres de Déodat ROCHÉ se vendraient régulièrement sans problème. Chez les bouquinistes, les rares exemplaires qui sont proposés s'enlèvent à des prix élevés.

Aujourd'hui, il apparaît ainsi qu'au lieu de fonder la S.A.R.L d'Éditions, lourde machine grevée de charges et d'impôts avant d'avoir édité quoi que ce fût, sa longue expérience aurait dû suggérer à Déodat ROCHÉ d'assurer par une donation notariale, à une personne qu'il aurait choisie, la possibilité d'éditer ses ouvrages avec obligation de le faire. Dans l'immédiat, et ceci eût été la solution la plus sûre, il aurait pu aussi consacrer une partie de ses économies à l'édition d'un stock significatif de ses livres que l'on n'aurait pas manqué d'écouler après sa mort, assurant ainsi une transition susceptible d'entretenir des rééditions ultérieures. Mais, avec la S.A.R.L, Monsieur ROCHÉ espérait que les associés apporteraient des capitaux, alors que lui ne fit qu'un apport en nature de livres et n'investit aucune liquidités. Il était visible qu'il voulait réserver ses économies par souci de son avenir ; et surtout, celles-ci devaient se réduire à peu de chose, bien qu'il eût perçu, un quart de siècle durant, une pension confortable de retraite, tout en vivant dans la plus grande simplicité matérielle.

Ailleurs, et c'est moralement pire, Déodat ROCHÉ sert d'effigie sur laquelle on piétine pour tenter de se rehausser. Là, son œuvre est simplement "cannibalisée". Pour un certain genre de personnes, si l'intérêt matériel compte, ce qui prime réellement c'est la vanité et l'affirmation, même fallacieuse, de leur ego. Telle a publié "son" livre sur le Catharisme chez un éditeur polygraphe qui fait dans la publication d'un nombre immense d'ouvrages de second ou... quatrième ordre, à faibles droits d'auteur, dont il peut ne vendre qu'un tirage limité tout en gagnant sa vie sur la multiplicité des titres. Il suffit de comparer sa table des matières avec celles des livres de Déodat ROCHÉ, pour commencer à comprendre qu'elle a pillé cyniquement l'œuvre de notre vieil ami, et l'a remise, caricaturée, en circulation sous son nom. Dès lors, on imagine aisément que ce n'était pas elle, dans ces conditions, qui aurait publié les livres originaux dont la simple présence dénoncerait son plagiat...

En 1956, on l'a vu, le Destin fit apparaître Monsieur P... et sa famille, en réponse à l'appel de Déodat ROCHÉ, mais ce fut un "don" pour le moins ambigu. Dès les premières années, à propos du Camp d'été, P... déclarait à son collègue

Pierre PAGÈS : "Tu comprends, on ne peut pas travailler pour rien !..." Et pourtant, si, à l'Estagnol tout le monde a "travaillé pour rien", à commencer par Déodat ROCHÉ ; pour rien… sinon pour l'amitié, la conviction et l'espoir. Tout le monde… sauf P… qui avait tout de suite flairé la possibilité de monter là une "affaire" familiale, sous le couvert et aux dépens de Monsieur ROCHÉ, un idéaliste affaibli par l'âge qu'il ne serait pas difficile de manœuvrer, pourvu que l'on fît fonctionner son Camp. De plus, P… avait repéré, dans ce village reculé, de braves gens qu'il pourrait aisément exploiter : Monsieur B… et son épouse, boulangers qui travaillaient à l'ancienne mode, à la main et en chauffant au bois leur vieux four rustique. P… l'approvisionnait en farine biologique, rare au début des années 1960 et lui faisait façonner, en gros, un excellent pain complet qu'il revendait au triple à Carcassonne, dans le magasin — officieux — de produits biologiques tenu par ses soins, en "biaisant" avec son statut de fonctionnaire. Ce commerce fructueux pour P… dura plus de vingt ans, jusqu'au cours des années 1980. À l'automne 1993, Madame et Monsieur B…. me parlèrent à cœur ouvert de cette amère expérience dont ils finirent par décider l'arrêt lorsqu'ils eurent la certitude que le tarif d'achat imposé par P…, non seulement les faisait travailler dur pour rien, mais, tout compte fait, leur faisait perdre de l'argent. De plus, au long de ces vingt années, ils avaient dû continuellement lutter pour, simplement, se faire payer. Chaque semaine, P… venait charger une fourgonnette de pain, mais il payait le plus tard possible. "Il a toujours fini par me régler sa dette, me dit Monsieur B…, mais continuellement avec des mois de retard, et après que j'eusse réclamé jusqu'à en être fatigué. Souvent, il ne me payait qu'après des cinq et six mois. Ainsi, je me suis rendu compte que, pendant vingt ans, il a fait travailler à son profit un capital de plusieurs mois de production qui, en réalité, m'appartenait." Comme je lui demandai alors pourquoi il n'avait pas menacé d'arrêter, je compris à l'air de ce brave honnête homme, que cette fourniture régulière l'aidait bien à tenir, dans cette commune de deux cents habitants, et que P… n'était pas en peine, à l'époque, de trouver dans un autre village en cours de dépeuplement, un autre artisan angoissé par la diminution de ses pratiques… La boulangère, brave femme de cœur, que l'évocation de ces souvenirs difficiles révoltait encore, eut le mot de la fin : "De s…. gens, tenez, je vous le dis comme je le pense !..." Avec ces personnes, Déodat ROCHÉ, non plus, n'avait pas été favorisé par le Destin.

À Montségur, il avait connu Pierre LIENHARD qui venait régulièrement chez Fanita de PIERREFEU et s'intéressait, à sa manière, au Catharisme. Il était, de plus, lié professionnellement à l'Anthroposophie, dans les mêmes conditions que Gérard KLOCKENBRING. Nous avons vu pour quelles raisons, en 1963, Déodat ROCHÉ fonda, sur les deux hommes, des espoirs sans lendemain afin qu'ils l'aidassent à maintenir son œuvre destinée à rendre justice au Catharisme.

À lui qui a tant fait, sans arrière-pensée, pour faire connaître l'Anthroposophie et ses annexes dans le Midi, jusqu'au point de faire suspecter son propre travail d'historien et de philosophe, il ne fut pas accordé de réciprocité… Ce qui n'empêcha pas d'utiliser la substance de ses travaux.

* * *

- *On s'est connu, dans les temps.*
  Voilà vingt ans.
  On coupait les blés.

- *J'ai fait tant de moissons !*

- *Tiens ! C'est toi qui menais, avec ta chansonnette…*

- *Je mène ainsi partout.*
  Vingt-deux ans ! C'est dans ce pays-ci…
  Oui, je le reconnais à présent. Vous aussi.

- *Mais tu n'as plus, toi, ton air guilleri*
  De tout à l'heure. À quoi penses-tu donc ?
- *Je pense aux blés coupés que nous coupions ensemble.*
- *À quoi penses-tu donc encore d'attristant ?*
- *Je pense aux blés coupés qui ne sont pas les nôtres,*
  Et dont les épis mûrs font du pain pour les autres.

Jean RICHEPIN (1897)*

"Est-ce un pressentiment ? Ma destinée n'est-elle pas comme la sienne ?
Je vais toujours, marchant sans fin, sur les eaux de l'Idéal."

Déodat ROCHÉ (1918)

*** Le chemineau** : drame rustique d'inspiration romantique, en trois actes. Fasquelle, éditeurs, Paris 1897. Acte troisième, scène IX.

"Tant que les géologues, pour expliquer l'état actuel de la terre, parlaient de révolutions imaginaires, leur science piétinait dans les ténèbres. Mais, dès qu'ils commencèrent à examiner les phénomènes terrestres actuels, ils purent en déduire le passé et établir une connaissance bien fondée. La philosophie restera dans le vague tant qu'elle postulera toutes sortes de principes premiers tels que l'atome, le mouvement, la matière, la volonté, l'inconscient. Pour atteindre son but, le philosophe doit accepter de prendre comme point de départ ce qui est le plus récent. Or ce dernier résultat de l'évolution universelle, c'est **la pensée.**"

Rudolf STEINER (1893)

Chapitre 18

Découverte de l'Anthroposophie

Dès l'adolescence — il l'exprima dans sa correspondance et ses premiers écrits — le jeune Déodat ROCHÉ prit conscience des réalités qui demeurèrent les piliers de sa longue existence. Il comprit très vite que les forces naturelles agissent puissamment sur nous, à travers les désirs et les passions, afin de nous intégrer, en tant qu'organismes, dans le grand cycle cosmique, sans égard pour la naissance et le développement de **l'humanité véritable** dans nos personnes. Il sut, alors, que cette naissance, c'est à nous qu'il appartient de la vouloir, de nous en préoccuper, de l'assumer, et non pas à la Nature... La nécessité de se libérer de l'asservissement sensoriel et sensuel pour ne pas rester une "chose biologique", mais devenir un "être", lui apparut d'autant plus aisément que son père lui avait fait connaître la sagesse stoïcienne et celle du Bouddhisme. Il s'était ainsi convaincu de la réalité spirituelle de l'être humain, exilé dans le monde matériel, mais dont la véritable patrie est un univers accessible à sa seule intuition. Il s'aperçut que les aspirations les plus nobles et les idéaux humains les plus élevés, conduisent à cet univers supra-sensible, alors qu'ils ne peuvent jamais se réaliser pleinement dans le monde terrestre où les obstacles du Mal se dressent partout devant eux.

En ouvrant les yeux sur sa patrie occitane, l'enfant avait découvert les gestes d'angoisse pétrifiés des ruines grises dressées sur les hauteurs des Corbières, et entendu le vaste cri silencieux de la douleur muette qui roulait de l'une à l'autre depuis bientôt sept cents ans. Le lycéen vit à Carcassonne les cachots de l'Inquisition, et l'étudiant, les cercueils de pierre découverts récemment, où l'on emmurait vivants, au XIIIe siècle, des malheureux qui persistaient simplement à penser à leur manière. L'enfant connut l'histoire atroce du martyre de son village, au temps de la croisade... Il découvrit ainsi la présence du Mal, à l'œuvre dans le monde et dans les actes des hommes. Mais l'Église romaine, qui en fut l'agent avec un zèle si pervers, niait cette existence objective du Mal, pourtant désigné dans le Nouveau Testament, et prétendait, par le péché originel, en faire la faute unique de l'homme. Omer-Paul ROCHÉ avait découvert cette imposture, très jeune, et douloureusement ; son fils en poursuivit l'examen et reconnut le courant évangélique assurant la continuité de l'inlassable quête spirituelle des hommes

Venue de l'Antiquité, la sagesse des anciens Mystères, inspirant le Platonisme, avait ressurgi christianisée dans la Gnose et l'œuvre de Manès, pour réapparaître en partie, dans le Catharisme, avant d'être physiquement écrasée par le totalitarisme brutal de Rome. La pseudo-religion, réduite à l'état d'instrument de pouvoir, imposée par la papauté, ses fanatiques et les profiteurs de son Église, réussit peu à peu, dans le monde occidental, à tarir la spiritualité vivante sans laquelle il ne saurait exister de véritable civilisation. À la fin du XXe siècle, les résultats de cette stérilisation culturelle sont évidents sur une planète soumise à la dictature sous-humaine de l'économisme sans âme.

Dès le XVe siècle, un rationalisme réducteur et matérialiste avait entrepris la lutte contre la tyrannie et le dogmatisme romains. En cette fin du XIXe siècle, il triomphait dans un scientisme matérialiste et un développement technologique aussi brutal que le fut l'hégémonie cléricale, en produisant des bouleversements sociaux générateurs de formes nouvelles de misère, d'oppression et de déracinement pour les humbles.

Par le Platonisme et la Gnose, Déodat ROCHÉ avait acquis la certitude des existences humaines successives, nécessaires pour que se formât peu à peu l'être humain véritable et spirituel. À la différence du Bouddhisme qui propose de se libérer au plus vite de l'enchaînement à un monde de souffrances, cette sagesse occidentale, qu'il avait retenue, lui affirmait la nécessité momentanée de l'incarnation individuelle et de la vie sociale pour que soient possibles l'évolution et l'accomplissement de l'humanité. Le juriste-philosophe connaissait la valeur spirituelle et libératrice de la méthode scientifique, participant à dégager, depuis quatre siècles, l'humanité occidentale de la cruelle tyrannie des croyances fanatiques et fallacieuses. Mais il savait aussi que la plupart des tenants de cette méthode s'étaient fermés — par un rejet irrationnel, à leur tour — à cette part invisible de l'univers où seule, pourtant, l'être humain peut approcher la connaissance de sa nature et de sa destinée.

Il est significatif qu'après l'hommage rendu à François CANAVY, le premier ouvrage publié en 1922 par Déodat ROCHÉ soit : "**Méthode critique et idéal laïque**". Il tient à affirmer d'abord la nécessité d'une méthode de recherche rigoureuse et exigeante, refusant tout ce qui n'est pas vérifié, comme idéal universel, acceptable par tous les hommes, en dehors des croyances, religieuses ou autres, fondées sur des choix subjectifs ou prétendument révélés.

Dès les premiers siècles de notre ère, la Gnose, réunissant la force spirituelle nouvelle du christianisme et celle de la philosophie grecque nourrie de sagesse égyptienne et orientale, s'efforça de comprendre l'archétype du "Christ" et la nature de l'être humain dans l'économie spirituelle **du monde invisible des causes**. Au début du XXe siècle, Déodat ROCHÉ vit, dans ce courant culturel, la manifestation historique la plus proche de son idéal moral et scientifique. Aussi participa-t-il au début de l'Église Gnostique fondée par Jules DOINEL, lorsqu'il espéra qu'elle pourrait contribuer à la manifestation d'une véritable connaissance spirituelle offerte à tous. Bien vite, il s'aperçut de l'archaïsme formel où retombaient les dirigeants : théologie hétéroclite, liturgie compliquée imprégnée de spiritisme, soucis de préséance dans une hiérarchie plus fournie que les rangs des fidèles, costumes sacerdotaux et titres ronflants... Soixante ans plus tard, il devait me dire : "Lorsqu'avec mon père, nous avons vu qu'il fallait porter des robes, des mitres et des croix, nous avons dit : on ne peut plus faire cela à notre époque !.. C'est alors qu'il entra dans la franc-maçonnerie, comme l'avait fait Jules DOINEL en 1884. Déodat ROCHÉ pensait y retrouver la tradition manichéenne, associée à une libre recherche moderne, de caractère scientifique. Mais, si cette institution était mieux organisée que la précédente, il n'y trouva pas satisfaction cependant, surtout dans l'ordre d'une connaissance spirituelle.

Lorsque l'on a connu l'ancien évêque Gnostique S.G. Theodotos, puis "Vénérable" et même "Inspecteur" du Grand Orient de France, lorsqu'on l'a connu en 1961, et sa liberté spirituelle d'alors, sa hauteur de vue, son détachement à l'égard des institutions humaines à prétentions initiatiques, on est enclin à s'étonner qu'il ait pu se lier — fût-ce brièvement — à des organisations plus "théâtrales" que réellement ésotériques. Mais il faut penser qu'il n'avait, à l'époque, guère plus de vingt ans et qu'il est bien naturel qu'un jeune homme collabore avec ses contemporains, tels qu'ils sont, dans le domaine de recherche qui est le sien. D'ailleurs Rudolf STEINER, lui-même, reste dans la Société Théosophique jusqu'à l'âge de cinquante-deux ans, ce qui ne l'empêche pas de tourner en dérision, après 1913, dans plusieurs de ses conférences, les dirigeants de la S. T et leurs méthodes. En 1905, il s'affilie à L'« Ordo Templi Orienti » fondé par un occultiste de Vienne, Carl Kellner (1850-1905) et en dirige la Branche allemande. Il y introduit le rite maçonnique de l'anglais John Yarker et tient, dans ce cadre, des réunions et un enseignement secrets à caractère rituélique, jusqu'en 1914, à Dornach même, en marge de son activité publique dans la Société anthroposophique. (cf. son "**Autobiographie**" ch. 36) Les "Classes ésotériques", ouvertement instituées dans la Société anthroposophique universelle, à l'issue du Congrès de Noël 1923, seront d'ailleurs la résurgence de la Loge para-maçonnique steinérienne.

Après 1920, Déodat ROCHÉ est un homme mûr de quarante-trois ans, porteur d'expériences diverses : culturelles, professionnelles, ésotériques, et aussi d'épreuves personnelles douloureuses, lorsqu'il va rencontrer l'œuvre de Rudolf STEINER. C'est également un philosophe convaincu de la réalité spirituelle, de la réincarnation humaine, ainsi que de l'objectivité du Mal agissant dans le monde, et de la nécessité d'une méthode scientifique rigoureuse pour ne pas en être la dupe. La rigueur de pensée apparente de STEINER et la cohérence interne de la vision de l'univers et de l'homme qu'il développa au long d'une trentaine d'ouvrages et de six mille conférences, emportèrent l'adhésion profonde du fondateur de la "Société de Recherches psychiques" de Carcassonne. Celui-ci trouva enfin dans l'Anthroposophie la mise en ordre et l'explicitation claire des doctrines diverses, lacunaires et mal articulées entre elles, issues des siècles précédents, et peut-être surtout, l'affirmation d'une "**Science spirituelle**", garante, à ses yeux, du respect des exigences épistémologiques et morales de l'homme moderne.

À partir de 1921, il va étudier assidûment l'œuvre de STEINER et, jusqu'en 1939, se rendre régulièrement au Goetheanum de Dornach qu'il fréquentera encore pendant quelques années, après la guerre. Bien qu'il fût surtout un philosophe mystique, intellectuel et méditant, il s'intéressa de bon cœur aux activités artistiques proposées à Dornach où il pratiqua peinture, modelage et eurythmie. Il y prononça également des conférences, essentiellement au sujet du Catharisme. Les implications sociales de l'Anthroposophie répondaient à ses vœux de responsable juridique et d'élu. Cependant, aux yeux de Déodat ROCHÉ, elle apportait en premier lieu sa lumière sur la succession des mouvements spirituels, gnostiques et dualistes, précédant le Catharisme. Ainsi, lors de la fondation, le 30 avril 1950, de la Société du Souvenir et des Études Cathares, il fit inscrire dans les Statuts : "Ils (les membres) feront enfin une étude comparée des méthodes d'initiation cathare avec les méthodes d'investigation modernes, à la lumière des plus sûres données des sciences spirituelles." (article 2) En se référant à "des sciences spirituelles", Déodat ROCHÉ pensait avant tout à l'Anthroposophie. Le pluriel impliquait aussi, dans sa pensée, l'enseignement de Peter DEUNOV, ainsi qu'éventuellement toute autre recherche sérieuse de même ordre, car le fondateur des Études Cathares ne voulait pas s'enfermer dans une appartenance sectaire.

Certains milieux "catharisants" reprochèrent parfois à Déodat ROCHÉ ses références à l'Anthroposophie pour éclairer des concepts manichéens ou cathares. Ils le firent moins à l'endroit de ceux qui, pour cela, se référaient à Sartre, Heidegger ou au Bouddhisme, sans doute parce que la mobilisation de la pensée que demande l'Anthroposophie, révulsait plus que tout, ceux qui tiennent seulement à préserver le confort de leurs habitudes intellectuelles. D'un autre côté, certains cercles anthroposophiques sectaires n'admettaient pas ce pluriel, considérant qu'une seule "science spirituelle" est valable : celle qu'enseigna Rudolf STEINER, et que Déodat ROCHÉ aurait mieux fait de s'y consacrer exclusivement...

Et pourtant, on comprenait, en le fréquentant, que sa longue recherche, jusqu'à l'âge de quarante-trois ans, à travers des "mouvements décadents", ainsi qu'il l'écrivit, fut assez éprouvante pour que l'émerveillement devant la cohérence de l'Anthroposophie, enfin découverte, se prolongeât jusqu'au terme de sa longue vie. Sans tomber dans l'idolâtrie à l'égard de Rudolf STEINER, dont il lui arriva de dire, en souriant, "qu'il s'était beaucoup marié, mais que cela ne lui avait guère réussi...", il n'éprouva pas le besoin d'aller chercher, sous le dépôt de "feuilles mortes", les origines de la source. Il n'examina donc pas, concernant la période théosophique (1900-1912) de STEINER, la rémanence des enseignements de Helena-Petrovna BLAVATSKY, personnage plus que douteux, ni la difficulté d'articuler cet aspect de l'œuvre avec l'héritage goethéen et avec celui de la philosophie idéaliste. Retrouver l'auteur de "**La philosophie de la liberté**" de 1893, écrivant en 1904 la "**Chronique de l'Akasha**", pouvait questionner le Licencié en philosophie de 1903. Constater que l'auteur de belles conférences sur le Manichéisme, qui l'avaient enthousiasmé, ne parlait guère des Cathares mais faisait l'apologie de Bernard de Clairvaux et d'Alain de Lille, alors qu'ils furent parmi les instigateurs de l'atroce Croisade qui assassina la civilisation d'Oc, pouvait faire sursauter l'auteur du "**Catharisme**" et le Directeur du "Réveil des Albigeois". Quant à Thomas d'Aquin, n'hésitant pas à entrer, en 1243, dans l'Ordre dominicain, en charge officielle de l'Inquisition, véritable Gestapo de l'époque — ce que nul n'ignorait alors — et qui écrivit tranquillement "qu'aux hérétiques, il est légitime d'ôter la vie...", la haute considération de STEINER à son égard ne rebuta pas, semble-t-il, le fondateur des Études Cathares.

Il existe même un fort courant dans la Société anthroposophique pour considérer Rudolf STEINER comme la réincarnation de Thomas d'Aquin. Au cours des années 1980, un dogmaticien anthroposophiste russe a publié un rigide et pesant traité, éliminant toute liberté du lecteur devant l'œuvre de STEINER, et qui prétend, entre autres affirmations autoritaires, démontrer celle-là. Cette hypothèse n'était pas celle qu'envisageait Déodat ROCHÉ et dont il m'a entretenu ; je n'en dirai cependant rien car l'abus des spéculations "karmiques" chez trop d'anthroposophes, a suffisamment montré son caractère souvent illusoire et généralement malsain.

Lors du Congrès de Noël 1923, Rudolf STEINER refonda une Société anthroposophique universelle dont la vocation, désormais déclarée, était de manifester l'impulsion spirituelle de l'Archange Michaël, ou Saint-Michel dans la tradition populaire, et de coïncider, sur la Terre, avec le Mouvement anthroposophique dans sa réalité spirituelle. À la fin de **sa dernière conférence en public** du 28 septembre 1924, le Docteur STEINER indique la nécessité que les êtres humains, en qui prendrait vie "la pensée de Michaël", soient "reconnus par la Direction du Goetheanum à Dornach."... Ces aboutissements régressifs à un pouvoir clérical comparable à celui de l'Église romaine, en totale contradiction avec "**La Philosophie de la Liberté**", ne pouvaient qu'être inacceptables pour l'auteur de "**L'Église romaine et les Cathares Albigeois**", même s'ils s'expliquent, sans se justifier, par l'état de désagrégation de la Société anthroposophique après 1918.

Il n'en fut apparemment rien... Pourtant, tout cela n'échappait pas à Déodat ROCHÉ, mais il se limitait à le reprocher à certains membres du milieu anthroposophique, comme par exemple Madame COROZE, on l'a vu. Il admettait, semble-t-il, que STEINER soit resté au niveau de la circulation des grands courants idéels, dont toutes ces personnalités historiques ambiguës furent des relais, malgré leur fanatisme et leurs complicités criminelles. Il savait aussi que le monde méditerranéen et le Midi de la France étaient extérieurs à l'aire culturelle de STEINER constituée d'abord par l'Europe centrale (Mitteleuropa). Celui-ci, d'ailleurs, avait exprimé çà et là des considérations suffisamment sévères sur le Catholicisme aux temps modernes, et singulièrement sur l'ordre des Jésuites, pour compenser, d'une certaine manière, aux yeux du philosophe laïque, ses présentations — pour le moins partielles — de l'histoire intellectuelle des clercs médiévaux.

Il n'en reste pas moins que la proclamation érigeant le Comité Directeur du Goetheanum en instance seule habilitée à juger de la valeur spirituelle "michaëlique" des personnes, reste inacceptable au regard de l'essentiel du corpus anthroposophique, ainsi qu'à la lumière de l'Histoire éclairant d'un jour terrible les crimes commis par les institutions qui ont prétendu juger de la vie spirituelle des individus. D'ailleurs, les dissensions qui éclatèrent après la mort de Rudolf STEINER, au sein du Comité Directeur du Goetheanum, montrèrent l'impossibilité, pour un tel organisme institutionnel d'être un juge crédible dans l'ordre spirituel. Ce Comité se divisa en deux camps qui s'affrontèrent jusqu'à la défaite de l'un des deux. Et le camp vainqueur se regroupa autour de Marie STEINER, héritière des droits d'auteur et de publication de son époux défunt.

En fait, il avait suffi à Déodat ROCHÉ de percevoir la stature de STEINER et de son œuvre, sur les thèmes qui le préoccupaient. La nécessité ne lui apparut pas — et il n'en avait sans doute pas le loisir, ni la vocation — de faire le tri des scories, dont la présence est incontestable dans le vaste et complexe ensemble des actes, des déclarations et des écrits steinériens. La vocation de l'auteur des "**Études manichéennes et Cathares"** était de restituer le visage authentique du courant spirituel, dualiste et libertaire, victime au long des siècles d'un génocide permanent. Hors dualisme, il est impossible de reconnaître la réalité du Mal, et sans cette reconnaissance, il n'est pas d'accès pour l'homme à la liberté. Romano Guardini l'a parfaitement exprimé : "La plus grande victoire du « Diable » c'est de convaincre qu'il n'existe pas." Sans effort vers la liberté, il n'est pas de vie spirituelle, ni d'émergence d'une entité humaine réelle dans la personne organique née de parents. Là était le véritable sens de l'œuvre de Déodat ROCHÉ. L'Anthroposophie intervint dans son travail intérieur et pour son élaboration explicative. Elle fut pour lui un moyen, certes privilégié et respecté, mais sa véritable vocation était plus spécifique, plus essentielle, dans l'ordre historique et métaphysique. **Elle concernait directement ce dont la culture occidentale a été tragiquement amputée au XIIIe siècle**, et que Déodat ROCHÉ désignait avec précision, beaucoup plus nettement que ne le fit STEINER, malgré son œuvre immense.

Il est compréhensible que le philosophe d'Arques, héraut solitaire de ces valeurs ensevelies dans le terreau de notre Histoire, n'eut pas la force d'accomplir, dans sa plénitude, une tâche pareille. On a vu, d'ailleurs, immédiatement, tous les adversaires et les faux-amis de la liberté spirituelle se précipiter sur son témoignage pour l'inhumer à nouveau. Cependant, son sillage discret demeure, et son œuvre également, si occultée soit-elle. Ils sont un germe suffisant pour ceux qui voudront continuer la tâche, et qui auront reconnu celui qui vécut d'un siècle à l'autre, d'un monde à l'autre, porteur, malgré ses faiblesses et ses insuffisances humaines, d'une rare et pure lumière.

Une trentaine d'années durant, jusqu'à la fondation des "Études Cathares", Déodat ROCHÉ se consacra beaucoup à l'approfondissement de l'Anthroposophie. Il ne ménagea ni son temps, ni sa peine, pour la faire connaître dans son entourage et parmi ses correspondants, prêtant des livres, faisant copier et copiant à l'occasion des conférences entières, rédigeant de longues explications insérées dans des lettres. À partir de 1947, il se consacre essentiellement à sa tâche fondamentale, entreprise cinquante-six ans plus tôt, dès l'âge de quatorze ans. On peut comprendre qu'en abordant le dernier versant de son existence, il retrouvait le fil profond de son destin, le flot de la source originelle émergeant mystérieusement dans sa pureté, à l'approche de l'estuaire…

Maintenant, la lumière vivante et secrète du christianisme libre et mystique des tout premiers siècles attirait les profondeurs de son être et mobilisait ses soins en vue de la communiquer. La lecture des Gnostiques et des origénistes de l'École d'Alexandrie était redevenue sa nourriture principale. Par sa longue expérience, il l'approfondissait moralement plus encore, et l'expliquait intellectuellement, en partie à l'aide de de l'Anthroposophie. Ce langage archaïque, allégorique, parfois scellé, livrait enfin son contenu ; Déodat ROCHÉ y retrouvait sa véritable famille spirituelle. Vers la fin des années 1960, Simone HANNEDOUCHE, toujours concentrée sur l'œuvre de Rudolf STEINER, s'étonnait parfois : "Vous savez, il ne lit presque plus d'Anthroposophie ; il est toujours dans Origène ou Évagre le Pontique..."

Notre vieil ami n'avait jamais versé dans la paraphrase et la citation obsessionnelle des "Rudolf STEINER a dit que...". Suffisamment d'anthroposophistes s'enfermaient déjà dans l'œuvre formelle de leur "Maître" et s'employaient à en faire un système dogmatique et — terrible paradoxe — stérilisant, au lieu d'accomplir leur tâche aussi librement que le génial transfuge de la Société Théosophique avait mené la sienne. Déodat ROCHÉ, lui, accomplissait la tâche désignée par son propre destin ; l'Anthroposophie l'y avait aidé. Seuls des esprits libres pouvaient le comprendre et faire leur fruit de ce qui en résultait.

À cette époque, il achevait son ultime travail d'importance : la troisième édition, très augmentée, de "**L'Église romaine et les Cathares Albigeois**" qui parut en 1969. Certains auteurs rééditent le même livre sous des titres différents, lui, avait la modestie de donner un livre enrichi et renouvelé sous le même titre. On trouvera ici, à la fin, la reproduction de deux pages du manuscrit que m'avait donné Déodat ROCHÉ à l'époque où je l'aidais à corriger les épreuves. Elles montrent de quelle manière il revoyait son texte de près et l'annotait d'une écriture nette dont la finesse atteste une vue toujours précise à quatre-vingt-douze ans. C'est assurément par ce livre qu'il s'est le plus révélé lui-même dans l'ordre de la sensibilité et de la vie morale. Sa correspondance, placée à la fin du volume, destinée à son père et à d'autres chercheurs, les "carnets" de ce père si cher, le confirment. Le thème de cet ouvrage, qu'il choisit de rééditer parmi tous, également demandés, traduit sa préoccupation première : comment concilier la liberté spirituelle et la nécessaire coopération sociale entre les hommes ? Sa brochure "**L'évolution individuelle et l'harmonie sociale**" traitait aussi de cette question. L'Église romaine fut la monstrueuse fausse solution historique imposée par la violence à ce problème, en prétendant l'éliminer. Toute sa vie, Déodat ROCHÉ lutta pour contribuer à délivrer l'Occident de ce funeste contresens.

La Société Anthroposophique d'ailleurs, en tant qu'organisation, ne l'attira jamais ; il n'y participa en rien et je puis dire qu'il s'en tenait à une distance méfiante. Il avait adhéré à la Société ainsi qu'à "La Classe" dans son élan de sympathie personnelle à l'égard de Rudolf STEINER qui venait d'instituer les deux organismes ; mais son véritable lien fut intellectuel et spirituel avec l'œuvre et son auteur, il ne fut pas institutionnel. Déodat ROCHÉ connut Édouard

SCHURÉ, mort en 1929, et fut témoin de la fondation par Alice SAUERWEIN de la "Société anthroposophique de France" en 1923. Après la mort de Rudolf STEINER le 30 mars 1925, il assista à la scission du comité de la Société Universelle à Dornach — comité pourtant **formé par** le Docteur STEINER qui l'avait déclaré "ésotérique" — et aux luttes implacables qui opposèrent les deux camps. Luttes à mort, peut-on dire... En France, les hostilités éclatèrent entre Alice SAUERWEIN et une jeune arrivante, Simonne RIHOUËT, à qui elle avait fait connaître STEINER en 1912 ! Fin décembre 1930, Simonne RIHOUËT-COROZE réussit à faire condamner, devant l'Assemblée générale au Goetheanum, son aînée rivale qui en mourut treize mois plus tard. Il faut dire qu'Alice SAUERWEIN n'avait pas entièrement "volé" les reproches reçus... Dans son livre : "**L'Anthroposophie en France**" Éd. Triades, Paris 1978, Simonne RIHOUËT-COROZE écrit p. 27 : "Quant à Mlle Sauerwein, elle quitta Paris pour Lausanne où elle mourut quelques années plus tard, ayant chèrement payé de s'être laissé piéger par la passion de l'hégémonie." Déodat ROCHÉ n'appréciait pas ces luttes rendues possibles par la machine institutionnelle, il aurait encore moins apprécié ce cri de victoire et de mort lancé un demi-siècle après le combat. Et pourtant, en 1970 et 1971, il acceptera que des faits comparables se produisent dans l'institution qu'il avait fondée... Quant à Madame COROZE, au long de ce demi-siècle, elle avait imposé sa propre "passion de l'hégémonie" à la Société anthroposophique-section française, grâce, il faut bien le dire, à la passivité de tous ceux qui l'acceptèrent... En cela, elle était une ancienne — et "bonne" — élève de la Faculté catholique de Paris, qui avait ses raisons pour révérer le "grand" Alain de Lille. Comme lui, elle appartenait à la lignée des "vainqueurs" — en ce monde, c'est-à-dire pour un instant. À Dornach, Marie STEINER ne répondit même pas à l'ultime lettre de conciliation que lui adressait sa rivale Ita WEGMANN peu avant de mourir en 1943. Luttes à mort... dans toutes les institutions humaines, mais d'autant plus implacables qu'elles sont plus occultées dans les Sociétés à vocation spirituelle. Luttes à mort entre des requins, enfermés dans l'espace institutionnel de leur clientèle, comme dans un aquarium, mais affectant de voleter benoîtement comme des anges sur l'azur...

À Dornach, ces politiciens de la "spiritualité", afin de réconcilier les membres, dans la mesure du possible, avaient choisi pour présider le Comité suprême du "Vorstand", un homme plus sincère que la moyenne et resté relativement en marge de ces empoignades : Albert STEFFEN. Lorsqu'il mourut en 1963, ce fut Herman POPPELBAUM qui lui succéda. Vers 1967, âgé de près de soixante-dix ans, le Dr POPPELBAUM épousa une jeune eurythmiste de vingt-deux ans qui se trouvait enceinte... Une rumeur de scandale se mit à gonfler dans certain milieu anthroposophiste, et cet homme qui assumait dignement la responsabilité de son acte, ou mieux encore, celui d'un autre, dut démissionner de sa Présidence du "Vorstand"...

Par des visiteurs, ces "bruits" parvenaient aux oreilles de Déodat ROCHÉ qui ne les recherchait pourtant pas. "On m'a encore rapporté tous les ragots de Dornach..." me dit-il un jour — en prononçant toujours "Dornaqq...", avec l'accent rocailleux du Razès, bien qu'il sût parfaitement, qu'en allemand, c'était "Dornarr..." ! Parlant de POPPELBAUM il ajouta, avec son fin sourire qui venait d'ailleurs : "S'il en est encore là... c'est son affaire... qu'on le laisse tranquille..." De son côté, il laissait tout ce monde tranquille ; depuis longtemps il n'en attendait visiblement rien dans l'ordre institutionnel. Ses multiples expériences dans ce domaine l'avaient conduit à la recherche d'une rencontre humaine proche et en nombre suffisamment réduit pour qu'elle fût réelle et fraternelle — du moins l'espérait-il... Ainsi naquit le Séjour d'été de l'Estagnol qui n'élimina pas tous les problèmes institutionnels, et fit apparaître ceux de la proximité. Il eut cependant le mérite d'offrir aux participants, en permanence, la beauté de la nature vivante, et de rendre impossible une absence prolongée de sincérité, dont trop de milieux anthroposophiques ne s'accommodent que trop longuement.

"Considérer toujours les hommes au pouvoir comme des choses dangereuses. S'en garer dans toute la mesure où on le peut sans se mépriser soi-même."
"Le végétatif et le social sont les deux domaines où le bien n'entre pas. Le Christ a racheté le végétatif, non le social. Il n'a pas prié pour le monde. Le social est irréductiblement le domaine du prince de ce monde.
On n'a d'autre devoir à l'égard du social que de tenter de limiter le mal."

Simone WEIL (1909-1943).
La pesanteur et la grâce.

Chapitre 19

Institutions et liberté

Comme son père, Déodat ROCHÉ accomplit sa tâche publique dans le cadre des institutions nécessaires à l'organisation des rapports entre les hommes vivant sur la Terre. Institutions juridiques : l'un fut notaire et l'autre magistrat ; politiques : tous deux furent des élus. Mais ils ne dépassèrent pas, dans la hiérarchie élective, les degrés modestes de Maire d'une petite commune et de Conseiller départemental. Ils refusèrent, on l'a vu, les carrières nationales de député ou de préfet, qui s'offraient à eux. Leur préoccupation spirituelle fixait nettement, à leurs yeux, la limite de leur implication dans les institutions d'autorité. Bien avant que Simone WEIL n'eût écrit ses lignes inspirées, les deux hommes avaient perçu le niveau où il leur convenait de s'arrêter : celui où le pouvoir risquait de l'emporter sur la responsabilité et le service d'autrui. Ils s'étaient alors consacrés modestement à œuvrer pour limiter le mal du désordre et de l'injustice dans la vie sociale.

Auprès d'Hubert ROCHÉ, son grand-père, négociant avisé et animateur de la vie économique locale, le jeune Déodat ROCHÉ avait compris la nécessité d'institutions pour contrôler les flux économiques dont le chaos générait la disette et la spéculation. Avec son père, il comprit le rôle de l'appareil juridique pour régler les rapports entre les hommes et apaiser leurs conflits par les décisions de Justice. Mais, dans l'ordre spirituel, il découvrit dès la fin du XIXe siècle, par l'histoire de son village et celle de la Croisade en 1209, le vice originel et maléfique de toute prétention d'une institution à s'imposer pour définir la manière dont les hommes doivent organiser la vie intérieure de leur conscience. Ses pérégrinations à travers les mouvements philosophiques divers, jusqu'à la Société anthroposophique, lui confirmèrent, en ce domaine, les mêmes dérives caricaturales et dangereuses : dogmatisme, réduction de l'infinité du mystère à d'étroites idéologies, volonté de puissance, vanité, sectarisme, arrêt de l'évolution sur des formes périmées

Au début du XXe siècle, la IIIe République, avec ses gouvernements anticléricaux, s'employait, par la Séparation de l'Église et de l'État, à libérer la société française de l'emprise millénaire de la Secte romaine. Même s'il y eut des excès à l'occasion des Inventaires d'églises ou de la dissolution des Congrégations, et si ces bouleversements ne se déroulèrent pas toujours avec la courtoisie désirable, ces imperfections, qui ne causèrent directement la mort de personne, demeurèrent infimes en regard des atrocités criminelles perpétrées par l'Église romaine au long des siècles. Devant cette réduction des pouvoirs exorbitants d'une véritable "pieuvre sociale", à la lumière portée sur l'histoire des consciences par des philosophes et des historiens comme Jules Simon, Bernard Hauréau ou Charles Molinier (cf p. 230), il fut rapidement possible à Déodat ROCHÉ de discerner des voies plus justes pour aller vers une spiritualité authentique, c'est-à-dire libre. Ce caractère était toujours, à ses yeux, essentiel et premier, encore en 1963, lorsqu'il plaça le bandeau "Martyrs de la liberté" sur les volumes de la 2e édition de "**L'Église romaine et les Cathares albigeois**".

Sa révolte, au plus haut degré légitime, contre l'assassinat de la liberté de conscience par une institution à prétention religieuse, fut le point de départ, dans les années 1890, de la vocation de Déodat ROCHÉ au service de la pensée cathare. Des auteurs, parlant de lui **sans le connaître,** ont écrit que sa rencontre avec Rudolf STEINER et les conseils qu'il en reçut, déterminèrent cette vocation. **C'est totalement faux** et, d'ailleurs, les indications de l'intéressé lui-même et la biographie que nous en donnons, le prouvent sans ambiguïté. Enfin, son article : "Comment j'ai retrouvé le Souvenir cathare" (CEC 48) rend inutile toute discussion à ce sujet, ainsi que, sous le même titre, la dernière partie de "**l'Église romaine et les Cathares albigeois**" 3e édition, 1969 (p. 245 à 303). **Dans sa lettre du 3 mars 1898**, à Sédir qui lui avait demandé ses orientations essentielles, l'étudiant de vingt ans répondait : "**Mes sympathies vont à l'Église cathare, à laquelle je suis d'ailleurs lié par la tradition. Mon village fut détruit par les croisés en 1210... J'ai souvent rêvé dans son château... J'ai pensé à ses martyrs brûlés sous prétexte de sorcellerie et j'ai senti couler dans mes veines le sang des Albigeois**." (o. c)

Jusqu'en 1943, Déodat ROCHÉ dut se consacrer à sa vie professionnelle qui l'obligeait à un devoir de réserve beaucoup plus strict, en ce temps-là, qu'à la fin du XXe siècle ou, de plus en plus, les magistrats s'exhibent de manières diverses.

Il ne publia qu'en 1937 son premier ouvrage : "**Le Catharisme**" et refusa, cette année-là, de participer à la fondation des "Amis de Montségur". On voit ainsi combien il était réservé, et même réticent, à fonder une institution vouée au Catharisme, ce qu'il ne consentira à faire qu'en 1950. Pour comprendre ce qui a pu l'amener à cette fondation, il faut se représenter tout d'abord, qu'un demi-siècle durant, il ne partagea sa recherche culturelle et spirituelle qu'avec une infime partie de ses concitoyens : cette frange bourgeoise suffisamment aisée et instruite pour s'intéresser à autre chose qu'à sa subsistance quotidienne. Or, il naquit et fut élevé parmi les villageois et dans la proximité des plus humbles. C'est à travers le martyr de tout un peuple qu'il découvrit la trace historique de son chemin spirituel. Dans ces conditions, c'était une souffrance pour lui de constater que les bourreaux de jadis et leurs héritiers avaient, tout à loisir, parachevé leur besogne sept siècles durant, au point d'effacer, dans la mémoire de son peuple, le souvenir des atroces persécutions qui lui furent infligées dans le but de détruire son âme. Pour Déodat ROCHÉ, il ne suffisait pas de restituer l'histoire et la philosophie du Catharisme à l'usage de la minorité cultivée, il fallait redonner au peuple tout entier la compréhension de ce qui s'était passé, et dont le processus monstrueux s'apprêtait sans cesse à renaître sous d'autres formes.

Depuis 1917, la Secte rouge, victorieuse en Russie, menaçait l'Europe entière. En opposition apparente, mais au service de la même négation humaine et spirituelle, les Sectes brunes, de Rome à Berlin et Madrid, perpétraient une tyrannie et des massacres analogues à ceux que la Rome médiévale avait déjà ordonnés. Ces mouvements démoniaques ne pouvaient se constituer que par l'adhésion aveugle des peuples. C'était leur ignorance de l'Histoire qui engendrait cette cécité et rendait possibles, d'âge en âge, leurs chutes absurdes dans les chausse-trapes, toujours les mêmes, disposées en une morne et stupide répétition par le "Gros animal" totalitaire. À l'extrême fin du XXe siècle, alors que l'humanité se dégage de soixante-dix ans de "peste rouge", le relais n'en est-il pas assuré par la "peste verte" de l'Intégrisme islamiste, acharné à imposer partout son pouvoir satanique par le crime et la terreur ? Ou, si l'on nous permet ce raccourci : de Bernard de Clairvaux jusqu'aux Ayatollahs, même combat...

Le drame cathare était l'archétype de toutes les atrocités, passées et à venir, commises au nom d'une idéologie politique ou religieuse. Son souvenir devait être rendu au peuple tout entier. Mais les quelques personnalités conscientes de cet enjeu formidable étaient bien démunies et leurs débuts ne pouvaient qu'être modestes. De plus, à toutes les époques, une telle démarche de conscience dérange les pouvoirs constitués, quelle que soit leur couleur politique : les milieux catholiques bien sûr, mais aussi les forces jacobines et centralisatrices de tous bords, dominantes en France. C'est ainsi qu'à la plus modeste des commémorations à la Stèle de Montségur, quelque inspecteur des Renseignements

Généraux se mêle souvent à l'assistance où certains participants pourront être photographiés et fichés. Après les Basques et les Bretons, les Occitans pourraient bien découvrir que leur intégration brutale dans la machine française, et maintenant dans l'usine européiste et le bagne mondialiste, n'a pas réellement amélioré le goût de la vie, ni la qualité des matins et des soirs, pas plus que de l'heure de midi... Prosper ESTIEU (1860-1939), fondateur de la Revue "Montségur", écrivait dans le N°4 de juin 1901 :

Los sants que nos aus veneram	Les saints que nous autres vénérons,
Encara esperan lor aram ;	Attendent encore leur bronze ;
Son pas enrodats de flors bélas ;	Ils ne sont pas entourés de fleurs belles ;
An pas autars a cado pas ;	Ils n'ont pas des autels à chaque pas ;
Los pregan pas dins de capelas	Nous ne les prions pas en des chapelles
E, de miracles, ne fan pas...	Et, des miracles, ils n'en font point...
Son los Eretges valorozez	Ce sont les valeureux hérétiques
De Beziers e de Mont-segur	De Béziers et de Montségur,
Aucits pels portaires de crozes.	Occis par les porteurs de croix.

Vers 1911, ESTIEU fit part à Déodat ROCHÉ de son projet d'élever un monument à Esclarmonde de Foix, princesse cathare de haute culture, l'une des rares femmes qui affronta les théologiens catholiques dans les controverses publiques tenues avant la croisade de 1209. Louis PALAUQUI écrivit une brochure enthousiaste pour soutenir le projet dont le sculpteur Calvet avait préparé la maquette. Le Comité pour le monument était en place, les souscriptions commençaient, lorsque l'évêque du diocèse, un certain Mgr Vidal, dénigra la mémoire d'Esclarmonde et, lançant une manière d'interdit, fit échouer le projet, les souscripteurs catholiques s'étant dérobés sur son injonction.

Dès cette époque, Déodat ROCHÉ vit bien la force des oppositions et la faiblesse d'initiatives "à mains nues" à l'endroit du Catharisme. Il savait que, pour poser un témoignage devant la conscience publique, un minimum de structure sociale était nécessaire. Lorsqu'après la seconde guerre mondiale, il fut enfin disponible, il trouva, pensait-il, un appui à l'"Institut d'Études Occitanes" de Toulouse qui publia une deuxième édition de son "**Catharisme**" en 1947, et dans le cadre duquel il organisa les premiers "Congrès d'Études Cathares" et fit naître, en 1949, les "Cahiers". On voit ainsi comment, jusqu'à l'âge de soixante-treize ans Déodat ROCHÉ s'efforça d'accomplir sa tâche sans fonder d'institution. Lorsqu'il le fit, cependant, en juin 1950, à Montségur, ce fut seulement lorsque la nécessité s'en imposa, l'I.É.O ne lui permettant pas de réaliser assez librement ce qu'il devait faire. Et d'ailleurs, il ne fonda pas un mouvement qui prétende diffuser un enseignement formel et une attitude religieuse, mais une Société pour le Souvenir de faits incontestables, et l'Étude d'un courant philosophique et spirituel largement attesté, bien qu'on ait voulu, avec des moyens énormes, l'occulter pour l'effacer de la mémoire des hommes et, à défaut, le présenter de manière mensongère.

Déodat ROCHÉ assuma, dès lors, le Secrétariat général d'une Association culturelle, à la fois populaire et savante, mais il ne prenait pas la tête d'une Institution qui aurait sécrété son propre objet, c'est-à-dire une secte. Les Statuts de la Société disposaient d'ailleurs, à cet égard, qu'aucune opinion ne pourrait y faire l'objet d'un vote. Elle organisait seulement la coopération entre les sociétaires, dans leurs recherches, et pour l'affirmation d'un Souvenir.

La Société, constituée suivant la Loi de 1901, fournissait une raison sociale pour organiser les Congrès, elle était représentative à l'endroit des médias. Dès 1959, comme support d'un Bulletin, elle contribua à la pérennité des "Cahiers". En un mot, elle était utile à la "communication" publique. Sans la Société, cette communication eût été plus difficile et plus coûteuse. Au bout de quelques années, elle offrit une base qui permit à Déodat ROCHÉ, un demi-siècle après Prosper ESTIEU, de relancer le projet d'un monument du Souvenir Cathare. Cette fois, il fut décidé d'élever une Stèle — copie fidèle d'un monument cathare du Lauragais, bien identifié — au pied du Pog de Montségur, en haut du Pré des brûlés. La Stèle commémore ainsi, à la fois, le drame le plus symbolique de l'assassinat de la Civilisation occitane, en 1244, et le martyr de toutes les victimes de cette extermination méthodique prolongée sur un siècle et demi. La souscription, lancée par la Société, ne fut, cette fois-ci, torpillée par aucun évêque romain, et permit d'inaugurer ce monument le jour de Pentecôte 1960. Il se trouve, et je m'en avise à l'instant, que j'écris ces lignes, sans l'avoir cherché, le jour de Pentecôte, 22 mai 1994... Au cours de ces trente-quatre années écoulées, des millions de visiteurs ont gravi le sentier du Pog et se sont arrêtés devant la Stèle. Presque tous le font, je l'ai toujours constaté... Ils ont lu : "Als Catars, als martirs del pur amor crestian". Aujourd'hui tout le monde connaît le terme "Cathares", et la plupart des Français savent approximativement, qu'au Moyen Âge, ces tenants d'un Christianisme sincère furent exterminés par la collusion entre l'Église romaine et les forces les plus brutales de la Féodalité. Mais, en 1960, ces faits, connus de quelques centaines de spécialistes et de gens cultivés étaient encore largement ignorés de l'ensemble de la population. Dans les progrès considérables de l'information du public, accomplis depuis lors, le témoignage permanent de la Stèle, les commémorations qui s'y déroulèrent et celles qui s'y tiennent toujours, ont eu leur part, qui n'est pas négligeable, définitivement associée, pour la mémoire collective, à la présence de Déodat ROCHÉ. Sa haute et mince silhouette, sa modestie totale qui n'était jamais en spectacle, devant l'assistance, le faisaient plutôt apparaître comme manifestation — étonnamment présente — de tout ce qui demeure ici d'invisible, par-delà les siècles. Même à ceux qu'il dérangeait, voire à certains de ses détracteurs, il apparaissait, en ces occasions, sans l'avoir cherché, comme un de ces Cathares qui avaient préféré aux satisfactions fugitives de la Terre, les certitudes que l'on ne voit pas.

Cette personnalité, qui forçait le respect, habitait entièrement les institutions qu'elle avait fondées, et les préservait ainsi des habituelles dérives. Lorsque, à partir de 1968, Déodat ROCHÉ voulut assurer la continuité de son œuvre, il ouvrit inévitablement le passage à des forces hostiles qui cherchèrent, aussitôt, à habiter la structure terrestre dont il se retirait.

Ici, la question se pose à nouveau : n'eût-il pas été préférable que l'auteur du "**Catharisme**" de 1937 diffusât ses livres et donnât ses conférences, comme un écrivain indépendant, en dehors de toute Société constituée ?... Et pourtant, nous venons de le voir, l'appareil institutionnel des "Études Cathares" a incontestablement contribué à ranimer le Souvenir du drame Albigeois dans la conscience contemporaine. Sans doute, touchons-nous là cette irréductible dualité entre la fatidique dérive des actions terrestres et la réalité spirituelle que ces actions veulent servir, si bien intentionnées soient-elles. Il y a là une tension, voire un déchirement, que l'humanité ne saurait écarter avant d'avoir accompli sa mystérieuse et lointaine évolution. Si, pour longtemps encore, chacun peut affirmer son choix dans un sens ou dans l'autre, c'est toujours au prix d'un renoncement, au moins partiel, à l'un des versants de son humanité.

La prise en compte, courageuse et lucide, de ce caractère radicalement dualiste de la condition humaine et du monde sensible, n'est-il pas la plus précieuse lumière du courant gnostique, manichéen et cathare ? Celle-là même que les ténèbres n'ont point reçue ? Déodat ROCHÉ s'était appliqué courageusement à servir les deux versants, par son œuvre ; maintenant qu'il se retirait progressivement de la Terre, le versant institutionnel allait inéluctablement dériver.

Ce furent, pour commencer, les Éditions à partir de 1969. Dès qu'il fut publiquement notoire qu'elles étaient devenues une S.A.R.L portée par des associés, certains auteurs vinrent proposer, à fin de publication, les livres qu'ils avaient produits, plus ou moins en rapport avec le Catharisme. Jamais ils n'auraient osé une telle démarche, auparavant, alors que les Éditions étaient l'affaire personnelle de Monsieur ROCHÉ... Les refus atténués qu'il fallut bien leur laisser entendre, les indisposèrent en créant un peu plus d'hostilité autour des "Études Cathares". La S.A.R.L avait été créée pour rééditer en premier lieu, les livres de Déodat ROCHÉ, presque tous épuisés alors, et elle disposait à peine des fonds nécessaires à la 3e édition de "L'Église romaine..." qui parut en 1969. Comment aurait-elle pu satisfaire d'autres candidats à l'édition de leurs ouvrages, aux contenus, de plus, souvent problématiques ?

Les forces les plus néfastes se manifestèrent, en 1970, lorsqu'il fut question de transmettre la "Société d'Études..." elle-même. On a vu, dans le Livre Premier de cet ouvrage, comment elles habitèrent la coque institutionnelle laissée vacante par notre vieil ami. Il apparut alors, à travers ces péripéties, comment une personne qui tissait depuis quarante ans son intrigue, emporta les

“Éditions” et les “Études Cathares”, devenues des corps sans âme. À cette fin, elle força peu à peu la main de Monsieur ROCHÉ qui perdit alors sa liberté spirituelle de transmettre la seule réalité qui était transmissible en ce monde : le droit d’éditer son œuvre écrite. Un quart de siècle plus tard, le blocage de cette œuvre par ceux-là même qui prétendaient assumer sa pérennité, montre qu’ils ont trahi, ce qui était prévisible ; et que Déodat ROCHÉ s’est trompé en voulant assurer par une institution la présence de sa pensée à travers ses livres. Seul, un choix humain avisé pouvait produire une continuité spirituelle…

On ne succède pas à un homme comme Déodat ROCHÉ, et encore moins avec l’intention dissimulée d’utiliser son prestige. Il suffit d’avoir vu Mme V… tassée sur elle-même, pontifier caricaturalement près de la Stèle, pour s’en persuader…

Les institutions du milieu anthroposophique, bien qu’il les eût toujours présentées favorablement, n’ont pas soutenu l’œuvre de Monsieur ROCHÉ, lorsqu’il voulut s’en rapprocher. Dans ses écrits et ses conférences, il lui arriva souvent de les citer, avec bonne volonté, certes, et dans le but légitime d’informer le public. Mais ce dernier se défiait plutôt de ce qui lui était inconnu ou difficilement compréhensible ; probablement, il eût été plus fécond de surtout mettre en œuvre les formes de pensée vivifiées par l’Anthroposophie et de moins la citer de manière formelle.

Lorsque, à partir de 1963, Le Directeur des “Cahiers”, sentant ses forces diminuer, voulut s’appuyer sur des prêtres d’orientation anthroposophique, pour qu’ils le relaient dans sa tâche, cette voie institutionnelle ne mena à rien, elle aussi, mais Déodat ROCHÉ y perdit un peu de liberté, d’une manière tout intérieure, certes, et, pour cela même, d’autant plus importante à terme. Je le perçus nettement lorsque nous abordâmes à nouveau, en 1965, les questions posées par l’Institution religieuse.

Depuis 1961, il avait modifié son point de vue ; je le lui fis remarquer. “C’est exact…” reconnut-il immédiatement, en ajoutant aussitôt qu’il avait pu se convaincre que l’action et l’enseignement de STEINER avaient renouvelé les sacrements chrétiens dans une perspective où le fidèle y participait consciemment.

En 1961, lors du premier été passé ensemble, je lui avais soumis, au cours de nos conversations, toutes les questions fondamentales que je me posais. Il résultait de ses réponses comme de ses écrits, **en plein accord d’ailleurs avec la spiritualité proposée par l’Anthroposophie, qu’à ses yeux, les sacrements formels étaient périmés pour la conscience moderne. Les actes spirituels solennels de l’existence devaient être réellement exercés par l’âme elle-même, et non délégués à un fonctionnaire religieux** accomplissant un formalisme symbolique extérieur que le fidèle répercutait plus ou moins en lui-même ou… pas du tout. Nous étions bien d’accord là-dessus.

Quatre années plus tard — mais à son âge, elles étaient lourdes — il avait, en me parlant, ce léger sourire un peu contraint et cette hésitation dans la voix, particuliers aux circonstances qui le faisaient, en quelque manière, renoncer à son mouvement le plus profond... Je demeurais perplexe, mais ne répondis rien. À l'époque, je n'avais pas encore fait certaines expériences qui, trente ans plus tard, m'amèneraient à répondre, bien qu'il soit délicat de discuter des orientations les plus intimes d'une âme dont le Départ s'approche. Devant mon air dubitatif, il s'approcha plus encore et, me regardant bien en face, me dit d'une voix soudainement raffermie : "Vous comprenez, au village, je veux que l'on puisse voir que je ne pars pas comme un mécréant !..." Ma surprise, changeant un peu de nature, n'en fut pas pour autant diminuée... Mais, depuis, j'ai mieux compris les racines de cette préoccupation.

Sur cette terre violentée du Razès, dans ce peuple martyrisé, les vainqueurs du XIIIe siècle avaient tellement éradiqué le Souvenir et appesanti leur pouvoir, que le catholicisme conformiste était respiré par la plupart, à leur insu, dès la naissance. Même pour les indifférents, les agnostiques, il en reste "Ce qui se fait, et ce qui ne se fait pas..." Cet enfant "naturel", d'un père libre-penseur qui n'épousa jamais sa compagne, cet "hérétique" vivant dans l'impossibilité de signifier la réalité de sa Foi à un peuple accessible aux seuls signes matériels et convenus, tenait, au dernier moment, à témoigner "qu'il n'était pas un mécréant", ni un matérialiste...

Par la suite, je découvris peu à peu que l'image de Déodat ROCHÉ, dans les représentations des habitants, était complexe et contradictoire. D'une part, on savait qu'il avait été un homme "important", et le restait, d'une certaine manière... Un courant de visiteurs venait à lui, jusqu'à l'extrême fin de son existence. En 1977, Madame CABRÉRA devait souvent les éconduire ; malgré tout, certains attendaient sur la place de la Mairie pendant des heures, dans l'espoir d'une sortie de Monsieur ROCHÉ... Il apparaissait dans les journaux, à la Télévision ; celle-ci venait parfois à Arques, avec son appareil prestigieux... la Radio également. Tout cela flattait les habitants.

Mais, d'un autre côté, ce libre-penseur, fils de libre-penseur, qui ne fréquentait jamais la "religion", vivait seul depuis longtemps, saluait chacun mais parlait peu, disparaissait chaque jour dans les collines pour des promenades solitaires, revêtu en hiver de sa longue cape sombre, menait dans sa maison d'incompréhensibles travaux — et certains disaient qu'il faisait "apparaître des esprits" — publiait, en tous cas, dans ses "Cahiers" d'étranges dissertations où d'anciens hérétiques oubliés parlent de la réincarnation des âmes... Cet "homme qui n'était pas comme les autres", en un mot, suscitait de la méfiance...

Dans un peuple versatile, ce qui échappe à la platitude banale engendre vite une vague inquiétude prompte à se muer en aversion inavouée. Alors que toutes les communes de France célèbrent avec empressement leurs habitants centenaires, la municipalité d'Arques **n'eut pas un regard, pas un geste, le 13 décembre 1977**, lorsque son ancien maire atteignit cet âge prodigieux...

Durant sa longue vie, Déodat ROCHÉ avait ressenti ce poids silencieux de l'incompréhension. Il espérait enfin le dissiper, aux yeux de tous, par des obsèques religieuses. Certes, ce ne serait pas l'Église romaine qui en serait chargée ! Mais une liturgie chrétienne, dont il avait l'intelligence, serait célébrée par un prêtre en costume sacerdotal, revêtu d'une de ces "robes" presbytérales qui, dès 1905, ne lui semblaient "plus possibles à notre époque", pourtant... **Mais le peuple verrait** ! Ce peuple qui était le sien, d'où il venait, et auquel il appartenait, à qui il devait beaucoup ; parmi lequel il avait fait luire une lumière, mais qui ne l'avait guère reçue... L'œuvre entière de Déodat ROCHÉ, et son évolution personnelle jusqu'à sa quatre-vingt-quatrième année manifestent sans ambiguïté sa position à l'égard des institutions religieuses et à prétentions spirituelles ; en 1953, il l'exprime avec une netteté particulière dans son article "**Mission future de la Russie, Mission actuelle de l'Occitanie**". (Brochure et CEC n°13,1ère Sie. Pr. 1953, p. 47) :

> "Nous répondrons donc à ceux qui nous demandent si nous allons reconstituer des rites d'Église, que **nous sommes convaincus d'être dans l'esprit cathare en ne le faisant pas**. Certes le Pater est à la disposition de tous les chrétiens. Si l'on a bien lu l'article de M. Alexandre Soloviev sur la "messe cathare" dans le N° 12 de nos Cahiers, on y verra un rite essentiel et constant, **mais il suffit à notre époque de dire la prière individuellement comme l'a d'ailleurs conseillé Jésus**. (Év. Matthieu, chap. 6,6). **Des rites extérieurs, une rénovation religieuse,** surtout avec d'anciennes formules, **ne feraient que créer une secte de plus**, à une époque de division, et **desserviraient la fraternité universelle** des bons qui se prépare dans tous les milieux en apparence les plus opposés."
>
> Déodat ROCHÉ

Cet idéal d'une spiritualité authentique, non confondue avec un désir de jouissance et de maternage psychiques, très en avance sur le degré de conscience de l'humanité, est encore difficile à porter au début du XXIe siècle ; il l'était plus encore au milieu du XXe.

En avril 1994, j'eus une conversation avec Madame ROCHÉ, la veuve du Docteur Léon ROCHÉ, fils du cousin de Déodat ROCHÉ. Elle me parla de ce dernier avec une distance immédiate : "Je tiens à vous dire tout de suite que mon mari n'était pas du tout d'accord avec ses idées sur le Catharisme... D'ailleurs, je n'ai jamais vu Déodat dans cette maison !" Chez le frère du défunt Docteur, on refusa tout simplement l'entretien lorsque je me présentai comme un ami ancien de Déodat ROCHÉ... Un quart de siècle après notre séparation, je mesurais toujours plus l'ampleur de ce qui avait pesé sur l'âme de notre vieil ami. Ainsi, il avait compté sur l'Institution religieuse pour dissiper, au moins en partie, les malentendus. **Bien à tort**...

Aucun prêtre ne célébra ses obsèques, accomplies 29 heures seulement après sa mort. Mais une autre institution s'imposa à la faveur des circonstances. Ce fut, en fait, la franc-maçonnerie, à travers les discours de ses deux représentants, qui s'associa au prestige disponible de Déodat ROCHÉ, dans cette cérémonie publique et demeurée "civile", contre son gré ultime. Ainsi, son Départ ne put même pas être, du fait d'une telle célébration, le témoignage de cette liberté spirituelle qu'il avait sincèrement recherchée, et servie, durant toute son existence active, et qu'un service religieux eût d'ailleurs bafouée plus encore...

En 1984, un prêtre d'orientation anthroposophique me dit, au cours d'une conversation : "De toute façon, il y a au moins une circonstance où l'on ne peut pas se passer de l'institution religieuse : c'est la mort. Certes, on voit çà et là certains anthroposophes pratiquer des obsèques non religieuses comportant une allocution, de la musique ou une expression d'eurythmie... Mais tout cela reste vide et sans force devant la mort."

C'était un homme sincère et de bonne volonté qui me disait cela. Cependant, cette manière de vouloir, en définitive, se rendre indispensable, sinon exercer un pouvoir, en utilisant le désarroi, le chagrin et l'angoisse engendrés par la mort, est radicalement inacceptable. Elle est à l'origine de tous les pouvoirs cléricaux depuis les débuts de l'humanité alors que, face à l'ordre **religieux** véritable, le pouvoir est la contrefaçon démoniaque de l'amour qui, seul, peut **relier**.

Pourtant, il est possible — et il faut l'affirmer — de témoigner simultanément, lors des obsèques, de la Confiance et de la Liberté, sans que l'une n'efface l'autre, mais au contraire en sorte qu'elles se fortifient mutuellement. C'est ce que je dus accomplir pour mon propre père, en avril 1985, au cours d'obsèques libres. Durant toute sa vie, il fut anticlérical, mais, quelques années avant son Départ, tranquillement assis au coin de la grande cheminée de notre maison, il me dit un jour : "Je suis peut-être plus croyant que bien des gens qui vont à la messe, mais, tu entends — et il levait l'index en me regardant droit dans les yeux — que l'on ne m'amène pas à l'église quand je m'en irai !" C'était solennel, et je dus signifier que je le prenais ainsi : "C'est clair, j'ai compris, tu peux compter sur moi." Au cimetière, avant de déposer ses restes, devant une large assistance, je rappelai sa biographie et dis comment, pour lui comme pour moi, chacun à notre manière, cette séparation, si éprouvante fût-elle, n'était qu'un passage sur un long chemin. Dans leur ensemble, les personnes présentes participèrent profondément à cet hommage par une attention réelle et digne, à l'exception d'une double et minime frange : quelques catholiques stricts désapprouvant la mise à l'écart du prêtre, et surtout des agnostiques ne supportant pas l'évocation de l'Homme spirituel. Quant à la famille, elle resta neutre, partagée entre une vague satisfaction "qu'il se fasse tout de même quelque chose" et une incertitude gênée car, "normalement, cela ne se passe pas ainsi."

Pour ma part, le moment venu, **je demande formellement** qu'aucun prêtre, de quelque forme religieuse institutionnelle que ce soit, n'intervienne lors des obsèques, ni aucun représentant d'une institution quelconque... Si une personne qui m'a bien connu et avec qui j'ai partagé la lumière de l'amitié ou de l'affection, est là, j'approuve d'avance qu'elle prononce simplement les paroles que lui inspireront son intelligence et son cœur.

En ce début d'avril 1985, alors que je quittais à pieds le cimetière du village, un signe fut envoyé, porté par un ami d'enfance qui achevait à l'époque une carrière militaire et réapparaissait ce jour-là dans ma vie, après vingt-deux ans d'absence. Il s'approcha, avec son bon visage largement ouvert, et voici ses paroles **exactes** : "Tu sais, je veux te dire que je suis en plein accord avec ce que tu as dit, tout à fait avec toi. C'est tout simplement de la sagesse humaine..." Ce garçon qui avait accompli en divers lieux du monde des tâches difficiles de pacification, revenu là sans savoir ce que j'étais devenu, authentifiait par sa spontanéité une des sources de ma vie intérieure : sagesse humaine, anthropossophia... Cet ami, c'était Georges Mignon, artiste authentique et spontané : peintre dessinateur au talent surprenant, musicien aussi. En août 1990, au début d'une retraite longuement espérée et consacrée à l'art et à la nature, il roulait gentiment à vélo, bien à droite, sur la RN 89, près des Quatre-Routes à Saint-Astier, lorsqu'il fut massacré par le camion d'un conducteur routier entièrement dans son tort. C'était mon ami dans la découverte juvénile du monde à travers les bois, les collines et les châteaux du Périgord ; qu'il ait ici sa place parmi les Messagers.

Tout à l'inverse, Déodat ROCHÉ, lui, médita longuement son Départ, quatorze années durant, après le rude avertissement de la maladie, en hiver au début de 1964. En prévision des obsèques religieuses qu'il avait fini par envisager, il fit venir à Arques en 1976 un prêtre d'orientation anthroposophique, Monsieur E.R. (ces lettres, arbitraires, ne sont pas des initiales). Durant une journée entière, celui-ci célébra un office des derniers jours, équivalent de l'extrême-onction catholique, accompagné d'entretiens. Toutefois, on ne pouvait que s'interroger en sachant que Monsieur ROCHÉ, tardivement, fit appel à l'une de ces institutions qu'il avait, au cours de sa vie, **écartées de son chemin de liberté,** et en s'adressant à un homme qui était visiblement loin d'avoir atteint son niveau de maîtrise à l'égard des forces naturelles et animiques traversant l'être humain...

Je m'interrogeai, en effet, et contemplai les dix années de collaboration étroite partagée avec notre vieil ami. En 1961, lorsque je le connus, il allait vers les 84 ans et il était encore largement lui-même, jusqu'au plan terrestre. L'esprit vif, animé d'un humour léger et bienveillant, il assumait les Études Cathares avec énergie, surveillant efficacement la construction du second bâtiment et faisant preuve de la fermeté nécessaire quand il le fallait. Le comportement de P...

fut d'ailleurs un test. Bien qu'il vînt au Camp pour la sixième année, il savait encore, visiblement, en 1961, qu'il lui fallait savoir rester à sa place. Dès 1962, il y eut un changement. Durant l'hiver, P... avait invité, à quelques reprises, Monsieur ROCHÉ à Carcassonne, chez lui et il avait dû percevoir un léger affaiblissement de ce vieil homme. À l'été, il commença à vouloir s'imposer de la manière que l'on a vue et que Monsieur ROCHÉ ne pouvait plus contrôler désormais...

S'il resta lucide jusqu'à son dernier souffle, il apparaît ainsi qu'après ses quatre-vingt-quatre ans, Déodat ROCHÉ se retira peu à peu de ses enveloppes terrestres, ce qui est dans l'ordre naturel, mais ne fut pas tout de suite évident, pour son cas. En fait, cela se manifestait à partir de 1962, dans sa recherche diffuse d'appuis et de relais, auprès de P... pour le Camp, de MM. L... et K... pour les "Cahiers", puis de Mme V.... Si l'on veut tirer quelque enseignement de son expérience, on verra la nécessité de prévoir assez tôt une éventuelle succession pour une œuvre de ce genre. Si le Destin ne fait pas apparaître les personnalités valablement à même de l'assumer, alors il vaut mieux arrêter l'entreprise et ne transmettre avec certitude que ce qu'il est possible de maintenir.

L'essentiel, c'est-à-dire l'œuvre écrite de Déodat ROCHÉ, seule susceptible de communiquer sa pensée avec une fidélité totale, est maintenant occultée. C'est l'échec d'une transmission qui voulut s'appuyer sur le juridisme et sur les institutions.

* * *

À la fin de l'été 1995, commencent, sur la maison de Déodat ROCHÉ, des travaux relevant, en fait, d'une profonde reconstruction. La Commune d'Arques, propriétaire, en est le maître d'œuvre, assistée du Département de l'Aude, lesquels délèguent leur maîtrise à un organisme départemental de développement touristique pour la mise en œuvre du "concept" Pays Cathare.

Dans les derniers jours d'octobre 1995, j'ai revu la maison, jadis amicale, du moins ce qu'il en reste : une façade aux ouvertures béantes. En ce 31 du mois, le temps est splendide, les fenêtres de l'étage ouvrent de grands yeux bleus, rectangulaires et inexpressifs. Je regarde celle de la chambre de Déodat ROCHÉ, et maintenant, c'est le ciel qui apparaît... Il faudra, désormais, chercher notre vieil ami plus loin et toujours plus haut : deux jours après, je remonte à l'Estagnol.

Le temps a changé ; sous un ciel gris, sec mais froid, des nuages filent en s'accrochant aux plus hautes futaies, le grand vent rageur du Cers gronde à travers la forêt et brasse les arbres comme les vagues d'un océan menaçant. Sous les gestes violents des ramures sombres et les rafales obliques des feuilles rousses emportées, les humbles bâtiments paraissent encore plus fragiles, solitaires, tragiquement abandonnés. Et pourtant, combien de rudes saisons ont-ils déjà supportées... Mais combien en supporteront-ils encore ? En m'approchant, je découvre que la fenêtre de la chambre de Monsieur Roché, intacte encore en avril 1995, a été fracturée. Le battant gauche ouvert, son gros verre martelé, brisé, laisse passer la bourrasque et les feuilles mortes. On a marché sur la table de travail de notre vieil ami pour entrer dans le pavillon, déjà vidé pour l'essentiel, où subsistent les étagères désertes et, au-dessus du lit effondré, deux grandes images colorées que j'avais installées sur le mur, à la demande du maître des lieux, en 1965. Là est une belle œuvre d'art authentique, au crayon gras de couleur, ramenée de Dornach par Déodat ROCHÉ vers 1930. Les moisissures ont sauvé ces feuilles qui veillent fidèlement, toujours à leur place...

Trente-cinq années durant, le pavillon était demeuré inviolé. Pour faire comprendre aux nouvelles générations le geste véritable, le message profond du philosophe d'Arques, dans la lignée de celui de Delphes, il eût fallu sauvegarder ce lieu, désormais abandonné sous la tempête par une Société défaillante, refusant néanmoins de le céder à une main respectueuse.

En 1996, enfin, après notre belle rencontre de novembre 1994, sur la grande prairie de l'Estagnol qui lui appartient, Monsieur Ernest Rivière, d'Arques, parvint à acquérir le territoire du Séjour d'été. Ce lieu, associé pour lui à de profonds souvenirs familiaux et à celui de Déodat ROCHÉ est désormais placé sous sa sauvegarde et celle de sa famille. Quant à la "Maison Déodat Roché", ouverte au public depuis 1996 également, elle est organisée en musée et lieu d'exposition-vente, offrant une médiathèque, une librairie de bonne qualité, principalement sur le thème du Catharisme, et une salle de réunion. Une exposition permanente de remarquables photographies de D. ROCHÉ, la plupart signées par Jean Dieuzaide, permet de faire connaissance avec l'apparence expressive de cet homme hors du commun. En considérant l'essentiel, on approuvera que cette maison ait ainsi échappé à la banalisation qui en aurait fait un gîte de vacances parmi d'autres. Métamorphosée de la sorte en un lieu de qualité, ouvert au public, elle continue de servir, à sa manière, la mission que Déodat ROCHÉ s'était assignée : rappeler à nos contemporains les valeurs spirituelles et humaines du Catharisme.

Tout ce dernier jour d'avril 2001, les Hautes Corbières sont balayées par un vent froid et pluvieux. Au soir, dans Arques désert, Anna B... veille fidèlement sur la "Maison Roché" où cette pluie me donne, enfin, le temps de lire le "Livre d'Or"... J'ouvre au hasard et c'est, au cœur, un coup fort et tendre : juillet 1999, l'arrière-petite-fille de Déodat ROCHÉ est entrée ici et, en haut de la page, elle a écrit son contentement de mieux connaître son aïeul... Désormais, sera marqué, dans cette maison, le nom que Marie DELFOUR ne porta jamais et qui lui revenait : Marie ROCHÉ... Ils sont venus quatre arrière-petits-enfants, tous du nom de ROCHÉ, deux filles M... et J..., deux garçons Q... et B...

Cher vieil ami, "*...le rameau a reverdi*".

"Les cathares, ces héros manichéens, ont fait passer, par leur sacrifice, sur les pays d'Occitanie et sur toute l'Europe, un souffle éthérique puissant.
Ils sont réincarnés parmi nous, ou présents dans l'atmosphère qui nous baigne de lumière, ils donneront à tous ceux qui les vénèrent, la force féconde de leur pur amour."
Déodat ROCHÉ (1954)

Chapitre 20

Les reflets du Mystère

Il n'était sans doute pas facile pour Déodat ROCHÉ, de communiquer la spiritualité qu'il portait, flottant autour de lui, et toujours un peu secrète sous la rigueur réservée de ses écrits. Comment un tel homme était-il apparu, étroitement lié à un tel père, dans un pareil enchaînement de générations ? Entre un grand-père et un fils étroitement voués aux valeurs bourgeoises et matérialistes de "ce monde", ces deux personnalités surgissent mystérieusement pour se consacrer avec ardeur à la vie de l'esprit...

Omer-Paul ROCHÉ, dès sa prime adolescence, reporte vers le Bouddhisme un élan spirituel que repousse le visage découvert du Catholicisme romain. Il trouve, derrière le sourire du Bouddha, la compassion qu'il partage avec lui dans son amour de tous les êtres. Mais la dureté du monde le conduit également vers la sagesse stoïcienne dont le panthéisme le touche, sans qu'il en retienne le matérialisme philosophique. Car il fut un spiritualiste convaincu de l'immortalité de l'âme et du progrès spirituel de l'humanité, tout en demeurant profondément libertaire. L'ouvrage de Jules Simon : "**La Religion naturelle**" l'avait aidé sur son chemin vers une libre-pensée consciente de la réalité de l'esprit dans l'univers et dans l'être humain. Il aboutit alors à une orientation chrétienne de fait, sans s'être lié au christianisme historique. Cet homme à la conscience très moderne fit ainsi le saut, par son évolution intellectuelle, sur presque deux millénaires de chrétienté, et ses sources profondes se révélèrent entre les VIe et IIIe siècles avant J-C, autour de l'époque et de la démarche de Socrate, dont la figure offre sans doute la plus proche synthèse des aspirations d'Omer-Paul ROCHÉ.

Auprès d'un tel homme, le jeune Déodat s'engagea sans retard sur les voies de la recherche spirituelle. Il n'avait pas encore quatorze ans lorsqu'il disposa, avec son père, du "**Traité méthodique de science occulte**" de Papus (Dr Gérard Encausse). Il eut également connaissance, quelques années plus tard, du mouvement théosophique et de l'œuvre de H-P Blavatsky, mais traversa ces productions contemporaines pour remonter directement aux sources où, visiblement, elles avaient emprunté. Son père lui avait fait connaître le **Zend-Avesta** qui conduit aux alentours de 1000 ans avant J-C, puis il découvrit l'univers de la Gnose, chrétienne, mais aussi, en partie, périphérique au Christianisme. Dès la fin du XIXè siècle, sa recherche fut attirée et nourrie par l'héritage culturel, d'une variété et d'une richesse exceptionnelles, qui se développa autour de la prodigieuse cité d'Alexandrie d'Égypte. Lors de sa fondation, au IVè siècle av. J-C, Alexandrie recueillit la tradition grecque voisinant avec la culture hébraïque, dans cette ville cosmopolite, sur le fond du puissant et mystérieux héritage égyptien. VALENTIN (v. 95-161), le plus considérable des gnostiques, naît en Égypte à la fin du 1er siècle ap. J-C, étudie à Alexandrie et vient à Rome, en 140, où il fonde une école philosophique appréciée.

Sans être explicitement chrétien, il est en osmose intellectuelle avec le christianisme naissant qui rencontre, dans sa pensée, toute la sagesse antique autour du problème central de la réalité et de l'action du Mal. Au début du IIIè siècle ap. J-C, l'École philosophique d'Alexandrie est fondée par AMMONIOS SACCAS. Cet esprit de grande envergure, né dans une famille chrétienne, retourna par libre choix à la sagesse antique et fut à l'origine du néo-platonisme. PLOTIN (205-270) sera son élève à Alexandrie durant une dizaine d'années, avant de partir à Rome fonder une école qui connut un grand succès et fit de lui le plus représentatif des néo-platoniciens.

Du côté chrétien, CLÉMENT d'Alexandrie (v. 150 - v. 214), grec né à Athènes, devient le chef de l'École des catéchètes d'Alexandrie, avec une orientation gnostique. Pour ce grand intellectuel, le péché naît de l'ignorance, l'idéal du chrétien doit passer nécessairement par la connaissance : la Gnose.

Mais, c'est son disciple ORIGÈNE (v. 184 - v. 253), né à Alexandrie, qui réunira le plus méthodiquement, au long de ses deux mille ouvrages, la Gnose antique et la pensée chrétienne naissante. Il sera également, en effet, le disciple d'AMMONIOS SACCAS en son École philosophique platonicienne, autant qu'il fut celui de Clément à l'École des catéchètes chrétiens, dont il deviendra le chef après la mort de Clément et jusqu'à son excommunication en 231, au bout d'un an seulement de prêtrise. Le caractère tyrannique de l'Église "chrétienne" naissante se manifestait déjà, alors qu'elle était encore persécutée par Rome… ORIGÈNE se retira à Césarée et mourut sous les tortures, lors des grandes persécutions de l'Empereur Decius contre les chrétiens. Par la suite, ses nombreux disciples dérangèrent l'Église impériale, devenue une puissance politique et temporelle, et sa doctrine fut condamnée par le Ve Concile de Constantinople, en 553. ORIGÈNE fut le plus important des Pères de l'Église qui ont su relier la sagesse antique à la force nouvelle du Christianisme. **Il enseignait la préexistence des âmes et leur réincarnation.**

Voici donc quelques traits de ce contexte et carrefour principal de l'histoire spirituelle du bassin méditerranéen, où Déodat ROCHÉ reconnut sa patrie intellectuelle et ses sources ésotériques. Il manifesta son affinité par le choix et la présentation, au début du XXe siècle, de sa thèse de Licence de philosophie : "**Plotin a-t-il simplifié le système des valentiniens ?**" Ce texte de 52 pages, dense et documenté, analyse avec rigueur et précision les enjeux philosophiques du néo-platonisme dans ses rapports à la Gnose. Il fut publié dans le CEC 77, Pr. 1978.

Ainsi, par ses recherches en philosophie, l'étudiant retrouve la plus ancienne de ses sources, aux premiers siècles de notre ère. L'enfant, par sa naissance même au cœur de la terre cathare, avait d'abord renoué avec la seconde, et la plus proche, de ses origines : celle du XIIIe siècle. C'est à partir de cette filiation cathare qu'il fut amené à redécouvrir le courant manichéen. Sensiblement contemporain de Plotin et d'Origène, MANÈS (v. 215-273) développe, en Perse, une Gnose d'inspiration chrétienne et de sensibilité bouddhiste, sur le vieux fonds dualiste du zoroastrisme. Une composante grecque, diffuse en Orient à l'époque hellénistique, avait déjà pénétré la Perse avec les victoires d'Alexandre, six siècles plus tôt, à l'époque de la fondation d'Alexandrie. Elle contribue à la structure philosophique de la doctrine de Manès qui s'exprime surtout, par ailleurs, sous formes de mythes et d'invocations poétiques.

Ainsi, la Gnose chrétienne revient vers Déodat ROCHÉ par deux voies : l'une, que l'on peut dire "paternelle", sur les bases culturelles du Zend-Avesta, du Bouddhisme et du Manichéisme ; l'autre, plus personnelle, issue du monde gréco-égyptien. Durant la longue partie médiane de son existence, il est évident que c'est la source cathare-manichéenne de son destin qui est le principal objet de ses travaux. Son lien avec le Catharisme est le plus immédiat, c'est là que les préoccupations les plus présentes sont à régler d'urgence, car elles affleurent avec force, comme des souvenirs.

Déodat ROCHÉ observait la plus grande discrétion sur une vie intérieure que l'on devinait intense et porteuse de signes. Il était même secret ; d'abord par modestie, mais aussi parce qu'il savait l'expérience intuitive difficile à exprimer par des mots, et même, pour l'essentiel, le plus souvent incommunicable. Cependant, Simone HANNEDOUCHE bénéficiait parfois, de sa part, de quelques confidences. Vers la fin de notre collaboration, il lui arriva de m'en léguer certaines, comme un viatique...

Notre vieil ami avait récemment vécu une expérience nocturne — d'une autre nature qu'un rêve — dans laquelle on venait l'appeler pour donner le Consolament à un mourant qui le demandait. La situation était dangereuse, il devait se cacher et prendre des précautions. Déjà âgé, il menait une existence pénible... Il s'avisa enfin qu'il était dans la personnalité de Pierre AUTHIER, l'un des derniers Ministres cathares, à l'époque de l'implacable persécution finale...

Il connaissait le nom de cet irréductible, bien sûr, comme les grands traits de son destin courageux et tragique, qu'il révisa de plus près, les jours suivants. Pierre AUTHIER naquit vers 1240, à Ax-les-Thermes, sur la Haute-Ariège, dans une famille "de robe", c'est-à-dire de magistrats, dont le rang équivaut à la petite noblesse. Il est fils de notaire, et lui-même Notaire juré d'Ax et de Lordat. Sa famille, aisée et instruite, a des livres, manuscrits bien sûr, et garde une tradition cathare sous-jacente.

Vers 1295, Pierre et son frère retrouvent cette tradition, entrent en rapport avec l'Église clandestine, font leur noviciat en Lombardie et reçoivent l'ordination avec le Baptême de l'Esprit. Ils commencent aussitôt leur prédication et, dès 1300, réorganisent une Église Cathare dans le Razès, le Sabarthez et le Carcassès, avec une remarquable efficacité. Pierre AUTHIER prêche dans le Razès et, pour la première fois, à Arques, en 1301... Trahi par Pierre de Luzenac, il est pris fin août 1309, enfermé au "Mur" de Toulouse, "interrogé" durant de longs mois... Condamné le 9 avril 1310, par la voix des Inquisiteurs Bernard Gui et Geoffroy d'Ablis, il meurt sur le bûcher, le même jour. Avant d'aller à la mort et d'être brûlé vivant, il déclara aux Inquisiteurs que "si on lui permettait de prêcher à la foule, il la convertirait tout entière à sa foi." Mais l'Église noire ne prenait pas ce risque et bloquait la gorge de ses victimes en y enfonçant la "poire d'angoisse", par une ultime cruauté... Quelques années après l'expérience de Déodat ROCHÉ, une remarquable étude par Jean DUVERNOY, sur 40 pages, sera consacrée à Pierre AUTHIER dans le CEC 47, de l'automne 1970, le temps de l'épreuve...

Au cours des dernières années 1960, vers la fin de sa vie active, Déodat ROCHÉ dirigeait toujours plus sa pensée, bien au-delà du XIIIe siècle, vers ses sources les plus lointaines, qui inspirèrent le jeune étudiant platonicien. La lecture approfondie d'ORIGÈNE l'enthousiasmait. Cet esprit supérieur, aux larges perspectives, avait suscité l'ardeur de ses disciples, mais aussi l'hostilité des deux Camps se disputant le pouvoir : les chrétiens dogmatiques et l'Empereur. Comme Pierre AUTHIER, et vers le même âge que lui, ORIGÈNE avait connu le martyre. Dans le prolongement de sa fréquentation, Déodat ROCHÉ retrouva avec une profonde sympathie l'œuvre et la biographie d'ÉVAGRE le Pontique (346-399) qui se considérait comme un disciple lointain d'Origène († en 253).

Moins théologique, l'œuvre d'ÉVAGRE est celle d'un moine qui pratique et enseigne une science du cheminement intérieur. La dernière partie de son existence se passa au Désert des Cellules, en Égypte, et cette vie érémitique attirait et concernait Déodat ROCHÉ qui l'avait tentée, en partie, à l'Estagnol. Après que ce dernier eut passé un moment en compagnie de ces auteurs archaïques, austères, proposant des modalités mentales souvent éloignées des nôtres et auxquelles accèdent aujourd'hui seulement quelques spécialistes, la joie qui l'illuminait demeure inoubliable… Il semblait retrouver un monde longtemps espéré, comme une ancienne et véritable patrie, cette famille spirituelle enfin, dont il parlait parfois avec espoir, au-delà des incertitudes — qu'il connaissait — de la famille biologique.

Désormais, il espérait, dans une prochaine existence, mener une vie d'inspiration monacale et se dispenser du mariage qu'il avait assumé comme un devoir social, en ce siècle… C'est ce qu'il confiait dans ses dernières années, mais que l'on pouvait comprendre depuis longtemps. Cet homme avait eu du mérite de s'imposer l'accomplissement de sa tâche terrestre, car il ne s'incarnait pas volontiers dans les pesanteurs de ce monde. La légèreté de sa présence le révélait : il vivait en partie au-dessus de l'univers sensible, et cette incarnation partielle, où le corps était peu sollicité, fut probablement une des causes de son exceptionnelle longévité, comme une manifestation de la devise du Temple de Delphes : "Connais-toi… Rien de trop." On oublie généralement la seconde injonction : "Rien de trop…". Dans le XXe siècle finissant où, non seulement le "trop" mais l'inutile, étouffent l'essentiel, Déodat ROCHÉ eut un dédain superbe pour la frénésie d'incarnation charnelle et technologique de ses contemporains. Ce bourgeois aisé ne conduisit jamais une voiture… Il n'en posséda qu'à Béziers mais seule sa secrétaire la pilotait ; et s'il entrevit un écran de télévision, ce fut par hasard… Pourtant cet esprit vif savait s'assurer les services des appareils modernes, lorsqu'ils étaient justifiés. Dès 1966, il acquit un remarquable magnétophone portatif semi-professionnel, afin d'enregistrer les conférences. Vers la même époque, j'eus la surprise, un jour de pluie, de le trouver dans sa cellule de l'Estagnol, muni d'un ingénieux appareil de chauffage, léger et portatif également, dont j'ignorais l'existence commerciale…

Cependant, son rapport social avec "le monde du mélange" n'allait pas de soi. Difficultés et maladresses marquèrent, on l'a vu, l'incarnation de son œuvre et la tentative de la transmettre. Il avait de la peine à identifier, dans leur diversité, chaque situation particulière ou chaque personne individuelle. Vivant surtout dans l'univers spirituel des archétypes ou des abstractions, il cherchait toujours, souvent sans réalisme, à y ramener, par des simplifications abusives, les cas spécifiques dont il avait à connaître. Même avec les personnes qu'il fréquentait depuis longtemps, sa relation n'allait guère au cœur de l'individualité.

Certes, il manifestait une bienveillance à l'égard de tous, et c'est une vertu assez rare, mais elle était diffuse et générale, peu à même de rendre le lien social efficace. Fin juillet 1970, Déodat ROCHÉ confia à Simone HANNEDOUCHE une expérience nocturne qui l'interpellait douloureusement. Son voyage le menait à la porte gardée d'une enceinte sacrée. Pour entrer, afin de pouvoir continuer son chemin, il devait présenter un viatique. Les pièces qu'il sortait alors étaient refusées les unes après les autres. En racontant ceci à Madame HANNEDOUCHE, il conclut avec un pauvre sourire : "Je m'aperçus alors que je n'avais que de la fausse monnaie..." Quelques jours seulement nous séparaient encore de l'acte institutionnel fallacieux où il s'empêtra, et nous avec, dans l'illusion de transmettre son œuvre.

Le plus authentique, en lui, demeurait le moine du Désert des premiers temps du christianisme, retiré dans la solitude, et vers qui venaient les disciples, attirés par son **"aura"de pureté**. Mais il fit, tout au long de son existence, des efforts constants pour aller vers les autres et coopérer avec eux, même s'ils ne furent pas souvent couronnés de succès... Prosper ESTIEU avait compris cette flamme spirituelle qui s'accoutuma difficilement à "ce monde" ; il l'exprima dans un Sonnet dédié à Déodat ROCHÉ : "Philosophe et savant... adorateur de Celui qui gouverne l'univers...", publié dans son Recueil "Las Oras Luscralas" (Colètge d'Occitania, Tolosa 1941), ou "Les Heures Crépusculaires", dont voici les trois derniers vers :

"Sobent me fa soscar als Crestians primitius,	Souvent il me fait songer aux Chrétiens primitifs,
Qu'éran totis comols de fe cremanta, e trobi	qui étaient tous pleins de foi brûlante, et je trouve
Que rares son los qu'an coma el lo foc de Dius."	qu'ils sont rares, ceux qui ont comme lui la flamme de Dieu !

"L'Église r. et les Cathares A." 3e Éd. 1969. p. 289
(CEC 9, Pr 1961, p. 18-19)

La relation lointaine du philosophe d'Arques avec la culture gnostique et platonicienne d'Alexandrie, en partie christianisée au début de notre ère, explique sa préoccupation des origines spirituelles de l'Homme. Il appartient à ce courant de pensée pour lequel le Christianisme ne referme pas les lourdes portes d'une Église sur un passé venu de l'invisible à travers la succession des Mystères antiques, mais au contraire rassemble ce trésor millénaire pour le faire fructifier d'une manière plus consciente et plus respectueuse de chaque individualité. Simultanément, dès les commencements du Christianisme, un second courant, celui du Pouvoir, fermera les sources spirituelles pour appliquer plus durement sa Loi cléricale à la société humaine et au monde terrestre. La pensée d'Aristote, l'instructeur d'Alexandre le Conquérant, conviendra à ceux qui veulent régner, au nom de Dieu, sur le monde sensible et dominer diaboliquement les âmes en contraignant les corps.

Lorsque l'aristotélisme parviendra en Europe occidentale, au Moyen Âge, ce sera à travers les choix, les traductions et l'influence de l'arabisme islamique. THOMAS D'AQUIN le fera triompher officiellement dans l'Église romaine et confortera par là même son Ordre créé pour être le bourreau du premier courant chrétien, qui vivait alors dans le Catharisme. Vaincu dans le monde matériel, ce courant fut, en tous lieux, martyr, c'est-à-dire : **témoin**, de la vie de l'esprit. Écrasé par le despotisme de l'Église de Rome, il fut effacé de la terre celtique, assassiné en Languedoc, persécuté dans tout le Bassin méditerranéen et le Moyen-Orient d'où le Manichéisme dut refluer jusqu'en Chine. **Ainsi, l'Église noire s'appliqua efficacement à la stérilisation spirituelle de l'Occident ; le XXIe siècle exhibe largement et impudiquement les résultats de son sectarisme**. Déodat ROCHÉ a rappelé comment AUGUSTIN (350-430), l'évêque d'Hippone, d'abord auditeur des Manichéens, les combattit par la suite en caricaturant leurs conceptions. Lui-même avouait être resté longtemps sans pouvoir se représenter Dieu autrement "qu'un grand amoncellement de corps"...! En fait, ce courant du Pouvoir est impuissant à se représenter des êtres autres que matériels. C'est lui qui va élaborer le dogme de la "résurrection des corps et de la chair" et l'imposer par la terreur de l'enfer.

L'autre courant, que l'on peut dire "platonicien", garde le sens de la réalité spirituelle et veut protéger les hommes des illusions caricaturales de la matière. Gustave THIBON rapporte qu'en quittant Simone WEIL, en mai 1942 à Marseille, il lui dit : "Au revoir... dans ce monde, ou dans l'autre..." En le regardant, elle lui répondit : "Dans l'autre, on ne se revoit pas !" Elle ne signifiait pas ainsi l'absence d'espoir de se retrouver, mais le fait que la connaissance spirituelle est intime et directe, et ne passe pas par l'imperfection d'une vision où le sujet et l'objet sont radicalement séparés. Dans l'Occident moderne, les véritables platoniciens furent dispersés par les persécutions continuelles de Rome. Simone WEIL, qui se savait des leurs, **avait immédiatement reconnu** Déodat ROCHÉ, à travers ses écrits, comme relié à ce courant. Elle, qui n'entra pas dans l'Église romaine, malgré les efforts du R-P Perrin, répondit au R-P Couturier, un autre dominicain, dans sa "**Lettre à un religieux**" (Gallimard, Paris, 1951) : "...il est écrit que l'arbre est jugé à ses fruits. L'Église a porté trop de fruits mauvais pour qu'il n'y ait pas eu une erreur au départ." (Éd. 1974, p. 36). Dans l'ordre du destin, Simone WEIL eut une place brève, mystérieuse mais décisive, entre deux hommes exceptionnels, bien différents et par là même complémentaires.

Gustave THIBON (1903-2001), agnostique dans sa jeunesse, vint à la philosophie thomiste et au catholicisme par sa relation avec Jacques Maritain. Mais cet esprit vivant et lumineux, après soixante années et plus de libre méditation et aussi... de pratique catholique, en vient à écrire : "Je redoute et je désire ce rendez-vous avec la vérité nue. Ma tentation est de mourir sous le ciel nu plutôt qu'enseveli dans le sépulcre d'une religion. Les religions sont des berceaux dont la mort brise l'osier." (**Au soir de ma vie**. Plon, 1993, p. 210-11), et déjà en 1985 : "Le Catholicisme. Ce fut pour moi une bouée de sauvetage sur l'océan de la vie terrestre, et que j'ai prise pour le port suprême. Où s'arrête mon devoir de fidélité ? Pas d'autre solution que de nager seul vers le port en traînant après soi la bouée devenue inutile — et consacrée par son inutilité même." (**Le voile et le masque**. Fayard, 1985.p. 26)

Pour l'édition du présent ouvrage, nous en venions à relire ces lignes, le jour même où nous apprenons le Départ de Gustave THIBON, le 19 janvier 2001... À partir de 1984 jusqu'aux années 1990, ce sage nous avait accueillis, à plusieurs reprises, pour de longs entretiens, avec une générosité fraternelle. Son esprit vif et subtil, son âme vibrante, sa sincérité et sa modestie totales permettaient d'aller, avec lui, au fond des questions. Nous avions ainsi déterminé clairement certaines de nos divergences, dans l'ordre métaphysique. Mais elles n'empêchaient pas le bonheur, au cours de nos longues rencontres, de nous retrouver, intellectuellement et moralement, sur de larges pans de l'essentiel. Pour la première fois, j'avais entendu sa parole de lumière et d'ardeur un soir de 1975, à la radio France-Culture. Depuis un quart de siècle, il était ainsi devenu comme la clarté d'un veilleur dans la nuit du Destin, cette nuit du Mystère qu'il célébrait aussi ; désormais, il le sera sur l'Autre Rive, auprès de Déodat ROCHÉ...

Simone WEIL, instruite des atrocités perpétrées au long des siècles par l'Église romaine où elle refusa d'entrer, admirait profondément, à Solesmes, la liturgie grégorienne et souhaitait avec ferveur que l'humanité pût communier dans son ensemble, comme l'assistance pouvait le faire là, une heure durant...

Déodat ROCHÉ, ranimant des sources anciennes à l'approche du Départ, se tournait lui aussi — le solitaire d'Arques — vers une autre assemblée qu'il espérait fraternelle, et il recevait un prêtre d'orientation anthroposophique, dont l'altitude n'était pourtant pas la sienne...

Deux hommes partis d'horizons apparemment opposés, convergeaient ainsi avec l'âge... Le visage énigmatique du Destin fut cette grande âme qui les effleura, comme l'aile de l'Ange, un demi-siècle plus tôt, avant de retourner peu après dans les "Demeures du Père"... Gustave THIBON, paysan languedocien devenu, jeune encore, philosophe thomiste, interrogea inlassablement, durant toute sa vie, le Ciel de Platon... Il me dit, le soir du 2 avril 1984, à St-Marcel d'Ardèche, lors de notre première rencontre : "Vous savez, ici, dans ce pays, nous sommes tous un peu Cathares..." Les deux hommes vécurent au-delà de quatre-vingt-dix ans et ne se connurent pas. Mais la jeune visiteuse qui habita fugitivement la terre occitane, **sut les trouver aussitôt** et son message fut inoubliable. Elle devait mourir à trente-quatre ans, victime indirecte du Gros Animal totalitaire et protéiforme qui dévora également, jadis, l'admirable HYPATHIE (v. 370-415) savant et philosophe platonicienne, déchiquetée vivante par la populace "chrétienne" à Alexandrie d'Égypte, sur l'instigation sournoise de l'évêque Cyrille.

Ces trois êtres d'exception, vouant leurs existences à la quête de l'esprit, avaient reconnu leurs racines spirituelles dans le monde méditerranéen et la sagesse grecque. En cette vie, ils se retrouvèrent dans les contrées lumineuses où l'horizon lointain unit exactement le ciel à la terre, bleue comme la mer. Chacun fut, à sa manière, douloureux dans son destin, et réticent face aux institutions, mais pourtant vint toujours à la rencontre des hommes. Simone WEIL, en 1941, sut venir à la rencontre de l'œuvre de Déodat ROCHÉ, qui devint pour elle un viatique décisif en l'aidant à comprendre l'histoire de l'Église romaine, ses arrière-plans et ses enjeux. Rencontre opportune, car peu après, elle allait se trouver devant cet énorme monument institutionnel, ses pompes et sa séduction. Ce n'est évidemment pas un hasard si elle dut l'affronter sous la forme de l'Ordre dominicain et de ses deux représentants : le "Père" Perrin et le "Père" Couturier. Cette jeune fille isolée, physiquement affaiblie et proche de la mort, saura alors démasquer définitivement l'Église de Rome et toutes les institutions formelles et exclusives à prétentions religieuses, par des questions et des réponses dignes de Jehanne devant ses examinateurs et ses juges. Il en naîtra deux ouvrages qui, désormais, ne passeront pas : "**L'attente de Dieu**" et la "**Lettre à un religieux**". La force de conscience et de liberté qui les anime, eut sa part dans l'évolution de Gustave THIBON — du propre aveu de celui-ci — et dans son œuvre, une vingtaine de volumes constamment réédités, qui rayonne dans nombre de pays, traduite en plusieurs langues, y compris en japonais où l'édition intégrale se poursuit depuis environ 1990. Quant à l'œuvre de Simone WEIL, mondialement connue et traduite, elle brille au firmament des plus grandes. En découvrant ainsi le cheminement intellectuel et spirituel du Destin à partir de l'ouvrage : "**Le Catharisme**" (1937) de Déodat ROCHÉ, on mesure enfin l'importance discrète et combien modeste — secrète même — du philosophe d'Arques dans l'évolution spirituelle de notre époque vers la conscience et la liberté. On se représente mieux encore la situation singulière — mais injuste et inacceptable — de son œuvre, délibérément occultée aujourd'hui par certains, malgré, ou plutôt à cause de son indéniable fécondité à travers d'autres œuvres.

Déodat ROCHÉ, préoccupé très jeune de "l'harmonie sociale", chercha toute sa vie à promouvoir des "communautés fraternelles", là où il vivait, "ici et maintenant". Toute sa vie, il garda l'idéal et la nostalgie de la grande communauté des esprits de bonne volonté, chercheurs libres de la vérité sans dogmes ; de cette "ecclesia" que les vrais chrétiens des trois premiers siècles purent espérer — et même croire possible — en ce monde. Il savait aussi que toute forme terrestre, esquissée en ce sens, est aussitôt attaquée, comme un beau fruit, de l'intérieur et du dehors, par les forces hostiles. Il avait appris de l'histoire que le Mal n'est pas l'institution elle-même, mais que celui-ci agit dans ces forces mouvantes, au fond toujours identiques, mais passant constamment d'une forme à une autre. La Société qu'il fonda ne fut pas épargnée, elle non plus...

Dans la critique, érudite et précise, qu'il fit de l'Église romaine et de son passé, il ne manifesta jamais d'excès ni de haine. Sans doute gardait-il le souvenir, lointain mais lumineux, de la liberté d'une "ekklesia" qui n'était pas encore romaine et vivait dans les âmes, d'Alexandrie à Thessalonique. En approchant du terme de sa longue existence, la tâche étant accomplie de restituer certaines vérités de l'Histoire et d'en éclairer les responsabilités, l'esprit de réconciliation se manifesta dans cette âme qui s'élevait sur le siècle. Au début des années 1970, Déodat ROCHÉ adressa "**L'Église romaine et les Cathares albigeois**", dans sa 3e édition de 1969, au Cardinal François MARTY, archevêque de Paris, accompagnée d'une lettre où il lui demandait d'œuvrer afin que l'Église romaine reconnût ses lourdes fautes et demandât le pardon pour les iniques persécutions qu'elle a perpétrées au long des siècles. Cette initiative ne pouvait aller sans un sérieux débat dans la conscience de notre vieil ami... François MARTY lui parut, sans doute, un clerc auprès de qui une telle démarche était possible... Issu d'une famille paysanne de l'Aveyron, cet homme au parler rocailleux était né, comme lui, sur la terre d'Oc. De l'avis des connaisseurs, ce n'était pas, au premier chef, un politique, mais plutôt un spirituel aux préoccupations sociales, proche des hommes, même des plus simples. Né en 1905, François MARTY s'était retiré dans un couvent du Rouergue, au début des années 1980. Vivant modestement, il se déplaçait avec sa vieille 2 CV Citroën dont il disait, en souriant, qu'elle le "mènerait au Paradis..." Le 16 février 1994, elle tomba en panne et se bloqua sur un passage à niveau, près de Villefranche-de-Rouergue. Broyée et traînée sur plus de deux cents mètres par l'autorail survenant à pleine vitesse, elle fut cause, en tout cas, de la mort tragique du vieux Cardinal...

L'Église romaine, qui évoqua, enfin, GALILÉE du bout des lèvres en 1993 pour se distancer du ridicule d'un procès grotesque et obscurantiste, est encore loin de demander le pardon de ses fautes terribles. Pour soulever un tel poids, sans doute faudra-t-il plus d'un chrétien sincère, fût-il hiérarchiquement "important" dans l'institution catholique.

Cependant, la pensée et le geste de Déodat ROCHÉ n'en ont pas moins une grandeur porteuse d'avenir. L'Église de Rome, en reconnaissant lucidement les crimes et les ténèbres qu'elle assuma, aiderait l'humanité à se libérer de l'épouvantable et incessante réapparition des mêmes comportements sectaires et fanatiques d'une Religion prétendant imposer ses normes à tout un peuple voire à plusieurs peuples et même à tous…

De manière limitée et plus immédiate, elle dispenserait peut-être la Société anthroposophique de retomber lourdement dans les ornières du passé, en entretenant l'idolâtrie pour les Bernard de Clairvaux, Alain de Lille ou Thomas d'Aquin…

L'irréel pardon à l'Église

Malgré sa puissance financière écrasante, à travers toutes sortes de grosses affaires, notamment dans les médias, l'Église romaine doit reculer, pas à pas, devant la découverte progressive et inexorable, par des pans croissants de la population européenne, de son passé totalitaire et criminel. Elle sait qu'elle aura bientôt "le dos au mur" aussi a-t-elle décidé, pour la fin du second millénaire, d'amorcer un important repositionnement d'image. Durant quinze siècles, elle exerça une tyrannie parasitaire, brutale et sans masque, tant qu'elle fut en position dominante. Dès lors qu'elle ne l'est plus, on peut la voir passer à la démagogie, profitant du grand bluff de "l'an deux mille" pour déployer un ersatz de "mea culpa" exhibitionniste. Prévoyant l'impudicité à venir de cette tragi-comédie, nous écrivions, en 1998, dans "**Catharisme et chrétienté**", parlant de l'Église : "Et d'ailleurs, accomplirait-elle aujourd'hui son "mea culpa"**, il serait sans aucune valeur, car beaucoup trop tardif.**"

C'était, par exemple, au soir du 16 mars 1244, qu'il fallait, saisi par l'horreur de son crime, que le monstrueux clergé catholique, enfin retourné à l'humanité, enfouît son front dans les cendres chaudes du Pré des Brûlés à Montségur. Dès le lendemain, il était définitivement trop tard…

Il l'était plus encore, le 12 mars 2000, lorsque l'un des derniers papes, Carol Wojtyla, dit "Jean-Paul II", a célébré, dans St-Pierre de Rome, une cérémonie afin de demander pardon pour "les péchés commis par certains chrétiens au service de l'Église". Comme on le voit, il ne s'agissait, d'ailleurs, même pas de reconnaître la culpabilité de l'Église en tant qu'institution — pourtant construite et maintenue sur le mensonge, la falsification, l'imposture et la force brutale — **mais celle d'individus** (!)… dont les erreurs n'engageraient qu'eux-mêmes, alors que papes et conciles ordonnèrent les crimes.

Six catégories de "péchés" ont été distinguées :

1 - "Les péchés commis au service de la vérité" : persécution des "hérétiques", croisades, Inquisition…

2 - "Les péchés qui ont porté atteinte à l'unité du Corps du Christ" : excom-

munications d'Églises séparées, schismes...

3 - "Les péchés commis contre les Juifs".

4 - "Les péchés commis contre l'amour, la paix, le droit des peuples".

5 - "Les péchés commis contre la dignité humaine".

6 - "Les péchés commis contre les droits fondamentaux de la justice sociale".

Le texte officiel, résumant cette démarche, précise bien que ces péchés ne sont pas ceux de l'Église "sanctifiée dès l'origine par le Christ, et donc intangiblement sainte, mais ceux de certains religieux agissant dans son sein". Évidemment, une telle "Église" serait une abstraction totalement irréelle, et pareille affirmation maintient l'imposture la plus dangereuse sur laquelle est assise la secte romaine. Le mot, lui-même, le dit bien : l'"ekklesia", c'est **l'assemblée** de tous les membres de la secte. L'Église est cela, **elle n'est que cela**. Le théologien allemand contestataire Eugen Drewermann, né en 1940, le reconnaît sans ambiguïté en nommant son mouvement dissident "Nous sommes l'Église". Mais, si l'on considère son rejet des croyances aberrantes du Christianisme et son interprétation mythologique de ses dogmes, on constate qu'il désigne, en réalité, une tout autre "ekklesia", vierge, en quelque sorte, qui n'est pas notre sujet ici.

En ce qui concerne l'Église romaine, la seule véritable conclusion, honnête et cohérente, de son simulacre de contrition, ne pourrait être que **de se dissoudre**, car ses inexpiables péchés ne sont que la conséquence inévitable de sa nature et de son fonctionnement irrigué radicalement par un mensonge originel et ceux qui suivirent.

Bien visiblement, deux traits essentiels caractérisent cette vaste manœuvre de propagande médiatique : la mauvaise foi et une volonté politicienne de pouvoir.

Le premier trait apparaît, à l'évidence, dans l'imposture constitutive de la première fausse contrition : "péchés commis au service de la vérité"... Autrement dit : avec les bûchers d'"hérétiques", les croisades, l'Inquisition, on y est allé un peu fort, mais on servait la vérité, **on avait raison,** et "ils" avaient tort, "ils" ont toujours tort... Dès lors qu'elle ne dispose plus, pour le moment, du "bras séculier" pour détruire physiquement les chercheurs de vérité qui la gênent, la nébuleuse de l'Église romaine est engagée dans une guerre psychologique et pseudo-culturelle d'usure où tout lui est bon — car il n'y a pas de petits profits — pour masquer la vérité, retarder, empêcher sa manifestation aux yeux du grand public. Les moyens de cette guerre sont les nombreux médias sous contrôle catholique, le noyautage systématique des milieux de l'édition, de l'université — notamment en histoire — par des "intellectuels" catholiques, c'est-à-dire **sous influence et manipulés, le plus souvent, dès l'enfance.**

Dans ce contexte, une officine dominicaine connue, associée à un éditeur qui y trouve son compte, s'est appliquée, depuis les années 1960, à dénigrer péjorativement les auteurs qui ont œuvré honnêtement pour rendre justice aux victimes de l'Église, et exhumer leur histoire cruelle ; appliquée aussi à nier des vérités gênantes, voire à répandre des contre-vérités susceptibles de ternir l'image du Catharisme et des ultimes témoignages qui rappellent son martyre aux générations actuelles. Ainsi, à la fin du XXᵉ siècle, une offensive mensongère, particulièrement odieuse, est menée sournoisement contre le site de Montségur et les souvenirs qui lui sont attachés. Affolés, à partir de 1966, par l'émergence médiatique du drame cathare dans le grand public, les préparateurs **de l'officine révisionniste susdite** tentent d'intoxiquer l'opinion publique en répandant des absurdités du genre "Il n'y a jamais eu de bûcher à Montségur..." et "le château que l'on y voit, construit après 1244, n'a pas été connu des Cathares..."

Les véritables historiens ont, évidemment, réduit à leur néant ces affabulations de prêcheurs, (voir par exemple : Jean DUVERNOY, **Le dossier de Montségur**. Éd. Pérégrinateur, Toulouse, 1998) mais la devise cléricale "Calomniez, il en restera toujours quelque chose" n'est pas sans efficacité. D'autant plus lorsque s'y ajoute la mesquinerie de quelque personnalité déçue, désireuse de sanctionner les bénéficiaires locaux du site de Montségur. Il arrive alors que ce mensonge, dévalorisant le château aux yeux du public, soit enseigné aux étudiants, répété de bonne foi, même par des anticléricaux, pourtant soucieux de justice à l'endroit des Cathares, se faisant, **dans une totale inconscience**, les agents de l'infamie dominicaine, appliquée à parachever, dans l'ordre psychologique, le meurtre initié par le bûcher, il y aura bientôt huit siècles.

Cette inconscience — dans une humanité à peine émergente — manifestée à travers l'ignorance, la lâcheté, l'arrivisme et la niaiserie, constitue, depuis ses origines, la matière première dont s'engraisse l'Église. À l'orée du IIIᵉ millénaire, deux savants astrophysiciens américains témoignent pesamment de cette triste réalité, alors qu'ils devraient être parmi les premiers à connaître la persécution criminelle menée par le Vatican contre la science, au cours des siècles. La fondation P.G... a décerné à ces deux scientitiques, A.S... et P.P..., son prix annuel de 150 000 dollars, dédié à la cosmologie. Grâce à eux, Rome récupérera du bénéfice même sur ses crimes...

"Ils recevront leur prix, ce mois-ci, à l'Académie pontificale des sciences du Vatican, lieu choisi en mémoire de Galilée, récemment réhabilité par le Saint-Siège". (revue "**La Recherche**", n° 336, novembre 2000, p. 89).

Comment ne pas avoir la nausée en voyant ces héritiers des chercheurs de vérité suppliciés jadis par l'Église, venir servilement figurer dans son impudique, cynique et permanente exhibition publicitaire. Si ces deux malheureux avaient un peu de cœur, venant à Rome, c'est sur le "**Campo de'Fiori**" qu'ils auraient **demandé à recevoir leur prix**, là où, le 8 février 1600, fut torturé et brûlé vif, par l'Église catholique, le grand Giordano BRUNO, parce qu'il avait génialement compris, le premier, ce qui est devenu leur gagne-pain : l'infinité de l'espace, des soleils et des planètes dans l'univers.

Le second trait, avec sa finalité lourdement politicienne, apparaît dans le fait de consacrer l'une des six rubriques — la troisième — exclusivement aux Juifs, alors que leurs problèmes sont traités complètement dans les rubriques 4, 5 et 6. En réalité, d'autres peuples ont souffert, autant et plus que les Juifs, d'exterminations commandées par l'Église romaine : les Saxons, par exemple, du VIIIe au Xe siècle, les chrétiens irlandais à partir du XIIe siècle, les Vaudois et les Protestants jusqu'au XVIIe siècle et, bien sûr, les évangéliques dualistes, que la secte romaine appellera manichéens, ariens, "cathares", du XIe au XIVe siècle. Le génocide ethnique, culturel, spirituel perpétré, de la sorte, plus de trois siècles durant, par l'Église, **a exterminé totalement**, en Europe, une autre civilisation naissante, porteuse d'une spiritualité en voie de laïcisation, et beaucoup plus évoluée que la rudimentaire et archaïque mythologie du christianisme fixé au stade primitif des religions à sacrifices humains. Ce génocide fut plus absolu que les persécutions frappant les Juifs, car **il éradiqua totalement la culture dualiste**, alors que le Judaïsme, religion ethnique, est toujours vigoureux.

Pour l'Église politicienne, les génocidés sont parfaits : ils se taisent définitivement, mais il importe de ménager les "rebelles" survivants qui constituent une puissance. Aussi, le pape Wojtyla ne se limite pas à demander pardon depuis Rome, il va aussi le faire à domicile : à Jérusalem. Mais, pour que sa mise en scène de vieux théâtre clérical, avec petit papier entre les pierres du "mur des lamentations", assortie de recueillements ostensibles et pharisaïques, ait quelques chances d'être prise au sérieux, **il faudrait aussi des contritions désintéressées à l'égard des victimes qui n'ont plus d'électeurs ni de banquiers**.

Il faudrait, par exemple, que le pape et sa curie aillent s'agenouiller sur les lieux de ces grands bûchers, exécuteurs du **génocide européen**, comme Montwimer en Champagne, Montségur en Occitanie, ainsi que dans les vallées des Alpes où, au XVIIe siècle encore, la soldatesque catholique, sur l'injonction et avec la bénédiction pontificales, empalait, nues sur des baliveaux en bordures des chemins, après les avoir violées, de pures chrétiennes vaudoises. Mais tous ces martyrs, au "purgatoire" ou au "paradis", dans l'ordre spirituel, enfin, **cela ne compte pas pour l'Église de Rome**. Ce qui importe pour elle, qui a trahi, dès l'origine, le message le plus clair de Jésus : "Mon Royaume n'est pas de ce monde", ce qui compte pour la papauté, c'est la terre, **le pouvoir terrestre**. Or, les Juifs ont un grand pouvoir mondial, de l'Europe aux États-Unis. En France, ils sont six cent mille, soit 1 % de la population, mais, **dans toute instance de pouvoir** : politique, économique, financière, médiatique, leur proportion est tout de suite dix ou vingt fois plus forte. En population absolue, dans notre pays, les Arabes et les musulmans sont dix fois plus nombreux que les Juifs, mais ils n'ont pas encore le même talent pour accéder aux pouvoirs. Aussi, la chétive rencontre organisée, en 2000, à Jérusalem, entre le pape et les représentants musulmans, a-t-elle plutôt mal tourné… Dans le monde, les Juifs se comptent en dizaines de millions, les Arabes en centaines de millions. Ismaël, moins doué, est plus prolifique qu'Israël…

En France, bien que le responsable de l'émission de propagande juive du dimanche matin, sur la radio France-Culture, ait déclaré, au printemps 2000, qu'il fallait "rejudaïser le Christianisme"… la menace la plus immédiate, pour l'Église chrétienne, ne vient pas de là, mais de la masse musulmane qui occupe progressivement le pays et l'Europe. Pour tenter de faire front, la politique vaticane recherche d'urgence l'alliance avec les Juifs. Mais il est bien tard et… tout n'est pas si simple. Doués pour s'intégrer, mais refusant, majoritairement et viscéralement, de s'assimiler dans les pays d'Europe, les Juifs y participent ardemment au vaste, et actuellement tout-puissant groupe de pression pro-immigration, considérant que celle-ci, par la bigarrure ethnique où vont s'anéantir les peuples européens, leur assurera enfin la sécurité. C'est oublier que les populations migratrices, arabes notamment, sont en conflit ethnique radical avec les Juifs. Lorsque surviendra, inévitablement, la déflagration du mélange ethno-culturel que l'Europe laisse constituer, dans une large inconscience, sur son territoire, le Vatican compte-t-il sur les Juifs pour contrôler la situation, comme trois millions d'entre eux contrôlent bien, depuis plus d'un demi-siècle, la pression de deux cents millions d'Arabes sur l'État d'Israël ? Contrôle seulement possible, toutefois, grâce au soutien logistique des treize millions de Juifs vivant aux USA, qui prendraient peut-être aussi bien du service de ce côté-ci de la Méditerranée ? Faudra-t-il, pour cela, "rejudaïser le Christianisme" et, pourquoi pas, "rebabyloniser le Judaïsme" ? Sans oublier, cependant, que l'Islam fut catalysé par ces deux machines, psychiques et tribales utilisées pour dominer les consciences et exploiter le labeur des hommes…

Si, au lieu d'anesthésier l'intelligence humaine, des siècles durant, par sa dictature obscurantiste et sa théologie psychopathique, l'Église romaine avait repris sa place raisonnablement, en respectant celle des autres, comme les évangéliques dualistes **l'y invitaient pacifiquement**, l'Europe ne serait pas entrée dans l'agonie culturelle et spirituelle, où ceux qui ont des yeux pour voir, la voient, à l'orée du troisième millénaire.

* * *

Il y a trente ou quarante ans, au cours des années 1960, ces problèmes n'avaient pas l'acuité qu'ils ont prise aujourd'hui ; même aux observateurs lucides qui les apercevaient déjà, en Europe, ils semblaient lointains ; d'autres “urgences”, apparentes, s’imposèrent, comme les “bonnes affaires” et la croissance économique, brutale et à tout prix.

Quant à Déodat ROCHÉ, il comprenait tout cela, mais ne s’en préoccupait guère. De manière significative, toutefois, il m’avait parlé de la Chine comme d’une menace, en quoi il voyait juste et loin. Il est démographiquement possible, en effet, que l’Europe, dans son apathie ontologique, après avoir été balayée par l’Afrique, soit définitivement liquidée par la Chine et les autres peuples asiatiques, ainsi, d’ailleurs, que ceux-ci le prévoient, avec assurance, actuellement déjà.

Dans de tels contextes, les religions constituées, loin de toute véritable spiritualité, se réduisent, en réalité, à des totems psycho-ethniques utilisés par des forces obscures pour manœuvrer les masses humaines, toujours dans le sens le plus opposé à l’évolution vers l’éveil de la conscience. Il suffit d’examiner l’Histoire pour s’en convaincre, sans oublier qu’en persistant à l’ignorer, on se condamne à la revivre.

Le sage d’Arques pouvait sembler bien solitaire et démuni devant de telles machines institutionnelles. Mais la flamme qu’il portait, légère et fragile comme celle de la vie, se ranime toujours, fût-ce au terme de sept cents ans, on l’a vu, car c’est à elle, qu’en définitive, appartient l’avenir.

Cette lumière intérieure, Déodat ROCHÉ savait qu’elle pouvait également briller dans une communauté humaine capable de la vénérer à travers la beauté du monde. C’est pourquoi, au-dessus du Col du Paradis, lui et ses amis, “un peu avant le lever de l’aurore, se sont tenus debout, le visage tourné du côté de l’Orient et ont salué la lumière matinale comme la venue de l’esprit.” (Maurice Magre). En cet instant, il était dressé, attentif et respectueux, comme le furent jadis les Orphiques de Thrace, les premiers Ermites chrétiens du Désert d’Égypte, puis les “bons omes” au Pog de Montségur…

Avant que le soleil n’émerge, la nature paisible est toujours parcourue d’un frémissement discret, et comme par une brise légère d’une merveilleuse pureté. Notre vieil ami, en ces moments-là, retrouvait à l’évidence une patrie secrète dont il gardait le reflet tout au long de ses jours. Cette lumière douce, comme le souffle purificateur de l’aube, cet apaisement de la contrainte du corps, rayonnaient en permanence autour de lui, pour peu que s’éloignassent les confusions terrestres. Malgré bien des nuages hostiles, des faiblesses et des erreurs, il fut souvent à l’Estagnol comme une aurore vivante et les âmes y respiraient, en sa présence, un air plus léger et plus pur.

" Le caractère énigmatique des choses extérieures provient de ce que nous ne participons pas à leur genèse ; nous les trouvons toutes données, déjà existantes. Par contre, nous expérimentons directement comment la pensée est engendrée. Pour considérer le reste de l'univers, il n'existe pas de point de départ plus proche de l'origine que celui de la pensée." (...) "L'homme naïf n'accorde de réalité aux choses que s'il peut les voir et les toucher ; de même, il réclame, dans le domaine de sa vie morale, des motifs de vouloir qui lui soient perceptibles.(...) : soit que Dieu apparaisse dans le buisson ardent, soit qu'il vienne parmi les hommes dans une enveloppe corporelle, pour leur apprendre ce qu'ils doivent faire ou ne pas faire. "(...)
" L'au-delà, simplement conçu par spéculation, mais inaccessible à l'expérience, est le fait d'une aberration de la part de ceux qui ne croient pas l'existence terrestre fondée en elle-même... Le Dieu admis par spéculation n'est qu'une transposition de l'homme dans l'au-delà... Un Être originel auquel on attribue un contenu purement spéculatif, demeure, pour toute pensée conséquente, une hypothèse impossible... Le monisme n'admet pas de Gouverneur universel qui, contre notre gré, fixerait les buts et l'orientation de nos actions. L'homme ne trouve point tel Être originel dont il pourrait scruter les résolutions pour savoir comment orienter ses actions. Il est ramené à lui-même." "Il faut pouvoir faire l'expérience vécue de l'idée, sans quoi l'on devient son esclave."

Rudolf STEINER. **Philosophie de la liberté** (1894)

Chapitre 21

La Gnose de Déodat ROCHÉ, entre Science et Tradition

Dès le mois d'avril 1896, Déodat ROCHÉ et son père sont abonnés à la Revue "**L'Initiation**" dirigée, à Paris, par le Dr Gérard Encausse (Papus). Le jeune étudiant, à Toulouse depuis novembre 1896, adhère par l'intermédiaire de cette Revue au "Groupe indépendant d'études ésotériques" dans lequel SÉDIR (de son vrai nom : Yvon Le Loup) devient son principal correspondant. En 1897, D. ROCHÉ s'enquiert auprès de lui des conditions d'entrée dans l'« Ordre Martiniste » et dans l'« Église Gnostique » fondée en 1889 par Jules DOINEL (1842 - 1902), devenu le Patriarche Valentin II, avant de démissionner brusquement en 1894, pour finalement la réintégrer au début de 1896 comme Évêque d'Alet et de Mirepoix... En 1897, DOINEL était archiviste du département de l'Aude, à Carcassonne où Déodat ROCHÉ lui rendit visite. Ce dernier, à cette époque, étudiait l'histoire de la Croisade contre les Albigeois et celle du martyre de son village d'Arques en 1210.

Il s'intéresse alors de plus près au chapitre écrit par DOINEL dans le "**Traité méthodique de science occulte**" de Papus, qu'il connaît depuis 1891, et consacré à la Gnose de Valentin puis à l'histoire des Manichéens et des Gnostiques d'Orléans, brûlés en 1022, déjà... Après la démission de Jules Doinel, FABRE DES ESSARTS (Tau Synésius, évêque Gnostique de Bordeaux depuis septembre 1894) était devenu Patriarche de l'Église Gnostique, le 3 janvier 1896. Dans l'ordre profane, ce poète-fonctionnaire était Rédacteur au Ministère de l'Instruction publique, à Paris. En avril 1899, Déodat ROCHÉ découvre enfin ses fonctions ésotériques et son adresse, entre en correspondance avec lui, et adhère à l'Église Gnostique dans les mois qui suivent.

Il fait alors connaissance du Docteur Louis-Sophrone FUGAIRON, né en 1846 à Ténès (Algérie), installé en France depuis 1870, qui venait aussi d'entrer dans l'Église Gnostique où il devint l'Évêque de Béziers : Tau Sophronius. D. ROCHÉ lui rend visite dès août 1899, à Ax-les-Thermes en Ariège. Ils décident alors de créer ensemble un journal mensuel : "**Le Réveil des Albigeois**". Le Patriarche T. Synésius (Fabre des Essarts) avait laissé à son Évêque coadjuteur T. Sophronius (Dr Fugairon) la responsabilité doctrinale de l'Église et la préparation des Dogmes et du Catéchisme à soumettre aux Conciles à venir... À sa culture scientifique, le Dr FUGAIRON associait une assez large érudition ésotérique. Avec cet homme, de trente et un ans son aîné, Déodat ROCHÉ collabora quatre années durant, avec beaucoup de dévouement et de respect, ainsi qu'en témoignent les lettres qu'il lui adressait et dont certaines sont conservées à la Bibliothèque de la Ville de Lyon. Bientôt Diacre Theodotos de l'Église Gnostique, Déodat ROCHÉ fut ordonné, début 1903, Évêque Gnostique de Carcassonne : Sa Grandeur Tau Theodotos...

Mais, en passant de l'âge de 22 à celui de 26 ans, le jeune philosophe éveillait sa conscience, formait sa "méthode critique" (cf p. 332) et affirmait ses conceptions, cependant que le dogmatisme introduit par Sophronius-Dr FUGAIRON dans l'Église Gnostique y produisait une rigidité que Déodat ROCHÉ jugea fallacieuse et inacceptable. À ses yeux, Sophronius commettait une erreur grave en voulant ignorer les sources pythagoriciennes et platoniciennes de la Gnose chrétienne, ainsi que le souvenir diffus du Manichéisme dans la genèse du Christianisme gnostique des Cathares albigeois. Au mois de mai 1903, Déodat ROCHÉ écrit une longue lettre au Patriarche T. Synésius, exposant le triste état de l'Église Gnostique et les processus de régénération qu'il propose. Ne recevant pas de réponse explicite, il va mettre fin à son activité dans l'Église et à la publication de son journal “**Le Réveil des Albigeois**” devenu, en 1901, “**La Gnose moderne**”. De la Noël 1904 à celle de 1905, il compose alors une Étude d’une quarantaine de pages dans laquelle il fait le point sur les rapports possibles entre une connaissance moderne et la grande tradition gnostique, sur la nature de celle-ci et sur les conditions actuelles et les méthodes d’une recherche de connaissance ouverte, mais rigoureuse, c’est-à-dire d’une Gnose moderne. Soixante-douze ans plus tard, à l’automne 1976, il relut et confirma ce texte intitulé : “**Gnose antique et pensée moderne** (**Essai de solution de la crise religieuse**)” (CEC 93. Pr. 1982), où s’expriment ses orientations essentielles concernant la liberté et l’autonomie de la conscience humaine. Au début du XXe siècle, il travaillera à préciser ces orientations, avant de les formuler à l’intention d’un public plus large, dans son deuxième ouvrage publié, en 1922 : “**Méthode critique et Idéal laïque**” (cf p. 226). Mais, si l’on recherchait le texte de Déodat ROCHÉ s’approchant le plus d’un Manifeste, voire d’une Profession de foi, on ne saurait trouver mieux que “**Gnose antique et pensée moderne**”, achevé à l’âge de vingt-huit ans et réaffirmé à celui de quatre-vingt-dix-neuf ans…

Au début de cet ouvrage, le jeune philosophe analyse la crise religieuse contemporaine et le corpus doctrinal de l’Église Gnostique, constitué sous la direction du Docteur FUGAIRON (T. Sophronius). Puis il enchaîne, avec cette vigueur lucide qu’il manifesta durant toute sa vie :

> “Qu’est-ce à dire de cette méthode dont nous venons de résumer les grandes lignes en nous rapportant aux textes mêmes ? Il n’est pas douteux que Sophronius prenne la Gnose comme un ensemble de doctrines **bien établies**, transmises jusqu’à nous par une **longue tradition**. Nous voyons donc que Sophronius est un esprit essentiellement dogmatique, qui aime à cueillir les idées toutes faites, et part a priori de la tradition, révélée ou non, comme devant nous donner la connaissance de la vérité.
>
> Nous savons aussi combien cet esprit dogmatique est contraire aux tendances modernes de découverte indépendante et personnelle de la vérité ; combien le **traditionisme** est opposé au rationalisme, puisque l’un part de la foi a priori à certaines doctrines, tandis que l’autre consiste à trouver, ou retrouver, enfin à établir la vérité par des raisonnements précis, et à n’accorder la croyance qu’à ces idées bien régulièrement établies par une démonstration rationnelle.*
>
> La conséquence de ces légitimes tendances modernes c’est que, d’abord, on ne peut pas admettre une Codification des doctrines, un Catéchisme, et que c’est avoir une prétention bizarre et ridicule que de faire de cette admission une condition **expresse** du salut et de la perfection.
>
> Puis, comme nous ne sommes pas libres à moitié mais entièrement, nous ne pouvons pas accepter de ne rien critiquer ou proposer pendant vingt ans, jusqu’à la réunion d’un Concile, d’admettre tout jusque-là et d’accepter à l’avance tout ce qu’admettra la majorité pour après. Ce qui est analogue à l’admission a priori des doctrines adoptées

---

* NDLA : La vie et l’œuvre de Déodat ROCHÉ, son ouverture d’esprit au Mystère, montrent sans ambiguïté qu’il ne propose pas ici un “rationalisme”, au sens étroit d’agnosticisme et de réalisme matérialiste, que le mot a pris au XXe siècle. C’est, en fait, une saine **rationalité** dans toute démarche conceptuelle de la conscience humaine qu’il nous suggère.

par la majorité de nos ancêtres.

Qu'elle est bizarre cette idée d'endiguer les méditations individuelles et de ne leur permettre qu'à certaines périodes une manifestation publique. (...)

En effet, il est sûr, non seulement que personne ne comprend les mêmes formules de la même manière, mais que l'unanimité est impossible même sur un sens précis de telle ou telle formule.

Et c'est précisément ce que nous donne le dogmatisme, car la vérité ne se découvre pas par des votes de Conciles, pas plus qu'on ne l'obtiendra par les discussions et les votes des assemblées modernes. La vérité est au-dessus du nombre, et nulle majorité quelle qu'elle soit n'a donné le droit **logique** d'imposer quoi que ce soit comme vrai. (...)

L'unité intellectuelle ? Et pourquoi la désirer complète, absolue, alors que la vie diversifie tout ; alors que tout, pour vivre, doit précisément se distinguer de tout. Ce manteau uniforme dont vous voulez toujours revêtir les esprits, ne savez-vous donc pas que c'est un drap mortuaire ? .

S'il est un but unique aux esprits humains, ils l'atteindront tout naturellement, en se développant à leur guise.

Nos esprits n'ont-ils pas d'ailleurs une constitution analogue ? N'avons-nous pas le même désir du Vrai ? Les lois profondes de la vie et de la pensée, même si nous n'en avons pas encore une conscience précise, nous conduiront sûrement au but, et vos dogmes enfantins ne sont que des digues en terre qui ne pourront contenir les flots impétueux de nos pensées, et nos pensées s'uniront, peu à peu, par-dessus les liens étroits dont vous voulez les enserrer.

Tout enseignement méthodique de la religion serait-il rendu impossible par le rejet du dogmatisme ? Dites-moi d'abord pourquoi nous adopterions en vue de l'enseignement un recueil de dogmes fait par Sophronius. Ces **théories** que vous avez rassemblées en Catéchisme, vous les avez cueillies dans diverses traditions religieuses. Qu'est-ce qui nous assure que vous avez vu **juste** ? Et que vous avez **bien** choisi ? Les votes de Conciles admettant (en apparence d'ailleurs et bien extérieurement) votre recueil en bloc, ne nous rassureraient pas à ce sujet.

Nous ferons à tout recueil de dogmes tirés du passé la même objection. Rien ne garantit que les idées recueillies soient les idées exactes, et que toutes les idées vraies ont été recueillies.

S'il en résulte qu'on vient de présenter pour l'enseignement un recueil de doctrines portant injustement le nom de Sophronius, il est plus sûr de présenter les doctrines religieuses comme elles se présentent en **réalité sous leur forme historique**.

Oui, c'est directement qu'il nous faut étudier et faire connaître toutes les traditions religieuses. Il y a lieu à **études historiques**, et ce n'est d'ailleurs pas d'autre manière que les pensées de nos ancêtres doivent nous être présentées.

C'est donc sous leur forme exacte, et de première main, que nous admettons l'étude des traditions religieuses.

CRITIQUE DES DEUX COLONNES : Tradition - Science.

Et bien, n'êtes-vous pas surpris de voir affirmer qu'entre ces traditions et les sciences d'observation, il n'y a jamais eu d'antagonisme ?

Nous avons observé, dès notre introduction, que de l'opposition entre les doctrines religieuses et les théories scientifiques, il était résulté une crise religieuse qui dure encore. Sophronius (...) dit que la religion n'est en contradiction qu'avec certaines opinions des savants, alors qu'en science il n'y a pas d'opinion. Est-ce que, par hasard, l'idée que Josué arrête le soleil est en contradiction avec l'opinion de quelques savants sur la rotation de la Terre autour du Soleil ?

C'est le contraire qui paraît être vrai et les théories scientifiques sont heurtées par pas mal d'idées traditionnelles.

Quand Sophronius prend la **tradition** religieuse en bloc pour en faire une **colonne** de mêmes force et valeur que les sciences d'observation, et qu'il a l'air de vouloir tout accorder de force, nous ne pouvons l'admettre.

Les sciences d'observation, nous devons les accepter comme point de départ de nos idées puisque leurs théories sont démontrées expérimentalement et que ce sont des vérités actuelles vivantes.

Mais en est-il de même des Traditions et ne faut-il pas précisément faire un choix scrupuleux des idées qu'elles nous apportent, en usant justement des théories scientifiques comme **criterium** pour séparer le vrai du faux ?

Ce qui, de ces traditions, est en accord avec les vérités scientifiques, doit forcément être admis de plein droit, mais le reste ? Par soi, ce reliquat n'a qu'une valeur historique. Quand prendra-t-il une valeur présente ? Les traditions nous apportent un amas formidable d'hypothèses fondées en partie sur d'antiques expériences plus ou moins probantes. Il en résulte que nous devons prendre ces hypothèses comme intéressantes, mais nous ne pouvons les admettre comme des vérités rationnelles qu'après les avoir contrôlées suivant la méthode qui convient à la science (dans laquelle nous pouvons les ranger). Une théorie physique transmise par tradition, nous ne pouvons l'admettre comme vérité qu'après avoir contrôlé son exactitude suivant les méthodes des sciences physiques.

Ainsi, les traditions nous apportent des commencements de sciences, elles nous mettent sur la voie de vérités que nous avons à déterminer, à compléter, mais **nous apportent aussi forcément des erreurs que nous devons éliminer** ; de là l'opposition possible, et même effective, entre bien des observations et certaines idées traditionnelles.

(...) Mais l'idée de Sophronius est toute autre. Il affirme la vérité totale des traditions, résolu qu'il est d'en faire son point de départ. Dès lors qu'il est bien campé dans son traditionisme, il nous apparaît qu'il regarde avec un haut dédain les sciences modernes et qu'il les prend comme de simples moyens d'éclaircir les théories traditionnelles qui lui sont chères.

Bien plus, il admet qu'il faut moderniser ces dogmes, ce qui veut dire les revêtir d'un costume qui doit plaire au public intellectuel. Disons le mot, il s'agit d'exploiter habilement les idées modernes pour les faire servir à la gloire de dogmes surannés, qu'on admet à l'avance, et avant d'en avoir fait la démonstration moderne.

On **croit** à la vérité des dogmes, et avant la démonstration qu'on va faire pour les autres. Cette démonstration est faite au moyen des sciences qui ne sont pas prises pour but, mais comme moyens. On voit donc en quoi consiste ce système de l'adaptation : présenter des dogmes figés et surannés avec un nouveau visage, avec un costume moderne, mais le fond est toujours le même."

Déodat ROCHÉ (1905)

Au long des quinze pages qui suivent, le jeune philosophe, spirituel mais rationnel, reprend une critique imparable et serrée de la dogmatique du Dr Fugairon-Sophronius, pour en tirer la conclusion intermédiaire suivante :

"Il est facile de prouver que **toute orthodoxie** est en réalité impossible. Les théories ne s'élaborent, nous l'avons dit, que par la méditation des individus. L'individu, certes, a une tendance naturelle à faire admettre ses idées, mais quelle parfaite que nous supposions la transmission, nous devons admettre, d'après le principe des indiscernables de Leibniz, qu'il n'y a pas au monde deux choix semblables et qu'il n'y a pas non plus, dans deux individus différents, les mêmes théories exactement. Si les individus se réunissent en congrès, ou en conciles, pour formuler leurs doctrines, les formules (qui, acceptées au vote, ne sont pas admises à l'unanimité) sont interprétées par chacun différemment.

Ceci est un point capital pour un esprit moderne. La tolérance ne consiste pas seulement dans la suppression des bûchers ; elle consiste dans ceci : elle trouve naturel que les esprits se développent **librement,** qu'ils arrivent par l'usage de la raison à toute théorie qui pourra les satisfaire, et à toute autre théorie que la nôtre.

Si nous admettons certaines idées et si nous les croyons vraies, ayons assez de confiance en notre éloquence et surtout, en **la raison** des autres hommes pour espérer la leur voir adopter peu à peu dans une certaine mesure.

Ainsi, n'est-ce pas une erreur grossière, contraire à la vraie tolérance, que de prétendre, en religion, faire consister la perfection et le salut dans l'admission de tel ou tel chapitre de doctrine ? C'est du sectarisme le plus pur, c'est-à-dire que les hommes sont divisés par là en sectes ennemies qui se méprisent les unes les autres comme impies et qui sont irréconciliables. (...)

Ce qui distingue donc la religion proprement dite, c'est d'être par essence : générale, universelle et initiatique, factrice d'union comme l'indique son nom même.

La doctrine, au contraire, puisqu'elle résulte d'un travail individuel, devient, à mesure que l'individu y ajoute des éléments de plus en plus complexes, de plus en plus individuelle.

Dès lors, si les premiers développements des postulats religieux peuvent encore rassembler tous les hommes, des développements plus prolongés donnent naissance aux luttes d'écoles et, dans ces écoles mêmes aux luttes des individus. Nous ne pouvons croire le contraire, car l'expérience le prouve : la doctrine, contrairement à la religion, est, en fait et par essence, particulière, complexe et, je ne dirai pas cause de séparation, mais **causée par la séparation fatale des individus** entre eux, et par leurs positions différentes en face du monde.

Telle est la distinction capitale que nous devons faire entre **la religion** et la **doctrine**.

Est-ce à dire pourtant que les doctrines individuelles soient sans fin condamnées à la séparation ; ne peuvent-elles pas se rejoindre ? Et pourquoi, alors, sommes-nous animés d'un **vif désir d'unité spirituelle,** qui serait la plus cruelle des illusions ?

(...) Quel est donc le moyen d'aboutir à cette synthèse des idées tant désirée ? OU, pour poser la question dans son vrai jour, puisque la séparation des idées vient de la multiplicité des points de vue sous lesquels se placent les individus, quel est le moyen de supprimer les conséquences de ce fait sinon la suppression de la cause même, et **n'est-il pas vrai qu'il faut multiplier pour l'individu le plus grand nombre possible de points de vue** ? (...)

Nous approchons nécessairement par là même, non de la fusion (que nous rejetons une fois pour toutes), mais d'une parenté fort proche de tous les esprits, qui satisfait amplement notre désir d'unité — non rigide — mais variée comme une plante vivante.

Si les doctrines peuvent se développer, dans un esprit universaliste, par la méditation en commun sur les réalités présentes, par la méditation en compagnie de nos ancêtres et l'étude des doctrines historiques, comment doit-on prendre l'histoire, et quel doit être le résultat au point de vue du développement universaliste de la doctrine ? (...) Nous ne pouvons que partir de nos idées modernes élémentaires pour demander à l'antiquité, avec de longues expériences, de nombreuses hypothèses déjà émises.

On peut cependant nous objecter qu'en restant, par la pensée, dans le monde moderne, nous ne pourrons comprendre des théories antiques nécessitant la connaissance de toute la vie antique pour être bien mises en lumière. Aussi, pensons-nous qu'il faut se plonger entièrement en elle pour bien comprendre une doctrine antique, revivre la vie de ses auteurs, repenser, remâcher leurs doctrines et les envisager à leur véritable point de vue. L'initiation vraie et vivante ne consistera pas à prendre une théorie dans sa forme ancienne, mais dans son esprit, et à faire, non exactement ce qu'ont fait les anciens, mais ce qu'ils feraient s'ils étaient parmi nous. (...)

La Philosophie religieuse antique, que nous savons adaptée par les pythagoriciens à la religion polythéiste, dès qu'apparut le fait du christianisme, l'expliquera avec la plus grande facilité. La philosophie religieuse prit donc le nom de Gnose chrétienne, et sa forme la plus parfaite fut la Gnose des Valentiniens. On voit donc l'intérêt d'étudier la tradition la plus élevée au moment même où elle change de forme pour s'adapter à une nouvelle religion qui dure encore de nos jours. À notre point de vue, la Gnose Valentinienne est comme le nœud de la tradition qu'il faut débrouiller pour en élucider toute la filière. Hâtons-nous donc d'ordonner une série d'exemples d'exploitation de cette féconde tradition et d'y chercher, tantôt des concordances entre la Gnose antique et la Pensée moderne, tantôt des moyens de développer grâce à de vieilles idées incomprises encore, des pressentiments modernes infiniment intéressants.

La méthode moderne, d'intuition et d'observation personnelles, ne se retrouve-t-elle pas chez les orthodoxes valentiniens ? Voici qui peut étonner au premier abord ! Les Gnostiques, pense-t-on, étaient essentiellement traditionalistes. Oui, les Pères de l'Église, Plotin, etc... indiquent l'Égypte, Pythagore, Platon, comme les vrais auteurs de leur doctrine. Mais remarquez bien qu'on leur reproche de faire fi de ces ancêtres, c'est-à-dire de ne pas les indiquer, et d'admettre leur doctrine comme découverte par eux-mêmes...

Qu'est-ce-à dire ? Sinon qu'ils partaient, comme nous le désirons, d'intuitions et d'observations présentes, réelles, qu'ils développaient ensuite en voyant la réalité, et aussi à l'aide des traditions bien comprises, autrement dit qu'ils assimilaient parfaitement pour en faire une doctrine bien vivante. Vous savez, en effet, leur affirmation qu'ils connaissaient la vérité **directement**, et sans intermédiaire. (l'aide des traditions pour arriver à voir soi-même n'étant qu'un moyen et non un but). Vous savez, ensuite, comment les critiques ont pu retrouver chez eux telles ou telles idées traditionnelles. Pas de doute possible, les Gnostiques admettaient bien notre attitude à l'égard des traditions, et la nécessité des recherches et des visions personnelles. (...) N'est-ce pas ce que d'autres appellent la coïncidence de l'initiation intellectuelle et de l'initiation animique ? La vue directe est l'initiation solaire (animique), mais l'initiation intellectuelle (qui est secondaire et lunaire), reflet lorsqu'elle est transmise par autrui, est ici, pour les Gnostiques, l'expression scientifique rationnelle de la vue directe... (...)

Eh bien, n'est-ce pas ce Soleil du monde que les Pythagoriciens admettaient, ce Christos autour duquel "tourne" le Pneuma des Valentiniens, et qui incitait Manès à se tourner, pour prier, vers son image visible ? Ce Christos, d'ailleurs, nous n'aurions même pas besoin de l'affirmer Unique, car on ne peut guère voir en un soleil particulier, le Soleil du monde, mais nous le considérons comme tel. (...)

Puisque le Soleil est l'image du Christ et la Lune l'image du Pneuma, (même plus que l'image : les représentants dans la nature terrestre) ne sera-t-il pas naturel que nous nous tournions vers ces astres de lumière pour absorber, aux heures propices, les puissantes radiations qu'ils émanent ? (...) L'Arche mosaïque symbolise le Pneuma, la barque sacrée d'Isis en forme de croissant lunaire ; cette barque était universellement connue sous le nom de Manès, et Manès, le représentant du Pneuma, paraît avoir tiré son nom de là. Tous les rites sont basés là-dessus, les fêtes astronomiques, etc...

Pour éviter l'idolâtrie, il faut rejeter les symboles humains, et pour éviter la superposition des symboles mathématiques et géométriques : les seuls symboles purs admis par les Pythagoriciens et les Gnostiques, les réduire au strict nécessaire.

Sans quoi, l'esprit se perd dans cette matière. (...)"

Déodat ROCHÉ. "**Gnose antique et Pensée moderne**" (1905)

Ainsi que l'on vient de le voir, la pensée de ce jeune philosophe, exprimée au début du XXè siècle, est toujours très moderne au début du XXIè. Aujourd'hui encore, tous les tenants de la pensée religieuse, comme ceux de la stricte recherche scientifique, sont loin d'avoir atteint la même liberté de conscience. Dans sa démarche ultérieure de connaissance, Déodat ROCHÉ devait rencontrer les conceptions de deux hommes, dont les œuvres figurent au premier rang de la culture ésotérique du XXè siècle : René GUÉNON (1886-1951) et Rudolf STEINER (1861-1925). En se référant à des orientations initiatiques souvent opposées, ces deux auteurs se situent, l'un par rapport à l'autre, en une polarité aussi extrême que l'on puisse imaginer dans le monde occidental. Pour GUÉNON, la source de toute Sagesse est dans la Tradition unique et primordiale d'où découlent, par différenciation et altérations, toutes les religions instituées et les cultures. Selon STEINER, l'enseignement qu'il propose ne résulte que de l'investigation suprasensible qu'il accomplit, ici et maintenant, grâce aux organes occultes de perception développés suivant les méthodes exposées publiquement dans ses livres de base. René GUÉNON fut d'ailleurs le censeur implacable de la Société Théosophique dont il décrivit, de manière précise et documentée, l'histoire et les supercheries, dans son livre remarquable : "**Le Théosophisme, histoire d'une pseudo-religion**" (1922). Beaucoup moins sévère à l'égard de l'Anthroposophie qu'il rejette cependant avec tout l'occultisme, il en parle relativement peu, et avec une objectivité froide à l'égard de R. STEINER.

Par les citations précédentes de son ouvrage "**Gnose antique et Pensée moderne**" (cf. p. 297 à 302), il apparaît clairement que Déodat ROCHÉ se situe entre les deux positions extrêmes de ces auteurs. Il rejette l'allégeance à l'autorité d'une Tradition — dont le contenu et la transmission demeurent nécessairement aléatoires — telle que voudrait l'imposer René GUÉNON, comme Sophronius d'ailleurs... Mais, dans sa démarche de connaissance doctrinale, de Gnose, il montre que, si les traditions religieuses et philosophiques ne sauraient être proposées comme buts, elles n'en sont pas moins des **moyens**, dès lors que l'on s'y réfère.

Dans la mesure où la vie et l'œuvre de Rudolf STEINER révèlent que les corpus culturels de ces traditions furent bien pour lui des moyens dans l'élaboration de sa propre Gnose, au service de sa vision personnelle, on ne peut dire que cette vision fut le seul moyen d'investigation directe d'une "Science de l'esprit" qui ne devrait rien aux doctrines antérieures, y compris les composites doctrines théosophistes de H-P BLAVATSKY.

Une Gnose n'est pas une Science, au sens véritable de ce dernier terme. Nous y reviendrons. (cf. p. 307). On ne saurait d'ailleurs négliger le fait que Rudolf STEINER, en s'appliquant, et en invitant, à rendre la pensée **vivante** pour comprendre les métamorphoses continuelles du monde et des êtres, traduit l'aspiration profonde de la culture germanique à son meilleur, de sa propre tradition culturelle donc, telle qu'elle s'exprime dans la "philosophie de la nature", chez Goethe, Schelling, mais aussi Novalis et bien d'autres, et dans toute cette tradition, dite Romantique, écartée à la fin du XIXe siècle par un peuple que fascinait désormais le pouvoir matériel dispensé par la techno-science.

Cette aspiration à réanimer une pensée occidentale sclérosée, Déodat ROCHÉ la portait profondément. Elle apparaît dans son ouvrage cité, explicitant combien il était en attente de cette Gnose moderne qu'allait être, pour lui, l'Anthroposophie de Rudolf STEINER.

L'exergue de MICHELET, que le jeune philosophe d'Arques place en tête de son ouvrage, l'exprime d'entrée sans ambiguïté :

"Notre éducation n'est qu'une moitié d'éducation ; elle s'occupe uniquement de nous transmettre des formules de tous genres où s'est résumée la science ; chose utile à coup sûr, mais incomplète ; **il faudrait voir encore la science sous forme vivante, comme réalité organique et comme vie**." Jules Michelet (1798-1874) : "**L'étudiant**" (1848)

Enfin, on imagine sans peine l'enthousiasme de Déodat ROCHÉ, sa gratitude, à l'égard du conférencier de "**La pensée humaine et la pensée cosmique**" (Berlin, janvier 1914) où Rudolf STEINER, dans une synthèse des traditions religieuses, philosophiques et astrologiques, apporte une réponse dynamique au vœu formulé en 1905 par l'auteur de "**Gnose antique et Pensée moderne**" : "...**n'est-il pas vrai qu'il faut multiplier pour l'individu le plus grand nombre possible de points de vue ?**" (cf. p 301)

* * *

Ce fut également autour de la Gnose, on n'en sera pas surpris, que se fit la "rencontre", tout intellectuelle, de Déodat ROCHÉ avec René GUÉNON. Dans les "**Études Traditionnelles**" d'avril-mai 1949, la Revue qu'il dirigeait, ce dernier met en doute la filiation du Manichéisme au Catharisme, et s'en prend à l'ouvrage "**Le Catharisme**" publié en 1947 par Déodat ROCHÉ. Dans la livraison E-T de juillet-août 1949, René GUÉNON renchérit en affirmant : "Il se trouve justement que le Gnosticisme sous ses multiples formes... ne nous intéresse pas le moins du monde." Dans le "Cahier d'Études Cathares" de l'été 1949 (CEC 1è S, n°3), Déodat ROCHÉ répond : "Soit ! C'est son droit, mais ce n'est pas le moyen de le comprendre." Puis, sur deux pages denses et passionnantes, il réfute efficacement la critique inconsistante de Guénon et montre comment l'Initiation traditionnelle par "la transmission régulière de **l'influence spirituelle**", ainsi que la conçoit ce dernier, ne respecte pas la liberté de la conscience humaine.

En fait, Déodat ROCHÉ reste bien modéré dans sa réponse, et charitable à l'égard de René GUÉNON, car celui-ci est une "vieille connaissance" à laquelle il pourrait rafraîchir ses souvenirs... Alors que le jeune philosophe d'Arques se retirait de l'Église Gnostique en 1904, R. GUÉNON y entrait en 1908 et s'y faisait sacrer Évêque Gnostique d'Alexandrie (rien de moins...) en 1909, sous le nom de Tau Palingenius... Le choix de ce nom épiscopal est d'autant plus surprenant qu'il désigne "la nouvelle naissance" : soit comme retour à l'existence par répétition de la même série d'états, soit par la réincarnation de l'entité spirituelle humaine, deux hypothèses que GUÉNON combattit jusqu'à la fin de sa vie... Pour suivre plus complètement encore les traces gnosticistes de Déodat ROCHÉ, bientôt René GUÉNON (Sa Grandeur Tau Palingénius) ranima la Revue de l'Église Gnostique, dans la forme mensuelle, et sous le titre "**la Gnose**". Puis, il dirigea, de novembre 1909 à février 1912, cette publication qui était la "palingénésie" de "**La Gnose moderne**" animée dix ans plus tôt par Déodat ROCHÉ... À propos de la réincarnation, maintenant, les Archives de Papus (Dr Gérard Encausse) (1865-1916), à la Bibliothèque Municipale de Lyon, révèlent qu'en 1909, René GUÉNON **se présentait comme un Templier réincarné**, lorsqu'il fonda son "Ordre du Temple Rénové" dont un des buts était d'accomplir la Vengeance templière. R. GUÉNON, membre à l'époque et, de plus, Délégué officiel de l'**Ordre Martiniste** dirigé par Papus — et dont le Tsar Nicolas II était membre — avait dévoyé une vingtaine de martinistes pour les convaincre d'adhérer à son

Ordre templier. (cf. "Les Cahiers de l'Homme-Esprit", BP 42, 06240 Beausoleil. n°3, 1973, p.20)

Simultanément, René GUÉNON s'était affilié à l'"**Ordo Templi Orienti**" (OTO), après avoir fait connaissance de Theodor REUSS (1855-1923), l'un des deux Grands Maîtres de l'OTO, l'autre étant l'anglais Aleister CROWLEY (1875-1947). Cependant, les extrêmes finissent par se "rencontrer" car... Rudolf STEINER, à cette même époque, préside la Branche allemande de l'OTO jusqu'en 1914... Dans ces conditions, on comprend mieux la précipitation anxieuse avec laquelle, le soir du 3 août 1914, jour où l'Allemagne déclare la guerre à la France, Rudolf STEINER regagne la Suisse. Il se trouve alors à Bayreuth, Temple du Pangermanisme, pour la représentation du "Parzival" de Richard WAGNER et, Dirigeant d'une Société secrète germano-anglaise, dépourvu ce jour-là de passeport, il lui faut passer la frontière d'un pays neutre... Dès son retour à Dornach, il s'empresse de dissoudre son "**École ésotérique**" affiliée à l'OTO et au Rite maçonnique Yarker.

Déodat ROCHÉ connaissait les relations de R. STEINER avec la Maçonnerie. Dès 1921, il avait demandé des renseignements à ce sujet à Monsieur Quartier-Latente, responsable, en Suisse, d'un "Centre international de Relations maçonniques". Ce dernier lui répondit que Rudolf STEINER était au 33ème, et plus haut, degré du Rite Écossais, et donnait son enseignement sous forme de Loges maçonniques. Chacun, sur les documents publiés, peut d'ailleurs le vérifier par les décors typiquement maçonniques conçus par R. STEINER pour les salles des Congrès de Munich en 1907 et 1908, organisés par la Section allemande de la Société Théosophique d'Adyar, dont il est le Secrétaire Général. On y reconnaît les symboles classiques des Loges, notamment les deux colonnes marquées J et B (Jakin et Booz). L'anecdote suivante illustre bien la puissance sociale de ces symboles. En 1979, après la mort de Déodat ROCHÉ, un Inspecteur des Impôts vint contrôler sa succession... Il tomba en arrêt devant la vaste armoire maçonnique en merisier, portant sur ses portes les deux Colonnes du Temple imprimées dans une teinture sombre indélébile. Je connais ce meuble qui est effectivement impressionnant. Sur un discret acquiescement des héritiers à sa question : "Le défunt était-il Maçon ?", l'Inspecteur, visiblement Maçon lui aussi, conclut rapidement ses investigations, et au mieux pour la famille...

Concernant les affiliations de R. STEINER à l'OTO et au Rite Yarker, il est possible que Déodat ROCHÉ les ait ignorées. En tout cas, il n'en parla jamais, à ma connaissance. Si René GUÉNON s'est toujours présenté comme un "canal", sans importance personnelle, par lequel s'exprimait La Tradition, Rudolf STEINER affirma, en chaque occasion, que les **anciennes formes** de Sagesse et de pratiques religieuses étaient périmées et que les connaissances issues de ces cultures du passé n'avaient aucune part à son enseignement. Il soutint constamment cette affirmation, y compris à l'égard du Nouveau Testament, le Livre sacré du Christianisme, disant en substance : "**Si l'investigation suprasensible** décrit les mêmes faits que relatent les Évangiles, c'est parce que ceux-ci sont vrais. Mais la Science de l'Esprit n'a nul besoin de ces documents, elle les vérifie et les confirme simplement, car ses sources d'information sont spécifiques : elle puise directement ses connaissances dans le Monde de l'Esprit." Pour illustrer cette formulation de synthèse, citons simplement le passage suivant :

"Il faut rappeler cependant que les Évangiles ne sont pas à proprement parler une « source » de connaissance pour la science spirituelle. Le fait qu'une chose est contenue dans les Évangiles ne constitue pas la preuve qu'elle est vraie pour ceux qui se tiennent strictement sur le terrain de la science spirituelle car ils ne puisent pas dans les documents écrits mais dans ce que les investigations de la science spirituelle apportent à leur époque. Ce que les êtres du monde suprasensible communiquent aux initiés, aux clairvoyants de notre époque, voilà les véritables sources de la science spirituelle et ces sources sont jusqu'à un certain point les mêmes aujourd'hui qu'autrefois. (...) Il faut toujours insister sur le fait que l'anthroposophie, la science spirituelle, ne s'appuie que sur les données des initiés, et que ni l'Évangile selon Jean, ni les autres Évangiles, ne sont les sources de ses connaissances. Ce qui peut être exploré de nos jours, sans l'aide des documents historiques, voilà la source de la connaissance anthroposophique. Nous nous reportons ensuite aux textes pour les comparer avec ce que l'investigation spirituelle peut découvrir aujourd'hui par elle-même, en particulier au sujet du Christ. (...)

Pour l'investigation spirituelle qui remonte jusqu'aux événements du passé, il n'existe qu'une seule source. Elle ne se trouve pas dans les documents extérieurs. Ni pierres retrouvées dans le sol, ni textes conservés dans les archives, ni ouvrages écrits par les historiens — inspirés ou non — ne sont la source de la science spirituelle ; ce que nous pouvons déchiffrer dans l'impérissable Chronique de l'Akasha, voilà pour nous la source de nos recherches spirituelles. Il est possible de savoir ce qui s'est passé, sans l'aide de documents extérieurs. (...)

.... l'Akasha, ce vaste tableau où tout ce qui est arrivé dans l'évolution du monde, de la Terre et de l'humanité, se trouve enregistré en traits impérissables. Celui qui s'élève jusqu'au monde suprasensible apprend peu à peu à lire cette chronique qui n'est pas une œuvre ordinaire. Figurez-vous que la marche des événements, tels qu'ils ont eu lieu, défile devant vos yeux. Figurez-vous l'empereur Auguste et tout ce qu'il a fait, passant comme un tableau immatériel devant vous. C'est ainsi que se présente la Chronique de l'Akasha aux yeux de l'investigateur spirituel, et il peut répéter cette expérience à tout moment. Il n'a pas besoin de témoignages extérieurs. Il n'a besoin que de diriger son regard vers un point déterminé des événements cosmiques ou humains, et tout ce qui s'est passé défile devant lui. Voilà comment le regard spirituel peut pénétrer dans les temps écoulés, et ce qu'il voit ainsi, il le consigne comme le résultat de ses recherches."

Rudolf STEINER : **L'Évangile de Luc**, Ière conférence, 15-9-1909, Bâle.

Par ce manifeste sans ambiguïté, STEINER rejoint les positions extrêmes de certains Gnostiques, décrites précédemment par Déodat ROCHÉ (cf. p. 301)

"Les Gnostiques, pense-t-on, étaient essentiellement traditionalistes. (...) Mais remarquez bien qu'on leur reproche... d'admettre leur doctrine comme découverte par eux-mêmes. (...) Vous savez en effet leur affirmation qu'ils connaissaient la vérité **directement et sans intermédiaire...** Vous savez ensuite comment les critiques ont pu retrouver chez eux telles ou telles idées traditionnelles."

Déodat ROCHÉ : **Gnose antique et Pensée moderne.** (1905)

En réalité, Rudolf STEINER connut les organisations et les enseignements ésotériques existant à son époque, l'œuvre de H-P BLAVATSKY et toutes les conceptions du milieu théosophique, les traditions maçonniques du Rite Yarker et les autres, celles de l'OTO, etc... Tout cela associé, bien sûr, à l'immense corpus culturel plus classique de son époque, à l'œuvre de GOETHE, à tout ce qui se reflète, enfin, dans sa vaste bibliothèque personnelle contenant **neuf mille volumes**, toujours existante à Dornach, et toujours non accessible au public au début du XXIe siècle, et sans qu'aucun catalogue n'en ait été publié. Tous les témoignages des contemporains proches de lui — et ils sont nombreux et précis — concordent pour affirmer l'exceptionnelle capacité d'attention et de mémoire de Rudolf STEINER, et son art chaleureux et convaincant pour réorganiser ses connaissances en une synthèse vivante animée par des concepts nouveaux.

Pour résumer sa démarche, on pourrait mettre au singulier les deux phrases, **prémonitoires** à cet égard, écrites par Déodat ROCHÉ, seize années **avant** de connaître l'œuvre de R. STEINER :

"Qu'est-ce à dire sinon qu'ils partaient, comme nous le désirons, d'intuitions et d'observations présentes, réelles, qu'ils développaient ensuite en voyant la réalité et aussi à l'aide des traditions bien comprises, autrement dit qu'ils assimilaient parfaitement pour en faire une doctrine bien vivante."

D.R. (o.c.) (cf. p. 301)

Rudolf STEINER développa son enseignement, exactement sur un mode Gnostique, par une méthode intuitive et synthétique **propre à la démarche artistique** et **non** à celle de la science. L'acte gnostique du "co - naître", où le sujet connaissant **s'unit** à l'objet connu pour assimiler sa qualité, sa force et sa profondeur, **doit payer un prix** : c'est son caractère irréductiblement individuel et non reproductible — au moins par autrui.

La science, elle, ne mène pas à cette "co - naissance", mais plus prosaïquement à **un savoir** où le sujet observant et l'objet étudié restent distincts. Mais la science ne s'appuie que sur **des expériences** bien identifiées, reproductibles à loisir, et vérifiables par chaque être humain suffisamment instruit. Cette disponibilité de l'expérience caractérise **l'universalité** de la science, alors que l'expérience gnostique reste **individuelle** même si la doctrine qui en découle peut se rattacher, à travers d'infinies variantes, aux grands courants de la pensée ésotérique. La science paie son universalité d'un appauvrissement du sens ; la Gnose, pour assouvir pleinement sa quête de signification, s'enferme dans une singularité subjective et doit renoncer à l'universalité doctrinale. **Lorsque, abusive-**

ment, elle y prétend, elle commet une faute, tout comme la science en commet une si elle affirme épuiser les secrets de la réalité par un savoir objectif.

Dès lors, il est possible de comprendre comment René GUÉNON, affirmant pour la "Tradition primordiale" une universalité aussi impersonnelle que celle de la science, en vient à réfuter violemment le Gnosticisme. L'irréductible faiblesse de sa position résulte de l'impossibilité de connaître la nature originelle et les conditions de la naissance de cette Tradition, sauf à admettre les prétentions gnostiques des occultistes à "voir" directement les événements du passé par "l'investigation suprasensible de la Chronique ou des Archives akashiques", par exemple, ce que GUÉNON rejette catégoriquement ! Lorsque la démarche gnostique veut **prétendre** à l'universalité objective, elle **revendique** les méthodes et les critères de la **science**. C'est ce que fit Rudolf STEINER pour justifier le nom de **Science de l'Esprit** qu'il donna à son enseignement. Mais, en réalité, son œuvre ésotérique relève beaucoup plus de la "co-naissance" artistique, que de la Science. La seule utilisation honnête qui puisse en être faite — pour ce qui n'est pas directement vérifiable — est de s'en inspirer, comme d'une œuvre d'art stimulante, pour se mettre à son tour intérieurement en activité — sans divaguer ni tomber dans la paranoïa — et produire sa propre expérience gnostique. Rudolf STEINER, **lui-même, affirme la prééminence** du caractère artistique de la démarche de connaissance qu'il propose :

> "**Pour saisir, au moyen des idées, les qualités essentielles du spirituel, et pour les formuler, une grande mobilité de l'activité pensante est nécessaire. L'âme en est capable lorsqu'elle est façonnée par l'élément artistique.**"
>
> (**Autobiographie**, chap. 37) (1924)

Figer une œuvre de Gnose en une doctrine que l'on admet **comme** une vérité scientifique, est **une erreur ou une imposture** dont les conséquences ne peuvent être, à terme, que néfastes. Mais, d'autre part, il est évident que tout un chacun, si grande que fût sa bonne volonté, n'est généralement pas à même de produire une œuvre d'art gnostique de la force de celle que produisit Rudolf STEINER... À cet égard, il est justifié de le ressentir comme un maître devant lequel on serait en situation d'apprenti. Mais il convient d'entendre le terme de "maître" au sens, par exemple, du Compagnonnage dans les arts et les métiers, au sens, par exemple, où Phidias, Leonardo da Vinci, Palestrina, André Boulle, Chateaubriand ou Edouard Schuré, furent des maîtres dans leur art. Et non pas au sens de surhomme, intermédiaire agréé ou ambassadeur accrédité du monde divin auprès de l'humanité ordinaire, et dont les moindres paroles, indications, faits et gestes, devraient être crus aveuglément et appliqués comme des prescriptions infaillibles et sacrées. Non pas, pour tout dire, au sens des Mahatmas ou autres "Maîtres immortels" du théosophisme d'Adyar, qui reste le crypto-modèle de la plupart des anthroposophistes lorsqu'ils se représentent la personnalité de Rudolf STEINER. Ces précautions étant exactement comprises, on peut bien, par respect, voire par vénération, pour des hommes de talents et de mérite exceptionnels, mettre si l'on veut un "M" majuscule à Maître comme on en met un à Monsieur, en considération de l'infini mystère de tout être humain…

C'était ainsi que Déodat ROCHÉ considérait Rudolf STEINER, avec un respect d'autant plus compréhensible qu'il examina laborieusement des doctrines décevantes avant de rencontrer la magistrale synthèse steinérienne. Dans ces conditions, il n'avait pas refusé de la nommer "Science spirituelle" alors qu'il pensait, et disait presque toujours — j'en témoigne ici —"**Gnose**", et l'écrivait d'ailleurs souvent, on peut le constater. Mais il importe de bien remarquer, lorsqu'il parle d'une manière générale de la connaissance ésotérique, qu'il ne dit presque jamais : "**la** science spirituelle", ce qui impliquerait une science universelle — comme on peut dire "la physique contemporaine" — mais qu'il se réfère pratiquement toujours "**aux** sciences spirituelles modernes". Généralement, il précise que **les** plus sûres, à sa connaissance, sont l'Anthroposophie de Rudolf STEINER (1861-1925), et l'Enseignement de Peter DEUNOV (1864-1944) dans sa Fraternité Blanche de Bulgarie — à ne pas confondre avec les inévitables ersatz qui exploitent aujourd'hui son imitation. Toutefois, il faut bien constater que la formulation de Déodat ROCHÉ ne limite jamais, **en principe**, les "Écoles de Science spirituelle" à ces deux-là, mais qu'elle est ouverte à toute autre "École" que l'on pourrait estimer sérieuse et respectable. Il apparaît alors clairement que, pour lui, chaque "École de Science spirituelle" est une œuvre gnostique particulière, **une** "Image de Gnose" **possible**, rendant compte d'un point de vue de la réalité.

L'histoire des philosophies métaphysiques et des doctrines religieuses nous offre ainsi un ensemble "d'images de Gnose", d'autant plus difficiles à saisir, d'ailleurs, qu'elles sont éloignées de nous dans le passé ou dans des aires culturelles différentes des nôtres. René GUÉNON affirme la réalité d'une Essence commune à toutes ces "Images de Gnose" — ce qui est pertinent — et la nécessité de retrouver cette Essence par une Quête inductive, sur la base de cette multiplicité — ce qui, par contre, n'est pas d'une faisabilité évidente — ou en recevant l'initiation d'une Institution traditionnelle qui en a reçu la transmission régulière depuis l'Origine… transmission très hypothétique…

Et même si la Tradition essentielle pouvait être (re)trouvée par ces voies, sa communication ne pourrait se faire que par une "Image de Gnose" dont l'expression culturelle aurait inévitablement, à nouveau, un caractère contingent. Bien que ce ne soit jamais dit, mais au contraire, à l'occasion, nié, c'est d'ailleurs ainsi que se sont constituées en réalité, en grande partie tout au moins, l'Anthroposophie de Rudolf STEINER et, plus encore, la Théosophie de H-P BLAVATSKY. Cependant, la position de Rudolf STEINER à ce sujet est clairement affirmée, on l'a vu p. 306 : selon lui, son enseignement ésotérique ne doit rien à cet ensemble préexistant des "Images de Gnose" — auquel appartiennent les Évangiles, par exemple — mais il est directement puisé dans le monde spirituel par l'investigation suprasensible des Archives "akashiques"

Pour préciser plus encore la distinction entre les deux notions : **Gnose** et **Science**, il convient maintenant de poser une double remarque :

1 - La véritable Gnose intégrale menant à la "co-naissance" dans sa plénitude, ne peut résulter que de la communion intime de l'être humain, qui la recherche, avec l'Être absolu de tout ce qui est. Même si l'on peut distinguer cette communion **connaissante**, de la fusion mystique, il devient difficile, dans une telle communion, d'identifier l'être humain individuel par sa conscience autonome.

2 - La "Science de l'Esprit", si elle reste une science, exige le maintien d'une séparation duale entre le sujet et l'objet, c'est-à-dire entre l'être humain qui la pratique et le monde de l'Esprit, autrement dit : l'Être absolu. Or, cette séparation interdit la plénitude dans la connaissance de l'Être absolu. Il ne peut donc exister, à proprement parler, de "Science de l'Esprit", mais **seulement** une "**Science des manifestations de l'Esprit**", et c'est déjà beaucoup... L'expérience de **connaissance de l'esprit en général**, par l'esprit individuel d'un être humain, accomplie de manière directe, doit porter un **autre** nom que celui de "science". Le terme "d'initiation" peut désigner le processus **conduisant** éventuellement à cette expérience, mais **non** l'expérience elle-même.

Il est d'ailleurs sérieusement envisageable que le caractère méthodique des modes rationnels, utilisables à volonté, de la connaissance du monde sensible, soit inapplicable au monde de l'Esprit par l'humanité à son stade actuel d'évolution, génies et "initiés" compris. Le plus probable est que les aperçus sur les réalités de l'Esprit surviennent par la conjonction de multiples circonstances et la convergence, non décidable à discrétion, d'efforts divers et complémentaires. "Nul ne sait l'heure, ni le jour..." où peut jaillir la flamme. Autrement dit, même s'il est possible de s'y préparer, on ne peut guère **décider** de "voir", par exemple, les Anges ou le Manas d'un défunt (essence spiritualisée de son corps psychique), comme on décide d'examiner un troupeau de vaches à la pâture. Certes, le "souvenir" vivant d'expériences spirituelles peut nourrir de sa force tout un courant ultérieur de nos actes et de nos pensées, mais nous risquons toujours d'en figer dogmatiquement les projections formelles. À ce sujet, l'avis de Gerhard WEHR, écrivain allemand né en 1931, bon connaisseur de l'Anthroposophie, biographe de Rudolf STEINER et de Carl-Gustav JUNG, ne manque pas d'intérêt :

> "Les réticences de Jung à l'égard d'une voie spirituelle de la connaissance sont sans aucun doute de nature fondamentale, et ne sont pas dirigées contre telle ou telle méthode, qu'il s'agisse d'un mode d'initiation oriental ou occidental. Comme le montre

l'une des dernières lettres adressées à Melvin J. Lasky, le psychologue expérimenté était gêné dès que l'on essayait de stimuler la spontanéité spirituelle par une pratique quelconque. Mais de toute évidence, l'expérience originelle de l'âme et de l'esprit n'est pas reproductible à volonté. Comme on a pu l'observer, le cercle de ceux qui suivent sérieusement le parcours est restreint, tandis que la masse de leurs disciples s'adonne à la simple récitation des sentences du maître :

« On cherche à reproduire l'effet de l'expérience primitive, la métamorphose spirituelle, en appliquant une méthode. Il n'est jamais possible d'atteindre de cette manière la profondeur et l'intensité de l'émotion originelle...

Curieusement, on ne semble pas comprendre que la situation originelle était un saisissement spontané, une extase éclatant du moi intérieur, précisément le contraire de ce que l'on fait soi-même, le contraire d'une imitation fonctionnant comme une méthode. » C-G JUNG : **Correspondance**, Olten-Freiburg 1972-73. III p. 349"

Gerhard WEHR : **Carl-Gustav Jung, vie, œuvre, rayonnement**. Librairie de Médicis Paris 1993, p. 453. (traduit de l'allemand)

Nous pensons que l'on ne saurait nier le bien-fondé, sinon d'une méthode rigidement apprise et appliquée, du moins d'une discipline personnelle, en vue de **favoriser** la connaissance spirituelle. Toutefois, la prudence du "psychologue expérimenté" ne peut être que bonne conseillère à l'endroit des occultisants trop vite enclins à prendre des impressions psychiques, voire des autosuggestions gratifiantes, pour des expériences spirituelles. En vivant auprès de Déodat ROCHÉ, on pouvait comprendre que, s'il n'appliquait pas massivement une "méthode" préfabriquée, il observait une discipline patiemment constituée par une foule d'observations personnelles que lui avait inspirées, au long de sa vie, l'orientation fondamentale de son âme vers le soleil de l'Esprit.

Au fil de son œuvre abondante, Rudolf STEINER donne un certain nombre de détails sur les circonstances de ses "investigations suprasensibles". Elles confirment la nécessité de cette "conjonction de circonstances" dont nous parlons plus haut. En voici un exemple, dont le témoignage est fourni par Marie STEINER von SIVERS (1867-1948), seconde épouse de R. STEINER, et collaboratrice de chaque instant, un quart de siècle durant.

En 1908, Marie von SIVERS, spécialiste des arts du théâtre, éprouve des difficultés à trouver la bonne manière de déclamer la poésie de Novalis. Un jour, le rapprochement imaginatif se fait, dans son esprit, avec les chefs-d'œuvre de Raphaël consacrés à la Vierge et l'enfant. De là naît alors, en elle, l'inspiration qui lui permet de réciter véritablement Novalis... Elle conclut cet épisode en le racontant à Rudolf STEINER : "...« quelqu'un d'autre m'a aidée : Raphaël ! Maintenant, Novalis est parfaitement transparent pour moi. » Une lueur passa sur le visage bienveillant de Rudolf STEINER.

Quelques jours plus tard, il nous révéla pour la première fois le mystère de Novalis — Raphaël — Jean — Élie." (cf. "**Marie Steiner de Sivers. Une vie au service de l'Anthroposophie**". Éd. anth. romandes, Genève 1990, p. 197)

(NDLA : ce mystère est celui des incarnations successives de la même individualité depuis le Prophète Élie et Jean le Baptiste…) À partir de ce concours de circonstances, Rudolf Steiner va enseigner que cette individualité apparut successivement sous les traits du peintre Raphaël (1483-1520) puis de l'ingénieur et poète Novalis (1772-1801). Bien entendu, les anthroposophistes, partisans inconditionnels de la lecture directe de la "Chronique akashique" par Rudolf STEINER, diront qu'il connaissait cette série d'incarnations d'une même individualité, mais qu'en pareil cas, il ne se permettait d'en parler que si quelqu'un abordait le sujet ou lui posait la question… Mais, en réalité, les indications données par R. STEINER **lui-même** sur ses investigations des vies antérieures de diverses personnalités, montre sans ambiguïté que ses recherches dépendaient de concours de circonstances non décidables à volonté. On verra, à ce sujet, les six volumes "**Le Karma**". **Considérations ésotériques**". ÉAR. Genève ; par exemple, le tome VI (1986) p. 338. Rudolf STEINER, se souvenant que, lorsqu'il était collégien, son professeur de géométrie avait un pied bot, comme Lord Byron, un rapprochement se fait dans son esprit entre les deux hommes ; il est ainsi conduit à conclure qu'ils ont vécu ensemble une aventure importante, au cours d'une incarnation antérieure simultanée en Russie…

Le caractère irréductiblement individuel de telles investigations, dont seul le résultat est communicable, ne relève pas d'une Science mais d'une **démarche gnostique**.

Seule une Gnose permet l'approche, à des degrés divers, de la réalité de l'Esprit, et certaines formulations, mais elle est et demeure une expérience purement individuelle, incommunicable directement. Tout au plus est-il possible **d'aider à l'éveil** et à la stimulation d'autrui pour qu'il anime et construise sa propre Gnose, vivante et intime, différente de la répétition d'une "image de Gnose" : **cette aide est le seul processus initiatique possible, ses effets demeurent aléatoires et ne sauraient être assurés extérieurement**. Un effet éclatant de cette aide, lorsqu'elle est efficace et reçue par une âme fertile, fut, par exemple, la métamorphose décisive de la production doctrinale de Rudolf STEINER en juillet 1902. Au cours de son premier voyage à Londres au début du mois, il fait la connaissance des dirigeants de la Société Théosophique d'Adyar : Annie Besant et le Colonel Olcott. Il approche, maintenant **à travers des échanges humains**, la Gnose théosophiste qu'il avait longtemps méprisée. Désormais, une impulsion décisive est donnée à son intense vie intérieure : il va simplifier, purifier, rationaliser le vaste et foisonnant corpus théosophique, mais il en retiendra les structures fondamentales de son "Image de Gnose" anthroposophique concernant la constitution et l'évolution de l'être humain, comme de l'univers. (cf. J. Mücke et A. Rudolf : **Souvenirs. Rudolf Steiner et l'Université populaire de Berlin (1899-1904)**. ÉAR, Genève 1983)

La plupart des disciples de Rudolf STEINER — "élèves de la Science spirituelle" — se borneront à apprendre et répéter, plus ou moins bien, l'image de Gnose produite par leur Instructeur, renonçant à l'activité — la seule vivante pourtant — de produire leur propre représentation d'eux-mêmes et du monde.

Et pourtant, si deux personnes ne se représentent jamais exactement la même image de Gnose, leurs expériences intimes de Gnose vivante sont, a fortiori, inévitablement distinctes. Cette réalité a été clairement exprimée par Déodat ROCHÉ dans son texte de 1905 précédemment cité (cf. p. 300)

> "Il est facile de prouver que **toute orthodoxie** est en réalité impossible. Les théories ne s'élaborent, nous l'avons dit, que par la méditation des individus... Mais nous devons admettre... qu'il n'y a pas au monde deux choix semblables et qu'il n'y a pas non plus dans deux individus différents les mêmes théories exactement."

Dès lors, s'éclairent deux constantes de l'histoire culturelle — et politique en conséquence — de l'humanité, au moins occidentale.

1 - Si les courants gnostiques ont été foisonnants — leurs adversaires se sont empressés de le leur reprocher — ils ne s'organisent pas moins, comme les ramures d'un grand arbre autour du tronc et des marnages, par rapport à des thèmes essentiels et permanents : l'énigme du Mal et de sa puissance active, la contradiction entre l'Idéal humain et la condition terrestre, la distance de la matière à l'esprit, la Chute des êtres dans des états misérables et dégradés, l'Intelligence hiérarchique de la Création, etc... Mais surtout, la Gnose n'a jamais conduit à des systèmes sociaux oppressifs où le Pouvoir **remplace diaboliquement** la Connaissance.

2 - Par contre, tous les systèmes de représentation mentale, si talentueux soient-ils, qui ont prétendu constituer un savoir assuré, une "Science totale" de l'être humain, comme du monde terrestre et divin, affirmant leur vocation à régenter l'ensemble des activités et de la pensée humaines, dans un rapport dual sujet - objet, ont **toujours dégénéré** en de tels systèmes oppressifs. Le sujet se réduisant à l'Institution qui "sait" dans la permanence, et à quelques dirigeants qui "savent" à l'époque du présent. Quant à "l'objet", il rassemble le reste du monde et la quasi-totalité des humains à qui est refusée, de fait, la possibilité de devenir toujours plus un "sujet", un "soi" ou un "Je", enfin **un être** véritable.

Ainsi, durant près de deux millénaires, la Science et l'autorité d'Aristote ont conditionné la pensée occidentale, stérilisant les recherches dans d'autres directions. Ce n'est, par exemple, qu'au XVII[è] siècle que les débuts d'une véritable physique ont pu commencer à se libérer du carcan de la vieille "physique" d'Aristote, si bien accordée à la Théologie de **Thomas d'Aquin**. Ce dernier, entrant dans l'Ordre dominicain acharné à exterminer le Gnosticisme cathare, fournit à point nommé à l'Église romaine le système doctrinal qui allait lui permettre d'asseoir un pouvoir implacable sur l'Occident pendant plus d'un demi-millénaire. Car les **Sommes systématiques** de "Science théologique" ont toujours contribué à la persécution des courants Gnostiques, et il est vrai que la rupture entre les deux démarches passe également entre PLATON et ARISTOTE. Ce n'est pas sans raison que, pour tenter de comprendre l'énigme de la "manifestation du Christ", les premiers Gnostiques chrétiens se sont référés à PLATON, premier philosophe à transmettre aussi largement dans l'intelligible ce qui était communicable du trésor spirituel des Mystères antiques. Malgré le respect remarquable du secret imposé par ces derniers au sujet de leur contenu, on sait leur fonction d'éveilleurs d'expériences mystiques pouvant conduire à l'élaboration d'une Gnose lorsque ces expériences se traduisent en représentations conceptuelles de Mythes.

La polarité est tout aussi radicale entre les deux personnalités éminentes de la vie ésotérique au XXè siècle, évoquées plus haut : Rudolf STEINER et René GUÉNON. Ce dernier recherche la pure métaphysique sous-jacente à toutes les Sagesses, indépendamment de lui ; allant jusqu'à écrire que "si on continuait à l'importuner avec la personnalité de René Guénon, il la supprimerait !" Et, de fait, il mourut en 1951 sans que l'on pût — aux dires d'un proche et fidèle ami médecin — savoir de quoi, et sans qu'il acceptât le moindre examen médical, analyse, etc... susceptible d'orienter une thérapeutique.

Rudolf STEINER, au contraire, affirme assumer lui-même, on l'a vu, sa propre "investigation spirituelle" et demande avec solennité que "son œuvre ne soit jamais détachée de son nom." Enfin, il s'attache à créer, dès le début du XXè siècle, un Mouvement très structuré autour de **son magistère**, fortement incarné au Gœtheanum de Dornach, où il enseigne ses "fidèles disciples, bons théosophes", auparavant, puis "bons anthroposophes" à partir de 1913, selon ses propres expressions. On sait qu'il pensait vivre jusqu'à quatre-vingt-dix ans au moins et, lorsque la maladie qui l'emporta en un an, le frappa en 1924, il lutta pour retenir sa vie en recourant au mieux à la médecine, avec l'assistance permanente de son médecin personnel Ita WEGMANN.

René GUÉNON refusa toujours d'avoir des "disciples" et de fonder un mouvement de masse. Il vécut l'essentiel de sa vie, retiré, offrant sa pensée à travers ses livres, une large correspondance et la Revue "**Études Traditionnelles**", à qui voulait bien s'y intéresser sans être pour cela implicitement invité à adhérer à quoi que ce fût de "guénonien".

* * *

C'est entre ces deux attitudes extrêmes qu'il devient significatif de situer celle de Déodat ROCHÉ. Certes, dès l'âge de quatorze ans, il recherche, lui aussi, à travers diverses traditions religieuses et philosophiques, un fonds commun de

Sagesse... Autour de la vingtaine, à partir du spiritisme, vite dépassé, et des sciences métapsychiques d'alors, le jeune étudiant s'applique à développer des "dons" réels de perception directe dans le monde suprasensible. Mais son véritable domaine initial de recherche, c'est la réalité de l'Histoire des hommes. À partir de l'adolescence, et de manière attestée en 1897, l'histoire albigeoise l'interpelle directement par les pierres de son village et les terribles épreuves de sa terre natale. Dès lors, pour lui, l'étude des doctrines sera inséparable de **l'histoire** et des actes de ceux qui s'en réclamèrent. Cette pierre de touche qui met à nu les plus belles déclarations d'intention — les Inquisiteurs, par exemple, ont toujours affirmé qu'ils "n'œuvraient" que pour le bien et le salut de "l'hérétique"... — Déodat ROCHÉ l'utilisa de manière constante pour explorer les formes de pensée et de sagesse nées au fil des millénaires. "**Il y a lieu à études historiques...**" écrit-il dès 1905

Ainsi, la Gnose vivante qu'il développa intérieurement, fut-elle nourrie par des connaissances dont l'aspect ésotérique s'accompagnait toujours d'une érudition historique.

La complexité qui en résulte parfois, ne facilite pas l'accès à certains de ses écrits, mais elle garantit le sérieux et la liberté de l'auteur. En vivant auprès de lui, on pouvait comprendre qu'il n'était ni un métaphysicien de "l'intellectualité pure", ni le sectateur d'une Révélation comme le restent trop d'anthroposophistes. Bien plutôt, on découvrait la présence d'un authentique gnostique dont l'élaboration essentielle ne s'épuisait pas entièrement dans l'écriture, mais comportait une part vivante et inexprimable toujours à même, cependant, de manifester une réaction ferme et assurée devant ce qui se présentait à lui, en fait d'événement ou d'opinion. Plus d'un en fit l'expérience, et l'on savait la compétence vigoureuse avec laquelle il relevait les polémiques...

Les arrivistes "cultureux" dont la préoccupation véritable n'est pas la vérité, mais leur succès personnel et mondain, se rallient volontiers avec opportunisme au courant d'opinion qui leur semble le plus "porteur", dans le moment, et ne pardonnent pas que l'on vienne y troubler leur confort. Chercheur de vérité, Déodat ROCHÉ ne respectait pas cette loi tacite du "milieu" : il blessait ainsi des susceptibilités et contrariait des intérêts. En outre, sa vie intérieure et sa mobilité de pensée, bien en accord sur ce point avec le meilleur de l'Anthroposophie, révulsait des gens intérieurement statiques et immobilisés sur des partis pris. Eux, entendaient exploiter tranquillement des options convenues, comme un gisement assuré que leur petite excavatrice intellectuelle se plaisait régulièrement à débiter sous une forme marchande.

Déodat ROCHÉ, historien érudit, ne négligeait pas les complexités de l'histoire au bénéfice d'une métaphysique réputée supérieure, ainsi que le fit parfois René GUÉNON, ce qui amena ce dernier à de monumentaux contre-sens... Ne soutenait-il pas, en 1924, dans "**Orient et Occident**", que l'Orient pouvait être l'éducateur du monde et que jamais la mentalité anti-Traditionnelle de l'Occident n'aurait prise sur lui ? ET nous avons vu l'Orient, au cours de la seconde moitié du XXe siècle, sombrer par larges pans dans le matérialisme, la barbarie et les idéologies les plus frustes... L'auteur des "**Études manichéennes et Cathares**" ne négligeait pas davantage les complexités de l'Histoire pour satisfaire à la cohérence interne d'une grande fresque recomposée, ainsi que le fit parfois Rudolf STEINER, "corrigeant" avantageusement la figure de certaines personnalités comme Bernard de Clairvaux, Alain de Lille ou Thomas d'Aquin... Et il est très improbable, soit dit en passant, que le fondateur des "**Cahiers d'Études Cathares**" serait resté membre d'une Société anthroposophique en France, dont trois des Branches, en ce début de XXIe siècle, portent les noms de ces théologiens de l'Église romaine, cisterciens et dominicains, tous, à des titres divers, "pousse-au-crime" contre la Gnose vivante qui fait tragiquement défaut, aujourd'hui, dans le Christianisme exsangue de l'Occident.

C'est donc bien entre les deux pôles d'une dialectique de la recherche ésotérique, dont GUÉNON et STEINER sont représentatifs, que nous pouvons situer Déodat ROCHÉ. Ce philosophe gnostique, libéré des prétentions dogmatiques, a œuvré dans une zone spirituelle, active entre ces deux extrêmes, là précisément où chaque être humain exprime sa réalité et peut devenir lui-même en apportant son irremplaçable contribution à la communauté de ses semblables. S'il ne fonda ni un Système métaphysique, ni un Mouvement social, mondialement connus, Déodat ROCHÉ vécut avec simplicité, mais sincèrement, sans sectarisme ni mégalomanie, une authentique ascèse intérieure dont le rayonnement discret fut reconnu de ceux qui l'approchèrent, en quête de vérité.

La Gnose personnelle du philosophe d'Arques n'en était pas moins reliée spirituellement à ce grand courant gnostique sous-jacent aux cultures religieuses de bon vouloir, et manifesté, entre autres, par les premiers ascètes chrétiens, les Manichéens et les Cathares. Voici, à l'endroit du Manichéisme, une remarquable intuition de Rudolf STEINER dont Déodat ROCHÉ fut particulièrement touché :

> "C'est Manès qui prépare le degré de l'évolution de l'âme humaine où elle recherche la lumière de l'esprit qui appartient à cette âme même. Tout ce qui vient de lui était un acte de se référer à la lumière propre de l'âme, et en même temps un effort pour refuser tout ce qui ne voulait pas venir de l'âme, de l'observation de l'âme par elle-même. De lui nous viennent de belles paroles qui ont été de tous temps la devise de ses adeptes. Écoutons : Il vous faut vous dépouiller de tout ce que l'autorité extérieure vous transmet ; puis il vous faut mûrir pour contempler votre propre âme !
>
> (...) Manès veut créer un courant spirituel qui dépasse celui des Rose+Croix, un courant qui aille plus loin que le courant des Rose+Croix. Ce courant de Manès va jusqu'à la sixième époque de l'histoire de la Terre, qui se prépare depuis la fondation du Christianisme. C'est justement durant cette sixième époque que le Christianisme s'exprimera dans sa plénitude. C'est alors seulement qu'il sera vraiment présent.

> La vie chrétienne intérieure, en tant que telle, surmonte toute forme, elle se transmet à travers le christianisme extérieur... Celui qui cherche la vie chrétienne la trouvera toujours. Elle crée des formes et elle brise des formes au sein des différents systèmes religieux. Ce qui importe, ce n'est pas de chercher partout l'identité dans les formes extérieures d'expression, mais de ressentir le flux de vie intérieure partout présent en dessous de la surface."
>
> Rudolf STEINER : **La légende du Temple et la légende dorée**. (GA 93)
> **Le Manichéisme**, conférence du 11-11-1904, Berlin.

Ce courant spirituel ose exprimer la réalité du Mal, distincte de la volonté d'un Dieu-Père universellement bon. Il ose affirmer que la nature de la Création ne peut résulter intégralement de cette Volonté. Ces affirmations sont intolérables à toute doctrine religieuse institutionnelle, soucieuse, afin d'établir son pouvoir sur les foules, de les rassurer à l'endroit d'un Dieu-prometteur, tout en désignant l'individu-pécheur comme véritable origine du Mal. Cette position est contraire au Nouveau Testament, **incontestablement dualiste**, mais dont la lecture fut effectivement interdite par les clercs aux simples fidèles, interdiction peu à peu submergée par l'incontrôlable multiplication des traductions en langue vivante, du fait de l'imprimerie, à partir du XVIe siècle.

C'est pourquoi cette Gnose dualiste qui assume l'ultime, la seule véritable question, en invitant chacun à y répondre, fut constamment persécutée. Aujourd'hui encore, l'ostracisme destructeur dont l'œuvre et la mémoire de Déodat ROCHÉ sont victimes, montrerait, si c'était nécessaire, qu'il se rattacha bien à ce courant de pensée. L'humanité n'a pas encore trouvé, ni développé, la force de regarder en face les vraies questions que pose le Manichéisme. L'usage qu'elle fait du **mot**, tourné en dérision dans la quasi-totalité des cas, le montre d'ailleurs à l'évidence. **Aussi longtemps qu'elle n'aura pas eu ce courage, les actes du Mal triompheront impudemment dans les œuvres humaines** toujours refoulés par les hommes de bien, et sans cesse revenants... Pour l'essentiel, Déodat ROCHÉ proposa, et s'efforça de mettre en œuvre, une "éthique de la liberté intérieure" complétant, au XX[è] siècle, la véracité morale de l'ascèse cathare du XII[è]. Rudolf STEINER répondait que, dans quelques siècles, il ne resterait rien de son œuvre, sauf... "La Philosophie de la Liberté". C'est probablement dans cet ordre, purement spirituel, de la liberté intérieure, où peut naître une Gnose **vivante**, que le père de l'Anthroposophie, au-delà du patriarcat de Dornach, fraternise avec le philosophe spirituel d'Arques.

"Nous n'oublierons pas l'utilité constante des critiques anti-dogmatiques ; il faut dissoudre par les plus mordants acides les superstitions que l'intérêt des Églises a propagées et maintenues, montrer les vues que cachent des clergés hypocrites. On ne connaît, dans ma famille, que des sépultures civiles, et je suis bien placé pour assurer qu'il ne suffit pas de donner aux populations cet exemple, d'ailleurs précieux, d'indépendance à l'égard de l'Église romaine. Il sera toujours aussi nécessaire à ceux qui veulent défendre la liberté de conscience et conserver les droits acquis, de faire appel à la protection politique contre des entreprises cléricales sans cesse renaissantes...

"La liberté de pensée n'est pas une doctrine ; prenons-la d'abord pour ce qu'elle est essentiellement : une méthode que l'on doit appliquer à la recherche, franche et loyale, de ce que nous devons penser comme vrai ; au développement et à la réalisation de l'Idéal. Nous allons donc chercher à établir les principes d'un idéal dont la réalisation confirme notre liberté même ; nous allons rechercher comment notre activité peut se donner libre cours."

Déodat ROCHÉ (1968).

Chapitre 22

Regard sur une vie

L'idéalisme et la sensibilité naturelle de Déodat ROCHÉ — déjà perceptibles dans sa silhouette et sa physionomie — l'amenèrent à souhaiter des relations électives et même, si possible, tout un milieu avec qui partager ses aspirations. La quête d'une proximité humaine et spirituelle, était aussi recherche d'une protection face à la banalité, voire la brutalité du monde ordinaire. À l'aube de son existence, le père satisfera cette aspiration dans une plénitude qui ne sera jamais égalée par la suite. D. ROCHÉ tentera, néanmoins, de retrouver une affection fraternelle, et même paternelle, jusqu'à la fin de sa vie. À l'approche de la mort, il se confiera ainsi à l'un de ces prêtres — non catholique, mais cependant chrétien — dont il avait écarté, durant toute son existence, la théâtralité passéiste...

Le rapport à l'Anthroposophie de Rudolf Steiner

Ce besoin de sens et de communion se traduisit, dans l'ordre intellectuel, par sa tentative de discerner le courant doctrinal "juste", déployé à travers les siècles et les civilisations, sous le magistère des véritables "Instructeurs" de l'humanité, en particulier ces "Maîtres" répertoriés par Rudolf STEINER à partir du Théosophisme de H.P. BLAVATSKY. Conformément à la culture autrichienne de celui-là, le "Christ" se verra attribuer une place éminente, au-dessus du cercle des Maîtres, dans le système anthroposophiste steinérien auquel se ralliera D. ROCHÉ. Dès lors, ce schéma dynamique formant un modèle conceptuel de base, les Écoles doctrinales successives — manichéisme et catharisme inclus — seront présentées comme une chaîne culturelle ésotérique, dont la cohérence est assurée, à partir de l'invisible, par les "Maîtres". Ainsi, voyait-il STEINER lui-même dans la lignée de Christian Rozenkreutz, et Peter DEUNOV dans celle de Manès...

Dans cette mise en ordre, l'œuvre de STEINER sera, pour D. ROCHÉ, la référence assurée. Avec une érudition de juriste, il trouvera toujours "la" conférence — parmi quelque six mille autres — attestant telle ou telle affirmation... Cette confiance reposera sur l'ampleur impressionnante et la cohérence apparente de l'œuvre steinérienne, et, surtout sur l'acceptation, comme fait réel, de "l'investigation suprasensible" — issue de sa clairvoyance — du grand conférencier ainsi présumé capable de lire directement les secrets de l'Univers dans la "Chronique de l'Akasha"... *

S'il avait eu le temps d'étudier la genèse de l'Anthroposophie, Déodat ROCHÉ aurait découvert qu'elle s'expliquait par un vaste champ documentaire et une vive capacité imaginative d'organisation conceptuelle de son auteur. Si son cursus universitaire juridique et philosophique, avait été complété d'une réelle culture scientifique et phénoménologique, il aurait compris que l'Anthroposophie steinérienne — si magistrale parût-elle dans ses développements — reposait sur des postulats dont la véritable science, en marche dans la communauté humaine, montrait, en des sujets essentiels, la nature contestable ou illusoire. Elle le montrait déjà, non par ses théories — cibles favorites et faciles des anthroposophistes — mais par les **faits** découverts ou explorés dans les domaines — par exemple — de la physique, pour l'analyse spectrale, la relativité, que STEINER rejetait avec un dédain obscurantiste, de l'astrophysique et de la cosmologie, de la paléontologie humaine, de la psychologie analytique, ou de l'histoire des religions, particulièrement des origines du christianisme...

Par ses travaux érudits concernant la philosophie et surtout les religions comparées, Déodat ROCHÉ s'est penché sur les productions de la psyché humai-

---

* Comme terme générique, désignant une philosophie qui part de l'être humain (anthropos), nous écrirons "anthroposophie" ; une telle démarche n'est la propriété privée de personne, y compris R. STEINER. Une majuscule commencera le mot "Anthroposophie", appliqué à sa doctrine par STEINER lui-même, parfois légitimement, mais pas toujours, loin de là... L'"anthroposophisme" est le système dogmatique, tiré de l'œuvre de STEINER et tenu pour une révélation absolue par les anthroposophistes sectaires. Le terme d'"anthroposophe" ne saurait s'appliquer qu'au pratiquant d'une anthroposophie scientifique et rationnelle, comme philosophe expérimental exerçant une authentique philosophie humaniste, et non une croyance révélée de type religieux.

ne, à travers le corpus des œuvres disponibles depuis le passé le plus lointain. De sorte que les grands courants, mytho-religieux, de la psychologie collective, ont fait constamment écran — comme réponses a priori — devant la réalité énigmatique de l'homme et de l'univers. **Il a plus travaillé sur les images fantasmées par l'humanité que sur leur véritable source.**

Et pourtant... la claire et noble volonté d'étudier le réel, indépendamment du fatras des vieilles doctrines, n'a pas manqué, au début du XXe siècle, à Déodat ROCHÉ. On le voit par ses écrits essentiels, où il se révèle dans sa plus grande liberté : "**Gnose antique et pensée moderne**", "**Méthode critique et idéal laïque**".

Mais, en 1921, il rencontre l'œuvre de R. STEINER qui l'a devancé dans une régression analogue. Jusqu'en 1901, celui-ci est un phénoménologue idéaliste et gœthéen, fermement immanentiste à propos de la réalité de l'esprit, rejetant le concept du Dieu transcendant et personnel, comme toute anthropomorphisation des puissances invisibles, christianisme inclus, évidemment. Toutefois, à partir de 1902, STEINER, s'immergeant brusquement — pour l'utiliser avec efficacité — dans le Théosophisme blavatskien, **retourne son paradigme à l'opposé**, puis devient l'ardent promoteur d'un christianisme présenté comme le cœur de l'évolution universelle. En réalité, dans son besoin, personnel et vital, de faire face à l'orientalisme de la Théosophie d'Adyar, il s'est spontanément appuyé, plus fondamentalement que sur le niveau même de sa pensée, **sur les strates primordiales de la psyché** : celles de son enfance dans les profondeurs rurales de la très catholique Autriche des années 1860-70.

Depuis une vingtaine d'années, tout cela est largement élaboré lorsque D. ROCHÉ adopte le modèle steinérien, incluant un christianisme germanique et sa complexe mythologie ésotérique. Dès lors, cette quête ardue de l'esprit immanent dans le champ de la réalité, à laquelle il appelait au début du siècle, va être balayée, dans le paradigme nouveau qu'il constitue, par la vaste dramaturgie des actions — personnelles et délibérées — d'un ensemble d'individualités, définies et nommées, depuis le Christ jusqu'aux "Maîtres", en passant par les entités des "Hiérarchies spirituelles". Le syncrétisme steinérien étant richement construit à partir du corpus doctrinal et mythique de la culture occidentale et, à un moindre degré, orientale, il n'était pas extraordinaire — refermant le cercle... — qu'il parût en éclairer les composants particuliers ; mais la plupart des anthroposophistes, **ignorant et voulant ignorer les sources** — je l'ai constaté — ont vu là une preuve de l'investigation directe de l'invisible par STEINER...

Cependant, au cours de la première moitié du XXe siècle, l'étude du cosmos montrera qu'il existe des milliards de systèmes solaires dans des milliards de galaxies comme la nôtre, alors qu'il arrive à STEINER de dire que le monde stellaire n'est que lumière, sans réalité matérielle ; la paléontologie révélera l'immense **tâtonnement**, orienté cependant, vers l'accès à la conscience, à la moralité et à l'harmonie, poursuivi à travers les formes vivantes et la succession des hominiens. Cette affirmation progressive d'une **réalité qualitative** — œuvrant pour **s'éveiller à l'être dans la soi-conscience** — que l'on peut appeler **l'esprit**, pour employer le mot disponible le moins inadapté, rend infantile et caduque l'idée d'une création planifiée par une divinité personnelle, fût-elle trinitaire, se manifestant par l'intermédiaire de "Hiérarchies" personnelles.

À la suite de STEINER, Déodat ROCHÉ n'en adopta pas moins le concept de l'Incarnation divine, trois années durant, dans la personne de Jésus-Christ, l'idée de la Rédemption du monde par le sacrifice du Golgotha, et jusqu'au mythe du Graal, symbole de la réception, par la Terre vivante, de la force divine salvatrice, contenue dans le sang ainsi répandu, comme une libation dans les anciens cultes... Il ne se rendit pas compte que ce mythe du Graal, développé de 1180 à 1230 environ, fut — exactement à l'époque de la croisade contre les Cathares — **une machine de guerre idéologique** au service de la théologie catholique.

L'illusion des foules et la projection de leurs désirs sur l'inconnu, l'exaltation et l'imposture des fabricateurs — du genre de Paul de Tarse — par lesquelles se matérialisent les mythologies religieuses, exigent de se représenter, aux origines et dans le passé, **des entités personnelles** : Dieu, les dieux, les êtres des hiérarchies divines etc... qui, par un fonctionnement soi-conscient, de type anthropomorphe, auraient délibérément créé, fût-ce progressivement, le monde et les êtres.

Bien au contraire, tout le développement de la connaissance que l'humanité acquiert de l'évolution du monde et de la sienne propre, montre toujours plus que, s'il existe du sens et une qualité spirituelle immanents à l'ensemble de l'univers, l'immense effort de l'évolution est tendu **vers l'accès à la soi-conscience**, par engendrement d'entités progressivement autonomes, précisément parce qu'aux origines, **aucune** entité de ce genre n'a de réalité. Ce tropisme fortement volontaire vers la soi-conscience claire, de l'Être originel, diffus mais contenant tous les possibles, rend concevable l'inévitabilité de l'évolution à partir des niveaux les plus bas de la manifestation que nous appelons "matérielle" où peut s'éveiller une conscience embryonnaire, mais auto-centrée.

L'être autonome, responsable et conscient, ne saurait se trouver à l'origine de l'Évolution, il ne peut qu'en être le fruit.

Avant l'âge de la quarantaine, environ, R. STEINER, comme D. ROCHÉ, eurent conscience, jusqu'à un certain point, de cette situation universelle. Mais l'insuffisance de leur culture scientifique contemporaine ne leur permit pas de résister à ce puissant appel au "rêve éveillé" par lequel, depuis l'aurore de l'humanisation, le psychisme humain s'applique à construire une mythologie rassurante face à l'immensité de l'inconnu. Ainsi, dans l'ordre doctrinal, basculèrent-ils en partie vers des formes passées au lieu de s'avancer librement et courageusement vers les démarches nouvelles tournées en direction de l'avenir véritable de l'humanité.

Une confirmation, par Steiner, de notre analyse

Ce qui précède était écrit depuis près d'un an, lorsque parut, fin mars 2001, un texte de Rudolf STEINER, inédit jusque-là en français, publié par la revue "Ste-Catherine-Infos" 59 Maing, dans une traduction de M. Daniel Kmiécik. Il s'agit d'une contribution à un livre collectif, édité en 1899 sous le titre "L'égoïsme en philosophie", pris au sens d'expérience du soi individuel, du "Je" qui se dit "ego" en grec, dans une acception parfaitement positive de reconnaissance de l'entité humaine, et non pas du défaut consistant à ignorer les autres. Toutefois, afin d'éviter la persistance d'une ambiguïté, nous utiliserons, au lieu du mot "égoïsme", l'expression plus explicite de sens ou d'expérience du "Je", en accord avec R. STEINER lui-même, indiquant, par ailleurs, qu'il aurait préféré à ce titre, indépendant de sa volonté, celui de "L'individualisme en philosophie". Ce texte a été retrouvé par le chercheur anthroposophe Félix Hau, puis présenté, en 2000, dans le journal péri-anthroposophique allemand "Info-3", d'où l'a extrait Monsieur Daniel Kmiécik, universitaire et libre chercheur très actif, directeur de la revue "S.C.Infos".

Un écrit aussi remarquable de Rudolf STEINER, parvenu au sommet de son œuvre philosophique, est d'une **extrême importance pour connaître sa véritable pensée de chercheur libre**. Il confirme aussi, de manière éclatante, la thèse que nous développons dans le présent chapitre.

Déjà, par "**La philosophie de la liberté**" (1894), STEINER affirme, avec discrétion, mais nettement, le rejet de toute religion instituée à prétention révélée, ainsi que de toute entité divine, comme le Dieu Père ou le Christ, et de toute mythologie auto-affirmée afférente, comme le Christianisme... Mais, cinq ans plus tard, dans ce texte de 1899, il développe largement, en allant au fond de sa pensée, les justifications de ce rejet, lumineusement situées dans une évocation magistrale de l'évolution de la pensée occidentale, depuis les philosophes présocratiques jusqu'aux penseurs des temps modernes, en passant par les néo-platoniciens.

Avec cette étude, Rudolf STEINER critique la "Religion" comme système de croyance naïve en des opérateurs surhumains, **bien qu'anthropomorphes**, créant et dirigeant le monde et les êtres. De même, il montre l'inanité d'une attitude "religieuse"réduite à vénérer et à prier ces opérateurs **externes** qui ne sont que des projections du "Je" dénaturé de l'homme, refusant d'assumer l'accomplissement de sa propre entité. Évidemment, cette critique ne vise pas la religion naturelle consistant à se relier aux phénomènes et aux êtres de l'univers, à les observer, à les connaître par l'intuition de la pensée et du sentiment ; mais dénonce la soumission à une idole totémique divine — mythique et affabulée – à laquelle sont assujetties, liées et reliées, les ouailles d'un troupeau, elles-mêmes aliénées entre elles. L'Histoire — celle des courants judéo-christo-islamique, en particulier — n'a que trop montré, jusqu'à nos jours — et c'est, hélas, loin d'être terminé — l'aboutissement sectaire meurtrier de cette acception des termes "Religion" et "religieux".

Et c'est précisément de cela dont STEINER commence à analyser les racines :

> "Veut-on caractériser le point de vue de l'homme religieux, on doit donc dire : il cherche à juger le monde à partir de lui ; mais il n'a pas le courage de s'attribuer la responsabilité de ce jugement ; c'est pourquoi il invente des entités dans le monde extérieur sur le dos desquelles il reporte cette responsabilité.
>
> Par ces considérations, il me semble que je réponds à la question de savoir ce qu'est une religion. Le contenu d'une religion prend sa source dans l'esprit humain. Mais celui-ci ne veut pas en convenir. L'être humain s'assujettit à ses propres lois, mais il les considère comme étrangères à lui. Il s'établit en maître au-dessus de lui-même. Toute religion institue le "Je" humain en régent du monde. Son caractère consiste précisément dans le fait qu'elle n'en est pas objectivement et effectivement consciente. Elle considère comme révélation de l'extérieur ce qu'elle révèle elle-même.
>
> L'être humain souhaite en effet se trouver en premier lieu au-dessus du monde. Mais il n'ose pas se placer au sommet de la Création. C'est la raison pour laquelle il invente des dieux à son image et leur laisse régir le monde. En pensant ainsi, il pense en religieux."
>
> Rudolf STEINER (1899) "SCI"n°40, p. 4

En réalité, tout le mouvement de l'univers, partant de gigantesques masses chaotiques se révèle tendu vers l'apparition de la soi-conscience à travers la succession des formes vivantes, jusqu'à cet être organisé capable de se dresser, puis de se dire, et de se percevoir comme "Je". C'est en cet être que l'esprit universel **accède à la faculté de se reconnaître lui-même**, au plus haut degré atteint sur la Terre, ce que STEINER exprime ainsi :

> "Selon la suite naturelle de l'évolution, au sein de la spiritualité occidentale, la découverte du sens du "Je" aurait dû succéder au néoplatonisme. C'est-à-dire que l'homme aurait dû reconnaître cette entité, considérée comme étrangère, comme étant bien la sienne propre. Il aurait dû se dire : l'élément le plus élevé qui existe dans l'univers donné à l'homme, c'est le "Je" Individuel, dont l'essence fait son apparition au plus profond de la personnalité.
>
> Ce cheminement naturel de l'évolution spirituelle occidentale fut entravé par la propagation de la doctrine chrétienne. Le Christianisme offrit ce que la philosophie grecque avait exprimé dans le langage du philosophe, sous la forme populaire de représentations qu'on pouvait, pour ainsi dire, "saisir de ses mains". Quand on se remémore combien le désir de se dépouiller de sa propre entité est enraciné dans la nature humaine, il apparaît compréhensible que cette doctrine ait gagné un pouvoir aussi

incomparable sur les âmes. Satisfaire ce désir par un moyen philosophique, relève d'un haut degré d'évolution de l'esprit. Il suffit de posséder la richesse de cœur la plus ingénue pour le satisfaire sous la forme de la foi chrétienne. Le Christianisme ne représente ni un contenu subtil d'esprit, tel le monde idéel de Platon, ni l'expérience rayonnante d'une lumière intérieure qu'il faut d'abord initier en soi, mais des processus portant les attributs d'une réalité saisissable par les sens. Il va en effet jusqu'à vénérer la plus haute entité divine dans une individualité humaine historique. Avec de telles représentations palpables, l'esprit philosophique de la Grèce ne fait pas l'affaire. Des représentations de ce genre se trouvaient loin derrière lui, dans la mythologie des peuples. Hamman, le précurseur de Herder dans le domaine de la science des religions, a fait un jour remarquer que Platon n'a jamais été un philosophe pour les enfants. Les esprits enfantins sont ceux pour qui « l'Esprit Saint a eu l'ambition de devenir un écrivain ».

Et cette forme enfantine d'aliénation de soi chez l'être humain a eu des conséquences les plus graves qu'on puisse imaginer tout au long des siècles d'évolution de la pensée philosophique. Telle une brume, la doctrine chrétienne est donc tombée, en estompant la lumière qui aurait dû rayonner de l'essence personnelle."

Rudolf STEINER (1899) "SCI"n°41, p. 3-4

Pourtant, l'immense effort de l'esprit immanent, au cours de l'évolution, fut assumé de plus en plus consciemment par les hominidés, à partir de l'éveil, en eux, de l'expérience du "Je" dont témoigne leur préoccupation de l'après-mort. L'être humain individuel s'est formé, de la sorte, par une longue succession d'épreuves et d'actes héroïques, durant des millions d'années ; mais le dogmatisme chrétien va s'appliquer à le déposséder de cet héritage douloureusement conquis et encore très fragile. Alors, STEINER poursuit :

"La philosophie des Pères de l'Église est une transposition du contenu de la foi chrétienne en un édifice conceptuel. Le caractère général de cette construction d'idées ne pouvait être rien d'autre que celui du Christianisme sur les bases duquel elle s'élevait : transplantation de l'entité humaine hors d'elle dans le monde, dessaisissement de soi. On s'est donc trouvé dans la situation d'un Augustin qui parvient de nouveau à l'endroit exact où l'on rencontre l'essence de l'univers et qui retombe à cet endroit sur un élément étranger. C'est bien dans l'essence profonde de l'être humain qu'il recherche la source de toute vérité ; il proclame les expériences intérieures de l'âme comme fondement de connaissance. Mais la doctrine de foi chrétienne a placé un contenu extra-humain à l'endroit même où sa recherche le mène. C'est la raison pour laquelle il trouve de fausses entités au bon endroit.

Suit alors, pendant un siècle, un effort de la pensée humaine qui n'eut aucun autre objectif, en y engageant toute l'énergie de l'esprit humain, que de fournir la preuve que le contenu de cet esprit ne se trouvait pas en lui, mais qu'il était à rechercher là où la foi chrétienne l'avait transféré. Le mouvement de pensée, qui surgit de cette contention a été caractérisé comme la scolastique. — Sous ce rapport, toutes les finasseries des scolastiques ne peuvent éveiller aucun intérêt. Car, pour ce mouvement d'idée toute évolution en direction d'un lieu où se trouverait la connaissance du "Je" personnel, n'importe absolument pas le moins du monde. L'épaisseur de la brume que le Christianisme était venu glisser devant la connaissance humaine de soi, est au plus manifeste par le fait que l'esprit occidental devint, somme toute, incapable de faire ne serait-ce qu'un pas en direction de cette connaissance de soi. Il avait besoin d'une impulsion extérieure contraignante. Il ne pouvait pas trouver au fond de l'âme ce qu'il avait si longtemps cherché à l'extérieur. Mais la preuve lui fut apportée : ce monde extérieur ne peut absolument pas être de nature à accueillir l'essence qu'il recherchait en lui. Cela arriva par l'épanouissement des sciences naturelles au seizième siècle. Tant que l'homme ne se faisait que des représentations incomplètes sur la nature des phénomènes naturels, il y avait place pour des entités divines et pour l'action d'une volonté personnelle divine dans le monde extérieur. Mais au moment où Copernic (1473-1543) et Kepler (1571-1630) ébauchèrent une image naturelle du monde, il n'y eut plus de place pour l'image chrétienne. Et, au moment où Galilée (1564-1642) posa la base d'une explication des processus naturels par des lois naturelles, la foi dans les lois divines devait en être ébranlée. On devait donc désormais rechercher l'essence, que l'être humain reconnaissait comme la plus haute et qu'on avait expulsée du monde qui lui était extérieur, par d'autres voies."

Rudolf STEINER (1899) "SCI" n°41, p. 4

Ces voies expérimentales d'une connaissance spirituelle autonome, laïque, c'est-à-dire délivrée d'affabulations préalables, et accordée avec la recherche phénoménologique des sciences, commencent, en ce début du troisième millénaire, à être sérieusement esquissées par l'informelle communauté des esprits libres que STEINER appelait de ses vœux à la fin du XIXe siècle. Cette tension, sans a priori, vers l'inconnu, dans une conscience du "Je" affermie et renouvelée, émergeant de siècles de conditionnement et d'aliénation, participe, à l'évidence, de la flèche évolutive de l'humanité actuelle.

Dans le sillage de GOETHE, R. STEINER, jusqu'en 1900, avançait fermement en quête de ces voies, ainsi qu'il ressort de son chapitre examiné ici. Il est facile de constater, d'après les larges citations de Déodat ROCHÉ que nous avons données, que celui-ci avançait tout aussi fermement dans la même direction, jusqu'en 1922. C'est-à-dire jusqu'à sa rencontre avec l'œuvre occultisante que STEINER produit après son retournement de 1901-1902. En outre, si D. ROCHÉ connaissait l'existence de "**La philosophie de la liberté**", peu et tardivement publiée en France, par un éditeur extérieur au milieu anthroposophique, il avait glissé dessus et ne m'en parla jamais. D'évidence, il ignorait le chapitre que nous venons d'examiner et les autres écrits analogues de STEINER à la fin du XIXe siècle. Les anthroposophistes s'appliquaient, d'ailleurs, à les maintenir dans l'ombre, particulièrement Simonne RIHOUËT-COROZE qui, en crypto-catholique, s'employa à faire connaître en France, essentiellement, la christologie développée par STEINER **après** 1907. Dès sa rencontre utilitaire avec le Théosophisme blavatskien, ce dernier, par une volte-face psycho-intellectuelle vertigineuse, va abandonner sa recherche de philosophe de l'immanence spirituelle, pour se consacrer à la production, imaginative et gratifiante, d'une cosmogonie théosophique littéralement grouillante de ces "entités divines" qu'il dénonçait comme illusoires, quelques années plus tôt… Depuis le Christ jusqu'aux "anges à l'œuvre dans le corps astral des hommes", en passant par Michaël et l'ensemble des Hiérarchies célestes décrites par le pseudo Denys l'Aréopagite, enrôlant, à chaque occasion, toute entité exotique disponible, des Élohims aux Bodhisattvas, via les Asuras, les Amschaspands et autres Soradt..., STEINER va s'employer à modéliser systématiquement l'univers et l'être humain sous la forme d'un vaste opéra interprété par la multitude des "entités divines", animant une machinerie programmée aux effets prévisibles.

Examiner par quel processus a pu s'accomplir ce retournement étonnant, sortirait du champ de cet ouvrage. Par contre, il importe de savoir, pour le cœur même de notre propos concernant Déodat ROCHÉ, que celui-ci rencontre l'œuvre de STEINER alors que le revirement de ce dernier a disposé de tout le temps nécessaire, au cours des vingt années écoulées, pour produire un système théosophique cohérent, mais fermé sur lui-même et coupé du réel, en ce qui concerne son aspect occultisant et religieux. Le philosophe d'Arques trouvera là un syncrétisme, efficace à ses yeux, pour ordonner l'abondant corpus ésotérico-religieux qu'il s'est constitué durant les trente dernières années.

En fait, D. ROCHÉ donnait ainsi satisfaction, à bon compte, à son besoin intellectuel de structuration doctrinale. Sans devenir aussi sectaire que nombre d'anthroposophistes primaires, il se montra souvent intransigeant à l'égard de personnes rencontrées dans le champ de ses travaux, voire de collaborateurs.... Ainsi reprocha-t-il vertement à Fernand NIEL de présenter le catharisme comme différent du christianisme, à René NELLI de méconnaître le véritable idéal courtois des authentiques troubadours... Il tendait à considérer comme "extérieur" à la vérité celui qui n'accédait pas à l'Anthroposophie.

Cependant, lorsqu'on le connaissait de près, on savait que la construction doctrinale n'était pas l'essentiel pour lui, mais seulement le vêtement conceptuel par lequel il tentait de justifier, et surtout d'expliciter, sa préoccupation principale. Celle-ci était de l'ordre de l'ascèse, de **la métamorphose de l'animal humain en homme véritable**, de cette éclosion du "fils de l'homme" selon l'expression énigmatique et superbe du Jésus de l'Évangile, qui résume en trois mots cette perspective d'auto-accomplissement de l'évolution par l'esprit devenu soi-conscient en une personne vivante.

La puissance du mouvement social par lequel le christianisme s'imposa en Occident, au début de notre ère, tenait **à l'émergence de cette aspiration morale** née dans l'humanité par les épreuves de l'évolution antérieure. La nature régressive de ce mouvement par rapport à la culture hellénique, procéda du corpus mythique et sacrificiel archaïque dont il s'enroba. Sa nocivité résulta de l'énorme occasion de pouvoir qu'il offrait aux théocrates à vocation despotique, par son extension dans les masses populaires, et par le puissant outil de manipulation mentale qu'est sa mythologie du témoignage apparent en un récit simple et direct.

Comme tout ce qui se manifeste dans la puissance, le christianisme mélangea le Bien et le Mal, en associant l'impulsion morale de Jésus, dont l'évangile traduit certains reflets, aux affabulations postérieures sur le thème du "Christ-Sauveur", le Sôter divin, se révélant mensonges néfastes et source de fanatisme meurtrier dès lors qu'elles sont affirmées, prêchées, imposées. Le pouvoir théocratique de l'Église s'est établi sur le conte résurrectionnel archaïque, mais réactualisé, comme **fausse réponse** à l'aspiration morale des hommes. Puis ce pouvoir pratiqua l'extermination des mouvements successifs qui réclamèrent la fidélité au message moral, ainsi que le firent les Cathares, désignés comme "hérétiques", simplement pour **vouloir appliquer le noyau véritable de l'Évangile**. De nos jours, ce mélange continue d'assurer la pérennité de l'Église par le soutien de braves gens à la moralité vigoureuse, qui ont assimilé, **dès l'enfance**, sa mythologie mensongère avec l'idéal évangélique.

Sensible depuis longtemps à la morale de l'Évangile, Déodat ROCHÉ accepta désormais cette mythologie transposée dans un ordre rationalisé par le talent de STEINER. Celui-ci revendique, d'ailleurs, la "clairvoyance" directe des secrets du christianisme, en affirmant s'être "trouvé en présence du Mystère du Golgotha"...

Dans l'œuvre du philosophe d'Arques, cependant, l'usage de ce catéchisme ésotérique pour intellectuel cultivé, ne sera pas totalitaire, il coexistera avec l'esprit de libre recherche qui l'animait profondément jusqu'en 1922. Aussi, pour jauger et relativiser le chemin qu'il allait parcourir sous l'influence steinérienne, il importe maintenant d'examiner, en complément de "Gnose antique et pensée moderne", ses deux premiers écrits parus en 1921 et 1922.

Publications initiales

La première, intitulée "**Mon Ami François Canavy**", avec une majuscule à "Ami", porte en exergue sur la couverture, cette devise :

"Avant, avant, Lyon le melior ; la raison finit toujours par avoir raison."

Elle évoque, sur 20 pages, la relation amicale et intellectuelle avec ce jeune homme, (1881-1914) dont nous avons évoqué p. 250 le destin tragique. Cet excellent élève des Jésuites avait librement rompu avec le catholicisme, et subi l'hostilité de sa famille, étroitement assujettie à l'Église, en se tournant vers les milieux de l'Amicale laïque de Limoux, y donnant même des conférences, dans les années 1905-1907, en compagnie de Déodat ROCHÉ. Lors des obsèques civiles de son jeune ami, le 25 mars 1914, D. ROCHÉ prononça une allocution, respectant le testament qu'il lui avait remis, et où il écrivait :

"Je veux être enterré civilement. Je ne veux pas qu'il y ait des gens assez sots pour croire que je sois revenu devant la mort à des sentiments catholiques et que j'aie eu peur de l'enfer. Que mes funérailles soient très simples... À ceux qui voudraient conserver un reste d'affection pour moi, j'affirme que les idées qui m'ont le plus consolé durant ma douloureuse existence, ce sont la résignation dans l'adversité, le sacrifice imbrisable de soi aux idées d'humanité et de solidarité, la simplicité de vie, l'amour de l'étude."

Déodat ROCHÉ ajoute :

"Il avait pourtant éprouvé que de sentir toutes les consolations données par la seule force du **souffle intérieur** est plus difficile que d'espérer dans les biens de l'au-delà, et il trouva une consolation plus profonde que celle du stoïcisme ordinaire. Il avait, en effet, lu avec fruit l'ouvrage de Léon Denis « **Après la mort** » et ce livre l'avait bien consolé. Aussi m'étais-je empressé de lui écrire en l'apprenant, au mois d'août 1909 : « Au-dessus des ennuis humains, nous communierons avec la grande Nature, et puisque L. Denis t'a fait connaître les espérances de l'au-delà (comme le fit mon père après l'avoir appris de lui et de ses maîtres), nous retrouverons, si tu le veux, les mains tendues vers le Soleil de vie, le sens de la prière aux forces invisibles..."

Mais Déodat ROCHÉ écrit :

"Depuis la mort de mon père, je n'avais pas eu de plus grande douleur que l'absence de cet ami."

Au cours de leurs promenades, près de Limoux, vers 1906, les deux jeunes hommes avaient des entretiens philosophiques. François CANAVY en rédigeait, peu après, le contenu dans des cahiers dont D. ROCHÉ nous cite certains passages. Ainsi de celui où son jeune ami, âgé de quelque vingt-cinq ans, exprime comment il conçoit le sens de sa vie :

"Elle doit être orientée vers les autres, de tout cœur, de tout un grand cœur que rien ne fermera, ni rien n'arrêtera. Un cœur qui ne cherchera qu'à aimer, à aimer malgré la moquerie, malgré l'insouciance, malgré l'égoïsme, malgré l'argent..."

Mais les deux amis ne se limitaient pas à cet élan moral, dont ils comprenaient l'impuissance s'il ne s'appuyait pas sur une ferme recherche de vérité. F. CANAVY écrit :

"...nous adoptâmes cette idée directrice que la grande affaire est d'entretenir toujours notre pensée à l'état naissant, de lutter contre toute matérialisation qui la ferait aboutir à une servitude. Nous fûmes donc un groupe d'esprits critiques ou si l'on préfère, « d'empiristes vrais » attendant de l'action la révélation d'une vérité toujours à acquérir."

Déodat ROCHÉ ajoute. :

"L'essentiel était pour nous de conserver nos idées claires, la vie plus ou moins longue ne dépendant pas de nous. L'amélioration des hommes est tout intérieure et il est contradictoire de prétendre améliorer quelqu'un du dehors et par quelque contrainte que ce soit. **La pureté de la vie était, à nos yeux, dans la science, et la lutte pour le vrai restait le type de la bonne action capable de répandre la pureté autour de nous.**"

Après la mort de son ami, il confirmera ce caractère primordial du vrai :

"Que les âmes soient périssables ou non, leur devoir présent est le même, elles ne peuvent se nourrir que de vérités et leur unique salut est dans la justice."

Cet amour de la vérité et la conviction de sa puissance libératrice avaient éclairé l'existence, pourtant éprouvante et courte de François CAVANY :

"Dès lors ses tristesses se dissipaient pour faire place à une confiance inébranlable en la vie. Il ne se souvenait de son éducation première que pour en combattre le vice, « la tare de l'éducation jésuitique... », « ce goût pour l'hostie, irraisonné, incompris, et la rêverie superstitieuse, faite de statues et d'ostensoirs, éloignant de la vie vraie, humaine et pénible »"

Et pourtant... durant l'année où Déodat ROCHÉ rédigeait cet opuscule, il rencontrait l'œuvre de STEINER et, en septembre 1922, STEINER lui-même, **à l'époque où il fondait la "Communauté des Chrétiens"**, avec ses sacrements, sa liturgie, son culte, très exactement démarqués, sous des aspects simplifiés et modernisés, **des formes catholiques**, y compris la messe, que le jeune STEINER avait servie, avec une fervente application, lorsqu'il était enfant de chœur. Au cours de ce culte, l'hostie et le vin — en réalité, du jus de raisin non fermenté — sont consacrés, au moment de l'Élévation, avec ces paroles, de la part du prêtre : "Le pain devienne corps du Christ, le vin devienne sang du Christ..." Les fidèles communient sous les deux espèces, cependant que le prêtre prononce les paroles suivantes : "Le Corps du Christ que vous recevez, et le Sang du Christ qui vous fait vivre, soient, à la maladie du péché, un remède salutaire".

Encore en 1953, Déodat ROCHÉ, ainsi que nous l'avons mentionné page 274, écrira :

"Des rites extérieurs, **une rénovation religieuse**, surtout avec d'anciennes formules, ne feraient que créer une secte de plus, à une époque de division, et desserviraient la fraternité universelle des bons qui se prépare dans tous les milieux en apparence les plus opposés."

(CEC 13, Pr. 1953, p. 47)

Depuis trente ans, à l'époque, D. ROCHÉ savait parfaitement que la "Communauté des Chrétiens" s'intitulait précisément : "**Mouvement de Rénovation religieuse**", et pourtant... une dizaine d'années plus tard, seulement, "la superstition de l'hostie", enrobée d'anthroposophisme, lui paraîtra acceptable... Pour éclairer cette régression, il importe de bien prêter attention à ces paroles rapportées plus haut, elles expriment le drame central de la conscience humaine affrontée à l'inconnu de la mort :

"Il avait pourtant éprouvé que de sentir toutes les consolations données par la seule force du **souffle intérieur**, est plus difficile que d'espérer dans les biens de l'au-delà..."

Ces lignes sont essentielles car elles posent **l'alternative** de l'expérience intime de l'être et de la pérennité afférente, face aux promesses de tout système occultisant ou religieux.

Ce souffle intérieur, éthymologiquement le **sacré**, le **pneuma**, c'est-à-dire l'esprit, que BERGSON assimilait à "l'énergie créatrice", souffle où il veut, jusque dans l'âme humaine et alors, il l'éclaire et la conforte, c'est **lui** que les cathares appelaient le "cofortaïre". En réalité, dans la conscience de l'homme, il souffle **quand il peut**, c'est-à-dire lorsque nos organismes corporel et psychique **s'ani-**

ment suffisamment pour lui permettre d'accéder à la perception de soi. **Lui**, apparaît ainsi comme notre être véritable en formation, ce "fils de l'homme" que nous portons, né du souffle de l'esprit en nous. Certes, en vue de ce processus **d'éveil**, il est difficile d'accomplir cette démarche, juste et indispensable pourtant, décidée par les deux amis :

> "...entretenir notre pensée toujours à l'état naissant, lutter contre toute matérialisation qui la ferait aboutir à une servitude."

Malgré cela, durant toute sa vie, Déodat ROCHÉ s'appliqua à rechercher des formes de pensée, de doctrines où il put refléter sa propre quête intérieure. L'illusion fut probablement d'espérer en trouver ainsi l'accomplissement. L'œuvre de STEINER occupa la place centrale, pour lui, dans cette quête, mais, pour tenter de réaliser l'unité de tous les mouvements philosophiques reconnus, il voulut démontrer leur continuité, les fédérer en quelque sorte, et composa une suite d'articles intitulée "De Manès à Rudolf Steiner"... C'était aussi, sans le vouloir, ramener la doctrine steinérienne du domaine de la science à l'univers mythique ancien, ce qui n'est d'ailleurs pas faux quant à la substance même ; car la modernité de STEINER réside surtout dans sa capacité imaginale et dans la forme bien conceptualisée de son propos...

Au cours des années 1960, D. ROCHÉ finit par se lier à la "Communauté des Chrétiens". Il accepta d'y accomplir la "Consultation sacramentelle" auprès d'un prêtre, ce qui est l'équivalent de la Confession. **Il me le confia lui-même et me décrivit la chose...** Jamais il ne me parla de la Communion, mais il est très probable qu'il y participât, en particulier lors de la dernière visite, durant **toute une journée**, que lui fit un prêtre, l'année précédant sa mort, pour lui conférer les derniers "viatiques"...

Qu'aurait pensé son ami si cher, François CAVANY, en le voyant sacrifier à la "superstition de l'hostie" ? Qu'auraient pensé les milliers de Cathares brûlés, principalement, entre autres raisons, pour avoir refusé cette "superstition" — **disaient-ils eux aussi** — de croire qu'un morceau de pain devenait "le corps de Dieu" ? Superstition que l'Église renforça, précisément, au début du XIIIe siècle, tout en faisant produire le mythe sanglant du Graal afin de stimuler la guerre contre **la libération spirituelle** qu'amenait l'évangélisme des Bons Hommes.

Certes, depuis le milieu des années 1960, D. ROCHÉ, vivant l'affaiblissement et la solitude du grand âge, était en situation de chercher un appui — qui s'avéra illusoire, d'ailleurs — auprès d'une communauté ; mais cette régression vers la mythologie chrétienne qui, finalement, le "ferait aboutir à une servitude", avait commencé beaucoup plus tôt. À l'âge de quarante-cinq ans, c'était un homme encore jeune qui s'était inféodé, à partir de 1922, au vaste système christianisant de l'Anthroposophie steinérienne. Après être demeuré, plus de quarante années durant, à l'écart de la branche religieuse institutionnelle du

Mouvement anthroposophique, il avait fini par y tomber… Dès lors, une maxime qu'il m'a souvent répétée pour montrer la duplicité de l'Église romaine : "vérité à l'intérieur de l'Église, devient erreur à l'extérieur…", pouvait lui être retournée : "superstition dans l'Église devient vérité dans l'univers anthroposophiste…"

Notre vieil ami était trop seul spirituellement. J'avais, à l'époque, l'âge de son ami CANAVY lorsqu'il le fréquentait à Limoux, et je me sens proche des pensées de celui-ci, que j'ai découvertes plus tard, mais presque trois générations nous séparaient… Si deux personnalités, François CANAVY et Simone WEIL, que son destin a brièvement croisées, avaient assez vécu pour l'accompagner longuement, peut-être eût-il continué de participer, sans défaillance, à cette "communauté des esprits libres et des chercheurs de vérité" dans laquelle il se situait avant 1922.

À la fin de sa vie et des années 1960, François MAURIAC écrivait, dans ses "Nouveaux mémoires intérieurs" : "lorsque je rencontre un être, je me demande toujours « **comment a-t-il soutenu le siège ?** »". Ce siège, c'est évidemment celui que tout vivant doit soutenir contre la mort qui, inexorablement, se rapproche, contre l'angoisse, la souffrance, les trahisons, le néant ou **l'inconnu** comme seule perspective assurée d'avenir… Il est compréhensible, et parfois excusable, celui qui se résout à accepter un théâtre religieux, préfabriqué collectivement, pour masquer cet inconnu qui l'effraie, terrible et merveilleux comme l'abîme sans fond du ciel nocturne. Déodat ROCHÉ, "soutenant le siège", avait jugé acceptable, jusqu'à un certain point, la vaste dramaturgie steinérienne et le Mouvement religieux qui s'en nourrissait. Mais pourtant, au fond, l'essentiel pour lui était ailleurs…

* * *

Ainsi que nous l'avons constaté, au cœur de la relation CANAVY - ROCHÉ, la préoccupation morale est première, aussi bien pour la vie sociale que dans la recherche de la vérité. Sur ce dernier point, l'orientation **véritablement scientifique** de Déodat ROCHÉ, au début du siècle, n'est pas douteuse. Lorsque son Ami dépasse la pure résignation devant la mort pour envisager objectivement, hors des croyances confessionnelles, une permanence de l'entité humaine, il l'encourage vers cette orientation scientifique. Avec son père, c'est dans cette voie que D. ROCHÉ avait apprécié les ouvrages de Léon DENIS développant l'hypothèse des vies humaines successives, par une véritable phénoménologie et non par des "révélations" traditionnelles ou incontrôlables. L'opuscule suivant, "**Méthode critique et Idéal laïque**", publié en 1922, expose, sur 28 pages, la démarche intellectuelle élaborée au cours des quinze années précédentes, par D. ROCHÉ et son Ami. Nous lisons, au début, qu'"il s'agit d'une conférence déjà prononcée en 1912, et que l'auteur prépare la publication d'un autre exposé, fait en 1920 : « De la nécessité morale des recherches psychiques », revu et mis au courant des plus récentes découvertes scientifiques". Voici, maintenant, une suite d'extraits de ces pages qui s'enchaînent en donnant l'essentiel des conceptions de Déodat ROCHÉ au sujet du problème de la connaissance.

> "La République tout entière a, comme ses citoyens, besoin de trouver une direction morale précise. La nécessité d'un idéal est évidente pour la vie de tout un peuple résolu à se gouverner lui-même, car il ne pourrait garder longtemps des sentiments vulgaires sans péril pour sa liberté."
>
> "Et comment allons-nous le découvrir, cet idéal, sinon avec la méthode de recherche qui guide les démarches de tout esprit moderne ? Il ne peut consister en des affirmations dogmatiques édictées en faveur d'un clergé qui se gave parfois en conseillant le renoncement au peuple. (...) Il ne saurait être fait de règles élaborées dans l'intérêt d'une caste ou d'une classe particulière d'homme, (et présentées comme des croyances obligatoires), ni s'appuyer sur de **prétendues révélations** qui ne seraient point proposées au contrôle de tous. Il doit être rationnel et universel, accessible à tous, populaire, c'est-à-dire **laïque**. Il doit être conforme à la nature humaine..." (p. 7 et 8)
>
> "Après le rejet du principe d'autorité qui imposait des croyances par le prestige des révélations prophétiques, nous pratiquerons le doute méthodique bien connu des esprits philosophiques. Nous douterons de la vérité de toutes les idées qui nous seront proposées, non pour nous laisser aller désormais à un scepticisme complet à l'égard de tout, mais pour rentrer en nous-mêmes et y chercher par l'exercice naturel de la liberté de pensée, les règles qui pourront le mieux assurer le déploiement de notre activité."
>
> "S'il est vrai que nous ne puissions sauvegarder notre dignité et notre personnalité qu'en suivant les clartés de la raison, nous tenterons de déterminer un idéal qui soit rationnel, et puis nous soumettrons ses règles au contrôle de l'expérience pour les affermir et les préciser." (p. 8)
>
> Déodat ROCHÉ. **Méthode critique et idéal laïque.**

Avant de poursuivre, il faut bien rappeler que, l'année même où il publie ces lignes porteuses d'avenir, 1922, est aussi celle où il fait allégeance à l'œuvre de STEINER, effectivement appuyée sur de "prétendues- révélations"... Certes, elles sont bien "proposées au contrôle de tous". Mais qui pourra contrôler les dires de STEINER affirmant que le Christ-Jésus est effectivement le Verbe de Dieu, et que, pour s'incarner, il lui a fallu deux enfants Jésus, dont l'un, sujet de l'évangile selon Matthieu, était la réincarnation de Zoroastre ? Qui pourra vérifier que l'archiduc d'Autriche Rodolphe de Habsbourg, "suicidé" à Mayerling, était bien la réincarnation de l'empereur romain Néron ? Sur quelles bases pourra-t-on constater, contrôler et admettre — en dehors des livres de H-P BLAVATSKY — que durant la civilisation du continent disparu de l'Atlantide, sensiblement contemporaine des artistes préhistoriques de Lascaux, les hommes disposaient déjà de machines volantes et de moyens technologiques prodigieux, développés sur des phénomènes, de type "vital-éthérique", différents de ceux que nous utilisons aujourd'hui ?

À défaut de pouvoir les vérifier, la masse d'enseignements du même ordre, prodigués par STEINER, restent des "affirmations dogmatiques" pour ceux qui vont les croire. Et, aussi surprenant que cela paraisse chez un homme de quarante-cinq ans capable d'écrire l'ouvrage que nous analysons, Déodat ROCHÉ va les croire, au point de les citer assez fréquemment dans ses écrits. Il donne alors l'impression de plaquer un catéchisme sur son œuvre personnelle, ce que l'on percevait aussi dans sa voix lorsqu'il faisait l'apologie d' "un grand Maître, Steiner" et de ses indications...

Maintes fois, lors des exposés qu'il donnait, au cours des années 1960, j'ai entendu D. ROCHÉ réciter la liste des douze "Maîtres" qui, selon STEINER s'inspirant de BLAVATSKY, dirigent les civilisations : "...il y a les Maîtres orientaux, d'abord, les Sept Rishis, connus dans l'Inde ancienne, puis les cinq Maîtres occidentaux, Scythien, Zoroastre, Manès, Rosenkreutz et le Bouddha ; oui, précisait-il, le Bouddha, par sa forme d'esprit, appartient au monde occidental..."

Sans doute, depuis quelque dix millénaires seulement, d'autres personnalités éminentes avaient autant contribué que celles-ci à l'évolution humaine, mais du moment que "Steiner l'avait dit...", ces douze dominaient tout, et puis, ce nombre "tombait" si bien, chacune disposant d'un signe du Zodiaque...

Il en était de même des "Hiérarchies spirituelles", articulées en trois triades, que notre vieil ami évoquait, d'un air un peu distrait — peu respectueux, en réalité, pour un pareil sujet... — car il oubliait toujours le détail de la triade médiane : "Vous savez les entités des Hiérarchies que Steiner a nommées d'après Denys l'Aréopagite..." Et, en élevant les mains par degrés : "Anges, Archanges, Archai... puis, tout en haut, les Trônes, Chérubins, Séraphins..." Et le profond mystère du monde, avec ses incohérences et ses milliards de soleil, se réduisait tranquillement au petit schéma d'une scolastique médiévale par laquelle STEINER avait bercé et rassuré des milliers d'auditeurs, un quart de siècle durant... Nous n'ignorons pas l'intérêt, dans certains domaines et dans des limites définies, des contenus de cette pensée traditionnelle ; mais leur utilisation pour constituer un système fermé et **autosuffisant** — dans tous les sens du terme — c'est cela qui est néfaste.

Qu'un homme de la classe de Déodat ROCHÉ ait ainsi été subjugué — comme tant d'autres intellectuels le furent, au cours du XXe siècle, par des systèmes politiques ou religieux — montre **l'urgence absolue d'être attentif** vis-à-vis de tout dispositif de manipulation mentale. L'Église romaine en est un de premier ordre, mais D. ROCHÉ ne l'avait repoussé que pour tomber dans un succédané anthroposophiste qui le ramènerait jusqu'à cette "communion" que les Cathares tenaient pour superstition...

STEINER attribuait ses révélations à une Intuition supérieure permettant "une investigation scientifiquement dirigée". Mais Déodat ROCHÉ, alors qu'il était encore un esprit libre, savait que l'on ne peut se réclamer de l'intuition que pour les orientations fondamentales et les concepts irréductibles, non pour les démonstrations intermédiaires qui doivent être rationnellement articulées.

"Nous devons reconnaître qu'au point de départ de notre existence, il y a des vérités premières, essentielles, dont l'intuition et l'affirmation expliquent nos démarches subséquentes. Toutes les écoles philosophiques, qu'elles soient matérialistes ou idéalistes, admettent ces vérités sous des formes diverses, et nous ne pouvons nous empêcher de citer à ce sujet ce qu'écrivait, à la fin du siècle dernier, le grand naturaliste Haeckel : "Le Vrai, le Bien et le Beau, voilà les trois divinités sublimes devant lesquelles nous plions le genou." (p. 12)

"Nous nous sommes dégagés de l'animalité par le concours de l'humanité ; nous devons donc lutter dans la société contre tout ce qui divise, tout ce qui vient des besoins matériels et animaux, et qui tend à opposer les hommes comme des loups entre eux. Sans solidarité morale, sans fraternité l'humanité retomberait au rang de l'animalité, chacun de nous tomberait au rang des bêtes. La règle de fraternité est donc essentiellement motivée par ce fait que nous préférons la nature humaine à la nature animale. La fraternité est une vertu sociale parce qu'elle établit dans l'humanité la paix, la tranquillité, parce qu'elle stabilise la société humaine, assure sa cohésion et sa permanence au-dessus des instincts animaux que les hommes raisonnables ont dépassés." (p. 15)

"Notre effort de coordination des lois scientifiques montre bien que la vérité est dans les rapports permanents, nécessaires que les faits ont entre eux, et que la vérité totale est dans l'unification, dans la synthèse des lois particulières.

Le vrai, le beau et le bien ne sont que l'élément permanent au sein de tout ce qui passe, l'unité des lois qui coordonnent les faits à chacun des points de vue scientifique, esthétique et moral. Or ce qui est permanent, ce qui fait l'unité des choses, c'est **la raison humaine et la raison universelle** sans laquelle tout serait fugitif et désordonné.

L'idéal n'est donc pas un objet de foi, mais **un objet d'intuition** que nous voyons directement en nous précisément parce qu'il est la raison elle-même. En l'acceptant, nous n'accomplissons pas un acte de foi, mais un acte de raison. Nous comprenons ainsi pourquoi l'idéal s'impose à nous : **il est le principe des lois** qui président au développement de la vie humaine, ou mieux encore : **il est la vie même** dans son cours le plus large et le plus sage, **la force et la réalité spirituelles qui doivent s'épandre** malgré les obstacles qui les contredisent." (p. 17-18)

"L'Église romaine qui met au-dessus de tout (ainsi que le disait JAURÈS au cours d'une discussion à la Chambre des Députés) « l'autorité de Dieu, dans laquelle s'abîment la patrie et les individus », nous adresse le reproche de ne vivre que dans l'anarchie, mais il s'agit de savoir si nous n'aboutirons pas plus sûrement qu'elle à l'harmonie en partant de cette réalité naturelle et irréductible qu'est la personnalité humaine.

Nous allons nous en rendre compte en comparant la valeur respective de la contrainte et de la liberté de conscience pour la réalisation de l'unité morale et sociale." (p. 19-20)

Pour illustrer cette alternative, Déodat ROCHÉ donne l'exemple du premier grand Concile tenu à Nicée d'Asie Mineure en 325, par l'Église chrétienne, sous l'autorité de l'empereur Constantin 1er, afin de définir les premiers dogmes au sujet de la Trinité divine, tout en condamnant l'opinion du grand théologien Arius. Il s'ensuivra des troubles et de graves divisions dans l'Église, qui se prolongeront des siècles durant.

"La cause et les effets de ces conflits ont toujours été les mêmes. L'imposition officielle d'un dogme n'a pour résultat que de séparer les hérétiques des orthodoxes. Les uns et les autres se croient seuls en possession de grandes et d'absolues vérités, et leur séparation profonde ne se traduit pas seulement en schismes ou en hérésies selon qu'elle se manifeste par une scission dans la direction, dans l'administration des Églises, ou bien par des différences de doctrine, mais elle engendre souvent des haines brutales et des luttes sanglantes. La doctrine qui passe pour correcte dans un milieu donné est celle qui a la majorité, c'est l'orthodoxie. Or la majorité et la force s'obtiennent par une adaptation à des opinions courantes, à des mœurs qui ne sont pas toujours l'expression de la vérité. Les chefs de l'orthodoxie poursuivent toutes les manifestations de pensées divergentes comme des désordres moraux et sociaux intolérables. Ils n'hésitent pas à exterminer les minorités courageuses et actives, et la vie, l'évolution subtile des pensées qui s'exprimeraient librement au dehors, est refoulée brutalement à l'intérieur des consciences. Cependant les victoires des orthodoxes n'ont jamais été qu'apparentes, l'unité qu'elles créent par la tyrannie dogmatique n'est qu'extérieure et factice, car elle n'entraîne pas l'adhésion intime, franche et loyale des fidèles soumis... C'est une fausse unité qui dissimule mal le bouillonnement ardent des cœurs et de la pensée, et de même que les flots de la mer se soulèvent en vagues formidables sous l'action persistante d'un vent léger, de même les courants intérieurs et secrets qui agitent les hommes font éclater tôt ou tard cette unité de façade.

Il nous est si nécessaire de rechercher la vérité par nous-mêmes que nous n'avons point, en réalité, d'autre moyen de le faire." (p. 22-23)

"Suivre cette méthode de libre développement intellectuel est le plus sûr moyen de réaliser une union morale des hommes à l'abri de toutes les tempêtes. Nous n'acceptons que les vérités que nous comprenons, mais notre développement intellectuel nous permet peu à peu de comprendre des idées de plus en plus délicates ; nos idées considérées en elles-mêmes évoluent, car celles que nous recevons des autres ont toujours quelque élément nouveau qui nuance les nôtres, les transforme et les élève insensiblement vers des idées supérieures qui font la synthèse des nôtres et de celles d'autrui parce qu'elles les comprennent également." (p. 25)

D.R. **Méthode critique et Idéal laïque** (1922)

Les penseurs contemporains

Ce n'est pas un hasard si Déodat ROCHÉ cite Jean JAURÈS (1859-1914), dont la pensée n'est pas étrangère à la théorie de la connaissance esquissée dans cet opuscule. JAURÈS est surtout connu pour son action politique aux côtés des socialistes, animée par son idéal de justice. Il savait que, dans la réalité du monde, l'action urgente ne pouvait s'accomplir sans le soutien du grand nombre. Mais il ne fut pas de ces intellectuels obnubilés par l'idéologie d'un "isme" quelconque. Si des hommes tels que lui avaient prévalu dans le mouvement dit "socialiste", celui-ci n'aurait conduit ni à l'horreur totalitaire ni à la malsaine décomposition sociale où s'affaisse la civilisation européenne à l'orée du XXIᵉ siècle. JAURÈS était aussi un philosophe spirituel de premier ordre, un métaphysicien phénoménologue convaincu de l'immanence active de l'Esprit dans l'évolution, et de l'immortalité de l'entité humaine au plus haut de sa conscience.

Né à Castres, en pays cathare, reçu premier à Normale Supérieure, agrégé et professeur de philosophie à Albi — à l'âge de vingt-deux ans, comme Simone WEIL — JAURÈS était l'un des très rares hommes capables d'œuvrer efficacement pour empêcher la guerre de 1914-18, où l'Europe se suicida. Il fut assassiné, à la veille de la déclaration des hostilités par un catholique qui sera **acquitté** après le retour de la paix, alors que Madame Veuve JAURÈS était condamnée aux dépens du procès, comme partie civile…

Précédant tous ceux qui allaient mourir pour la France, JAURÈS est véritablement mort pour l'humanité.

Dans l'ordre philosophique, son analyse lucide n'enlève rien, par sa vigueur et sa conviction, à la liberté du lecteur. Chaque proposition, issue de l'expérience universelle est bien réellement "proposée au contrôle de tous". Cet esprit supérieur venait rassembler et accomplir l'œuvre des grands penseurs du XIXᵉ siècle, des LAMENNAIS, RENAN, MICHELET, LOISY qui avaient tant fait pour libérer notre culture de la mythologie catholique totalitaire. JAURÈS avait esquissé, sans rien fixer, mais en donnant l'exemple, une **spiritualité laïque**, dont il savait l'union nécessaire avec la science — en développement illimité — pour que l'humanité s'élève peu à peu au-dessus des forces brutales de l'animalité qui la dominent encore. Il contribuait à une impulsion spirituelle vraiment ouverte, dont le dynamisme pouvait être le souffle fécondant nécessité par l'époque et acceptable par tous les esprits de bon vouloir. Certes, il ne donnait pas de réponses toutes faites que l'on pouvait aller chercher dans d'interminables répertoires analytiques de conférences, et il appelait implicitement à un travail continu pour situer, interpréter les découvertes que fait l'humanité. Mais, si devant une telle quête, — la seule véritable — l'horizon recule et se reforme sans cesse, des terres nouvelles se dévoilent et un sens plus élevé apparaît avec l'approfondissement de la perspective.

À ce labeur jamais terminé, mais le seul par lequel le "fils de l'homme" pût s'accomplir, Déodat ROCHÉ préféra, dans l'ordre conceptuel, la mise en cohérence des Mythologies passées, et l'installation dans un système prétendument complet, mais en réalité formé, constitué par les "**révélations" d'un seul**. Nous avons développé ces thèmes dans notre ouvrage "**Catharisme et chrétienté**", en montrant comment une spiritualité libre et féconde ne peut naître que d'une vie religieuse laïque, c'est-à-dire libérée des croyances et des "révélations" invérifiables. Comme on l'a vu précédemment, D. ROCHÉ pensait de même jusqu'en 1922.

Il s'était intéressé, très jeune, en compagnie de son père — comme le montre l'exergue de la Première Partie — à l'ouvrage d'Édouard SCHURÉ : "**Les Grands Initiés**", paru en 1889. JAURÈS, dont les articles de critique littéraire occupent un gros recueil de 500 pages sur les dix-sept volumes de ses œuvres complètes, produisit, dans le quotidien "**La Dépêche du Midi**" du 8 janvier 1894, une étude au sujet de ce livre, dont il écrivait :

> "M. SCHURÉ est un homme de talent, très convaincu que dans les révélations primitives, secrètement transmises d'initié à initié, est la grande clef du mystère humain et universel. Et comme la pratique des grandes vérités donne à l'esprit des lumières presque surnaturelles, M. SCHURÉ construit, avec une assurance admirable, la vie de Rama, de Krishna, d'Hermès, de Moïse, d'Orphée, de Pythagore, et il refait intrépidement la psychologie de Jésus... Quelle singulière conception de la vérité ! On dirait qu'elle est un colis bien empaqueté que des prophètes étranges se passent sous le manteau. Au lieu de voir en elle la vivante et perpétuelle adaptation de la conscience humaine à l'infinie complexité des choses mouvantes, ils la résument et l'immobilisent en deux ou trois formules...
>
> "S'il y a quelque chose d'exquis dans les Évangiles, c'est le sentiment familier du divin... M. SCHURÉ substitue à ce sentiment du divin tout intime et en même temps tout pénétré du sourire des choses, de grossiers effets de théâtre. Le Christ est averti de sa mission par des songes étranges : il voit surgir d'un côté un sommet divin surmonté d'une croix d'étoiles, de l'autre une montagne sombre surmontée d'un gibet sinistre, et les deux faces de sa destinée lui apparaissent ainsi. Ô la fausse poésie qui substitue le décor à l'âme ! C'est une religion de machiniste."
>
> **Œuvres de Jean JAURÈS**. T. 16, Éd. Fayard, Paris 2000 (p. 167-8)

En réalité, l'ouvrage de SCHURÉ présente d'autres aspects, plus positifs ; par exemple, il montre bien l'unité et la continuité des interrogations et des recherches de l'humanité. En outre, son auteur écrit sincèrement, par ailleurs, qu'il a "dépeint intuitivement ces Grands Initiés", c'est-à-dire en artiste symboliste, d'après sa culture, et non en prétendant fournir des révélations objectives. JAURÈS est donc un peu trop sévère à l'égard de ce livre ; il est partial, ou plus exactement, partiel. Mais il produit là un trait de génie qui lui fait entrevoir, en un éclair d'une admirable lucidité, **ce qui est en amont** et ce qui **sera en aval** de l'œuvre de SCHURÉ : le théosophisme blavatskien puis, après 1902, celui de Rudolf STEINER. Il ne semble pas que JAURÈS ait connu l'œuvre de ce dernier, mais ses paroles s'appliquent exactement à celui-ci, dont le théâtre, imité des pièces de SCHURÉ, qu'il a mises en scène, substitue parfois, dans son didactisme rosicrucien, "en une fausse poésie, le décor à l'âme" et conduit trop souvent à "une religion de machiniste."

Rudolf STEINER, en effet, se posant en investigateur clairvoyant, direct et scientifique, du monde spirituel par la "Chronique de l'Akasha", prétend incontestablement, de la sorte, que son esprit accède à des "lumières surnaturelles"... Un an après la publication de l'article de JAURÈS, Déodat ROCHÉ prononce, en 1895, sa première conférence : "**Méthode critique et Idéal laïque**", en plein accord avec la pensée jaurésienne. Il ne s'installera à Toulouse que l'année suivante, en 1896, mais il est probable qu'avec son père ils soient abonnés à "La Dépêche du Midi" et qu'il ait lu cette page au sujet de SCHURÉ. À partir de 1922, sous l'influence steinérienne, il lui arrivera d'oublier parfois la claire leçon du philosophe émancipateur venu de Castres et Albi pour parler à ses contemporains depuis la cité capétienne.

Au fond, JAURÈS conduisit à son terme l'effort — extraordinaire pour le XIIe siècle — initié par ses ancêtres albigeois, évangéliques dualistes, dits Cathares. En résistant à l'Église romaine, ceux-ci avaient entrepris rien moins que de libérer la conscience humaine de cette gangue fantasmatique sédimentée au cours des millénaires par le fonctionnement à vide, **et recyclé sur soi-même**, du psychisme et de la cérébralité. Pour aborder, de la manière la plus directe possible, la contribution de JAURÈS à la naissance d'une spiritualité laïque, on peut se reporter à un petit volume réunissant deux textes essentiels, découverts tardivement au milieu du XXe siècle, et restés inédits jusqu'en 1960. Le premier donne la transcription d'entretiens du philosophe avec l'un de ses plus proches amis, agrégé de philosophie également ; le second texte est un projet d'article composé vers la fin de la vie de l'auteur, Jean JAURÈS : **"La question religieuse et le socialisme"** Éd. de Minuit, Paris 1960.

Derrière ce titre, se trouve **la gageure** que seul un esprit de cette ampleur pouvait tenir : cheminer avec les socialistes tout en leur montrant, tout en affirmant le sens et la réalité dynamique de l'esprit à l'œuvre dans l'univers, et l'évidente nécessité, pour l'homme, de s'y relier consciemment. Cette affirmation, par JAURÈS, de la réalité spirituelle dans le monde et dans l'être humain, est incontestable. Le professeur ENJALRAN, né en 1876, comme lui enseignant à Albi, transcripteur des entretiens et confident, nous en apporte le témoignage :

> "Le centre de sa pensée restait métaphysique et optimiste... Il croyait à l'immortalité... Il croyait fermement, non pour des raisons d'ordre moral à la façon de Kant, non parce qu'elle était désirable à notre sensibilité, mais pour des raisons, suivant lui, objectives et désintéressées. C'est la nature des choses qui l'exigeait. Il lui paraissait impossible qu'une forme d'existence aussi profondément liée que la pensée consciente individuelle au total de l'Univers pût en être entièrement et définitivement exclue et arrachée. Une pareille destruction, par son caractère absolu, lui paraissait aussi impossible que l'anéantissement complet d'une portion de la matière. Son idée était, en somme, d'appeler l'attention non pas sur la perte que supporterait l'individu par une mort absolue, mais sur celle dont, en lui, pâtirait inexplicablement l'Univers." (oc p. 21-23)

Le professeur ENJALRAN précise que la pensée de JAURÈS s'approchait d'un "néo-platonisme évolutionniste" et rappelle qu'il a écrit :

> "L'esprit, même s'il est premier dans le monde, a accepté de se produire dans la nature, selon la nature."

Et M. ENJALRAN ajoute :

"Le problème qui s'imposait à ses méditations était de chercher comment l'esprit avait accepté cette déchéance." (p. 25)

À l'évidence, JAURÈS se trouve ici **au cœur de la métaphysique cathare**, à laquelle nous avons consacré un chapitre dans notre ouvrage mentionné plus haut. Dans son projet d'article, il développe son hypothèse :

"...la nature étant pénétrée, jusque dans son fond, de conscience et de vie, et les êtres pouvant s'élever, toujours par l'énergie même de leur désir, vers des formes d'existence plus haute, il n'est point interdit à la conscience humaine d'espérer qu'elle ne périt pas tout entière et définitivement. Déjà, bien des phénomènes, jusqu'ici inaperçus, laissent supposer que l'âme humaine enveloppe des facultés mystérieuses qui sommeillent, qu'une union plus intime des consciences particulières est possible, par laquelle l'élément le plus pur et le plus personnel de toute conscience pourrait survivre en d'autres consciences, et peut-être dans la conscience infinie."

Jean JAURÈS (v 1913) (p. 46-47)

Avant de poursuivre, il importe de souligner deux hypothèses importantes formulées ici très brièvement par JAURÈS. La première "**survivre en d'autres consciences**", ouvre sur la notion de réincarnation, processus indispensable si le fruit de l'effort évolutif de chaque individualité consciente d'elle-même, n'est pas anéanti par la mort physique. La deuxième : "**dans la conscience infinie**", impliquerait une coopération de toutes les consciences individuelles pour former, à terme très long, une seule soi-conscience universelle que l'on pourrait considérer comme une individualité absolue. Alors, "Dieu" serait. Mais à l'origine "Dieu" soi-conscient ne saurait être, eu égard à la tragique imperfection du monde et de la condition des vivants.

Le seul mobile profond pour lequel l'Esprit, portant une conscience diffuse et répandue, mais non la conscience de soi, se manifeste — nécessairement et sans le choisir, ni avoir à "l'accepter", selon la nature et par une "déchéance" apparente, le seul mobile, comme tropisme essentiel et constitutif, **ne peut être que l'accès à la soi-conscience**. "Dieu" ou **l'Esprit universel conscient de lui-même, ne saurait se trouver à l'origine de l'univers, il ne pourrait être** — associé aux, ou constitué par, les esprits individuels — **que le fruit et la raison d'être de la manifestation et de l'évolution**. Ce pour quoi, "il y a quelque chose plutôt que rien."

Le sens religieux, dans la conscience humaine, n'est autre que cette **force de l'esprit** dont elle est tissée, **tendue vers l'accès à la soi-conscience** comme la plante vers la lumière. L'esprit, en chaque conscience individuelle, a l'intuition irréfragable que l'esprit animant l'univers est **de même nature** que lui, et qu'en le connaissant — apparemment de l'extérieur — dans la polarité sujet/objet, il se contemple, se découvre et se connaît enfin progressivement lui-même, à condition de réaliser "parallèlement", en convergence lointaine, son propre **éveil intérieur**.

La véritable religion ne saurait ainsi être croyance, ni obéissance, ni même seulement dévotion, mais **science**, doublement et simultanément, **de l'intime et de l'ultime**, où l'amour naît et s'accroît avec la connaissance. De cette intuition, JAURÈS s'est manifestement approché :

> "En réalité, il n'y a jamais eu, dans l'histoire de l'humanité, et on peut même dire dans l'histoire de l'univers, avec toutes ses planètes et tous ses soleils, des religions nouvelles, mais seulement des formes diverses de la même religion éternelle." (p. 47)

Ici, il faut bien le dire, le large regard de JAURÈS est optimiste, il oublie les religions maléfiques, animées par le principe ténébreux, qu'il discerne d'ailleurs très bien lorsqu'il regarde la vie sociale :

> "Il y a dès maintenant, si l'on peut dire, une religion toute prête, et si elle ne pénètre point, à cette heure, les profondeurs de la société... c'est parce que le régime social actuel est un régime d'abrutissement et de haine, c'est-à-dire un régime irréligieux." (p. 47)

> "L'humanité est comme un grand arbre, tout bruissant de mouches irritées sous un ciel d'orage, et dans ce bourdonnement de haine, la voix profonde et divine de l'univers n'est plus entendue." (p. 48)

> "On ne peut pleinement connaître Dieu sans connaître la nature. On ne peut développer dans le monde **la vie de l'esprit** qu'en utilisant tout ce que la nature contient de **spiritualité secrète**." (p. 51)

La compréhensible et profonde révolte de JAURÈS devant la bêtise et la brutalité du "Gros animal social", le conduit à soutenir le combat, pour le socialisme, des masses ouvrières, et jusqu'à se placer à la tête. Il écrira même :

> "...dans les affirmations verbales et égoïstes de Dieu et de l'âme, prodiguées par les conservateurs hypocrites, il n'y a ni la justice, ni Dieu. Même si les socialistes éteignent un moment toutes les étoiles du ciel, je veux marcher avec eux dans le chemin sombre qui mène à la justice, étincelle divine qui suffira à ranimer tous les soleils dans toutes les hauteurs de l'espace." (p. 50-51)

Éteindre "toutes les étoiles du ciel...", image terrible, et peut-être plus encore, celle du "chemin sombre..." ; paroles terribles dont la portée épouvantable a vraisemblablement échappé à JAURÈS. Le XXe siècle devait atrocement l'expérimenter, ce chemin sombre du "socialisme", que ce fût le socialisme "national" d'Hitler et du nazisme, celui des "républiques populaires" et leurs centaines de millions de victimes, ou, dans le registre mou, celui de l'État-providence et de l'assistanat par lequel une société s'anéantit dans la vacuité, les drogues, la délinquance, la stérilité, le laxisme, et s'abandonne à l'invasion migratoire. Et pourtant, en adhérant au socialisme de masse de son temps, totalement dominé par la pensée marxiste — que ces paroles terribles reflètent d'ailleurs — l'agrégé de philosophie ne pouvait ignorer la source métaphysique démoniaque ouverte, dans ses fondements mêmes, par le père fondateur : "Le bien, c'est le mal, en un sens. C'est ce qui doit être éliminé. C'est ce qui s'oppose au progrès des relations interhumaines. Le "mal" c'est le bien, puisqu'il produit le mouvement qui fait l'histoire en continuant la lutte". (Karl MARX : **Misère de la philosophie.** Pléiade, T. 1, p. 89). Si c'était encore nécessaire, ces constatations rappelleraient que l'histoire nous invite pathétiquement, depuis des millénaires, à discerner les mérites et les erreurs de chacun, mais à ne diviniser personne ; pas plus MARX que JAURÈS, pas plus Déodat ROCHÉ que STEINER ou JÉSUS de Nazareth...

La métaphysique de JAURÈS n'en était pas moins construite sur la réalité de l'esprit, cependant, son option politique le rejetait, à son corps défendant, vers le camp des matérialistes. C'est le drame de l'action que la quasi-impossibilité de s'y tenir équidistant des pôles extrêmes, en l'occurrence matérialisme et spiritualisme. Bien qu'il fût, moralement et philosophiquement, un homme spirituel, JAURÈS repoussait violemment — et, il faut bien le dire, non sans inconséquence parfois — tout le "spiritualisme" de son époque. Quitte à définir, en nombreuses occasions, ces termes plus que douteux, il préférait généralement parler de "Dieu" et du "divin", que de l'ordre spirituel qui était pourtant sa véritable référence, mais qu'il désigne plus rarement.

Aussi, s'opposa-t-il avec force à la pensée de son camarade à Normale Supérieure, qui sera reçu à l'agrégation de philosophie exactement derrière lui, Henri BERGSON (1859-1941). Les deux hommes, nés la même année, furent comme des frères rivaux campés sur le même héritage culturel. L'un, préoccupé du caractère tragique de l'incarnation : JAURÈS, corpulent et massif, haranguant les foules ouvrières et trouvant une mort prématurée. L'autre filiforme, triomphant lors de ses leçons au Collège de France devant des parterres mondains où les jolies femmes de Paris se délectaient de sa voix mélodieuse qui leur expliquait les mystères de la vie spirituelle.

BERGSON n'en fut pas moins le grand philosophe français qui pensa l'action de l'esprit immanent, à l'œuvre dans l'évolution biologique et intellectuelle des êtres. Son œuvre témoigne d'une grande aventure de la pensée ; très supérieure philosophiquement à celle d'un Teilhard de Chardin (1881-1955), malgré sa valeur scientifique, mais dont le grand écart n'évite ni le matérialisme, ni un résidu de mythologie chrétienne. Très supérieure également à celle de Rudolf STEINER, pourtant bien parti grâce à la phénoménologie gœthéenne, mais qui s'abandonna, captivant et liant ses auditoires, à l'usage démesuré de la glu psychique des mythologies théosophiste et chrétienne. À l'occasion, STEINER critiquait BERGSON, généralement avec injustice et parfois lourdement, ce philosophe de deux ans seulement son aîné, mais qui avait produit l' "Essai sur les données immédiates de la conscience" (1889), cinq années avant que "La philosophie de la liberté" ne fût achevée par le premier. Dépit, sans doute à l'égard du petit Français — moitié Anglais, moitié Juif, le pire aux yeux d'un Allemand — qui réussissait, lui, à demeurer dans le champ philosophique pour aborder le monde spirituel, sans tomber dans l'arbitraire subjectif d'un occultisme syncrétiste. Rancœur du pangermaniste, auteur des "Pensées durant le temps de guerre. Pour les Allemands et ceux qui ne croient pas devoir les haïr" (1915), à l'endroit du philosophe missionné en 1917 comme observateur, aux États-Unis et qui, en fait, par son prestige auprès du président Wilson, jouera un rôle important pour le décider à entrer en guerre aux côtés de la France.

Comme JAURÈS aspiré par des forces matérialistes — mais dans l'autre sens — BERGSON, marqué par son judaïsme originel, se laissera tourmenter par le concept anthropomorphe de "Dieu" et se rapprochera même du christianisme à la fin de sa vie. Mais enfin, ces deux grands esprits, s'ils subirent de puissants et explicables tropismes, n'y cédèrent jamais au degré, ni à la manière de STEINER dans son "occultisme chrétien". Ils offraient à Déodat ROCHÉ, dans l'ordre de la connaissance, un fonds métaphysique et méthodologique de premier ordre, en prolongement, d'ailleurs, de sa démarche intellectuelle initiale, où l'idéal laïque s'harmonisait avec la pensée de Plotin à laquelle BERGSON se référait beaucoup, particulièrement durant les années 1920. Certes, les deux grands hommes avaient penché vers deux systèmes idéologiques : le socialisme et le christianisme. STEINER, pour s'être plongé dans le second, évita le premier et eut le mérite d'élaborer sa proposition de "Tripartition sociale", en partie inspirée de son passé maçonnique. Mais, concernant une véritable recherche au sujet de la vie psychique et spirituelle, il l'avait définitivement engrillagée dans son système doctrinal interdisant, en ces domaines, toute phénoménologie authentique.

Il en va bien différemment chez un autre contemporain de Déodat ROCHÉ, son aîné de deux ans seulement, Carl-Gustav JUNG (1875-1961), qui sut procéder à l'étude psycho-spirituelle de l'être humain, dans les ordres individuel et collectif, en demeurant fermement **un phénoménologue**. Comme D. ROCHÉ, mais plus encore semble-t-il, il lui était arrivé de vivre spontanément des expériences parapsychologiques à partir desquelles il voulut adopter une démarche ouverte et réellement scientifique. JUNG connaissait l'œuvre de STEINER, mais déclarait qu'il ne pouvait rien en faire directement. Quant à STEINER, il s'exprimait surtout dans le registre du persiflage à l'égard de la psychologie moderne naissante, comme d'ailleurs du reste de la science la plus avancée. Ainsi que l'initiateur du Goetheanm à partir de 1913, JUNG vivait en Suisse et publiait en langue allemande. Il était donc tout aussi accessible à Déodat ROCHÉ qui aurait pu ainsi aborder scientifiquement avec lui, la Gnose, l'alchimie, l'astrologie et tout le corpus de la pensée mythique, constituant également son propre champ méditatif. Mais, dans le CEC 5, Print. 1960, D. ROCHÉ analyse assez longuement, puis écarte, cette phénoménologie.

Regrettablement trop peu connu en France, C.G. JUNG est à peu près systématiquement ignoré par les anthroposophistes, et D. ROCHÉ fit à peu près de même... Et pourtant, voici, à titre d'exemple, **concernant directement le dua-**

lisme et la pensée cathare, un extrait d'une lettre du 31-12-1949, adressée par JUNG à l'un de ses correspondants et amis, le prêcheur Victor WHITE, d'Oxford, qui avait critiqué, dans une revue, ses écrits au sujet du problème du Mal, en lui reprochant d'outrepasser ses compétences ! — "argument" d'autorité, typiquement dominicain, comme on le sait depuis bientôt huit siècles...

"...vos développements m'ont forcé à remonter jusqu'à Basile le Grand : « tout le bien vient de Dieu, tout le mal vient de l'homme », « Que chacun se considère comme l'artisan de ce qu'il y a en lui de mauvais. Le mal résulte d'états dans l'âme, il n'est donc pas une entité réelle. Son origine est la négligence et la faute qui sont manifestement un non-être, car seulement psychiques. Et il en va de même encore aujourd'hui : ce dont on voit l'origine dans une idée qui vous vient, ou dans un fantasme, se dissout en non-être, c'est-à-dire en néant. »

Mais je crois, quant à moi, fermement **à l'être réel de la psyché**. Je me suis aussi plongé dans saint Thomas, mais ne m'en suis pas senti ragaillardi. Tous, sans exception, passent à côté du fait que bien et mal sont les deux moitiés équivalentes d'un jugement logique. Tous omettent aussi de prendre en considération l'éternité du diable, de l'enfer et de la damnation, qui ne sont pas assurément un non-être, et qui ne sont pas bons non plus (c'est-à-dire bons pour les seuls spectateurs célestes).

(NDA : Ces spectateurs sont les élus dont la félicité au Paradis, est rendue plus parfaite, selon Thomas d'Aquin, par la vue et la connaissance de la misère des damnés, et le contraste faisant mieux ressortir leur béatitude. J. D)

Cette histoire de la privation de bien (comme seule cause du mal), je la déteste à cause de ses dangereuses conséquences : elle provoque une inflation négative chez l'homme, qui ne peut faire autrement que se considérer, sinon comme la source du mal du moins comme un grand destructeur, capable de dévaster la magnifique création de Dieu. Cette doctrine mène à une infatuation luciférienne, et elle est, dans une grand mesure, responsable de la funeste dépréciation de l'âme humaine, qui apparaît comme l'origine et le séjour du mal. Elle se voit conférer une importance monstrueuse — et pas un mot sur le point de savoir à qui doit être imputée la présence du Serpent au paradis !

Quand je m'occupe de la question du bien et du mal, cela n'a rien à voir avec la métaphysique. Pour moi, il s'agit d'un problème de psychologie... Mais le dualisme rôde dans l'ombre de la doctrine chrétienne : il n'y aura pas de rédemption du diable, et la damnation éternelle, n'aura pas de fin. Origène tombait plutôt mal avec son optimisme, en supposant que, peut-être, le diable serait racheté à la fin des temps.

Aussi longtemps que le mal est un non-réel, personne ne prendra jamais l'ombre au sérieux. On continuera de penser qu'Hitler et Staline ne représentent qu'un défaut contingent de perfection. **L'avenir de l'humanité dépendra, dans une grande mesure, de la connaissance qu'elle acquerra de l'ombre. Le mal est — en termes de psychologie — d'une effrayante réalité**. C'est une erreur fatale que de minimiser sa puissance et sa réalité — quand ce ne serait qu'au sens métaphysique.

Je suis désolé, mais cette question remonte aux racines mêmes du christianisme. Le mal ne devient pas moindre, en vérité, lorsqu'il est maquillé en non-réalité ou en simple faute commise par l'homme. **Le mal était là avant l'homme, quand sa responsabilité ne pouvait absolument pas être engagée...** Je suis un hérétique, je suppose.

C'est de façon tout à fait décidée que **je ne suis pas du côté des gagnants,** mais que je suis parfaitement détesté à droite comme à gauche... Et pourtant, il y a une consolation qui m'a atteint, par-delà l'abîme des éons :

« Et là où un homme est seul avec lui-même, je le dis : je suis avec lui."

Papyrus Grenfell-Hunt, logion 1

C.G. JUNG. **Correspondance** (1941-1949) Albin Michel, Paris 1993. p. 308-310.

Rien ne m'a jamais donné à penser que Déodat ROCHÉ ait su l'importance de cette découverte — expérimentale — de la réalité du mal, par un psychologue exercé, venant confirmer scientifiquement **toute la pensée dualiste persécutée par l'Église** depuis ses origines. En réalité, le mouvement profond du philosophe d'Arques n'était pas vraiment l'étude, à la lumière de la conscience moderne, du corpus mytho-religieux vieux de quelque trois millénaires, **mais bien de le vivre,** de le réanimer intérieurement, dans la mesure du possible, en éclairant ses diverses parties les unes par les autres, mais **en demeurant à l'intérieur**. À cet égard, il était un homme archaïque, et en cela, il touchait, il fascinait même sans le vouloir. L'élan qu'il vécut dans sa jeunesse, vers une science véritable et une spiritualité laïque, résulta de la rencontre entre sa noblesse d'esprit et la libre culture de son temps, mais lorsque son être profond émergea et s'affirma avec la maturité, **un passé gnostique** se révéla puissamment à travers lui et **s'imposa tel quel**. Dès lors, on peut comprendre qu'âgé de soixante-treize ans, il fonda une société en l'intitulant "**du Souvenir et des Études cathares**".

En effet, il s'agissait bien, pour lui, de **ramener l'image** de ces cultures gnostiques martyrisées, devant la conscience de ses contemporains, en leur disant : "**Souvenez-vous**". Il s'agissait, très exactement, de faire des **études cathares**, et pas seulement des études **sur** les Cathares. Dès lors, on s'explique mieux l'adhésion immédiate de D. ROCHÉ à l'œuvre de Rudolf STEINER. Celui-ci n'avait-il pas réanimé d'une manière grandiose — certes, en les adaptant, et fortement parfois, à son système syncrétiste — les formes gnostiques découvertes par son "investigation" — en réalité encyclopédique ?

La tâche qui s'imposa à Déodat ROCHÉ fut de ramener au jour un reflet de ce que put être **une autre culture**, largement mythique, mais **pleine de signification humaine**, à une époque où une science efficace du "comment" dissipait l'intuition du "pourquoi", jusqu'à une philosophie de l'absurde.

Catharisme, christianisme, manichéisme et les autres…

Son cheminement précoce, à la rencontre des diverses cultures religieuses, lui avait montré que celles-ci se divisent en deux grands courants, le plus souvent antagonistes. S'imposent, d'une part, les religions que l'on dira "interventionnistes", où un Dieu **transcendant, mais personnel,** agit sur le monde des hommes après l'avoir délibérément créé. Le Judéo-christo-islamisme constitue l'essentiel de ce courant, construit sur le monothéisme hébraïque dont la culture occidentale a été, depuis près de vingt siècles, littéralement intoxiquée dans l'ordre intellectuel et saisie d'une véritable névrose collective menant à d'effroyables accès de sauvagerie. Les génocides "fondateurs" pour la conquête de Canaan, par les récits desquels les hébreux débutèrent la Bible, toujours pieusement assumés par les Juifs du XXIe siècle vénérant leur Torah ; les croisades et les siècles d'Inquisition dans le monde chrétien ; les atroces massacres générés depuis longtemps et de nos jours encore, dans l'univers islamique, ne manifestent que trop évidemment cette névrose...

D'autre part, il existe un courant de mouvements religieux plus discrets, généralement anéantis par les précédents. Ceux-là pressentent l'esprit immanent, manifesté par l'univers où l'homme aspire à sa propre métamorphose, qui est éveil de l'esprit en lui-même. Ces religions sont dualistes pour avoir reconnu qu'à la force d'Être, s'oppose un principe du Mal s'appliquant à tout ramener au néant. Principe qui est **l'une des racines du monde**, essentiellement plus originel qu'une "erreur" par la "révolte" des créatures.

Au Moyen Âge, ce qui apparut comme le Catharisme appartient à ce deuxième courant, de même qu'y avaient appartenu, dans leurs aspects les plus authentiques, des mouvements comme le Manichéisme ou le Zoroastrisme. Tous ces courants sont reliés ontologiquement en ce qu'ils naissent de la même expérience métaphysique, du même type d'option interprétative, face à l'énigme de l'univers et de l'homme : comment sont-ils apparus ? Pourquoi sont-ils pénétrés de Mal, c'est-à-dire de souffrance, de méchanceté et de mort ? Ont-ils un avenir autre que l'anéantissement ?

Une fausse polémique n'en finit pas de rouler sur l'existence ou non de rapports, voire de filiation, entre le Manichéisme et le Catharisme. Même si l'on parvenait à démontrer avec certitude — ce qui en pareille matière est fort difficile, sinon impossible — qu'il n'a existé aucune filiation historique du Manichéisme au Catharisme, on révélerait ainsi l'état de fait spirituellement le plus pur. On montrerait simplement que l'invincible option immanentiste-dualiste émerge périodiquement, **avec la force de la vérité**, sous des formes successives, malgré l'extermination qui les frappe. Même si aucun lien extérieur ne les reliait, ces formes n'en seraient pas moins la manifestation de la **même expérience spirituelle** dans les familles d'âmes les plus courageuses, les plus lucides, les plus honnêtes. Au-delà des formes changeantes suivant les époques, **ce lien spirituel est le seul réel, le seul qui importe véritablement**.

Toutefois, il est assez improbable que le courant nommé, par la suite, Catharisme, en se formant dès le Xe siècle au moins, avec son dualisme radical, son refus de l'hostie et de l'incarnation humaine individuelle de Dieu, son refus du pouvoir politico-économique de l'Église, n'ait pas intégré des éléments idéologiques venus du dernier Manichéisme, persistant en Europe méridionale, seulement deux ou trois siècles plus tôt. Le nier a priori serait méconnaître l'étonnante persistance des mythes et des idées-forces dans les populations anciennes qui ne subissaient pas le lessivage informatif permanent qui nous assaille aujourd'hui.

Ainsi m'arriva-t-il d'être témoin de brèves mais étonnantes conversations "théologiques" entre les derniers bouviers du Périgord, vers 1950, dans les rustiques petites "buvettes" où ils se retrouvaient après le marché. L'un d'eux, grand vieux gaulois moustachu et superbe, entonnait de sa voix de basse, une chanson républicaine : "Je crois en Dieu, mais pas aux robes noires..." Un autre commentait : "C'est vrai, on n'est pas des chiens, au-dessus de nous, il y a l'Être Suprême !"

En plusieurs circonstances, des gens irréligieux, n'allant jamais à l'église, évoquaient ainsi l'Être Suprême. Ils n'étaient pas pour autant des Robespierristes ni des sectateurs du culte de l'Être Suprême que le conventionnel tenta d'instaurer, et... dont ils ne savaient rien. Mais, deux siècles plus tard, le déisme né à l'époque des Lumières avait profondément pénétré l'âme populaire. Je n'oublie pas ma stupéfaction le jour où ma grand-mère paternelle, qui ignorait superbement l'Église et les curés, me dit, elle aussi, le doigt levé, subitement grave et même sévère : "Mais attention, mon petit, au-dessus de nous, il y a l'Être Suprême !"

Pour lever toute ambiguïté en livrant ma pensée complètement, je terminerai ces confidences avec celle-ci. Par inclination personnelle, je trouverais plus beau que le Catharisme fût une élaboration spontanée de la conscience humaine, mais pour les raisons esquissées plus haut, il apparaît très improbable que des idées manichéennes n'aient pas perduré jusqu'aux prémices de l'évangélisme dualiste naissant, ou renaissant vers la fin du Xe siècle et probablement plus tôt.

Ce n'est pas pour autant que les Cathares peuvent être tenus pour manichéens, pas plus, d'ailleurs, que le terme de "chrétiens" dont ils se désignaient ne doit être pris à la lettre. N'oublions pas que, dans le totalitarisme catholique médiéval, cette appellation était aussi **générique et obligatoire** que "citoyen" dans le Paris terrorisé de 1793, ou "Kamarad" sous Staline en 1930. "Les Cathares étaient-ils chrétiens ?" est une question complexe à laquelle nous avons répondu en lui consacrant un chapitre dans l'ouvrage "**Catharisme et chrétienté**". Ici, il convient de rappeler simplement que le **Christianisme est une religion inconnue de JÉSUS** et fabriquée, en commençant plusieurs années après sa mort, par Paul de Tarse, principalement, et ses continuateurs. "Chrestos" est un terme grec traduisant un concept juif — littéralement "l'huilé" — "l'oint" de Yahvé, ou "Messie", le chef charismatique, à la fois religieux et militaire, espéré par les Juifs pour rétablir le Royaume d'Israël. Il fut initialement utilisé à Antioche, à la fin des années 30, pour désigner ironiquement les premiers sectaires de ce Messie invisible, mais remonté au Ciel...

Par la suite, au fil des décennies, le christianisme affirmera un Dieu en trois personnes. Le Père aurait créé la totalité de l'univers. Le Fils se serait pleinement incarné dans un homme. Son sacrifice et son **sang versé** auraient racheté les péchés de l'humanité. Mais il est ressuscité et il sera capable de ressusciter, à la fin des temps, tous ceux qui seront en communion avec lui. L'Esprit-Saint a parlé par la bouche des Prophètes, puis **exclusivement** par les Pères, les conciles et les pontifes, depuis que Jésus-Christ a fondé son Église.

Ces dogmes essentiels qui caractérisent et constituent le christianisme, sont rejetés catégoriquement par les Cathares. En quoi seraient-ils chrétiens ?

Par contre, le dualisme radical, dans l'essence de l'univers, du Bien et du Mal, ou, plus explicitement, de la puissance de l'Être et des forces d'anéantissement ; la conviction des existences humaines successives ; le docétisme, considérant le Verbe-Christ comme inspirateur spirituel et Messager, non incarné dans la chair, sont les notions fondamentales du Catharisme, farouchement combattues par le Christianisme, tout au long de son histoire.

Lorsque Déodat ROCHÉ affirmait que les Cathares étaient des manichéens, et que le Manichéisme fut un pur christianisme, il brouillait tous les termes. D'autant plus qu'il désignait le Christianisme graalique et sanglant de STEINER, dans la lignée des Chrétien de Troyes, Wolfram von Eschenbach et... Richard Wagner. Par contre, il avait une intuition juste que masquait une sémantique défectueuse sur ce point. Pour avoir vécu et m'être entretenu avec lui, au jour le jour, j'ai bien connu cette intuition qu'il m'est possible d'expliciter maintenant.

Le Manichéisme et, plus exclusivement sans doute, le Catharisme, ont eu leur source principale dans ce que **JÉSUS exprima réellement et montra à vivre dans son entourage**. Il reste des témoignages épars de cela dans les Évangiles canoniques, dans l'Évangile de Thomas et quelques autres textes. **Des traditions jéshouistes authentiques**, perdues aujourd'hui, étaient vraisemblablement connues encore des pré-cathares, de mille ans plus proches que nous de la source. Le moine Ewervin de Steinfeld, en 1143, écrit que "...cette hérésie était restée cachée depuis le temps des Apôtres...", selon la déclaration des Cathares **eux-mêmes**.

Mais, tout au plus, peut-on dire que ceux-ci se réfèrent à l'exemple de JESHOUA, et par conséquent qu'ils sont, non pas "chrétiens", mais Jéshouistes ce qui est radicalement différent.

Même cette dernière désignation serait, outre l'anachronisme évident, objectivement inexacte. Pour le montrer, il suffit d'observer un seul point — on pourrait en trouver d'autres, mais celui-ci est d'une extrême importance — il s'agit de **l'accès de la femme au sacerdoce**, dans le Catharisme, à égalité avec l'homme. À l'évidence, il s'agit là d'une rupture fondamentale avec le Christianisme originellement misogyne, au moins depuis Paul de Tarse ("...que les femmes se taisent dans les assemblées, écrit-il, qu'elles se tiennent dans la soumission... qu'elles interrogent leur mari à la maison... Je ne permets pas à la femme d'enseigner... Qu'elle se tienne tranquille..." I-Cor 14, 34-35 ; 1-Tim 2,11-14). Mais, **rupture** aussi avec le Jéshouisme : aucune femme ne figure parmi les Apôtres, les femmes qui apparaissent dans l'Évangile sont des seconds rôles, des subalternes et, même dans l'Évangile de Thomas, il est écrit que "la femme doit devenir mâle pour entrer dans le Royaume des Cieux." (dernier logion 114)

En plein Moyen Âge, quand, et comment, s'est opérée cette élévation prodigieuse de la conscience : reconnaître enfin l'humain au-delà du dimorphisme sexuel ?

Les Cathares ont réalisé cette élévation de conscience que l'Église catholique est incapable d'accomplir en abordant le XXIe siècle. L'analyse pourrait être encore développée, et nous l'avons fait dans l'ouvrage cité, toutefois, ces constatations suffisent à montrer que le Catharisme n'était pas plus exactement chrétien que manichéen. En réalité, **il accédait** à un niveau supérieur de la conscience, à son époque, à partir de sources communes à ces deux courants dont les évolutions furent bien différentes, entre elles et par rapport à celle de l'évangélisme dualiste dit "cathare".

Déodat ROCHÉ eut l'intuition forte de cette métamorphose de conscience qui fit apparaître **le bourgeon probablement le plus prometteur de l'évolution humaine**, à cette époque. Cette intuition organisa son destin et détermina la mission qu'il devait assumer progressivement. Mais, au lieu d'interpréter ce processus par **l'émergence neuve et plus complète** de l'esprit en l'être humain, il voulut surtout l'expliquer par l'influence et la résurgence de mouvements religieux préexistants et plus anciens. Les constructions para-historiques du théosophiste STEINER, jonglant avec les réincarnations de personnalités du passé, les "Maîtres" et les Archanges-esprits des peuples, ne firent que l'enfermer plus encore dans ce cercle conceptuel qui l'isolait des avancées de la pensée moderne. La séduction de STEINER à l'égard de Déodat ROCHÉ, explicable aussi dans la mesure où celui-ci trouvait un dynamisme social et réalisateur, auquel il aspirait, dans les applications de l'Anthroposophie, s'étendit au domaine intellectuel, où le disciple devint dépendant, pour avoir tenté cette gageure de trouver un "Maître" animant les foules, tout en prétendant laisser la liberté de penser à chacun.

De la conscience libre à l'Anthroposophisme

Si nous revenons, maintenant, à cette autre personnalité que D. ROCHÉ admira avant de s'inféoder à STEINER, nous constatons que, dans l'ordre intellectuel,

JAURÈS l'emporta brillamment, mais, réalisant cette gageure de maintenir la liberté de l'esprit malgré l'action sociale dans ce monde, **il y trouva la mort** comme ses ancêtres albigeois et comme STEINER dans une autre tentative.

Sans doute, le philosophe est-il libre de se sacrifier dans l'action — ainsi que Pythagore en donna l'exemple — peut-être même son sacrifice accorde-t-il un écho irremplaçable à son œuvre... Toujours est-il que celle-ci en est interrompue prématurément et plus ou moins dénaturée par la légende consécutive. Dans les deux cas, ces esprits ardents **s'allièrent à des mouvements de masse**, puissants à l'orée du XXe siècle : le socialisme marxien et le théosophisme blavatskien. Les deux philosophes reçurent la mort de la main d'un catholique fanatique. Directement pour JAURÈS, indirectement pour STEINER, dont la maladie qui l'emporta, un cancer vraisemblablement, se déclencha sur le choc psychique terrible produit par la nuit d'incendie criminel où se consuma, avec son admirable et cher premier Goetheanum, le fruit de son labeur et de celui de ses disciples depuis tant d'années.

Déodat ROCHÉ, jeune avocat puis magistrat vers 1905-1907 à Limoux, prenant la défense des grévistes, suivit d'abord l'exemple de JAURÈS, mais, par deux fois, il s'écarta de la carrière politique s'offrant à lui, il demeura dans le champ du philosophe, et vécut centenaire. Néanmoins, son allégeance au système steinérien affaiblit la portée de son œuvre en vue de rendre justice à la pensée dualiste ; et sa tentative de transmission juridico-économique brouilla la filiation humaine et spirituelle de sa recherche.

Il conserva, malgré tout, une part de liberté, de même que STEINER se dégageant parfois de la livrée d'"investigateur" théosophiste, parsema son énorme production d'idées fécondes en rapport avec son sens vivant et profond de l'humain. Aussi, les œuvres des deux hommes contiennent-elles **des aperçus d'un intérêt incontestable qui méritent d'être pris en considération**, mais il convient, pour faire **le tri indispensable**, de les aborder avec **une ferme liberté d'examen** et non dans l'acquiescement préalable au "Maître", comme le fit trop souvent Déodat ROCHÉ à l'égard de STEINER.

Et pourtant, il savait aussi bien que personne comment, au cours de son histoire orageuse, l'Église chrétienne regroupa implacablement ses "croyants" obligés en un troupeau docile, dépouillé de la liberté de pensée et d'examen autonome, tout en persécutant cruellement ceux qui refusaient cet asservissement. Le milieu anthroposophique reproduit sournoisement, aujourd'hui, **le même processus** en refusant le libre examen des enseignements de STEINER, et en excluant ceux qui le proposent.

Lorsque l'on fait le bilan du programme intellectuel et moral exposé par D. ROCHÉ dans les deux opuscules de 1921 et 1922, que nous avons examinés, l'esprit le plus libre et le plus exigeant y reconnaîtra l'élévation et la lucidité de la pensée. Ce programme peut, d'une manière très large, s'harmoniser avec "La philosophie de la liberté", publiée en 1894 par Rudolf STEINER, mais il est radicalement impossible de le concilier avec la plus grande partie de l'œuvre occultisante de ce dernier, produite après 1901. **Le refus des "prétendues révélations" incontrôlables par tous**, ne pouvait manquer de s'appliquer à "La chronique de l'Akasha", à "La science de l'occulte", à la complexe et syncrétiste "christologie ésotérique" remplaçant l'immense effort de l'esprit immanent en chacun des êtres, puis des hommes qui ont vécu sur la terre, par l'intervention unique d'un Dieu qui n'aurait pu éviter, préalablement, de créer l'empire immense du Mal.

Or, Déodat ROCHÉ, retournant son paradigme épistémologique en 1922, comme STEINER fit en 1901, accepta tout cela. François CANAVY qui avait profondément souffert par l'épreuve de l'incarcération psychique dans le milieu catholique, n'eût probablement pas accepté celle du système anthroposophiste. D. ROCHÉ, élevé avec intelligence et douceur par un père libre penseur, n'eut pas ce recul. Sans doute retrouva-t-il en STEINER, de seize ans son aîné, une figure paternelle, et, dans l'appartenance anthroposophique, un sentiment de protection auquel l'avait habitué une première scolarité à domicile, assortie d'une entrée tardive dans le système éducatif. Cette adhésion à un mouvement, animé par une doctrine puissante, et fortement polarisé sur l'archétype paternalisant à travers STEINER, vint aussi compenser l'impossibilité, pour D. ROCHÉ, de réaliser cette famille personnelle, partageant le même idéal, qu'il avait espérée dès l'adolescence.

Mais, à la fin du XXe siècle, son engagement passé, au côté du milieu anthroposophiste, incite ce dernier à la récupération de l'image de Déodat ROCHÉ, associée au Catharisme. Le plus malfaisant est l'utilisation du thème "cathare" dans des séminaires, parfois internationaux et de grand luxe, où les martyrs albigeois, mis sur le même plan que leurs bourreaux cisterciens et dominicains, forment avec eux un amalgame imaginaire où, finalement, tout irait pour le mieux dans le "sens de l'évolution" et de "l'impulsion du Christ". Le but de l'opération, dans ce milieu qui recherche des adhérents et du matériau thématique, se réduit, en réalité, à recueillir, via D. ROCHÉ, le potentiel de clientèle sensible au Catharisme. Pour marginal que soit cet épiphénomène, il faut bien y reconnaître le fruit malsain d'une défaillance. Alors que le dualisme évangélique, sans fléchir, s'était sacrifié en refusant l'imposture catholique, Déodat ROCHÉ, qui accepta la mission d'en servir la mémoire, se fourvoya en adhérant à un système idéologique radicalement apparenté au catholicisme, malgré sa complexité et ses velléités périphériques de divergence. Il n'a pas vu suffisamment l'importance décisive du fait que le Catharisme, en prolongement des authentiques courants dualistes, fut capable, en son temps, **d'identifier le Mal comme**

l'une des racines de l'univers, ce qui est **la condition morale et métaphysique indispensable** pour que naisse enfin une civilisation capable d'entreprendre de s'en guérir progressivement.

Bien au contraire, STEINER, relativisant le Mal sous diverses figures existentielles : Lucifer, Ahriman, Soradt, les Asuras etc... déploie — et pas seulement dans ses "Drames-Mystères" — dans toute son œuvre, une dramaturgie mytho-religieuse dans laquelle ces personnages méphistophéliques, dominés, quoi qu'il arrive, par le Christ, contribuent finalement à l'évolution suivant un plan préconçu où tout serait pour le mieux en vue d'éveiller la conscience humaine. L'immersion dans un pareil schéma, habilement maintenu, le plus souvent, dans l'implicite, produit, le plus généralement, **une atrophie** de la liberté de conscience et **un problème certain dans la moralité**, chez des gens devenus incapables de voir le réel autrement qu'à travers "ce que Rudolf STEINER a dit".

En Déodat ROCHÉ, l'homme de quarante-cinq ans avait cependant constitué une base intellectuelle autonome suffisante pour accomplir une œuvre largement personnelle au service de la recherche pour l'histoire du Catharisme et la justice à rendre à ses martyrs. Pour apprécier correctement ce travail d'une vie, le lecteur consciencieux ne doit pas se laisser rebuter par les petits manifestes de steinérologie apologétique dont D. ROCHÉ a cru bon de le parsemer çà et là. Depuis les années 1980, l'Anthroposophisme est devenu plus agressif, et je puis affirmer, avec certitude, que mon vieil ami, tel que je l'ai connu, combattrait vigoureusement, aujourd'hui, les discours produits par certains anthroposophistes dominants qui accréditent, sous des formes insidieuses, les vieilles calomnies anti-cathares, en s'adressant à un milieu où STEINER est considéré, de manière assez fortement officieuse pour être quasi-officielle, comme la réincarnation de THOMAS d'Aquin...

Lumière d'une âme

Bien que ce terme doive être utilisé avec précaution, si l'on veut caractériser la nature profonde de Déodat ROCHÉ, il convient de dire qu'il fut, avant tout, un mystique. C'est-à-dire quelqu'un vivant, au plus près, **avec ce qui est caché**, dans la réalité, à l'arrière-plan de notre représentation sensible. Cette finesse de perception intérieure, qui l'amenait à apprécier les rapports les plus délicats entre les êtres et avec le monde, en délaissant les expériences vulgaires, se découvrait à condition de vivre auprès de lui dans une relation paisible. C'était particulièrement le cas pour ceux qui séjournaient, en sa compagnie, à l'Estagnol. Non pas des visiteurs, fût-ce pour une journée entière, mais, des amis qui partagèrent vraiment, jusqu'en 1970, la vie quotidienne et les travaux dans ce lieu à la beauté ample et rustique. C'est dire que cette expérience ne concerna jamais un grand nombre de personnes et, qu'en ce début du troisième millénaire, fort peu d'entre elles sont encore de ce monde…

Dans les années 1960, en approchant le Séjour d'été des Hautes-corbières — et c'est encore perceptible à la fin du siècle — on découvrait d'abord la simplicité totale de l'établissement terrestre fondé par Déodat ROCHÉ, qui fut pourtant, à ses yeux, le couronnement de son existence. Il n'avait bâti là que le minimum nécessaire pour vivre sur un site retiré. Dans l'ordre intellectuel et social, cette simplicité se manifestait déjà par la "Société d'Études cathares", dont la sobriété des Statuts et des manifestations ne cherchait, pas plus que les activités à l'Estagnol, à impressionner de l'extérieur les participants, et encore moins à les conditionner par le poids d'un appareil qui se veut, dans la quasi-totalité des institutions, aussi agissant que possible.

Saint-Pierre de Rome, gigantesque bâtisse, impose au visiteur son écrasement, dès l'entrée, en alignant dans l'axe de la nef les mesures des plus vastes églises du monde, qu'elle dépasse toutes… Les deux Goetheanums successifs sont inlassablement présentés, dans le milieu anthroposophique, comme des œuvres architecturales incomparables traduisant l'accès à un niveau supérieur de la conscience humaine. Le flot d'articles, rassasiant le lecteur le mieux disposé au-delà de la pléthore, qui leur est consacré continuellement, est d'abord inspiré par la conviction naïve que les merveilles cachées de ces architectures prouveraient la vérité des doctrines anthroposophiques… Toutes les institutions à référence religieuse ou spirituelle cherchent, par leurs bâtiments, leurs pompes et leurs cérémonials, à impressionner et convaincre directement le public, en masse, d'une manière, pour ainsi dire, mécanique et anonyme. Les Cathares avaient démasqué et refusé de tels procédés, affirmant que seul valait le Bien que l'âme humaine fait naître en elle-même par l'effort de sa conscience.

Déodat ROCHÉ traversa, au cours de tout un siècle, des sociétés à vocations spirituelles et occultistes, en faisant l'expérience de leurs décorums et de leurs pratiques. Des cercles spirites et métapsychiques avec leurs évocations médiumniques, il était passé par le Martinisme de Papus et Sédir aux initiations dignes de Cagliostro et… d'Alexandre Dumas. Il traversa l'Église Gnostique fondée par Jules Doinel et put en apprécier — sous la robe épiscopale — l'inflation liturgique, avant de retrouver, sous des apparences plus modernes, une théâtralité rituélique dans la franc-maçonnerie. Enfin, il en restera à la Société anthroposophique, animée et portée, au-delà des mouvements précédents, par l'intelligence, la vaste culture et le génie productif de son fondateur.

Il explorera longuement, avec confiance et admiration, le complexe réseau de la doctrine steinérienne, dont les parties les plus diverses s'étayent mutuellement et suscitent l'adhésion éblouie de l'étudiant qui les découvre. Il fera aussi l'expérience des activités artistiques et des applications diverses de l'anthroposophie, développées sous la direction de Rudolf STEINER.

Mais au cours de ce long périple à travers les institutions humaines, Déodat ROCHÉ fut toujours guidé par cette aurore spirituelle entrevue, dès l'enfance, au cœur du Souvenir cathare et reconnue, à la fin de sa vie, comme la seule réalité essentielle, au-delà des oripeaux formels et doctrinaires des sociétés constituées. Il avait découvert que l'univers où pénètre l'âme lorsqu'elle s'éveille à l'esprit, n'est que pure lumière, alors que celui des apparences matérielles, où nous semblons exister, est obscur et mortifère par lui-même si l'astre rayonnant ne vient pas, mystérieusement, l'éclairer. Dans le paysage sensible, la clarté est toujours un miracle **venu d'ailleurs**, comme les étoiles s'allument sur les ténèbres profondes et sans limites de l'espace. Chaque matin, la renaissance du jour nous offre un visage de ce miracle où la vie et la conscience, nées du monde de l'esprit, raniment la manifestation et la sauvent de la pétrification dans une obscurité glacée.

Cette pesanteur mortelle, par quoi dérive universellement la nature matérielle, affecte aussi les institutions humaines à travers les désirs de pouvoir et d'auto-perception sensorielle qu'elles nourrissent chez les hommes. Déodat ROCHÉ avait compris qu'**il ne s'agit pas de socialiser** la vie spirituelle en des organisations où les ténèbres étouffent la lumière, à la façon des "trous noirs" du cosmos, mais de **spiritualiser la vie sociale** en éveillant la clarté vivante de l'esprit dans les âmes individuelles. Certes, cette seconde voie est longue à parcourir, mais en vérité c'est la seule possible qui soit réellement porteuse de vie. Socialiser la vie spirituelle est une illusion, au même titre que la capture du vent, elle n'a jamais conduit, en définitive, qu'au sectarisme, aux impostures et aux horreurs de la tyrannie. Car l'affrontement de la Lumière et des Ténèbres est bien une réalité fondamentale, comme celui des forces bienfaisantes d'être contre les Puissances du mal. L 'auteur de "**L'Église romaine et les Cathares albigeois**" connaissait la réalité de ces Puissances, à l'œuvre dans tout ce qui existe, mais que chaque institution avide de pouvoir en vient à nier, car ces Puissances mêmes se dissimulent en elle, et l'utilisent, toujours masquées.

Il aimait à rappeler qu'en méditant à l'aurore, ce n'est pas le soleil matériel qu'il s'agit d'honorer, mais le principe spirituel de la régénération par la lumière vivante, invisible en elle-même, et dont seuls les effets apparaissent dans le monde sensible. Il parlait du Soleil caché, à l'intérieur de l'astre, formidable concentration de forces maléfiques, contraintes par la puissance supérieure de l'Esprit à se dissoudre progressivement en lumière physique. Il savait que cette masse gigantesque finirait par attirer l'ensemble des planètes en un effondrement qui marquerait la fin du système solaire. Aux âmes humaines, pensait-il, il appartenait donc d'atteindre, bien auparavant, au cours de leurs existences successives, une plénitude spirituelle libérée de l'incarnation physique.

Ceux qui pressentent la signification de cette grande métamorphose des êtres ne peuvent plus, à notre époque, se suffire d'être encadrés et portés par les affirmations et les assurances d'institutions ésotériques ou religieuses. Il leur faut, désormais, entreprendre une quête de la vérité refusant les illusions et la quiétude confortable des croyances, une conquête progressive de leur intégrité d'être véritable par l'accession intérieure à la pureté, c'est-à-dire : à la véritable liberté.

En approchant la fin de sa vie active, et malgré son enlisement partiel dans une mythologie et un cléricalisme chrétiens, Déodat ROCHÉ restait préoccupé par cette exigence de vérité et de libre recherche. Même s'il a échoué, comme Rudolf STEINER, dans le projet d'initier une véritable science spirituelle affranchie des affabulations pseudo-religieuses, il a montré, par ses efforts, la nécessité, pour la conscience humaine, d'accéder à une **spiritualité laïque** rapprochant les hommes de bon vouloir, au lieu de les diviser comme le font les "religions" ethno-mythiques ; spiritualité aussi universelle que la science — son support externe — et l'intuition humaine, sa source intérieure.

À l'automne 1968, il donne deux articles dans le CEC 39, intitulés : "La liberté de pensée est une méthode" et "À la recherche d'un idéal", dont l'élaboration peut dater de la fin des années 1920, mais dont la rédaction, au moins du second, est postérieure à 1955. L'essentiel est que Déodat ROCHÉ **assume ces textes**, à près de quatre-vingt-onze ans d'âge, **en 1968**, et qu'il éprouve le besoin de les publier en tête de ce "Cahier d'Études Cathares", juste avant la magistrale étude biographique, par Jean DUVERNOY, concernant Bertrand MARTY, originaire de Tarabel (Hte-Garonne), évêque cathare brûlé à Montségur le 16 mars 1244, l'un des plus héroïques martyrs de la libre conscience durant l'épopée albigeoise.

À l'époque, constatant depuis 1964, que la "Communauté des Chrétiens" ne le soutiendrait pas dans la pérennisation de son œuvre, il est encouragé par les projets en voie de réalisation avec les Sociétés d'Édition et d'Études. C'est aussi le moment où, complétant la 3e édition de **"L'Église romaine et les Cathares albigeois"** par l'important supplément retraçant son évolution intellectuelle, il retrouve, en partie, la noble liberté spirituelle dans laquelle il vécut jusqu'en 1922.

On voit même, par l'exergue (p. 318) où nous citons deux extraits de ces articles, que Déodat ROCHÉ **écarte à nouveau**, vraisemblablement, l'idée de funérailles religieuses pour lui, alors qu'il l'envisageait en 1964. Dans le premier article, il développe longuement, avec une belle clarté intellectuelle, s'adressant aux libres-penseurs, la nécessité, en rejetant l'obscurantisme dogmatique, de garder l'esprit ouvert à toute vérité nouvelle et aux recherches libres dans l'ordre spirituel. Et pourtant, nous savons comment il avait, en partie, succombé à la crédulité pseudo-religieuse, bien qu'il sût, depuis le début du XXe siècle, l'importance de se tenir simultanément au-delà de la superstition et du matérialisme, tout en poursuivant une quête du sens, indépendante de tout système constitué...

Son cheminement à travers les organisations terrestres avait amené Déodat ROCHÉ à ces certitudes-là. Il essaya de les partager, maladroitement parfois, souvent dans l'incompréhension ambiante et une grande solitude, mais avec une sincérité constante. Le rustique Séjour de l'Estagnol est le signe de l'affranchissement de son fondateur à l'égard des lourdes et mystificatrices machines institutionnelles.

La tragique élimination terrestre du mouvement cathare fut le prix du même refus de compromission.

La Tentation de Jésus au désert ne lui proposait d'ailleurs rien d'autre que de devenir le maître des Institutions de pouvoir, c'est-à-dire serviteur du Mauvais, leur instigateur véritable, en définitive, qui les rend "nécessaires" avant de les corrompre.

Les chercheurs sincères, comme le fut Déodat ROCHÉ, témoignent, même par leurs échecs, d'une vie spirituelle possible — particulièrement à notre époque — au-delà des formes et des doctrines particulières. Il appartient à ceux qui ont reconnu, et compris, de tels aînés, de poursuivre le chemin de liberté — même s'il est parfois étroit et solitaire — là où ces derniers le quittèrent, afin d'aller plus loin à leur tour, accomplissant ainsi la tâche de leur génération.

En Périgord,
1992-2001

crédibilité pseudo-religieuse, bien qu'il soit, depuis le début du XXe siècle, l'es-pérance de salut [illegible] au-delà de sa structure [illegible] tout emprunt [illegible] du sort, [illegible] dépendant [illegible] système conciliaire.

Son cheminement à travers les engagements successifs [illegible] De [illegible] sombre [illegible], il essaya [illegible] partager, mais [illegible], puis, seulement dans l'incompréhension [illegible] et une grande solitude, mais avec une sérénité constante. Le [illegible] de l'Espagnol [illegible] de Talon [illegible] de son fondateur à l'égard des humbles et mystiques [illegible] institutionnels.

La [illegible] du mouvement catholique fut le [illegible] des tentatives de compromissions.

La Tentation de [illegible] lui proposa d'ailleurs [illegible] de devenir le maître des institutions de contrôle [illegible]

[illegible]

[illegible] accomplissant ainsi la tâche de leur génération.

Documents

CHRONOLOGIE BIOGRAPHIQUE de Déodat ROCHÉ

Naissance de ses parents :
5-6-1848 : Omer-Paul Roché, à Arques
25-11-1859 : Marie Delfour, à Arques

13 décembre 1877. Naissance de Déodat Delfour, à Arques (Aude), à l'E.C., de père "inconnu".

14 décembre 1887. Reconnaissance légale, par ses deux parents, de Déodat Roché, né Delfour.

1891. Début de ses études, guidées par son père, dans le domaine de l'ésotérisme.

Été 1893. Connaissance de sa future épouse et fiançailles mystiques.

1895 (juillet probablement). Première conférence de Déodat Roché, à Arques : thème "**Méthode critique et Idéal laïque**"

Novembre 1896. Installation comme étudiant à Toulouse.

1897, 6 juin. Première conférence sur le Catharisme.

1899, en janvier. Adresse à Toulouse : 26, rue des Changes.

1900, juin. Fondation de la Revue "**Le Réveil des Albigeois**", connaissance de Prosper Estieu.

1901, 22 octobre. Mariage de Déodat Roché avec Marie-Louise Lagriffoul, née en 1878.

1901. Il débute professionnellement comme avocat à Limoux, jusqu'en 1906.

1902, 30 octobre. Naissance de Paul, le fils unique de Déodat Roché.

1903, juin. Soutenance de sa thèse de philosophie par D.R. à Toulouse : sujet "**Plotin a-t-il simplifié le système des Valentiniens ?**"

1906, 1er février. Mort de son père, Omer-Paul Roché, âgé de 58 ans.

1906 à 1912, il est magistrat à Limoux, puis à Carcassonne de 1912 à 1923.

1921. Découverte de l'Anthroposophie de Rudolf Steiner (1861-1925).

1921, 1er novembre. Première lettre adressée à R. Steiner.

1922, 14 septembre. Première entrevue avec R. Steiner à Dornach.

1923, juin. Installation à Castelnaudary, comme Président du tribunal, jusqu'en 1935.

1924, 9 février. Demande d'entrée dans la 1ère Classe ésotérique de l'Université libre fondée récemment par Rudolf Steiner.

1929, fin septembre. Arrivée de Mme V... à Arques.

1931 à 1935. Déodat Roché est maire d'Arques.

1935 à 1943. Il est vice-président puis président du tribunal de Béziers.

1937. Première publication de l'ouvrage "**Le Catharisme**".

1938. Mort de son épouse Marie-Louise, âgée de 60 ans.

1943. Révocation du magistrat Déodat Roché par le gouvernement de Vichy.
1945. Il est élu conseiller général de l'Aude, après la Libération.
1946, 27 janvier. Mort de sa mère, Marie Delfour, âgée de 87 ans.
1947. 2ème édition, augmentée, du livre "**Le Catharisme**".
1948. 5 au 8 août. Premier congrès d'Études Cathares à Ussat (Ariège).
1949, janvier. Début des "**Cahiers d'Études Cathares**".
1950, 30 avril. Fondation, à Montségur (Ariège) de la "**Société du S. et des Ét. Cathares**".
1952. Madame Clémentine Cabréra entre au service de Déodat Roché.
1947 à 1957. Principale période d'écriture et de publication pour Déodat Roché.
1956, juillet. Premier séjour d'été à l'Estagnol.
1958, automne. Difficultés de gestion économique des "**Cahiers d'Études Cathares**".
1961, juillet. Première rencontre avec l'auteur, José Dupré.
1960 à 1962. Travaux d'aménagement au Camp de l'Estagnol.
1964, début. Grave maladie au cours de l'hiver, affectant Déodat Roché.
1965, juillet. Réorganisation du Camp de l'Estagnol.
1968, 13 mai. Fondation de la S.A.R.L. des Éditions d'Études Cathares.
1969, 1er septembre. 3ème édition, très augmentée, de "**l'Église romaine et les Cathares albigeois**".
1970, fin juillet. Difficultés et intrigues au Camp de l'Estagnol.
1970, 9 août. Assemblée générale de la Société du Souvenir et des Études Cathares à Carcassonne ; Déodat Roché remet son mandat de Secrétaire général.
1971, juillet. Changements et banalisation au camp d'été.
1971, 7 novembre. Assemblée générale extraordinaire de la Société du S. et des Ét. Cathares, par la nouvelle Secrétaire générale qui la convoque. Déodat Roché, contraint, accepte la dénaturation des idéaux de la Société qu'il fonda 21 ans plus tôt.
1972, 6 février. Accident au fémur, hospitalisation de Déodat Roché.
1975, 12 juillet. Dernière allocution publique.
1977, 11 décembre. Fête privée et semi-publique, dans sa maison d'Arques, pour célébrer son centenaire.
1978, 12 janvier. Mort de Déodat Roché, dans sa chambre de sa maison d'Arques.

1979. Vente de sa maison à la Commune d'Arques.
1995. Réfection de sa maison après une quasi-démolition.
1996. Ouverture au public de la "Maison Déodat ROCHÉ"

Vallée d'Arques. *1*

Château d'Arques. *2*

Maison Raynaud. Arques. 3

Rue Déodat Roché. 4

Grand'rue d'Arques. 5

Porte de la famille Roché. 6

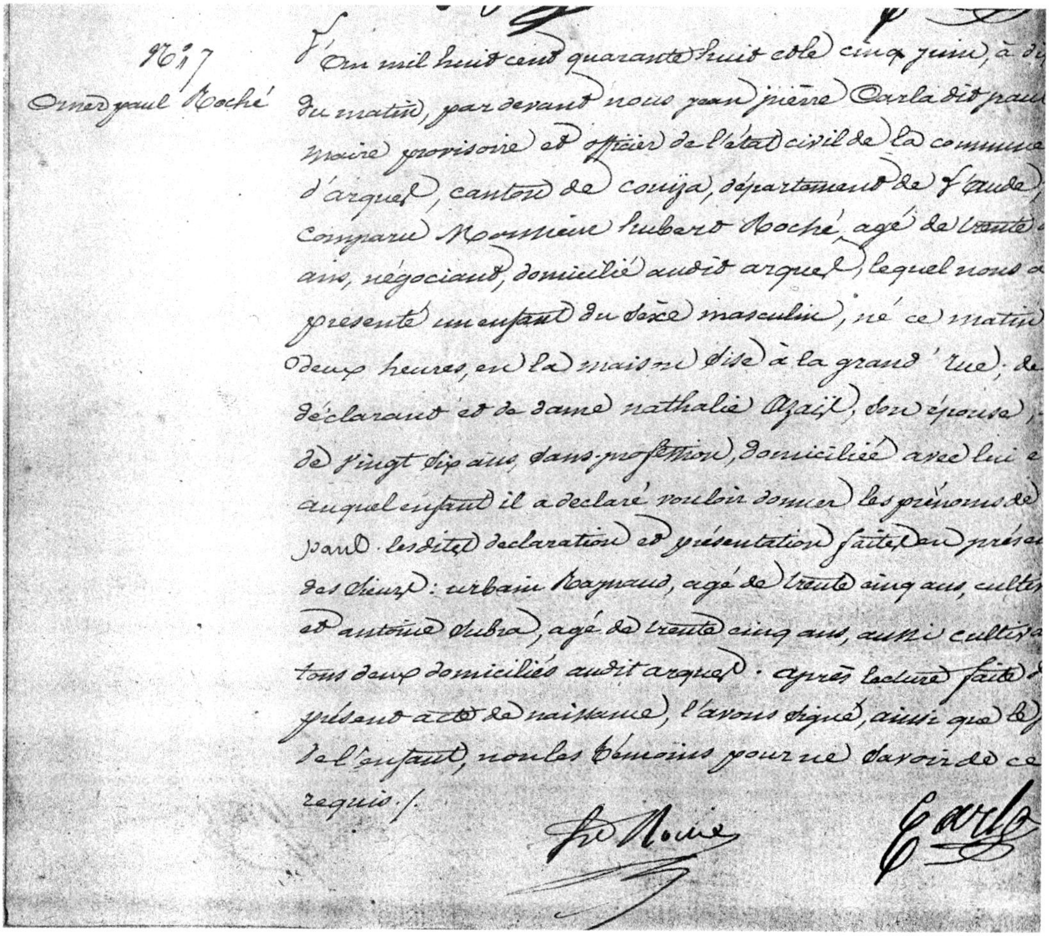
N° 17 Omer paul Roché

L'an mil huit cent quarante huit et le cinq juin, à di
du matin, par devant nous jean pierre Carla dit pau
maire provisoire et officier de l'état civil de la commun
d'arques, canton de couiza, département de l'aude,
comparu Monsieur hubert Roché, agé de trente
ans, négociant, domicilié audit arques, lequel nous a
présenté un enfant du sexe masculin, né ce matin
deux heures, en la maison sise à la grand'rue; de
déclarant et de dame nathalie Azaïs, son épouse,
de vingt six ans, sans profession, domiciliée avec lui e
auquel enfant il a declaré vouloir donner les prénoms de
paul. lesdites declaration et présentation faites en prés
des sieurs: urbain Raynaud, agé de trente cinq ans, culti
et antoine Subra, agé de trente cinq ans, aussi cultiva
tous deux domiciliés audit arques. après lecture faite d
présent acte de naissance, l'avons signé, ainsi que le p
de l'enfant, non les témoins pour ne savoir de ce
requis./

H Roché Carla

Acte de naissance d'Omer-Paul Roché. 7

N° 17 Omer-Paul Roché

L'an 1848 et le cinq de juin, à dix heures du matin, par devant nous jean pierre Carla dit paul, maire provisoire et officier de l'état civil de la commune d'Arques, canton de Couiza, département de l'Aude ; a comparu Monsieur hubert Roché, agé de trente-deux ans, négociant, domicilié audit Arques, lequel nous a présenté un enfant de sexe masculin, né ce matin à deux heures, en la maison sise à la grand'rue ; de lui déclarant et de dame nathalie Azaïs, son épouse, âgée de vingt six ans, sans profession, domicilée avec lui et auquel enfant il a déclaré vouloir donner les prénoms de omer paul. les dites déclaration et présentation faites en présence des sieurs : urbain Raynaud, âgé de trente cinq ans, cultivateur et antoine Subra, âgé de trente cinq ans, aussi cultivateur, tous deux domicilés audit Arques. Après lecture faite du présent acte de naissance, l'avons signé ainsi que le père de l'enfant, non les témoins pour ne savoir de ce requis./.

H. Roché Carla

Transcription. 8

Omer-Paul Roché vers 1890. 9

Omer-Paul Roché, lycéen, 1863. 10

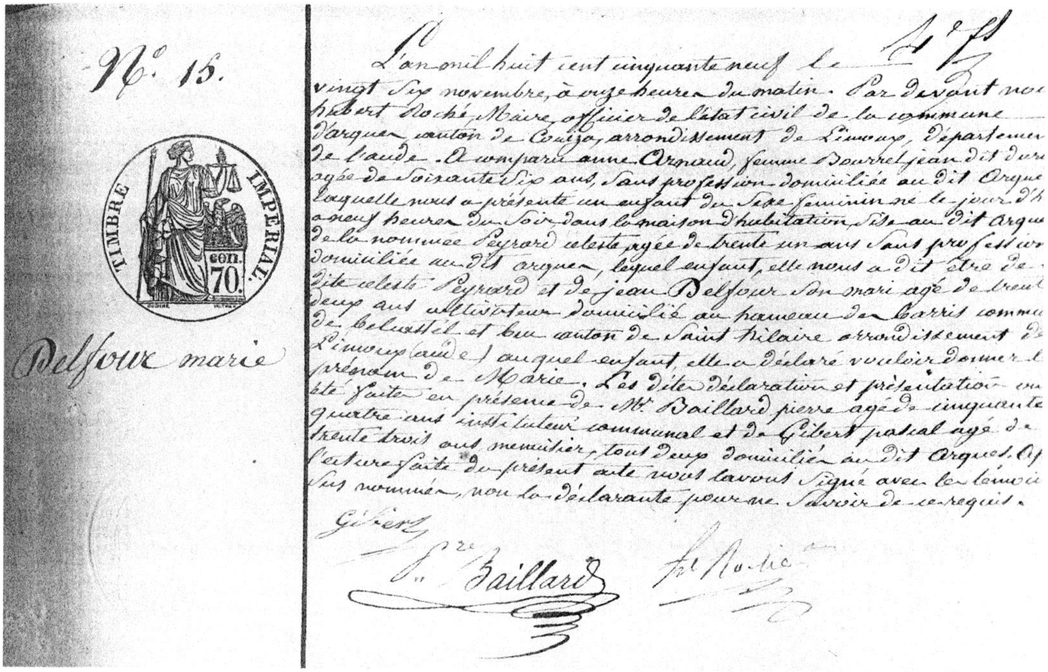

Acte de naissance de Marie Delfour. 11

N° 15 Delfour marie

L'an mil huit cent cinquante neuf le vingt-six novembre à onze heures du matin. Par devant nous hubert Roché, Maire, officier de l'état civil de la commune d'Arques, canton de Couiza, arrondissement de Limoux, département de l'Aude. A comparu Anne Arnaud, femme Bourrel jean dit duran, agée de soixante six ans, sans profession domiciliée audit Arques, laquelle nous a présenté un enfant du sexe féminin né le jour d'hier à neuf heures du soir dans la maison d'habitation, sise audit Arques, de la nommée Peyrard céleste, âgée de trente un ans, sans profession, domicilée audit Arques, lequel enfant, elle nous a dit être de la dite céleste Peyrard et de jean Delfour son mari agé de trente deux ans, cultivateur, domicilié au hameau des barris commune de Belcastel et du canton de Saint Hilaire, arrondissement de Limoux (Aude) auquel enfant elle a déclaré vouloir donner le prénom de Marie. Les dites déclaration et présentation ont été faites en présente de M. Baillard pierre, agé de cinquante quatre ans, instituteur communal et de Gibert pascal agé de trente trois ans, menuisier, tous deux domiciliés audit Arques. Après lecture faite du présent acte nous l'avons signé avec les témoins sus nommés, non la déclarante pour ne savoir de ce requis.

Gibert Pre Baillard H. Roché

Transcription. 12

Marie Delfour, mère de Déodat Roché, devant sa maison à Arques, vers 1936. 13

Marie Delfour vers 1943 14

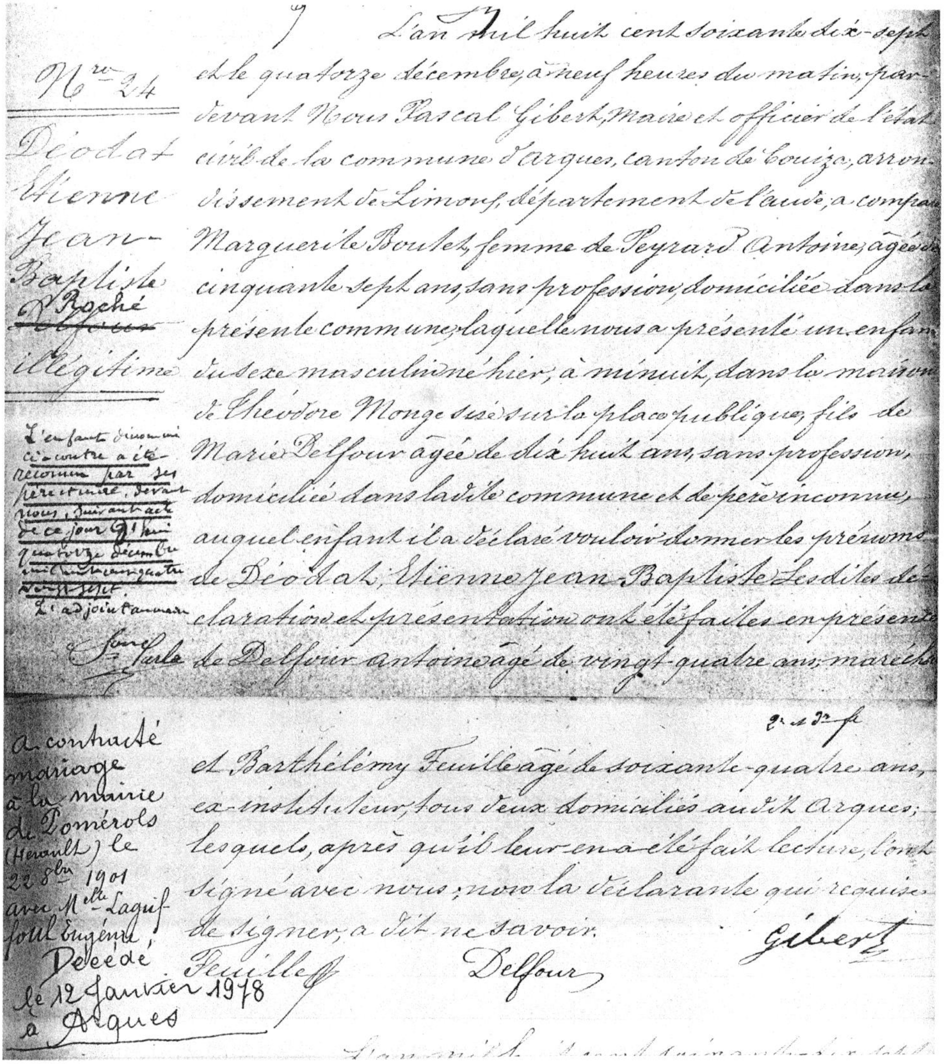
N^ro 24 Déodat Étienne Jean-Baptiste Roché ~~Delfour~~ illégitime

L'enfant dénommé ci-contre a été reconnu par ses père et mère devant nous, suivant acte de ce jour d'hui quatorze décembre mil huit cent quatre vingt sept.
L'adjoint au maire Sérapion Carla

7 L'an mil huit cent soixante dix-sept et le quatorze décembre, à neuf heures du matin, par devant Nous Pascal Gibert, maire et officier de l'état civil de la commune d'Arques, canton de Couiza, arrondissement de Limoux, département de l'Aude, a comparu Marguerite Boutet, femme de Peyrard Antoine, âgée de cinquante sept ans, sans profession, domiciliée dans la présente commune, laquelle nous a présenté un enfant du sexe masculin né hier, à minuit, dans la maison de Théodore Monge sise sur la place publique, fils de Marie Delfour âgée de dix huit ans, sans profession, domiciliée dans ladite commune et de père inconnu, auquel enfant il a déclaré vouloir donner les prénoms de Déodat, Étienne Jean-Baptiste. Lesdites déclaration et présentation ont été faites en présence de Delfour Antoine âgé de vingt-quatre ans, maréchal et Barthélémy Feuille âgé de soixante-quatre ans, ex-instituteur, tous deux domiciliés audit Arques ; lesquels, après qu'il leur en a été fait lecture, ont signé avec nous ; non la déclarante qui requise de signer, a dit ne savoir.

Feuille Delfour Gibert

a contracté mariage à la mairie de Pomérols (Hérault) le 22 8bre 1901 avec Mlle Laguiffoul Eugénie

Décédé le 12 janvier 1978 à Arques

Acte de naissance de Déodat Roché. 15

Roché
N° 24 Déodat Étienne Jean-Baptiste ~~Delfour~~ illégitime

L'enfant dénommé ci-contre a été reconnu par ses père et mère devant nous, suivant acte de ce jourd'hui quatorze décembre mil huit cent quatre vingt sept.

L'adjoint au maire Sérapion Carla

L'an mil huit cent soixante dix sept et le quatorze décembre à neuf heures du matin par devant nous Pascal Gibert, maire et officier de l'état civil de la commune d'Arques, canton de Couiza, arrondissement de Limoux, département de l'Aude, a comparu Marguerite Boutet, femme de Peyrard Antoine, âgée de cinquante sept ans, sans profession, domiciliée dans la présente commune, laquelle nous a présenté un enfant de sexe masculin né hier, à minuit, dans la maison de Théodore Monge sise sur la place

Transcription.

Maison de Déodat Roché, en 1994. 16

publique, fils de Marie Delfour, âgée de dix huit ans, sans profession, domiciliée dans la dite commune et de père inconnu, auquel enfant, il a été déclaré vouloir donner les prénoms de Déodat Étienne Jean-Baptiste. Les dites déclaration et présentation ont été faites en présence de Delfour Antoine agé de vingt quatre ans, maréchal et Barthélémy Feuille âgé de soixante quatre ans, ex - instituteur, tous domiciliés au dit Arques ; lesquels, après qu'il leur en a été fait lecture, l'ont signé avec nous ; non la déclarante qui requise de signer, a dit ne savoir.

Feuille Delfour Gibert

A contracté mariage à la mairie de Pomérols (Hérault) le 22 octobre 1901 avec Mlle Lagriffoul Eugénie. Décédé le 12 janvier 1978 à Arques.

La Maison de Déodat Roché

Au rez-de-chaussée, les deux premières fenêtres, à gauche, ouvraient sur le bureau de travail du philosophe, l'ancienne étude notariale de son père ; les deux autres fenêtres éclairaient le salon-salle à manger, à l'arrière duquel se trouvait la cuisine avec sa grande cheminée. Au premier étage étaient les chambres. Au début à gauche, on voit la porte cochère de la remise où D. Roché rangeait l'antique brouette à linge du XIXe siècle qu'il utilisait pour aller charger, à la Poste, face à la maison Raynaud, à cent mètres de chez lui, les paquets de livres et de “Cahiers” expédiés par l'imprimerie depuis Carcassonne.

EXTRAIT DU REGISTRE

DES DÉLIBÉRATIONS DU CONSEIL MUNICIPAL

DE LA

Commune d'Arques (Aude.)

L'an mil huit cent quatre-vingt-cinq et le dix-neuf Juillet, le Conseil Municipal de la Commune d'Arques dûment convoqué s'est réuni extraordinairement sous la présidence de M. le Maire et avec M. Tisseyre comme secrétaire élu.

Étaient présents, MM. Roché Paul, maire, Carla Sérapion, adjoint, Tisseyre Achille, Gibert Pascal, Raynaud Eugène, Boutet Auguste, Roché Narcisse, lesquels forment la majorité des membres en exercice.

M. le Maire demande à l'assemblée municipale de voter la dépense d'impression du manuscrit de l'histoire d'Arques.

Il fait remarquer en outre que ce travail a été fait sous les auspices et par les soins du Conseil Général, qui a chargé un historien d'écrire les annales de toutes les communes du département.

On ne saurait trop reconnaître et approuver, ajoute-t-il, les sentiments louables qui ont guidé le Conseil Général en cette circonstance.

L'histoire du pays natal devrait être, en effet, connue de tous les habitants de la Commune ; c'est celle qui devrait être enseignée la première aux enfants.

Le manuscrit de M. Albert Fabre, se recommande d'ailleurs par d'intéressantes recherches ; ce sera donc répondre au but que s'est proposé le Conseil Général que de voter la dépense d'impression, dépense qui s'élève à la somme de 200 francs environ.

M. Albert Fabre a promis égalememt d'illustrer son ouvrage de nombreuses gravures, ainsi que d'une carte et d'un plan de la Commune.

Il sera permis d'en distribuer un exemplaire à chaque famille d'Arques, d'en offrir même aux maires des communes du canton et d'en conserver à la mairie un dépôt de quelques exemplaires qui seront offerts dans la suite aux personnes dont les services rendus à notre commune auront mérité une marque d'attention.

Le Conseil, après avoir délibéré sur les propositions de M. le maire, reconnait l'incontestable utilité d'une histoire locale et décide en conséquence qu'il y a lieu de voter la somme de 200 francs, laquelle sera inscrite aux chapitres additionnels de l'exercice de 1885, sous le n° 10.

Ainsi fait et délibéré à Arques, les jour, mois et an que dessus, et les membres présents ont signé au registre.

Pour copie conforme, à Arques, le 23 juillet 1885.

Le Maire d'Arques,

P. ROCHÉ.

Le 19 9bre 1887
Communiqué à l'archiv.
à Monsieur l'Insp. d'acad.
pour renseignements et avis.

N° 89

Extrait du Registre
des Délibérations du Conseil Municipal de la Commune d'Arques (Aude)

L'an mil huit cent quatre vingt-sept et le 16 novembre le Conseil Municipal de cette commune s'est réuni dans le lieu habituel de ses séances en session ordinaire, sous la présidence de M. Roché Paul maire.

Étaient présents MM. Roché Paul maire, Rochés Narcisse, Doutre Alphonse, Tisseyre Achille, Carla Sérapion, Boutet Auguste, Raynaud Eugène

M. Tisseyre a été élu secrétaire

M. le Maire expose au Conseil que la Bibliothèque populaire et scolaire se trouve dépourvue d'ouvrages sérieux et qu'il serait bon de voter une certaine somme afin d'augmenter le nombre des volumes qui peuvent être mis à la disposition des familles

Il propose donc au Conseil de voter un crédit suffisant pour que M. le Ministre de l'Instruction publique veuille bien accorder à la Commune une concession importante

Le Conseil :

Ouï l'exposé de M. le Maire, considérant que la lecture est une distraction des plus utiles et des plus morales, vote un crédit de 100 francs et prie M. le Ministre de l'Instruction publique de vouloir bien accorder à la Commune d'Arques la plus large concession d'ouvrages qu'il lui sera possible

La somme ci-dessus sera prise sur l'article 25 des chapitres additionnels de 1887, intitulé « Étude du Chemin de Marot »

Ainsi fait et délibéré les jour, mois et an que dessus et les membres présents ont signé au registre

Pour copie conforme

Arques le 17 novembre 1887.

Le Maire

R. Roché

Vu et approuvé.

Carcassonne le 30 9bre 1887

P. le Préfet

Le Secrétaire Général délégué

[signature]

Déodat Roché en 1911.

Déodat Roché en 1911. 20

Déodat Roché en 1919. 21

Déodat Roché en1922. 22

Déodat Roché en1924. 23

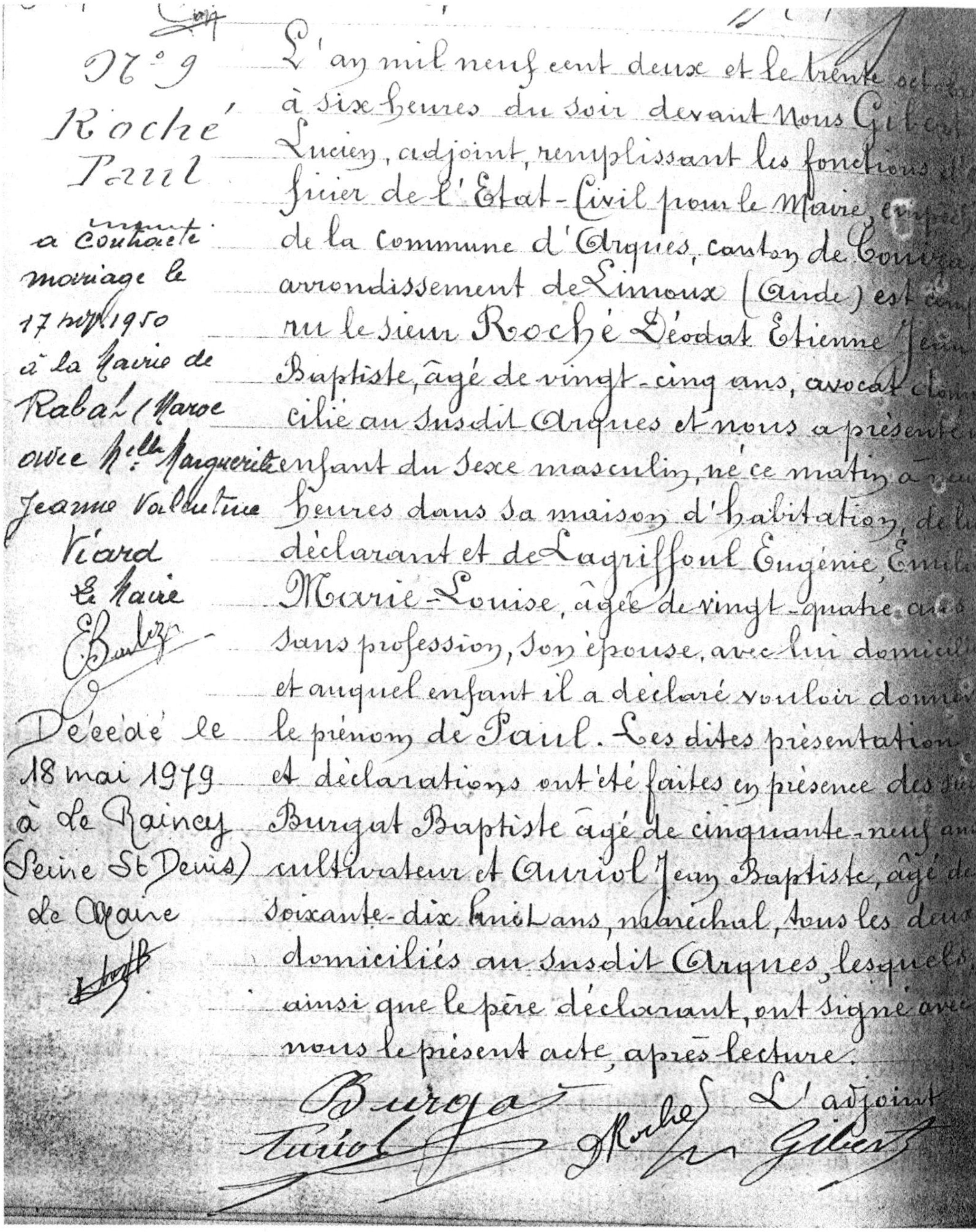

N° 9
Roché
Paul

a contracté mariage le 17 sept. 1950 à la Mairie de Rabat (Maroc) avec Mlle Marguerite Jeanne Valentine Viard
Le Maire
[signature]

Décédé le 18 mai 1979 à Le Raincy (Seine St Denis)
Le Maire
[signature]

L'an mil neuf cent deux et le trente sept[…] à six heures du soir devant Nous Gilbert Lucien, adjoint, remplissant les fonctions d'officier de l'État-Civil pour le Maire empêché de la commune d'Arques, canton de Couiza, arrondissement de Limoux (Aude) est comparu le sieur Roché Déodat Étienne Jean Baptiste, âgé de vingt-cinq ans, avocat domicilié au susdit Arques et nous a présenté un enfant du sexe masculin, né ce matin à cinq heures dans sa maison d'habitation, de lui déclarant et de Lagriffoul Eugénie Émilie Marie-Louise, âgée de vingt-quatre ans sans profession, son épouse, avec lui domiciliée et auquel enfant il a déclaré vouloir donner le prénom de Paul. Les dites présentation et déclarations ont été faites en présence des sieurs Burgat Baptiste âgé de cinquante-neuf ans cultivateur et Auriol Jean Baptiste, âgé de soixante-dix huit ans, maréchal, tous les deux domiciliés au susdit Arques, lesquels, ainsi que le père déclarant, ont signé avec nous le présent acte, après lecture.

Burgat — Auriol — D Roché — L'adjoint Gilbert

Acte de naissance de Paul Roché.

Paul Roché à Cordes (Tarn) en 1936.

25

Arques (Aude)

Conférence publique

Mr Roché Déodat a donné mardi dernier une conférence publique pour marquer le jour de la fondation à Arques d'une Société régionale d'éducation et d'action populaires.

De nombreux auditeurs de tout âge étaient réunis dans la grande salle de l'ancienne école des garçons pour entendre le conférencier parler de notre pays, de son passé et de son avenir.

Le tableau précis de l'écrasement de la civilisation brillante du Midi par la croisade menée contre les albigeois, la dispersion des habitants du pays, puis l'unification de la France, mais la misère des paysans sous l'ancien régime, et leur émancipation par la Révolution et par le progrès des sciences, enfin la nécessité de reconstituer une vie régionale, tout a vivement intéressé les auditeurs attentifs.

Après avoir montré combien doit être grand notre respect pour le travail des savants, dont les découvertes s'appliquent aux arts — comme la téléphonie sans fil, et aux activités sociales — comme celle des appareils agricoles, le conférencier a montré qu'il faut ~~fait~~ nécessairement pour utiliser vraiment les sciences que les hommes soient unis par ~~le~~ sentiment profond de fraternité qui permet seul de mener à bien les entreprises coopératives — qui sont d'ailleurs en excellente voie dans le village d'Arques.

Envoyé à Limoux le 30 octobre 1924

Une émotion poignante a pénétré l'assemblée lorsque Mr Roché a placé le groupe d'Arques sous le patronage de son père Roché Paul, (dont personne n'a perdu le souvenir) et qu'il a retracé les traits de sa figure douce et énergique, rayonnante d'amour pour le pays natal.

La conférence a pris fin sur ces mots : "Nous sommes et nous voulons être des paysans, mais non pas de ces animaux à face humaine (décrits par un écrivain d'autrefois) et qui portaient la marque d'une horrible misère, non mais des hommes qui ont les pieds sur la terre et la tête levée vers le ciel. Nous sommes comme les arbres qui plongent leurs racines dans le sol, mais qui lèvent leurs branches, leurs fleurs et leurs fruits dans les airs.

Nous sommes pratiques et terrestres, mais pénétrés du sentiment de l'amour fraternel nous élevons nos intelligences et nos coeurs et nous vivons dans l'amitié que nous avons les uns pour les autres tout le bonheur qu'on peut avoir sur la terre."

Bonne soirée qui laissera une impression profonde et qui a semé des germes d'activités aussi généreuses qu'utiles.

Compte rendu de la main de Déodat Roché de sa conférence du mardi 28 octobre 1924.

26 - 27

AND HOTEL DE LA POSTE

Déodat Roché en 1936. 29

Ci- contre (page précédente) : 2ᵉ et 3ᵉ à partir de la gauche : Simonne Rihouët-Coroze et Paul Coroze, son époux. 28

Page précédente :
Tribune du 1er Congrès d'Études Cathares à Ussat-les-Bains en août 1948. De gauche à droite : Fanita de Pierrefeu, Déodat Roché, René Nelli. 30

Déodat Roché 31

Simone Hannedouche en 1948. 32

Le Pog de Montségur - Avril 1994 33

Le Pog de Montségur - Novembre 1993.. 34

Déodat Roché à la signature - début 1955.

35

Camp de l'Estagnol, l'arrivée. 36

Annexe nord de la grande prairie. 37

Déodat Roché au dessus de la Vallée d'Arques - hiver 1968. 38

Société du Souvenir et des Etudes Cathares

A ARQUES (AUDE) – C. C. P. 984-63 MONTPELLIER

SECRÉTAIRE GÉNÉRAL
M. DÉODAT ROCHÉ
A
ARQUES (AUDE)

CAHIERS D'ÉTUDES
CATHARES
ET
GROUPES D'ÉTUDES

Le 12/8/1965

Je soussigné D. Roché désigne Mr José Dupré pour la vente à Montségur de mes ouvrages, et des ouvrages de la Société du Souvenir et des Etudes cathares dont je suis le secrétaire général.

[signature]

39

À l'Estagnol, 3 août 1968, à partir de la gauche : Déodat Roché, Yves Pouget, 4e Josiane Pié, dernière à droite Simone Hannedouche. 40

À l'Estagnol, 3 août 1968, à droite Déodat Roché, à gauche José Dupré.

1 X a obligé les manichéens à des colloques publics pour essayer de les convaincre. Il a fait ensuite appel au proconsul romain de Carthage pour faire exiler Faustus de Milève et Fortunat. Nous sommes avec lui à l'origine de l'Inquisition catholique.

mais l'Inquisition l'a osé sur l'ordre des Papes.C'est que,vois-tu l'Église militante s'est inspirée de St Augustin qui a voulu qu'on s'abstienne de la peine de mort à l'égard des donatistes,mais qui a approuvé les prohibitions et les amendes décrétées par les Empereurs.Il a admis qu'on pouvait user de violence pour ramener les fidèles à l'Église,qu'on devait les persécuter par amour,dans leur propre intérêt,pour sauver leur âme. Augustin a agi en inquisiteur, puisqu'il 1X
A .- Les empereurs ont toujours fait massacrer les manichéens;les néo-manichéens cathares ne pouvaient pas être mieux traités par l'Église romaine qui les faisait brûler pour sauver leur âme.
P .- Jolie persévérance,bien loin des conseils de St Paul aux Corinthiens (I.XIII)...La charité est patiente,douce et bienfaisante,elle supporte tout ... Nous savons bien par expérience qu'elle est supérieure à la foi et à l'espérance qui, sans elle, engendrent de féroces fanatismes.Pourtant si l'on prend la définition de l'hérésie par St Augustin,on voit qu'elle n'est pas dans la seule invention de prétendues fausses opinions et dans des nouveautés ,il faut qu'elle soit conçue " pour un intérêt temporel et surtout par le désir de la gloire et de la domination" (4)
A .- Il serait bien 2X par là que la plus grande hérésie a été dans la violence,contraire à l'amour,exercée dans un but de domination par l'Église romaine

2 X évident

Les angoisses de St Augustin - P - C'est en effet l'esprit de tyrannie de l'Église qui a pénétré St Augustin et qui l'a subjugué.Ce grand esprit éclairé par la connaissance de la philosophie néoplatonicienne, a été conduit par sa foi chrétienne à l'obéissance de l'Église.Sa conversion morale fut bien belle,il y trouva l'apaisement de ses passions personnelles, et mieux foi véritable,après cet apaisement de passions qui ne lui avaient pas permis de pénétrer bien avant dans la connaissance du manichéisme.La lecture de ses "Confessions" est édifiante à ce sujet.Il a écrit (5) que les manichéens lui présentaient comme nourriture spirituelle de splendides imaginations,mais ce n'était pour lui que des chimères, des fantômes auxquels il croyait alors qu'ils étaient moins réels que les images des vrais corps.Il a pensé ensuite que s'il avait cru à ces mensonges,c'est qu'il ne cherchait point par les yeux

Alinéa

(4) Livre à Honoré sur l'utilité de croire T. XXV p. 27I des oeuvres complètes de St Augustin,Vivès Editeur à Paris et actuellement Oeuvres de St Augustin. 1ère série: Opuscules. VIII La foi chrétienne Desclée De Brouwer éditeur. 1961.
(5) chapitre VI. 60.

Manuscrit de 1968 pour la 3e édition de l'Église romaine et les Cathares albigeois.

étaient de vrais chrétiens.

(En sous-titre) Influence cathare au Moyen Age : Abélard

A.- Quelle influence énorme ils ont cependant eue au cours du Moyen-Age! D'abord que penses-tu de cet Abélard qui faisait figure de révolté et dont les amours pour Héloïse sont célèbres ?

P. Héloïse, aimait Abélard, mais celui-ci, ainsi qu'on peut le voir était sans doute plus enflammé pour une spiritualité libre, sans doute mais profonde. St-Anselme avait dit ce que St-Augustin admettait: il voulait croire avant de comprendre, mais Abélard voulait comprendre en même temps que croire. Il confrontait dans ce but les dogmes catholiques avec la philosophie de Platon.

Ac-Je ne vois pas qu'il ait été en rapport direct avec les cathares, car il a écrit contre les hérésies!

P. Il faut comparer la théologie des cathares à celle des platoniciens de l'Ecole de Chartres[1], mais Abélard s'émancipait surtout dans son "Ethique" de la tutelle de l'Eglise. Il admettait en effet que la loi de Dieu est connue par la conscience humaine comme une règle morale[2]. Il rejetait même l'idée du péché originel, car il considérait que les fautes, comme le mérite, ont un caractère personnel, ce qui était bien dans le sens du manichéisme et de l'Ecole cathare d'Albanie.

[1] car les cathares étaient platoniciens

[2] Il pensait que les anciens philosophes, en suivant la loi naturelle que l'Evangile a portée à la perfection, étaient déjà des chrétiens

Ac-C'est bien l'un des motifs qui l'ont fait condamner au silence sur l'intervention de St-Bernard.

P- Mais il considérait le Christ comme subordonné au Père...

Ac-St-Bernard lui a précisément reproché cet adoptianisme qui venait d'Arius: Le Fils considéré comme subordonné et adopté par le Père

P-Nous trouvons cette idée chez Origène qui voyait le Christ, image de Dieu, dans les Séraphins, une haute hiérarchie des anges, mais avec plus de précision chez les manichéens et particulièrement Fauste de Milève. Nous le voyons par ses Chapitres (Capitula reproduits par Augustin) sur le Dieu des manichéens. Le Père des lumières en paix dans son Royaume engendre le Christ cosmique dont le centre d'action est la lune pour sa Sagesse et le soleil pour sa Force, et aussi l'Esprit qui pénètre l'athmosphère terrestre. Sans doute nous ne retrouvons pas ce sens cosmique chez les cathares parce que leur philosophie est plus intérieure et conditionnée par l'influence d'Augustin dans le milieu catholique où ils étaient impliqués. Cependant nous retrouvons chez eux le concept d'un Dieu unique d'où émane sucdessi-

Manuscrit de 1968 pour la 3e édition de l'Église romaine et les Cathares albigeois.

Stèle aux martyrs cathares dressée au printemps 1960, sur l'initiative de Déodat Roché au pied du Pog de Montségur. 44

Liste récapitulative de ces illustrations

Documents Pages

Références des exergues : page suivante.

Références des exergues

Pages

13 - Déodat ROCHÉ : "Gnose antique et pensée moderne" (1906), "Le Catharisme" (1946), "Mission de l'Occitanie" (1953). Références ici p. 234-297, 225, 229.

19 - "Papyrus Grenfell-Hunt" (v 1er s.). Log. 1, cité par C.-G. JUNG (1949). Réf. ici p. 344

23 - D. ROCHÉ : "L'Égl. rom. et les Cathares albigeois" (1969). 3e éd. p. 269.

25 - a) Eugène LE ROY : "L'année rustique en Périgord" (1906). éd. Emmanuel Leymarie, Périgueux 1975, page 42.
b) Michel de MONTAIGNE : "Essais" (v. 1573) Liv. I, ch. 38. De la solitude. Toutes éd.

34 - "Histoire des religions", T.II. H-C PUECH : "Le manichéisme" (v. 1967). Encyclopédie de la Pléiade, Gallimard-NRF, Paris 1972, page 636.

52 - D. ROCHÉ : lettres à son père, 14-2 et 2-5-1898 dans "L'Ég. RCA" (1969), p. 316-7

66 - D. ROCHÉ : allocution à la Stèle de Montségur, dans CÉC 30, été 1966, p. 17-18

78 - Fernand NIEL : "Montségur, le site, son histoire", Impr. Allier, Grenoble (1962) p. 252.

87 - Simone WEIL (1909-1943) : 2e lettre à D. Roché (21 juin 1941), ici p. 220.

95 - Adage languedocien, origine probable XIIIe siècle.

97 - D. ROCHÉ : allocution à la Stèle de Montségur, dans CÉC 26, été 1965, p. 3

108 - Simone WEIL (1909-1943) : 1e lettre à D. Roché (23 janvier 1941), ici p. 218

122 - Guillaume APOLLINAIRE : recueil "Alcools", Marizibill (1913).

133 - Maurice DENUZIÈRE : journal "Le monde" du 14 janvier 1978, suite à la mort de D. Roché.

135, 140 - même référence

155 - D. ROCHÉ : "L'Égl. Rom. et les Cathares albigeois" (1969) p.258.

161 - même référence, p. 258-259.

163 - Napoléon PEYRAT : "Histoire des Albigeois" (1870), début. rééd. Lacour, Nîmes, 1996.

170 - D. ROCHÉ : Lettre à Madame G… du 3 février 1947 (cf. p. 216)

186 - a) D. ROCHÉ : statuts de la société du S.E.C. du 30.04.1950, CÉC 1e s. n°5, print. 1950.
b) Rudolf STEINER : "Réincarnation et karma" GA 135, 5e conf. (5.03.1912). Éditions anthroposophiques romandes, Genève (1976) p. 94.

201 - D. ROCHÉ : "Le Catharisme"; 2e éd. 1947, page 11.

205 - D. ROCHÉ : "Études manichéennes et cathares", La doctrine des Cathares sur le problème du Mal et sur la rédemption (p.185), article de 1931.

213 - même référence : Les Cathares et l'amour spirituel (p. 151), article de 1942. Voir ici p. 225-6

241 - Rudolf STEINER : "Philosophie de la liberté" (1894) chap. XII. Éd. Fischbacher, Paris 1963, page 185.

243 - D. ROCHÉ : lettre à son père du 15 mai 1898, dans "L'É.R.C.A." (1969), page 317.

256 - R. STEINER : "Philosophie de la liberté" (1894), ch. III. Éd. Fisch. Paris 1963, p. 55.

266 - S. WEIL (1909-1943) : "La pesanteur et la grâce" (v. 1940) Éd. Plon, 1988, p. 202, 205.

279 - D. ROCHÉ : "Survivance et immortalité de l'âme" (1954) fin du texte principal.

295 - R. STEINER : "Phil. de la liberté" ch. III p. 52-3, X p. 163, Suppléments p. 229 à 231, 249.

318 - D. ROCHÉ : "La liberté de pensée est une méthode" dans CÉC 39, aut. 1968, p. 8 et 13.

INDEX GÉNÉRAL

*NB : Les termes géographiques sont en italique,
les titres d'ouvrages, et divers, sont mis entre guillemets.*

TABLE ANALYTIQUE DE L'OUVRAGE

Les penseurs contemporains

Estime de D. Roché pour Jean Jaurès, philosophe libre mais authentiquement spirituel (336) - article de Jaurès au sujet de É. Schuré : "Les grands initiés" (337) - la pensée philosophique de Jaurès, accomplissement de la métaphysique cathare (339) - impossibilité d'une régénération sociale qui pactiserait avec "le Gros animal", ou la mort de la philosophie et du philosophe (340) - Henri Bergson et l'investigation lucide du monde de l'esprit sans se fourvoyer dans les mythologies occultisantes (341-2) - Carl-Gustav Jung, phénoménologue de la psyché (342-3) - il affirme la réalité autonome du Mal (343) - position de D. Roché dans une résurgence gnostique (344)

Catharisme, christianisme, manichéisme et les autres...

Religions interventionnistes, religions dualistes de l'immanence (344-5) - source spirituelle commune de ces dernières et du Catharisme (346) - les dogmes du christianisme sont étrangers à la pensée cathare qui ne relève, en partie, que du Jéshouisme originel (347) - l'égalité de la femme et son accès au sacerdoce comme spécificité la plus évidente du Catharisme (348)

De la conscience libre à l'Anthroposophisme

Démarches de philosophes, héroïsme, dérives et faiblesses (349) - Jaurès, Bergson, Canavy, Steiner (350) - tentative de récupération, par le milieu anthroposophiste, de D. Roché : ou le résidu "karmique" de sa dérive (351)

Lumière d'une âme

Conclusion d'une longue expérience : le retrait par rapport aux institutions à prétention spirituelle (352) - il ne s'agit pas de socialiser la vie de l'esprit, mais de spiritualiser la vie sociale (353) - spiritualité laïque et retour de Déodat ROCHÉ, en 1968, à la pensée libre et à l'idée de "funérailles civiles" (354) - le témoignage et le viatique laissés par le philosophe d'Arques (355).

Le présent livre a été réalisé par :

l'Imprimerie Moderne

29, rue des Jacobins
24000 Périgueux (Dordogne)

et achevé d'imprimer
le 19 juillet 2001

Fiche technique : impression en caractères Newbaskerville roman, sur machine offset Roland - 202, pour le texte en feuilles 102 x 70 cm de papier offset 80 g. “Murcie” d'Arjomari ; pour les cahiers photos en feuilles 102 x 70 sur papier couché mat 115 g. “Périgord” des papeteries de Condat-sur-Vézère (Dordogne) ; pour la couverture sur feuilles 64 x 45 en carte couchée mate 350 g. “Périgord” des papeteries de Condat, avec pelliculage mat. Brochage par cahiers de 16 pages cousus textile.

Remerciements

L'auteur exprime sa reconnaissance à l'égard de :

Roger BOURRINET, imprimeur-éditeur à Périgueux

et à l'égard de ses Collaboratrices et Collaborateurs de l'Imprimerie Moderne qui ont fabriqué la présente édition.

Saisie du texte	Nicole FEYFANT Martine BILLOT
Composition, mise en page	Nicole FEYFANT
Montage, films et plaques	Françoise MAZI
Impression	Régis MONTAGUT Stéphane SUCILLON Raymond DÉCHENOIX
Papeterie, calibrage	Daniel CHANTEGREIL
Conditionnement	Line BRESSON Nathalie JAUBERTIE Yolanda MARTINEZ

Maquette de l'auteur

Nos remerciements s'adressent également à l'équipe de la Maison :
Reliure DEVEL (S.A.R.L.) 24400 St-Médard-de-Mussidan
qui a réalisé le pliage, la couture et le brochage de ce livre.

Les photographies de Déodat Roché proviennent de la collection personnelle de Madame Clémentine CABRÉRA qui nous les a communiquées amicalement et à qui nous exprimons notre affectueuse reconnaissance. Les autres photographies sont de l'auteur.

Nous remercions également Monsieur Robert GRACIA, Maire-Adjoint d'Arques (Aude), pour son amabilité dans la recherche et la communication, en 1993, de certains éléments d'archives du XIXe siècle et antérieurs, concernant sa commune.

Enfin, nous tenons à évoquer la mémoire de Fernand COSTES que nous avons connu à Montségur à partir de 1961 et rencontré pour la dernière fois en 1986, contribuant à une meilleure connaissance du passé et du présent de Montségur, ainsi que son ami Armand DESCHAMPS, mentionné par ailleurs.

Que soient aussi remerciés Bernard MANDEIX pour son important travail de reprographie du prototype de l'ouvrage, et Conchita SANZ d'avoir retrouvé la trace du "Chemineau"...

Cet ouvrage a été tiré à quatre mille cent exemplaires,
dont cent exemplaires numérotés de 00 à 99 et signés
par l'auteur, le tout constituant l'édition originale.

Ce livre peut être obtenu auprès de toutes les bonnes librairies.
Il est également possible d'en demander l'envoi directement à
l'Éditeur :

La Clavellerie - F 24650 Chancelade (Dordogne)

ISBN 2-9513 078-2-9 Dépôt légal : juillet 2001

Du même auteur, paru en 1999. . .

U N L I V R E devenu nécessaire, au tournant du XXIe siècle, pour comprendre la portée actuelle du phénomène cathare, en le situant dans l'évolution du christianisme et de la civilisation occidentale.

Édition
LA CLAVELLERIE
F 24650 Chancelade

ISBN : 2-9513 078-1-0

Format 22 x 15

560 pages dont 12 pages d'illustrations.

Prix TTC : 27 Euros (180 FF)

Fruit de quarante années de recherches, ce livre étudie, comme il se doit, les origines et les modalités de l'évangélisme dualiste médiéval dit "cathare", puis le génocide, par la croisade et l'Inquisition, mis en oeuvre pour l'anéantir.

Mais l'auteur examine aussi, de manière détaillée, les sources du catharisme dans la genèse et l'histoire du christianisme. Il présente ainsi, à cet effet, un historique de la formation progressive de la religion chrétienne et du développement de l'Église romaine qui, seul, permet de véritablement comprendre l'apparition, vers l'an Mil, d'une forme sociale nouvelle de vie religieuse en voie de laïcisation.

Cette forme, en avance sur son époque, fut celle du Catharisme qui refusait l'exorbitant parasitage social de l'Église, comme sa prétention à dominer les consciences.

Dès le Xe siècle, ce refus se développa, de Toulouse à Constantinople, et de l'Italie à l'Allemagne du Nord. Il fallut trois siècles, et plus de deux millions de morts, à l'Église chrétienne pour exterminer les tenants d'un éveil spirituel, affranchi des affabulations cléricales, qui devrait, enfin, pouvoir se manifester et nous aider, en ce troisième millénaire, à délivrer l'humanité du fanatisme — qu'il soit religieux ou idéologique — et de la dictature mondialisée d'une techno-science sans conscience.

Sommaire du livre

CATHARISME ET CHRÉTIENTÉ

La pensée dualiste dans le destin de l'Europe

JOSÉ DUPRÉ

ISBN 2-9513 078-1-0 Dépôt légal : novembre 1999

Édition **LA CLAVELLERIE** - F 24650 CHANCELADE

Des lecteurs du livre "CATHARISME ET CHRÉTIENTÉ" se sont exprimés...

"...dès la lecture des dédicaces, du sommaire et de l'avant-propos, j'ai ressenti, dans l'instant où je regardai de nouveau le titre et la page de couverture, ce que je peux exprimer que comme étant un "effet de souffle" (comme il est dit des ces explosions modernes...) Un souffle puissant qui disperse les quelques débris de la mauvaise foi..."

Jacques LAMEYRE (24) lettre du 6-12-1999

"...votre texte est nouveau. Nouveau dans son approche du catharisme (le vrai) exempt de toutes scories mercantiles, ou affairistes de toutes engeances. Il est nouveau parce que nous avons une approche rigoureuse de l'acte cathare, montrant la gestation européenne et post européenne conduisant l'acte historique vers l'acte spirituel. Donnant des réponses, vous amenez à des interrogations où le chercheur (quelle que soit sa sphère spirituelle ou d'activité) est invité s'il le veut, et en libre conscience, à l'expérimentation. Nouveau, parce que dans ses cent premières pages, j'ai trouvé des éléments nouveaux que j'ignorais, ou que je n'avais pas appréhendés dans leur relation d'interactivité"

Denis MERCADIÉ (24) lettre du 6-12-1999

"Le combat contre les forces du mal n'a de sens que si nous devenons capables de regarder en face, et à la lumière des faits et de toute l'histoire, toutes les certitudes auxquelles nous nous rattachons. En offrant la somme de votre travail... vous tentez, par là même, d'ébranler les certitudes des coeurs gagnés par la paresse."

Didier-Marc GARIN (33) lettre du 9-12-1999

"Avec tous mes remerciements pour votre prestigieux réquisitoire... mais surtout plaidoyer pour une véritable libre vie de l'esprit... Sept cents ans après, le laurier refleurit avec Déodat Roché, le voilà qui répand maintenant ses fruits avec abondance...
je suis à la page 385, et c'est le meilleur moment de lecture que j'ai eu depuis longtemps ."...

Daniel KMIÉCIK (59) lettre du 31-12-1999

"...je partage complètement votre vision de cet assassinat de l'Occitanie. À ma connaissance, personne encore ne l'avait souligné avec autant de ferveur que vous."

lettre du 4-01-2000

"La richesse de ce volumineux travail se situe dans le vaste panorama de l'histoire du christianisme que celui-ci embrasse. Toutes les hypothèses des origines, des influences et des prolongements du catharisme y sont évoquées avec beaucoup de pertinence. Il n'y a jamais d'affirmation dogmatique chez José Dupré, même s'il évoque des possibilités que l'on peut ne pas partager. Jamais il n'abandonne la sincère interrogation qui reflète la sincérité de l'homme qu'il est et qui travaille pour que la mémoire de ces gens détruits par l'Église de Rome soit préservée au mieux."... (CR dans "Le castrum"n°14)

Richard BORDES (24) fin 1999.
Historien du Catharisme, co-rédacteur de la revue
"Le Castrum" 33600 Pessac.

"...dans votre ouvrage, j'ai trouvé toutes les clefs qui manquent dans les études de (..ici, certains noms d'auteurs connus...) et compagnie. Je comprends que ceci est un livre de toute une vie et non une copie collée de notions de tiers, mises en place bien ou mal.
... j'ai trouvé, dans votre ouvrage, le livre le plus complet sur ce thème, et surtout bien soigné, attentif, avec une étude du dualisme, je crois, jamais encore mise au jour."

Walter MORIGGI (Italie) courrier du 12-08-2000.

"Outre l'érudition de son auteur, la richesse des sources citées, je salue l'homme de conviction. En effet, pour la première fois, je trouve dans un auteur ayant écrit sur ce sujet, le courage de dénoncer le génocide perpétré par l'Église catholique romaine. Crime contre l'humanité, contre une civilisation originale naissante, pire, contre l'Esprit.
Je demeure persuadé que si l'Église catholique romaine devait retrouver les pleins pouvoirs, elle ne manquerait pas de redevenir ce qu'elle n'a jamais cessé d'être, une Église persécutrice. Plus j'étudie le catharisme et plus je me sens proche de ces hommes et de ces femmes ."...

Michel MASSE 11300 Tourreilles.
Lettre ouverte du 1-10-2000.

"Votre excellent ouvrage a rencontré un certain succès auprès des clients de ma librairie et j'ai donc le plaisir de vous passer aujourd'hui une nouvelle commande de cinq exemplaires. Pour votre information, sachez que la Bibliothèque Municipale de Toulouse et la Médiathèque Départementale en ont commandé."...

"Le Fil d'Ariane", librairie (31) lettre du 8-11-2000.

"...votre livre, pour ceux qui savent le lire, est un "tremblement de terre" pour la pensée, mais de ceux qui détruisent les "apparences", les "fausses-vérités"; le courage intérieur dont il est preuve m'a aussi beaucoup impressionnée, et a été une vraie leçon."

Martine DELAMARRE (France,Vénézuéla)
lettre du 2-11-2000

"Je voulais aussi vous exprimer combien j'avais apprécié votre ouvrage "Catharisme et Chrétienté" pour la richesse du message et toutes ces analyses profondes. Voilà un espoir d'une telle lecture que je souhaitais depuis longtemps. Pas seulement "lecture", sorte de recueillement intime qui me fait reparcourir certaines pages, et partager cette lecture."

Catherine MARQUET (44) lettre du 20-11-2000.

"...votre livre...vient de m'accompagner, cet automne, et m'a remué comme, il y a trente ans, la lecture complète de "L'archipel du Goulag"... MERCI."...

A. D..... (82) carte du 19-12-2000.

"José Dupré est spirituellement lié au Catharisme, et ces milliers d'hommes et de femmes ignominieusement calomniés, torturés, assassinés forment sa famille spirituelle.

Ce qui ne l'empêche pas d'effectuer un travail d'historien strictement argumenté qui doit représenter des années de labeur acharné et méthodique. Pour plaider une si grande cause, il fallait un avocat qui alliât la détermination à la rigueur, José Dupré est cet homme-là... son érudition, ses analyses minutieuses de réalités historiques objectives suscitent le respect et emportent l'adhésion.
Par la richesse et l'étendue des informations historiques, religieuses et philosophiques qu'il propose à la réflexion, ce livre doit devenir, parmi ceux qui souhaitent explorer à fond les problèmes liés à la spiritualité, un ouvrage de référence. (...) Comme tout bon travail d'historien des faits et des idées, "Catharisme et Chrétienté" ne se contente pas de nous révéler de quoi fut tissée la trame du passé, il jette un éclairage sur le présent en nous mettant en mesure de corriger les erreurs de nos pères."

Jean-Pierre LAURENT, compte rendu dans la revue "Occulture" 37210 Rochecorbon. N° 9, été 2000.

"C'est une somme que ce livre très riche sur l'un des mouvements les plus intéressants de la chrétienté occidentale, l'une de ces gnoses dualistes dont la fonction est de conduire l'homme à son ultime réalisation.
L'approche phénoménologique de l'auteur l'a conduit, par souci de clarté, à aborder d'une part l'histoire des hétérodoxies et d'autre part la dynamique propre à l'Église de Rome. La première partie de l'ouvrage est donc consacrée à l'étude du dualisme chrétien au Moyen Âge et à sa répression, la deuxième partie aux sources du catharisme. Dans cette partie, José Dupré montre qu'un courant légitime présent dès le Nouveau Testament n'a cessé de se développer et de se heurter aux divers pouvoirs totalitaires, politiques ou religieux, pour devenir une "hétérodoxie" et finalement une "hérésie".

Rémy BOYER, compte rendu dans : "LDC-L'esprit des Choses" revue 58130 Guérigny. N° 3, septembre 2000.

"Je demeure convaincu que l'Église catholique, en tant qu'institution, s'est rendue coupable d'une véritable extermination qu'elle n'a d'ailleurs jamais reconnue comme telle. Au delà de la juste indignation face à une volonté perverse d'extirper la soi disant hérésie, il nous faut œuvrer pour retrouver la voie ouverte, il y a bien longtemps, par les bons chrétiens. Et pour cela, votre livre sera un guide précieux."...

M. H... (45) lettre du 13-04-2001.

"...au terme d'un véritable travail de bénédictin, apportant une quantité d'informations, au sujet d'un génocide qui extermina deux millions de personnes en un siècle, comparable à ce qui s'est passé, à notre époque, au Rwanda... M. José Dupré, édition de La Clavellerie, nous a sorti un « Catharisme et Chrétienté »... qui nous restitue une part à connaître de notre histoire."

Michel ROCARD, Premier Ministre de France de 1988 à 1991.
Sur la radio France-Culture, le dimanche 25-03-2001 à 12 h.
dans l'émission "L'esprit public" de Philippe Meyer,
avec Max Gallo.

N.B. : l'auteur était totalement inconnu de M. Rocard qui a décidé spontanément de présenter le livre uniquement sur sa lecture, ce dont nous le remercions très sincèrement.

"J'ai découvert, à la FNAC de Nantes, le livre intitulé "Catharisme et Chrétienté". Je pense avoir dans ma bibliothèque pratiquement tout ce qui a pu être publié sur le catharisme, mais, si votre participation aux Cahiers d'études cathares ne m'avait pas échappé, je ne connaissais pas ce livre pour lequel je tiens à vous dire un grand merci car vous avez su établir une bonne synthèse de tous les mouvements dualistes qui, au cours de l'histoire, se sont succédés malgré la répression. Vous avez su aussi rétablir le catharisme dans tout son environnement et éviter, comme trop souvent, de le réduire à la Croisade.
Pensez-vous publier d'autres fruits de vos réflexions ? Si oui, où et comment se les procurer ? En vous remerciant encore..."

Jacques PATURAUX (44) lettre du 4-05-2001.

"Deux de mes ami(e)s... intellectuels athées convaincus, ont été fortement marqués par votre cheminement et ont trouvé des réponses dans votre livre à ce qu'ils croyaient être leur unique vérité... Ils sont entrés en recherche d'autre chose... C'est cette petite graine de Recherche de la vérité que je trouve merveilleux de semer... hors des dogmes et des querelles religieuses. Merci de l'avoir si bien fait.

Docteur Brigitte D - H... (47) lettre du 14-05-2001.

"Sur le conseil d'un ami, j'ai acheté et lu votre livre. Non seulement il contient une mine de faits et références précis, mais il soulève des questions incontournables et que devrait se poser toute individualité libre, surtout si elle admet le bien-fondé d'une science spirituelle.
Merci d'aller jusqu'au bout du rétablissement des faits et d'avoir le courage d'en tirer une interprétation ne tombant pas dans une banale négation du monde spirituel.
Il me semble également heureux qu'au moment où l'Église romaine se permet d'inciter à "poursuivre les sectes", sa réalité de "secte de bourreaux" soit mise en évidence dans un écrit irréfutable.
Je ferai de mon mieux pour que votre livre soit lu par des personnes capables de l'apprécier ou d'y trouver matière à réflexion..."

Michel M..... (Belgique) lettre du 21-02-2000.

* * *

Le livre "CATHARISME ET CHRÉTIENTÉ", pressenti au début de 2001 par Jean Morzadec, directeur des programmes de France-Inter, et son équipe, a été sélectionné, en tête de sa catégorie thématique, pour la rubrique "Dédicaces" (textes introductifs inédits demandés aux auteurs) et présenté, à partir de mai 2001, sur les sites internet de Radio-France, au département "La Radio du Livre".